中国社会科学院**老年学者文库**

红楼梦眉本研究

刘世德 / 著

社会科学文献出版社
SOCIAL SCIENCES ACADEMIC PRESS (CHINA)

刘世德 1932年生。原籍山西临汾。生于北京，长于上海。1955年毕业于北京大学中文系。同年9月分配至中国科学院文学研究所（当时又名"北京大学文学研究所"，现名"中国社会科学院文学研究所"）工作，至今。现任中国社会科学院荣誉学部委员，中国社会科学院文学研究所研究员，中国社会科学院研究生院教授，博士生导师、博士后合作导师。兼职：中国艺术研究院红楼梦研究所研究员，山东大学教授，华侨大学教授，湖北大学教授。

社会职务：中国古代文学学会副会长，中国三国演义学会会长，中国红楼梦学会顾问（原副会长），中国水浒学会原筹委会主任、原副会长，中国戏曲学会常务理事，中国古代戏曲学会常务理事；《中国古代小说研究》主编、《文学遗产》顾问，《红楼梦学刊》编委。

著有《曹雪芹祖籍辨证》（中国大百科全书出版社）、《红楼梦版本探微》（华东师范大学出版社）、《红学探索——刘世德论红楼梦》（文化艺术出版社）、《红楼梦之谜——刘世德学术演讲录》（线装书局）、《三国志演义作者及版本考论》（中华书局）、《刘世德话三国》（中华书局）、《夜话三国》（书目文献出版社）、《明清小说——刘世德学术演讲录》（线装书局）等，主编《中国古代小说百科全书》（中国大百科全书出版社）、《中国古代小说研究》（人民文学出版社）、《古本小说丛刊》（中华书局）、《话本大系》（江苏古籍出版社）、《中国古代公案小说丛书》（群众出版社）等，发表论文二百余篇。

中国社会科学院**老年学者文库**

红楼梦眉本研究

刘世德　著

社会科学文献出版社

SOCIAL SCIENCES ACADEMIC PRESS(CHINA)

目　　录
CONTENTS

前言
2006 年，飘来了一片秋叶

多少年来，喜爱《红楼梦》的人们，包括专家、学者和一般读者，都在思索一个问题：曹雪芹离开人世不过二百余年，他的《红楼梦》小说流传至今的早期抄本又多达十余种，难道就不可能再发现更多的早期抄本吗？难道就不可能给《红楼梦》脂本宝库再增添一些珍贵的藏品吗？

人们一直在期待着。

2006 年 6 月，这个不算奢侈的愿望终于实现了。

这就是《红楼梦》眉盦旧藏本（下文简称"眉本"）的发现。

这是已发现的第十三个脂本①，也是六十年来《红楼梦》版本的重大发现之一。

眉本是个残抄本，只保存着十回（第 1 回至第 10 回）。

然而这掩盖不住一颗沉埋已久的珍珠的光彩所带给人们的惊喜。

2006 年 6 月 14 日，在红学史上，这是一个值得记住的日子。

在这一天，在上海敬华艺术品拍卖公司的拍卖现场，一个《红楼梦》残抄本公开地进入了人们的视线。

这是中华人民共和国成立以来，继梦本（梦觉主人序本）、蒙本（蒙古王府旧藏本）、杨本（杨继振旧藏本）之后，新发现的又一个《红楼梦》脂本。

眉本的发现，有标志性的意义。

---

① 这十三个脂本是：甲戌本、己卯本、庚辰本、杨本、蒙本、戚本（有正大字本、有正小字本、张本、泽存本）、舒本、彼本（列藏本）、梦本、眉本。这里所说的"十三个脂本"不包括皙庵藏本（即所谓"郑本"）、靖本在内。

《红楼梦》的其他脂本都是在二十世纪五十年代初期或五十年代之前发现的，迄今已至少有半个世纪之久，其间几乎没有新的脂本出现。

从曹雪芹生活的年代到今天大约有二百多年，现存脂本约十几部。二百年前，决不止有这寥寥可数的十几部在社会上流传。今天就不能再发现脂本的其他抄本吗？这五十年来，我们一直在等。眉本发现的意义在于，它证明了还可能有其他的传抄的脂本存世。

在二十世纪五十年代前后，藏有《红楼梦》早期抄本的人，或许不愿意公开自己收藏的精品，或许不愿意公开自己收藏的《红楼梦》的珍本、善本等。藏书家的心理在那个年代或有微妙之处。五十年左右恰好是一代、两代人的时间，他们的这些藏书可能传到了他们的后代人的手中。而经过"十年动乱"之后，古书、旧书的流传可能会发生与前不同的变迁。现在，社会上又兴起了收藏热，各家拍卖行的生意蓬勃发展。我想，如果这些珍贵的藏本还存在，那么，现在及今后若干年无疑是个奉献出来的好机会。

一片树叶飘来了。

难道这不意味着丰收的秋天的来临吗？

人们期待着有更多的《红楼梦》脂本、抄本的发现！

未来的新脂本的发现肯定有助于对曹雪芹创作过程的更深入的、更细致的研究。

第一章
为什么叫做"眉本"?

第一节 我的看法

眉本出现以来，在红学界同仁的论文中，在各种新闻报道中，甚至在眉本影印本的书名上，无不冠以"卞藏本"或"卞本"之称。

因此，读者不免会问：你为什么要另出新意，把我们眼下所要讨论的这个《红楼梦》残抄本称为"眉本"呢？

请让我先来回答这个问题。

的确，我主张称它为"眉本"，但这不是率尔为之，而是经过一番深思熟虑的。

这有直接的原因和间接的原因可说。

直接的原因是——这个残抄本有"眉盦"的题记。从题记可知，此人就是当时这个残抄本的收藏者。因此，称它为"眉盦藏本"是顺理成章的事。如果不嫌辞费，加一个字，称它为"眉盦旧藏本"也未尝不可，毕竟它现在有了新藏主。

那么，为什么不称它为"卞藏本"或"卞本"呢？一些学者已经习惯于这样称呼它了，更何况出版社的影印本也是以"卞藏脂本红楼梦"① 作为它的书名。

这就牵涉到间接的原因了。

《红楼梦》版本众多，情况复杂。有必要给这些众多的《红楼梦》版本一一列出各自不同的代称，以免发生混淆。

---

① 《卞藏脂本红楼梦》，北京图书馆出版社，2006。

但是，代称如果拟定不慎或有误差，极容易造成混乱。例如，同样是一个代称，你使用的时候说的明明是某一个版本，他却理解为另外一个版本了。因为这某一个版本或另外某一个版本有时候都可以用一个完全相同的代称来指替。

眉本（"眉盦藏本"、"眉盦旧藏本"）也好，"卞藏本"或"卞本"也好，都是一种版本的代称。在我看来，前者是不可替代的。因为在目前，保存在世上而又为我们所知的，只有它是唯一的，没有别的。而后者则显然违反了一个命名的原则，即排他性的原则。

我认为，给某个《红楼梦》版本取一个代称的书名，除了要有最起码的可读性之外，一要有准确性，二要有排他性，三要有比较长期的不可改变的稳定性。

例如，过去有人把庚辰本称为"京残本"，就违反了第一个原则和第二个原则。试想，这个"京"字是代表"北京大学"呢，还是代表"北京市"？令不熟悉情况的人士摸不着头脑。无论是北京大学，还是北京市，它们所收藏的《红楼梦》的不同的残缺不全的版本不知道有多少部，部部都可以用"京残本"这个含混不清的名称！

卞亦文先生是著名的文物收藏家。他收藏的《红楼梦》版本并非仅有这一部残抄本（眉盦旧藏本）。以我所知，他另藏有一部程甲本《红楼梦》，是个很有意义的收藏品，因为这和红学史上的一段佳话有关：此书原为郑振铎所藏，后来郑振铎又转赠给了俞平伯。这部程甲本不是也可以叫做"卞藏本"吗？

另外，据悉，卞亦文先生还一度拥有另一部《红楼梦》程本①。

这样一来，这三部《红楼梦》岂不都是名副其实的"卞藏本"吗？

同样的例子是所谓的"郑本"或"郑藏本"（即那部现残存第 23 回和第 24 回的版本）。郑振铎是大藏书家。他收藏的各种《红楼梦》版本，何止两三部。恐怕很多读者一时弄不清你说的"郑本"究竟指的是他收藏的哪一部《红楼梦》。所以，我主张援"卞本"、"卞藏本"之例，应改称它为"晳庵藏本"，或简称为"晳本"②。

还有一个同样的例子。那就是杨本。如果以新藏者而论，似乎也应该像卞亦文藏本、郑振铎藏本一样，称之为"中国社会科学院文学研究所图

---

① 这里所说的"程本"，是指程伟元和高鹗编辑、整理的《红楼梦》一百二十回本，有程甲本、程乙本之分。

② 此书首叶钤有一方藏书者"晳庵"的名章。他是此书在郑振铎之前的一位收藏者。

书馆藏本"才合适。然而，你听听这称呼是多么的冗长和拗口。如果简称
"文学研究所藏本"，则大多数省市的社会科学院都设有文学研究所，有的
大学也设有文学研究所，你又如何分辨得清它到底是何处的文学研究所。
何况中国社会科学院文学研究所图书馆所藏的《红楼梦》版本也同样不止
两三部（其中有一部便是著名的程甲本）。因此，红学界对它有了另外的两
种代称。

一种代称是从书名着眼的。它的扉页上有前人题写的"红楼梦稿"四字。
有人据此称此本为"梦稿本"。殊不知，第一，后人（于源）所题写的这个
书名毫无道理。有了那个"稿"字，很容易让人误会到此本是作者曹雪芹的
稿本。著名的小说作家张爱玲就曾因此而上了当。

另一种代称是以原先的收藏者命名的：杨继振旧藏本，简称杨本。

仿杨继振旧藏本之例，把我们所讨论、研究的这部残存十回《红楼
梦》的旧抄本称为"眉盦旧藏本"，或"眉盦藏本"，简称"眉本"，不
亦宜乎？

第二节　关于各脂本的代称

由于红学界各位专家所使用的《红楼梦》各脂本的代称不尽一致，容易
造成读者阅读时的障碍，为了避免混乱，有必要在这里简要地介绍一下我在
论文和专著中所使用的《红楼梦》各脂本的代称，以及选择使用它们的
理由①。

我所使用的《红楼梦》各脂本的代称，可以分为两大类。第一类是我和
多数红学界同仁使用的相同的代称。第二类则是我和多数同仁使用的不相同
的代称。

先介绍第一类。

（1）"甲戌本"

即"脂砚斋甲戌抄阅再评"本。甲戌是乾隆十九年（1754）。书名《脂
砚斋重评石头记》。残存十六回（1~8，13~16，25~28）。

很多人，包括某些专家学者对这个代称有所误会。必须予以澄清的是：

---

① 请参阅《中国古代小说总目·白话卷》（山西教育出版社，2004），第111~114页。

和简称"己卯本"、"庚辰本"不同,"甲戌"并不是代表这个抄本抄写的年份,更不是意味着这个抄本的文字是曹雪芹在"甲戌"这一年写定的。

那么,这个代称是如何产生的呢?

因为在这个抄本的第一回正文中,作者曾列举此书的几个异名,然后说:"至脂砚斋甲戌抄阅再评,仍用'石头记'。"此语乃此本所独有,为他本所无。人们遂挑选其中的"甲戌"二字作为此抄本的代称。

有人曾称此本为"脂残本"。它的不妥是显而易见的。《红楼梦》现存的脂本多矣,本本的代称都冠以一个"脂"字,岂不显得啰嗦?何况现存脂本中的"残"本亦多矣①,谁知道你这个"脂残本"的代称指向哪个本子?

(2)"己卯本"

即"己卯冬月定本"。己卯即乾隆二十四年(1759)。书名也是《脂砚斋重评石头记》。己卯本由中国国家图书馆藏本和中国历史博物馆藏本组成。中国国家图书馆藏本残存四十回(1~20,31~40,61~70),中国历史博物馆藏本残存三整回(56~58)和两个半回(55,59)。

在中国国家图书馆藏本第三册总目题云"己卯冬月定本",这就是"己卯本"这个代称的由来。

(3)"庚辰本"

即"庚辰秋月定本"。庚辰是乾隆二十五年(1760)。书名也是《脂砚斋重评石头记》。残存七十八回(1~63,65~66,68~80)。

第五册总目题云"庚辰秋月定本",第六册总目题云"庚辰秋定本",人们遂简称为"庚辰本"。

(4)"杨本"

即"杨继振旧藏本"。书名《红楼梦》。

它是一种一百二十回的混合本,前八十回是脂本,后四十回则是程本。

封面有后人所题的一个未免引人遐想的书名"红楼梦稿"。有人因此以"梦稿本"作为此本的代称。尤其是那个"稿"字,不免会给读者造成错觉,误以为这乃是曹雪芹的稿本。

(5)"蒙本"

即蒙古王府旧藏本。书名《石头记》。

---

① 现存脂本中的残本,计有甲戌本、己卯本、庚辰本、舒本、彼本等。戚本中的张本(张开模旧藏本)也是残本。

它也是一种一百二十回的混合本，前八十回是脂本，后四十回则是程本。

有人简称它为"王府本"或"府本"。"王府"的代称失之于泛，清朝的"王府"不在少数，缺少独特的意义。"府"字更滥，"张府"、"李府"……无不都是"府"。

据内蒙古阿拉善左旗王府第九代王爷达理扎雅、金允诚夫妇之女婿王年介绍：此书系第八代王爷塔旺·布里甲拉从北京琉璃厂购得；塔旺去世后，此书传到达理扎雅、金允诚夫妇手中；塔旺购入时，此书只是八十回本，且缺六回（第 57 回至第 62 回），现后四十回以及原缺的六回均系后人补配①。

（6）"戚本"

即"戚蓼生序本"。书名《国初抄本原本红楼梦》②。

属于"戚本"名下的脂本有"有正本"、"张本"、"泽存本"三种（"张本"、"泽存本"两种放在第二类介绍）。

"有正本"即上海有正书局石印本。八十回。有"大字本"与"小字本"之分。

"大字本"，上海有正书局民国元年（1912）石印。

"小字本"，上海有正书局民国九年（1920）石印。小字本系据大字本剪贴、缩印而成。

（7）"舒本"

即舒元炜序本。书名《红楼梦》。残存四十回（1～40）。

舒元炜序作于乾隆五十四年己酉（1789），因此有人称之为"己酉本"。但己酉年在曹雪芹逝世（乾隆二十七年除夕，1763 年 2 月 12 日）之后，用此年份作为此本的代称，意义不大③。

再介绍第二类。

（1）"张本"

即"戚本"系列中的张开模旧藏本。残存四十回（1～40）。

"张本"是"有正本"据以石印的底本。

---

① 请参阅殷鑫《纪念〈红楼梦〉程甲本刊行 220 周年学术研讨会综述》，《曹雪芹研究》2011 年第二辑，第 245 页。

② 据《时报》1911 年 11 月 7 日广告，戚本书名又作"国初秘本原本红楼梦"。参见刘广定《致崔川荣的函》（《红楼梦研究辑刊》第三辑，作家书局，2011 年 12 月）。这可以解释该书为何以"国初"命名的原因。

③ 愚意，若用年份作为版本的代称，则以曹雪芹生前的年份为宜。因为这样可以便于考察曹雪芹创作过程中的种种问题。若用曹雪芹身后的年份作为版本的代称，就意义不大了。

（2）"泽存本"

即"戚本"系列中的南京图书馆泽存书库旧藏本①。八十回。

（3）"彼本"

即俄罗斯圣彼得堡俄罗斯科学院东方学研究所圣彼得堡分所藏本。残存七十八回（1~4，7~80）。

在苏联时期，圣彼得堡原名列宁格勒。有人曾称之为"列藏本"或"列本"。人家已经更改了新地名，你还在那坚持使用旧的、已被废弃的地名，岂非有点儿不识时务的味道？

此本由俄国希腊正教会大学生库尔连德采夫于道光十二年（1832）自北京带回俄国，也有人因此称之为"库本"。

（4）"梦本"

即梦觉主人序本。八十回。

梦觉主人序作于乾隆四十九年甲辰（1784）。有人因此称之为"甲辰本"②。但其时已在曹雪芹身后二十余年，这个年份与曹雪芹创作过程关涉不大，似无必要用这个纪年来称呼《红楼梦》的版本。

此本于二十世纪五十年代初在山西发现，因此有人曾称之为"脂晋本"。事过境迁，此本已归国家图书馆收藏，这就没有必要再保留"晋"名了；而且"脂"字也有叠床架屋之嫌。

（5）"皙本"

即皙庵旧藏本。书名《石头记》。残存两回（23~24）。

此本原归郑振铎所有。有人因此曾称之为"郑藏本"或"郑本"。

在脂本之外，还有"程甲本"和"程乙本"两个代称。这是当年胡适起用的名称，红学学界沿用至今。

"程甲本"，即乾隆五十六年（1791）萃文书屋木活字印本。书名《新镌全部绣像红楼梦》。一百二十回。

"程乙本"，即乾隆五十七年（1792）萃文书屋木活字印本。书名也是《新镌全部绣像红楼梦》。一百二十回。

---

① 泽存书库，陈群（1890~1945）为纪念其父而建，由汪精卫以《礼记》有云"父殁而不能读，手泽存焉"而命名。泽存书库后归并入南京图书馆。

② 梦本的书目文献出版社（国家图书馆出版社旧名）影印本（1989）即以"甲辰本红楼梦"为名。

第二章
眉本状态

眉本是一个残抄本。

它仅仅保存着十回（第 1 回至第 10 回）的正文。

其中的第 5 回也有残缺。第 5 回止于第 16 叶后半叶：

> 警幻道：此即迷津也，深有万丈，遥亘千……

"千"字乃第 16 叶后半叶的末字。第 17 叶以下佚失。佚失的原因，我想应当是：该处位于这一册之末尾，因而在阅读和收藏的过程中发生了磨损、残缺。

此残抄本中偶有数处缺损，如下：

（1）第 4 回第 5 叶后半叶第 6 行："亦系贾府、王府之□□。""□□"缺损。

（2）第 5 回第 16 叶后半叶第 3 行："说毕，便秘授□□□之事……。""□□□"缺损，当为"以云雨"三字。

（3）第 6 回第 1 叶后半叶第 1 行："袭人本是个聪明女子，年纪比宝玉□□岁……。""□□"二字缺损，当为"大两"。

（4）第 6 回第 1 叶后半叶第 8 行末字："（宝玉已素喜袭人）柔（媚姣悄）。""柔"字仅剩留上半截。

据眉盦题记说，残抄本"原订二册"，由他"亲自衬补，订成四册"。可知现存四册的形式是经过原收藏者眉盦重新装订的。

新装订本的分册情况是：

第 1 册——第 1 回至第 3 回；

第 2 册——第 4 回、第 5 回；

第 3 册——第 6 回、第 7 回；

第 4 册——第 8 回至第 10 回。

从眉盦题记所说的"原订二册"看来，此书原先（在眉盦收藏之前）装订的形式可能是十六册，每册五回。

正文每半叶九行，每行二十五字。

每回回首书名、回数占一行，作"红楼梦第一回"，顶格写。回目上、下联各占一行，低两格写。余类推。

版心不题书名，亦不题回数，不记叶码。

卷首有总目。

但总目仅存三叶（第 3 叶至第 5 叶），保留了第 33 回至第 80 回的回目。第 33 回之前的总目（第 1 叶、第 2 叶）佚缺。

如果再加上正文第 1 回至第 10 回的回目，则此残抄本共保存着五十八个回目。

总目每半叶八行，列八个回目。分上、下两截，各有四个回目。回与回上、下相接。回目的上、下联并列，分占两行。有回数而无"第"字。回数字形略大，其位置跨于两行之间。回目绝大多数为八言，仅第 80 回为七言："懦迎春肠回九曲，娇香菱病入膏肓"。

按每半叶八个回目计算，可知总目佚失了第 1 叶和第 2 叶（即第 1 回至第 16 回和第 17 回至第 32 回的回目）。推想起来，佚失的原因应是，这两叶位居第 1 册之首，因而在阅读和收藏的过程中遭受了磨损、残缺的命运。

从总目可知，此书共八十回，当是脂本，而非一百二十回的程本①。

此书卷首有墨笔题记云：

> 残抄本《红楼梦》，余于民廿五年得自沪市地摊。书仅存十回，原订二册。置之行箧，忽忽十余载矣。今夏整理书籍，以其残破太甚，触手即裂，爰亲自衬补，订成四册。因细检一过，觉与他本相异之处甚多，即与戚本、脂本亦有出入之处，他日有暇，当细为详校也。
>
> 民廿七年初夏，眉盦识于沪寓。

---

① 请参阅本书第九章"眉本是不是程本?"。

可知眉盦入藏此残抄本的时间是民国二十五年（1936），写题记的时间则在民国三十七年（1948）。

这则题记也透露出，眉盦是一位对《红楼梦》有相当兴趣的收藏家，一位对《红楼梦》版本情况并不陌生的收藏家。

题记叶右下角钤有阴文印章一方："上元刘氏图书之印"（在题记第一行"地摊书"三字及第二行"载矣今"三字之上）。题记叶左下角上侧钤有阳文印章一方："文介私印"（在"盦"字的左下侧）。

在第1册、第2册、第3册、第4册第1叶右下角钤有印章二方，阳文："亦文藏书"，阴文："风雨堂"。这是属于新藏主卞亦文的两枚印章。

残抄本文字抄写得比较工整、清楚。文字基本上没有改动。

个别的例外是：

（1）第10回第1叶后半叶第2行"好容易"的"好"字是在行侧后添的，因为它原作"姑"，属于形讹。旁添的那个字，无论是笔画的粗细，或是墨色的深浅，都和原抄的笔迹明显不同。

（2）第10回第1叶后半叶最后1行第8字"找"，原误作"我"，涂改而成。

（3）第8回回目上联"拦酒兴奶母讨厌"之上，墨笔后添一"文"字；下联"掷茶杯公子生嗔"之上，亦墨笔后添一"女"字。

（4）第4回第9叶后半叶末行"摇招"二字旁加勾乙符号。

（5）第7回末叶后半叶原为空白页，有墨笔涂写的三个大字"红楼梦"及三个小字"文之□"（"□"字笔画虽简单，却看不出是何字），各占一行。笔迹拙劣，与第7回回目上所添写的"文"字和"女"字当是同一人之手笔。

（6）第5回第6叶前半叶第6行"妍"字原作"研"，涂改而成。

（7）第5回第7叶后半叶第6行"里"字有涂改痕迹。

第1回自"此开卷第一回也，作者自云"开端，直至"故曰贾雨村云云"，方接上"列位看官，你到此书从何而来"，这和多数脂本相同①。

第2回开端，有两段回前总评（"此回亦非正文……此即画家之三染法也"；"未写荣府正人，先写外戚……此一回则是虚鼓旁击之文，则是反逆隐曲之笔"）。这一点也和其他脂本相同②。

此外，别无批语。

---

① 这一点，与眉本基本上相同者为庚辰本、杨本、蒙本、戚本、舒本、彼本、梦本，相异者为甲戌本。

② 程甲本、程乙本已删去这两段回前总评。

早期的脂本保持着回前诗。眉本现存回前诗三首：第 4 回五言四句（"损（捐）躯报君恩……"），与杨本、彼本相同；第 5 回七言四句（"春困葳蕤拥绣衾……"），与蒙本、戚本、杨本、舒本相同；第 6 回五言四句（"朝扣富儿门……"），与甲戌本、蒙本、戚本、杨本相同。①

早期的脂本也保留着回末诗联。眉本现存回末诗三联：第 6 回 "得意浓时易接济，受恩深处胜亲朋"，与甲戌本、己卯本、庚辰本、蒙本、戚本、杨本、舒本、梦本相同；第 7 回："不因俊俏难为友，正为风流愿读书"，与甲戌本、己卯本、庚辰本、蒙本、戚本、杨本、梦本相同②；第 8 回 "早知日后闲生气，岂肯今朝错读书"，与甲戌本、己卯本、庚辰本、蒙本、戚本、杨本、舒本、彼本、梦本相同。③

这两点同样完全符合脂本的特征。

第 1 回 "天恩祖德" 之前，空一字位。

第 5 回自 "且说林黛玉自在荣国府以来，贾母万般怜爱" 开端。多数脂本则在这之前有 "第四回中既将薛家母子在荣府内寄居等事略已表明，此回则暂不能写矣，如今……" 等句④。这和己卯本、杨本完全相同。

第 8 回无通灵宝玉图、金锁图。仅有下列几句：

> 那顽石亦曾记下他这幻像，并癞僧所镌的篆文，今亦按图画于后。
> 但其真体最小，才能从小儿口内衔下来，今按其形式绘于后。

所谓 "绘于后"，是一句没有兑现的许诺。

实际上，在这一回的篇幅中，并没有别的版本所有的通灵宝玉图和金锁图。出现这种情况的原因，无非是抄手的 "偷工减料" 在作祟。但也可以由此看出，在眉本的底本（或其底本的底本）上，肯定是有这两幅图的。

眉本字体端正。从字迹看，这十回有可能是出于一人所抄。

眉本的文字基本上没有改动的痕迹。第 1 册（第 1 回至第 3 回）、第 2 册（第 4 回至第 5 回）丝毫没有改动文字的痕迹。第 3 册（第 6 回至第 7 回）、第 4 册（第 8 回至第 10 回）只有个别的例外，如：第 8 回回目上下联首字之上，各自后添 "文"、"女" 二字。又如：第 6 回第 4 叶前半叶第 5 行——

---

① 请参阅本书第十四章 "回前诗・回末诗联・回末套语"。
② 舒本、彼本此处的诗联误写为第六回的 "得意浓时易接济，受恩深处胜亲朋"。
③ 请参阅本书第十四章 "回前诗・回末诗联・回末套语"。
④ "多数脂本"，指甲戌本、庚辰本、蒙本、戚本、舒本、彼本、梦本。

> 但只你我这样个嘴脸，怎么好到他门上去的

"脸"字系旁添。

眉本应是职业的抄手所写。这有两种可能：或为藏书主人雇请抄手所抄，或为职业抄手缮写后在庙市上出售。

第10回有一处脱文，可以使我们窥知它的底本的行款。眉本此处写秦可卿心理活动的文字如下：

> 今儿听见有人欺负了他兄弟，又是恼，又是气。恼的是那起混涨（帐）狐朋狗友的扯事（是）般（搬）非吵闹。

而庚辰本该处作：

> 今儿听见有人欺负了他兄弟，又是恼，又是气。恼的是那群混帐狐朋狗友的扯是搬非、调三惑四的那些人；气的是他兄弟不学好，不上心念书，以致如此学里吵闹。

两相比较，眉本少二十八字。我推测，眉本的底本为每行二十八字左右（眉本自身是每行二十五字），抄写者殆因一时疏忽而导致跳行脱文。

眉本有不少错字。例如第1回的"班妃"（班姑），"蜜青菜"（蜜青果），"北祁山"（北邙山）；第2回的"女婚"（女婿），"稽康"（嵇康），"刘庭芸"（刘庭芝）；第3回的"单凤"（丹凤）；第4回的"京陵"（金陵）；第5回的"寿星公主"（寿昌公主），"婿人"（媚人），"目射寒江"（月射寒江）；第8回的"养身堂"（养生堂）等等①。

眉本现有国家图书馆出版社（原名北京图书馆出版社）影印本行世。这给广大读者、研究者认识、了解、阅读、研究眉本提供了很大的方便。

可惜的是，这个影印本存在着一个重要的缺点。它没有完全体现眉本原本的格式。例如，原本总目每半叶应是九行，回目占八行，回目前面的一行是空白的，但在影印本中没有反映出来，变成了每半叶八行。这给了读者一个错误的印象，仿佛如果回目占八行，则总目第一叶前半叶的书名就无处摆放了。难怪有人以此作为眉本是伪书的证据②。

---

① 在本书第二十九章"错别字现象"中对此有专门的论述。
② 请参阅本书第七章"考据与可能性——眉本释疑之一"的有关论述。

第三章
眉本抄写于什么年代?

第一节　从避讳看眉本的年代

避讳问题，在鉴定版本年代上有着重要的作用。

它不是必然的证据。但，不可否认，它是重要的证据。

让我们来检视一下眉本的避讳情况。

眉本（或其底本）的抄写年代可从文字中的避讳情况得到大致的判断。

从现存的十回来看，避讳涉及康熙、乾隆、道光三朝。

【康熙】

清圣祖（1662~1722）名玄烨。

眉本对"玄"字多数避讳，少数不避讳。

改"玄"字为"元"字的有三例：

> 此乃元机不可预泄者。（第 1 回）
>
> 元机不可预泄，但适云蠢物不知为何。（第 1 回）
>
> 若非多读书识事，加以致知格物之功，悟道参元之力，不能知也。

（第 2 回）

"玄"字缺末笔的也有三例：

> 当时街坊上家家萧管，户户歌弦。（第 1 回）
>
> 此或咏叹一人，感怀一事，偶成一曲，即可普（谱）入管弦。（第 5
> 回）
>
> 满屋的东西都是耀眼睁光，使人头昏目眩。（第 6 回）

"玄"字还有两个特殊的避讳之例。

例一，眉本第 9 回介绍贾蔷说：

> 却不防早又触怒一个。你道这个是谁？名唤贾蔷，亦系宁府正派。

"正派"，己卯本、庚辰本、杨本、蒙本、彼本、梦本、程甲本作"正派玄孙"；戚本、舒本、程乙本作"正派元孙"。

己卯本、庚辰本、杨本的"玄"字没有避讳。蒙本、彼本、程甲本的"玄"字避讳，缺末笔；梦本的"玄"字原不避讳，点去，旁改缺末笔之"玄"。戚本、舒本的"元"字本身就是避讳的。

眉本此处却不见"玄孙"二字的踪影，它巧妙地用删节的方法躲避了避讳的问题。

例二，同样，眉本第 9 回介绍贾菌时也说：

> 这贾菌亦系荣府近派，与贾兰最好。

"近派"，戚本正作"近派元孙"；己卯本、庚辰本、杨本、程甲本、程乙本作"近派的重孙"，蒙本作"近派重孙"，彼本作"近派的子孙"，舒本无此句。

尽管如此，以上两例仍然可以归入避讳的范畴。

然而第 10 回也有二例，表明眉本的"玄"字有时并不避讳：

> 前两日，到了下半天，就懒待动，话也懒待说，眼神也发眩。
> 肺经气分太虚者，头目不时眩晕，寅、卯间必然自汗，如坐舟中。

以上两个"眩"字都不缺末笔。

所以说，从残存的十回看，眉本对"玄"字多数避讳，少数不避讳。

【乾隆】

清高宗（1736～1795）名弘历。

"弘"字在眉本中也避讳。

在眉本前十回中有一特例。

第 5 回"乐中悲"曲：

> 幸生来英豪阔大宽宏量，从未将儿女私情略萦心上。

表面上看起来，这两句引文与避讳无关。实际上不然。

这从和其他版本的比较可以看到问题的所在。

请注意那个"宏"字。

"宏",杨本作"弘",其他脂本以及程甲本、程乙本均同于眉本。

表面上看起来,杨本不避乾隆之讳。实际上,杨本不避讳正反衬出其他脂本的避讳。真相或许是这样的:杨本是漏网之鱼,其他脂本(或其底本)倒是刻意在避讳。

【道光】

清宣宗(1821~1850)名旻宁。

最值得注意的是,书中多次出现的"宁"字并不避讳。

从这一点可以证明,眉本(或其底本)至少是缮写于道光之前。

第二节　从纸、墨看眉本的年代

而从纸质、墨色判断,眉本应是嘉庆年间之物。当然,它的底本极有可能是乾隆年间的某一传抄本。

在这些方面,我同意一些专家学者的中肯的意见。

例如,冯其庸先生对此抄本的年代作出鉴定说:

> 我曾经仔细看过甲戌、己卯、庚辰三个本子,己卯本在我手里还存有一段时间,这三个本子的共同特点都是用的乾隆竹纸,我也仔细看过俄罗斯的那个本子(按即彼本),那个本子已不是用乾隆竹纸,而是用的嘉庆、道光之间常用的棉纸,比竹纸稍厚稍白,没有竹纸的透明度。我仔细看这个卞本(按即眉本)的纸张,觉得基本上与俄藏本(按即彼本)是同一种纸张,我初步判断俄藏本是嘉庆年间的抄本而以嘉庆前期的可能性较大。由此我认为这个卞本的抄成年代,也可能是嘉庆前期,从这个卞本纸张黄脆较重的情况来看,也应该是嘉庆前期,因为它的黄脆程度,不比俄藏本轻。①

他认为,眉本可能抄成于嘉庆前期。

---

① 冯其庸:《读沪上新发现残脂本〈红楼梦〉》,《光明日报》2006 年 11 月 11 日;《红楼梦学刊》2006 年第六辑。

2007 年 6 月 16 日,中国红楼梦学会和北京图书馆出版社①在国家图书馆举行了"卞藏本《红楼梦》鉴赏座谈会",参加会议的有红学家、版本专家、古籍鉴定专家等。其中有国家图书馆善本部的杜伟生先生和赵前先生。作为专家,他们二人从纸、墨两个方面对这个残抄本进行了鉴定。

杜伟生先生说:

> 从纸张来看,卞藏本的成书年代应在清道光之前。这一抄本上有一些小黄斑,即氧化纤维素。这种东西会转移。在卞藏本中,每一本中都有这样的黄斑,有的甚至蔓延几页,这一点是很难在短时间内作伪的。
>
> 当然,现在还能找到清代的纸来作伪书。但如果作伪,首先要找到这么多一样的纸是很难的。同时,在纸上抄写后,还要在书装订的时候把纸上的黄斑都对在同一个位置上,很难不出现错位。②

赵前先生也说:

> 我用高倍放大镜看了一下墨渗到纸里的情况。如果是现代人抄写的,很难达到这种吃墨的效果。③

两位专家都明确地指出,眉本(即他们所说的"卞藏本")不是今人制造的伪书。我完全同意和尊重他们的鉴定意见。

---

① 北京图书馆出版社现已改名国家图书馆出版社。
② 《中华读书报》2007 年 6 月 20 日。
③ 《中华读书报》2007 年 6 月 20 日。

第四章
眉盦是谁？

第一节 二真一假

在眉本上写题记的人就是这个残抄本的收藏者。这是不成问题的。他自己在题记中说，残抄本是他在上海的一个地摊上买到的。

他是谁呢？

题记作者的署名是"眉盦"。

他叫做"眉盦"。

"眉盦"显然不是名，而是别号。而且从题记也看不出他姓什么。

那么，"眉盦"到底是谁呢？

这不得不从头说起。

为了澄清事实，不得不首先分别介绍和分析两个在学术界起过影响的、不正确的说法，即"林兆禄说"和"何叔惠说"，然后再介绍和分析那个形似搞笑的"董其惠说"。

这三个说法之间，有着巨大的差别，尤其是在前两个说法和后一个说法之间。

在我看来，前两个说法，提出了一定的证据，虽有偏差，还不算太离谱；其前提为：眉本确是真书，眉盦确是残抄本的藏主。至于后一个说法，其前提为：眉本是伪书，眉盦只不过是说者自己捏造的一个虚假的名字，这真有点儿离"异想天开"这句话不远了。

第二节　六个特征

这三种说法对不对呢？

对或不对，应该有判断的标尺。

判断的标尺就在于眉盦题记本身。

现把眉盦题记再一次全文引录在这里：

> 残抄本《红楼梦》，余于民廿五年得自沪市地摊。书仅存十回，原订二册。置之行箧，忽忽十余载矣。今夏整理书籍，以其残破太甚，触手即裂，爰亲自衬补，订成四册。因细检一过，觉与他本相异之处甚多，即与戚本、脂本亦有出入之处，他日有暇，当细为详校也。
>
> 　　　　　　　　　　　民卅七年初夏，眉盦识于沪寓。

若要查考写这篇题记的眉盦是谁，必须注意到这篇题记所反映出的此人应该具有的几个明显的特征。

从题记文字来看，眉盦其人至少应具有以下六个特征：

特征一：他号眉盦。

特征二：在二十世纪四十年代，他寓居上海。

特征三：他是一位爱书的藏书家。

特征四：他喜爱《红楼梦》。

特征五：他熟悉《红楼梦》版本的若干情况。

特征六：题记乃他亲笔所书写，这成为鉴别他的墨迹的依据。

如果要进行查考，那么，只有符合以上六点特征的人，方有可能被认定是写这篇题记的眉盦。

能符合全部六个特征当然最好，最有说服力。能符合其中的三四个特征或四五个特征，也不错，算是有了继续查考的基础。但是，你查找出来的人绝不能和其中的任何一个特征有直接的抵牾。如果你查考出来的某人和以上六个特征中的任何一个处于南辕北辙的境地，那就表明，你的结论非常可能是不可靠的、错误的。

我们不妨用这个标尺来衡量"林兆禄说"、"何叔惠说"和"董其惠说"三种说法的正误和真假。

第三节 "林兆禄说"的由来

在红学界，先是有人（其中也包括在下）说"眉盦"就是林兆禄。

最早揭示"眉盦"姓名的是冯其庸和卞亦文两位先生。他们也是最早发表文章介绍和评论眉本的学者和收藏家。

冯其庸先生最早说：

> 据卞亦文先生查得，此残本的原藏主叫"林兆禄（1887～?），字介侯，又字眉盦，别署根香馆主，吴县（今江苏苏州）人。家世善画，父福昌与吴昌硕为昆季交，亦工绘事。介侯摹刻金石，响拓鼎彝，无不精妙，尤工刻石，突出前人。治印则规模秦汉外，或参古籀、甲骨，独擅胜场。亦善刻竹，工雅有致。"（见《中国美术家人名辞典》）卞先生还告知，林兆禄 1956 年受聘于上海文史馆，卒于 1966 年。①

接着，卞亦文先生也说：

> "眉盦"究竟是谁？按《中国美术家人名辞典》："林兆禄（1887～?），字介候（按：此系误排，应为"侯"字，下同。——引者），又字眉盦，别署根香馆主，吴县（今江苏苏州）人。家世善画，父福昌与吴昌硕为昆季交，亦工绘事。介候摹刻金石，响拓鼎彝，无不精妙，尤工刻石，突出前人。治印则规模秦汉外，或参古籀、甲骨，独擅胜场。亦善刻竹，工雅有致。"

> 另据资料，林眉盦 1956 年受聘于上海文史馆，卒于 1966 年。而"文介"或许是他的另外一个表字。

> 又在以往拍卖图录中见有苏州沙馥绘落帽龙山人物图成扇，扇骨即由眉盦所治，果然精整工致，刀笔利落道劲。

① 冯其庸：《读沪上新发现残脂本〈红楼梦〉》，《光明日报》2006 年 11 月 11 日；《红楼梦学刊》2006 年第六辑；《卞藏脂本红楼梦》影印本（北京图书馆出版社，2006）卷首。

　　看来这位眉盦不仅是个才艺多出的金石书画家，还是爱好《红楼梦》的藏书家。①

　　另外，我的同事夏薇女士也曾帮助我在《中国近现代书画家辞典》② 和《中国近现代人物名号大辞典》③ 中查到了林兆禄的小传。前书说：

　　　　林兆禄（1887～？）　字介侯，又字眉盦，别署根香馆主。江苏苏州人。家世善画，父福昌与吴昌硕为昆季交，亦工绘事。介侯摹刻金石，响拓鼎彝，无不精妙，尤工刻石，
　　　　突出前人。治印则规模秦、汉外，或参古籀、甲骨，独擅胜场。亦善刻竹，工雅有致。

　　后书说：

　　　　林兆禄（1887～1966）江苏吴县（今苏州）人。字介侯，号眉盦，别署根香馆主。金石家。亦善刻竹。早年曾为上海朵云轩拓制"布砖笺"、"布泉觯权笺"。曾任轮船招商局文书。1956年被上海文史馆聘任为馆员。祖父瑞恩，父福昌。女润珠，婿蒋鹊平……

　　另外，在《美术年鉴》、《竹人续录》、《中国古代名人录》等书中也都有林兆禄的小传。

　　这些资料无不证明林兆禄"号眉盦"，因此，残抄本题记的作者就是"号眉盦"的林兆禄，看来是似乎可以肯定的了。

　　当时，我接受了冯其庸和卞亦文两位先生的看法，也认为这位"眉盦"就是林兆禄，并在一篇论文④中建议把这部残抄本简称为"林藏本"或"林本"：

　　　　眉盦藏本或称林眉盦藏本、林兆禄藏本、林藏本、林本，或称风雨堂藏本、卞亦文藏本、卞藏本、卞本。为了行文的方便，我在这篇论文

① 卞亦文：《得书记幸》，《卞藏脂本红楼梦》影印本卷首。
② 《中国近现代书画家辞典》，天津杨柳青书社，2000。
③ 《中国近现代人物名号大词典》，浙江古籍出版社，2005，杭州。
④ 刘世德：《眉盦藏本试论——新发现的〈红楼梦〉残抄本研究》，《红楼梦学刊》2007年第一辑。

中径以"林本"作为它的代称。

尽管如此，我心中仍存留着一丝疑惑。

疑惑是由一个问题引起的：题记页上的两方印章，它们到底和林兆禄有什么内在的联系？这需要进一步作出圆满的、令人信服的解释。

第四节　两方蹊跷的印章

林兆禄是不是符合我在第二节中说的六个特征呢？

从特征三（是一位爱书的藏书家）、特征四（喜爱《红楼梦》）、特征五（熟悉《红楼梦》版本的若干情况）来考察，无法得出清晰的结论，因为缺乏有关林兆禄在这些方面的记载的资料。

以特征六（题记乃亲笔所书写，这成为鉴别其墨迹的依据）来说，也同样无法得出清晰的结论，因为我未能获见林兆禄的手迹作为比较。

特征二（在二十世纪四十年代，他寓居上海）仿佛符合，因为林兆禄是上海文史馆馆员；但他是苏州人，在二十世纪四十年代他是否曾寓居上海，仍然很难确认。

只有特征一（号眉盦），他无疑完全符合。

六个特征，只有一个符合，这就不免令人生疑了。这自然是孤证，世上和他同时的"号眉盦"的人恐怕绝对不止他一个。我们要力避张冠李戴的弊病。我一度误以此"眉盦"为林兆禄，所以我首先要自责。

尤其是眉本题记页上的那两方蹊跷的印章，使我们开始了对"林兆禄说"的怀疑。

这两方印章，首先引起了眉本真伪之争。

残抄本的题记页上钤有两方印章。一为阴文："上元刘氏图书之印"，位于题记页的右下角；一为阳文："文介私印"，位于题记落款处的左下侧，近于题记页的左下角。

先说"上元刘氏图书之印"。

"上元"乃旧县名。

唐代改江宁县为上元县，其治所在今江苏南京市。五代时又分上元地置江宁县。自此直至明、清两代，上元、江宁二县均为同城而治。民国元年

（1912），上元县撤销，并入江宁县。

所以，对近代人和现代人来说，上元、江宁、南京这三个地名指的其实是同一个地方。

"上元刘氏图书之印"，这个藏书印应该属于南京的一个姓刘的人家。

它涉及两个问题。

第一个问题：藏书章盖在题记的字上，还是题记的字写在藏书章之上？也就是说，在那一页上，是先写题记、后盖藏书章，还是先盖藏书章、后写题记？

第二个问题：如果藏书章盖在题记的字上，那么，为什么刘某人的藏书章要盖在林某人所写的题记的字上？如果题记的字写在藏书章上，那么，为什么姓林的人要违反常理，把自己的题记中的几个字写在刘某人的藏书章的上面？

第一个问题比较容易解决。只要仔细观察原书，立刻可以得出正确的判断。

问题在于，残抄本原书庋藏于私人手中，一般的读者难以获睹。一般的读者能够见到的，往往是此残抄本开始出现的那几年间流传的复印本，以及后来由北京图书馆出版社（现改名国家图书馆出版社）公开出版的影印本。然而，无论是在影印本上，或是在复印本上，由于印刷技术的原因，一时无法反映出题记的字和藏书章的先后层次，以致读者看到的往往是字在章上的假象。

例如，冯其庸先生当初就说：

> 如此看来，这书上的另一个图章，即"上元刘氏图书之印"是林兆禄以前收藏的这部脂本《红楼梦》抄本的人，此人是南京人，姓刘，也许在刘氏手里这部书是完整的也未可知，但现在却无从查考，总之这个图章又给了我们寻觅的线索。[①]

2006 年 11 月 6 日，卞亦文先生赠给我这部残抄本的复印本。我随即开始撰写那篇论文《眉盦藏本试论——新发现的〈红楼梦〉残抄本研究》。其时，我写信向卞亦文先生请教三个问题：

---

① 冯其庸：《读沪上新发现残脂本〈红楼梦〉》。

一、"文介私印"和林兆禄的关系；

二、"文介私印"和"上元刘氏图书之印"二者的印色有无深浅的区别；

三、"上元刘氏图书之印"是不是盖在题记的字上？

11 月 29 日，他给我回信说：

"文介私印"盖于眉盦题序落款处。林兆禄，号"眉盦"，字介侯，"文介"或许是他另外一个字或号，但没有明确记载。

两方印章的印色没有明显区别。

我把眉盦题序一页的图片发给您，可以放大看。

我仔细地、反复地看了他在电子邮件中寄来的图片，确信事实是：先写字，后盖章；字在印章之下。

于是，我在那篇论文中说：

经过仔细的、反复的观察和深入的思考，可以得出两个结论：

结论之一："上元刘氏图书之印"和"文介私印"非一人之章，钤盖时间也有先后之分。二者印色深浅略异，前者略新而后者略旧。因此，刘氏之印钤盖在后，文介之印钤盖在先。

结论之二：二章的印色明显地是钤盖在墨笔题字之上。这就说明，题记写在先，印章盖在后。

从钤印的位置看，"文介私印"位于眉盦题记的落款处，此章当为林兆禄所有。"文介"可能是他的另一表字。他先写题记，写完后再盖印章，所以章在字上。

"上元刘氏图书之印"也是章在字上。此印位于题记中的"地摊书"、"载矣今"六字之上。如果先有此印，那么，眉盦的墨笔题记把字写于此印章之上，便是一件罕见的、难以理解的事情。唯一正确的解释就是：眉盦题记写后，不知隔了多少时日，刘氏得到此书，并在眉盦题记页的右下侧加盖自己的藏书章。也就是说，刘氏的入藏是在林氏入藏之后。

总之，眉盦姓林，并不姓刘。苏州林氏入藏此书始自 1936 年，直至 1948 年（或 1948 年之后），而南京刘氏的入藏则在林氏脱手转让之后，其时间不可能早于 1948 年。

从苏州林氏到南京刘氏，其间的递传情况不详。①

在当时，这解决的是第一个问题。

我的那篇论文在《红楼梦学刊》发表以后，曾在网上引起了不同的意见。主要是曹震先生②连续在互联网上发表几篇文章，执意指认此残抄本是伪书。

例如，他在《从卞藏本钤印看卞藏本之伪——兼与刘世德先生商榷》（2007 年 2 月 5 日）一文中说：

> 显然，卞③、刘二位先生，不同意冯先生关于上元刘氏是"林兆禄以前收藏这部脂本《红楼梦》抄本的人"的判断，卞、刘二先生认为刘氏钤印在眉盒之后，刘先生更认为"题记写在先，印章盖在后"。
>
> 在这里，藏主和红学家之间，产生了意见分歧，红学家之间，也产生了意见分歧，这些都是正常的。我们不迷信于藏主的判断，也不迷信于权威学者的判断，我们惟有依据原始材料作我们自己的判断。
>
> …………④
>
> 从图一和图二，我们清楚的可以看出，二章的印迹明显地有被墨色题记覆盖的痕迹，这就说明，题记写在后，印章盖在前。这和刘先生"经过仔细、反复观察和深入思考"得出的结论正相反。
>
> 同时，比较白文章和朱文章的印色，我们也很难得出"前者略新而后者略旧。因此，刘氏之印钤盖在后，文介之印钤盖在先。"的结论⑤。
>
> 所以，我们只能说：
>
> 一、题记页钤盖两枚印章；
>
> 二、钤印在先，题记在后。题记形成于钤盖着两枚印章的纸上，部

---

① 刘世德：《眉盒藏本试论——新发现的〈红楼梦〉残抄本研究》，《红楼梦学刊》2007 年第一辑，第 4～5 页。

② 曹震先生的文章，署名"cao"。据于鹏先生告知，"cao"姓曹，名震。因此，在这里，径自用了曹先生的真名。事先没有获得曹先生的同意，敬请曹先生谅解。

③ 在发表论文之前，我把我对此事的看法告诉了卞亦文先生。他表示同意我的看法，故在《得书记幸》中说："'上元刘氏图书之印'是盖在眉盒重装并作序的衬纸上，或是眉盒之后收藏此抄本的人。"所以曹震先生在这里有这样的说法。

④ 这里省略了两幅插图。

⑤ 原文如此。此处疑有脱漏。

分字迹覆盖了印痕。

眉盦的墨笔题记把字写于印章之上，这恰恰是刘先生文中所谓的"罕见的、难以理解的事情"。

有这样漫不经心的藏家么？书写题记时不但覆盖了自己的藏印，还把其他人的藏印也覆盖了？

所以说，从题记页钤印情况分析，这就是卞藏本作伪的显证，也是铁证。

我们知道，一般藏印的钤盖，都是有一定习惯的。比如今存卞藏本，是分装四册的，在每册正文第一页，均钤盖了现藏主卞亦文先生的两枚印章。但是，根据题记，卞藏本"原订二册"，经题记书写者之手"亲自衬补，订成四册"。遗憾的是，除了在题记页，我们可以看到有被题记墨笔部分覆盖的两枚印章之外，在书中，我们再也找不到其他卞先生之前的藏主的印章了，也没有挖改的迹象，这无疑又是一项可疑之处。

退一万步，即便刘世老所说成立，字在印下，那么既然连卞君都知道把自己的藏书章钤盖在每册回首，为什么"上元刘氏"要把自己的印章盖在别人的题记墨字之上而不是每册回首呐？

所以，更合理的解释是：题记根本就是后写在钤盖两枚旧印的旧纸上的，和正文一样，都是造假的产物。

我很佩服曹震先生执著地追求真理的精神，也佩服他治学的工力①。

但是，我不能不遗憾地指出，他的证据是不可靠的，因而他的结论也就逃不脱"错误"二字了。

原因在于，他没有看到这部残抄本原书，他看到的想必是复印本或影印本。

在字和印章孰上孰下的问题上，影印本或复印本都反映不出原貌。那是出于印刷技术的局限。

要对这个问题下判断，用不着绕圈子，用不着驰骋想象力，只要手执原书一看，证据立刻呈现：字在下，印章在上。

请曹震先生原谅，我没有及时对他的商榷作出反应。因为我觉得这实际上是一个无须争论的问题。

·

① 这是我读了曹震先生在网上发表的众多的文章之后所得到的认识。

我的同事夏薇女士倒是在她的博士后出站报告①中对曹震先生的意见作出了回答。她认为，曹震先生的意见"是不能成立的，因为它违反了实际的情况"。兹引述她的意见如下：

请让我先从我听到的一件事谈起。

在上个世纪的六十年代，《红楼梦》杨本影印出版之后，很多学者投入了杨本的研究。那时，美国夏威夷大学教授马幼垣②写信托中国社会科学院文学研究所的陈毓罴、刘世德两位先生查阅文学研究所收藏的杨本原书。马教授指定的查阅内容就是：书上的藏书章是盖在字上，还是字写在印章上？陈、刘两位先生查阅后，告诉马教授：印章在字上。

马教授为什么要查询这个问题呢？因为他看影印本得到的印象是字在印章上；如果是这样，他觉得此书就有了造假的可能。

马教授毕竟是一位治学谨严的学者，在没有看到原书之前，他不敢贸然对这个重要问题妄下结论。

现在有些人指责眉盒藏本是"造假的产物"，恰恰是从"钤印情况"着眼的。

针对"作伪说"的意见，我做了两件事。第一，我查看了影印本，发现：在题记页，确如"作伪说"所言，字在印章之上。第二，我查看了眉盒藏本题记页的清晰的照片，发现：在题记页，印章在字之上。

二者完全相反。我们相信哪个呢？

当然相信原书或原书的清晰的照片。因为我们研究的对象是眉盒藏本原书，而不是眉盒藏本的影印本。

在影印的过程中，由于套色、工序等等方面的原因，并不能百分之百地还原眉盒藏本的原貌，因之使"作伪说"得到了错误的信息，并作出了错误的结论。

从这件事，我们无疑要吸取教训：做学问，一定要重视第一手资料；做版本研究，以及要断定一部书的真伪，更是必须要亲自验看原书，不能仅凭第二手资料（例如影印本等）就不假思索地、匆忙地得出什么"显证"、"铁证"之类的不符合实际情况的结论。

---

① 夏薇：《〈红楼梦〉版本研究》，第二部分"《红楼梦》脂本若干问题研究"第四章。
② 他在退休后一度担任香港岭南大学教授。

我想，第一个问题，谈到这里应该说是"真相大白"了。

接着，再谈第二个问题。

第二个问题和"文介私印"有关。

"私印"二字表明，这是一枚私人的名章。钤盖此印的人，其名应该就是"文介"。

名章而使用"私印"二字，是以前的藏书家的通例。例如清代著名的藏书家莫友芝，他的藏书上就钤有"友芝私印"的名章；"友芝"是他的名，而不是他的表字或别号。

然而，林兆禄虽然号"眉盦"，却是名"兆禄"，字"介侯"，与"文介"之名毫不相干。可能是那个偶同的"介"字引发了人们的联想，从而把"文介"和"介侯"联系起来了，进而又把"眉盦"和林兆禄联系起来了。

如果写题记的"眉盦"确为林兆禄，那么，他为什么要在落款的地方钤盖一个不属于他的名章呢？因此，认定此"眉盦"即林兆禄的证据，还略嫌薄弱，尽管他也是一个号"眉盦"的人。

我曾在两个公开的场合提出了自己的疑问。

第一次是在由中国红楼梦学会、北京图书馆出版社（即现在的国家图书馆出版社）召开的"卞藏脂本《红楼梦》鉴赏座谈会"[①] 上，被主持人孙玉明先生点名，作了即席发言。

第二次是在由首都师范大学中国传统文化数字化研究中心主办的"第六届中国古代小说文献与数字化研讨会"[②] 上，应主持人周文业先生之邀，作了"介绍一部新发现的《红楼梦》残抄本"的专题报告。

在那个即席发言和专题报告中，我都提到了这一疑问，但在会场上没有得到回应。

我认为，只有圆满地、令人信服地解答题记页上的两方印章到底和林兆禄有什么内在的联系，才能使"林兆禄说"彻底地树立。否则，"林兆禄说"就将遭到被人们抛弃的命运。

我相信，只有在"眉盦"、"文介"、"上元刘氏"三者之间找到了内在的联系，"眉盦"是谁也就水落石出了。

---

① 2007 年 6 月 16 日，北京，国家图书馆行政楼。

② 2007 年 8 月 14 日，北京，紫玉饭店。

第五节　"何叔惠说"辨误

2007 年 4 月 1 日，在互联网上发表了一篇以"卞藏本《红楼梦》题记人'眉盦'实是何叔惠"为题的文章，作者署名"天涯芳草轩"。

2007 年 6 月 22 日，《中华读书报》又转载了该文。

现援引该文于下：

> 去年上海拍卖了一部残抄本《红楼梦》，被深圳的年轻收藏爱好者卞亦文买得。红学家冯其庸起名叫"卞藏本"，说是嘉庆旧抄本。卷面有题记，署"眉盦"，时间是 1948 年。
>
> "眉盦"是谁？卞、冯判断是上海的金石篆刻名家林兆禄，号眉盦，又号香根馆主。
>
> 另一红学家刘世德因此改称这个抄本叫"林藏本"或者"林本"。其实，"眉盦"不是林兆禄，而是香港的文化名人何叔惠。
>
> 何叔惠书斋名三在堂，见《近代名人室号索引》页一二一。何氏诗礼传家，幼承庭训，是香港文化界十分敬重的前辈宿儒，诗文书法素享盛名，有《何叔惠诗词选》传世。
>
> 夫人梁洁贞善绘画，师承张韶石、李凤公，尤工牡丹。
>
> 何叔惠自号眉盦，后因迷恋红歌星邓曼薇，又号薇盦。与撰曲大师王心帆相得，曾撰辘轳诗三首，有小序："《玉想琼思过一生》一曲，乃王心帆词丈五十年前撰与歌伶小明星邓曼薇所唱者。曲词隽雅馨恻，哀怨无尽。盖夫子自道也。当时星伶以凄婉悲凉之歌喉，唱来如猿啼，如鹃泣，酸楚处使人为之断肠。古诗'一弹再三叹，慷慨有余哀'，仿佛似之。星伶谢世四十余年，墓木已拱。而心帆丈亦发皤然矣。日居月诸，佳人难再。青峰江上，其感念如何如耶？"
>
> 眉盦与至乐楼主何耀光也是挚交。何耀光是位富有的慈善家，也酷爱邓曼薇歌曲。
>
> 王心帆是邓曼薇的专用撰曲人兼恋人，星腔名曲大部分出自他的手笔。在眉盦穿针引线下，何耀光斥资印行王心帆所撰的十八首星腔名曲，并由王心帆补充了十八曲的前因后果，辑成一书，定名《星韵心曲》，隆

重出版，一时传为佳话。

　　眉盦为人豁达，对于王心帆与邓曼薇的恋情，极为理解支持。因他本是一情种，酷嗜《红楼梦》，其中诗词多能背诵。雅好搜求古旧书画，却不为物累，经常散漫馈赠，自己手里反而没有多少珍品了。

　　眉盦的墨宝在海内外多有展出，与卞藏本《红楼梦》上题记的字迹同出一手。眉盦就是何叔惠，应当是没有疑义了。这个抄本定名"何藏本"更准确，也可继续沿用"卞藏本"的名称。但是，所谓"林藏本"就不能再用了。

这里提到的这位何叔惠，他是不是我们所说的眉本题记页上的"眉盦"呢？

这依然要用我在第二节中提出的六个特征来加以验证。

何叔惠自号眉盦，符合特征一（号眉盦）。但他"因迷恋红歌星邓曼薇，又号薇盦"。

他也符合特征四（喜爱《红楼梦》）。天涯芳草轩说：何叔惠"酷嗜《红楼梦》，其中诗词多能背诵"。

天涯芳草轩指出，何叔惠"雅好搜求古旧书画"。这也差近于特征三（是一位爱书的藏书家）。

不过，特征五（熟悉《红楼梦》版本的若干情况），是否符合于何叔惠，从有限的资料中不易立即作出判断。

然而，何叔惠却与特征二（在二十世纪四十年代寓居上海）严重地不符。他是广东顺德人，长期居住在香港，是香港文化界的名人，曾任香港凤山艺文院院长、香港顺德艺文社副会长。

何叔惠也和特征六（题记出于亲笔所书写，成为鉴别墨迹的依据）严重地不符。何叔惠是著名的书法家。我见到过他的墨迹，其中有：

　　1）何叔惠著有《薇庵存稿》上、下两册，有1997年自印本。其中有自题诗句："自有典坟先世业，不忘家国此生心"，署"癸酉秋月薇盦何叔惠"。

　　2）何叔惠写有对联："逸兴多俗事少积善家风好，布衣暖菜根香读书滋味长"。题云："公元二千零五年，岁次乙酉，重五后五日，雨后天气转为晴朗，兴起，书故家悬壁连语。顺德八七老人薇盦何叔惠"。

　　3）西泠印社拍卖有限公司2008年6月28日"2008春季艺术品拍卖会"拍卖的"佛祖造像"，为刘涛所作，有跋文：署"少旅丈属题，薇盒何叔惠"。铃印，阳文："叔惠长寿"。

4）中国嘉德拍卖公司 2009 年 6 月 27 日拍卖的山水花鸟册页，为苏世杰、何叔惠等人所作。其中有何叔惠的题字："振雄先生大家两正。何叔惠。"

另外，在《大方集——大方书画会创会会员作品集》（三和印刷厂有限公司，1999）、"广东艺术网"上也登载有何叔惠的书法作品。

用眉本题记与何叔惠的字迹对照，细察之下，可以看出，何叔惠的笔迹与眉本题记的笔迹不类，不是同一人所写。

凭借特征六，再辅以特征二，可以否决"何叔惠说"。

第六节　"董其惠说"是个闹剧

眉盒是谁？"林兆禄说"是第一种说法，"何叔惠说"是第二种说法，"董其惠说"则是第三种说法。

第一种说法和第二种说法，说者说的是他人；第三种说法的说者却说的是他自己。

既然说的是自己，那还会有错吗？

其实不然。

前两种说法，尽管说错了，却有两点值得注意。第一，说者实际上认为，眉本实有其书，其书是真而不伪。第二，说者毕竟找到了林兆禄、何叔惠和"眉盒"这个署名之间的关联。

"董其惠说"则大不相同，它类似于游戏笔墨。不妨把它看作是《红楼梦》眉本藏主眉盒考辨过程中的一条花边新闻，一个有趣的小插曲。

在 2007 年 1 月 22 日，"红楼星语"网站上出现了一篇文章，标题是"揭开'边（按：原文如此）藏本'《红楼梦》之谜"，作者署名"董其惠"。全文如下：

> 鄙人无锡人氏，世代书香，反右时家道中落。予供职师范专科学校，暇则以翰墨为乐，常抄录古书，日有千字。十年前，曾经抄录《红楼梦》十回，多加改窜，自得其乐。另制回目若干条，也多妄改。书前眉庵题跋，是倩老友国梁公代笔，清秀可爱。后藏之篋中，任其霉烂，初无造伪之意。尝语国梁公，他日红学家见到，可知其假吗？国梁公笑道，他们恐怕没有此等见识。君不见，周君汝昌被河南的一帧曹雪芹小像所弄

乎？他自补雪芹诗，应知真假，奈多私心耳。予则说，他日可考验一番红学家的眼力。笑谈耳，未真实行。

今国梁公已做古人，予年来老迈，疾病缠身，医疗费苦无着落，犬子中发就思用这十回《红楼梦》赚些钱来，持送上海拍卖会。我一再嘱咐，必定相告拍卖负责人，这为近人抄本，只期望得五、六万元即可。不料拍得近二十万之巨，知买主误会为古抄本了。后闻吾乡红学大家冯君其庸在光明报有文，鉴定此本为嘉庆抄本，命名为"边（按：原文如此）藏本"。边（按：原文如此）者，据说买主名边一（按：原文如此）文，香港商人。我之罪孽深重了。再三问讯犬子，是否告诉拍卖会为今人抄录。犬子支吾，反复无常。我之罪孽成矣。本无心制造赝鼎，但手中钱财无法交代。今医药费已尽，命在旦夕。予非圣人，既造罪孽，却不愿世人误会，流毒文化。

鸟之将死，其言也哀；人之将死，其言也善。我告世人，世称"边（按：原文如此）藏本"《红楼梦》十回，是我无锡董氏其惠在一九九五年抄录，不是清朝人抄本。该向买主致歉，向红学家致歉。我不赴天国，愿下地狱！愿下地狱！

八五翁董其惠手书，恳请刘护士代为发布。歉歉歉歉！二〇〇六、十二、廿九。

这篇奇怪的文章，一上来便错把"卞藏本"说成了"边藏本"，其后又把"卞亦文"说成了"边一文"，真是搞笑之极。

我们也拿六个特征来检验此说。

可以说，六个特征和这位董其惠毫不搭界，风马牛不相及也。

冯其庸先生也是无锡人，他曾托友人仔细打探，得到了两个结果：第一，在无锡，并没有一个叫做"董其惠"的人；第二，在无锡，在所谓的"师范专科学校"中，也没有一个叫做"董其惠"的职员或教员。

因此，这位"八五翁董其惠"实际上是虚无世界中的人士。

他只不过是捏造了一个假名字，和我们大家开了一场玩笑而已。

我们不必理会此说，不值得再为它多费笔墨。

眉盦藏书题记的"眉盦"，不是林兆禄，不是何叔惠，更不是董其惠，那么，他是谁呢？

我们需要寻找。

第五章

寻找眉盦

——从刘文俨到刘文介

第一节　寻找的过程

我认为，要圆满地、令人信服地解答眉盦是谁的问题，必须要寻找到"眉盦"、"文介"（"文介私印"）、"上元刘氏"（"上元刘氏图书之印"）三者之间的必然的、有机的联系。

这个寻找的过程，可以说是缓慢的、曲折的。

它依次分为五个阶段。

在第一阶段中，得到了很多热心的朋友们的帮助，寻找到刘文俨的一些旧藏书籍，获知"上元刘氏图书之印"与"刘文俨"二者之间的联系。

在第二阶段中，经曹震先生的提示和于鹏先生的帮助，寻找到《上元刘氏家谱》稿本，获知"上元刘氏"和"刘文俨"、"刘文介"、"眉盦"四者之间的关联。

在第三阶段中，得到了网友"爱嗑瓜子"（王鹏）先生的帮助，寻找到刘文介的旧藏书籍《莫愁湖志》，获知将"上元刘氏图书之印"和"文介"两枚印章捆绑在一起的又一证据。

在第四阶段中，根据一些网友提供的线索，陆续从《李申夫先生全集》、《苏慈墓志》拓片和李洪进造像拓片上的印章找到了有关刘文介的重要证据。

在第五个阶段中，根据网友"关枫舍人"的提示，从《施葆生先生墨迹》写本中发现了刘文介即眉盦的直接证据。

五个阶段，逐步地、有说服力地揭开了"眉盦是谁"之谜。

第二节　"上元刘氏图书之印"与刘文俨

寻找眉盒的过程，先从"上元刘氏图书之印"入手。

经过仔细的调查以及朋友们的热心帮助，在很多书籍上都发现钤有与《红楼梦》眉本相同的印章"上元刘氏图书之印"。

今所知者，除这部《红楼梦》残抄本（眉本）外，至少还有：

（1）《李太白文集》，康熙五十六年（1717）缪曰芑覆刻宋蜀本，三十卷，四册。

（2）《宝纶堂集》，光绪十四年（1888）会稽董氏取斯堂刊本，有刘氏戊申年（1908）跋。

（3）《午亭文编》，康熙四十七年（1708）林佶写刻本，五十卷，十册。

（4）《感旧集》，乾隆十七年（1752）卢氏雅雨堂写刻本，十六卷，八册。

（5）《珊瑚鞭》，抄本，二卷，二册，上海图书馆藏。

（6）《秦淮八艳图咏》，光绪十八年（1892）羊城越花讲院刊本，一册。

（7）《两罍轩彝器图释》，同治十一年（1872）刊本，六册。

（8）《新刻徐玄扈先生纂辑毛诗六帖讲意》，万历四十五年（1617）金陵广庆堂唐振吾刊本。台湾中央图书馆藏。"毛诗六帖序"钤盖一枚阴文"刘氏文俨"的印章；"国风"卷一首页有"上元刘氏图书之印"。

其中第八项书上的印章，既有"上元刘氏图书之印"，又有"刘氏文俨"，表明"上元刘氏图书之印"的主人便是"刘文俨"。

以上证据表明，刘文俨是一位藏书家，"上元刘氏图书之印"是他使用的藏书章。

此外，还有以下两种书籍，有"刘氏文俨"之印：

（9）《说文通检》，光绪二年（1876）崇文书局刊本。

（10）《东征集·平台纪略》，雍正十年（1732）刊本。"江宁刘文俨"题写书名。

从第十项看来，"上元刘氏"和"江宁刘文俨"完全得到了对应。

在前人书写的籍贯上，"上元"（"上元刘氏"）与"江宁"（"江宁刘文俨"）实际上可以说是一回事。

上元和江宁是两个有亲密关系的地名。在清代，上元是县名，隶属于江宁府。江宁则既是县名，又是府名。其治所在今江苏省南京市。在清代，上元县与江宁县同城而治。至民国元年（1912），上元县并入江宁县。在这一点上，籍贯署"上元"和籍贯署"江宁"毫无矛盾可言。

那么，刘文俨的藏书章和《红楼梦》眉本题记作者"眉盦"以及"文介私印"又有什么关系呢？

《上元刘氏家谱》给我们提供了答案。

此家谱是解决"眉盦"、"文介私印"、"上元刘氏图书之印"问题的重要的、直接的、正面的证据。

由于《上元刘氏家谱》的发现，我们方始了解到"眉盦"、"文介私印"、"上元刘氏图书之印"三者之间存在着必然的、有机的联系。

第三节　刘文俨与刘文介

——《上元刘氏家谱》的发现

从曹震先生提供的信息中得知，国家图书馆藏有《上元刘氏家谱》。于鹏先生在国家图书馆查到了此书。我在于鹏先生的协助下，仔细地、反复地阅读了此书。

现对此书作一个概括的介绍。

《上元刘氏家谱》稿本，六卷，五册。

编者是刘文燿。

封面题"刘氏宗谱"，并有题记云："乙亥嘉平月幼丹氏自书，时年七十有一。"下钤阴文印章一方："刘文燿印"。乙亥即民国二十四年（1935）；刘文燿时年七十一，则他生于同治四年（1865）。

有《上元刘氏家谱总目》。卷一，序、例言、命名字派、世系图考、世系表上；卷二，世系表下；卷三、卷四，文传墓志；卷五、卷六，杂志。

序署"光绪十三年，岁次丁亥，九世孙文燿栋臣氏谨序"。光绪十三年即1887年。

有"上元刘氏家谱条例十二则"，"光绪十三年立"。

《上元刘氏家谱》后附刘文燿《丰润阁诗钞初编》稿本六卷，上、下两册，《小品录》一册。

在《上元刘氏家谱》中，收录了刘文燿《迁宁始祖文鉴公坟山始末纪弁言》，其后附有三篇呈文：

> （1）宣统二年（1910）"呈江宁县知事孙原稿"，具呈人刘庸昺，连署人有刘文燿、刘文俨、刘文介等。
>
> （2）民国十七年（1928）十二月二十六日"呈南京特别市政府公安局原稿"，连署人有刘文燿、刘文俨、刘文介等。
>
> （3）民国二十三年（1934）五月十四日呈文，具呈人刘凤笙，连署人有刘文燿、刘文俨、刘文介等。

这三篇呈文所透露的信息是：

> （1）宣统二年（1910）呈文的对象是"江宁县知事"。这和刘文俨在《东征集·平台纪略》上题写书名时所署的籍贯是一致的。
>
> （2）民国二十三年（1934）五月十四日呈文连署人有刘文俨之名。这表明其时刘文俨在世。
>
> （3）三篇呈文的连署人不仅有刘文俨，居然还有一个叫做刘文介的人。

"刘文介"之名引起了我的注意。

一看到这个名字，我自然立即联想到眉本题记上的"文介私印"。

这个"刘文介"是不是那个"文介"，是不是那个"眉盦"？

他和刘文俨又是什么关系？

继续查阅《上元刘氏家谱》，其中的种种记载终于为我们提供了预期的答案。

第四节　嫡亲的兄弟：刘文介与刘文俨

为了了解刘文介和刘文俨之间的关系，我仔细地查阅了《上元刘氏家谱》的世系表。

在世系表上，一世至四世为：

```
                    ┌─ 应元
明之 ── 崇德 ── 铠 ──┤
                    └─ 应岁
```

应元（四世）有三子，如下：

```
        ┌─ 云骧
应元 ──┤── 云骥
        └─ 清瑞
```

云骧一支的世系如下：

云骧（五世）有四子，次子为世恩。

世恩（六世）有三子，长子为兆瀛。

兆瀛（七世）有三子，长子为凤起。

凤起（八世）有四子，次子为文燿（九世）。刘文燿即《上元刘氏家谱》的编者。

云骥一支的世系如下：

云骥（五世）有二子：金安、依尧。金安早亡，依尧系以胞侄入嗣。

依尧（六世）有三子：捷瀛、某瀛、会瀛。次子某瀛早亡。

捷瀛（七世）有三子：宝增、宝珍、宝和。长子宝增出继为会瀛之嗣子。

宝和（八世）有五子，如下：

```
        ┌─ 文俱
        │─ 文俨
宝和 ──┤── 文侃
        │─ 文僖
        └─ 文介
```

宝和之长子文偁出继为其大伯父宝增之嗣子。四子文僖出继为其二伯父宝珍之嗣子。

文俨（九世）有二女：琅章、琳章；无子，以其胞弟文介之次子珩章为嗣子。

文介（九世）有二子：琥章、珩章。次子珩章出继二伯父文俨为嗣子。

从这个《上元刘氏家谱》的世系表上，我们注意到，刘文俨和刘文介竟然是同胞的嫡亲兄弟——一为长兄[①]，一为幼弟。

这样，我们就找到了"文介私印"（《红楼梦》眉本）、"上元刘氏图书之印"（《红楼梦》眉本）两个印章和"刘氏文俨"（《新刻徐玄扈先生纂辑毛诗六帖讲意》）、"上元刘氏图书之印"（《新刻徐玄扈先生纂辑毛诗六帖讲意》）两个印章之间的联系点。

接着，有三个问题摆在我们的面前，有待于我们的继续考察：

第一，刘文介有没有一个表字或别号叫"眉盦"？

第二，刘文介有没有可能于民国二十五年（1936）和民国三十七年（1948）寓居上海？

第三，在眉本上钤盖"上元刘氏图书之印"的是刘文俨，还是刘文介？

第五节　《望之哀启》引录

在《上元刘氏家谱》的卷末，附有一篇《望之哀启》。

它是解答"眉盦是谁"之谜的一把钥匙。

《望之哀启》全文用铅字排印。标题占一页，正文共六页。

标题原印作"哀启"，后被人用墨笔贴改为"望之哀启"[②]。

望之乃是刘文俨的表字。

哀启文末的署名则是刘文俨的子女。

全文一千五百字左右（不计标点），引录如下：

> 哀启者：先严生有至性，笃于孝友，事亲以色养为先，以养志为务。

---

① 其实刘文俨排行老二。他上面还有一位兄长刘文偁；不过，刘文偁已过继于其伯父刘宝增的名下。

② 这位贴改者很可能是《上元刘氏家谱》的编者刘文燿。

先王父晚年撄风痹之疾，先严衣不解带，目不交睫者累月。清光绪辛丑，先王父见背，先严哀毁逾恒，襄先伯父慕禹公办理丧葬，罔不尽礼，戚友多敬之。

幼颖悟，八龄毕群经，尤工书法。先王父试经古月课，常以隶书代誊试卷。稍长，肄业于同文馆，为业师丹徒乔公少泉所激赏。嗣以亲老家贫，堂伯父镜澄为介于金陵防营支应总局，助理文案。暇即与镜澄讨论诗文各艺，猛勇精进。

岁乙未，年十九，受知于攸县龙学使湛霖，补郡学弟子，未几补增生。而公牍文字，亦日益谙练。在局十一年，任事一以勤慎为主，深为总文案太姻伯沈公石卿所倚赖。

先严尤以植品自励。业师乔公少泉常语人曰："士先器识而后文艺，如刘某者，匪特文字为翩翩书记之才，且临大事而不渝者也。"乔公随泗州杨星使轺节任德使馆参赞，母老子幼，付托乏人，先严毅然代为主持一切。而乔公驻德三年，得纾内顾之忧。自光绪三十年甲辰，乔公返国，总司山东洋务局文案，即邀先严北游。翌年四月，乔公卒于任，茕茕孤寡，客处异乡，惶惶无以为计。先严感恩知己，锐身代为料理丧务，亲护灵柩，运回丹徒原籍。是时，汉阳郡守冯公韵轩，为乔公至戚，电邀乔太师母及世叔等前往居住。先严复亲送至汉阳，间关千里，奔驰数月，举凡一切巨细事务，先严均以一身任之，必至妥善而后已，一时叹为高义。

当自鲁南返时，山东洋务局总办周，极重先严，坚嘱幕友再四挽留继任，而先严卒逊谢焉。

岁戊申，复应镜澄伯父之召，佐理江南制造局文案，旋为江海关汉文文案主任崔公吟梅保荐，襄理本关文牍。

民国元年壬子，奉调山海关。是时，先王母春秋已高，先严迎养沪寓，甘旨亲承，雅不欲远游，而官书敦促，含泪登舟，固知先严之心伤已。翌年正月，先王母弃养，先严闻电奔丧，星夜南返，抚棺哀痛，以不能亲视含殓，终身引为大戚。

民国三年甲寅，崔公以江海关需才佐理，复请调先严返沪供职。翌年，崔公以老病乞退后，即荐先严继之，朝夕勤慎，黾勉匪懈，虽退食之暇，亦必于私室清厘公务。如是者数年，觉有头眩之疾。是时，先严年尚未臻强仕，未以为意也。讵知病根即伏于是矣。

民国五年丙辰，遭家不造，里中时疫流行，先四叔父敬斋公，及堂兄琚章、堂姊琬章，相继染疫逝世。先四婶母痛失所天，几欲身殉。先严百计安慰，妥筹善后，不使稍有缺乏。是时，先伯父慕禹公远在福海关任事，不孝珩章本生父眉叔又年方弱冠，先严料理丧务，一身任之，心力交瘁。

本生父幼失怙，长失恃，先严爱怜最切，始之以读书，继之以婚娶，莫不维先严是赖。先伯父慕禹公终岁客游，有时请假归来，先严与之优游谈笑，融泄之情纯出天真。至于家事，或有所陈述，或有所秉承，奉之唯谨。其笃于伦纪，有为他人所难能者。

先严娶母顾氏，为外王父伯虬公之女，生不孝琅章、琳章，及弟一不幸早殇，先严为琅章择婿，婿为同邑世好夏姻伯亮卿之子祥生，结缡甫及一年，即谢世，先严为之心恸。

迨至民国十八年己巳，先伯父慕禹公由福海归来，忽患病，殁于沪寓。先严益深手足零落之伤。盖自丙辰以迄于今，先后十余载，屡遭惨变，忧郁神伤。头眩之疾，日益加甚。

是年秋，翁公颂僖奉令调任扬由关税务，呈请调先严掌机要秘书，先严以沪关公务已成熟境，不欲再膺繁剧，呈请收回成命，而总税务司梅、汉文税务司丁，以扬由关系新接收，亟需整理，秘书尤为重要，非先严无以胜其任，不许辞。先严视事数月，案牍劳形，精神又为之一减。

民国二十年庚午，扬由关奉令裁撤，先严调回总署任职。是年冬，复奉调金陵海关。先严以服务梓邦，邱墓松楸得以岁时祭扫，欣然就道。而返里以来，头眩之疾未已，心境时觉怔忡，历就中西医诊治。医云：心脏受疾甚深，亟宜长期休养。乃乞休致，固请方许。

先严喜藏书。历年以来，收集甚富。退职后里居，辄以读书消遣。

不孝等深喜先严从此优游以乐天年。不料本年七月四日，偶感暑热，致患疟疾，经医诊治，疟已停止。十五日晨，先严犹谈笑如常，下午忽稍感不适，兼之天气酷热，顿觉口舌木强，神色有异，乃亟延医治。医云：心脏之疾猝发，未及服药，竟弃不孝等而长逝矣。

呜呼痛哉！不孝等侍奉无状，罹此鞠凶，抢地呼天，百身莫赎，只以慈亲在堂，窀穸未安，不得不苟延残喘，勉膺大事，苫块昏迷，语无伦次，伏乞矜鉴。

本生严慈侍下孤子刘珩章、孤女刘琅章、刘琳章泣血稽颡。

第六节 《望之哀启》所透露的消息

《望之哀启》文末的署名为刘珩章及刘琅章、刘琳章。

刘珩章是刘文俨的嗣子，刘琅章、刘琳章乃刘文俨的女儿。而刘珩章的本生父也就是刘文俨的胞弟刘文介。

《望之哀启》主要介绍了刘文俨的生平事迹，附带也提到了刘文介。从研究《红楼梦》眉本的角度说，它为我们提供了如下的最重要的、有价值的信息：

（一）刘文俨的生卒年

《望之哀启》有两处提到了刘文俨的年龄。

一处说：

> 岁乙未，年十九……

这指的是刘文俨。乙未即光绪二十一年（1895）。

由此逆推，可知刘文俨生于光绪三年（1877）。

另一处说：

> 民国三年甲寅……。翌年……。是时，先严年尚未臻强仕，未以为意也。

"强仕"，典出《礼记·曲礼上》："四十曰强而仕。""未臻强仕"，就是说，他的年龄还不到四十岁。

"民国三年"的"翌年"是民国四年（1915）。按刘文俨生于光绪三年（1877）计算，这时是三十九岁。此年龄正与"未臻强仕"相合。

《望之哀启》又说：

> 不料本年七月四日，偶感暑热……。十五日晨……下午忽稍感不适……未及服药，竟弃不孝等而长逝矣。

可惜，哀启的末尾没有交代撰写的年月，文中也没有明确说出"本年"

究系何年。

由于上文始而提到"民国二十年庚午",继而提到"是年冬",故知刘文俨当卒于民国二十一年（1932）或二十一年之后。

查《上元刘氏家谱》收有民国二十三年（1934）五月十四日呈文，其中的连署人有刘文俨之名，则刘文俨的卒年必在这一年的五月之后。

又按，《上元刘氏家谱》"卷一之二"封面以及《上元刘氏家谱》所附的《丰润阁诗钞》封面均有刘文燿的题记："乙亥嘉平月，幼丹氏自书，时年七十有一。"乙亥即民国二十四年（1935），嘉平月乃阴历十二月。

而《上元刘氏家谱》之内，既收有《丰润阁诗钞》，又收有《望之哀启》，可知三者之编成乃同时之事。

因此，刘文俨的卒年当在民国二十三年（1934）五月之后，二十四年（1935）十二月之前，而以卒于二十四年（1935）七月十五日的可能性最大。

这是因为，《望之哀启》位于《上元刘氏家谱》之末尾，处处显示出仓促编入的痕迹，表明：编入《望之哀启》之年正是《上元刘氏家谱》编成之年。

若然，则刘文俨享年五十九（1877～1935）。

（二）刘文俨是藏书家

哀启又说："先严喜藏书，历年以来，收集甚富。退职后里居，辄以读书消遣。"

可知刘文俨是一位藏书家[①]。

由此可见，眉本题记页右下角所钤盖的"上元刘氏图书之印"实即刘文俨所使用的那枚印章。

从原书可以看出，"上元刘氏图书之印"系钤盖于眉盒题记的墨笔字之上。

这里就产生了一个问题：眉盒题记说，这部残抄本购于民国二十五年

---

① 我说"刘文俨是一位藏书家"，有人在网上发表文章表示反对。其实，"藏书家"只是一个普通的称呼。著名的藏书家可以称为藏书家。普通的、一般的藏书家当然也可以称为藏书家。有"藏书"印章的更可以称为藏书家。世上并没有一条禁令，规定谁可以叫藏书家，谁不可以叫藏书家。实际上，这个名词的含义，既包括专业的或著名的藏书家，也包括普通的藏书家，他们都可以叫做藏书家。难道喜爱藏书，藏有多种图书，又有"藏书"印章的人，不能称为藏书家吗？

（1936）；题记则写于民国三十七年（1948）。其时，刘文俨业已去世。因此，他不可能是写题记的眉盦。他既然不是眉盦，那么，他使用的藏书章怎么会盖在眉盦题记的字上呢？

这可以有四种解释。

解释一：从印章的字面上看，"上元刘氏图书之印"不是刘文俨个人专用的藏书印；刘文俨死后，他的藏书归他的胞弟刘文介继承了；因此，他的藏书章连带着也归刘文介使用了。不是别人，而是刘文介，把这枚印章钤盖在那个残抄本的题记页上的。

解释二：从印章的字面上看，"上元刘氏图书之印"不是刘文俨个人专用的藏书印；在清代和近代，兄弟共用一枚藏书章，多有其例。刘文俨死后，这枚藏书章归刘文介独用了。不是别人，而是刘文介，把这枚印章钤盖在那个残抄本的题记页上的。

解释三：从印章的字面上看，"上元刘氏图书之印"不是刘文俨个人专用的藏书印，而是他们家族共用的藏书印。刘文俨可以用，刘文介也可以用。

解释四：从印章的字面上看，"上元刘氏图书之印"不是刘文俨个人专用的藏书印，而是刘文俨、刘文介兄弟二人共用的藏书印。

不论是作何种解释，在《红楼梦》眉本题记页上，钤盖藏书印"上元刘氏图书之印"的人，既不是刘文俨，也不是别的人，而是写题记的眉盦（刘文介）。

《望之哀启》提到了"本生父"和"先严"的关系。前者指的是刘文介，后者则指的是刘文俨：

　　本生父幼失怙，长失恃，先严爱怜最切，始之以读书，继之以婚娶，莫不维先严是赖。

刘文介年幼丧父，刘文俨对他尽心呵护，保持着"长兄若父"的情谊。兄弟二人的关系是如此的亲密，如此的融洽，兄长死后，他们家庭共用的藏书章转移到幼弟手里，这是顺理成章、不足为奇的。

（三）刘文介的表字

那么，刘文介的名字和残抄本题记所署的"眉盦"有没有矛盾呢？

没有矛盾。

《望之哀启》下列一段文字给我们提供了合理的解释：

> 民国五年丙辰……是时，先伯父慕禹公远在福海关任事，不孝珩章本生父眉叔又年方弱冠……

刘珩章的本生父是刘文介，这在《上元刘氏家谱》的世系表上有着明白无误的记载。

值得注意的是，在这里，刘珩章称他的本生父刘文介为"眉叔"。

而在此哀启中，有一通例：凡是提到刘氏上辈诸人时，均称呼他们的表字。例如，"先伯父慕禹公"、"堂伯父镜澄"、"先四叔父敬斋公"等，无不如此。

由此可知，"眉叔"即是刘文介的表字。

古人的名和字一般是有关合的。

《诗经·豳风·七月》：

> 八月剥枣，十月获稻，为此春酒，以介眉寿。

这就是名文介、字眉叔的由来。

"介"字和"眉"字的关合，在人们取名时，常被沿用。例如在上一章已经说到的林兆禄，字介侯，号眉盫。以"介眉"为名的近世名人，则有著名的京剧票友松介眉（1875～1930）、著名的书画家佴介眉（1887～1969）等。另外还有女性以"介眉"为名者，从《蒋介石日记》得知，他早年曾有一位青楼恋人名叫"介眉"，日记中多处提及此事，例如 1919 年 5 月 18 日：

> 下午，假眠一小时。接介眉复信，拒绝要求，大失所望。青楼之无情亡义，不知害死多少英雄矣！

至于"眉盫"，则自然是刘文介晚年因"眉叔"而另取的别号。

（四）刘文介的年龄

既然眉本题记上的"文介"和"眉盫"都是同一个人，即刘文介，那么，刘文介的年龄和民国二十五年（1936）购书、民国三十七年（1948）写题记有没有矛盾呢？

也没有矛盾。

哀启说，民国五年（1916）的时候，刘文介"年方弱冠"。

古人所说的"弱冠"，一般是指二十岁。

以此推算，可知刘文介生于光绪二十三年（1897），小于他的胞兄刘文俨二十岁。刘文介于民国二十五年（1936）购得此《红楼梦》残抄本时为四十岁，于民国三十七年（1948）写题记时为五十二岁。

第七节　《丰润阁诗钞初编》与刘文俨

《上元刘氏家谱》的编写者是刘文燿。

因此，《上元刘氏家谱》附有刘文燿《丰润阁诗钞初编》的稿本。

《丰润阁诗钞初编》共六卷，分为上、下两册。

在《丰润阁诗钞初编》卷六，有两首诗和刘文俨有关：《得望之从弟（文俨）海上书，赋此却寄二首》。其一云：

> 羡君海上久栖迟，二十年中几见之。
> 抱朴自安君子书，怀才奚必世人知。
> 治家井井条兼理，与我殷殷情见词。
> 安得乘风一相访，晤言共罄别来思。

其二云：

> 记得巡行海上过，半淞园里小婆娑。
> 波光滟滟浓于鞠，柳色毿毿淡似莎。
> 一自别离劳梦想，几番问讯感情多。
> 儿曹倘得从君后，就养吾将与子哦。

其中第二句"半淞园里小婆娑"下，有小注说："去春巡视苏属税务，弟尝宴我于半淞园。"

"望之"是刘文俨的表字。诗题和第一首诗中的"海上"都指的是上海。半淞园是上海早年的营业性私园，创设于民国六年（1217），取杜甫《戏题王宰画山水图歌》诗中的"剪取吴淞半江水"句意而命名，园内有餐饮、娱乐等设施，民国二十六年（1937）被日本侵略军的炮火夷为废墟。刘文俨长期居住在上海，约有"二十年"之久。

那么，刘文煟的这两首诗写于哪一年呢？

《丰润阁诗钞初编》中的诗篇，经检查，发现它们都是按年排列的。

卷六所收的诗，诗题、诗句中涉及年月的，有：

《乙丑二月……》

《三月十一日……》

《七月十三日……》

《九月十九日……》

《正月六日（丙寅）……》

"丙寅四月二十一日"

一丝不乱，这都是《丰润阁诗钞初编》编年的证据。

紧接在《得望之从弟（文俨）海上书，赋此却寄二首》之后的，是《读苏长公海市诗因而有作》，其首句曰：

方春二月乙丑春。

这就告诉我们，《得望之从弟（文俨）海上书，赋此却寄二首》作于乙丑之前。其时约为甲子末或乙丑初。

查乙丑乃民国十四年（1925）。逆推二十年，则是光绪三十一年（1905）。

可知刘文俨寓居上海的时间，大约在光绪三十一年（1905）至民国十四年（1925）间。

刘文俨是南京人，为什么会长期居住在上海呢？

请看《望之哀启》所反映的刘文俨在上海的行踪：

岁戊申，复应镜澄伯父之召，佐理江南制造局文案，旋为江海关汉文文案主任崔公吟梅保荐，襄理本关文牍。

民国元年壬子，奉调山海关。是时，先王母春秋已高，先严迎养沪寓……。翌年正月，先王母弃养，先严闻电奔丧，星夜南返……

民国三年甲寅，崔公以江海关需才佐理，复请调先严返沪供职。翌年，崔公以老病乞退后，即荐先严继之……

迨至民国十八年己巳，先伯父慕禹公由福海归来，忽患病，殁于沪寓。……

是年秋，翁公颂僖奉令调任扬由关税务，呈请调先严掌机要秘书，先严以沪关公务已成熟境，不欲再膺繁剧，呈请收回成命，而总税务司梅、汉文税务司丁，以扬由关系新接收，亟需整理，秘书尤为重要，非先严无以胜其任，不许辞。先严视事数月……

民国二十年庚午，扬由关奉令裁撤，先严调回总署任职。是年冬，复奉调金陵海关。

戊申即光绪三十四年（1908）。从这一年起，刘文俨即在上海海关任职。直至民国十八年（1929）秋，调任"扬由关"①，离沪。从光绪三十四年到民国十八年，刘文俨正在上海。刘文燿《得望之从弟（文俨）海上书，赋此却寄二首》第一首所说的"羡君海上久栖迟，二十年中几见之"，洵非虚语。

第八节　刘文介与上海

为什么要注意刘文俨居住上海之事呢？原来这和刘文介购买这部《红楼梦》眉本有关。

眉本的题记说：

> 残抄本《红楼梦》，余于民廿五年得自沪市地摊。

题记的末尾又说是"民卅七年初夏""识于沪寓"。

这证明，在民国二十五年（1936）以及民国三十七年（1948），刘文介居住在上海。

刘文介的籍贯是南京，但又长期居住在上海。

对于这一点，眉本题记的记载就是直接的证据。

那么，有没有间接的证据呢？

有的。

在《望之哀启》中，有这样一段文字：

> 民国元年壬子，奉调山海关。是时，先王母春秋已高，先严迎养

---

① 扬由关是旧时设在扬州的水上税务机关。

沪寓

民国元年即公元 1912 年。其时，刘文俨三十八岁，刘文介十八岁，其父则早已逝世。其时，因其母（即《哀启》中所说的"先王母"）年纪高迈，健康欠佳，刘文俨把她从南京迎接来沪赡养。这表明刘文俨当时任职的地点虽在山海关，他的家却安在上海。

这时刘文俨在北地任职，不能亲自照顾母亲在上海的日常生活，刘文介想必是在这个时候陪侍老母来沪居住的。

刘文俨于民国二十三年（1934）去世。而刘文介于民国二十五年至三十七年（1936～1948）间身在上海。可知题记所说的"沪市"、"沪寓"，洵非虚语。

可以想像得到，刘文介的上海寓所当然也就是刘文俨的寓所。

这样，一条证据链就完整无缺地连接起来了：

"上元刘氏图书之印" —— 刘文俨 —— 上海 ——《上元刘氏家谱》—— 刘文介 —— 眉叔 —— 眉盦 —— 上海 —— 残抄本《红楼梦》——"文介私印" ——"上元刘氏图书之印"

结论：民国二十五年（1936）购藏这部《红楼梦》残抄本的人，不是林兆禄，不是何叔惠，更不是董其惠，而是刘文介。

第六章
眉盦藏书与印章的再发现

第一节　印章：开始与归结

寻找眉盦，是从《红楼梦》眉本题记页上的一个署名（"眉盦"）、一枚名章（"文介私印"）和一枚藏书章（"上元刘氏图书之印"）开始的。

首先，有两点得到了确认：第一，名章"文介私印"钤盖在署名"眉盦"的左下侧，这证明此名章乃"眉盦"所有，而"文介"极可能是"眉盦"的名字。"文介"若非"眉盦"之名，则此印章钤盖在署名"眉盦"的下侧，就变成了一桩不可思议之事。第二，细察原书，可知：在题记页上，是先写题记文字，后盖藏书章"上元刘氏图书之印"，印章钤盖在文字墨迹之上。

这告诉我们，"眉盦"、"文介"和"上元刘氏"三者之间有着直接的、必然的联系。

其后，我们发现，在十种书籍上，钤有两枚印章（"上元刘氏图书之印"、"刘氏文俨"），并有一个墨笔署名（"江宁刘文俨"）。于是，从籍贯"上元"（"江宁"）、姓氏"刘"、名字"文介"、"文俨"四者入手，就成为下一步进行研究的必要的步骤。

接着，我们从《上元刘氏家谱》里查到了，和刘文俨名字并列的有一个叫做刘文介的人。他是刘文俨的胞弟。我们又从《上元刘氏家谱》附录的《望之哀启》里得知，刘文介的表字是"眉叔"。相同的"文介"，相同的"眉"——这两点直接地和间接地证明了，刘文介即"眉盦"，他以"眉叔"为表字，因此极有可能以"眉盦"为别号。

我们又从《望之哀启》的记载中考出，刘文俨约卒于民国二十四年

（1935）七月十五日。这证明了，在《红楼梦》眉本上钤盖藏书章"上元刘氏图书之印"之人非刘文俨，而是他的胞弟刘文介。

至此，需要继续考查和证明的，是这样几个问题：

名章"文介私印"是否在别的书上出现过？是否像《红楼梦》眉本一样，和藏书章"上元刘氏图书之印"同时在书上存在？

有没有名章"眉叔"？若有，则钤盖在什么书上？

刘文介有没有旁的别号？

寻找眉盦，是从印章开始的，让我们再归结到印章上。

在下文，从第二节到第五节，我要向读者介绍和眉盦有关的两部书，一个碑文的拓片，一个造像的拓片和一个墨迹写本。

这样做的目的，主要不是为了介绍这两部书、这两个拓片和这一个墨迹写本的文字或内容，而是为了介绍这两部书和两个拓片的旧藏主钤盖在书上、拓片上、墨迹写本上的几枚印章。

当然，这和我们考查和讨论的眉盦其人有关。

第二节　刘文介与《莫愁湖志》

在《红楼梦》眉本的题记页上，既有上元刘氏的藏书印"上元刘氏图书之印"，又有刘文介的名章"文介私印"。

如果在别的书籍上发现，也钤有这同样的藏书印和名章，岂不是又构成了一个坚强的、有说服力的证据链？

这个证据链终于引人注目地被发现了。

这就是我要在这里介绍给读者的第一部书——《莫愁湖志》。

《莫愁湖志》全书六卷，分为上下两册。上册一至四卷，下册五、六两卷。上册注明"光绪壬午卯月重锓"，壬午即光绪八年（1882），卯月即农历二月。下册注明"光绪辛卯五月重锓"，辛卯即光绪十七年（1891）。

此书原为刘文介旧藏。

莫愁湖乃著名的江南名园，位于南京水西门外。刘文介的故乡是南京，他购买和收藏有关莫愁湖的书籍，自是意料中事。

网名"爱嗑瓜子"的王鹏先生于2011年从"沪上一老者"处购得此书。其后，他于同年6月18日在"新华网"的"发展论坛"上发表《〈莫愁湖志〉"上元刘氏"钤印考》一文，披露了有关的情况：

> 本人收藏有一本光绪壬午年重刻的《莫愁湖志》，此书中有"上元刘氏"、"文介"、"眉道人"三种后人标记。据本人初考，这与卞藏本①的"上元刘氏"、"文介私印"、"眉盦"三种标记应该有密切关系，系出于一人。今年六月，本人于沪上一老者处购得《莫愁湖志》上下两册。上册一至四卷，印有"光绪壬午卯月重锓"；下册五六两卷，印有"光绪辛卯五月重锓"。据卖书老者述，此书是其上世纪八十年代于上海图书馆工作时从馆内精选购得，当时此书定价二元五角。查之，今日书上亦留有当年价格标签可证。全书品相良好，不缺页，字迹清楚。下册封底处有毛笔补写的部分莫愁湖对文。

从研究《红楼梦》眉本的角度说，此书有四个特别值得注意的地方：

（一）在上、下两册的封面，在上册的扉页，以及在卷首，这四处各钤有一枚阴文藏书章："上元刘氏图书之印"。

（二）在卷首《莫愁湖志自序》标题的下方，紧挨在藏书章"上元刘氏图书之印"之下，钤有一枚名章：阴文"文介"。

（三）在上、下两册封面左上侧，各有藏者墨笔题写的书名"莫愁湖志上"和"莫愁湖志下"。在上册封面的右上侧，有藏者的署名："眉道人"。在下册封面的右上侧，则是"眉道人珍"四字。两个"眉"字以及下册封面那个"道"字写的都是异体字。

（四）在卷首《莫愁湖志自序》标题的下方，紧挨在藏书章"上元刘氏图书之印"和名章"文介"之下，另钤有一枚印章：阳文"孟晋斋主人"。

关于前三点，王鹏先生判断说：

> 本书封皮上的书名系用毛笔字书写，落款"眉道人"。仔细对照《莫愁湖志》的"上元刘氏"和卞藏本的"上元刘氏"两钤印后，得出无论字体结构、粗细走势、整体气韵皆为同一印章所制。
>
> 再对照"文介"之印，则卞藏本上是"文介私印"，阳文印章；而《莫愁湖志》上只有两字"文介"，但是阴文印章；且两印章的字体走势

---

① 即眉本。

和外观明显不同，共同之处是都有"文介"二字。旧时文人的印章多样，此不为奇，所以我不怀疑两书中的"文介"就是指代同一人。

最后，卞藏本上落款是"眉盫"，而《莫愁湖志》的落款是"眉道人"。观察两书毛笔字体，微有差异，但也不能排除一人在不同阶段运笔或有变化。盫，同"庵"，与"道人"皆有佛道之意。两者应该是同一人的不同别号，固①意境一致。

我基本上同意王鹏先生的上述判断。

关于第四点，王鹏先生还判断说：

> 《莫愁湖志》上有三处与"上元刘氏"同页并肩盖有"孟晋斋主人"的钤印。据初考，清代以来，用"孟晋斋"之号者不止一人。有清朝时期的陈章、顾植、顾寿桢、言朝标，有当代人潘希逸、李行百。根据《莫愁湖志》上册盖章次序来看，"孟晋斋主人"在卷首的最下处，其上是"文介"，再其上是"上元刘氏图书之印"。由此可见，孟晋斋主人应该在眉道人之前收藏此书。本人更倾向于这个"孟晋斋主人"是浙江会稽文化名人顾寿桢，著有《孟晋斋文集》，内附《孟晋斋年谱》。

这个判断似乎缺乏说服力。

我没有看到原书。因此，我不知道"爱嗑瓜子"所说的"并肩"是什么意思。

拿钤盖在"自序"页的三枚印章来说，从上到下，依次是"上元刘氏图书之印"、"文介"、"孟晋斋主人"，这应该是同一个人所拥有的三枚印章。很难设想，像《莫愁湖志》这样一部普通的书籍值得一位藏主买入、钤印以后再卖出，而由另一位藏主买入、再钤印。这样一部光绪年间的普通刊本就如此的珍重吗？这不禁引起了我们的怀疑。

我认为，这枚"孟晋斋主人"印章的主人仍然可能是同一个人，即刘文介。挨在一起的三枚印章，正好是各自性质不同的印章（藏书章＋名章＋斋名章），它们互不重复，构成了一个比较完整的组合。

但这需要得到旁的证据的支持。

此外，王鹏先生的《〈莫愁湖志〉"上元刘氏"钤印考》，先发表于"新

---

① "固"，疑是"故"字之误。

华网"的"发展论坛"，后又再以真名发表于 2011 年 7 月 18 日《辽宁日报》。二文略有歧异。网文说：

> 今年六月，本人于沪上一老者处购得《莫愁湖志》上下两册。……据卖书老者述，此书是其上世纪八十年代于上海图书馆工作时从馆内精选购得，当时此书定价二元五角。查之，今日书上亦留有当年价格标签可证。

报文则说：

> 今年 6 月 12 日，笔者于沪上一老者处以 600 元购得《莫愁湖志》上、下两册。……据卖书老者述，此书是其上世纪 80 年代于上海古籍书店精选购得，当时此书定价 2.5 元。查之，今日书上亦留有当年价格标签可证。

据友人见告，王鹏先生系辽宁鞍山人，对上海话不熟悉，故将"上海古籍书店"误听为"上海图书馆"。录此备考。

在抄本《红楼梦》眉本之外，在另一本书（光绪刊本《莫愁湖志》）上再次同时出现藏书章"上元刘氏图书之印"和名章"文介"，这雄辩地证明了《红楼梦》眉本不是伪书，而是真书。

《莫愁湖志》上的藏书章"上元刘氏图书之印"、名章"文介"和《红楼梦》眉本"眉盦题记"页上的藏书章"上元刘氏图书之印"、名章"文介私印"构成了新的证据链。这再一次证明了：

（一）刘文介就是《红楼梦》眉本的原收藏者（在卞亦文先生之前的收藏者）。

（二）刘文介姓"刘"，不姓"文"[1]。他是《上元刘氏家谱》中人。他不是一个住在空中楼阁之上的姓"文"名"介"的人。

（三）刘文介字"眉叔"，别号"眉盦"、"眉道人"。一个"眉"字，天衣无缝地关合着刘文介的名、字和别号。

（四）《红楼梦》眉本实有其书，不是后人制作的伪书，尤其不是我们当代人能够制作出来的伪书。

---

① 以"文"为"眉盦"之姓，乃季稚跃先生的说法，见于《眉盦题记十回〈红楼梦〉抄本续考（一）》（《红楼梦研究辑刊》第二辑，香港文汇出版社，2011）。

第三节 刘文介与《李申夫先生全集》

有一枚印章的印文是"孟晋斋"三个字。这应该和五个字的"孟晋斋主人"印章属于同一个主人所用。

"孟晋斋"的印章又在另一部书中被发现了。而且它还是和"上元刘氏图书之印"、"文介私印"一起，共同钤印在一部书上。

这就是我要向读者介绍的第二部书——《李申夫先生全集》。

《李申夫先生全集》的作者是李榕。

李榕（1819～1889），原名甲先，字申夫，四川广元人。《李申夫先生全集》九卷，蒋德钧辑，龙安书院光绪十六年至十八年（1890～1892）刊行。

网友曹震先生 2011 年 7 月 30 日在自己的"博客""网海云天"上发表《卞藏本和上元刘氏藏印谈屑》一文，此文后又载于《红楼梦研究辑刊》第三辑①，其中说：

> 现在，我再来公布一种曾经上元刘氏收藏的古籍，上面同时出现有"上元刘氏图书之印"、"文介私印"和"孟晋斋"三个印章。这部书是《十三峰书屋全集》。
>
> 此书扉页题"十三峰书屋李申夫先生全集"，是光绪己亥（二十五年）袖海山房石印本。

根据曹震先生的提示，我在互联网上查到："雅昌艺术网"曾于 2008 年 4 月 6 日发表网友"沪鲁王"的《名家所藏——光绪〈李申夫先生全集〉》。该文介绍了《李申夫先生全集》，并发表了该书的三幅图片。从图片上可以看到：

（1）在扉页，钤有一枚印章，阴文"上元刘氏图书之印"。

（2）在目录页，钤有一枚印章，阳文"孟晋斋"。

（3）在序文之末，钤有两枚印章，在上者为阳文"文介私印"，在下者为阴文"上元刘氏图书之印"。

曹震先生认为：

---

① 《红楼梦研究辑刊》第三辑（作家书局，2011，香港）。

这样看来，"上元刘氏图书之印"、"文介私印"、'文介'、"孟晋斋主人"和"孟晋斋"这些印，应该都属于一个人或一个家族所有。

我基本上同意这个判断。但需要补充说明：可能"属于一个家族所有"的印章只限于"上元刘氏图书之印"，而"属于一个人（刘文介）所有"的印章则是"文介私印"、"孟晋斋"或"孟晋斋主人"。

这个证据表明，在一部书上同时钤有"上元刘氏图书之印"、"文介私印"或"文介"，除了《红楼梦》眉本、《莫愁湖志》之外，还有这部《李申夫先生全集》。此外，还证明了"孟晋斋"和"孟晋斋主人"无疑也是刘文介的别署。

感谢曹震先生提供了新的信息（尽管在《红楼梦》眉盦藏本真伪问题上，他和我有不同的判断），这无疑又增加了"上元刘氏图书之印"和"文介私印"非伪造、《红楼梦》眉本非伪书的可信性。

第四节　刘文介与《苏慈墓志》拓片

据《望之哀启》说，刘文介的表字是"眉叔"。

我们已经在《红楼梦》眉本、《李申夫先生全集》见到了"文介私印"四字印章，在《莫愁湖志》上见到了"文介"二字印章。那么，能不能让我们见到刻有"眉叔"二字的印章呢？

我们果然有缘在一个拓片上见到了"眉叔"二字的印章。

这就是《苏慈墓志》的拓片。拓片上钤有和刘文介有关的两枚印章。

《苏慈墓志》立于隋文帝仁寿三年（603），清光绪十三年（1887）[①] 出土于陕西蒲城县，现藏蒲城博物馆。

此墓志有拓片传世。网友冯树永先生于 2008 年 3 月 26 日 "中国书法论坛"网站上发表《苏慈墓志——刻跋本》一文，公布了"苏慈墓志"的拓片，共十一幅图。其第十幅上钤有印章两枚，一在上：阴文"眉未"，另一在下：阳文"上元刘氏金石文字印"；第十一幅则是放大的印章"眉未"。

按："未"即"叔"字。《汉语大字典》说，"未"字有两个义项：（1）同

---

① 　一说光绪十四年（1888）。

"菽"；（2）同"叔"，《字汇·小部》："未，与叔同。季父也。"① 可知"眉未"实即"眉叔"，也就是刘文介的表字。

据高树伟先生 2011 年 9 月 2 日在"抚琴居——红楼梦文学社区"网站上介绍说，此拓片系他从商店中采购而来，后卖出；又说，他"在网上看到有古籍商店标价四千，时间是 2008 年。"

《上元刘氏家谱》所附的《望之哀启》文末的署名为刘文俨的嗣子刘珩章及亲生女刘琅章、刘琳章。文中有"不孝本生父眉叔"之语。此"叔"字曾引起了"作伪说"者的怀疑，认为是"伯、叔"之"叔"，并认为刘珩章在此处称其本生父为"叔"，因而对《望之哀启》产生了怀疑。现在《苏慈墓志》拓片上的"眉叔"印章发现后，刘文介的表字为"眉叔"，确证无疑。

这是一种互证。1935 年编成的《上元刘氏家谱》中的《望之哀启》证明《苏慈墓志》拓片上的"眉未"印章非水货；2008 年公布的《苏慈墓志》拓片则证明《望之哀启》非赝品，其中"本生父眉叔"一语无误。

第五节　刘文介与李洪进造像拓片

《苏慈墓志》拓片上的印章并非孤证，它又见于李洪进造像拓片。

李洪进造像拓片上有印章"上元刘氏金石文字印"。

"中国书法超市"网站 2010 年 6 月 16 日曾公布一份李洪进造像拓片。

李洪进，东魏人。此像造于东魏孝静帝武定二年（544）。像原藏于河南获嘉县南法云寺，现藏于英国维多利亚与阿尔伯特博物馆。

此造像有拓片传世。拓片上钤有阳文印章"上元刘氏金石文字印"。

这和《苏慈墓志》拓片上的印章"上元刘氏金石文字印"完全相同。

此印章极可能为刘文介或刘文俨所钤。这使我们了解到，除了"图书之印"以外，"上元刘氏"还有"金石文字印"。

《苏慈墓志》拓片、李洪进造像拓片上的"上元刘氏金石文字印"显然和《红楼梦》眉本、《莫愁湖志》、《李申夫先生全集》三种书籍以及《李太

---

① 《汉语大字典》（四川辞书出版社/湖北辞书出版社，1995），上册，第 562 页。

白文集》等八种书籍①中的"上元刘氏图书之印"组成了"姊妹印"。

这又构成了另一个具有重大的可靠性的证据链。

总之，《红楼梦》眉本上的"上元刘氏图书之印"、"文介私印"、"眉盦"——《上元刘氏家谱》中的"刘文介"、"眉叔"——《莫愁湖志》上的"上元刘氏图书之印"、"文介"、"眉道人"、"孟晋斋主人"——《李申夫先生全集》上的"上元刘氏图书之印"、"文介私印"、"孟晋斋"——李洪进造像拓片上的"上元刘氏金石文字印"——《苏慈墓志》拓片上的"上元刘氏金石文字印"、"眉弔"：这构成了新的完整的证据链，证明了《红楼梦》眉本非伪书。

第六节　刘文介与《施葆生先生墨迹》

在寻找眉盦过程的前四个阶段中，我们得到的收获：从《上元刘氏家谱》的世系表找到了刘文介，从而证明眉本题记页上的"文介私印"其实就是刘文介的名章，"上元刘氏图书印"就是刘文介使用的藏书章；又从《望之哀启》获知，刘文介字眉叔，《苏慈墓志》拓片上的"眉弔"印章是重要的旁证，从而推断眉盦极有可能是刘文介的别署。

但有些执拗的"伪书说"者们至此仍然拒不服输。他们指出，你说眉盦即刘文介，有什么直接的证据？

经过网友"关枫舍人"（王鹏）的努力寻觅，在《施葆生先生墨迹》写本中，找到了刘文介的题记和"眉盦"印章②。

《施葆生先生墨迹》的发现，终于使得这个寻找眉盦的过程有了一个完满的收尾。

《施葆生先生墨迹》（单片，纸本）出现于上海嘉泰拍卖有限公司2008年秋季艺术品拍卖会古籍善本专场③。拍卖公司介绍该拍品说：

---

① 这八种书籍是：《李太白文集》、《宝纶堂集》、《午亭文编》、《感旧集》、《珊瑚鞭》、《秦淮八艳图咏》、《两罍轩彝器图释》、《新刻徐玄扈先生纂辑毛诗六帖讲意》。请参阅本书第五章《寻找眉盦——从刘文偁到刘文介》第二节"'上元刘氏图书之印'与刘文偁"。

② http：//blog. sina. com. cn/s/blog_ 6149a09d0100zgz7. html.

③ http：//guohua. findart. com. cn/show/260932/.

清光绪写本，线装一册，白纸。钤印：适翁六十后作（白）、施氏仲子（白）。说明：施葆生，又名施瑞年，清光绪上元人（今南京），字石叟，晚号江东布衣，工篆隶，善山水、人物，晚年好静，寄居莫愁湖上以终。是书尾有"同里后学刘文介珍藏"题记。

拍卖的时间是 2008 年 12 月 18 日，地点则是上海延安饭店。估价 1500 元至 2000 元。

据"关枫舍人"说："该资料据我最新掌握的线索，在 2008 年拍卖后，于 2011 年由江苏宿迁的一位藏家又转手给四川某藏家。"

书尾题"施葆生先生墨迹"，下有双行小字曰：

同里后学刘文介珍藏
纪元十年五月

在"五月"二字之下，钤有印章一方，阴文："眉盒"。

"纪元十年"指的是民国十年（1921）。以刘文介生于光绪二十三年（1897）[①] 推算，则他当时是二十五岁。难怪他的字迹较之《红楼梦》眉本题记显得稚拙。

《施葆生先生墨迹》的刘文介和"眉盒"印章，这就是对质疑者的最好的回答！

[①] 请参阅本书第五章《寻找眉盒——从刘文俨到刘文介》第六节"《望之哀启》所透露的消息"。

第七章
考据与可能性

——眉本释疑之一

第一节　辨伪要用证据说话

眉本的发现，引起了红学家和读者们的注意。

从发现之初在报刊上公开发表的有关论文和报道看，作者们都认定眉本是脂本。这个论断是有说服力的。

但自眉本影印本①问世后，在互联网上却出现了一些文章，以种种理由对眉本作为脂本的真实性提出了质疑。

为了行文的方便，我在下文把他们的说法统称为"作伪说"。

我仔细地阅读了这些辨伪的文章，认为"作伪说"的观点没有说服力，"作伪说"的证据和结论也是不能成立的。

自二十世纪八十年代以来，我撰写以及和所内同事陈毓罴先生合写了一系列关于曹雪芹生平、家世、佚著（所谓"南鹞北鸢考工志"，所谓"自题画石诗"等）、画像（王冈绘、陆厚信绘）、折扇、书箱以及所谓"瓶湖懋斋记盛"等的辨伪论文②。因此，红学界有的同仁曾戏称我为"辨伪派"。然而我做学问，完全凭着自己的学术良心行事。真是真，假是假。有真说真，有假说假。无论是真是假，全凭证据说话。固然有很多出世的关于曹雪芹的

---

① 《卞藏脂本红楼梦》，北京图书馆出版社（今已改名国家图书馆出版社），2006。

② 请参阅拙著《曹雪芹祖籍辨证》（中国大百科全书出版社，1998），以及收于《红学探索——刘世德论红楼梦》（文化艺术出版社，2006）一书中的《曹雪芹佚著辨伪》、《曹雪芹画像辨伪》、《曹雪芹画像辨伪补说》、《谈新发现的"曹雪芹小像"题词》、《五论曹雪芹画像真伪问题》、《曹端广，一个任人打扮的"小姑娘"》等篇。

"文物"是假的、伪托的，但也有的确实是真的，例如曹雪芹墓石，我写过"辨真"的论文①。关于这部《红楼梦》眉本，自然也是一例。

我认为，有三点值得我们特别注意。

第一，要充分地估计到各种可能性的存在。世上万事是错综复杂的。对一件事情怎么看，存在着多种多样的可能性。有多种可能性，就会有多种结论。我们不应仰仗其中的一种可能性而得出唯一的结论。

第二，考据要考而有据。"据"必须是第一手资料。用第二手资料作考据，有容易使你的结论失去说服力的危险。

第三，不要忽视反证的存在。证据链更有说服力。

第二节　"梦"与"夢"：不成问题的问题

"作伪说"提出的证据之一是，在眉本中，"梦"字的出现，以及"梦"和"夢"两个字的同时出现。

"梦"字确有简体（"梦"）和繁体（"夢"）的区别。但这与"作伪"无干。

有人把眉本第一回第一叶的图片扫描到网上，指出两点：（一）第二行"甄士隐梦幻识通灵"的"梦"字是简体；（二）第一行"红楼夢第一回"的"夢"字是繁体。因此，"作伪说"者认为，这是眉本"作伪的铁证"。

这难道是"铁"证吗？

显而易见，提出"作伪说"的人只知其一，不知其二。他的这个说法没有丝毫的说服力，完全不能成立。

"梦"字出现在我们今天绝大多数人的笔下，固然是受到了二十世纪五十年代国内颁布的"文字改革方案"的影响。但是。要知道，"梦"字这样写，并非始自二十世纪五十年代。"文字改革方案"改"夢"为"梦"，实际上是继承了宋、元以来的俗体字的传统。

谓予不信，请看：在《红楼梦》彼本的第11回中，有的"梦"字就采取了这样的写法：

---

① 请参阅收于《红学探索——刘世德论红楼梦》一书中的《曹雪芹墓石之我见》、《一块石头说明了什么？——谈曹雪芹墓石的发现及其意义》、《张宜泉的时代与〈春柳堂诗稿〉的真实性、可靠性——评欧阳健先生的若干观点》等篇。

宝玉眼瞅着那海棠春睡图并那秦太虚写的"嫩寒锁'梦'因春冷，芳气袭人是酒香"的对联，不觉想起在这里睡晌午觉"梦"太虚幻境的事来。

这里既有繁体的"夢"，也有简体的"梦"。我们能因此就断定彼本也是"作伪"之书吗？

我也来举出一个铁证，以"铁"攻"铁"："梦"字见收于《康熙字典》①。这就证明了，至少在曹雪芹那个时代，人们是可以把"夢"字写作"梦"字的，又有何"伪"之可言！

"作伪说"提出者的另一个"铁证"，是所谓的"隔行异体"。即：某叶第一行的繁体"夢"字和紧挨着的第二行的简体"梦"字同时出现，而写法各异。

这个证据的提出是非常滑稽的。各人写字有各人的习惯。怎么能作统一的、千篇一律的要求？有的人愿意写"夢"，有的人喜欢写"梦"，不可一概而论。书法家或有点文化水平的写字的人往往会保持一种特殊的习惯，即：让同一个字在笔下以不同的写法出现。这更是司空见惯的事情。不仅抄本会出现这样的情况，甚至排印本也不例外。且让我举一个程甲本的例子——程甲本第 61 回第 3 叶后半叶第 4 行："你们算算够做什么的"。紧挨着的两个"算"字，难道不是采取了两样的字体吗？

"隔行异体"，并不能证明这个抄本就是伪造的。恰恰相反，这更表明它不是伪造的。试想，第一回第一叶第一行的"梦"字是用繁体和简体分别写成的，如果是伪造，此人怎么会露出了如此显眼的破绽？

"作伪说"者曾检查了眉本中全部的简体"梦"字和繁体"夢"字，其结果是：

题目全作"夢"。
第一回：内文全作"梦"。
第二回：内文全作"梦"。
第四回：内文全作"梦"。
第五回：内文全作"夢"。
第六回：内文全作"夢"。

① 《康熙字典》，辰集，木部七画。

第七回：回末有墨笔大字亦作"夢"，字体异常于正文字体。

第八回：内文全作"夢"。

"作伪说"者承认："题目、正文出自一个抄手，统一使用"夢"字，是一种合理性或者可能性；出于书写习惯，文字间"梦"和"夢"混用，也有可能。"但是，他指出：

卞藏本（按即眉本，下同）之怪异，在于：1. 题目作"夢"，正文作"梦"（第一、二、四回）；2. 第五回开始全数改用"夢"；3. 没有出现正文之中"梦"和"夢"混用的现象。由此可见，卞藏本正文部分不存在列藏本（按即彼本）那种因为书写习惯而导致两种字体形态的现象，而是故意为之的。

我认为，这个现象并没有什么值得大惊小怪的。

首先，第 7 回最后半叶原为空白页（正文已在前半叶结束），上有某位读者胡乱涂写的"红楼梦"三个大字（"红"与"梦"均为繁体）和另外三个小字（前二字为"文之"，后一字未写完，仅留"草字头"加一横）。从笔迹看，断非此回抄手所写，亦非藏主眉盦所书。这与我们讨论的问题无干，不必旁涉。

其次，既然第 1 回、第 2 回、第 4 回正文全作"梦"，而第 5 回、第 6 回、第 8 回全作"夢"，那么，会不会有下述三种可能呢？

可能之一：第 1 回、第 2 回、第 4 回正文是抄手（或其底本的抄手）某甲所抄，而第 5 回、第 6 回、第 8 回正文为抄手（或其底本的抄手）某乙所抄。

可能之二：这六回的抄手也许是同一人，但第 1 回、第 2 回、第 4 回正文抄写于某个时间段，第 5 回、第 6 回、第 8 回正文抄写于另一个时间段，因此，造成了"梦"、"夢"书写的不同。

可能之三：这个"梦"、"夢"书写的不同，在眉本的底本即已如此，眉本的抄手只不过是照抄而已。

我认为，上述三种可能性都是存在的，也是可以理解的。

既然在这个抄本中并非只有某回某叶出现简体字、繁体字的问题，而且简体字、繁体字的出现是有规律可寻的，那么，这就说明，这种形式是一种书写习惯，不能硬派为"作伪"的证据。

如果是作伪，造假者肯定会非常留意文字的问题，绝对不会出现如此之大的漏洞，并且是几乎每一回里都要出现。造假不会形成如此明显的规律性的特征。

所以，"梦"字的出现，以及"梦"字和"夢"字的同时出现，是一件极其平常的事，它不能推翻"眉本是脂本"的结论。

第三节　藏书章：不可疑之疑

除了题记页外，眉本没有盖藏书章（今人的藏书章不算）——这也是"作伪说"提出的另外一个"证据"：

藏书家基本上都要在自己收藏的书上钤盖自己的印章，以表示自己对该书的拥有权。人们称这样的印章为藏书章。

至于这藏书章钤盖在书上的什么地方，由于各人的兴趣、爱好、习惯的不同，因人而异，由于书的特殊情况的不同，因书而异。这里没有统一的规律，没有统一的约束。

然而，"作伪说"的怀疑却从这里开始。

> 我们知道，一般藏印的钤盖，都是有一定习惯的。比如今存卞藏本（按即眉本），是分装四册的，在每册正文第一页，均钤盖了现藏主卞亦文先生的两枚印章。但是，根据题记，卞藏本"原订二册"，经题记书写者之手"亲自衬补，订成四册"。遗憾的事，除了在题记页，我们可以看到有被题记墨笔部分覆盖的两枚印章之外，在书中，我们再也找不到其他卞先生之前的藏主的印了，也没有挖改的迹象，这无疑又是一项可疑之处。退一万步，即便刘世老所说成立，字在印下，那么既然连卞君都知道把自己的藏书章钤盖在每册回首，为什么"上元刘氏"要把自己的印章盖在别人的题记墨字之上而不是每册回首呐？

这里首先需要指出，"上元刘氏"并没有"把自己的印章盖在别人的题记墨字之上"。这一点，我将在下一节作出论述。

"为什么'上元刘氏'要把自己的印章盖在别人的题记墨字之上而不是每册回首"？

这个问题，我不能代表"上元刘氏"作直接的回答。我只能作出间接的、合理的解释。

把藏书章盖在书上的什么地方，各人有各人的自由，且不去管它，不去说它。

盖不盖藏书章，却需要解释几句。

不盖藏书章，是可以理解的。因为有两种情况必须列入我们的思考范围之内。

一种情况是，书主非藏书家。他兴许只是随意买到了一个他喜欢翻翻、看看的小说书，看完之后，他又随意一放，置诸脑后，或者转手赠给或卖给别人了。在这种情况之下，他有什么必要在书上留下自己的印章呢？我甚至怀疑，这样的读者有没有藏书章可供钤盖？

另一种情况是，该小说书非善本、珍本，不入藏书家的法眼。他焉肯把自己的宝贵的、有品位的印章盖在一部不入流的书上。

这两种情况指的都是小说书。要知道，藏书家收藏或大量收藏小说书，并视之为宝物，这种风气是晚至二十个世纪的二十年代、三十年代方始兴起的。在清代，对一般人来说，小说书（包括《红楼梦》在内）的性质主要是读物，而非收藏品。因此，如果书主是个藏书家，盖不盖藏书章，是看他对此书的重视与否而定；如果书主仅仅是一般的读者，不盖印章就不足为异了。

眉本的情况逃脱不了以上的通例。

甚至现存的不在少数的《红楼梦》抄本（包括脂本在内）也逃脱不了以上的通例。

试看，现存的几种《红楼梦》脂本（至少可以举出庚辰本、蒙本、彼本、梦本），它们的卷首何尝钤有前人（原藏主）的藏书章？

为什么对其他脂本钤盖不钤盖印章的问题闭口不言，偏偏要挑出眉本横加指责呢？

所以，我认为，眉本在每册首叶不见卞亦文先生之前的任何人的藏书章，并不能推翻"眉本是脂本"的结论。

更何况，怎么能说眉本没有钤盖藏主的藏书章呢？他明明钤盖了自己的藏书章："上元刘氏图书之印"，只不过这枚藏书章钤盖在题记页而没有钤盖在"正文第一页"罢了。

至于藏书章或名章盖在书中的哪一页，这是由钤盖者的习惯决定的。有的人喜欢盖在正文的第一页上。有的人可能喜欢盖在卷前的题记页上。像眉本的原收藏者刘文介（眉盦），他的藏书章就盖在卷前的题记页上。这只是藏者的习惯的一种选择。你可以对他的选择的优与劣发表评论，但是你不能据此而断定此书之真与伪。要断定此书之伪，必须另外提供有说服力的证据。

第四节　红印章与墨字，孰先孰后？

眉本有影印本《卞藏脂本红楼梦》行世，纸张和版式都很精美，受到了专家和读者们的赞誉。但是，这个影印本却存在两个瑕疵。

正是这两个瑕疵，造成了两个假象，误导了"作伪说"者的判断。

哪两个假象呢？一个假象是，黑色的墨笔字写在红色的印章之上。另一个假象是，眉本的版式显得不合理。

这里先说红色印章与黑色字孰先孰后的问题（另一个问题将在下一节论述）。

眉盦题记落款处钤有阳文印章："文介私印"。在题记页右下角，钤有阴文印章："上元刘氏图书之印"。

"作伪说"认为题记的黑色字写在红色印章之上，从而断定眉本是伪书，是"造假的产物"。其意见如下：

> 我们清楚的可以看出，二章的印迹明显地有被墨色题记覆盖的痕迹，这就说明，题记写在后，印章盖在前。这和刘先生"经过仔细、反复观察和深入思考"得出的结论正相反。
>
> 所以，更合理的解释是：题记根本就是后写在钤盖两枚旧印的旧纸上的，和正文一样，都是造假的产物。
>
> 所以，我们只能说：
>
> 一、题记页钤盖两枚印章；
>
> 二、钤印在先，题记在后。题记形成于钤盖着两枚印章的纸上，部分字迹覆盖了印痕。眉盦的墨笔题记把字写于印章之上，这恰恰是刘先生文中所谓的"罕见的、难以理解的事情"。
>
> 有这样漫不经心的藏家么？书写题记时不但覆盖了自己的藏印，还把其他人的藏印也覆盖了？
>
> 所以说，从题记页钤印情况分析，这就是卞藏本作伪的显证，也是

铁证。

以上这番意见是不能成立的，因为它违反了实际的情况。

为什么这样说呢？

请让我先从一件事谈起。

在二十世纪六十年代，《红楼梦》杨本影印出版之后，很多学者投入了杨本的研究。那时，美国夏威夷大学马幼垣教授写信托我和陈毓罴先生查阅文学研究所收藏的杨本原书。马幼垣教授指定的查阅内容就是：杨本书上的藏书章是盖在字上，还是字写在印章上？我们查阅后，告诉马幼垣教授：印章在字之上。

马幼垣教授为什么要查询这个问题呢？因为他看影印本时得到的印象是字在印章上；如果是这样，他觉得此书就有了造假的可能。

马幼垣教授毕竟是一位治学谨严的学者，在没有看到原书之前，他不敢贸然对这个重要问题妄下结论。

现在有些人指责眉本是"造假的产物"，恰恰是从"钤印情况"着眼的。

针对"作伪说"的意见，我请我的一位同事仔细地查看了影印本，发现：在题记页，确如"作伪说"所言，字在印章之上。然后，我再度请我的那位同事仔细地、客观地查看眉本题记页的清晰的照片[1]，发现：在题记页，印章在字之上。

二者完全相反。我们相信哪个呢？

当然相信原书或原书的清晰的照片。因为我们研究的对象是眉本原书，而不是眉本的影印本。

在影印的过程中，由于套色、工序等方面的原因，并不能百分之百地还原眉本的原貌，因之使"作伪说"得到了错误的信息，并作出了错误的判断。

从这件事，我们无疑要吸取教训：做学问，一定要重视第一手资料；做版本研究，以及要断定一部书的真伪，更是必须要亲自验看原书，不能仅凭第二手资料（例如影印本、复印本等）就不假思索地、匆忙地得出什么"显证"、"铁证"之类的不符合实际情况的结论。

现在我要引用另一位学者的意见。朱琪先生在《关于〈红楼梦〉眉盦藏抄本所钤印章的几个问题》[2]一文中说：

---

[1] 此照片乃卞亦文先生所赠。在这里向卞先生表示感谢。

[2] 《红楼梦研究辑刊》第二辑，文汇出版社，2011，香港。

笔者虽没有机会目验原书，但是从已出版的影印本来看，刘世德先生的判断应该是正确的。因为如果盖印章在先的话，在印色上用墨笔书写墨色无法被纸张吃透，必然涩滑，然从影印本来看，这一特征并不明显。

据朱琪先生自己说，他"自幼习印，对篆刻创作和印学史研究略有涉猎"。因此，他的意见是值得参考的。

总而言之，"作伪说"的证据没有说服力，"作伪说"的结论不能成立。这丝毫也撼动不了眉本作为真实的脂本的价值和地位。

第五节 八行与九行之谜

"作伪说"还从残存总目看出了眉本之"伪"。

这又是怎么一回事呢？

眉本卷首有残存总目三叶。它所写下的回目，是从第 33 回"小逞谗言素非友爱，大加打楚诚然不肖"起，至第 80 回"懦迎春肠回九曲，娇香菱病入膏肓"止，共四十八个回目。按正常的计算，它应是：每半叶八个回目，一共八十个回目，占五个整叶。现仅存三叶。可知它已佚去两叶，三十二个回目（第 1 回至第 32 回）。

但是，"作伪说"却指出说，这里存在着两个问题。

问题之一，别的脂本的总目"每页回数分布是不一的"（"作伪说"在这里先后举了杨本、有正本、梦本作为例证），为什么眉本总目每叶回数分布却是整齐划一的，都是每半叶八行、八个回目？

问题之二，"残存总目是从第 33 回起的，按照每页八行的写法，乍一看，是缺失了前面 2 叶 4 页的回目；再一想，照这样推，书名'红楼梦'要写到哪里去了呢？如果有'目录''卷'名之类的书写，又要写到什么位置去呢"？

于是，"作伪说"得出了结论："可见，造假者密而有疏，对其他脂本书写体貌的学习还是不够啊。"

在我看来，"作伪说"提出的这两个问题同样也是不成其为问题的。

世上万物大多是各种各样的。

作为抄本，《红楼梦》脂本总目的行款也是各种各样的。有的脂本根本没有全书的总目，例如甲戌本、庚辰本、彼本；庚辰本只有每册的总目。有的总目占九行，例如蒙本、眉本。有的总目占八行，例如舒本。"作伪说"仅仅举出杨本、有正本、梦本三种版本，就企图证明脂本的总目"每页回数分布是不一的"，显然达不到目的。现在保存下来的、大家公认的脂本至少在十种以上。三种只是其中极小的一部分，不足以构成代表性。你为什么不举舒本呢？舒本总目基本上也是有规律的每半叶四个回目。

因此，各脂本的行款是多种多样的。既然是多种多样，为什么就不能容忍回数分布整齐划一的行款呢？你不能振振有词地说，必须是某种样式的行款方反映了脂本的真貌，而把有其他样式行款的抄本悉数打入"伪书"一流。

我们还没有听说过，在"脂本"的定义里，居然会存在着这样一条不讲理的规定：脂本的总目回数的分布不能是整齐划一的，否则就不承认它是真正的脂本。这是何等的强词夺理。此其一也。

问：在总目上，书名"写到哪里去了呢"？

答：在总目上，书名就应当写在第一叶的第一行。

眉本总目的第一叶已佚失不存。但我敢断定，它的总目的第一叶的第一行必是写书名之地无疑。

为什么呢？道理很简单，总目叶和正文叶一样，都是每半叶九行的款式。第一叶第一行写书名，第二行至第九行写回目。在第二叶至第五叶，全部维持着统一的格式：第一行空着（与第一叶第一行"书名"相对应），其余八行写回目。这就是我们所看到的眉本原书或影印本的实际情况。

也就是说，"作伪说"者所看到的不是眉本原书或影印本的原貌。

判断眉本是不是"造假的产物"，难道可以不看眉本的原书或影印本，就指手画脚地妄下论断吗？

我们怀疑，"作伪说"者根本没有看到眉本原书，而是只看到了北京图书馆出版社（今称国家图书馆出版社）出版的影印本，或者只看到了社会上流传的复印本，且没有细观细察，而是看走了眼。

必须指出，影印本或复印本在反映眉本总目原貌上有着一定的缺陷。这是造成"伪作说"的重要原因之一。

以影印本而论，它的总目第三叶前半叶（第 33 回回目至第 40 回回目）、第四叶（第 49 回回目至第 56 回回目）、第五叶前半叶（第 65 回回目至第 72 回回目），都非常清晰地空着第一行；但是，它的总目第三叶后半叶（第 41 回回目至第 48 回回目）、第四叶后半叶（第 57 回回目至第 64 回回目）、第五叶后半叶（第 73 回回目至第 80 回回目）却没有把空着的第一行印出来。

以那一度流传的复印本而论，除了第五叶后半叶（第 73 回回目至第 80 回回目）还略微能让人看出第一行是空着的以外，其他各叶的第一行的有无呈现着模糊不清的状态。

这就造成了几个半叶只有八行的假象，造成了"伪作说"者的错觉，发出了"书名'红楼梦'要写到哪里去了"的疑问。此其二也。

这又一次警示我们，做学问不能仅仅依靠第二手资料！

第八章

谁之错？

——眉本释疑之二

季稚跃先生连续发表《眉盦题记十回〈红楼梦〉抄本不是"上元刘氏"藏书》（下文简称《不是》）、《眉盦题记十回《红楼梦》抄本续考（一）》（下文简称《续考一》）、《眉盦题记十回《红楼梦》抄本续考（二）》（下文简称《续考二》）三篇论文①，对《红楼梦》眉本的真实性提出了质疑。

谨在这里对他的前两篇论文依次作出回应。下文第一节至第三节是对《不是》的回应，第四节至第十二节是对《续考一》的回应。至于季稚跃先生的《续考二》，则因刊物出版时间的限制，在本书脱稿之前，没有获睹的机会，将在拜读之后另撰专文再向季稚跃先生求教。

第一节　不容漠视的证据链

季稚跃先生在《不是》一文中，就眉本中的"上元刘氏图书之印"、"文介私印"两枚印章的真伪问题，对拙文《〈红楼梦〉眉盦藏本续论——"眉盦"究竟是谁?》②的结论提出了质疑。

---

① 《眉盦题记十回〈红楼梦〉抄本不是"上元刘氏"藏书》，《红楼梦研究辑刊》第一辑（香港文汇出版社，2010）；《眉盦题记十回〈红楼梦〉抄本续考（一）》，《红楼梦研究辑刊》第二辑（香港文汇出版社，2011）；《眉盦题记十回〈红楼梦〉抄本续考（二）》，《红楼梦研究辑刊》第三辑（作家书局，2011，香港）。

② 《红楼梦学刊》2008年第一辑。按：此文由于鹏先生提供线索，我执笔写成，发表时与于鹏先生共同署名。

对他的质疑回答如下：

眉本卷首有署名"眉盦"的题记一则，并钤有阳文印章"文介私印"一枚。此印章钤于落款"眉盦"二字的左下侧，自应视为"眉盦"其人的名章。题记页右下角钤有阴文印章"上元刘氏图书之印"一枚，且此红色印章钤于墨笔字之上（先写题记，再钤藏书章），自应视此为"眉盦"其人的藏书章。

我们发现，在《李太白文集》、《宝纶堂集》、《午亭文编》、《感旧集》、《珊瑚鞭》、《秦淮八艳图咏》、《两罍轩彝器图释》、《新刻徐玄扈先生纂辑毛诗六帖讲意》等八种书籍上，都钤有"上元刘氏图书之印"的藏书印。

另外，我们在《上元刘氏家谱》世系表上发现"文介"之名，证明"上元""刘""文介"确有其人，证明"文介私印"不是姓文名介者的印章，也不是子虚乌有的印章。世系表上又有"文俨"之名，他是刘宝和的次子，刘文介则是刘宝和的幼子。这就使刘文俨、刘文介二人共用藏书印"上元刘氏图书之印"一事得到了合理的解释。

刘文俨卒于民国二十四年（1935）七月十五日。而眉盦题记写于民国三十七年（1948）；如果题记页上的"上元刘氏图书之印"为眉盦撰写题记之时所钤，则其时刘文俨已不在人世；这表明，该页上的印章"上元刘氏图书之印"乃刘文介所钤。

刘文介的表字是"眉叔"。由此可以推知，"眉盦"当是他的别号。

这些构成了彼此之间互相支持、互相佐证的证据链，证明了刘文介其人即眉本的收藏者，亦即眉本上的题记的撰写者眉盦。他使用的名章是"文介私印"；他使用的藏书章是"上元刘氏图书之印"。"文介"、"眉叔"、"上元"和"刘氏"，这几点都和他的姓名、籍贯、身份吻合。

如果有谁认为《红楼梦》眉本不是刘文介的藏书，那么，请他先来推翻这个证据链。

第二节　藏书印的异同与真伪

在《不是》一文中，季稚跃先生并没有直接说出《红楼梦》眉本是伪书。他避口不谈《上元刘氏家谱》中的种种证据。他选择的突破口是"上元刘氏图书之印"和"文介私印"两枚印章的真伪问题，并从而断定，新发现的《红楼梦》眉本"不是'上元刘氏'藏书"（第 178 页）①。

季文细心地指出，同样是藏书印"上元刘氏图书之印"，印文也是这相同的八个字，但是，钤盖在《红楼梦》眉本题记页上的这一枚印章和钤盖在《新刻徐玄扈先生纂辑毛诗六帖讲意》上的那一枚印章，至少有三处不同：

（1）两印章"元"字的结体不同。《新刻徐玄扈先生纂辑毛诗六帖讲意》藏书章的"元"字为四笔……而眉盒题记本的则为五笔……

（2）《新刻徐玄扈先生纂辑毛诗六帖讲意》藏书章"上"字第一笔……"刘"字最后两笔……露锋如悬针；而眉盒题记本的藏书章则不出锋似铁柱。

（3）《新刻徐玄扈先生纂辑毛诗六帖讲意》藏书章利用"印"字最下部分……白文，使左下角自然缺失成圆弧；而眉盒题记本藏书章左下角则基本完整。（第 177～178 页）②

我佩服季稚跃先生眼光的敏锐。我原先并没有觉察到这两枚印章会有这样细微的差异。目前限于客观条件，我们一时尚无法对季文提出的这三点立即作出进一步的肯定或否定的判断。原因在于，《新刻徐玄扈先生纂辑毛诗六帖讲意》原书藏于台北，我和季稚跃先生看到的都只是我们托台北友人为拙文所拍摄的书影。我们目前无法持原书对这两枚印章作进一步的仔细的比照、验证。

即使如此，但我却认为，这两枚印章的同或不同，都不足以割断眉盒——刘文介——"文介私印"——"上元刘氏图书之印"四者之间的联系的纽带，都不足以摇撼我们所提出的刘文介是眉本原收藏者的结论。

我相信季稚跃先生的眼力，他细心地看出了这两枚印章的不同。但是他却忽略了一点：眉本的印章"上元刘氏图书之印"和《新刻徐玄扈先生纂辑毛诗六帖讲意》的印章"上元刘氏图书之印"的同或不同，不是只有他所说的一种可能性，一种结论；在我看来，实际上有着多种的可能性，不同的可能性会得出不同的结论，这必须列入我们的思考的范围，无法规避：

第一种可能性——它们是相同的一枚印章。可是，由于钤盖印章时手用力的强弱，印色的深浅，再加上书影翻拍所带来的一定程度的模糊，可能会造成某种错觉。

_____

① "第 178 页"，此指《红楼梦研究辑刊》第一辑的第 178 页。下同，仅注页码，不另注刊名刊期。
② 由于技术原因，这里的引文中有五处的图像改以省略号代替之。

第二种可能性——它们是相同的一枚印章，先由刘文价使用，刘文价亡故后，归其胞弟使用。由于积年已久，使用频繁，出于这样或那样的原因，造成了印章细部的磨损，遂使得细心的、敏感的观者看出了其中的微小的差异。

第三种可能性——和第二种可能性基本上相同；不同的是：这枚藏书章由"上元刘氏"家庭内部的人（包括刘文价和刘文介）共同使用。

以上几种可能性的共同点是：这是一枚印、文相同的藏书章。

还有以下几种可能性：

第四种可能性——它们的确是不同的两枚印章，印文的字体存在着细微的差异。

第四种可能性又派生了第五种、第六种和第七种可能性。

第五种可能性——它们的确是不同的两枚印章，有着细微的差异。《新刻徐玄扈先生纂辑毛诗六帖讲意》的印章刻于前，眉本的印章刻于后。

第六种可能性——它们是不同的两枚印章，但眉本的印章刻于前，《新刻徐玄扈先生纂辑毛诗六帖讲意》的印章刻于后。

第七种可能性——它们是不同的两枚印章，但为同时所刻①。

可能性尚不止此。以上所列举的可能性是仅就两种印章真而不伪而言的。如果再就这两种印章的真伪本身来说，起码又有了二者均真、二者一真一伪、二者均伪……等等可能性。

因此，在考查某个问题时，如果企图得出一个正确的、无可辩驳的结论，那就必须充分地估计到各种各样的可能性。一个正确的结论是不应该仅仅建立在其中某一种可能性的基础上；如果有其他的可能性存在或被忽视，那么，这个结论的可信性势必大打折扣，甚至会有被推翻的危险。

季稚跃先生恰恰是仅仅从上文引录的三点不同就得出了以下的结论：

> 由此可知，眉盦题记本上的藏书章不是上海藏书家刘文价所使用的藏书章，而是后人仿刻的，其篆刻气韵不在同一水平，可以肯定该抄本不是"上元刘氏"藏书。（第 178 页）

季文说："眉盦题记本上的藏书章不是上海藏书家刘文价所使用的藏书

---

① 这里所说的"同时"，是指在同一时间段之内，与上文所说的"刻于前"、"刻于后"的含义不同；后二者所涵盖的时间要长得多。

章，而是后人仿刻的。"① 这，我未敢苟同。

所谓"后人"，是个模糊的、多义的概念。它的范围很宽泛，既可以指刘文俨、刘文介之后的人，也可以指当今的人。季文并未给出明确的指向。季文似在暗示，这个"后人"与刘文介无干。

我却认为，眉本上的上元刘氏藏书章不是"后人"所刻。为什么不可以是以下两种情况呢：其一，当年刘文俨请人刻了两枚藏书章，其中一枚自己使用，另一枚交予其弟刘文介使用。其二，刘文俨逝世后，刘文介仿照其兄的藏书章式样，重新刻了另一枚。而不论是哪一种情况，刻者又有两种可能：或为二人，或为同一人。

以上所说的种种可能性，在作出判断之前，应给予充分的注意和估计。

如果这是两枚相异的印章，那么，怎样判断它们之中谁是先刻、谁是后刻呢？同时所刻的可能性且置而不论。

我认为，要作出这样的判断，必须要依凭铁硬的客观的证据。

而《不是》却依赖于一种主观的认识，即："其篆刻气韵不在同一水平"。

怎么可以用"气韵"水平的高低来判断刻印时间的先后呢？如果两枚印章摆在你的面前，一为高水平者所刻，一为低水平者所刻，你怎么下断语呢？有两种可能性，你怎么选择呢？选择之一：高水平者在先，低水平者或是菜鸟，或是低级的模仿者，因此理应在后。选择之二：低水平者或菜鸟在先，高水平者在前者的基础上做了改进，提高了印章气韵的水平，因此自然在后。这两种可能性的几率是相等的。你无法用一种可能性来否定另一种可能性。

总之，严格地说，唯一正确的结论是不能容许多种可能性同时存在的。

我比较赞同季文的这个观点：这两枚印章的文字结构有差异。

但是，怎样解释这种差异的存在呢？

在这一点上，我倾向于赞同朱琪先生的意见。朱琪先生自幼习印，对篆刻创作和印学史素有研究，他认为，"'印'字笔画的完残情况不同，其实是由于石质印章在长期使用中泐损造成的"。他指出：

> 鉴定印迹真赝的关键，主要是在文字的结构布局和笔画的细节特征，石章的泐损是不能作为依据的。从现有资料来看，这枚藏书印的使用时

---

① 季先生所说的"上海藏书家刘文俨"，不知含藏何意？刘文俨明明是南京人，这有家谱（上元刘氏家谱》）、印章（"上元刘氏图书之印"）为证。他怎么变成了"上海"人？

间，可能至少历经了 1908 至 1948 这四十年的时间。石章在长期使用过程中，极有可能会出现磕碰等印面残损的情况，如此一来前后所钤的印迹就会出现差别（此外由于印面印泥的沉积、钤盖的力度、衬垫物和纸张的区别，都会造成钤印效果的差别），季先生文中所指，正是属于这种情况。①

因此，《红楼梦》眉本上的"上元刘氏图书之印"和《新刻徐玄扈先生纂辑毛诗六帖讲意》上的"上元刘氏图书之印"应当就是同一枚藏书章。

这就非常清楚地、直接地解释了两枚藏书章印异而文同的原因。这种可能性，在我看来，要远远大于眉本藏书章出于"后人仿刻"等其他的可能性。更何况，从眉本的纸张、字迹和墨色看，确为两百年前的旧物；印色陈旧，印章也明显地不是当代人所钤盖。

注意：藏书印是"上元刘氏图书之印"，而不是"刘文俨图书之印"，也不是"刘文介图书之印"。这就表明，在上元刘氏家庭内部，藏书印"上元刘氏图书之印"是可以共用的，更何况刘文俨和刘文介是嫡亲的同胞兄弟。

在《新刻徐玄扈先生纂辑毛诗六帖讲意》一书上，既有藏书印"上元刘氏图书之印"，又有名章"刘氏文俨"。这表明，钤盖者是刘文俨。在《红楼梦》眉本上，既有藏书印"上元刘氏图书之印"，又有名章"文介私印"；在《莫愁湖志》一书上，同样既有藏书印"上元刘氏图书之印"，又有名章"文介"：这表明，钤盖者是刘文介。

刘文介是眉本的购藏者，又是题记的撰写者，在同一页上，既盖下了自己的名章，又盖下了自己的藏书章，这不是自然而然、理所当然的事吗？

难道我们还能有别的证据使"文介"不姓"刘"，使"眉盫"和"文介"变成两个毫不相干的陌生人吗？难道我们还能有别的证据把刘文介从"上元刘氏"家族剥离出去吗？

第三节 "文介私印"与所谓的"规矩"

季文不仅认为眉本上的"上元刘氏藏书之印"是"仿刻章"，而且还认

---

① 朱琪：《关于〈红楼梦〉眉盫藏抄本所钤印章的几个问题——兼与季稚跃、刘世德、于鹏三先生商榷》，《红楼梦研究辑刊》第二辑，第 288 页。

为，"'文介私印'也不是刘文介的"。季文并没有考出此印的主人是姓张，或是姓李。那么，季文为什么反对此印非刘文介所有呢？

奇怪得很，季稚跃先生提出的理由竟然是：

> 因为按篆刻名章规矩，只有单名才能刻成"姓、名私印"，双名是不可以的。（第178页）

恕我孤陋寡闻，不知这个"规矩"从何而来？是明文制定的，还是约定俗成的？

退一步说，即使确实有此"规矩"，也不能否定"文介私印"印章的主人是刘文介。

首先，需要指出，"文介私印"印章上的四个字和季文所提出的"规矩"是两回事。因为"文介私印"四个字的结构明显地不是季文所说的"姓、名私印"，而是"双名＋私印"，其中并没有那个"姓"。季文并没有举出任何证据能够证明该印章的主人姓"文"，名"介"。只有那样，方能符合季文所提出的"规矩"。

"文介"明明是双名，而季文却指"文介"为单名。我们要向季先生讨教，请问：您把"文介私印"解释为"姓、名私印"，有什么根据吗？您是不是认为此人姓"文"名"介"？他究竟是谁？

其次，即使存在着那样一个"规矩"，那么，它也并非每个人都必须遵守不可。据我所知，不符合此项"规矩"的书画名家、藏书名家大有人在。我在这里只需要举出清代一位众所周知的名人即可。此人姓莫，名友芝（1811～1871）。他在自己的藏书上钤盖的名章中就有这样的："友芝私印"。例如，在他的《郘亭书画经眼录》稿本①上，钤有印章多枚，而以"友芝私印"为最多。莫友芝是双名，而不是单名。刘文介也是双名，而不是单名。"友芝私印"与"文介私印"，四字结构完全相同。难道鼎鼎大名的莫友芝也是不懂"篆刻名章规矩"的门外汉？一百多年以来，并没有见到有任何人指责莫友芝破坏了"篆刻名章规矩"！为什么莫友芝可以有这样的名章，而刘文介就"不可以"有这样的名章？

事实证明，"文介私印"并没有违反"篆刻名章规矩"，而且的的确确有先例可援。

"文介私印"是不是刘文介（眉叔、眉盦）的名章？这需要有证据来证

---

① 《郘亭书画经眼录》稿本，中国社会科学院文学研究所图书馆藏。

实。第一，钤盖在题记的落款处的名章，应即是题者本人的。按照正常的理解，"文介"即题者眉盫之名。第二，刘文介实有其人，属于"上元""刘氏"家族，见于《上元刘氏家谱》。

若要推翻"文介私印"是刘文介的名章，请先推翻《上元刘氏家谱》中关于刘文介、刘文价的种种记载。

如果有一位作伪者，他事先在北京看过国家图书馆收藏的《上元刘氏家谱》（知道其中有一个名叫"文介"的人），事先在台北看过台北中央图书馆收藏的《新刻徐玄扈先生纂辑毛诗六帖讲意》（知道其中有一枚"上元刘氏图书之印"），事先看过如今散存于各地的刘文价旧藏的书籍（知道刘文价就是藏书章"上元刘氏图书之印"的主人），然后又去"仿刻""上元刘氏图书之印"、再伪造"文介"的名章，而且他还预先掌握了眉本将于 2006 年秋季在北京公开拍卖的信息，这岂非"天方夜谭"？

总之，要想断定《红楼梦》眉本是伪书，必须另外拿出直接的、正面的证据来；要想断定眉本上的"上元刘氏图书之印"是"后人"仿刻的，也必须以客观存在的证据为凭，而不能徒然地驰骋自己的臆想。

第四节　眉盫题记有何"不合"之可言？

继《眉盫题记十回〈红楼梦〉抄本不是"上元刘氏"藏书》一文之后，季稚跃先生又发表《眉盫题记十回《红楼梦》抄本续考（一）》（下文简称《续考一》）一文，继续对《红楼梦》眉本的真实性提出质疑。

季稚跃先生的《续考一》，主要针对《红楼梦》眉本的眉盫题记的文字而发。

为此，我们不得不先将眉盫题记原文再一次援引于下，以供读者参阅、思考和判断：

> 残抄本《红楼梦》，余于民廿五年得自沪市地摊。书仅存十回，原订二册。置之行箧，忽忽十余载矣。今夏整理书籍，以其残破太甚，触手即裂，爰亲自衬补，订成四册。因细检一过，觉与他本相异之处甚多，即与戚本、脂本亦有出入之处，他日有暇，当细为详校也。
>
> 民廿七年初夏，眉盫识于沪寓。

季稚跃先生指出，他"细读"这篇题记后，发现"至少还有五处不合"（第 60 页）①。

哪五处呢？

"第一个是题记中民廿五年，民卅七年不合民国时期纪年表示法。"（60页）

"第二个是'沪市'不合。"（第 61 页）

"第三个是时序不合。"（第 61 页）

"第四个是题记中有错字不合。"（第 61 页）

"第五个是'文介私印'不合。"（第 61 页）

在我看来，平心而论，不是眉盒题记"不合"，而是季稚跃先生的指责"不合"。

请让我在下文一一指出和分析季稚跃先生的指责是如何的"不合"。

第五节 "文介私印""是不可以的"吗？

先谈季稚跃先生一再提出的"文介私印"问题。

季稚跃先生曾在《不是》一文中说："按照篆刻名章规矩，只有单名才能刻成'姓、名私印'，双名是不可以的。"我曾问道："这个'规矩'不知从何而来？是明文制定的，还是约定俗成的？"季稚跃先生终于在《续考一》一文中亮出了他的底牌。

他援引了邓散木《篆刻学》②中关于"私印"的论述：

> 有印上加私字作私印者，文曰姓某私印，系用于私书封记，所以示有别于官印也。双名无作私印者，私印亦不得作回文。（第 61 页）

如何理解邓氏所说的"文曰姓某私印"、"双名无作私印者"两句？

何谓"文曰姓某私印"？依照我的理解，此是指印文作"姓 + 单名 + '私印'"者。"某"代表单名。例如《红楼梦》杨本扉页钤有"于原私印"名章，即符合于邓氏所说的"姓某私印"——"姓"是"于"，"某"即

---

① "第 60 页"，即"《红楼梦研究辑刊》第二辑，第 60 页"。下同，仅注页码，不另注刊名刊期。

② 邓散木：《篆刻学》，人民美术出版社，1979。按：此据季稚跃《续考》转引。

"原（源）"字之代称。如果是指双名，就不能只用一个"某"字，而是需要改用"某某"二字。

如果我的理解符合邓氏的原意，则邓氏此语并无不妥。反而是季稚跃先生的误读造成了偏颇的理解。

何谓"双名无作私印者"？依照我的理解，此句没有提到"姓"，但它显然并没有排斥"姓"，因为它在前面已明确地限定了自己所论述的范围："文曰姓某私印"。因此，邓氏所谓"双名无作私印者"，若以刘文介的名章为例，就是说，它否定的对象仅仅是类似于"刘（姓）文介（双名）私印"（五个字）那样的印文；从这句话，得不出它含有否定"文介（双名）私印"（不带姓）四字印文的意思。

但，季稚跃先生却把这句话解读为："'文介'（双名）私印""是不可以的"。

邓氏乃沪上篆刻、书法名家，他理应掌握这样两个事实：（一）在过去，不带"姓"的"双名私印"印章实际上是大量存在的。（二）带"姓"的"双名私印"也实际上是存在的。邓氏此语，如果按照季稚跃先生的理解，则违背了客观存在的事实。无视客观存在的事实，而断言"不可以"云云，那真的需要在邓氏《篆刻学》之外，对篆刻学再作一些了解了。

除了我在上文曾举出莫友芝的名章"友芝私印"，作为证据，反驳了季稚跃先生所说的"规矩"之外。也许有人会怀疑那可能只是个孤证。为了释疑，我在这里再举出几个证据，以证季稚跃先生之非。

首先，不妨转引和季稚跃先生的《续考一》发表在同一刊物同一期的朱琪先生《关于〈红楼梦〉眉盒藏抄本所钤印章的几个问题》一文①所举出的两个证据：

（1）"延闿私印"——这是谭延闿的名章。谭延闿（1880～1930），曾任两广督军、湖南督军、南京国民政府主席、南京国民政府行政院院长。他是著名的书法家，南京中山陵"中国国民党葬总理孙先生于此"题写者。

（2）"廷飏私印"——这是吴廷飏的名章。吴廷飏（1799～1870）是著名的书法家、画家、篆刻家。

我再继续补充三个证据：

---

① 朱琪：《关于〈红楼梦〉眉盒藏抄本所钤印章的几个问题——兼与季稚跃、刘世德、于鹏三先生商榷》，《红楼梦研究辑刊》第二辑，第290页。

（3）"文治私印"——这是清代王文治的名章。王文治（1730～1802）是著名的书法家，乾隆十三年（1748）探花，官至云南临安知府。王文治的"集禊帖"行书八言联"林阴清和兰言曲觞，流水今日修竹古时"，款署"梦楼王文治"，并钤有"文治私印"、"文章太守"、"柿叶山房"等印章。

（4）"文治私印"——这是当代宋文治的名章。宋文治（1919～1999）是著名的画家。他于1982年绘《春雨江南图》，引首题"万顷太湖入画图"，署"娄江文治"，钤有阴文印章"文治私印"、阳文印章"太仓人也"。

（5）"吴廷飏私印"——这是吴廷飏的另外一个阴文名章①。印文的组合，呈"姓＋双名＋'私印'"式。这难道不是破坏了季稚跃先生所说的"规矩"（"只有单名才能刻成'姓、名私印'，双名是不可以的"）的另一例吗？吴廷飏是著名的篆刻家，难道他也不遵守这个"规矩"吗？这不能不令人起疑：到底有没有季稚跃先生刻意强调的这种"规矩"？

我曾说：

> "文介"明明是双名，而季文却认为"文介"是单名。我们要向季先生讨教，请问：您把"文介私印"解释为"姓、名私印"，有什么根据吗？您是不是认为此人姓"文"名"介"？他究竟是谁？②

而季稚跃先生果然在《续考一》中直率地承认说："按'文介私印'章来看，文介就是文家，则这十回《红楼梦》抄本属文氏家的。"（第61～62页）

王文治、宋文治都有印文相同的名章"文治私印"，不知它们是否会被划入"文氏家"？

我们不禁向季稚跃先生提问：您既然执意认定眉本是属于"文氏家"的，那么，"文氏家"的人为什么要钤盖"刘氏家"的藏书章呢？

错误的考据方法，必然会得出错误的结论！

---

① 上海博物馆书画组编纂《中国书画家印鉴款识》，文物出版社，1987。
② 《三论〈红楼梦〉眉藏本》，《红楼梦学刊》2011年第三辑，第13～14页。

第六节　这难道不是"民国时期纪年表示法"？

季稚跃先生说，"题记中民廿五年，民卅七年不合民国时期纪年表示法"。这是季稚跃先生所说的第一个"不合"。

我在中、小学读书期间（二十世纪三十年代末至五十年代初）一直生活在上海。根据记忆，在那个时期之内，我们可以经常看到，在报刊、书籍所登载的文章、通信中，有"民某某年"或"民某年"的表述。当时，这是司空见惯的事情，不值得大惊小怪。有时，那个"年"字还会被省略掉。

试举几个例子，以破季稚跃先生之疑。

例一：林语堂有一篇散文，名曰《鲁迅之死》①，其开篇第一句曰："民廿五年十月十九日鲁迅死于上海。"结尾署有撰写的日期和地点："廿六年十一月廿二于纽约"。

例二：不久前，我曾从"中国书网"上见到有这样的记载：

《交大平院毕业纪念册：民廿五级》，"北平交通大学"编印，1936 年。

例三：任中敏于民国三十三年（1944）三月二十三日写《致白健生先生书》②，白健生即白崇禧，其中有这样几句：

民廿五以前，何以人人异口同声，皆指广西？此等事当然为民二十至民廿五年间，本省之所无也，昔在北平、南京等地，则常有之；当然为民三十三，赣南之所无也，顾民三十三之桂林乃竟有之！

使用这种"民国时期纪年表示法"的记载，可以说多如牛毛。我们只选择了三个例子。这三个例子不前不后，恰恰都是"民廿五年"或"民廿五"的"民国时期纪年表示法"，这与眉盦题记的"民廿五年"毫无二致。

例四：蒋介石《上星期反省录》（1941 年 4 月 5 日）③ 中有这样一段话：

---

① 林语堂：《林语堂文选》，中国广播电视出版社，1990。
② 据"桂林人论坛"网站"漓江文坛"转引。
③ 《蒋介石日记》。

对溥泉斥责事，愧悔不知所止。此为余每十年必发愤暴戾一次之恶习。回忆民十对季陶，民廿对汉民，而今民卅对溥泉之愤怒，其事实虽不同，而不自爱重之过恶则同也。

这几个反证，表明季稚跃先生所说的第一个"不合"是完全不能成立的。反证还有很多很多，但已没有必要再一一胪列了。事实证明，在过去，使用类似"民廿五年"、"民卅七年"这种"民国时期纪年表示法"的，大有人在。

我们做考据文章，不能只知其一，不知其二。否则，必然会导致谬误的判断。

第七节　这"沪市"不是那"沪市"！

季稚跃先生说，第二个"不合"，"是'沪市'不合。'沪'是上海市的简称……只有上海股票市场出现后才有'沪市'一词，它是上海股市的简称"（第61页）。

"沪市"当然可以是"上海股市的简称"，但，难道它不可以是"上海"或"上海市"的代称吗？季稚跃先生只承认"'沪'是上海市的简称"。难道"沪市"就不可以是"上海市"的简称吗？我们需要补充和提醒季稚跃先生的是：在1949年之前，称"上海市"或"上海特别市"为"沪市"，是当时的上海人士的一种普遍的习惯性的用法。

不举例不足以解季稚跃先生之惑。

请看周越然《〈琵琶记〉之版本》①：

余所藏者，有后列各本。近年刊本、铅字本及石印本不列入。

（一）影印元刊本二卷四十三出，题《新刊巾箱蔡伯喈琵琶记》，白口，单鱼尾，左右双栏，半叶十行，行大小十八字。前有图十叶，取自吴兴凌氏刻本（见第三种），非此书原有也。

后有复翁，枚庵，松禅，云鸿等跋。原书于二十年冬在沪市见过。……

---

① 周越然：《言言斋古籍丛谈》，辽宁教育出版社，2001。

　　这是出自著名的藏书家笔下的"沪市"二字，指的是当年（1931）的上海，自然不是如今的"上海股票市场"。

　　再举一例。1935年上海世界书局出版了《清代七百名人传》一书，编者蔡冠洛在序言中说：

　　　余乙丙之交，蛰居沪市，遇艰处困，钝塞勿施……①

　　为什么那二人（周越然、蔡冠洛）那时那地可以使用"沪市"一词，而对这一人（刘文介），就不允许他那时那地在笔下写出"沪市"二字？

　　季稚跃先生说"只有上海股票市场出现后才有'沪市'一词"（第61页）。"只有"和"才有"四字说得太绝对化了，建议季稚跃先生收回。

　　其实，"沪市"二字常用，乃久居沪上的人士所熟知，并非罕事、奇事。我当年自上海写家信向居住在北京的祖父拜年之时，在信封上就常写"寄自沪市"四字。

　　请仔细琢磨眉盦所写的"得自沪市地摊"一语。不写"沪"，而写"沪市"，这和修辞有关。若以"沪"代替"沪市"，两个字变成了一个字，读起来自然拗口得多。

　　"沪市"（沪市＝上海市）一词，不仅1949年之前为人们习用，即在今日，当"上海股票市场"出现之后，仍然偶尔见于人们的文章中。

　　试举一例：在网上读到"左耳"的"我的日记"，其2009年5月23日的日记中记载了读张爱玲短篇小说《色戒》之后的感受，有这样一段文字：

　　　沉缅《色·戒》里，她被阻隔在沪市的咖啡厅内的角落一隅，独饮，更独自对付民族的春秋战国；而故事与她对坐，不无聊寂至极，兴来，同这乱世参与了一场忠诚的嬉戏，乃至是情欲落败的战俘。

　　其中就以"沪市"代指"上海"，而与股市无涉。故知此语之用，不仅昔日如此，今日亦复如此。

　　季稚跃先生身居上海，居然不知"沪市"乃昔日沪上人士对"上海市"或"上海特别市"的一种习惯性的称呼，奇哉怪也！偏执地以为"沪市"非是"上海股票市场"的简称不可，这无疑会受到老上海们的奚落。

----

　　① 《清代七百名人传》，中国书店影印本，1984。

第八节　时序未"倒流"

季稚跃先生所说的第三个"不合","是时序不合。'以其残破太甚，触手即裂'，于'今夏''亲自衬补订成四册'，而题记写成时反为'初夏'，属时序倒流。"（第61页）

和季稚跃先生一样，我们也再三"细读"眉盦题记，但并没有发现其中有"时序倒流"的疵病。

"今夏"，是"今年夏天"。从夏初到夏末，都应该在它所涵盖的范围之内。眉盦所说的"今夏"，分明是指：他衬补装订这个残抄本的工作是安排在"今夏"进行的；眉盦所说的"初夏"，则是指他完成衬补装订工作的时间。其间实无龃龉。

即使眉盦题记"时序倒流"，也只能批评其驾驭文字水平的优劣，而不能判断此题记的真伪，更何况时序并未倒流。

第九节　此非"错字"也

季稚跃先生所说的第四个"不合","是题记中有错字不合"。所谓"错字"，指的是"以其残破太甚"中的那个"残"字。季稚跃先生断言，"这个'残'字写法，是一个错字，他代表的真书该是'马'字旁的一个错字，而不是'歹'字旁的真正的'残'字。按草书写法，此本此处错误的'残'字偏旁草体，代表的真书是'马、交'等偏旁；而真正'残'字的草书偏旁'歹'不是这样写法"（第61页）。

"真正'残'字的偏旁'歹'"的"写法"应该是怎样的？请季稚跃先生有以教我。

我认为，在"残"字的写法上，眉盦并没有写错，反倒是季稚跃先生说错了。

像眉盦所写的"残"字，其偏旁"歹"字的写法，屡见于古代著名的书法家王羲之、王献之、颜真卿、孙过庭、苏轼等名人的笔下，也见于《草书韵会》一书。例如，王羲之草书《游目帖》（又名《蜀都帖》）唐人摹本中有云"扬雄《蜀都》、左太冲《三都》殊为不备"，其中那个"殊"字的偏旁"歺"的写法，不知季稚跃先生会不会认为是"马"或"交"？

眉盦题记中的那个"残"字①的偏旁"歺"的写法是基本上和王羲之的写法一样的。

"残"字的偏旁根本不是季稚跃先生所指称的"马"或"交"。这属于草书的 ABC，只要是学习过草书的写法，只要对草书的基本常识有所涉猎，只要抽暇去查一查一些普通的工具书，例如《草书大字典》的"歺部"②，即可一目了然，无须我辈再作多余的饶舌。

少见多怪，将正确的说成错误的，值得我辈三思！

总之，季稚跃先生所说的五个"不合"，在我们看来，不是眉盦题记的文字"不合"，而是季稚跃先生自己的质疑"不合"。

第十节　虚而不实

季稚跃先生在《不是》一文中摘录了"悼红轩"③、"蠹读"、"中正"三位"网论者"的文字。并把这些文字置于自己的文章之首。这表明，季稚跃先生对这三位的意见和观点，持重视的，也是赞同的态度。

因此，请让我在这里也对这三位的意见和观点作出必要的回应。

先谈"中正"的"网论"。

"中正"的"网论"是虚的，不是实的。请看：

> 现在的作伪手段，已经到了无孔不入的地步。据我所知：清中期的纸张、墨在古玩市场完全能够淘到（而且现在还有人收购），纸张的老化程度更加不在话下。
>
> 要知道两册书拍了十九万，重赏之下必有勇夫。（第 57 页）

---

① 眉盦题记中有两个"残"字，一见于首句"残抄本红楼梦"，二见于"以其残破太甚"。这里所说的是第二个"残"字。

② 《草书大字典》（中国世界语出版社，2001），第 700～703 页。按："残"字见于该书第 703 页。

③ 从季稚跃先生的引文中，看不出"悼红轩"是"网论者"的网名，还是某个网站的名称。因为季稚跃先生是以此作为"网论者"的"网名"引用的，姑依之。

在当今的拍卖会上，"十九万"就称得上"重赏"吗？比这个价格贵几十倍、几百倍、几千倍的拍品，比比皆是。它们难道不是更值得怀疑吗？

断定某书是伪书，必须要有证据，信口一说，没有任何的说服力。

何况"中正"本人对《红楼梦》眉本的意见后来有了转变，不知季稚跃先生是否有所闻：

> 目前真假难辨，主流红学家都说是真的，谁的本事再大也伪造不出来那些异文。业余爱好者有很多坚持认为伪造的……我希望它是真的，所以对这不太关心，说不好……

因此，对于季稚跃先生所引用的这种虚而不实的议论，在讨论《红楼梦》眉本的真伪问题时，可以不必予以理会。

第十一节　戴着有色的眼镜

再谈"蠹读"的"网论"。

平心而论，眉盦题记文通字顺，显然出于一位文字水平较高、文化修养较高的文人的笔下。无奈"蠹读"戴的是有色眼镜，他竟然斥之为"蹩脚的题记"。我们只能喟然而叹：欲加之罪，何患无辞。

"蠹读"的"网论"用的是按语、批注的形式。这一共有五点（第56～57页）：

第一点，在"抄本《红楼梦》"五字之后，"蠹读"加按语说："按：给自己的藏书这么命名，不合常规"。

"抄本《红楼梦》"的命名根据的是"名从主人"的原则。它是抄本，不是印本；它叫《红楼梦》，因为它的第一回首叶就开宗明义地以"红楼梦"三字作为正式的书名。难道还要给它另起一个书名，才算"合常规"吗？此可谓在鸡蛋里面挑骨头。

第二点，在"今夏"二字之后，"蠹读"加批语说："夏字不当有"。

"夏"字为什么不当有？有了"夏"字又有何等的干碍？说"夏"，是表明不是"春"，也不是"秋"和"冬"。

第三点，在"脂本"二字之后，"蠹读"加了三个"？"。

"脂本"固然是今天红学界习用的名词。但是不要忘记，在六七十年前，"脂本"一词早已屡屡出现在红学家（例如胡适等）的笔下。那时，"脂本"的概念和今天红学家所使用的概念有区别：当时是单指甲戌本，今天则是指脂系诸本。这，我在下文还要举例细说。

第四点，在"今夏"二字之后，"蠹读"加批语说："夏字不当有"；在"初夏"二字之后，加批语说："又一夏字，且限定初夏，而上文'今夏'是整个夏天"。

我的意见，在上文已表达清楚，此处毋须赘述。

第五点，在"沪寓"二字之后，"蠹读"加批语说："沪市、沪寓重复，且交待过于清楚"。

"沪寓"是指写题记的地点，"沪市"是指购买《红楼梦》残抄本的地点，前者是在自己家内，后者是在自己家外，何重复之有？

眉盦写的是题记，不是"朦胧诗"。"交待过于清楚"为何也变成被指责的缺点，这就不是我们所能理解的了。

第十二节　他本·戚本·脂本·徐本

"悼红轩"的"网论"位列季稚跃先生引用的"网论"的首位。看来，它受到了季稚跃先生的特别的重视。季稚跃先生强调说，"网论者的切入点是题记中的'它本'、'戚本、脂本'"（第 55 页）。我们就先来看看"悼红轩"的"网论"是怎样说的（第 55 ~ 56 页）：

1. "它本"① 的范围是什么？它是否指程本？从正常的词句理解，"他本"就是这个本子以外的其他本子。如果是这个意思，下面的那句"即与戚本、脂本亦有出入之处"，岂不是太画蛇添足了吗？从《题记》中看，"他本"是排除在"戚本"、"脂本"之外的。那时候大众能看到的红楼梦几乎只有程本，那么"他本"似乎就是指程本。但是这种分类观念太接近现代人的观点了吧？

2. "戚本"在那时候是否就叫"戚本"？要知道，无论大字本还是

---

① 按：眉盦题记原文是"他本"，不是"它本"。

小字本，都题作《国初抄本原本红楼梦》。建国后影印的有正书局大字本才叫《戚蓼生序本石头记》。民国三十七年就称"戚本"，这个概念也太超前了吧？

　　3. "脂本"指哪个本子？《题记》中既然与"戚本"并列，指的应该不包括戚序本。一九四八年夏之前，脂砚斋重评石头记本已知有三种：甲戌、庚辰、己卯。甲戌本胡适向来密不示人，极少数有人看到。其他本子在一九四八年前也没有石印或影印过，到俞平伯先生辑录脂批之前，看过脂本的人是可以数出来的，不知藏主如何得见，还"细检"过？

　　季稚跃先生自己也在《续考一》的正文中专门详细地谈到了"脂本"、"戚本"和"徐本"的问题（第58～60页）。

　　对他们二位的意见，也一一予以回应。

　　第一，"他本"一词含义明确，即眉本之外的其他的《红楼梦》版本。眉盦所说的"他本"，从上下文看，实包括两层意思。一层意思即特指题记下文所说的"戚本"和"脂本"，另一层意思即指"程本"以及"那时候大众能看到的"出版界所出的形形色色的《红楼梦》版本（后者恰恰被这位"网论者"忽略了）。我们认为，在这一点上，题记原文并不存在"画蛇添足"的问题。需要提醒的是，题记既没有提到"程本"这个名词，更没有在"他本"和"程本"之间画等号。

　　第二，季稚跃先生引用了周汝昌1948年7月25日致胡适信，指出："那时连周先生都未见过徐本和戚大字本，而胡适也不知徐本的下落。"（第58页）季稚跃先生用了将近三页的篇幅详谈"脂本"、"徐本"的下落以及"戚本"的问题，目的何在呢？画龙点睛，他说："要之，不管眉盦是谁都不可能见过或拥有甲戌本和徐本，怎能'有暇时''细为详校'呢？"（第60页）在文末，他还说："综上所述，不管眉盦是谁都不可能在民国卅七年夏天看过或拥有脂本（甲戌、庚辰）；题记显系伪托。"（第62页）当时，眉盦不拥有甲戌本、庚辰本，这一点，我们相信。但，他没有看到甲戌本原书，不等于他没有看到甲戌本的引文。因为在胡适有关甲戌本的论文中引用了大量的甲戌本的原文，尤其是对那些特殊的、引人注意的文字作了十分详细的介绍。而这应是眉盦能够看到的。他所说的"他日有暇，当细为详校"，"详校"的对象显非胡适所拥有的甲戌本原书，其义自明。

　　周汝昌没有见过"戚大字本"，是不是等于眉盦也没有见过戚本呢？不是的。这不成其为理由。

这有两点可说。石印戚本的有正书局开设在上海，眉盒当时的寓所也在同一座城市，而周汝昌却远处北京，当时还是个青年学生，他不拥有戚本，甚至没有机会见到戚本大字本，是可以想见的。此其一也。我在 1948 年曾在沪市地摊上购到戚本小字本一部。当时目睹摊上待售的戚本小字本远远不止一部，售价低廉。以此例彼，眉盒是有条件知道和见到戚本（小字本或大字本）的。此其二也。

第三，"悼红轩"的"网论"问："'戚本'在那时候是否就叫'戚本'？……民国三十七年就称'戚本'，这个概念也太超前了吧？"我的回答是："'戚本'在那个时候"的的确确"就叫'戚本'"。在我看来，不是那位题记者使用的概念"太超前"，而是这位"网论者"的认识太落后了。

"程本"与"戚本"二词，早在二十世纪二十年代，胡适就已开始使用。当时，胡适、鲁迅、俞平伯等人早已在"脂本"（甲戌本）、"戚本"和"程本"（俞平伯那时称"程本"为"高本"）之间画上了清晰的分界线。这位"网论者"问道："这种分类观念太接近现代人的观点了吧？"我们不知道这位"网论者"所说的"现代人"是什么概念，它是指眉盒之前的人士，还是指眉盒之后的人士？包括不包括二十世纪二十年代的胡适、鲁迅、俞平伯等人士？这里恐怕存在着逻辑混乱的问题。我们只想指出一点：眉盒在四十年代接受和继续使用胡适、鲁迅、俞平伯等人士在二十年代使用过的"脂本"、"戚本"概念，是很自然的，后人根本不必发出惊讶之声。其实，这在红学史上是个基本的常识。

请看，1921 年胡适在《红楼梦考证（改定稿）》一文[①]中说：

> 上海有正书局石印的一部八十回本的《红楼梦》，前面有一篇德清戚蓼生的序，我们可叫他做"戚本"。……戚本大概是乾隆时无数辗转传抄本之中幸而保存的一种，可以用来参校程本，故自有他的相当价值，正不必假托"国初抄本"。

1933 年，胡适在《跋乾隆庚辰本脂砚斋重评本石头记抄本》一文[②]中

---

① 胡适：《红楼梦考证（改定稿）》，作于 1921 年 11 月 12 日，收入《胡适文存一集》卷三（亚东图书馆，1921）。

② 胡适：《跋乾隆庚辰本脂砚斋重评本石头记抄本》，作于 1933 年 1 月 22 日，收入《胡适论学近著》一集卷三（商务印书馆，1935）。

又说：

> 此本与戚本最相近，但戚本已有补足的部分，故知此本的底本出于戚本之前，除甲戌本外，此本在今日可算是最古本了。

可知他早在九十年前就已经把上海有正书局石印戚蓼生序本定名为"戚本"了。

在胡适之后，俞平伯也继续使用了"戚本"这个简称。他的专著《红楼梦辨》[①] 的上卷第五篇的标题就叫做《高本戚本大体的比较》。

此外，在 1924 年出版的鲁迅的《中国小说史略》中，凡引用《红楼梦》原文，均注明"戚本第……回，括弧中句据程本补"。

所以，在胡适、俞平伯、鲁迅之后，在二十余年之后的四十年代，眉盦题记沿用"戚本"一词，绝非使某些人感到新奇的创举。

第四，眉盦在当时知道"脂本"的概念吗？他有可能见过"脂本"吗？

1948 年 7 月 11 日，周汝昌致胡适信[②]说：

> ……我已准备要写一篇专文，叙论脂本的价值，从此本所能窥见的奥秘，和个人对他的意见。

信中所说"脂本"，即甲戌本。观下文所说"此本"一词，即可明白。

胡适在 1928 年即已屡称甲戌本为"脂本"。他的《考证〈红楼梦〉的新材料》一文的第五节、第六节、第七节的标题就分别叫做"脂本与戚本"、"脂本的文字胜于各本"、"从脂本里推论曹雪芹未完之书"[③]。

在写眉盦题记的那个年代，人们所说的"脂本"是指甲戌本，而不是指庚辰本，也不把庚辰本包括在内。眉盦题记通篇只提及"戚本"和"脂本"，而与所谓的"徐本"或"庚辰本"无涉。所以季稚跃先生大谈"徐本"问题，可谓无的放矢。

事实证明，眉盦并没有错，错的是季稚跃先生自己。

真理越辩越明。

我相信，会有越来越多的人肯定《红楼梦》眉本的真实性！

---

① 俞平伯：《红楼梦辨》，亚东图书馆，1923。
② 《胡适遗稿及密藏书信》（黄山书社，1994），第 29 册。
③ 胡适：《考证〈红楼梦〉的新材料》，《新月》第一卷第一期（1928 年 3 月）。

第九章
眉本是不是程本？

第一节　为什么要先从这个问题开始？

我们首先要接触眉本是不是程本的问题。

为什么要先从这个问题开始呢？

因为我们如果要确认眉本是脂本，就必须排除这样一种可能：眉本虽然总目只有八十回，但是，它可能有后四十回，却被有心人施用了某种人为的手术，例如，后四十回正文被割舍；或如，由于某种原因，后四十回的回目没有进入现存的总目之中。

所以，我们必须考察眉本是不是具有程本（以程甲本、程乙本为例）所特有的文字。

必须说明的是，程甲本和梦本的关系非常密切，程甲本有很多异于其他脂本的文字都来源于梦本（或其底本）；而程乙本的修改又以程甲本为底本。因此，在我们讨论眉本是不是程本的时候，无疑会遇到一些梦本、程甲本、程乙本三本文字相同的例子。除了个别的例子需要重复引用以外，绝大多数的例子，我都放在和梦本有关的章节①中论述了。

眉本的文字有很多地方是单独和程甲本、程乙本相同或相近的。

例如眉本第 9 回：宝玉去上学——

> 原来这贾家义学离此也不甚远，本系始祖所立，恐族中人有贫穷不能延师者，即入学肄业。

---

① 请参阅本书第十章至第十二章"眉本是不是过渡本？"（上）、（中）、（下）。

在第一句的"离此也不甚远"之后、第二句"本系始祖所立"之前，其他脂本均多出一句"不过一里之遥"，而梦本、程甲本、程乙本则无此句，同于眉本。

像这样的例子，为数其少。眉本异于程本的文字大大地少于独同于程本而异于其他脂本的文字。因此，我们在对眉本和程本进行比较的时候，大可不必去注意那些相同的文字和一致的情节。我们关注的是眉本和程本那些不相同的文字和不一致的情节。

若要把程本和脂本区别开来，和眉本区别开来，关键在于看它在哪些地方做了改动。当然，程甲本、程乙本有很多地方承袭了梦本的改动，这暂不在本章论述的范围之内。

第二节　缩影：开卷第一回

在眉本第1回，试举其文字不同于程甲本、程乙本之十四例于下：

例1：作者自述——

> 虽今日之茅椽蓬牖，瓦灶绳床。其晨夕风露，阶柳庭花，亦未有妨（妨）我之襟怀笔墨；虽我未学，下笔无文，又何妨用假语村言，敷演出一段故事，亦未可使闺阁昭传，复可悦世之目，破人愁闷，不亦宜乎？

其他脂本基本上同于眉本。而程甲本作：

> 故当此蓬牖茅椽，绳床瓦灶，未足妨我襟怀；况对着晨风夕月，阶柳庭花，更觉润人笔墨。虽我不学无文，又何妨用假语村言，敷演出来，亦可使闺阁昭传，复可破一时之闷，醒同人之目，不亦宜乎？

程乙本基本上同于程甲本。

这段文字，在脂本和程本之间，不但有文字的不同，有删节的不同，还有前后颠倒顺序的不同。

例2：故曰贾雨村云云——

> 列位看官，你道此书从何而来？说起根由虽近荒唐，细按则深有趣

味。待在下将此书来历说明，方使阅者了然不惑。

最后两句，程甲本、程乙本无，其他脂本同于眉本。

例 3：只单单的剩下一块未用，便弃在此山青埂峰下——

　　谁知此石自经煅炼之后，灵性已通，因见众石皆得补天，独自己不堪入选，遂自怨自叹，日夜悲号惭愧。

在第二句"灵性已通"和第三句"因见众石皆得补天"之间，程甲本、程乙本有"自去自来，可大可小"八字，其他脂本同于眉本。

例 4：那僧笑道——

　　……然后好携带你到那昌明隆盛之邦，诗礼簪缨之族，花柳繁华之地，温柔富贵之乡去安身乐业。

末句"去安身乐业"，程甲本、程乙本作"那里去走一遭"，其他脂本基本上同于眉本。

例 5：石头乃问——

　　不知赐了弟子那几件奇处，又不知携了弟子到何地方？望乞明示，使弟子不惑。

首句"不知赐了弟子那几件奇处"和第二句"又不知携了弟子到何地方"，程甲本、程乙本作"不知可镌何字，携到何方"；末句"使弟子不惑"，程甲本、程乙本无；其他脂本基本上同于眉本。

例 6：空空道人乃从头一看——

　　原来就是无才补天，幻形入世，蒙茫茫大士，渺渺真人携入红尘，历尽一番离合悲欢，炎凉世态的一段故事。

最后两句"历尽一番离合悲欢，炎凉世态的一段故事"，程甲本、程乙本作"引登彼岸的一块顽石，上面叙着堕落之乡，投胎之处，以及家庭琐事、闺阁闲情、诗词谜语，倒还全备。只是朝代年纪，失落无考"，其他脂本同于眉本。

例 7：然朝代年纪，地舆邦国，却反失落无考——

> 空空道人遂向石头说道……

在"空空道人"四字之后，程甲本、程乙本有"看了一回，晓得这石头有些来历"十三字，其他脂本同于眉本。

例8：后面又有一首诗——

> 诗后便是此石堕落之乡，投胎之处，亲自经历的一段故事，其中家庭闺阁琐事，以及闲情诗词，到还全备，或可适趣解闷，然朝代年纪，地舆邦国，却反失落无考。

其他脂本都在此处有这段文字，这基本上同于眉本。

而程甲本、程乙本没有这段文字。实际上，它们是把其中的大部分文字挪移到前面去了。

例9：第二件——

> 不过几个异样的女子，或情或痴，小材微善，亦无班妃、蔡女之德能。我总抄去，恐世人不爱看呢。

第四句"亦无班姑、蔡女之德能"，程甲本、程乙本无，其他脂本基本上同于眉本。

末句"恐世人不爱看呢"，程甲本、程乙本作"也算不得一种奇书"，其他脂本同于眉本。

例10：石头笑答道——

> 我师何太痴也！若云无朝代可考，今我师竟假借汉、唐等年纪点缀，又有何难。但我想，历来野史皆蹈一辙，莫如我这不借此套者，反倒新奇别致，不过只取其事体情理罢了，又何必拘拘于朝代年纪哉！再者，世人之情喜看理治之书者甚少，爱看适趣闲文者甚多，历来野史，或讪谤君相，或贬人妻女，奸淫凶恶，不可胜数。

以上一段文字，其他脂本基本上同于眉本。但在第五句"又有何难"之后，程甲本删改为：

> 莫如我这石头所记，不借此套，只按自己的事体情理反倒新鲜别致，况且那野史中，或讪谤君相，或贬人妻女，奸淫凶恶，不可胜数。

程乙本基本上同于程甲本。

例11：徒为供人之目而反失其真传者——

今之人，贫者日为衣食所累，富贵者又怀不足之心，总一时稍闲，又有贪淫恋色之心，好货寻愁之事，那有工夫去看那理治之书。所以我这一段事，也不愿世人称奇道妙，也不定要世人喜悦检读，只愿他们当那醉淫饱卧之时，或避事去愁之际，只此一玩，岂不省了些寿命筋骨，就比那谋虚逐望，却也省了口舌是非之害，腿脚奔忙之苦。再者，亦令世人换新眼目，不比那些胡牵乱拉，忽离忽遇，满纸才人淑女，子建、文君、红娘、小玉等通共熟套之旧稿。我师意为何如？

以上一大段文字，其他脂本基本上同于眉本（彼本有脱文）。而程甲本做了删改，结果变成这样：

只愿世人当那醉余睡醒之时，或避事消愁之际，把此一玩，不但洗了旧套，换新眼目，却也省了些寿命筋力，不比那谋虚逐妄，我师意为何如？

程乙本又有改动，但基本上同于程甲本。

梦本在"胡牵乱扯"之后无"忽离忽遇，满纸才人淑女，子建、文君、红娘、小玉等"十九字，同于程甲本。

在第1回中（或者说，在全书中），在此之前，梦本均同于其他脂本，而异于程甲本。也就是说，程甲本文字之同于梦本，异于其他脂本，是从此处开始的。

例12：空空道人听如此说——

见上面虽有些责奸指优、贬恶诛邪之语，亦非伤时骂世之旨，及至君仁臣良，父慈子孝，凡伦常所关之处，皆是称功颂德，眷眷无穷，实非别书之可比，虽其中大旨谈情，亦不过实录其事，又非假拟妄称，一味滥邀艳约，私订偷盟之可比，因不干时世，方从头至尾抄录回来，问世传奇。

以上文字，其他脂本基本上同于眉本，而程甲本则只有"因见上面大旨不过谈情，亦只实录其事，绝无伤时淫秽之病，方从头至尾抄写回来，闻世传奇"五句，程乙本基本上同于程甲本。

例13：道人道，实未闻还眼泪之说——

> "……想来这一段故事比历来风月事故更加琐碎细腻了。"那僧道："历来风流人物，不过传其大概，以及诗书篇章而已，至家庭闺阁中一饮一食总未述记。再者，大半风月故事，不过是偷香窃玉，暗约私奔而已，并不曾儿女之真情发泄一二。想这一干人入世，其情痴色鬼，贤愚不肖者，悉与前人传述不同矣。"那道人道："趁此何不你我也下世度脱几个，岂不是一场功德？"那僧人道："正合吾意……"

自第一句"想来这一段故事比历来风月事故更加琐碎细腻了"至倒数第五句"那道人道"，程甲本、程乙本无，其他脂本基本上同于眉本。

程本的删节造成了错误的结果：把道人的话变成了僧人的话。

例14：道人道，既如此，便随你去来——

> 却说甄士隐俱听得明白，但不知所云蠢物是何东西，遂不禁上前施礼，笑问道……

第二句"但不知所云蠢物是何东西"，程甲本、程乙本无，其他脂本基本上同于眉本。

被程本所删之句不可少。因为该句正和下文的"笑问道"紧密地扣合着。无有"不知"，何来"笑问"？

第三节　石头是不是神瑛侍者？

石头是不是神瑛侍者？

这有两种不同的答案，一曰是，一曰不是。

甄士隐梦中听到了一僧一道的对话。对话中，讲的是神瑛侍者和绛珠草的故事。

这段文字，各个版本的文字有较大的不同。

先引眉本于下——

> 那僧人笑道："此事说来好笑，竟是千古未闻的罕事。只因西方灵河

岸上，三生石畔，有绛珠草一株，时有赤霞宫神英侍者，日以甘露灌溉，这绛珠草始得久延岁月。后来既受天地精华，复得雨露滋养，遂得脱却草胎木植，得换人形，仅修成个女体，终日游于离恨天外，饥则食蜜青菜为膳，渴则饮灌海水为汤，只因尚未酬报灌溉之德，故甚至五内梗郁结这一段缠绵不尽之意。恰近日这神英侍者凡心偶炽，弃此昌明太平朝世，意欲下凡造历幻缘，已在警幻仙子案前挂了号。警幻亦曾问及，灌溉之情未偿，趁此到可了结的。那绛珠仙子道：'他是甘露之惠，我并无此水可还。他既下世为人，我也去下世为人，但把我一生所有的眼泪还他，也偿还他的过他了。'因此一事，就勾出多少风流冤家，赔（陪）他们去了结此案。"

再引甲戌本——

　　那僧笑道："此事说来好笑，竟是千古未闻的罕事。只因西方灵河岸上，三生石畔，有绛珠草一株，时有赤瑕宫神瑛侍者，日以甘露灌溉，这绛珠草便得久延岁月。后来既受天地精华，复得雨露滋养，遂得脱却草胎木质，得换人形，仅修成个女体，终日游于离恨天外，饥则食蜜青果为膳，渴则饮灌愁海水为汤，只因尚未酬报灌溉之德，故其五衷便郁结着一段缠绵不尽之意。恰近日神瑛侍者凡心偶炽，乘此昌明太平朝世，意欲下凡造历幻缘，已在警幻仙子案前挂了号。警幻亦曾问及，灌溉之情未偿，趁此到可了结的。那绛珠仙子道：'他是甘露之惠，我并无此水可还。他既下世为人，我也去下世为人，但把我一生所有的眼泪还他，也偿还得过他了。'因此一事，就勾出多少风流冤家，来赔（陪）他们去了结此案。"

甲戌本与眉本大体相同。其他脂本同此。

在脂本（包括眉本）的以上一段关于神瑛侍者（神英侍者）与绛珠草的神话故事中，没有涉及神瑛侍者（神英侍者）和石头是一是二的问题。读者从这里得到的印象是：石头是石头，神瑛侍者（神英侍者）是神瑛侍者（神英侍者），二者之间互不相干。

但程甲本、程乙本却是另一种写法。

先看程甲本是怎样说的：

那僧道："此事说来好笑。只因西方灵河岸上三生石畔有绛珠草一株，那时这个石头因娲皇未用，却也落得逍遥自在，各处去游玩。一日来到警幻仙子处，那仙子知他有些来历，因留他在赤霞宫居住，就名他为赤霞宫神瑛侍者。他却常在灵河岸上行走，看见这株仙草可爱，遂日以甘露灌溉，这绛珠草始得久延岁月。后来既受天地精华，复得甘露滋养，遂脱了草木之胎，得化人形，仅仅修成女体，终日游于离恨天外，饥餐秘情果，渴饮灌愁水，只因尚未酬报灌溉之德，故甚至五内郁结着一段缠绵不尽之意，常说：'自己受了他雨露之惠，我并无此水可还。他若下世为人，我也同去走一遭，但把我一生所有的眼泪还他，也还得过了。'因此一事。就勾出多少风流冤家都要下凡，造历幻缘，那绛珠仙草也在其中。今日这石副还原处，你我何不将他仍带到警幻仙子案前，给他挂了号，同这些情鬼下凡，一了此案。"那道人道："果是好笑，从来不闻有还泪之说。趁此你我何不也下世度脱几个，岂不是一场功德？"

再引程乙本于下：

那僧道："此事说来好笑。只因当年这个石头娲皇未用，自己却也落得逍遥自在，各处去游玩。一日来到警幻仙子处，那仙子知他有些来历，因留他在赤霞宫中，名他为赤霞宫神瑛侍者。他却常在西方灵河岸上行走，看见那灵河岸上三生石畔有棵绛珠仙草，十分娇娜可爱，遂日以甘露灌溉，这绛珠草始得久延岁月。后来既受天地精华，复得甘露滋养，遂脱了草木之胎，幻化人形，仅仅修成女体，终日游于离恨天外，饥餐秘情果，渴饮灌愁水，只因尚未酬报灌溉之德，故甚至五内郁结着一段缠绵不尽之意，常说：'自己受了他雨露之惠，我并无此水可还。他若下世为人，我也同去走一遭，但把我一生所有的眼泪还他，也还得过了。'因此一事。就勾出多少风流冤家都要下凡，造历幻缘，那绛珠仙草也在其中。今日这石正该下世，我来特地将他仍带到警幻仙子案前，给他挂了号，同这些情鬼下凡，一了此案。"那道人道："果是好笑，从来不闻有还泪之说。趁此你我何不也下世度脱几个，岂不是一场功德？"

程甲本、程乙本都以"娲皇未用"的石头为"神瑛侍者"，在二者之间画上了等号，这和脂本大相径庭。程甲本、程乙本并以"神瑛侍者"之名出于警幻仙子所赐，而脂本却没有这样的说法。

第四节　千部一腔，千人一面

《红楼梦》中有一个经常被人引用的名言："千部一腔，千人一面"。而这八个字，恰恰是出于程本，为脂本所无。脂本所说的只有六个字："千部共出一套"。

眉本第1回，石头回答空空道人，有这样一段批评才子佳人小说的话：

> 至若佳人才子等书，则又千部共出一套，且其中终不能［不］涉于淫滥，以致满纸潘安、子建，西子、文君，不过作者要写出自己那两首情诗艳赋来，故假拟出男女二人名姓，又必傍出一小人其间拨乱，亦入（如）剧中之小丑然。

甲戌本、庚辰本、杨本、蒙本、戚本、舒本、彼本基本上与此相同。

但，程甲本却有异文：

> 更有一种风月笔墨，其淫秽污臭，最易坏人子弟。至于才子佳人等书，则又开口文君，满篇子建，千部一腔，千人一面。且终不能不涉淫滥。在作者，不过要写出自己的两首情诗艳赋来，故假捏出男女二人名姓，又必旁添一小人拨乱其间，如戏中小丑一般。

程乙本与程甲本相同（仅"戏中小丑"作"戏中的小丑"）。

许多文学批评论著的作者经常引用"千部一腔，千人一面"八个字，当作伟大作家曹雪芹对文学创作中的公式化、概念化的批评。殊不知，它们并非出于曹雪芹的笔下。若要寻找曹氏原话，那只有六个字："千部共出一套"。

改六为八，把"千部共出一套"修饰成"千部一腔，千人一面"的人，不知是程伟元，还是高鹗？

了解到这一点之后，希望今后写文学评论文章的人再也不要把这顶帽子继续戴在曹雪芹的头上了！

当然，我并不否认，无论是从字面上看，还是从内涵的意义上看，比起曹雪芹原有的"千部共出一套"一句六个字来，经程伟元或高鹗修饰过的"千部一腔，千人一面"两句八个字更准确、更鲜明、更显豁、更能给人以深刻的印象。

第五节　秦业·秦邦叶·秦邦业

第 8 回、第 9 回都写到了秦钟的父亲。

此人何名？脂本作"秦业"；程甲本作"秦邦叶"，程乙本作"秦邦业"。

眉本同于脂本，异于程本：

> 这秦业现任营缮司郎中。
>
> 话说秦业父子等候贾家的人来送上学择日之信。

程甲本始而于第 8 回的结尾部分在名字中间添了一个"邦"字，并把"业"字换成了同音的"叶"，继而又在第 9 回的开端保留了脂本所用过的原名：

> 他父亲秦邦叶现任营缮郎。
>
> 话说秦业父子专候贾家的人来送上学之信。

在邻近的两回里，出现了"秦邦叶"和"秦业"的两歧，这反映出程甲本整理者的疏忽。前者（"秦邦叶"）显然是有意的改写，后者（"秦业"）却很可能是无心的遗漏。

我在这里用了"很可能"三个字。这是因为，不能排除另外的一种可能，即：程甲本第 8 回和第 9 回的修改者、整理者可能不是同一个人；二人之间在那个时刻可能缺乏沟通。

程乙本虽然接受了程甲本的那个"邦"字，却恢复了脂本的"业"字：

> 他父亲秦邦业现任营缮司郎中。
>
> 话说秦邦业父子专候贾家人来送上学之信。

这说明，程乙本的整理者在做整理工作的时候，是以程甲本和某个脂本作参校本的。

第六节　来·赖／升·昇·陞

眉本第 10 回，贾珍对尤氏说：

> 且叫来升来，吩咐他预备两日的宴席。

然后——

> 尤氏因叫人叫了贾蓉来，吩咐来升照旧例预备两日的筵席，要丰丰盛盛的。

去请张先生的小子向贾蓉回话后——

> 贾蓉复转身回去，回了贾珍、尤氏话，方出来叫了来升来，吩咐他预备两日的筵席的话。来升听毕，自去料理。不在话下。

以上四处的"来升"这个人名，在脂本（己卯本、庚辰本、蒙本、戚本、杨本、舒本、彼本、梦本）都作"来升"（舒本作"来升儿"），同于眉本。程甲本也作"来升"。

但是，程乙本却不是这样的：

> 且叫赖陞来，吩咐他预备两日的筵席。……
> 尤氏因叫了贾蓉来，吩咐赖陞照例预备两日的筵席，要丰丰富富的。……
> 贾蓉复转身进去，回了贾珍、尤氏的话，方出来叫了赖陞，吩咐预备两日的筵席的话。赖陞答应，自去照例料理。不在话下。……

程乙本第 10 回全作"赖陞"。不但如此，在其他几回中，程乙本也全作"赖陞"，与脂本不同，也与程甲本不同。例如：

> 话说宁国府中都总管赖陞闻知里面委请了凤姐，因传齐同事人等，说道：……凤姐即命彩明钉造册簿，即时传了赖陞媳妇，要家口花名册查看，又限明日一早传齐家人媳妇进府听差。大概点了一点数目单册，

问了赖陞媳妇几句话，便坐车回家。至次日卯正二刻，便过来了。那宁国府中老婆媳妇早已到齐，只见凤姐和赖陞媳妇分派众人执事，不敢擅入，在窗外打听。听见凤姐和赖陞媳妇道：……赖陞家的每日揽总查看，或有偷懒的，赌钱吃酒、打架拌嘴的，立刻拿了来回我。……凤姐又掷下宁府对牌：说与赖陞，革他一个月的钱粮。（第 14 回）

贾珍看了，命交给赖陞去看了，请人别重了这上头的日子。（第 53 回）

十八日便是赖大家，十九日便是宁府赖陞家。（第 54 回）

一面忙忙坐车，带了赖陞一干老人媳妇出城。（第 64 回）

还有一点不同。程甲本的"升"字都是繁体的"昇"，而脂本和眉本以及程乙本的却是繁体的"陞"。

"来升"与"赖陞"两歧，"昇"与"陞"两歧，这也成为眉本不是程本的证据。

人名的异同，无疑也是判断眉本在版本系统中的归属的一个重要的标准。

若问程乙本为什么要改"来"为"赖"，这和"赖大"与"赖二"有关①。

第七节　余例

在这里，还可以举出另外的二十例。

例 1：第 2 回，贾雨村说，甄宝玉——

又常对跟他的小厮说：这女儿两个字，极尊贵，极清净的，比那阿弥陀佛、元始天尊的两个宝号还尊荣无对的呢！

末句"比那阿弥陀佛、元始天尊的两个宝号还尊荣无对的呢"，程甲本、程乙本作"比那瑞兽珍禽、奇花异草更觉希罕尊贵呢"，其他脂本基本上同于眉本。

---

① 请参阅本书第十五章"眉本有引人注目的文字吗？"第五节"赖大与赖二：两个总管的转换"。

例2：第3回黛玉进入荣国府——

　　一时黛玉入荣府，下了车。众嬷嬷引着，往东转湾，穿过一个东西的穿堂，向南大厅之后，仪门内大院，上面五间大正房，两边厢房露顶耳房钻出（山），四通八达，轩昂壮丽，比贾母处不同。黛玉便知这方是正经内室，一条大甬路直接出大门。进入堂屋……

这段文字有三个问题：

（一）"耳房"，脂本均同，程甲本、程乙本作"耳门"。

（二）"比贾母处不同"，脂本及程甲本均同，程乙本作"比别处不同"。"贾母处"本是特指，一改，反而变成了泛指。

（三）"一条大甬路直接出大门"，此句在脂本及程甲本中均放置于"黛玉便知这方是正经内室"一句之后、"进入堂屋……"一句之前。而程乙本此句作"只见一条大甬路直接出大门来"，并提前改列于"下了车"三字之后、"众嬷嬷引着"五字之前。

例3：第3回，贾母对黛玉说——

　　你不认得，他是我们这里有名的一个泼皮破落户，南省俗谓辣子，你只教（叫）他凤辣子就是了。

"泼皮破落户"，其他脂本均同，梦本、程甲本、程乙本作"泼辣货"。

"南省"，其他脂本均同，梦本、程甲本、程乙本作"南京"。

"南京"一词的改易违反了曹雪芹的原意。曹雪芹是刻意避免书中出现"南京"之类的字眼的。

例4：第3回，右边几上——

　　美人觚插着时样花卉，并茗盘唾壶等物。

"唾壶"，梦本、程甲本作"茶具"，其他脂本基本上同于眉本（己卯本作"痰盆"，庚辰本作"痰盒"）。

第二句"并茗盘唾壶等物"，程乙本无。

例5：第4回，使他记得前朝这几个女子便罢了——

　　却只以纺绩井臼为要，因取名李纨，字宫裁。

"井臼"，梦本作"女工"，程甲本、程乙本作"女红"，蒙本作"针指"，其他脂本同于眉本。

例6：第4回，原告说——

> 望大老爷拘拿凶犯，剪恶除凶，以救孤寡，死者感戴天地之恩不尽！

第二句"剪恶除凶"，庚辰本、程甲本、程乙本无，其他脂本同于眉本。

第三句"以救孤寡"，梦本、程甲本、程乙本作"以扶善良"，其他脂本同于眉本。

例7：第5回，有赋为证——

> 珠翠之辉辉兮，满额鹅黄。

此二句，程甲本作"耀珠翠之辉煌兮，鸭绿鹅黄"，程乙本作"耀珠翠之的的兮，鸭绿鹅黄"，其他脂本同于眉本（梦本"额"作"头"）。

例8：第6回，刘姥姥说——

> 只要他发一点好心，拔一根寒毛比咱们的腰还粗呢。

"粗"，程甲本、程乙本作"壮"，其他脂本同于眉本。

例9：第6回，刘姥姥来到角门前——

> 只见几个挺胸叠肚、指手画脚的人，在大板凳上，说东谈西。

第三句"在大板凳上"，其他脂本基本上相同，程甲本、程乙本却作"坐在大门上"。

例10：第6回，那孩子说，你跟我来——

> 说着，跳蹑蹑引着刘姥姥进了后门，至一院墙边，指与刘姥姥道："这就是他家。"

"跳蹑蹑"三字形容孩子的活泼、好动的姿态，却被梦本、程甲本、程乙本删去。第四句中的"与刘姥姥"四字也同样被删。

例11：第6回，刘姥姥东瞧西望——

忽见堂屋中柱子上挂着个匣子，底下坠着个秤它（砣）一般之物，却只不住的乱幌。刘姥姥自想："这是个什么爱物儿？有煞用呢？"

"爱物儿"，梦本作"东西儿"，程甲本、程乙本作"东西"，其他脂本与眉本相同。

"爱物儿"犹言"玩意儿"。梦本、程甲本、程乙本的整理者殆因不解此意而作改动。

例12：第 7 回，凤姐说，她也想见见秦钟——

尤氏道："可以不必见他，比不得咱们家的孩子们，湖打海摔的惯了。人家孩子都是斯斯文文的，乍见你这般破落户，还被人笑话死了呢。"

"破落户"，梦本、程甲本作"泼辣货形像"，程乙本作"泼辣货"。

"破落户"一词已见于第 3 回黛玉进贾府之时。贾母向黛玉介绍凤姐说："他是我们这里有名的一个泼皮破落户，南省俗谓辣子。"梦本、程甲本、程乙本的整理者不知为什么竟视而不见？

例13：第 8 回，说得贾母欢喜起来——

凤姐又趁势请贾母后日过去看戏。贾母虽年老，却极有兴头。

"后日"，其他脂本均有，程甲本、程乙本无此二字。

邀请过去看戏，岂能不说定具体的或大致的日期。不知程本何以要删去"后日"二字？

例14：第 8 回，脸若银盆，眼如水杏——

罕言寡语，人谓藏愚，安分随时，自云守拙。

"藏愚"，程甲本、程乙"装愚"。杨本无，梦本作"藏语"，其他脂本同于眉本。

例15：第 8 回，宝钗托于掌上——

只见大如雀卵，灿若朝霞，莹润如酥，五色花纹缠护着，就是大荒山中青埂峰下的那块补天剩石的幻像。

"莹润如酥，五色花纹缠护着"二句，程甲本作"莹润如五色酥，花纹缠护"，其他脂本基本上同于眉本。

在最后一句之前，程甲本、程乙本有"看官们须知道"六字，梦本同于程甲本、程乙本。

例16：第8回，李嬷嬷又是急，又是笑，说——

真真这林姐儿，说出一句话来，比刀子还尖。

"比刀子还尖"是一句比较形象化的比喻，其他脂本均同，但程甲本、程乙本却改为直截了当的一句"比刀子还利害"。

例17：第8回，黛玉说雪雁——

宝玉知是黛玉借此发落他，也无回护之词，嘻嘻的笑两阵罢了。

"两阵"，其他脂本均同，而程甲本、程乙本作"一阵"。

例18：第8回，下了这半日雪珠儿了——

宝玉道："取了我的斗篷来来不曾？"黛玉道："是不是，我来了他就该去了。"宝玉道："我多早晚说去了？不过拿来预备着。"宝玉的奶娘李嬷嬷回（因）说道："天又下雪，也好早晚的了，就在这里同姐姐妹妹一处顽顽罢。姨妈那里摆茶果子呢。……"

这段文字，程甲本作：

宝玉道："取了我的斗篷来。"黛玉便笑道："是不是，我来了他就该去了。"宝玉道："我何曾说要去？不过拿来预备着。"宝玉的奶母李嬷嬷因说道："天又下雪，也要看早晚的，就在这里和姐姐妹妹一处顽顽罢。姨妈那里摆茶果呢。……"

程乙本作：

宝玉道："取了我的斗篷来。"黛玉便笑道："是不是，我来了他就该走了。"宝玉道："我何曾说要去？不过拿来预备着。"宝玉的奶母李嬷嬷便说道："天又下雪，也要看时候儿，就在这里和姐姐妹妹一处顽顽儿罢。姨太太那里摆茶呢。……"

眉本的"多早晚"三字，其他脂本作"多早晚儿"，而梦本、程甲本、程乙本作"何曾"。

眉本的"也好早晚的了"，其他脂本均同，而梦本、程甲本作"也要看早晚的"，程乙本作"也要看时候儿"。

分歧就在于对"多早晚"、"好早晚"二词的理解。二词在曹雪芹笔下常用，屡见于书中。"多早晚"是"什么时候"、"几时"的意思。"好早晚"在这里则是"太晚"的意思。梦本和程甲本、程乙本的修改者不谙此二词，故做了不成功的改动。

例19：第9回，金荣气黄了脸——

> 便夺手要去抓打宝玉、秦钟。忽从脑后飕的一声，一方砚瓦飞来。

其他脂本基本上同于眉本。

这段文字，程甲本、程乙本却作：

> 便夺手要去抓打宝玉。秦钟刚转出身来，听得脑后飕的一声，早见一方砚瓦飞来

这里有着重要的情节的区别。在脂本，金荣要去抓打的是宝玉和秦钟两个人；在程本，金荣要去抓打的只是宝玉一个人。在脂本，听到脑后砚瓦飞来之声的是金荣；在程本，听到脑后砚瓦飞来之声的却是秦钟。

例20：第10回，药方——

> 人参二钱，白术六钱、土炒，云苓三钱，熟地四钱，归身二钱、酒炒，白芍二钱、炒，川芎钱半，黄芪三钱，香附米二钱、制，醋柴胡八分，淮山药二钱、炒，真阿胶二钱，蛤粉炒，延胡索钱半、酒炒，炙甘草八分。

程甲本仅有药名，而无剂量、制法，其他脂本同于眉本。

此章所举出的程本（程甲本、程乙本）文字不同于眉本的例子只是一小部分。更多的部分，由于它们涉及过渡本（梦本）的异文，所以放在下一章中加以引用和论述。

第十章
眉本是不是过渡本?（上）

第一节　为什么要考察这个问题?

我们研究的对象是眉本。

判断眉本是否属于脂本的性质，是研究眉本的重要的目的之一。

那么，研究眉本为什么要在考察"眉本是不是程本"之后，接着又继续考察"眉本是不是过渡本"呢?

《红楼梦》的版本分类法有两种。一种是红学界普遍使用的，即：《红楼梦》的版本分为脂本和程本两大系统。另一种是我提出的①，即：《红楼梦》的版本基本上可以分为脂本、过渡本、混合本、程本四类。

"脂本"和"程本"的定义是容易理解的，不必多说。

什么叫做"过渡本"呢?

所谓"过渡"是指从"脂本"向"程本"过渡，从八十回本向一百二十回本过渡。所谓"过渡本"指的就是现存的梦本（梦觉主人序本）一种。

梦本兼有双重的性质。一方面，从版本演变和发展的角度看，它有一定的独立性，介于脂本和程本之间，起着过渡的作用；另一方面，从总体上看，从本质上看，它仍然从属于脂本的范围之内。

因此，在本书的论述中，在版本文字的比较上，有时把它和程甲本、程乙本相提并论，有时则把它归并为脂本一类，视不同的具体情况而定。

什么叫做"混合本"呢?

所谓"混合"是指把"脂本"和"程本"混合为一个版本，把脂本的前

---

① 请参阅《中国古代小说总目》白话卷（山西教育出版社，2004）"红楼梦"条。

八十回和程本、非程本的后四十回连接而混合为一个版本。所谓"混合本"包括现存的蒙本（蒙古王府旧藏本）、杨本（杨继振旧藏本）两种。

从总目仅为八十回这一点来看，眉本可确认是脂本。

但是，这仍然无法回避这样一个问题：它会不会是一个过渡本？

因为过渡本（梦本）也是八十回本。

我们运用的是排除法。只有首先排除了眉本是过渡本的可能，我们才能顺理成章地把眉本放在脂本的范围内进行深入的、细致的研究。

所以，有必要考察眉本和梦本二者之间有没有众多的、重大的区别。

正因为梦本是过渡本，它的很多异于眉本（以及其他脂本）的文字其实是和程甲本、程乙本相同的。在下面所举的例子中，凡程甲本或程乙本与梦本相同者，一概予以注明。

另外，我还举了一些梦本独异的例子。

这有两点需作说明。第一，这里所说的"异"，是指梦本和眉本以及其他脂本歧异的文字。这里所说的"独"，是比较于其他脂本而言，其实，程甲本、程乙本和其他脂本的歧异的文字有时也包含在这个"独"字之内。第二，以下所举例文中，凡梦本文字虽与眉本有所歧异，却与其他脂本相同、相似者则一概不举。

第二节　"大有大的难处"

自二十世纪七十年代以来，《红楼梦》中有句名言经常被人们引用："大有大的难处"。报刊上常有人发表文章拿这六个字来借题发挥。

这六个字是出于曹雪芹的笔下吗？

非也。

这六个字仅见于梦本、程本，其他的脂本（包括眉本）却一律作"大有大的艰难去处"。那才是曹雪芹的原文。

此句出于《红楼梦》第 6 回。刘姥姥见到凤姐，诉说家中的困境，然后凤姐作了回答。凤姐的回答，梦本是：

> 论亲戚之间，原该不待上门来就有照应才是。但如今家中事情太多，太太上了年纪，一时想不到是有的。况我接着管事，都不大知道这些亲戚们。二则外面看着虽是烈烈轰轰，不知大有大的难处，说与人也未必

信呢。今你既大远的来了，又是头一次儿向我张口，怎好叫你空手回去。

"二则"，程甲本作"一则"，其余同于梦本。

程乙本是：

> 论起亲戚来，原该不等上门就有照应才是。但只如今家里事情太多，太太上了年纪，一时想不到是有的。我如今接着管事，这些亲戚们又都不大知道。况且外面看着虽是烈烈轰轰，不知大有大的难处，说给人也未必信。你既大远的来了，又是头一遭儿和我张个口，怎么叫你空回去呢。

而眉本则是：

> 若论亲戚之间，原该不待上门来就有些照应才是。但如今家里杂事太多，太太渐渐的上了年纪，一时想不到也是有的。况且我近来接着管些事，都不大知道这些亲戚们。二则外头看着这里虽是烈烈轰轰的，殊不知大有大的艰难去处，说与人也未必信。今儿你既大远的来了，又是头一次见我张口，怎好叫你空回去呢。

脂本（包括梦本）的"二则"，本来很顺理成章，程甲本却误改为"一则"，到了程乙本方始把它纠正过来。在梦本和程本，"大有大的艰难去处"也被缩减了两个字。

殊不知，下文刘姥姥有话说：

> 嗳，我也是知道艰难的。

刘姥姥此话，正和凤姐所说的"大有大的艰难去处"相呼应。

故知梦本、程甲本、程乙本的改此八字"大有大的艰难去处"为六字"大有大的难处"是完全没有必要的，也不符合曹雪芹的原意。

眉本的"大有大的艰难去处"，与梦本、程甲本、程乙本的"大有大的难处"显示出了不同版本系统的重要区别。

第三节　几个人名的歧异

人名的歧异。可说者有刘姥姥与刘老老、媚人与秋纹、贾兰与贾蓝、茫茫大士与忙忙大士、渺渺真人与缈缈真人五项。

【刘姥姥·刘老老】

脂本与过渡本人名歧异最突出的例子,就是刘姥姥(脂本) 和刘老老(过渡本) 的不同。

眉本和其他脂本一样,全作"刘姥姥"。梦本则全作"刘老老"。程甲本、程乙本同于梦本。

这类例子甚多。在此,仅举这个人名在眉本第 6 回中首次和读者见面的正文为例,以赅其余:

> 这刘姥姥乃是个久经世代的寡妇……——眉本
> 这刘老老乃是个久经世代的寡妇……——梦本、程甲本、程乙本

"姥姥"和"老老",音义完全相同,都是指外祖母。不知梦本为什么要作改动?难道仅仅是为了去掉女字旁?

【媚人·秋纹】

第 5 回,宝玉进入秦可卿卧室睡觉,眉本作:

> 于是众奶母伏侍宝玉卧好,款款散去,只留下袭人、婿(媚)人、晴雯、麝月四个丫环为伴。

"婿(媚)人",其他脂本同,梦本作"秋纹",程甲本、程乙本同于梦本。

梦本和程甲本把"媚人"换成了"秋纹":

> 于是众奶姆伏侍宝玉卧好了,款款散去,只留下袭人、秋纹、晴雯、麝月四个丫鬟为伴。

程乙本也做了同样的更替,并调整了四个丫环名字排列的顺序:

> 于是众奶姆伏侍宝玉卧好了,款款散去,只留下袭人、晴雯、麝月、秋纹四个丫环为伴。

梦本的修改者没有觉察出曹雪芹在此处安排四人名单的匠心。甲戌本有行侧批语,先是对此分别有所评议:"一个,再见","二,新出","三,新出,名妙","四,新出,尤妙",然后,总结说:

> 看此四婢之名，则知历来小说难与比肩。

蒙本、戚本也有此批，字句大体相同。

脂本体现了曹雪芹在细微之处的艺术构思。四人的名单，可分为两组，各自相对，"袭人"对"媚人"，"晴雯"对"秋纹"。

梦本、程甲本所列四个丫环的名单打乱了曹雪芹所设计的分组和对偶。程乙本则完全变成是按照她们所处地位的高低来排列了。

不过，梦本和程甲本、程乙本以"秋纹"更替"媚人"也不是没有原因的："媚人"一名仅在这里昙花一现，以后就在书中消失得无影无踪了。

【贾兰·贾蓝】

第9回，在学堂里，有两个同座的学生。一个叫贾菌，是贾府的族人。另一个学生，他叫什么呢？

请看眉本：

> 金荣气黄了脸，说："反了，奴才小子都敢如此，只合你主子说。"便夺手要去抓打宝玉、秦钟。忽从脑后嗖的一声一方砚瓦飞来，幸未打着，却又打在贾菌、贾兰的座上。这贾菌亦系荣府近派，与贾兰最好，所以二人同座。

眉本说，此人叫"贾兰"。其他脂本相同。梦本却说，此人不是"贾兰"，而是"贾蓝"。程甲本、程乙本同于梦本。

请看梦本：

> 金荣气黄了脸，说："反了，奴才小子都敢如此，我只和你主子说。"便夺手要去抓打宝玉、秦钟。尚未去时，从脑后飕得（的）一声，早见一方砚尾（瓦）飞来，并不知系何人打来，却打了贾蓝、贾菌的座上。这贾蓝、贾菌亦系荣府近派的重孙。这贾菌少孤，其母疼爱非常，书房中与贾蓝最好，所以二人同坐（座）。

程甲本、程乙本基本上同于梦本。

在本回，下文所有的"贾兰"，梦本、程甲本、程乙本均作"贾蓝"。

梦本为什么要把脂本的"贾兰"改成"贾蓝"呢？

原来书中另有贾兰在。其人乃贾珠、李纨之子，宝玉之侄。当初曹雪芹在创作过程中没有将这二人的名字分开，让他们共用了一个完全相同的名字①。梦本、程本的整理者有鉴于此，动起了改名的念头。于是贾蓝遂成了贾菌的伴侣形象。

此外，脂本只介绍贾菌是贾府族人，而没有提及贾兰的身份。这难免会使人联想到贾珠、李纨之子贾兰。梦本、程甲本、程乙本则明确地交代出贾蓝也是贾府的族人。其目的在于要把这个贾蓝（贾菌的同座）和那个贾兰（贾珠、李纨之子）严格地区分开。

【茫茫大士·忙忙大士，渺渺真人·缈缈真人】

眉本第一回：

> 空空道人乃从头一看，原来就是无材补天、幻形入世，蒙茫茫大士、渺渺真人携入红尘，历尽一番离合悲欢、炎凉世态的一段故事。

"茫茫大士"，梦本作"忙忙大士"；"渺渺真人"，梦本作"缈缈真人"。梦本犯的都是形音两兼的讹误。其他脂本同于眉本。

第四节 对贾赦、贾政的评价

眉本第2回，冷子兴提到了贾代善的两个儿子：

> 自荣公死后，长子贾代善袭了官，娶的是金陵世勋史侯家的小姐为妻，生了两个儿子：长名贾赦，次名贾政。如今代善早去世，太夫人尚在，贾赦袭着官，贾政自幼酷喜读书，祖父最疼……

以上一段文字，其他脂本基本上同于眉本。

但，梦本却有两处重要的异文。

第一处：在"贾赦袭着官"之下，梦本多出十一个字：

> 为人平静中和，也不管家务。

程甲本紧跟梦本，只改动了一个字，作：

---

① 要给书中出现的那一辈人起名字，而且限定单名、草字头，是一桩困难的任务，稍一不慎，就会出现重名的现象。

> 为人平静中和，也不管理家。

程乙本则稍加变通：

> 为人却也中平，也不管理家事。

第二处：在"贾政自幼酷喜读书"之下，梦本添加了以下六个字：

> 为人端方正直。

程甲本、程乙本同于梦本。

说贾赦"为人平静中和"，又说贾政"为人端方正直"，这既是描写此二人的思想、性格，又是对二人作出的道德评价。读者试掩卷细想，书中的贾赦、贾政是这样的人吗？这只代表着梦本、程甲本、程乙本整理者的观点，离曹雪芹原意远矣。

我们有理由相信，这十七字非曹氏手笔。

第五节　贾琏的排行

眉本第 2 回，冷子兴介绍贾琏时，说到了他的排行：

> 若问那赦公，也有二子，长子贾琏。

"长子"，己卯本、杨本、彼本作"长子名"，甲戌本、庚辰本、蒙本、戚本、舒本作"长名"。尽管文字略有歧异，它们却和眉本都一样，一致地以贾琏为贾赦的长子。

到了梦本，却起了变化。

梦本作：

> 若问那赦公，也有二子，次名贾琏。

程甲本同于梦本。

它们都把贾琏安排为贾赦的次子。

程乙本别出心裁，以贾琏为贾赦的独生子：

若问那赦老爷，也有一子，名叫贾琏。

梦本、程甲本、程乙本为什么要作这样的改动？原因恐怕在于迎合书中人物口口声声的那个称呼："琏二爷"。①

第六节 贾母有几个女儿?

眉本第 2 回，冷子兴叹道——

老姊妹四个，这一个是极小的，又没了。

"四"，其他脂本均同，梦本作"三"，程甲本、程乙本同于梦本。

为什么在这里会发生"三"和"四"的两歧？

这可能牵涉对"姊妹"一词的理解。

"姊妹"一词，据《汉语大大词典》②，有四个义项。一，姐姐和妹妹；二，对年辈相当的女性的通称；三，兄弟姐妹；四，称妓女。

冷子兴所说的"姊妹"就符合上述第三种解释。在曹雪芹笔下，把宝玉列于"姊妹"一词的范畴之内，不止一见。试以庚辰本为例，随手列举于下：

在家时亦曾听见母亲常说，这位哥哥比我大一岁，小名就唤宝玉，虽极憨顽，说在姊妹情中极好的。（第 3 回）

贾母听说，道："好，好，好。让他姊妹们一处顽顽罢。才他老子拘了他这半天，让他开心一会子罢。……"（第 17/18 回）

忽见宝钗走来，因问："宝兄弟那去了？"袭人含笑道："宝兄弟那里还有在家里的工夫？"宝钗听说，心中明白。又听袭人叹道："姊妹们和气，也有个分寸礼节。也没个黑家白日闹的，凭人怎么劝，都是耳傍风。"（第 21 回）

贾母因说："你瞧瞧，那屏上都是他姊妹们做的。再猜一猜我听。"

---

① 请参阅拙著《红楼梦版本探微》（华东师范大学出版社，2003）卷上第五章"黑眉乌嘴的活猴儿——论贾琮的身份"；《红楼梦之谜——刘世德学术演讲录》（线装书局，2007）"红楼梦之谜（一）——从琏二爷说起"。

② 《汉语大词典》，汉语大词典出版社，1986。

（第 22 回）

那刘姥姥哪里见过这般行事，忙换了衣裳出来，坐在贾母榻上，又搜寻些话出来说。彼时宝玉姊妹们也都在这里坐着，他们何曾听见过这些话，自觉比那些瞽目先生说的书还好听。（第 39 回）

贾母高兴，便带了王夫人、薛姨妈及宝玉姊妹等到赖大花园中坐了半日。（第 47 回）

于是邢夫人、王夫人之中夹着宝玉、宝钗等姊妹。（第 54 回）

宝玉本来心实，可巧林姑娘又是从小儿来的，他姊妹两个一处长了这么大，比别的姊妹更不同。（第 57 回）

以上诸例中的"姊妹"或"姊妹们"，所指都包括男性的宝玉在内。这完全符合《汉语大词典》的第三义项（兄弟姐妹）。同时，这确是曹雪芹笔下的一种习惯性用法。

由于把"姊妹"一词仅仅限定于第一义项（姐姐和妹妹）和第二义项（对年辈相当的女性的通称），有时就不免会产生差错。

像《红楼梦大辞典》①的"附录三：《红楼梦》人物表（一）"，就在"贾政"和"贾敏"之间，排列了三人："？（女）"、"？（女）"、"？（女）"。这三人加上贾敏，都算是贾母的女儿。

朱一玄先生的《红楼梦人物谱》②，也在"人物表"中列出贾母有四个女儿：大姐、二姐、三姐，贾敏。

《红楼梦人物谱》对此有注解说：

贾敏之大姐、二姐、三姐：庚辰本第 2 回"冷子兴演说宁国府"中，冷子兴谈到贾敏已死时说："姊妹四个，这一个是极小的，又没了，长一辈的姊妹，一个也没了。"这就是说，贾敏还有大姐、二姐、三姐。这四姊妹，贾敏是贾赦、贾政的胞妹，书中已写清楚。其他三人，还存在两个问题：第一个问题，是这三个人和贾敏是什么样的姊妹关系？她们是同胞姊妹，还是像元春等四姊妹那样，有同胞姊妹，有叔伯姊妹，甚至还包括了宁国府的人？第二个问题，假如这三人都是贾赦、贾政的同胞姊妹，也还存在着她们和贾赦、贾政的年龄长幼问题。看来，作者只是

① 《红楼梦大辞典》，文化艺术出版社，1990。
② 《红楼梦人物谱》，百花文艺出版社，2006。

在写到贾敏时顺便一提她还有三个姐姐，因为重点是写贾敏，其余的人就不再注意了。本人物表，暂列为贾赦、贾政的胞妹。①

照这么一来，贾母的女儿何其多也，这和我们读《红楼梦》的印象完全不同。我们只知道，贾母仅仅有一个女儿，贾敏，即林黛玉之母。我们没有从书中获得任何的信息，表明贾敏竟有那么多的姐姐。我们熟悉曹雪芹的笔法。如果他让林黛玉有这么多的姨妈，那么，他是会适当地把她们的遭遇安排进自己所编织的故事情节之中，并或明或暗地告诉读者，她们的夫君是何许人，她们和贾府所发生的大大小小的各种事件又有何等样的联系。然而在《红楼梦》中，我们丝毫也看不到她们的身影。在曹雪芹笔下，是很少有类似这样的闲文、闲笔的。

我相信，这是一场误会。所谓贾敏之大姐、二姐、三姐实际上是子虚乌有的。

那么，贾敏的兄弟姐妹，到底应该是几个人呢？

仿"原应叹息"（元春、迎春、探春、惜春）之例，那四姊妹之中，荣国府的人（元春、迎春、探春）和宁国府的人（惜春）兼而有之；这"老姊妹四个"当然是指：荣国府的贾赦、贾政、贾敏和宁国府的贾敬。贾敬还有一个长兄贾敷，因为早死，并没有算在里面。

也就是说，"四"字出于曹雪芹的原文。而"三"字则是梦本的改文。

梦本的修改者懂得曹雪芹所写的"姊妹"一词的真正含义，这是他细心的地方。但是，他却只想把人数限制在荣国府之内，按小排行计算，只涉及贾赦、贾政、贾敏三人，这不能不说是他粗心的地方。

而《红楼梦大词典》、《红楼梦人物谱》二书则显然误解了曹雪芹笔下的"姊妹"一词在此处的真正含义。

第七节　几个俗语

例1：第3回，贾母笑道——

你不认得，他是我们这里有名的一个泼皮破落户，南省俗谓"辣子"。

---

① 《红楼梦人物谱》，第45页。

"泼皮破落户"，其他脂本同，梦本作"泼辣货"，程甲本、程乙本同于梦本。

"南省"，其他脂本同，梦本作"南京"，程甲本、程乙本同于梦本。

按：甲戌本"凡例"曾说：

> 书中凡写长安，在文人笔墨之间，则从古称；凡愚夫妇儿女子家常口角，则曰中京，是不欲着迹于方向也。盖天子之邦，亦当以中为尊，特避其东南西北四字样也。

这道出了曹雪芹此处用"南省"、不用"南京"的原因。脂本此处用"南省"，正与"凡例"所云吻合，而梦本、程甲本、程乙本此处用"南京"，正与"凡例"所云南辕北辙了。梦本改"南省"为"南京"，实违反了曹雪芹的初衷。

例2：第7回，尤氏笑道——

> 人家孩子都是斯斯文文的，乍见你这般破落户，还被人笑话死了呢。

"破落户"，梦本作"泼辣货形像"，程甲本同于梦本，程乙本作"泼辣货"，其他脂本均同于眉本。

这是"破落户"与"泼辣货"异文的第二例。

例3：第6回，周瑞家的道——

> 与人方便，自己方便。

梦本作"自己方便，与人方便"，程甲本同于梦本，其他脂本以及程乙本均同于眉本。

例4：第6回，底下坠着个秤砣一般之物，却只不住的乱幌——

> 刘姥姥自想：这是个什么爱物儿？有煞用呢？

"爱物儿"，其他脂本均同，梦本作"东西儿"，程甲本、程乙本作"东西"。

例5：第9回末尾，"顽童闹学堂"之后——

> 贾瑞又悄悄劝金荣说："俗语说的好，杀人不过头点地。既惹出事来，少不得下点气儿，磕个头就完了。

金荣所引用的那句俗语（“杀人不过头点地”），眉本同于己卯本、庚辰本、蒙本、戚本、杨本，舒本作“光棍不吃眼前亏”，彼本作“在他门下过，怎敢不低头”。

梦本、程甲本、程乙本则完全不同。

先看梦本：

> 贾瑞只要暂息此事，又悄悄的劝金荣说：“俗语云，忍得一时忿，终身无恼闷。”

再看程甲本：

> 贾瑞只要暂息此事，又悄悄的劝金荣说：“俗语云，忍得一时忿，终身无恼闷。”未知金荣从也不从，下回分解。

程乙本则把“恼”字错成了“脑”：

> 贾瑞只要暂息此事，又悄悄的劝金荣说：“俗语说的，忍得一时忿，终身无脑闷。”未知金荣从也不从，下回分解。

我曾指出，这四句俗语的意思有极大的区别：

> “杀人不过头点地”，它暗示不会出现更坏的结局。谁挑起事端，谁有责任来了结。
>
> 只要“下点气儿磕个头”，赔礼道歉，这幕闹剧也就可以收场了。
>
> “在他门下过，怎敢不低头”，言外之意是，你怎么惹得起荣国府的宝二爷和他的密友，除了忍气吞声，自认倒霉，别无选择。
>
> “忍得一时忿，终身无恼闷”，这显然是在开导金荣：小小的气愤只是暂时的，可以抛掉；无烦无恼，知足常乐，应该是一生追求的目标。
>
> “光棍不吃眼前亏”，它所引发的意义包含着三个层次：（一）说是不吃亏，其实吃了亏，只不过不是大亏，而是小亏罢了。（二）要让金荣带着“委屈”的情绪去赔不是，这为下一步的行动计划埋下了伏笔。（三）事由金荣而起，因此吃点小亏，也不算完全冤枉。①

---

① 请参阅拙著《红楼梦版本探微》卷上第二章“薛蟠之闹——论第九回的结尾”。

我认为，"光棍不吃眼前亏"出于曹雪芹的初稿，"在他门下过，怎敢不低头"出于曹雪芹的第一次改稿，"杀人不过头点地"是曹雪芹第二次改稿，"忍得一时忿，终身无恼闷"则是后人的改笔。

第八节　回目的歧异

从回目的歧异，也可看出眉本和过渡本（梦本）在版本归属上的不同。

这一节是专就"眉本是不是过渡本"立论，因此只谈眉本现存正文的前十回的回目和梦本前十回回目的歧异。至于眉本现存正文十回以外的回目和其他脂本回目的歧异，将放在第十三章"从回目看眉本"一章中来讨论。

眉本现存十回正文，它们有十个回目。其中，眉本回目和梦本相同者，有第 1 回、第 10 回，相异者为第 2 回、第 3 回、第 4 回、第 5 回、第 6 回、第 7 回、第 8 回、第 9 回。一共才十回，回目竟有八回相异，可谓多矣。

且看眉本与梦本相异者，如下。

例 1，第 2 回回目上联：

　　贾夫人仙游扬州城

"游"，杨本同，梦本、程甲本、程乙本以及其他脂本作"逝"。

眉本第 2 回回目上联异于梦本、程甲本、程乙本。

例 2，第 3 回回目：

　　托内弟如海酬训教　　接外孙贾母恤孤女

上联，"内弟"乃"内兄"之误；蒙本、戚本、彼本、梦本作"托内兄如海酬训教"，舒本作"托内兄如海酬闺师"，程甲本、程乙本作"托内兄如海荐西宾"；甲戌本作"金陵城其复贾雨村"；己卯本、庚辰本作"贾雨村夤缘复旧职"，杨本同，但"夤"误作"寅"。

下联，蒙本、戚本、彼本、梦本、程甲本、程乙本作"接外孙贾母惜孤女"；舒本作"接外孙贾母怜孤女"；甲戌本作"荣国府收养林黛玉"；

己卯本、杨本作"林黛玉抛父进京都"，庚辰本同，但"京都"作"都京"。

眉本第3回回目异于梦本、程甲本、程乙本。

例3，第4回回目下联：

葫芦僧乱判葫芦案

"乱判"，梦本、程甲本、程乙本作"判断"，其他脂本同于眉本。

眉本第4回回目异于梦本、程甲本、程乙本。

例4，第5回回目：

灵石迷性难解天机　警幻多情密垂淫训

梦本、程甲本、程乙本作"贾宝玉神游太虚境，警幻仙曲演红楼梦"，蒙本、戚本、舒本作"灵石迷性难解仙机，警幻多情密垂淫训"，甲戌本作"开生面梦演红楼梦，立新场情传幻境情"，己卯本、庚辰本、杨本作"游幻境指迷十二钗，饮仙醪曲演红楼梦"。

眉本第5回回目异于梦本、程甲本、程乙本。

例5，第6回回目：

贾宝玉初试云雨情　刘姥姥一进荣国府

"云雨"，甲戌本、己卯本作"雨云"，梦本、程甲本、程乙本同于眉本，其他脂本亦同于眉本。

"姥姥"，梦本、程甲本、程乙本作"老老"，蒙本、戚本作"老妪"，其他脂本同于眉本。

眉本第6回回目异于梦本、程甲本、程乙本。

例6，第7回回目：

尤氏女独请王熙凤　贾宝玉初会秦鲸卿

梦本、程甲本、程乙本作"送宫花贾琏戏熙凤，宁国府宝玉会秦钟"，己卯本、庚辰本作"送宫花贾琏戏熙凤，晏宁府宝玉会秦钟"，甲戌本、舒本作"送宫花周瑞叹英莲，谈肄业秦钟结宝玉"，蒙本、戚本、彼本同于眉本。（杨本此回无回目。）

眉本第 7 回回目异于梦本、程甲本、程乙本。

例 7，第 8 回回目：

拦酒兴奶母讨厌，掷茶杯公子生嗔

梦本、程甲本、程乙本作"贾宝玉奇缘识金锁，薛宝钗巧合认通灵"，蒙本、戚本作"拦酒兴李奶母讨厌，掷茶杯贾公子生嗔"，甲戌本作"薛宝钗小恙梨香院，贾宝玉大醉绛云轩"，舒本、彼本作"薛宝钗小宴梨香院，贾宝玉逞醉绛云轩"，己卯本、庚辰本、杨本作"比通灵金莺微露意，探宝钗黛玉半含酸"。

眉本第 8 回回目异于梦本、程甲本、程乙本。

例 8，第 9 回回目：

恋风流情友入家塾，起嫌疑顽童闹学堂

梦本、程甲本、程乙本作"训劣子李贵承申饬，嗔顽童茗烟闹书房"，舒本作"恋风流情友入学堂，起嫌疑顽童闹家塾"，其他脂本作"恋风流情友入家塾，起嫌疑顽童闹学堂"。

眉本第 9 回回目异于梦本、程甲本、程乙本。

第十一章
眉本是不是过渡本？（中）

第一节　余例：第一回

第 1 回举十五例，如下：

例 1：

　　故曰"贾雨村"云云。

"贾雨村"三字，梦本独作"假语村"，其他脂本以及程甲本、程乙本同于眉本。

"贾雨村（言）"本是隐含的"假语村（言）"的谐音词，梦本却把曹雪芹耍的把戏一下子戳穿了。

例 2：

　　不过几个异样的女子。

"异样的"三字，梦本无，程甲本、程乙本无"的"字，其他脂本同于眉本。

异样的女子，有别于一般的女子，符合《红楼梦》内容的实际，焉可删之？

例 3：

　　若云无朝代可考，今我师竟假借汉、唐等年纪点缀，又有何难。

"年纪"，梦本作"年号"，程甲本、程乙本作"名色"，其他脂本同于眉本。

"年号"一词似比"年纪"更准确些。

例4：

> 至若佳人才子等书，则又千部共出一套。

"千部共出一套"，梦本作"千篇一例"，其他脂本同于眉本。①

例5：

> 故假拟出男女二人名姓，又必傍出一小人，其间拨乱，亦入（如）剧中之小丑然。其环婢开口即者也之乎，非文即理。故逐一看去，悉皆自相矛盾、大不尽情理之话，竟不如我半世亲睹亲闻的这几个女子，虽不敢说强如前代书中所有之人，但事迹原委亦可以消愁破闷。

"小人"，梦本作"人"，其他脂本以及程甲本、程乙本同于眉本。

"人"上加一"小"字，体现了作者或说此话者的一种厌恶的感情。

"即者也之乎"，梦本在此四字之下有"字样"二字，其他脂本以及程甲本、程乙本同于眉本。

"非文即理"，梦本作"敷陈满纸"，其他脂本以及程甲本、程乙本同于眉本。

"悉皆自相矛盾、大不尽情理之话"两句，梦本作"易生厌怠"，程甲本、程乙本作"大不近情，自相矛盾"，其他脂本基本上同于眉本。

"虽不敢说强如前代书中所有之人"，梦本作"虽不敢将他们去比前代书中所载之才女名媛"，其他脂本以及程甲本、程乙本基本上同于眉本。

例6：

> 只愿他们当那醉淫饱卧之时，或避事去愁之际，只此一玩，岂不省了些寿命筋骨。

"醉淫饱卧"，梦本作"醉心饱卧"，程甲本、程乙本作"醉余睡醒"，其他脂本同于眉本。

---

① 此例可参阅第九章"眉本是不是程本？"第四节"千部一腔，千人一面"。

例 7：原来是个丫环在那撷花——

　　　生得仪容不俗，眉目清明。

"清明"，梦本作"清秀"，程甲本、程乙本同于梦本，甲戌本、戚本作"清朗"，己卯本、庚辰本、杨本、蒙本、舒本、彼本同于眉本。

例 8：生得腰圆背厚，面阔口方——

　　　更加剑眉星眼，直鼻腮。

"腮"字之上，眉本夺一字。此字，梦本作"方"，其他脂本作"权"（舒本"权"字之木旁作肉旁），程甲本、程乙本同于梦本。

例 9：如此想来，不免又回头两次——

　　　雨村见他回了头，便自为这女子心中有意于他，更狂喜不禁，自为这女子必是个具（巨）眼英豪，风尘中之知己也。

"自为"，乃曹雪芹在《红楼梦》中不止一见的、常用的词汇，其他脂本均同，梦本却将前一个"自为"改为"以为"，将后一个"自为"改为"自谓"，程甲本、程乙本同于梦本。

第 1 回下文，眉本说："原来雨村自那日见了甄家之婢曾回头看他两次，自为是个知己，便时刻放在心上。""自为"，其他脂本均同，梦本仍作"自谓"，程甲本、程乙本同于梦本。

例 10：回思昨夜之事——

　　　意欲写两封荐书与雨村带至神都，使雨村投谒个仕宦之家，为寄足之地。

"神都"，己卯本、杨本、蒙本、戚本、舒本同，甲戌本作"神京"，彼本作"京都"，而梦本作"都中"，程甲本、程乙本同于梦本。

"寄足之地"，梦本作"寄身之地"，程甲本、程乙本同于梦本，其他脂本同于眉本。

例 11：夫妇二人半世只生此女，一旦失落，岂不思想——

　　　因此昼夜啼哭，几乎不曾寻死。

"不曾寻死"，梦本作"不顾性命"，其他脂本同于眉本，程甲本、程乙本同于梦本。

例12：士隐先得了一病——

> 当时封氏孺人也因思女构疾，日日请医调治。

"调治"，梦本作"问卜"，蒙本、戚本同于眉本，己卯本、庚辰本、杨本、舒本、彼本作"疗治"，程甲本、程乙本作"问卦"。

例13：葫芦庙中炸供，油锅火逸，便烧着窗纸——

> 此方人家多用竹篱木壁者甚多，大抵也因劫数，于是接二连三、牵五挂四，将一条街烧的火焰山一般。

在"大抵也因劫数"一句之下，梦本有"应当如此"四字，而其他脂本无之，程甲本、程乙本同于梦本。

"接二连三"，梦本独作"接五连三"，与其他脂本以及程甲本、程乙本不同。

例14：且到庄田上去安身——

> 偏值近年水旱不收，鼠盗蜂起，无非抢田夺地，鼠窃狗盗，民不安生。

"鼠盗"，其他脂本均同，而梦本作"盗贼"，程甲本同于梦本，程乙本作"贼盗"。

"无非抢田夺地，鼠窃狗盗，民不安生"三句，其他脂本基本上相同，梦本无之，程甲本、程乙本同于梦本。

例15：幸而身边还有旧日两个丫环伏侍——

> 主仆三人日夜作些针线发卖，帮着父亲用度。

"发卖"，其他脂本相同，而梦本、程甲本、程乙本无之。

"作些针线"只是手段，"发卖"方是目的，岂可删弃。况且这正照应着下文娇杏"在门前买线"，遇到贾雨村路过，从而引发了两人的姻缘。

以上十五例均见于第1回。

第二节　余例：第二回

第 2 回举二十六例，如下：

例 1：第 2 回开端——

> 此一回则是虚敲旁击之文，则是反逆隐曲之笔。

第二句，梦本无，与其他脂本不同。

例 2：今已出家一二年了，不知可是问他——

> 那些公差道："我们也不知什么真假，因奉大老爷之命来问，既是你女婿，便带了你去亲见大老爷面禀，省得乱跑。说着，不容多言，大家推拥他去了。

"因奉大老爷之命来问"一句，梦本无，程甲本、程乙本亦无，而其他脂本有之。

"便带了你去亲见大老爷面禀，省得乱跑。说着，不容多言，大家推拥他去了"五句，其他脂本基本上相同，梦本作"便带了你去面禀太爷便了。大家把封肃推拥□去"，程甲本、程乙本同于梦本。

例 3：只见封肃方回来，欢天喜地——

> 家人忙问端的。他乃说道："原来本府新升这爷姓贾名化，本胡州人氏，曾与女婿旧日相交。方才在僭们门前过去，看见娇杏那丫头买线，所以只当女婿移住于此。我一一将原故回明，那老爷到伤感叹息一回，又问外孙女儿，我说因看灯丢了。老爷说：'不妨，我自使番役，务必探访回来。'说了一会话，临走到送了我二两银子。"

"他乃说道"，其他脂本均同，梦本无此句，程甲本、程乙本同于梦本。

删去此句，遂使下面一大段话没有了主语，以致话中的一个"僭们"、三个"我"没有了着落。

"番役"，其他脂本均同，梦本作"差人"，程甲本、程乙本同于梦本。

"探访"，梦本作"找寻"，程甲本、程乙本同于梦本，其他脂本或作

"采访"，或同于眉本。

例4：要那姣杏做二房——

> 封肃喜的屁滚尿流。

"屁滚尿流"，其他脂本基本上相同，而梦本作"眉开眼笑"，把下身的反应移到了头部。程甲本、程乙本同于梦本。

例5：令其好生养瞻（赡），以待寻访女儿下落——

> 封肃回家无话。

此句，其他脂本均同，梦本无，程甲本、程乙本亦无。

例6：已会了进士，选入外班——

> 今已升了本府知府。

"本府知府"，梦本作"本府太爷"，程甲本、程乙本误作"本县太爷"，其他脂本同于眉本。

例7：那些官员皆侧目而视——

> 不上一年，便被上司寻了一个空隙，作成一本，参他"生情狡猾，擅纂礼义，且外沽清正之名，而暗结虎狼之属，致使地方多事，民命不堪"等语。龙颜大怒，即批革职。

"寻了一个空隙"，其他脂本基本上相同，梦本无此六字，程甲本、程乙本同于梦本。

如果没有"空隙"，没有把柄被抓到，那是很难把贾雨村参倒的。"寻了一个空隙"六字实不可少。

例8：仍是嬉笑自若，交代过公事——

> 将历年作官积得些资本，并家小人属，送至原籍安插妥协。

"资本"，其他脂本均同，梦本作"宦囊"，程甲本、程乙本同于梦本。

例9：今点出为巡盐御史——

> 到任方一月有余。

"方一月有余"，梦本作"未久"，将一个词语由确定的变成了不确定的。其他脂本或同于眉本，或无"有"字。程甲本、程乙本同于梦本。

例 10：今到如海，业已五代——

　　起初时，只封袭三代，因当今隆恩盛德，远迈前代，额外加恩，至如海之父，又袭了一代；至如海，便从科第出身。

"远迈前代"，梦本无，程甲本、程乙本同于梦本，其他脂本同于眉本。

例 11：至如海，便从科第出身——

　　虽系钟鼎之家，亦是书香之族。

"钟鼎"，其他脂本均同，梦本作"世禄"，程甲本、程乙本同于梦本。

例 12：黛玉年方五岁——

　　夫妻无子，故爱女如珍。

"爱女如珍"，梦本作"爱之如掌上明珠"，程甲本、程乙本同于梦本。其他脂本同于眉本，或作"爱如珍宝"。

例 13：雨村正值偶感风寒——

　　病在旅店中，将一月光景方渐愈，一因身体劳倦，二因盘费不继，也正要寻一个合式之处，暂且歇下。幸有两个旧友，亦在此境居住，因闻得盐政欲聘一西宾，雨村便相托二友力，谋了进去，且作安身之计。

"病在旅店中，将一月光景方渐愈"两句，其他脂本基本上相同，梦本无此二句，程甲本、程乙本同于梦本。

"一因身体劳倦"，其他脂本均同，梦本无此句，程甲本、程乙本同于梦本。

"暂且歇下"，其他脂本均同，梦本作"以为息肩之地"，程甲本、程乙本同于梦本。

自"幸有两个旧友"至末句"且作安身之计"，梦本作"偶遇两个旧友，认得新醝政，知他正要请一西席，教训女儿，遂将雨村荐进衙门去"，程甲本、程乙本同于梦本（但"醝政"作"盐政"）。

例 14：正要寻一个合式之处，暂且歇下——

    幸有两个旧友，亦在此境居住，因闻得盐政欲聘一西宾，雨村便相托二友力，谋了进去，且作安身之计。妙在这一个女学生并两个伴读丫环，这女学生年又极小，身体又极怯懦，工课不限多寡，故十分省力。

以上一大段文字，其他脂本基本上相同，而梦本作：

    偶遇两个旧友，认得新醢政，知他正要请一西席，教训女儿，遂将荐进衙门去。这女学生年纪幼小，身体又弱，工课不限多寡，其余不过两个伴读丫环，故雨村十分省力，正好养病。

程甲本、程乙本基本上同于梦本。

例 15：工课不限多寡，故十分省力——

    看看又是一载的光景，谁知学生之母贾氏夫人病故。学生侍汤奉药，守丧尽哀，要辞馆别图。林如海意欲令女守制读书，故又将他留下。

"要辞馆别图，林如海意欲令女守制读书，故又将他留下"三句，其他脂本基本上相同（彼本无前两句），梦本无此三句，程甲本、程乙本同于梦本。

例 16：待月半时也就起身了——

    今日敝友有事，我因步至此，且歇歇脚，不期这样巧遇。

"且歇歇脚"，其他脂本均同，梦本无此句，程甲本、程乙本同于梦本。

例 17：二人闲谈，慢叙些别后之事——

    雨村回（因）问："近日都中可有新闻无有？"

"雨村"，梦本误作"两封"。其他脂本以及程甲本、程乙本不误。

例 18：伸手只把些脂粉钗环抓来——

    政老爷便大怒道："将来是个酒色之徒耳。"因此不大喜悦。

"大怒"，其他脂本均同，梦本作"不喜欢"，程甲本、程乙本同于梦本。
"不大喜悦"，梦本作"不甚爱之"，程甲本、程乙本作"不甚爱惜"，其他脂本或同于眉本，或作"大不喜欢"。

例19：子兴道，谁人不知——

> 这甄家和贾府是老亲，又系世交，两家来往，极其亲热的。

"又系世交"，梦本无，程甲本、程乙本同于梦本，其他脂本同于眉本。

例20：若失错，便要凿牙穿腮等事——

> 其暴虐浮躁，顽劣憨痴，种种异常。

"浮躁"、"憨痴"，其他脂本均同，梦本无此四字，程甲本、程乙本同于梦本。

例21：你说可笑不可笑——

> 也因祖母溺爱不明，每因孙辱师责子，因此我就辞了馆。如今在巡盐林家坐馆了。

末句"如今在巡盐林家坐馆了"，梦本无，程甲本、程乙本同于梦本，其他脂本基本上同于眉本。

例22：雨村拍案笑道——

> 怪道这女学生凡读至书中有"敏"字，皆念作"密"字，每每如是；写字遇着"敏"字，又减一二笔，我心中就有些疑惑。如今听你说，是为此无疑矣。

"怪道"，梦本作"是极"，程甲本、程乙本同于梦本，其他脂本同于眉本。"每每如是"，梦本无，程甲本、程乙本同于梦本，其他脂本同于眉本。

例23：子兴叹道——

> 老姊妹四个，这一个是极小的，又没了。长一辈的姊妹，一个也没了。

"四个"，其他脂本均同，而梦本作"三个"，程甲本、程乙本同于梦本。关于此例，请参阅第十章第六节"贾母有几个女儿。"

例24：眼前现有二子一孙，却不知将来如何——

> 若问那赦公，也有二子，长子贾琏。

"也有二子，长子贾琏"两句，梦本作"也有二子，次名贾琏"，其他脂本或作"也有二子，长名贾琏"，或同于眉本，程甲本同于梦本，程乙本作"也有一子，名叫贾琏"。

这牵涉两个问题。一是贾赦究竟有几个儿子，二是贾琏排行究竟第几。依眉本等脂本以及梦本、程甲本，贾赦有两个儿子。这两个儿子，一个自然是贾琏，另一个书中没有明说，可是在一般读者的印象里，此人应当就是贾琮①。贾琮的年龄明显地小于贾琏。从这一点看，眉本等脂本的说法无疑是准确的。

贾琏的问题比较复杂，存在着诸多的疑问，此处暂不详谈，以免枝蔓②。

例25：帮着料理家务——

　　谁知自娶亲之后，到上下无一人不称颂他夫人，琏老爷到退了一射之地。

"一射之地"，其他脂本均同，梦本作"一舍之地"。程甲本、程乙本同于梦本。

例26：这几个人都只怕是那正邪两途而来的一路之人，未可知也——

　　子兴道："正也罢，邪也罢，只顾算别人家帐，你也吃一杯酒才好。"雨村道："只顾说话，竟多吃了几杯。"子兴道："说别人家闲话，正好下酒，即多吃几杯何妨。"

自第四句"只顾算别人家帐"至第六句"雨村道"，梦本无，其他脂本以及程甲本、程乙本基本上同于眉本。

梦本此处疑是脱文。脱文的原因在于"只顾"二字的前后重复。

以上二十六例均见于第 2 回。

第三节　余例：第三回

第 3 回举三十五例，如下：

---

① 贾琮出现于《红楼梦》第 25 回，但作者始终没有直接地、明确地交代他是邢夫人之子。
② 请参阅第十章第五节"贾琏的排行"以及拙著《红楼梦版本探微》、《红楼梦之谜——刘世德学术演讲录》的有关论述。

例1：天缘凑巧，因贱荆去世——

　　都中家岳母念及小女无人倚傍教育，前已遣了男女船只来接，因小女未曾大痊，故未及行，此刻正思向蒙训教之恩未经酬报，遇此机会，岂有不尽心图报之理。但请放心，弟已预为筹画在此……

"教育"，梦本无，程甲本、程乙本同于梦本，其他脂本同于眉本。

"但请放心"，梦本无，程甲本、程乙本亦无，其他脂本同于眉本。

末句"弟已预为筹画在此"，梦本作"弟已预筹之"，程甲本、程乙本同于梦本。

例2：雨村一面打恭，谢不释口——

　　一面又问："令亲大人现居何职？只怕晚生草率，不敢骤然入都干渎。"如海笑道："若论舍亲，与尊兄同谱。……"

"骤然入都干渎"，其他脂本基本上相同，梦本作"进谒"，程甲本、程乙本同于梦本。

"同谱"，梦本作"一家"，其他脂本同于眉本。

例3：如海遂打点礼物并饯行之事，雨村一一领了——

　　那女学生黛玉身体已愈，原不忍弃父而往，无奈他外祖母致意务必要去，且兼如海说："汝父年将半百，再无续室之意，且汝多病，年又极小，上无亲母教养，下无姊妹兄弟扶持，今倚傍外祖母及舅氏姊妹去，正好减我顾盼之忧，何反云不往？"

"黛玉身体已愈"，梦本无，程甲本、程乙本同于梦本，其他脂本基本上同于眉本。

"年将半百"，梦本作"年已半百"，程甲本、程乙本同于梦本，其他脂本同于眉本。

"兄弟"，梦本无，程甲本、程乙本同于梦本，其他脂本同于眉本。

此处"黛玉"之名，系在全书正文中第一次出现，有其重要性，不应删之。

例4：贾政竭力内中协助——

　　题奏之时，轻轻谋了个复职花（候）缺。不上两个月，金陵应天府缺出，便谋补了此缺。

"花（候）缺"，梦本无，其他脂本有此二字，程甲本、程乙本同于梦本。

最后两句，其他脂本同，梦本作"便选了金陵应天府"，程甲本、程乙本同于梦本。

例5：不进正门，只进了西边角门——

    那轿夫抬进去，走了一射之地，将轿（转）湾时，便歇下，退出去了。

首句"那轿夫抬进去"，梦本作"轿子抬着"，程甲本、程乙本同于梦本，其他脂本基本上同于眉本。

末两句"便歇下，退出去了"，梦本作"便歇了轿"，程甲本、程乙本同于梦本，其他脂本同于眉本。

梦本、程甲本、程乙本刻意回避"轿夫"二字，不知打的是什么主意。但，这样一来，就和下文的"另换了三四个衣帽周全、十七八岁的小厮上来"一句失去了照应。

例6：黛玉方拜见了外祖母——

    此即冷子兴所云史氏太君，贾赦、贾政之母。

此二句，梦本作双行小字批语，程甲本、程乙本无之，其他脂本基本上同于眉本。

例7：今见了你，怎不伤心——

    说着，搂了黛玉在怀，又呜咽起来。

"搂了黛玉在怀"，其他脂本同，梦本作"携了黛玉的手"，程甲本、程乙本同于梦本。

例8：众人见黛玉年纪虽小——

    其举止言谈不俗，身体面庞虽怯弱不胜，却有一段自然风流态度。

"怯弱不胜"，梦本作"弱不胜衣"，其他脂本同于眉本，程甲本、程乙本同于梦本。

"自然"，其他脂本同，梦本无，程甲本、程乙本同于梦本。

例9：黛玉笑道，我自来是如此——

　　从会吃饮食时便吃药,到今未断,请了多少名医修方配药,皆不见效。

　　此四句,梦本作"从会吃饭时便吃药,到如今了,经过多少名医,总未见效",程甲本、程乙本同于梦本,其他脂本基本上同于眉本。

　　例10:黛玉纳罕道——

　　这些人皆敛声屏气,恭肃严整如此,这来的是何人,这样放诞无礼?

　　"恭肃严整",其他脂本同,梦本无。程甲本、程乙本同于梦本。

　　例11:心下想时——

　　只见一群媳妇、丫环围拥着一个人从后门进来。

　　"人",其他脂本同,梦本作"丽人",程甲本、程乙本同于梦本。

　　例12:项上带着赤金盘螭璎珞项圈——

　　裙边系着豆绿宫绦,双衔(衡)比目玫瑰珮。

　　梦本无,程甲本、程乙本亦无,其他脂本基本上同于眉本。

　　例13:王夫人又说道——

　　该随手拿两个出来给你这妹子去裁衣裳,等晚上想着叫人再拿罢,可别忘了。

　　"可别忘了",脂本均同,梦本无此句,程甲本、程乙本同于梦本。

　　例14:大家送至穿堂前,出了垂花门——

　　早有众小厮们拉过一辆翠幄青紬车来,邢夫人携了黛玉坐上,众婆子们放下车帘,方命小厮们抬起。……至仪门前方下来。众小厮退出去,打起车帘,邢夫人搀了黛玉的手,进入院内。

　　"众小厮退出去,打起车帘"两句,其他脂本均同,梦本无之,程甲本、程乙本同于梦本。

　　例15:黛玉笑回道——

　　舅母爱惜赐饭,原不应辞,只是还要过去拜见二舅舅,恐领赐再去不恭,异日再领,未为不可。望舅母容量。

第四句"恐领赐再去不恭",梦本作"恐迟去不恭",程甲本同于梦本,程乙本作"恐去迟了不恭",其他脂本基本上同于眉本。

"未为不可",梦本无,程甲本、程乙本同于梦本,其他脂本同于眉本(蒙本原有此四字,后被点去)。

例16:黛玉说,望舅母容量——

> 邢夫人听说,笑道:"这就是了。"遂命两三个嬷嬷用方才的车好生送了姑娘过去,于是黛玉告辞。

第一句、第二句"邢夫人听说,笑道",梦本作"邢夫人道",程甲本、程乙本同于梦本,其他脂本同于眉本。

"好生",梦本无,程甲本、程乙本同于梦本,其他脂本基本上同于眉本(庚辰本原作"好坐",后勾乙为"坐好",戚本作"好好")。

例17:悬着待漏随朝墨龙大画——

> 一边是金蜼彝……地下两溜十六张楠木交椅。

"金蜼彝",梦本作"凿金彝",其他脂本或同于眉本,或作"蜼金彝"、"金螭彝",程甲本、程乙本作"錾金彝"。

"交椅",梦本作"椅子",程甲本同于梦本,程乙本作"圈椅",其他脂本同于眉本。

脂本的"交椅"是特称,梦本、程甲本的"椅子"变成了泛称。程乙本的"圈椅"则变成了另一种特称的椅子了。

例18:于是老嬷嬷引黛玉进东房门来——

> 临窗大炕上猩红洋毯,正面设着大红金钱蟒靠背,石青金钱蟒引枕,秋香色金钱蟒大条褥。

第二句、第三句,梦本作"正面设着大红金钱蟒引枕",程甲本、程乙本同于梦本,其他脂本基本上同于眉本。

梦本的底本在此处应与其他脂本相同,但因"金钱蟒"三字重复而导致脱文。程甲本、程乙本不察,沿袭了梦本的讹误,终于使引枕的颜色由石青变成了大红。

例19:左边几上文王鼎——

> 右边几上，美人觚插着时样花卉，并茗盘、唾壶等物。

"唾壶"，梦本作"茶具"，其他脂本或作"痰盒"、"痰盆"，或同于眉本，程甲本同于梦本，程乙本则无此句。

例20：黛玉心中料定这是贾政之位——

> 因见挨炕一溜三张椅子上也搭着半旧弹墨椅袱……

"弹墨"，梦本作"弹花"，其他脂本或同于眉本，或无，或误作"掸花"，程甲本、程乙本同于梦本。

例21：原系同姊妹们一处娇养惯的——

> 若姊妹们有日不理他，他还安静些。总然他无趣，不过出了二门背地里拿着他使的两三个小幺儿出气，咭唧会子就完了。

最后三句，其他脂本基本上相同，梦本无之，程甲本、程乙本同于梦本。

例22：见王夫人来了，方安设桌椅——

> 贾珠之妻李氏捧饭，熙凤安箸，王夫人进羹。

"饭"，其他脂本同，梦本作"饮"，程甲本同于梦本，程乙本作"杯"。若作"捧饮"，则与下文"进羹"重复，可知"饮"乃"饭"之形讹。

例23：丫环捧了茶来——

> 当日林如海教女以惜福养身之道，饭后务待饭粒咽尽，过一时再吃茶，方不伤脾胃。今黛玉见了这里许多事情，与家中不同，不得不随的，少不得一一改过来，因而接了茶。

第二句、第三句"饭后务待饭粒咽尽，过一时再吃茶"，梦本作"每饭后必过片时方吃茶"，程甲本、程乙本同于梦本（程甲本误"饭"为"饮"），其他脂本基本上同于眉本。

第七句"不得不随的"，梦本作"亦只得随和着些"，程甲本、程乙本同于梦本（程乙本"亦"作"也"），其他脂本基本上同于眉本。

第八句"少不得一一改过来"，梦本无，程甲本、程乙本亦无，其他脂本基本上同于眉本。

例 24：黛玉又问姊妹们读何书——

贾母道："读的是什么书，不过是认得几个字，不是睁眼瞎子就罢了。"

"不是睁眼瞎子"，其他脂本基本上相同，梦本无，程甲本、程乙本同于梦本。

例 25：丫环进来笑道，宝玉来了——

黛玉心中疑惑着：这个宝玉怎生个惫懒人物、懵懂顽童？倒不见那蠢物也罢了。心下正疑着，忽见丫环未报完已进来个年轻的公子。

自第三句"懵懂顽童"至末句"年轻的公子"，梦本作"及至进来，原是一个轻年公子"，其他脂本基本上同于眉本，程甲本、程乙本基本上同于梦本。

例 26：眉如墨画——

眼若桃瓣，睛若秋波。

"眼若桃瓣"，梦本作"鼻如悬胆"，其他脂本基本上同于眉本，程甲本、程乙本同于梦本。

不知为什么梦本要把眼换成了鼻？有必要这样做吗？也许梦本的整理者认为，"眼"即是"睛"，毋须重复。其实眼是总称，睛特指眼珠，二者有别。

例 27：宝玉——

天然一段风骚，全在眉稍。

"风骚"，其他脂本均同，梦本作"丰韵"，程甲本、程乙本作"风韵"。

例 28：转盼多情，言语带笑——

两湾（弯）似蹙非蹙胃烟眉，一双似飘非飘含露目。

此二句，梦本作"两湾（弯）似感非感笼烟眉，一双似喜非喜含情目"，程甲本作"两湾（弯）似感非感笼烟眉，一双似喜非喜含情目"，程乙本则作"两湾（弯）似蹙非蹙笼烟眉，一双似喜非喜含情目"。其他脂本均与梦本不同。①

---

① 参见第十五章"眉本有引人注目的文字吗？（上）"第二节"黛玉之眉与目"的论述。

例29：宝玉笑道——

　　虽然未曾见过他，然我看着面善，心里就算旧相识，今日只作远别重逢，未为不可。

末句"未为不可"，其他脂本基本上相同，梦本无此句，程甲本、程乙本同于梦本。

例30：宝玉摘下那玉，就狠命的摔去，骂道——

　　什么罕物！连人之高底（低）不择，还说通灵不通灵呢！

"高底（低）不择"，其他脂本同，梦本作"高下不识"，程甲本、程乙本同于梦本。

两个"通灵"，其他脂本同，梦本均作"灵"，程甲本、程乙本同于梦本。

例31：贾母说着便向丫环手中接来，亲与他带上——

　　宝玉听如此说，想了一想，竟大有情理，也就不生别论了。

"竟大有情理"，其他脂本基本上相同，梦本无此句，程甲本、程乙本同于梦本。

例32：一个是自幼奶娘——

　　一个是十岁小丫头，亦是自幼随身的，名唤雪雁。

"亦是自幼随身的"一句，其他脂本基本上相同，梦本无之，程甲本、程乙本亦无。

例33：每人有四个教嬷嬷、一个自幼奶娘外——

　　除贴身掌管钗钏盥沐两个丫头外，另有五六个洒扫房屋、来往使役的小丫头。

"五六个"，梦本作"四五个"，其他脂本均同于眉本，程甲本、程乙本同于梦本。

例34：袭人陪侍宝玉在外大床上——

　　　　原来这袭人亦是贾母之婢，本名珍珠。贾母因溺爱宝玉，生恐宝玉之婢无竭力尽心之人，素喜袭人心地纯良，恪尽职任，遂与了宝玉。

"无竭力尽心之人"，其他脂本基本上相同，梦本作"不中任使"，程甲本同于梦本，程乙本作"不中使"。

"恪尽职任"，蒙本、戚本作"肯尽职任"，其他脂本同于眉本，梦本则无此句，程甲本、程乙本同于梦本。

"恪尽职任"四字是对袭人的为人、性格的重要的刻画，焉可省略？

例35：快别多心——

　　　　黛玉道："姐姐说的，我记着就是了。究竟那玉不知是怎么来历，上头还有字迹？"袭人道："连一家子也不知来历。听的落草时从他口里掏出来的，上面现成的穿眼。等我拿来你看便知。"黛玉忙止道："罢了，此刻夜深了，明日再看不迟。"大家又叙了一回，方才安歇。

这一段文字，梦本节略作：

　　　　黛玉道："姐姐们说的，我记着就是了。"又叙了一回，方才安歇。

当中一大段黛玉和袭人关于"那玉"的对话已被梦本删去。其他脂本基本上同于眉本。程甲本、程乙本同于梦本。

以上三十五例，均见于第3回。

第四节　余例：第四回

第4回举二十二例，如下：

例1：生了李氏时，不十分令其读书——

　　　　只不过将些《女四书》、《烈女传》、《贤媛（媛）集》等三四种书，使他认得几个字，记得前朝这几个女子便罢了，却只以纺绩井臼为要。

"《贤媛（媛）集》等三四种书"，其他脂本基本上相同，梦本作"读读"。也就是说，梦本删去了《贤媛集》的书名。程甲本、程乙本同于梦本。

"井臼"，梦本作"女工"，程甲本、程乙本同于梦本（作"女红"），其他脂本或同于眉本，或作"针指"。

例2：黛玉虽客寄于斯——

　　日有这般姑嫂相伴……

"姑嫂"，梦本作"姑娘"，其他脂本或同于眉本，或作"姐妹"。程甲本、程乙本同于眉本。

例3：告了一年状，竟无人作主——

　　望大老爷拘拿凶犯，剪恶除凶，以救孤寡，死者感戴天恩不尽。

"以救孤寡"，其他脂本同，梦本作"以扶善良"，程甲本、程乙本同于梦本。

"死者感戴"，梦本作"存没感激"，程甲本、程乙本作"存殁感激"，其他脂本或同于眉本，或作"先主感戴"。

例4：雨村听了，大怒道——

　　"岂有这样放屁的事，打死人命就白白走了，再拿不来的！"因发签差公人立刻将凶犯族中人等拿来拷问，令他们实供藏在何处，一面再动海捕文书。未发签时，只见……

"这样放屁的事"，梦本作"这等事"，其他脂本或同于眉本，或作"此放屁的事"，程甲本、程乙本同于眉本。

"族中人"，梦本作"家属"，其他脂本或同于眉本，或无"中"字，程甲本、程乙本同于眉本。

自第五句"令他们实供藏在何处"至"未发签时"，梦本无，其他脂本基本上同于眉本，程甲本、程乙本同于眉本。

例5：门子笑问，老爷一向加官进禄，八九年就忘了我了——

　　雨村道："却十分面善得紧，只是一时想不起来。"那门子笑道："老爷真是贵人多忘事，把出身之地竟忘了，不记当年葫芦庙里之事？"雨村听了，如雷震一惊。

第二句、第三句"却十分面善得紧，只是一时想不起来"，梦本作"却十分面善，一时想不起来"，程甲本同于梦本，程乙本作"我看你十分眼熟，但一时总想不起来"，其他脂本基本上同于眉本。

"雨村听了，如雷震一惊"，梦本作"雨村大惊"，程甲本、程乙本同于梦本，其他脂本基本上同于眉本。

例6：这门子本是葫芦庙里一个小沙弥——

因被火之后无处安身，欲投别庙去修行，又耐不得清凉景况，因想这件生意到还轻省热闹，遂趁年纪蓄了发，充了门子。

这一段文字，其他脂本基本上相同，而梦本作：

因被火之后无处安身，想这件生意到还轻省，耐不得寺院凄凉景况，遂趁年纪尚轻，蓄了发，充当门子。

程甲本、程乙本基本上同于梦本（程乙本无"景况"、"尚"三字）。

例7：雨村笑道——

贫贱之交不可忘，你我故人也，二则此系私室，既欲长谈，岂有不坐之理？

第二句"你我故人也"，梦本无，程甲本、程乙本同于梦本，其他脂本同于眉本。

第三句至第五句，梦本作"此系私室，但坐何妨"，程甲本、程乙本同于梦本，其他脂本基本上同于眉本。

例8：雨村忙问——

"何为护官符？我竟不知。"门子道："这还了得！连这个也不知，怎能坐的长远？……"

"我竟不知"，其他脂本均同，梦本无之，程甲本、程乙本同于梦本。

最后三句"这还了得！连这个也不知，怎能坐的长远"，其他脂本基本上相同，梦本无之，程甲本、程乙本同于梦本。

例9：方才所说的薛家，老爷如何惹的他——

他这一件官词（司）并无难断之处，皆因都碍着情分脸面，所以如此。

在"皆因"二字之前，梦本有"从前的官府"五字，程甲本、程乙本同于梦本，其他脂本同于眉本。

例 10：护官符——

> 其口碑排写的明白，下面皆著始祖官爵。名显（石头）亦曾照样抄写一张，今据石上抄云……

梦本无，程甲本、程乙本亦无，其他脂本基本上同于眉本。

例 11：这也是前生冤孽——

> 可巧遇见这拐子卖丫头，他便一眼看上了这丫头，立意要买来作妾，誓再不结交男子，也再不娶第二个，所以三日后才过门。

第四句"誓再不结交男子"，梦本作"立意不近男色"，程甲本、程乙本作"设誓不近男色"，其他脂本基本上同于眉本。

在末句"所以"二字之后，梦本有"郑重其事，必待"六字，程甲本、程乙本同于梦本（程乙本"待"作"得"），其他脂本无之。

例 12：抬回家去，三日后死了——

> 这薛公子原是早已择定日子上京去的，头起身两日，就偶然遇见这丫头，意欲买了就进京的，谁知闹出事来……

自第二句"头起身两日"至末句"谁知闹出事来"，其他脂本基本上相同，而梦本无此四句，程甲本、程乙本同于梦本。

例 13：只管带了家眷走他的路——

> 他这里自有兄弟、奴仆在此料理，也并不为此些小之事值他一逃走的。

此二句，梦本作"并非为此而逃，这人命些些小事自有他弟兄、奴仆在此料理"。其他脂本基本上同于眉本。程甲本、程乙本同于梦本。

例 14：闻得养至五岁被人拐去，却如今才来卖呢——

> 这一种拐子单爱偷拐五六岁的女儿，养在一个僻静之处，到十一二岁，度其形容，带至他乡转卖。当日这英莲，我们天天哄他顽耍，虽隔了七八年，如今十二三岁的光景，其模样虽然出脱的齐整了，然大概像

貌，自是不改，熟人易认。况且他眉心中原有米粒大小的一点红计①，从胎里带来的，所以我却认的。

自第一句（"这一种拐子单爱偷拐五六岁的女儿"）至第五句（"带至他乡转卖"），梦本作"这种拐子单拐的是幼女，养至十二三岁，带至他乡转卖"，程甲本、程乙本同于梦本，其他脂本基本上同于眉本。

第八句（"虽隔了七八年"），梦本作"极相熟的，所以隔了七八年"，程甲本、程乙本同于梦本，其他脂本同于眉本。

第九句（"如今十二三岁的光景"），梦本无，程甲本、程乙本同于梦本，其他脂本基本上同于眉本。

末句（"所以我却认的"），梦本无，程甲本、程乙本同于梦本，其他脂本基本上同于眉本。

脂本上文的"十一二岁"和下文的"十二三岁"并无矛盾可言，因为说的不是同一年内的事。梦本的改动是不必要的。

例15：雨村道，你说的何常（尝）不是——

但事关人命，蒙皇上隆恩，起复委用，实是重生再造，正当殚心竭力图报之时，岂可因私而废法，是我实不能忍为者。

第四句"实是重生再造"，其他脂本均同，梦本无此六字，程甲本、程乙本同于梦本。

第五句"正当殚心竭力图报之时"，其他脂本基本上相同，梦本无"当殚心"三字，程甲本、程乙本同于梦本。

例16：薛蟠今已得无名之病，被冯魂追索已死——

其祸皆由拐子某人而起，被拐之人原系某乡某县人氏，按法处治，余不累及……

"某乡某县人氏"，梦本无，程甲本、程乙本同于梦本，其他脂本基本上同于眉本。

例17：或可压服口声——

---

① "计"字原文有"病字旁"。

　　二人计议，天色已晚，别无话说。

　　此三句，其他脂本基本上相同，梦本则并作一句："二人计议已定"，程甲本、程乙本同于梦本。

　　例18：薛蟠和母亲商议道——

　　咱们京中虽有几处房舍，只是这十来年没人进京……

　　"十来年"，梦本作"十年来"，其他脂本或同于眉本，或作"十年多"、"十几年来"，程甲本同于梦本，程乙本同于眉本。

　　例19：忽家人来报，姨太太合家进京，正在门外下车——

　　喜的王夫人忙带了女媳人等，接出大厅，将薛姨妈接了进来。

　　"带了女媳人等"，梦本作"带了人"，程甲本、程乙本同于梦本，其他脂本基本上同于眉本。

　　"女媳"是特称，"人等"却是泛称。"媳"当然指的是李纨，探春难道不是"女"吗？

　　例20：贾政对王夫人说，外甥在外住着，恐有人生事——

　　咱们东北角上梨香院一所十来间房白空闲着，打扫了请姨太太和姐姐、哥儿住了甚好。

　　"东北"，其他脂本均同，梦本作"东南"，改变了方向。程甲本、程乙本同于梦本。

　　例21：贾政素性潇洒，不以俗流事务为要——

　　每公暇之时，不过看书下棋而已，余事多不介意。

　　末句"余事多不介意"，梦本无，程甲本、程乙本亦无，其他脂本基本上同于眉本。

　　例22：梦本第4回回末有联语云："渐入鲍鱼肆，反恶芝兰香。"眉本及其他脂本、程甲本、程乙本均无之。①

---

　　①　参见第十四章"回前诗·回末诗联·回末套语"的论述。

以上二十二例均见于第4回。

第五节　余例：第五回

第 5 回举九例，如下：

例 1：回目——

> 灵石迷性难解天机，警幻多情密垂淫训

梦本作"贾宝玉神游太虚境，警幻仙曲演红楼梦"，与眉本及其他脂本均不同，程甲本、程乙本同于梦本。①

例 2：回前诗——

> 春困葳蕤拥绣衾，恍随仙子别红尘。问谁幻入华胥境，千古风流造业人。

此回前诗，梦本无，程甲本、程乙本亦无，其他脂本或有或无②。

例 3：宝玉和黛玉——

> 真是言和意顺，略无参商。

此句"略无参商"，其他脂本均同，梦本作"似漆如胶"，程甲本、程乙本同于梦本。

例 4：秦氏引了一簇人来至上房内间——

> 宝玉抬头先看见一副画贴在上面，画得（的）是人物故事，乃是燃藜图，也不看系何人所画，心中便有些不快。

第四句"也不看系何人所画"，其他脂本基本上相同，梦本无此句，程甲本、程乙本同于梦本。

"也"原系下句首字，梦本却移作上句末字，使之成为"乃是燃藜图也"。这证明了两点：第一，梦本的底本是一个此处原有"也"字的脂本；第二，"也不看

---

① 参见第十三章"从回目看眉本"的论述。
② 参见第十四章"回前诗·回末诗联·回末套语"的论述。

系何人所画"一句亦当为梦本的底本所有，后被梦本的修改者删去。

例5：宝玉含笑说——

　　这里好！

梦本重复地说了两句"这里好"，程甲本、程乙本同于梦本，其他脂本只有一句，同于眉本。

例6：秦氏笑道，我这屋子大约神仙也可以住的了——

　　说着，亲自展开了西子洗过纱衾……

"西子"，梦本无，程甲本同于梦本，程乙本作"西施"，其他脂本同于眉本。

例7：宝玉梦中欢喜想道——

　　这个去处有趣，我就在这里过一生，虽失了家也愿意，强如天天被父母、师傅打去。

"师傅"，其他脂本或同，或作"师父"，梦本作"先生"。程甲本同于梦本，程乙本则同于眉本。

这个程乙本异于程甲本而同于脂本的例子，是不是可以证明：程乙本的修改者在修改的时候手上有某脂本作参校本？鄙意以为然。

例8：一时看不尽许多——

　　惟见各处写的是痴情司、结怨司、朝啼司、夜怨司、春感司、秋愁司等类。

"夜怨司"，梦本作"暮哭司"，其他脂本或同于眉本，或作"夜哭司"，程甲本、程乙本同于脂本。

关于这个异文，我曾在"读红脞录"的《太虚幻境的司名》里说过："梦本、程甲本、程乙本的'暮哭'，虽也和'朝啼'相对，而且'朝'、'暮'相对要比'朝'、'夜'相对为佳；但'暮哭'二字，韵母相同，读来不如'夜哭'响亮。""如果让曹雪芹来抉择，我想，他选中的只能是甲戌本的'夜哭'。""我认为，甲戌本的'夜哭'，反映了曹雪芹稿本的原貌。"[1]

---

① 《红楼梦版本探微》，第249页。

例 9：那封条上皆是各省的地名——

　　宝玉一心只拣自己家乡的封条看，遂无心看别省的了。

末句"遂无心看别省的了"，梦本无，程甲本、程乙本同于梦本，其他脂本同于眉本。

以上九例，均见于第 5 回。

第十二章
眉本是不是过渡本？（下）

第一节　余例：第六回

第 6 回举十二例，如下：

例 1：暂且别无话说——

> 按荣府中一宅算起来，人口虽不多，从上至下，也有三四百丁。

"三四百丁"，其他脂本基本上同于眉本，梦本作"三百余口"，程甲本同于梦本，程乙本作"三百余人"。

例 2：想当初我和女儿还去过一遭——

> 他家的二小姐着实响快，会待人的，到不拿大。如今现是荣国府贾二老爷的夫人。听见说，如今上了年纪，越发惜老怜贫，爱斋僧醮道，舍米拾（舍）钱的。

最后两句"爱斋僧醮道，舍米舍钱的"，梦本作"最爱斋僧布施"，程甲本同于梦本，程乙本作"又爱斋僧布施"，其他脂本则基本上同于眉本。

例 3：只是许多时不走动——

> "知道他如今是怎么样。这也说不得了，你又是个男人，又这样一个嘴脸，自然去不的，我们姑娘年轻的媳妇子，也难卖头卖脚，到还是舍着我这付老脸去碰。果然有些好处，大家都有益，便是没银子，我也到公府侯门见一见世面，也不枉我一生。"说毕，大家笑了一回。

自第十一句"便是没银子"至末句"大家笑了一回",梦本无,程甲本、程乙本同于梦本,其他脂本均有,基本上同于眉本。

例4:刘姥姥起来梳洗了——

> 又将板儿教训了几句。那板儿亦曾五六岁的孩子,一无所知,听见带他进城幌(逛)去,喜得无不应承。

"那板儿亦曾",梦本无此五字,程甲本、程乙本同于梦本,其他脂本基本上同于眉本(甲戌本作"那板儿才亦",己卯本、庚辰本、蒙本、戚本作"那板儿才",舒本作"那才只")。

"一无所知",脂本均同,而梦本无此四字,程甲本、程乙本亦无。

例5:他娘子却在家——

> 你要找他时,从这边绕到后街上后门上去问就是了。

"要找他时",梦本无,程甲本、程乙本同于梦本,其他脂本基本上同于眉本。

"后街上后门上",梦本作"后街门上",程甲本、程乙本同于梦本,其他脂本同于眉本。

例6:周瑞家的道,这个自然——

> 太太事多心烦,有客来了,略可推的去的,也就推了,都是琏二奶奶周旋迎代(待)。

梦本减省了这段文字,作:

> 如今有客来,都是凤姑娘周旋接待。

程甲本照抄梦本,只不过在"凤姑娘"之前添加了一个"这"字。

程乙本删去了程甲本添加的这个"这"字,恢复了梦本的原样。

在这段文字中,脂本的"迎代"(迎待)一词也和梦本、程本的"接待"显示了分野。

"迎代",己卯本同;甲戌本、蒙本、戚本、舒本作"迎待";庚辰本原作"宁待","宁"被点去,旁改"迎";梦本作"接待",程甲本、程乙本同于梦本。

例7:刘姥姥看时,惟点头咂嘴念佛而已——

于是到东边这间屋里，乃是贾琏的女儿大姐儿睡觉之所。

"贾琏的女儿大姐儿"，其他脂本均同，梦本作"贾琏的大女儿"，程甲本同于梦本，程乙本作"贾琏的女儿"。

此语，脂本是专指，指大姐儿，不涉及贾琏有一个或两个女儿的问题；梦本、程甲本则意味着，贾琏有大女儿和小女儿两个女儿。程乙本则既不涉及贾琏有一个或两个女儿的问题，也不涉及此人是不是名叫大姐儿的问题。

在《红楼梦》中，贾琏有一个女儿还是两个女儿的问题，存在着两歧的说法。一说，他有两个女儿，即大姐儿和巧姐儿。一说，他只有一个女儿，大姐儿即是巧姐儿。

从此处的异文可知，梦本采取的是两个女儿的说法，它说"大女儿"，言外之意是贾琏另有一个小女儿。其他脂本则只提大姐儿之名，不管她是大女儿还是小女儿。两种版本文字的区别在此。

为了解决这个矛盾，程乙本在此处采取了模糊的策略。它只删弃了一个"大"字，便躲开了一个女儿还是两个女儿的问题，不管这个姑娘的名字是叫大姐儿还是叫巧姐儿，径直以"贾琏的女儿"来称呼她。"睡觉之所"既可以是一个女孩儿的卧室，当然也可以容纳下两个女孩儿。这不失为一个巧妙的临时救火的措施。

例 8：衣裙悉率，渐入堂屋，往那边屋里去了——

又见三四个妇人，都捧着大漆捧盒，进这边来等待。

"大漆捧盒"，梦本作"大红漆捧盒"，程甲本同于梦本，程乙本作"大红油漆盒"，其他脂本基本上同于眉本。

例 9：刘姥姥拜了数拜，问姑奶奶安——

凤姐忙说："周姐挽着，不拜罢，请坐。……"

"请坐"，梦本无，程甲本、程乙本亦无，其他脂本同于眉本。
没有这两个字，显得凤姐待客的态度没有礼貌。

例 10：凤姐听了，说道——

我说呢，既是一家子，我如何连影儿也不知道。

"我说呢"，梦本作"怪道"，程甲本、程乙本同于梦本，其他脂本同于眉本。

例 11：二十两银子先拿去罢——

> 那刘姥姥先听告艰难，只当是没有信儿，心里突突的跳，后来听见给他二十两银子，喜得又浑身发痒起来。

第二句、第三句"只当是没有信儿，心里突突的跳"，其他脂本基本上相同，梦本作"只当是没想头了"，程甲本、程乙本同于梦本。

末句"喜得又浑身发痒起来"，其他脂本基本上相同，梦本作"喜得眉开眼笑"，程甲本同于梦本，程乙本作"喜的眉开眼笑"。

遭到梦本、程甲本、程乙本删改的两句，是描写刘姥姥心理变化过程的比较生动的、比较贴切的两笔。

"眉开眼笑"四字可能是梦本修改者熟悉或喜爱的成语。在第 2 回，他曾把"屁滚尿流"改成"眉开眼笑"。这里他又在故伎重施。

例 12：凤姐说道——

> 这是二十两银子，暂且给这孩子作件冬衣罢。若不拿着，可真是怪我了，这钱顾（雇）车坐罢。

最后三句"若不拿着，可真是怪我了，这钱顾（雇）车坐罢"，其他脂本基本上相同，梦本无此三句，程甲本、程乙本同于梦本。

以上共举十二例，均见于第 6 回。

第二节 余例：第七回

第 7 回举二十一例，如下：

例 1：周瑞家的道——

> 姑娘到底有什么病根儿，也该趁早儿请个大夫来，好生开个方儿，认真吃几剂药，一事儿除了根才是。

"好生开个方儿"，其他脂本基本上相同，梦本无此句，程甲本、程乙本同于梦本。最后两句"认真吃几剂药，一事儿除了根才是"，其他脂本基本上相同，梦本作"认真医治"，程甲本同于梦本，程乙本作"认真医治医治"。

例2：宝钗笑道——

> 再不要提起吃药，为这病请大夫吃药，也不知白花了多少银子钱呢。凭你什么名医仙药，从无见一点儿效。

此五句，梦本有异文，如下：

> 再不要提起，为这病根也不知请了多少大夫，吃了多少药，花了多少钱钞，从不见一点效验。

程甲本、程乙本基本上同于梦本，其他脂本基本上同于眉本。

例3：若吃别的丸药是不中用的——

> 他就说了一个海上方，又给了一包末药作引，异香异气的，不知是那里弄来的。

末句"不知是那里弄来的"，其他脂本基本上相同，梦本无此句，程甲本、程乙本同于梦本。

例4：和在末药一处，一齐研好——

> 又要雨水这日的雨水十二钱。

第二个"雨水"，梦本作"天水"，程甲本、程乙本作"天落水"，其他脂本同于眉本。

例5：小雪这日的雪十二钱——

> 把这四样水调匀，和了丸药，再加上十二钱洋蜂蜜、白糖，丸了龙眼大丸子，盛在旧磁坛内，埋在花根底下。

自第二句"和了丸药"至第四句"丸了龙眼大丸子"，梦本作"和了龙眼大丸子"，程甲本同于梦本，程乙本则把"和"改为"丸"，其他脂本基本上同于眉本。

例6：见王夫人无话，方欲退出——

薛姨妈道："你且站住。我有一宗东西，带了去罢。"

"一宗"，梦本作"一种"，程甲本同于梦本，程乙本作"一件"，其他脂本同于眉本。

例7：已经打点了，派谁送去——

王夫人道："你瞧〔谁〕闲着，不管打发那四个女人去就完了，又来当什么正经事来问我。"

"当什么正经事来"，梦本无，程甲本、程乙本同于梦本，其他脂本基本上同于眉本。

例8：进入宁国府——

早有贾珍之妻尤氏、贾蓉之妻秦氏婆媳两出来，引了多少姬妾、丫环、媳妇等接出仪门。

"媳妇"，梦本无，程甲本、程乙本亦无，其他脂本有，同于眉本。

"媳妇"一词在这里是指仆役中的已婚妇女，与"姬妾"、"丫环"有别，不应删去。

例9：凤姐说，有什么东西来孝敬，就献上来——

尤氏、秦氏未及答话，地下几个姬妾先就笑说……

"姬妾"，梦本作"媳妇们"，程甲本、程乙本同于梦本，其他脂本同于眉本。

梦本、程甲本、程乙本大错。在书中，"媳妇"是指已成年、已有丈夫的仆役。她们怎么有资格和凤姐"笑说"呢？须知，"姬妾"和"媳妇"，身份不同，地位不同！

例10：宝玉听了，即便下炕要走——

尤氏、凤姐都忙说："好生着，忙什么？"一面吩咐人小心跟着，别委曲着他，到不比跟了老太太来。

"凤姐都忙说：'好生着，忙什么？'一面"，梦本无，程甲本、程乙本亦无。末句"到不比跟了老太太来"，程乙本无。其他脂本基本上同于眉本。

例 11：凤姐笑道——

普天下人，我不笑话就罢了，到叫这小孩子笑话我不成？

此三句，梦本作"我不笑话就罢。竟叫快领去"，程甲本同于梦本，程乙本作"我不笑话他就罢了，他敢笑话我"，其他脂本基本上同于眉本。

例 12：贾蓉笑道——

不是这话，他生的腼腆，没见过大阵仗儿，婶子见了，没得生气。

首句"不是这话"，梦本无，程甲本、程乙本亦无，其他脂本同于眉本。

例 13：忙过那边去告诉平儿——

平儿知道凤姐与秦氏厚密，虽是小后生家，亦不可太俭，遂自作主意，拿了一匹尺头，两个"状元及第"小金锞子，交付来人送过去。

第二句和第三句"虽是小后生家，亦不可太俭"，梦本无，程甲本、程乙本同于梦本，其他脂本同于眉本。

例 14：秦钟说——

业师于去年病故，家父又年纪老迈，残疾在身，公务冗繁，因此尚未议及延师一事，目下不过在家温习旧课而已。

"病故"，其他脂本均同，梦本作"辞馆"，程甲本、程乙本同于梦本。
按：第 8 回提及此事，脂本仍作"病故"，梦本、程本则作"回南"。无论是"辞馆"，还是"回南"，均与"病故"有生死之异。

例 15：凤姐道——

我何常不知道这焦大。到底是你们没主意，有这样的，何不打发他远远庄子上去就完了。

"有这样的"，梦本无，程甲本、程乙本同于梦本，其他脂本基本上同于眉本。

例 16：尤氏、秦氏都说道——

偏又派他作什么！放着这些小子们，那一个派不的？偏要惹他去。

第二句，梦本无，程甲本、程乙本亦无，其他脂本基本上同于眉本。

例 17：何不打发他远远庄子上去就完了——

　　说着，因问："我们的车子可齐了？"众人应道："伺候齐了。"

"众人"，其他脂本均同，梦本作"众媳妇们"，程甲本、程乙本同于梦本。

脂本的"众人"，包括男女仆人，女仆则包括媳妇和丫头。而梦本却只提到媳妇，误。

例 18：众小子都在台阶下侍立——

　　那焦大悖贾珍不在家，即在家亦不好怎样，更可以恣意洒落洒落。

"即在家亦不好怎样，更可以恣意洒落洒落"两句，其他脂本基本上相同，梦本无此二句，程甲本、程乙本同于梦本。

例 19：咱们胳膊折了在袖子里藏——

　　众小子见他说出这些没天理的话来，唬的魂飞魄散，也不顾别的了，便把他捆起来，用土和马粪满满的填了他一嘴。

第三句"也不顾别的了"，梦本无，程甲本、程乙本亦无，其他脂本基本上同于眉本。

例 20：便都装听不见——

　　宝玉在车上见这般厮闹，到也有趣，因向凤姐道⋯⋯

第一句和第二句，梦本作"宝玉在车上听见"，程甲本、程乙本同于梦本，其他脂本同于眉本（杨本无"到也有趣"四字）。

例 21：什么是爬灰——

　　凤姐立目嗔眉断喝道⋯⋯

此句，梦本作"凤姐连忙喝道"，程甲本、程乙本同于梦本，其他脂本基本上同于眉本。

以上共举二十一例，均见于第 7 回。

第三节　余例：第八回

第 8 回举二十例如下：

例 1：宝玉来在梨香院中——

> 先入薛姨妈房中。

"薛姨妈"，梦本作"薛姨娘"，程甲本同于梦本，其他脂本以及程乙本同于眉本。

脂本固有多处作"薛姨娘"者，但此处系梦本独异之例。

例 2：脸若银盆，眼如水杏——

> 罕言寡语，人谓藏愚。安分随时，自云守拙。

"藏愚"，其他脂本均同，梦本作"藏语"。"语"也许是"愚"字的音讹。程甲本、程乙本作"装愚"。杨本无，其他脂本同于眉本。

例 3：五色花纹缠护着——

> 就是大荒山中青埂峰下的那块补天剩石的幻像。

在此句之前，梦本有"看官们须知道"六字，为其他脂本所无。程甲本、程乙本同于梦本。

例 4：宝玉此时与宝钗就近——

> 只闻得一阵凉森森、甜丝丝的幽香，竟不知从何处来的。

"只闻得一阵凉森森、甜丝丝的幽香"一句，其他脂本基本上相同，梦本作"只闻一阵阵香气"，删去了两个形容词。程甲本同于梦本。程乙本亦同于梦本，但多一"的"字。

例 5：宝玉道，这是什么香——

> 宝钗想了一想，笑道："是了，是我早起吃的丸药的香气未散呢。"
> 宝玉道："什么丸药这么好闻？好姐姐，给我一丸尝尝。"

前后两个"丸药",梦本、程甲本、程乙本均作"冷香丸";后一个"丸药",舒本、彼本无"丸"字;其他脂本同于眉本。

"冷香丸"之名,已见于第 7 回。不让宝钗此处说出丸药之名,这是曹雪芹故意采用的一种前后呼应的、含蓄的艺术手法。梦本和程本补出此名,就好比是给读者端出了一杯没有味道的白开水。

例 6:宝玉问,下雪么——

> 地下婆子答应:"下了这半日雪珠儿了。"

"雪珠儿",梦本无,程甲本、程乙本亦无,其他脂本均有此三字。

下雪,只不过是笼统的说。下雪珠儿,却是具体地形容雪势之大。这正和上文黛玉外罩着对衿褂子,以及走路摇摇的姿势,相互呼应。

例 7:黛玉道,是不是我来了他就该去了——

> 宝玉道:"我多早晚说去了?不过拿来预备着。"

"多早晚",庚辰本作"多早晚儿",其他脂本同于眉本,但梦本作"何曾",程甲本、程乙本同于梦本。

"多早晚"是北京话的词汇,意思是"什么时候"。梦本的修改者不悟,作了改写,程甲本、程乙本又做了梦本的跟屁虫。

例 8:那怕吃一坛呢——

> 想那日我眼错不见一会子,不知是那一个没调教的,只图讨你的好儿,不管别人死活,给了你一口酒吃,葬送了我挨了两日的骂。

第四句"不管别人死活",梦本无,程甲本、程乙本亦无,其他脂本基本上同于眉本。

例 9:黛玉道——

> 咱们来了这一日,也该回去了,还不知那边怎么找咱们呢。

末句"还不知那边怎么找咱们呢",其他脂本基本上相同,梦本无此句,程甲本、程乙本同于梦本。

例 10:让我自己戴罢——

黛玉站在炕沿上道："罗嗦什么，过来我瞧瞧罢。"宝玉忙就进前来，黛玉用手整理，轻轻笼住束发冠，将笠沿拽在抹额之上。

"罗嗦什么"，其他脂本均同，梦本无此句，程甲本、程乙本同于梦本。

这是黛玉责怪之词，宝玉不还口而坦然听从，表明了二人之间的亲密的感情。

"我瞧瞧罢"，其他脂本均同，梦本作"我与你戴罢"，程甲本、程乙本同于梦本。

"抹额"，其他脂本均同，梦本误作"扶头"，形讹。

例11：宝玉笑道，我写得（的）那三个字在那里呢——

晴雯笑道："这个人可醉了。你头先过那府里去，就嘱咐我贴在这门斗上，这会子又这么问。我生怕别人贴坏了，我亲自爬高上梯的贴，这会子还冻的手僵冷的呢。"

第五句"这会子又这么问"，梦本无，程甲本、程乙本亦无。其他脂本有此句，基本上同于眉本。

此句接着"这个人可醉了"而说，是不可缺少的补充。

例12：黛玉进来——

宝玉笑道："好妹妹，你别撒谎，你说这三个字那一个好？"

"妹妹"，梦本作"姐姐"（"姐姐"系梦本原文，后旁改为"妹妹"），程甲本、程乙本也作"姐姐"，同于梦本原文（此可证梦本旁改之字乃后人所为），其他脂本均同于眉本。

在其他各个场合，宝玉都称黛玉为"妹妹"。想不到梦本竟犯了这样一个常识性的错误，而程本也跟着以讹传讹。

例13：有一碟豆腐皮的包子——

我想着你爱吃，和珍大奶奶说，我留着晚上吃。

"珍大奶奶"，其他脂本均同，梦本作"珍大嫂子"，程甲本同于梦本，程乙本同于眉本。

此话是对丫环所说，自然应称"大奶奶"，方合主人的身份。

例14：他就叫人拿了家去了——

接着，茜雪捧上茶来，宝玉让林妹妹吃茶，众人笑说："林妹妹早走了，还让呢。"

第五句中的"林妹妹"，其他脂本以及程甲本、程乙本均同，梦本独作"林姑娘"。

众人是带着"笑"说的。她们所说的"林妹妹"三个字其实是援引宝玉的原话（第三句），带有善意的嘲笑的味道。

例15：这会子怎么又斟了这个茶来——

　　茜雪道："我原留着的，那会子李奶奶来了，他要尝尝，就给他吃了。"

最后两句"他要尝尝，就给他吃了"，梦本作"吃了去"，程甲本同于梦本，程乙本作"喝了去了"，其他脂本同于眉本。

"他要尝尝"，是茜雪转述李嬷嬷的意图和话语，目的无非是想减卸自己的责任。梦本和程本删改后，减弱了茜雪为自己辩护的色彩。

例16：宝玉跳起来问着茜雪道——

　　是你那门子的奶奶？你们这么孝敬他，不过仗着我小时候吃过他几日奶罢了，如今逞的他比祖宗还大了。如今我又不吃奶了，白白的养活祖宗作什么？撵了出去，大家干净！

第五句和第六句"如今我又不吃奶了，白白的养活祖宗作什么"，梦本无，程甲本、程乙本亦无，其他脂本基本上同于眉本（舒本、彼本无第四句和第五句）。

例17：伏侍宝玉睡下——

　　袭人伸手从他项下摘下那通灵宝玉来，用自己手帕包好，塞在褥下，次日带便冰不着脖子。

"伸手从他项下"六字，梦本无，程甲本、程乙本同于梦本，其他脂本基本上同于眉本。

例18：贾母嘱咐秦钟道——

　　你家住的远，或一时寒热饥饱不便，只管住在我这里，不必限定了。只和你宝叔在一处，别跟着那些不长进的学。

这里，"寒热"和"饥饱"分说。前者说的是天气和衣着，后者说的是饭食，不可偏少。梦本片面地删去了"饥饱"二字，程甲本、程乙本同于梦本，其他脂本则保留着这两个字，同于眉本。

第四句"不必限定了"，梦本无，程甲本、程乙本亦无，其他脂本同于眉本。

例19：可卿长大时——

> 因素日与贾家有些瓜葛，故许与贾蓉为妻。

"许与贾蓉为妻"，梦本无，程甲本、程乙本亦无。

在第一句之后，其他脂本以及程甲本、程乙本均有"故结了亲"四字，已被眉本删去。

推测起来，梦本、眉本之句虽有所不同，但却可能有共同的原因：嫌"结了亲"和"许与贾蓉为妻"重复，叠床架屋。

例20：至五旬之上，生了秦钟——

> 去岁业师亡故，正要和亲家商议，送往他家塾中去。

"亡故"，其他脂本均同，梦本作"回南"，程甲本、程乙本同于梦本。

上文第7回提及此事，脂本作"病故"，梦本、程本则作"辞馆"。

回南，只是暂时的，也许日后还会北返；亡故，却是永久的，秦钟若要继续学业，就必须另外延请教师了。因此，改"亡故"为"回南"，是没有必要的。

这还牵涉贾府的地点是在北还是在南的问题。梦本的改动，明确无误地表明了贾府位于北京。

以上二十例，均见于第8回。

第四节　余例：第九回

第9回举十二例，如下：

例1：秦业父子等候贾家的人来送上学择日之信——

> 原来宝玉急于要和秦钟相与，却顾不得别的，遂择了后日一定上学：

"后日一早，请秦相公到我这里，会齐了，一同前去。"

第二句"却顾不得别的"，其他脂本基本上相同，梦本无此六字，程甲本、程乙本同于梦本。

最后四句"后日一早，请秦相公到我这里，会齐了，一同前去"，其他脂本基本上相同，梦本无之，程甲本、程乙本同于梦本。

梦本、程甲本、程乙本无"择日"二字，无"却顾不得别的"一句，无"后日一早，请秦相公到我这里，会齐了，一同前去"四句。此二字、一句、四句，其他脂本均有，基本上同于眉本。

秦家父子要等候的消息并不是"上学"，而是"择日"。"却顾不得别的"，则是形容宝玉心情之"急"。最后四句正是秦家父子所要知道的"信"。由此可见，梦本的这三处删节都是不必要的、不成功的。

例2：比不得家里有人照顾——

> 手炉脚炉的炭也交出去了，你可叫他们添。那一起懒贼，你不说，他们乐得不动，白冻坏了你。

第一句中的"的炭"二字，其他脂本或同，或无"的"字，梦本无此二字，程甲本、程乙本同于梦本。

第二句中的"添"字，梦本作"添炭"，程甲本无此字、程乙本作"给你笼上"，其他脂本同于眉本。

宝玉上学之时，袭人交出去的应当是手炉、脚炉所用的"炭"，而不可能是手炉和脚炉。在这一点上，梦本、程甲本、程乙本都错了。

梦本在下文的"添"字后面添了一个"炭"字，算是稍微弥补了一下错误。程甲本错得厉害，无论是"添"，还是"炭"，均无，失去了动作的目的性。程乙本有鉴于此，补以"给你笼上"四字，却仍没有悟到所缺失的关键的字是"炭"。

例3：两个年老的携了宝玉出去——

> 贾政问："跟宝玉的是谁？"外面答应了两声，早进了三四个大汉，打千请安。

"两声"，其他脂本同于眉本，但梦本作"一声"，程甲本、程乙本同于梦本。

原来的"两声"是对的，后改的"一声"是错的。为什么？因为"答应"的不是一个人，进来了"三四个大汉"可知。

例4：贾家义学——

> 凡族中有官爵之人，皆按俸之多寡帮助学中之费。公举年高有德之人为塾长，专为训课子弟。

其中"按俸之多寡"、"专为训课子弟"等字，为梦本所无，程甲本、程乙本同于梦本。其他脂本有此数字，基本上同于眉本。

例5：宝玉发了癖性——

> 又向秦钟说道："咱们两个人一样年纪，况又同窗，以后不必论叔侄，只论弟兄朋友就是了。"先是秦钟不肯，当不的宝玉不从，只叫他兄弟，呼他的表字鲸卿，他也只得混着乱叫起来。

"先是秦钟不肯，当不的宝玉不从"两句，其他脂本基本上相同，但梦本作"先是秦钟不敢当，宝玉不从"，程甲本同于梦本。

梦本、程甲本先是删去"不的"，使"不肯"和"当"连接起来，又改"肯"为"敢"。程乙本发现了梦本、程甲本的这个错误，遂删去"当"字。

例6：薛蟠只图交结些契弟——

> 谁想这学内就有好几个小学生，图了薛蟠的银子穿吃，被他哄上手的。

"就有好几个"五字，其他脂本基本上相同，梦本作"的"，程甲本、程乙本同于梦本。

眉本和其他脂本说的是，被薛蟠哄上手的小学生只是少数（好几个），而梦本、程甲本、程乙本所说的却是全体小学生，以偏赅全。显然，前者是而后者非。

例7：薛蟠如今不大来学中应卯——

> 因此秦钟趁此和香怜挤眉弄眼，使暗号，二人假装出恭，走至后院说贴己话儿。

"使暗号"，梦本无，程甲本、程乙本亦无，其他脂本基本上同于眉本。

"说贴己话儿"，己卯本、庚辰本、杨本、蒙本作"说梯己话"，戚本作"说私己话"，彼本无此五字，梦本则作"说话"，程甲本、程乙本同于梦本。

"贴己"、"梯己"、"私己"，都是相同的意思：贴心的，亲密的。梦本的修改者想必是不十分了解这个词语的含义，故而删弃之，程甲本、程乙本又沿袭之。

例8：金荣一口咬定说——

> 方才明明的撞见他两个……又商议一对一偷，撮草棍儿抽长短，谁的长谁先来。

自"又商议……"至"……谁先来"三句，梦本作"两个商议定了一对儿论长道短之言"。程甲本同于梦本，程乙本亦同于梦本，但删去"之言"二字。

梦本修改的目的显然是不让不雅之语显露在读者眼前。

例9：金荣夺手要去抓打宝玉、秦钟——

> 忽从脑后嗖的一声，一方砚瓦飞来，幸未打着，却又打在贾菌、贾兰的座上。这贾菌亦系荣府近派，与贾兰最好，所以二人同座。
> 贾兰是个懂事的。

以上两段文字中的"贾兰"，其他脂本均同，梦本作"贾蓝"，程甲本、程乙本同于梦本。

梦本改动人名的原因在于，避免此"贾兰"和贾珠之子贾兰重名。①

例10：还不快作主意撕罗开了罢——

> 宝玉道："撕罗什么，我誓必回去的。"秦钟哭道："有金荣，我是不在这里念书的。"

秦钟的两句话"有金荣，我是不在这里念书的"，其他脂本均同，梦本作"有金荣在这里，我是要回去的了"，程甲本、程乙本同于梦本。

眉本和其他脂本的引文里有一个"回"字。梦本的改文里也有一个"回"字。但，它们的含义是不同的。脂本宝玉所说的"回"，是"回禀"的意思。而梦本秦钟所说的"回"，却应该是"回家"的意思。脂本秦钟的话

---

① 参阅本书第十章"眉本是不是过渡本？（上）"第三节"几个人名的歧异"的论述。

本来没有差错，梦本却改错了。它误解了宝玉所说的那个"回"字，所以让秦钟也来了这么一句。

梦本的妄改，毫无疑问属于败笔之类。

例11：茗烟在窗外道——

> 他是东胡同里璜大奶奶的侄儿。

"东胡同"，其他脂本基本上相同，梦本作"东衙"，程甲本同于梦本，程乙本作"东府"。

梦本、程甲本已错，程乙本更是错上加错。璜大奶奶既不可能是东府里的人，也不可能是西府里的人，程乙本的改文大谬。或许是，它们的整理者不懂得"胡同"一词的含义，因而臆改？

例12：李贵喝道，我好不好先捶了你——

> 然后回老爷、太太，就说宝玉全是你调唆的。

"宝玉"，其他脂本均同，梦本作"宝哥"，程甲本同于梦本，程乙本作"宝哥儿"。

以上十二例，均见于第9回。

第五节　余例：第十回

第10回举八例，如下：

例1：你且不必拘礼，早晚不必上来——

> 你竟好生养罢。就是有亲戚一家儿来，有我呢。就有长辈怪你，等我替你告诉。

"一家儿"，梦本无，程甲本、程乙本亦无，其他脂本基本上同于眉本。

例2：叫他静静养养就好了——

> 他想要什么吃，只管到我这里来取，倘或这里没有，只管往你琏二婶子那里要去。倘或他有好和歹，你再要娶这么一个媳妇，这么个模样

儿，这么个情性儿，打着灯笼也没地方找去。

第三句、第四句"倘或这里没有，只管往你琏二婶子那里要去"，其他脂本基本上相同，梦本无此二句，程甲本、程乙本同于梦本。

此系梦本因第三句句首的"倘或"二字与第五句句首的"倘或"二字重叠而导致脱漏了两个整句。相同的脱文更加证明了程甲本的底本就是梦本（或其底本）。

例3：那个亲戚，那个一家的长辈不喜欢他——

所以我这两日好不烦心，焦的我了不得。

末句，梦本无，程甲本、程乙本亦无，其他脂本同于眉本。

例4：就有事也不当告诉他——

别说这么一点子小事，就是受了一万分委屈，也不该向他说才是。……我叫他兄弟到那边府里找宝玉去了。

首句"别说这么一点子小事"，其他脂本或基本上相同，或作"别说没要紧的一点子小事"，梦本无此句，程甲本、程乙本同于梦本。

"宝玉"，其他脂本均同，梦本作"宝玉儿"，程甲本、程乙本同于梦本。

例5：里头还有些不干不净的话，都告诉了他——

婶子，你是知道，那媳妇子虽是个有说有笑，会行事儿，他可心细，心又重，不拘听见个什么话儿，都要度量个三五日才罢。这病就是打这个秉性上头思虑出来的。

"会行事儿"，梦本无，程甲本、程乙本亦无，其他脂本同于眉本。

"秉性"，梦本作"用心太过"，程甲本、程乙本同于梦本。

梦本和程本这里的一删一改，都涉及对秦可卿性格的刻画。是否有必要？殊可考虑。

例6：贾珍说着就过那屋里去了——

金氏此来，原要向秦氏说秦钟欺负了他侄儿的事，听见秦氏病，不但不能说，亦且不敢提了。

第四句"不但不能说"，其他脂本均同于眉本，梦本则删去此句，程甲本、程乙本同于梦本。

例 7：媳妇忽然身子有好大的不爽快——

　　　因为不得个好太医，断不出是喜是病，又不知有妨碍无妨碍，所以我这两日心里着实着急。

"这两日"，梦本无，程甲本、程乙本亦无，其他脂本同于眉本。

例 8：贾蓉道，先生请茶——

　　　于是陪先生吃了茶。

此句，梦本作"茶毕"，程甲本、程乙本同于梦本，其他脂本基本上同于眉本。

以上八例，均见于第 10 回。

短短的十回，我们居然可以至少举出如此众多的例子，来证明在作为脂本的眉本和作为过渡本的梦本之间存在着如此众多的、如此重大的差异，这就突出了巨大的可信性。

因此，我们可以得出结论：眉本绝对不是像梦本那样的过渡本。

它是脂本，它属于脂本家族中的一员。

第十三章
从回目看眉本

第一节　从残存的总目想到了舒本

有一个问题值得注意。眉本总目上的第 79 回、第 80 回回目正好处于最后一叶后半叶的最后两行。这不禁使我们想到了舒本（四十回残抄本）的情况。

舒本卷首有总目（"红楼梦目录"），现存六叶。其第五叶后半叶的最后一行是："第四十回"；现存第六叶前半叶的第一行则是："夏金桂计用夺宠饵，王道士戏述疗妒羹"。这意味着，舒本第 40 回的回目应当就是"夏金桂计用夺宠饵，王道士戏述疗妒羹"。

然而，令人感到奇怪的是：

第一，从舒本第 40 回的正文看，它的回目是"史太君两宴大观园，金鸳鸯三宣牙牌令"。

第二，舒本第 40 回的回目应和其他的脂本相同。现存其他脂本（己卯本、庚辰本、杨本、蒙本、戚本、彼本、眉本、梦本）以及程甲本、程乙本第 40 回的回目却高度一致，没有异文，都是："史太君两宴大观园，金鸳鸯三宣牙牌令"。

第三，相反的，其他脂本第 80 回的回目正是："懦迎春肠回九曲，姣香菱病入膏肓"（杨本），或"懦弱迎春肠回九曲，姣怯香菱病入膏肓"（蒙本①、戚本），或"美香菱屈受贪夫棒，丑道士胡诌妒妇方"（梦本）。眉本微异，作"懦迎春肠回九曲，娇香菱病入膏肓"。

---

① 蒙本"膏"误作"高"。

不难看出，舒本现存的总目是把回数"第四十回"和第八十回的回目"夏金桂计用夺宠饵，王道士戏述疗妒羹"错误地连接在一起了。

为什么会出现这样的情况？

原因大概是这样的：转让舒本的藏家，或出售舒本的书商，为了把残存四十回的抄本冒充为完整的八十回抄本，而故意撕掉了总目（共十六叶）的第6叶至第15叶（正是第41回的回目至第80回的回数），以致故意地造成了错误的连接。

目前眉本第80回的回目也正好处于现存总目的最后一叶的末尾，那么，会不会是它原有第80回之后的回目，后来却被人为地撕掉了呢？

在这一点上，眉本和舒本的情况不尽相同。舒本总目被撕掉几叶以后，却保留了第80回的回目，而眉本总目在第80回回目之后没有留下任何的空白，也就是说，它没有留下移花接木的迹象。二者不可同日而语。

舒本总目保留着第80回的回目，从而证明它原是八十回完本，不是四十回残本。

眉本总目却缺乏表明它是一百二十回本的证据。

眉本是不是一百二十回的程本？这不能依靠总目或回目来回答。

眉本究竟是程本，还是脂本，这应该能从正文的比勘中得出正确的判断。[①]

眉本保存着五十八个回目（第1回至第10回，第33回至第80回）。与他本[②]相比较，回目文字的差异可以分为两种情况。一种情况是：眉本的回目独异于他本的回目；另一种情况则是：眉本的回目与他本的回目有同有异。

第二节　眉本有哪些独异的回目？

这里首先要谈到的是眉本与其他脂本以及程甲本、程乙本不同的回目。这构成了眉本的特点与亮点。

---

① 关于这一点，本书的第九章"眉本是不是程本？"已有所论述，请参阅。

② 这里所说的"他本"，以及下文所说的"其他版本"，包括其他脂本，以及程甲本、程乙本。

眉本回目独异于其他脂本以及程甲本、程乙本者，计有五例①。

例1，第3回回目：

> 托内弟如海酬训教，接外孙贾母恤孤女

他本回目与此近似的，有——

> （1）托内兄如海酬训教，接外甥贾母惜孤女
> （2）托内兄如海酬闺师，接外孙贾母怜孤女
> （3）托内兄如海荐西宾，接外孙贾母惜孤女

（1）见于蒙本、戚本、彼本、梦本；"兄"、"惜"二字与眉本不同。

（2）见于舒本；"兄"、"闺师"、"怜"四字与眉本不同。

（3）见于程甲本、程乙本；"兄"、"荐西宾"、"惜"五字与眉本不同。

眉本的"内弟"比较特殊。

林如海之妻贾敏乃贾赦、贾政之妹。对林如海来说，贾赦、贾政是他的"内兄"，而不是"内弟"。

在眉本，"内兄"为什么错成了"内弟"？这有三种可能性。

可能性之一："内弟"变成"内兄"，是作者的笔误。

这种可能性比较小。回目字数少，用字的限制也多。作者拟制回目时，往往句斟字酌，煞费苦心。一般来说，发生讹误的几率不大。

可能性之二："内弟"变成"内兄"，出于抄手的笔误。

这种可能性也比较小。"兄"、"弟"二字的笔形相差很大，很不容易看错。而且"兄"、"弟"这种亲属关系，在一般人的心目中，是比较重视的，发生讹误的几率也不大。

可能性之三：在作者初稿的正文中，贾政原被安排为林如海的姐夫，而不是妹夫。后来，在修改时，曹雪芹把贾政的身份由内弟改成了内兄；也就是说，把贾敏的身份由姐姐改成了妹妹。更换的原因也许和宝玉、黛玉年龄的差异有关。

---

① 本章所举各例，均以分目（回目）为据。各本总目（目录）与分目字词间或有不一致之处，则请参阅本书"附录：《红楼梦》回目汇校"。各抄本回目偶或有后笔涂改、旁改之处，有时以未经涂改之原字为据，有时则以改后之字为据，视具体情况而定，亦请参阅"附录：《红楼梦》回目汇校"。

我认为，第三种可能性比较大。

又，回目的"外孙"二字，在蒙本、戚本的分目中，是相同的。这一点也和舒本、彼本、梦本相同。但在蒙本、戚本的总目中，却作"外甥"。

女儿的儿女叫外孙。姐姐或妹妹的儿女叫外甥。外孙和外甥差着一辈儿。《红楼梦》的读者，人尽皆知，林黛玉是贾母的外孙，而不是贾母的外甥。

为什么有的回目是"外孙"（蒙本、戚本、舒本、彼本、眉本、梦本、程甲本、程乙本），有的回目是"外甥"（蒙本、戚本的总目）呢？

在苏州一带的方言中，"外孙"是叫做"外甥"的。

因此，如果蒙本、戚本的"外甥"是后人修改的，那么，修改者也许是苏州一带的人；如果"外甥"二字出于作者曹雪芹的手笔，那么，曹雪芹到了中年以后依然保留着某些幼时的乡音。

在各本第 3 回的回目中，己卯本、杨本的"贾雨村夤缘复旧职，林黛玉抛父进京都"和庚辰本的"贾雨村夤缘复旧职，林黛玉抛父进都京"是另一种类型。

甲戌本则完全不同，它作："金陵城起复贾雨村，荣国府收养林黛玉"。

例 2，第 5 回回目：

> 灵石迷性难解天机，警幻多情密垂淫训

与此近似的是——

> 灵石迷性难解天机，惊幻多情密垂淫训
> 灵石迷性难解仙机，警幻多情秘垂淫训

前者见于蒙本；"警"作"惊"。

后者见于戚本、舒本；"天"作"仙"，"密"作"秘"。

此外，则有——

> （1）开生面梦演红楼梦，立新场情传幻境情
> （2）游幻境指迷十二钗，饮仙醪曲演红楼梦
> （3）贾宝玉神游太虚境，警幻仙曲演红楼梦

（1）见于甲戌本。

（2）见于己卯本、庚辰本、杨本。

（3）见于梦本、程甲本、程乙本。

例3，第8回回目：

　　拦酒兴奶母讨厌，掷茶杯公子生嗔

这个七言的回目，在他本均为八言。
与此近似的是——

　　拦酒兴李奶母讨恹，掷茶杯贾公子生嗔

见于蒙本、戚本，多了"李"、"贾"两个姓。
此外，则有——

　　（1）薛宝钗小羔梨香院，贾宝玉大醉绛芸轩
　　（2）薛宝钗小宴梨香院，贾宝玉逞醉绛云轩
　　（3）比通灵金莺微露意，探宝钗黛玉半含酸
　　（4）贾宝玉奇缘识金锁，薛宝钗巧合认通灵

（1）见于甲戌本。
（2）见于舒本、彼本。
（3）见于己卯本、庚辰本、杨本。
（4）见于梦本、程甲本、程乙本。

例4，第33回回目：

　　小进谗言素非友爱，大加打楚诚然不肖

按："打"当为"挞"字的讹误（不排除一种例外：也许抄手是把"打"当作"挞"的简写）。
其他脂本以及程甲本、程乙本均作

　　手足耽耽小动唇舌，不肖种种大承笞挞

例5，第34回回目：

　　露真情倾心感表妹，信谗言苦口劝亲兄

其他脂本以及程甲本、程乙本均作：

情中情因情感妹妹，错里错以错劝哥哥

　　无论从锤文炼字的工夫看，还是从蕴含的意境看，眉本第 33 回回目和第 34 回回目的文学价值均远逊于其他诸本。我们有理由相信，这两个回目当出于曹雪芹的初稿。

第三节　眉本回目与他本有同有异

　　眉本回目与他本回目有同有异，这可以归纳为以下六种情况：
　　（1）眉本回目仅同于个别的版本，异于大多数的版本。
　　（2）眉本回目同于大多数的版本，仅异于个别的版本。
　　（3）眉本回目的个别字词与其他版本有同有异。
　　（4）眉本回目基本上同于其他版本。
　　（5）眉本回目基本上同于其他版本，但个别的关键字词不同。
　　（6）眉本回目全同于其他版本。
　　【第一种情况】
　　眉本回目仅同于个别的版本，异于大多数的版本。
　　第一种情况共有八例。
　　例 1，第 2 回回目：

　　　　贾夫人仙游扬州城，冷子兴演说荣国府

　　此回目仅同于杨本。
　　其他脂本以及程甲本、程乙本均作：

　　　　贾夫人仙逝扬州城，冷子兴演说荣国府

　　仅有一字之差："仙游"作"仙逝"。
　　例 2，第 7 回回目：

　　　　尤氏女独请王熙凤，贾宝玉初会秦鲸卿

　　此回目仅同于蒙本、戚本、彼本。
　　甲戌本、舒本作：

送宫花周瑞叹英莲，谈肆业秦钟结宝玉

己卯本、庚辰本、程乙本作——

送宫花贾琏戏熙凤，晏（宴）宁府宝玉会秦钟

梦本、程甲本作：

送宫花贾琏戏熙凤，宁国府宝玉会秦钟

杨本此回无回目。

例3，第39回回目：

村老妪荒谈承色笑，痴情子实意觅踪迹

此回目仅同于杨本（"荒"作"谎"）。

与此相接近的，是蒙本、戚本：

村老妪是信口开河，痴情子偏寻根究底

其他则有庚辰本的：

村老老是信口开河，情哥哥偏寻根究底

彼本、梦本的：

村姥姥是信口开河，情哥哥偏寻根究底

程甲本、程乙本的：

村姥姥是信口开合，情哥哥偏寻根究底

己卯本的：

村嫽嫽是信口开河，情哥哥偏寻根究底

舒本的：

村嫽嫽是信口开河，情哥哥偏寻根问底

例 4，第 49 回回目：

　　　白雪红梅园林佳景，割腥啖胆（膻）闺阁野趣

蒙本、戚本与眉本此回目全同。
其他脂本以及程甲本、程乙本则作：

　　　琉璃世界白雪红梅，脂粉香娃割腥啖膻

例 5，第 50 回回目：

　　　芦雪庵争联即景诗　暖香坞雅制春灯谜

蒙本、戚本与眉本此回目全同。
庚辰本作：

　　　芦雪广争联即景诗　暖春坞创制春灯谜

杨本作：

　　　芦雪庭争联即景诗，暖香坞雅制春灯谜

彼本作：

　　　芦雪庐争联即景诗，暖香坞创制春灯谜

梦本、程甲本、程乙本作：

　　　芦雪亭争联即景诗，暖香坞雅制春灯谜

异文主要集中在"芦雪庵"、"芦雪广"、"芦雪庭"、"芦雪庐"、"芦雪亭"以及"暖香坞"、"暖春坞"两处的名称上；此外，还有"创制"、"雅制"的区别。
例 6，第 58 回回目：

　　　杏子阴假凤泣虚凤（凰），茜红纱真情揆痴理

仅有戚本与眉本此回目全同。

上联，其余各本均同于眉本（杨本、程乙本"凤"误作"凤"）。

下联，己卯本、庚辰本、蒙本、杨本、彼本、梦本、程甲本、程乙本作：

> 茜纱窗真情揆痴理

"茜红纱"作"茜纱窗"。

例7，第73回回目：

> 痴丫头误拾绣香囊，懦小姐不问累金凤

仅有彼本与眉本此回目全同。

其他脂本以及程甲本、程乙本均作：

> 痴丫头误拾绣春囊，懦小姐不问累金凤

其间有"绣香囊"与"绣春囊"的不同。

例8，第80回回目：

> 懦迎春肠回九曲，娇香菱病入膏肓

仅有杨本亦为七言，与此相同（"娇"作"姣"）。

其他脂本以及程甲本、程乙本均为八言。

蒙本、戚本与眉本比较接近，作：

> 懦弱迎春肠回九曲，姣怯香菱病入膏肓

蒙本"膏"误作"高"。

舒本作：

> 夏金桂计用夺宠饵，王道士戏述疗妒羹

梦本则作：

> 美香菱屈受贪夫棒，丑道士胡诌妒妇方

程甲本、程乙本同于梦本，但"丑道士"作"王道士"。

【第二种情况】

眉本回目同于大多数的版本，仅异于个别的版本。

共有五例。

例1，第4回回目：

　　薄命女偏逢薄命郎，葫芦僧乱判葫芦案

与此相同的，有甲戌本、己卯本、庚辰本、蒙本、戚本、杨本、舒本、彼本。

仅梦本、程甲本、程乙本微有不同——

　　薄命女偏逢薄命郎，葫芦僧判断葫芦案

例2，第6回回目：

　　贾宝玉初试云雨情，刘姥姥一进荣国府

与此相同的，有庚辰本、蒙本、戚本、舒本、梦本。程甲本、程乙本除"姥姥"作"老老"① 外，亦同于眉本。

甲戌本、己卯本则"云雨"作"雨云"，如下：

　　贾宝玉初试雨云情，刘姥姥一进荣国府

例3，第9回回目：

　　恋风流情友入家塾　起嫌疑顽童闹学堂

与此相同的，有己卯本、庚辰本、蒙本、戚本、杨本、彼本。

舒本则"家塾"与"学堂"对调。

此外，梦本、程甲本、程乙本作：

　　训劣子李贵承申饬，嗔顽童茗烟闹书房

例4，第35回回目：

———————————

① 按：程甲本、程乙本正文也同样是："刘姥姥"作"刘老老"。

　　　　白玉钏亲尝莲叶羹，黄金莺巧结梅花络

　　与此相同的，有己卯本、庚辰本、蒙本、戚本、杨本、梦本、程甲本、程乙本。

　　舒本、彼本微异：

　　　　白玉钏亲尝莲叶羹，黄金莺俏结梅花络

　　例 5，第 37 回回目：

　　　　秋爽斋偶结海棠社，蘅芜苑夜凝菊花题

　　"凝"乃"拟"字之误。

　　与此相同的，有己卯本、庚辰本、蒙本（"斋"误作"齐"）、戚本、杨本、彼本、程甲本。

　　"蘅芜苑"，舒本、梦本、程乙本作"蘅芜院"。

　　"夜"，梦本作"长"。

【第三种情况】

　　眉本回目的个别字词与其他版本有同有异。

　　计有二例。

　　例 1，第 41 回回目：

　　　　贾宝玉品茶拢翠庵，刘姥姥卧醉怡红院

　　与此最近似的是蒙本："姥姥"作"姥妪"。

　　其次是戚本："姥姥"作"老妪"，"卧醉"作"醉卧"。

　　再次是梦本、程甲本、程乙本："拢"，梦本、程乙本作"栊"；"姥姥"，程甲本、程乙本作"老老"；"卧醉"，梦本、程甲本、程乙本作"醉卧"。

　　大不同的则是庚辰本、彼本：

　　　　拢翠庵茶品梅花雪，怡红院劫遇母蝗虫

　　（彼本"拢"作"栊"。）

　　例 2，第 57 回回目：

　　　　慧紫鹃情辞试宝玉，慈姨母爱语慰痴颦

戚本、杨本、梦本、程甲本与此全同。

"宝玉"，彼本同，己卯本、庚辰本作"忙玉"，蒙本、程乙本作"莽玉"。

"姨母"，他本均作"姨妈"。

【第四种情况】

眉本回目基本上同于其他版本。

共有八例：

(1) 第 42 回 "蘅芜君兰言解疑语，潇湘子雅谑补余音"

(2) 第 46 回 "尴尬人难免尴尬事，鸳鸯女誓绝鸳鸯侣"

(3) 第 47 回 "呆霸王调情遭毒打，冷郎君惧祸走别乡"

(4) 第 52 回 "俏平儿情掩虾须镯，勇晴雯病补雀金裘"

(5) 第 67 回 "馈土物颦卿念故里，讯家童凤姐蓄阴谋"

(6) 第 68 回 "苦尤娘赚入大观园，酸凤姐大闹宁国府"

(7) 第 70 回 "林黛玉重建桃花社，史湘云偶填柳絮词"

(8) 第 72 回 "王熙凤恃强羞说病，来旺妇倚势霸成亲"

【第五种情况】

眉本回目基本上同于其他版本，但个别的关键字词不同。

共有四例。

例 1，第 36 回：

绣鸳鸯梦兆绛芸轩，识分定情悟梨香院

"梦兆"，杨本作"惊梦"。

"梨香院"，己卯本、庚辰本、杨本、彼本作"梨花院"。

例 2，第 56 回回目：

敏探春兴利除宿弊，识宝钗小惠全大体

上联各本均同，仅彼本"敏"作"贾"。

异文主要出现在下联。"识"，蒙本、戚本同，己卯本、庚辰本、杨本作"时"，彼本作"薛"，梦本、程甲本、程乙作"贤"。

例 3，第 61 回回目：

投鼠忌器宝玉认赃，判冤断狱平儿夺权

其中的"认"、"夺"二字有异文。

"认"，彼本同，己卯本、庚辰本、杨本、梦本作"情"，蒙本、戚本、程甲本、程乙本作"瞒"。

"夺"，己卯本、庚辰本、杨本、梦本作"情"，蒙本、彼本、程甲本、程乙本作"行"，戚本作"徇"。

例4，第76回回目：

凸碧堂品笛感凄凉　凹晶馆联诗悲寂寞

"凄凉"，庚辰本、杨本、蒙本、梦本、程甲本作"凄情"，戚本、程乙本作"凄清"，彼本作"悽情"。

【第六种情况】

眉本回目全同于其他版本。

共有三十二例：

第1回

第10回（"源"或作"原"）

第38回（舒本夺"和"字）

第40回（"宴"或误作"晏"）

第43回

第44回

第45回

第48回

第51回

第53回

第54回

第55回

第62回（误"祸"为"菌"）

第63回

第64回（"珮"或作"佩"）

第65回

第 66 回

第 69 回

第 71 回

第 74 回 （"惑"或误作"感"）

第 75 回 （"谶"或误作"识"）

第 77 回

第 78 回 （"闲"误作"开"）

第 79 回

第四节　小结

这里可以提供两个数字统计表。

统计表一：

根据【第一种情况】、【第二种情况】、【第三种情况】三项的统计，眉本回目与其他脂本回目全同的数字是：

戚本　10

杨本　8

蒙本　7

彼本　5

庚辰　5

己卯　4

梦本　3

舒本　2

甲戌　1

这些数字的前后排列可供进一步研究眉本的版本归属时参考。

但，从眉本回目仅同于某一个或某两个脂本的统计意义更大，请看统计表二。

统计表二：

眉本回目仅同于杨本者——3（第 2 回、第 39 回、第 80 回）。

眉本回目仅同于彼本者——2（第 73 回、第 76 回）。

眉本回目仅同于戚本者——1（第 58 回）。

眉本回目仅同于蒙本、戚本者——3（第 49 回、第 50 回）。

眉本回目仅同于蒙本、戚本、彼本者——1（第 7 回）。

当然，回目的异同的情况和统计对于版本归属的判断只能起参考的作用。有两个重要的因素需要予以考虑——

第一，有的脂本处于残缺的状态（庚辰本、彼本存七十八回，己卯本存四十三回加两个半回，舒本存四十回，甲戌本仅存十六回）[①]。因此，统计数据必然存在着明显的偏差。对完整的杨本、蒙本、戚本、梦本或比较完整的庚辰本、彼本来说，统计数字是比较可靠的、有说服力的。但对有残缺的甲戌本、舒本、己卯本来说，统计数字只能起侧面的参考作用。

第二，正文的异同才是更重要的直接的证据。这是因为，某回正文的撰写、修改和该回回目的修改有时并不是在同一时间段内进行的。

因此，回目的异同对判断版本系统的归属有时只能起侧面的参考的作用，它不能代替或超越正文异同所起的正面的判断作用。

第五节　对两个问题的推测

所谓"两个问题"，是指第 79 回、第 80 回分回问题，第 64 回、第 67 回真伪问题。

（一）第 79 回、第 80 回分回问题

《红楼梦》版本中的分回问题，既包括第 17 回、第 18 回、第 19 回三回的分回问题，也包括第 79 回、第 80 回两回的分回问题。

由于眉本第 17 回、第 18 回、第 19 回的回目和正文都没有保存下来，无从了解到它在这三回的分回上是如何处理的，可以置而不论。

这里只谈眉本第 79 回、第 80 回的分回问题。

保存第 80 回正文的脂本，有庚辰本、杨本、蒙本、戚本、彼本、梦本等六种。其中，引人注目的是，庚辰本、彼本两种的第 80 回均无回目。

---

① 这里所说的"残缺"，并不包括现存脂本中的原先补抄的部分。

应当承认，庚辰本和彼本是两个第79回、第80回不分回的脂本。

且看各本第79回的结尾：

连我们姨老爷时常还夸呢。欲明后事，且见下回。——庚辰本

连我们姨老爷时常夸奖呢。且听下回分解。——杨本

连我们姨老爷时常还夸呢。欲知香菱说出何话①下回分解。——蒙本

连我们姨老爷时常还夸呢。且听下回分解。——戚本

连我们姨老爷时常还夸呢。——彼本

连我们姨老爷时常还夸。欲知香菱说出何话，且听下回分解。——梦本

以上所列六个结尾。可以分为四种类型：

（1）庚辰本

（2）杨本、戚本

（3）蒙本、梦本

（4）彼本

其中最完整，也比较符合常规的是（3）；其次是（2）。比较特殊的是（1），用这八个字结束，在脂本中罕见，即使在庚辰本自身中也仅此一例。最特殊的是（4），处于似完未完的状态。（1）、（4）的结尾，也正好和它们不分回的状态是吻合的，或基本上吻合的。

据我的分析，以这六个脂本的第79回结尾而论，其先后成立的次序应是：

彼本——→庚辰本——→杨本、戚本——→蒙本、梦本

眉本第79回的正文已佚失，无法了解其结尾的究竟，无法知晓其结尾应归属于哪一种类型。但它的第79回、第80回的回目还保存着。从这两个回目，仍可以窥知一二消息。

眉本既有第79回的回目，也有第80回的回目。这说明它是一个第79回、第80回已经分回的脂本。如果说，第79回和第80回不分回的脂本（庚辰本、彼本）的成立早于分回的脂本（杨本、蒙本、戚本、梦本），那么，在这

---

① 蒙本"欲知香菱说出何话"等字系旁添。

一点上，眉本的成立无疑要晚于庚辰本和彼本。

眉本第 79 回的回目是：

薛文龙悔娶河东狮　贾迎春误嫁中山狼

这同于庚辰本、杨本、蒙本、戚本、彼本。而梦本、程甲本、程乙本"河东狮"作"河东吼"。

但，眉本第 80 回的回目是：

懦迎春肠回九曲，娇香菱病入膏肓

和这相同的脂本只有杨本（唯"娇"作"姣"），也是七言。其他的脂本都是八言。

蒙本、戚本的回目虽是八言，却基本上同于眉本（"懦弱迎春肠回九曲，姣怯香菱病入膏肓"）。舒本作"夏金桂计用夺宠饵，王道士戏述疗妒羹"，另是一类。梦本上联有异，下联仍沿袭了舒本的路子："美香菱屈受贪夫棒，丑道士胡诌妒妇方"。程甲本、程乙本基本上同于梦本，只不过把"丑道士"改成了"王道士"。

（二）第 64 回、第 67 回真伪问题

现存的脂本中，有的有第 64 回和第 67 回，有的没有第 64 回和第 67 回。

有第 64 回和第 67 回的是蒙本、戚本、杨本、彼本和梦本。没有第 64 回和第 67 回的是己卯本和庚辰本。

另外，由于本子残缺的原因，甲戌本、舒本有无第 64 回和第 67 回，则不详。

至于程甲本和程乙本，它们当然是兼有第 64 回和第 67 回。

在己卯本和庚辰本的分册总目中，分别注明："内缺六十四、六十七回。"

这初次提出了第 64 回的存佚问题。因而附带产生了眉本有无第 64 回和第 67 回的问题。

程伟元、高鹗《红楼梦引言》第三则说：

是书沿传既久，坊间善本及诸家所藏秘本，其中不免前后错见，即如六十七回，此有彼无，题同文异，燕石莫辨。兹惟择其情理较协者，取为定本。

这又提出了第 67 回的真伪问题，同样促使我们考虑眉本有无第 64 回和第 67 回的问题以及第 67 回的归属问题。

先谈第 64 回。

从回目看，现存各脂本的第 64 回回目都是相同的：

> 幽淑女悲题五美吟，浪荡子情遗九龙佩

眉本也和这一样。程甲本、程乙本同样如此，只不过回目上作"珮"，总目上作"佩"。而从正文看，它们的情节基本上是相同的，它们的文字是大同小异的。

眉本的回目既然是和它们相同的，因此也就可以得出两个初步的结论：

第一，眉本原先应该是有第 64 回的。

第二，和其他脂本的情节、文字相比，眉本的第 64 回的情节和文字应该是和它们没有大的出入的。

接着，再谈第 67 回。

从回目看，现存各本可分为两种类型。

属于第一种类型的是戚本、彼本、梦本：

> 馈土物颦卿念故里，讯家童凤姐蓄阴谋

眉本同此。

杨本、蒙本和程甲本、程乙本组成了第二种类型：

> 见土仪颦卿思故里，闻秘事凤姐讯家童

如果仅从回目看，也许可以断定眉本原有的第 67 回的情节和文字应该是和第一种类型的戚本、彼本、梦本基本上相同或接近的。

第十四章
回前诗·回末诗联·回末套语

第一节　四首回前诗

现存《红楼梦》脂本各回偶尔有冠以"诗曰"或"题曰"的回前诗。
眉本也不例外。它现存回前诗四首，分别见于第 2 回、第 4 回、第 5 回和
第 6 回。

（1）眉本第 2 回有回前诗七言四句：

> 一局输赢料不真，香销茶尽尚逡巡。
>
> 欲知目下兴衰兆，须问旁观冷眼人。

此诗，梦本、程甲本、程乙本无，其他脂本均有。

（2）眉本第 4 回有回前诗五言四句：

> 损躯报君恩，未报躯犹在。
>
> 眼底物多情，君恩或可待。

"损"乃"捐"字之形误。

此诗，仅杨本、彼本有，其他脂本以及程甲本、程乙本均无。

第一个"君恩"，杨本作"国恩"。

第二个"躯"，杨本作"身"。

"在"，彼本原作"存"，旁注"在"。

（3）眉本第 5 回有回前诗七言四句：

> 春困葳蕤拥绣衾，恍随仙子别红尘。

问谁幻入华胥境，千古风流造业人。

此诗，仅己卯本、蒙本、戚本、杨本、舒本有，其他脂本以及程甲本、程乙本均无。

按：己卯本此诗系录于另纸。

"葳"，己卯本误作"成"。

"随"，己卯本原作"谁"，后被点去，旁改"随"。

"造业"，戚本（有正本）作"造孽"。

（4）眉本第 6 回有回前诗五言四句：

朝扣富儿开，富儿犹未足。

虽无千金酬，嗟彼胜骨肉。

"开"乃"门"字之形讹。

此诗，仅甲戌本、己卯本、蒙本、戚本、杨本有，其他脂本以及程甲本、程乙本均无。

按：己卯本此诗系录于另纸。

"犹"，蒙本作"欲"。

曹雪芹在动笔之初，大约准备每回都配置一首回前诗，靠前的几回写得比较顺手，所以就使得它们的回前诗保存下来了。以后的多回，在配置回前诗的时候，或许是遇上了困难，由于各种各样的原因，遂暂时将此事搁起，以致最后始终没有补齐。

现有回前诗的四回（第 2 回、第 4 回、第 5 回、第 6 回）在回次上居于前列。这应该不是偶然的。

我认为，这从侧面说明，与其他诸回相比较而言，这四回的撰写时间比较早。

在现存的脂本中，有回前诗的共九（十）回：第 2 回、第 4 回、第 5 回、第 6 回、第 7 回、第 8 回、第 13 回、第 17/18 回、第 64 回。

其中的第 2 回、第 4 回、第 5 回、第 6 回，眉本有回前诗；第 7 回、第 8 回，眉本无回前诗；其余三（四）回，眉本有无回前诗，不详。

脂本回前诗的具体情况如下：

第 2 回回前诗，仅梦本无，眉本与其他脂本均有。

第 4 回回前诗，杨本、彼本、眉本有，其他脂本均无。

第 5 回回前诗，杨本、蒙本、戚本、舒本、眉本有，其他脂本均无。

第 6 回回前诗，甲戌本、杨本、蒙本、戚本、眉本有，其他脂本均无。

第 7 回回前诗，仅甲戌本、蒙本、戚本有，眉本与其他脂本均无。

第 8 回回前诗，仅甲戌本有，眉本与其他脂本均无。

第 13 回回前诗，仅庚辰本有，其他脂本均无。

第 17/18 回回前诗，己卯本、庚辰本、蒙本、戚本、彼本有，其他脂本均无。

第 64 回的回前诗，仅彼本有，其他脂本均无。

眉本所没有的第 7 回回前诗，依甲戌本是：

> 十二花容色最新，不知谁是惜花人？
> 相逢若问名何氏，家住江南姓本秦。

"名何氏"，蒙本、戚本作"何名氏"。

眉本所没有的、甲戌本独有的第 8 回回前诗，是：

> 古鼎新烹凤髓香，那堪翠斝贮琼浆。
> 莫言绮縠无风韵，试看金娃对玉郎。

眉本所没有的、庚辰本独有的第 13 回回前诗，是：

> 一步行来错，回头已百年。
> 古今风月鉴，多少泣黄泉。

按：此系另纸所录，原插于第 11 回之前。在此回前诗之前，另录有批语两条。其中一条说："此回可卿梦阿凤，盖作者大有深意存焉。……"所谓"此回可卿梦阿凤"；不见于第 11 回，而为第 13 回中事。故知此乃是第 13 回之回前诗，而误插于此处。另外，甲戌本第 13 回回前有"诗云"二字，下空两行。所空之两行，当是为回前诗待补而预留的。

眉本所没有的第 17/18 回回前诗，依庚辰本是：

> 豪华谁足羡，离别却难堪。
> 博得虚名在，谁人识苦甘？

"足"，己卯本、蒙本、戚本、彼本同，杨本作"是"。

眉本所没有的第 64 回回前诗，彼本是：

> 深闺有奇女，绝世空珠翠。
> 情痴苦泪多，未惜颜憔悴。
> 哀哉千秋魂，薄命无二致。
> 嗟彼桑间人，好丑非其类。

为什么脂本的回前诗会发生此有彼无、全有或全无的情况呢？

这和《红楼梦》早期的传播特点有关。在那个时段中，《红楼梦》以抄本的形式在少数人的小圈子内流传。由于稿本或传抄本的频繁借出或还回，有的本子某回暂缺回前诗、有的本子该回已补配回前诗，两种情况遂兼而有之。

回前诗的作用，或是概括该回的故事情节内容，或是对该回的故事情节内容抒发感慨，在一定的程度上起到了画龙点睛的效果，有助于读者阅读时的思考。

第二节　回前诗：从《水浒传》到《红楼梦》

回前诗在其他古代小说中亦有其例。

例如《水浒传》、《西游记》、《金瓶梅》三大名著基本上每回都配置有回前诗：它们大半是七律，偶或是古风，有时更是词。

例如，《水浒传》容与堂刊本第 1 回"张天师祈禳瘟疫，洪太尉误走妖魔"的回前诗就是一首七律：

> 绛帻鸡人报晓筹，尚衣方进翠云裘。
> 九天阊阖开宫殿，万国衣冠拜冕旒。
> 日色才临仙掌动，香烟欲傍衮龙浮。
> 朝罢须裁五色诏，佩声归到凤池头。

第 100 回"宋公明神聚蓼儿洼，徽宗帝梦游梁山泊"的回前诗则是一首《满庭芳》词：

> 罡星起河北，豪杰四方扬。

> 五台山发愿，扫清辽国转名香。
> 奉诏南收方腊，催促渡长江。
> 一自润州破敌，席卷过钱塘。
> 抵清溪，登昱岭，涉高冈。
> 蜂巢剿灭，班师衣锦尽还乡。
> 堪恨当朝谗佞，不识男儿定乱，诳主降遗殃。
> 可怜一场梦，令人泪两行。

又如，《西游记》世德堂刊本第 1 回"灵根育孕源流出，心性修持大道生"的回前诗是：

> 混沌未分天地乱，茫茫渺渺无人见。
> 自从盘古破鸿蒙，开辟从兹清浊辨。
> 覆载群生仰至仁，发明万物皆成善。
> 欲知造化会元功，须看西游释厄传。

第 100 回"径回东土，五圣成真"则没有回前诗。

再如，《金瓶梅词话》第 1 回"景阳冈武松打虎，潘金莲嫌夫卖风月"有回前词：

> 丈夫只手把吴钩，欲斩万人头。
> 如何铁石，打成心性，却为花柔？
> 请看项籍并刘季，一似使人愁。
> 只因撞着，虞姬戚氏，豪杰都休。

第 100 回"韩爱姐湖州寻父，普静师荐拔群冤"的回前诗则冠以"格言"二字：

> 人生切莫将英雄，术业精粗自不同。
> 猛虎尚然遭恶兽，毒蛇犹自怕蜈蚣。
> 七擒孟获恃诸葛，两困云长羡吕蒙。
> 珍重李安真智士，高飞逃出是非门。

因此，曹雪芹写《红楼梦》之初，曾构想仿照《水浒传》、《西游记》、《金瓶梅》之例在每回设置回前诗，这可以说是在艺术形式上继承了前代小说的传统。

　　但是，从《红楼梦》现存的回前诗看来，它们仍然表现出与上述三种前代小说不同的特点：它采取五言绝句或七言绝句的形式，基本上不用古风和律诗（第 64 回是例外），更不用词。

第三节　三首回末诗联

　　前有回前诗，后有回末诗联，这大概是曹雪芹下笔之初的设想。

　　回前诗显然和回末诗联有着对应的关系。

　　眉本现有三回保留着回末诗联。这三回是第 6 回、第 7 回和第 8 回。

　　第 6 回回末七言诗联：

　　　　得意浓时易接济，受恩深处胜亲朋。

　　甲戌本、己卯本、庚辰本、蒙本、戚本、杨本、舒本、梦本此处都有这一诗联。

　　"易"，庚辰本误作"是"。

　　第 7 回回末七言诗联：

　　　　不因俊俏难为友，正为风流愿读书。

　　甲戌本、庚辰本、蒙本、戚本、杨本、梦本此处都有这一诗联。己卯本回末仅有"正是"二字，诗联空缺。

　　"难为友"，杨本作"为朋友"。

　　"书"，蒙本此字系后添。

　　而舒本、彼本第 7 回的回末诗联却被误抄为第 6 回的回末诗联"得意浓时易接济，受恩深处胜亲朋"。①

　　第 8 回回末七言诗联：

　　　　早知日后闲生气，岂肯今朝错读书。

----

① 　这一点似可证明，舒本的第七回和彼本的第七回有着共同的来源。

其他脂本此处都有这一诗联。

"生"，甲戌本、己卯本、庚辰本、蒙本、戚本、杨本、舒本、彼本、梦本作"争"。"肯"，舒本、彼本作"有"。

"读书"，舒本残缺。

在现存脂本中，有回末诗联的共十回：第 4 回、第 5 回、第 6 回、第 7 回、第 8 回、第 13 回、第 19 回、第 21 回、第 23 回、第 64 回。

其中的第 6 回、第 7 回、第 8 回，眉本有回末诗联；其余七回，眉本有无回末诗联，因残缺而不详。

需要特别说明的是，眉本第 5 回回末残缺，残缺之处有无回末诗联，亦不详。

具体情况如下：

第 4 回的回末诗联，仅梦本有，眉本与其他脂本均无。

第 5 回的回末诗联，仅眉本、甲戌本无，其他脂本均有。

第 6 回的回末诗联，眉本与其他脂本均有。

第 7 回的回末诗联，仅己卯本无，眉本与其他脂本均有。

第 8 回的回末诗联，眉本与其他脂本均有。

第 13 回的回末诗联，仅梦本无，其他脂本均有。

第 19 回的回末诗联，仅梦本有，其他脂本均无。

第 21 回的回末诗联，仅庚辰本、蒙本、戚本、彼本有，其他脂本无。

第 23 回的回末诗联，庚辰本、蒙本、戚本、舒本、彼本、晳本有，杨本、梦本无。

第 64 回的回末诗联，仅彼本有，其他脂本均无。

眉本所没有的、梦本独有的第 4 回回末诗联是：

> 渐入鲍鱼肆，反恶芝兰香。

眉本所缺少的第 5 回回末诗联，有六种类型。

第一类是己卯本：

> 梦同谁诉离愁恨，千古情人独我知。

第二类是杨本：

> 梦同谁诉离愁恨，千古情人独我痴。

第三类是庚辰本：

　　一场幽梦同谁近，千古情人独我痴。

第四类是蒙本、戚本：

　　一枕幽梦同谁诉，千古情人独我痴。

第五类是舒本：

　　一枕幽梦同谁诉，千古情人独我知。

第六类是梦本：

　　一觉黄粱犹未熟，百年富贵已成空。

　　为什么脂本的回末诗联会发生此有彼无、全有全无、字词歧异这样三种情况呢？

　　这和脂本回前诗的情况相同，在上文第一节已作了分析，这里就不再重复地分析原因了。

第四节　回末诗联：从《金瓶梅》到《红楼梦》

　　在每回的末尾设置回末诗联，这也是我国古代小说的一个传统的艺术形式。

　　例如，在《红楼梦》之前，《金瓶梅》就有回末诗联。

　　除了回末诗联之外，《金瓶梅》还配置了其他的类似的形式：回末诗、回末词或回末曲。

　　《金瓶梅词话》一百回中，有九十八回，在每回的末尾，都有回末诗联，或回末诗、回末词、回末曲。没有回末诗联或回末诗、回末词、回末曲的只有两回，即第55回和第56回。

　　诗联的字数，七言、六言、五言不等，但以七言居多。

　　有回末诗联或回末诗、回末词、回末曲的可以分为四种类型：（一）回末诗联，（二）回末诗，（三）回末曲，（四）既有回末诗联，又有回末诗。

　　现分别介绍如下：

（一） 回末诗联

这是为数最多的一种类型。《金瓶梅词话》共有下列三十五回采用了这种类型：

5　6　14　15　17　19　21　25　26　29　30　31
32　33　34　35　36　40　43　50　51　53　62　63
67　73　74　75　77　82　83　86　87　89　93

例如第 5 回：

> 雪隐鹭鸶飞始见，柳藏鹦鹉语方知。

第 6 回：

> 倚门相送刘郎去，烟水桃花去路迷。

（二） 回末诗

《金瓶梅词话》共有下列三十六回采用了这种类型：

1　2　3　9　10　11　12　13　15　16　20　22
27　37　39　45　47　54　57　58　59　64　65　70
71　85　90　91　92　94　95　96　97　98　99　100

例如第 1 回：

> 雨意云情不遂谋，心中谁信起戈矛。
> 生将武二搬离去，骨肉番令作寇仇。

第 2 回：

> 西门浪子意猖狂，死下工夫戏女娘。
> 亏杀卖茶王老母，生交巫女会襄王。

（三） 既有诗联，又有回末诗

《金瓶梅词话》共有下列二十六回采用了这种类型：

7　8　18　23　24　28　38　41　42　44　46　48　49

60　61　66　68　69　72　76　78　79　80　81　84　88

例如第 7 回：

> 正是：
> 销金帐里依然两个新人，红锦被中现出两般旧物。
> 有诗为证：
> 怎睹多情风月标，教人无福也难消。
> 风吹列子归何处，夜夜婵娟在柳梢。

第 8 回：

> 正是：
> 遗踪堪入时人眼，不买胭脂画牡丹。
> 有诗为证：
> 淫妇烧灵志不平，和尚窃壁听淫声。
> 果然佛道能消罪，亡者闻之亦惨魂。

（四）既有诗联，又有回末曲

只有一回，即第 52 回，采用了这种类型：

> 正是：
> 无可奈何花落去，似曾相识燕归来。
> 有《折桂令》为证：
> 我见他斜戴花枝，笑捻花枝。
> 朱唇上不抹胭脂，似抹胭脂。
> 逐日相逢，似有情儿，未见情儿。
> 欲见许，何曾见许？
> 似推辞，未是推辞。
> 约在何时，会在何时？
> 不相逢，他又相思。
> 既相逢，我反相思。

在以上四个类型之外，比较特殊的是第 4 回：

> 不道郓哥寻这个人，
>
> 却正是：
>
> 王婆从前作过事，今朝没兴一齐来。
>
> 有分交：
>
> 险道神脱了衣冠，小猴子泄漏出患害。

为什么它在《金瓶梅》全书中显得如此地与众不同呢？

原来这个结尾是有来头的，它源于《水浒传》第 24 回的结尾，仅仅改动了几个字：

> 不是郓哥来寻这个人，
>
> 却正是：
>
> 从前作过事，没兴一齐来。
>
> 直教：
>
> 险道神脱了衣冠，小郓哥寻出患害。

我们知道，《金瓶梅》对曹雪芹的《红楼梦》创作起过影响，脂砚斋批语曾不止一次地提到这一点。所以，说《红楼梦》是受了《金瓶梅》的启发而设置回末诗联的，毫不过分。

第五节　回末套语

所谓"回末套语"，是指"欲知后事如何，且听下回分解"之类。

在本节，我将列举第 1 回至第 10 回各本的回末套语，进行比较、分析其有无、繁简、同异等情况，以回末套语为切入点，来推测它们分别成立的先后。

这样做，有一定的危险性。因为每回正文的字数非常多，回末套语只占极小的比例。但由于它的特殊性，毕竟是判断各回底本成立先后的一个侧面，一个角度，因而也可以说是一个比较重要的依据。

在排列各本成立先后次序之时，需要首先确立几个固定的标准，作为判断的依据。

而在列举各回的回末套语，进行比较、排列之时，又需要从各回的具体情况出发，对标准进行补充，以使之更加完善、合理。

我认为，就第 1 回至第 10 回的回末套语而言，以下四点可以作为判断先后的标准：

（一）没有回末套语，光秃秃的结尾，应是最早的形态。

（二）有的回末套语已成为古代小说中袭用的、几乎固定的格式，例如"欲知后事如何，且听下回分解"之类。这类相似的套语的出现，应是最晚的形态。

（三）回末套语应是：没有的在先，有的在后；文字比较简而少的在先，文字比较繁而多的在后，举例来说，"且看下回分解"晚于"下回分解"，"欲知后事如何，且看下回分解"晚于"且看下回分解"。

（四）就版本而言，脂本最早，程本最晚，过渡本（梦本）居中。回末套语的排列，不能违反这一原则。

【第 1 回】

脂本第 1 回现存十种。各本回末套语可以分为三类。

第一类是结尾文字完全相同的三种：甲戌本、己卯本、庚辰本，它们以"不知有何祸事"收尾，没有回末套语：

　　　　封肃听了，唬得目瞪口呆，不知有何祸事。

第二类只有一种：彼本，它的结尾不是"且听下回分解"，而是"下回便晓"：

　　　　封肃听了，唬得目瞪口呆，不知有何祸事。下回便晓。

第三类是结尾文字基本上相同的六种：杨本、蒙本、戚本、舒本、眉本、梦本，它们的结束语是"且听下回分解"：

　　　　封肃听了，唬得目瞪口呆，不知有何祸事。且听下回分解。

"唬得"，眉本无，杨本、舒本作"唬的"。

脂本第 1 回回末套语的演进次序，可以图示如下：

　　　　甲戌、己卯、庚辰——→彼——→杨、蒙、戚、舒、眉、梦

【第 2 回】

脂本第 2 回现存十种。各本回末套语可以分为五类。

第一类包括结尾文字基本上相同的三种：甲戌本，己卯本，庚辰本，它们以"雨村忙回头看时"收尾，没有回末套语。引甲戌本于下：

> 方欲走时，又听得后面有人叫道："雨村兄，恭喜了！特来报个喜信的。"雨村忙回头看时。

"又听得"，庚辰本同，己卯本作"只听得"；"报个喜信的"，庚辰本同，己卯本作"报喜信儿"。

第二类只有一种：眉本，它的回末套语只有"下回分解"四个字：

> 方欲去时，又听得后面有人叫道："雨村兄，恭喜了！特来报喜信的。"雨村忙回头看时，下回分解。

第三类也只有一种：杨本，它以"且听下回分解"六字收尾：

> 方欲走时，只听得后面有人叫道："雨村兄，恭喜了！特来报喜信儿。"雨村忙回头看时，且听下回分解。

第四类是结尾文字完全相同的两种：蒙本、戚本，它们虽然也以"且听下回分解"收尾，却多出了一句"来这等村野地方何干"：

> 方欲走时，听得后面有人叫道："雨村兄，恭喜了！来这等村野地方何干？"雨村听说，忙回头看时，且听下回分解。

第五类包括结尾文字基本上相同的三种：舒本、彼本、梦本，它们以"且听下回分解"或"下回分解"收尾。引舒本于下：

> 方欲走时，又听得后面有人叫道："雨村兄，恭喜了！特来报个喜信的。"雨村听说，忙回头看时，你道是谁？且听下回分解。

"又听得"，彼本同，梦本作"忽听得"。
"报个喜信的"梦本同，彼本无"的"字。
"你道是谁"，彼本作"要知是何人"，梦本作"要知是谁"。
第 2 回回末套语的演进次序可以图示如下：

> 甲戌、己卯、庚辰——→眉——→杨——→蒙、戚——→舒、彼、梦

【第 3 回】

脂本第 3 回现存十种。各本回末套语可以分为六类。

第一类包括结尾文字基本上相同的三种：甲戌本、己卯本、庚辰本，它们以"意欲唤取进京之意"收尾，没有回末套语。引庚辰本于下：

> 如今母舅王子腾得了信息，故遣他家内的人来告诉这边，意欲唤取进京之意。

"他家内的"，甲戌本、己卯本无。

第二类是杨本。它以"且听下回"收尾：

> 如今母舅王子腾得了信息，故遣人来告诉这边，意欲唤取进京之意。且听下回。

第三类是眉本。它以"下回分解"结束：

> 如今母舅王子腾得了信息，故遣人来告诉这边，意欲唤取进京之意。下回分解。

第四类包括结尾文字完全相同的三种：蒙本、戚本、舒本。他们的共同的结束语是"且听下回分解"：

> 如今母舅王子腾得了信息，故遣人来告诉这边，意欲唤取进京之意。且听下回分解。

第五类是彼本。它以"要知端的，且听下回分解"收尾：

> 如今母舅王子腾得了信息，故遣人来告诉这边，意欲唤取进京之意。要知端的，且听下回分解。

第六类是梦本。它的结束语是"毕竟怎的，下回分解"：

> 如今母舅王子腾得了信，故遣人来告诉这边，意欲唤取进京之意。毕竟怎的，下回分解。

第 3 回回末套语的演进次序可以图示如下：

　　甲戌、己卯、庚辰──→杨──→眉──→蒙、戚、舒──→彼──→梦

【第4回】

　　脂本第4回现存十种。其中，甲戌本最后半叶残缺。其余九本回末套语可以分为六类。

　　第一类有结尾文字基本上相同的三种：己卯本、庚辰本、梦本。它们以"渐渐的打灭了"收尾，没有回末套语。引己卯本于下：

　　　　因此，遂将移居之念，渐渐的打灭了。

"的"，庚辰本无。

　　第二类是杨本。它以"且听下文"收尾：

　　　　因此，遂将移居之念，渐渐打灭了。现将薛家母子在荣国府寄居等事略已表明，此后荣国府又有何事，且听下文。

　　其中"现将……"，"此后……"两句，为其余八本所无。

　　第三类是眉本。它的结束语为"要知端详，下回分解"：

　　　　因此，遂将移居之念，渐渐打灭了。要知端详，下回分解。

　　第四类是舒本。它以"且听下回分解"收尾：

　　　　因此，遂将移居之念，渐打灭了。且听下回分解。

　　第五类是彼本。它的结束语为"要知端详，且听下回分解"：

　　　　因此，遂将移居之念，渐渐打灭了。要知端详，且听下回分解。

　　第六类包括结尾文字完全相同的蒙本、戚本两种。它们的最后两句是"要知端的，且听下回分解"：

　　　　因此，把薛蟠移居之念，渐渐消灭了。要知端的，且听下回分解。

　　第4回回末套语的演进次序，可以图示如下：

己卯、庚辰、梦——→杨——→眉——→舒——→彼——→蒙、戚

【第 5 回】

脂本第 5 回现存九本。其中，眉本回末残缺；彼本则无第 5 回。其余八回回末套语可以分为三类。

第一类只有一种：甲戌本。它没有回末套语：

我的小名，这里没人知道，他如何从梦里叫出来？

第二类包括结尾文字基本上相同的六种：己卯本、庚辰本、杨本、蒙本、戚本、梦本。它们也没有回末套语。它们和第一类甲戌本的区别是：有回末诗联。引己卯本于下：

我的小名，这里从无人知道的，他如何知道，在梦里叫出来？

"无人知道的"，蒙本、戚本作"无人知道得"，庚辰本作"没人知道的"，舒本作"没知道的"。

"他"，舒本无。

"在"，蒙本无。

"叫出来"，舒本作"叫出"，杨本作"叫将出来"。

第三类是舒本。它在结束语"且听下回分解"之前，有回末诗联（略）：

我的小名，这里从没知道的，如何知道，在梦里叫出？……且听下回分解。

第 5 回回末套语的演进次序可以图示如下：

甲戌——→己卯、庚辰、杨、蒙、戚、梦——→舒

【第 6 回】

脂本第 6 回现有九种（彼本无第 6 回）。各本回末套语可以分为四类。

第一类包括结尾文字完全相同的五种：甲戌本、己卯本、庚辰本、杨本、梦本。它们有回末诗联，而没有回末套语。引甲戌本于下：

刘姥姥感谢不尽，仍从后门去了。

第二类只有一种：眉本。它在回末套语"下回分解"之后另有回末诗联：

> 刘姥姥感谢不尽，仍从后门去了。下回分解。

第三类也只有一种：舒本。它的回末诗联置于"且听下回分解"之前：

> 刘姥姥感谢不尽，仍从后门去了。……且听下回分解。

第四类有结尾文字完全相同的两种：蒙本、戚本。它们以"要知端详，且听下回分解"两句收尾。引蒙本于下：

> 刘姥姥感谢不尽，仍从后门去了。要知端详，且听下回分解。

第6回回末套语的演进可以图示如下：

> 甲戌、己卯、庚辰、杨、梦——→眉——→舒——→蒙、戚

【第 7 回】

脂本第7回现存十种。各本回末套语可以分为四类。

第一类包括结尾文字基本上相同的三种：己卯本、庚辰本、杨本。它们都没有回末套语。引己卯本于下：

> 说着，自回荣府而来。

次句，杨本同，庚辰本作"却自回往荣府而来"。

第二类有两种，结尾文字基本上相同：舒本、彼本。它们都以"要知下回，且看（且有）第八卷"收尾。引舒本于下：

> 说着，自回荣府而来。要知下回，且看第八卷。

"且看"，彼本作"且有"。

第三类只有一种：眉本。它的结尾只有四个字：

> 下回分解。

第四类包括结尾文字完全相同的四种：甲戌本、蒙本、戚本、梦本。它们都以"要知端的，且听下回分解"收尾。引甲戌本于下：

说着，自回荣府而来。要知端的，且听下回分解。

第 7 回回末套语的演进次序可以图示如下：

己卯、庚辰、杨──→舒、彼──→眉──→甲戌、蒙、戚、梦

【第 8 回】

脂本第八回现存十种。各本回末套语可以分为三类。

第一类包括结尾文字基本上相同的七种：甲戌本、己卯本、庚辰本、杨本、蒙本、戚本、梦本。它们都没有回末套语，而以回末诗联代替。引甲戌本于下：

然后听宝玉上学之日，好一同入塾。

"听"，杨本、梦本同，己卯本、庚辰本、蒙本、戚本无。

"宝玉上学之日"，己卯本、庚辰本、杨本、蒙本、戚本同，梦本作"宝玉之好日"。

"好一同"，己卯本、庚辰本、杨本同，蒙本、戚本作"好"，梦本作"一同"。

第二类是眉本。它以"下回分解"收尾：

然后打听宝玉上学之日，好一同入塾。下回分解

第三类由结尾文字完全相同的舒本、彼本组成。它们的结束语都是"要知端的，下回分解"：

然后听宝玉上学之日，好一同入塾。要知端的，下回分解。

第 8 回回末套语演进次序可以图示如下：

甲戌、己卯、庚辰、杨、蒙、戚、梦──→眉──→舒、彼

【第 9 回】

脂本第 9 回现存九种。各本的结尾十分特殊。有的有回末套语，有的没有回末套语。结尾文字也有所不同。按照它们的结尾文字和回末套语，可以分为六类。

第一类是舒本。它的结尾文字比其他脂本长，如下：

贾瑞只要暂息此事，又悄悄的劝金荣说："俗语说的，光棍不吃眼前

亏。咱们如今少不得委曲着陪个不是,然后再寻个主意报仇。不然,弄出事来,道是你起端,也不得干净。"金荣听了有理,方忍气含愧的来与秦钟磕了一个头方罢了。贾瑞遂立意要去调拨薛蟠来报仇,与金荣计议已定。一时散学,各自回家。不知他怎么去调拨薛蟠,且看下回分解。

这个结尾的文字是非常特殊的,和现存其他脂本有较大的不同。不妨指出以下四点:(1)引用的俗语是"光棍不吃眼前亏"。(2)金荣给秦钟磕头。(3)贾瑞要去挑拨薛蟠来报仇。(4)有回末套语"且看下回分解"。

舒本第 9 回的结尾实际上出于曹雪芹的初稿。请参阅拙著《红楼梦版本探微》①。那里有比较详细的论证,此处不必赘述,以免枝蔓。

第二类是彼本。它的结尾没有回末套语,而以另一句俗语"在他门下过,怎敢不低头"收尾:

> 贾瑞只要暂息此事,又悄悄的劝金荣磕头,金荣无奈,俗语云:在他门下过,怎敢不低头。

第三类是梦本。它的结尾也没有回末套语,而以第三句俗语"忍得一时忿,终身无恼闷"收尾:

> 贾瑞只要暂息此事,又悄悄的劝金荣说,俗语云:忍得一时忿,终身无恼闷。

第四类是眉本。它使用了句俗语"杀人不过头点地";金荣不仅给秦钟磕头,同时也给宝玉磕了头;回末套语则是"下回分解":

> 贾瑞又悄悄劝金荣说:"俗语说的好,杀人不过头点地。既惹出事来,少不得下点气儿磕个头就完了。"金荣无奈,只得与宝玉、秦钟磕头,下回分解。

第五类是己卯本、庚辰本、杨本、蒙本四种。它们使用的俗语仍然是和眉本一样的"杀人不过头点地";金荣只给宝玉磕了头;以回末套语"且听下回分解"收尾。引己卯本于下:

---

① 《红楼梦版本探微》卷上第二章"薛蟠之闹"(华东师范大学出版社,2003)。

　　　　贾瑞只要暂息此事，又悄悄的劝金荣说："俗语说的好，杀人不过头点地。你既惹出事来，少不得下点气儿磕个头就完事了。"金荣无奈，只得进前来与宝玉磕头。且听下回分解。

庚辰本、杨本、蒙本全同于己卯本。

第六类是戚本。它不同于第五类己卯本、庚辰本、杨本、蒙本的是，金荣只给秦钟一人磕了头：

　　　　贾瑞只要暂息此事，又悄悄的劝金荣说："俗语说的好，杀人不过头点地。你既惹出事来，少不得下点气儿磕个头就完事了。"金荣无奈，只得进前来与秦钟磕头。且听下回分解。

第 9 回回末套语的演进次序可以图示如下：

　　　舒———彼———梦———眉———己卯、庚辰、杨、蒙———戚

【第 10 回】

脂本第 10 回现存九种。其中，己卯本残缺。甲戌本无此回。其余八种回末套语可以分为两类。

第一类包括结尾文字基本上相同的四种：庚辰本、杨本、彼本、眉本。它们都以"下回分解"收尾。引庚辰本于下：

　　　　不知秦氏服了此药，病势如何，下回分解。

"不知秦氏服了此药"，彼本同，杨本作"不知吃了药"，眉本作"吃了此药"。

"如何"，彼本、眉本同，杨本作"何如"。

第二类由蒙本、戚本、舒本、梦本四种组成。它们都以"且听下回分解"收尾。引蒙本于下：

　　　　不知秦氏服了此药，病势如何，且听下回分解。

戚本、舒本同于蒙本，舒本则仅有"且听下回分解"一句。

第 10 回回末套语的演进次序可以图示如下：

　　　庚辰、杨、彼、眉———蒙、戚、舒、梦

第十五章
眉本有引人注目的文字吗？（上）

第一节　何谓"引人注目"？

《红楼梦》眉本之可贵，不仅在于它是又一部新发现的脂本，而且在于它有不少的引人注目的文字。

所谓"引人注目的文字"，这首先指的就是它独异的、不同于其他脂本的文字，甚至也包括它独误的文字；其次，这也指的是它不同于大多数脂本的文字；同时，这也指一些在过去曾引起红学界注意的文字。

关于独误的文字，将在下文另作论述①。这里不妨先举一个例子。

眉本第 8 回，宝玉喝了半碗粥，宝钗、黛玉也吃完了饭——

> 丫头们吃完了饭，进来伺候。黛玉因问宝玉道："你走不走？"宝玉也斜头倦眼道："你要走，我和你一同走。"

此处的"也"系"乜"之形误，"头"系误添。"也斜头"三字应作"乜斜"。"乜斜"是形容困倦或酒醉时眼睛略眯而斜眼看人的样子。用"乜斜倦眼"四字形容宝玉此时的神态，形象生动。

其他脂本以及程甲本、程乙本都没有眉本那个"头"字。眉本改"也"添"头"，失去并变更了原意。"乜斜"指的是眼，与头何干？

这当是抄手之误。或是出于眉本的抄手，或是出于眉本底本的抄手，而以后者的可能性为更大。从眉本全书看，其抄手似乎没有主动地、有意地改动文字。此处恐怕是他照抄底本的结果。想必是底本的抄写者不懂"乜斜"

---

① 请参阅第十七章"眉本有引人注目的文字吗？（下）"第五节"独误"。

一词的含义而误改。

在曹雪芹笔下，"乜斜"一词不止一见。例如庚辰本第 44 回"变生不测凤姐泼醋，喜出望外平儿理妆"写贾琏，庚辰本第 47 回"呆霸王调情遭毒打，冷郎君惧祸走他乡"写薛蟠，如下：

> 贾琏乜斜着眼道："都是老太太惯的他，他才这样，连我也骂起来了！"（第 44 回）
> 薛蟠听这话，喜的心痒难挠，乜斜着眼道："好兄弟，你怎么问起我这话来？我要是假心，立刻死在眼前！"（第 47 回）

贾琏是假醉，薛蟠则是真醉，但都形容的是眼睛，而不是头。再如彼本第 77 回"悄丫环抱屈夭风流，美优伶斩情归水月"写灯姑娘：

> 灯姑娘乜斜醉眼笑道："呸！成日家听见你风月场中惯作工夫的怎么今日就反起来？"

在这里，"乜斜"二字也依旧是指向眼睛，而不是指向头。

此系眉本独误之例。

第二节　黛玉之眉与目

眉本第 3 回，描写宝玉和黛玉初会：

> 宝玉看见多了一个姊妹，便料定是林姑娘之女，忙来作揖厮见毕，归坐细看，形容与众各别：两湾似蹙非蹙罥烟眉，一双似飘非飘含露目。态生两靥之愁，娇袭一身之病。泪光点点，娇喘微微。娴静时，娇衣照水，行动时，似弱柳扶风。心较比干多一窍，病如西子胜三分。

其中，描写黛玉眉毛和眼睛的两句，眉本与众不同。

这两句，其他的脂本作：

> 眉湾似蹙而非蹙，目彩欲动而仍留——舒本
> 两湾半蹙鹅眉，一对多情杏眼——庚辰本
> 两湾似蹙非蹙罥烟眉，一双俊目——蒙本、戚本

两湾似蹙非蹙胃烟眉，一双似目——杨本

两湾似蹙非蹙 x 烟眉，一双似 x 非 x 目①——甲戌本

两湾似蹙非蹙笼烟眉，一双似喜非喜含情目——梦本

两湾似蹙非蹙胃烟眉，一双似笑非笑含露目——己卯本

两湾似蹙非蹙胃烟眉，一双似泣非泣含露目——彼本

程乙本同于梦本。程甲本也基本上同于梦本，但两个"蹙"字均作"感"。

脂本以上的这九种异文很有意思。如果对它们细加分析，不难看出它们之间进行修改和润饰的轨迹。

九种异文可以分为以下六组——

第一组：舒本。

第二组：庚辰本。

第三组：蒙本、戚本、杨本。

第四组：眉本。

第五组：甲戌本、梦本。

第六组：己卯本、彼本。

在细加推敲之后，我认为，按照作者修改和润饰的顺序来说，应是第一组最早，第六组最晚。

为什么这样说呢？

九种异文中有七种采取了"两湾……一双……"的结构。应当承认，这反映了曹雪芹最后的取向，是最后的定稿。那个近似的"两湾……一对……"，则应是这之前的一种选择。另有一种"眉……目……"则完全不同。

排在一起看，舒本的"眉……目……"格外引人注目。它让我们想起了第 5 回对警幻仙姑的描写：

蛾眉颦笑兮，将言而未语；莲步乍移兮，欲止而仍行。

"欲动而仍留"与"欲止而仍行"，句式何其相似乃尔。我们有理由相

---

① 甲戌本此句经后人涂改后，变成了"两湾似蹙非蹙笼烟眉，一双似喜非喜含情目"。"笼"、"喜"原字不清。"目"后原空二字位。

信，这是曹雪芹熟悉和喜爱的一种句式。在这九种异文中，它之与众不同和居于少数的地位，表明了他本是作者最初的草稿，后来又遭到了被舍弃的命运。

蒙本、戚本的"俊目"，当出于后人的修改，原应和杨本一样是"似目"。这时，曹雪芹已确定了"两湾似……非……眉"和"一双似……非……目"的对偶搭配的框架，但往其中填入何等样的形容词，尚在犹豫、徘徊，因而暂时空缺。

甲戌本"目"后空缺二字亦可作如是观。它反映出，这时曹雪芹对"目"前面的两个字还没有拿定主意。

彼本的"泣"字和前面的"蹙"、后面的"露"形成了最佳的搭配。这应出于曹雪芹最后的定稿。

己卯本的"笑"和梦本的"喜"，含义相同。不过，由于"含露目"三字与彼本相同，故己卯本应排于梦本之后。眉本也有"含露目"三字，但"飘"字不如"笑"、"泣"二字准确、恰当，因此，它似不可能出现在己卯本、彼本之后。

这样看来，这九种异文先后出现的顺序是这样的：

舒──→庚辰──→杨、蒙、戚──→甲戌──→梦──→眉──→己卯──→彼

第三节　宝玉之眼与脸

谈完了黛玉的眉与目，再来谈宝玉的眼与脸。

黛玉的眉与目，宝玉的眼与脸，其描写均见于第3回宝黛初会之时。

黛玉的眉与目，是从宝玉的视角来写。宝玉的眼与脸，则为黛玉目中所见。

仿照上节之例，先列举各脂本有关文字于下：

　　面若中秋之月，色如春晓之花，鬓如刀裁，眉如墨画，眼似桃瓣，睛若秋波。虽怒时而若笑，即瞋视而有情。──甲戌本

　　面若中秋之月，色如春晓之花，鬓若刀裁，眉如墨画，面如桃瓣，目若秋波。虽怒时而若笑，即瞋视而有情。──庚辰本

　　面若中秋之月，色如春晓之花，鬓若刀裁，眉如墨画，眼若桃瓣，

睛若秋波。虽怒时而若笑，即瞋视而有情。——眉本、己卯本

面若中秋之月，色如春晓之花，鬓若刀裁，眉如墨画，眼若桃瓣，睛若秋波。虽怒时而如笑，即瞋视而有情。——杨本

面若中秋之月，色若春晓之花，鬓若刀裁，眉如墨画，脸若桃办，睛若秋波。虽怒时而如笑，即瞋①视而有情。——蒙本

面若中秋之月，色若春晓之花，鬓若刀裁，眉如墨画，脸若桃瓣，睛若秋波。虽怒时而如笑，即瞋视而有情。——戚本

面若中秋之月，色如春时之花，鬓若刀裁，眉如墨画，眼若桃瓣，睛若秋波。虽怒时而若笑，即瞋视而有情。——舒本

面若中秋之月，色若春晓之花，鬓若刀裁，眉如墨画，脸若桃瓣，睛若秋波。虽怒时而如笑，即瞋时而有情。——彼本

面若中秋之月，色如春晓之花，鬓刀刀裁，眉如墨画，鼻如悬胆，睛若秋波。虽怒时而似笑，即瞋视而有情。——梦本

在这八句文字中，一、二、三、四、六、七、八等句仅有"如"、"若"或"似"的歧异，"睛"和"目"的区别，以及个别字的误写，可置而不论。

我们要讨论的是第五句：

　　眼似桃瓣——甲戌本
　　眼若桃瓣——眉本、己卯本、舒本
　　眼若桃辨——杨本
　　面如桃瓣——庚辰本
　　脸若桃办——蒙本
　　脸若桃瓣——戚本、彼本
　　鼻如悬胆——梦本

杨本的"辨"和蒙本的"办"乃是"瓣"字之误。

抛开"辨"、"办"两个误字不算，形容物只有两个：绝大多数脂本的"桃瓣"和梦本的"悬胆"。

被形容的部位却有四个，可谓多矣：眼、面、脸、鼻。

"悬胆"是和"鼻"配套的。它和"眼"、"面"、"脸"都不搭界。况且

---

① 蒙本此字的左半边，是"日"，而不是"目"。按：当即为"瞋"字的误写。

"鼻如悬胆"独出于梦本，梦本又是介于脂本与程本之间的"过渡本"，在脂本成立先后的排列上位于末尾。因此，"鼻如悬胆"也可以置而不论。

这样，就剩下"眼"、"面"、"脸"三个了。"面"和"脸"则实际上是一回事。而"桃瓣"之小，不足以和"面"或"脸"比附。只有"眼"和"桃瓣"的搭配方是曹雪芹笔下的原文。

看来，这七种异文出现的先后顺序是：

甲戌、眉、己卯、舒、杨——→庚辰、蒙、戚、彼——→梦

第四节　四百余字：缺失与补接

甲戌本第一回，娲皇氏弃而未用的那块顽石，自经锻炼之后，已通灵性，因见众石俱得补天，独自己未能入选，遂自怨自叹，日夜悲号惭愧——

　一日，正当嗟悼之际，俄见一僧一道远远而来，生得骨格不凡，丰神迥别，说说笑笑，来至峰下，坐于石边，高谈快论。先是说些云山雾海、神仙玄幻之事，后便说到红尘中荣华富贵。此石听了，不觉打动凡心，也想要到人间去享一享这荣华富贵，但自恨粗蠢，不得已，便口吐人言，向那僧道说道："大师，弟子蠢物，不能见礼了。适问（闻）二位谈那人世间荣耀繁华，心切慕之。弟子质虽粗蠢，性却稍通，况见二师仙形道体，定非凡品，必有补天济世之材，利物济人之德。如蒙发一点慈心，携带弟子得入红尘，在那富贵场中，温柔乡里，受享几年，自当永佩洪恩，万劫不忘也。"二仙师听毕，齐憨笑道："善哉，善哉！那红尘中有却有些乐事，但不能永远依恃，况又有'美中不足，好事多魔'八个字紧相连属，瞬息间则又乐极悲生，人非物换，究竟是到头一梦，万境归空，到不如不去的好。"这石凡心已炽，那里听得进这话去，乃复苦求再四。二仙知不可强制，乃叹道："此亦静极思动、无中生有之数也。既如此，我们便携你去受享受享，只是到不得意时，切莫后悔。"石道："自然，自然。"那僧又道："若说你性灵，却又如此质蠢，并更无奇贵之处。如此也只好踮脚而已。也罢，我如今大施佛法助你助，待劫终之日，复还本质，以了此案。你道好否？"石头听了，感谢不尽。那僧便

念咒书符，大展幻术，将一块大石登时变成一块鲜明莹洁的美玉，且又缩成扇坠大小的可佩可拿。

以上是甲戌本独有的文字。其中的四百左右字为其他脂本（包括眉本）所无。

由于缺少了中间的四百左右字，各个脂本作了不同的补接。眉本自不例外。

也就是说，这段文字，在甲戌本之外的现存各脂本中，缺失是相同的，补接却是互异的。

眉本补接后的有关文字如下：

> 一日正当嗟悼之际，俄见一僧一道远远而来，生得骨格不凡，丰神迥异，来至石下，席地坐而叹曰，自见一块鲜明莹洁的美玉弃在崖边，施法拾起，缩成扇坠大小，可佩可拿。

眉本这段文字比较别扭。"席地坐而叹曰"，用了一个"曰"字，却又无话可说，与下文脱榫。

其实，这是众多脂本的通病。己卯本因为残缺，没有这段文字，情况不详。庚辰本则是这样的：

> 一日正当嗟悼之际，俄见一僧一道远远而来，生得骨格不凡，丰神迥异，来至石下，席地而坐，长谈，见一块鲜明莹（莹）洁的美玉，且又缩成扇坠大小的可佩可拿。

舒本与庚辰本相同。

杨本、蒙本、戚本、梦本基本上与庚辰本一致，只有较小的差别：杨本"骨格"作"气"；杨本、蒙本、戚本无"的"字；梦本"长谈"作"长叹"。

彼本如下：

> 一日正当嗟悼之际，俄见一僧一道远远而来，生得气骨不凡，丰神迥异，来至石下，坐而长谈，只见一块鲜明莹洁的美玉，且又缩成扇坠大小，可佩可拿。

这是最接近于眉本的。但眉本依然比彼本以及其他脂本多出"弃在崖边，施法拾起"八个字。

甲戌本那四百左右的字为什么会为其他脂本所无呢?

看一看甲戌本的行款就能了解个大概了。

甲戌本每半叶 12 行,每行 18 字;也就是说,每半叶 216 字。两个半叶则是 432 字。而甲戌本的第 1 回第 1 叶后半叶第 1 行恰恰是"骨格不凡,丰神迥别,说说笑笑,来至峰下,坐于",第 2 叶后半叶第 1 行又恰恰是"石登时变成一块鲜明莹洁的美玉,且又缩成"。这难道是偶然的吗?

因此,可以得出这样的结论:现存的眉本以及其他脂本的底本原来也是有那 432 字的,后来由于某种原因,残缺或丢失两个半叶,致使上下文字互不衔接。于是,各脂本(传抄本)的收藏者、抄录者就根据自己的理解作了补葺,遂造成了我们现在所见到的种种状况。

保存这 432 字也好,丢失这 432 字也好,无不证明了以下几点:

第一,在现存脂本中,甲戌本或其底本在成立或抄写的时间上是最早的。

第二,现存的其他脂本,都是传抄本;在它们的底本上,这 432 字显然早已佚失。

第五节 赖大与赖二:两个总管的转换

在荣国府和宁国府的仆役中,各有一个总管,也称大管家。

他们各叫什么名字呢?不同的版本给予了不同的回答。

先看眉本。第 7 回,在尤氏、贾蓉送凤姐等人回荣国府时,焦大对派差事不满——

> 那焦大恃着贾珍不在家,即在家亦不好怎样,更可以恣意洒落洒落,因趁着酒兴,先骂大总管赖大说:"不公道,欺软怕硬!有了好差事就派别人,像这样黑更半夜送人的事就派着我了!没良心的王八羔子,瞎充管家!你也不想一想,焦大太爷跷起一只脚来,比你的头还高呢!二十年头里,你焦大太爷眼里有谁,别说你们这一起王八羔子、杂种!"

被骂的"赖大",舒本、彼本同于眉本,其他脂本作"赖二"。另外,程甲本、程乙本也作"赖二"。

眉本在这里明确交代,赖大是宁国府的"大总管"。

在眉本已佚失的七十回中，赖大是不是宁国府的"大总管"，则不详。

但在现存《红楼梦》其他脂本中，有几处（第 16 回、第 47 回、第 52 回、第 58 回）提到了这个名叫赖大的人，却是另一种说法。

以庚辰本为例，如第 16 回"贾元春才选凤藻宫，秦鲸卿夭逝黄泉路"，贾政被宣入朝，贾母等人心中惶恐不定，不住地使人来往报信，有两个时辰工夫——

> 忽见赖大等三四个管家喘吁吁跑进仪门报喜。又说"奉老爷命，速请老太太带领太太等进朝谢恩"等语。那时，贾母正心神不定，在大堂廊下伫立，那邢夫人、王夫人、尤氏、李纨、凤姐、迎春姊妹以及薛姨妈等皆在一处。听如此信至，贾母便唤进赖大来细问端的。赖大禀道："小弟（的）们只在临敬门外伺候，里头的信息一概不能得知。后来还是夏太监出来道喜，说咱们家大小姐晋封为凤藻宫尚书，加封贤德妃。后来老爷出来，亦如此吩咐小的。如今老爷又往东宫去了。速请老太太领众去谢恩。"贾母等听了，方心神安定，不免又都洋洋喜气盈腮。

这三四个管家（其中包括赖大）口中所称的"老爷"是指被宣入朝的贾政。这可以证明，这个赖大是荣国府的管家，而确非宁国府的管家。

又如第 47 回"呆霸王调情遭苦打，冷郎君惧祸走他乡"，贾琏奉贾赦之命去请邢夫人，在院门前遇到平儿，就问她："太太在那里呢？"——

> 平儿忙笑道："在老太太跟前呢，站了这半日还没动呢。趁早儿丢开手罢。老太太生了半日气，这会子亏二奶奶凑了半日趣儿，才略好了些。"贾琏道："我过去只说讨老太太的示下，十四往赖大家取钱去，好预备轿子的。又请了太太，又凑了趣儿，岂不好？"平儿笑道："依我说，你竟不去罢。合家子连太太、宝玉都有了不是，这会子你又填限去了。"贾琏道："已经完了，难道还找补不成？况且与我又无干。二则老爷亲自分付我请太太的，这会子我打发了人去，倘或知道了，正没好气呢，指着这个拿我出气罢。"说着就走。平儿见他说得有理，也便跟了过来。

赖大如果不是荣国府的管家，贾琏是不会到他那里去"取钱"的。

下文，又提到了赖大：

> 展眼到了十四日，黑早，赖大的媳妇又进来请。贾母高兴，便带了

王夫人、薛姨妈及宝玉姊妹等，到赖大花园中坐了半日。

可知，赖大媳妇请的不是宁国府的人，而是荣国府的老太太、太太、少爷、小姐们。

第52回"俏平儿情掩虾须镯，勇晴雯病补雀金裘"，宝玉来到潇湘馆——

> 说着，便坐在黛玉常坐的搭着灰鼠椅搭的一张椅上。因见暖阁之中有一玉石条盆，里面攒三聚五栽着一盆单瓣水仙，点着宣石，便极口赞："好花！这屋子越发暖，这花香的越清香。昨儿未见。"黛玉因说道："这是你家的大总管赖大婶子这（送）薛二姑娘的，两盆腊梅，两盆水仙。他送了我一盆水仙，他送了蕉丫头一盆腊梅。我原不要的，又恐辜负了他的心。你若要，我转送你如何？"

黛玉对宝玉所说的"你家的大总管"，即荣国府的大总管也。

下文，宝玉要出门去拜寿——

> 老嬷嬷跟至厅上，只见宝玉的奶兄李贵和、王荣、张若锦、赵亦华、钱启、周瑞六个人，带着茗烟、伴鹤、锄药、扫红四个小厮，背着衣包，抱着坐褥，笼着一匹雕鞍彩辔的白马，早已伺候多时了。老嬷嬷又分付了他六人些话，六个人忙答应了几个"是"，忙捧鞭坠镫。宝玉慢慢的上了马，李贵和王荣笼着嚼环，钱启、周瑞二人在前引导，张若锦、赵亦华在两边紧贴宝玉后身。宝玉在马上笑道："周哥，钱哥，咱们打这角门走罢，省得到了老爷的书房门口又下来。"周瑞侧身笑道："老爷不在家，书房天天锁着的，爷可以不用下来罢了。"宝玉笑道："虽锁着，要下来的。"钱启、李贵和都笑道："爷说的是。便托懒不下来，倘或遇见赖大爷、林二爷，虽不好说爷，也劝两句。有的不是，都派在我们身上，又说我们不教爷礼了。"周瑞、钱启便一直出角门来。
>
> 正说话时，顶头果见赖大爷来。宝玉忙笼住马，意欲下来。赖大忙上来抱住腿。宝玉便在镫上站起来，笑携他的手，说了几句话。接着又见一个小厮带着二十个拿扫帚、簸箕的人进来，见了宝玉，都顺墙垂手立住，独那为首的小厮打千儿，请了一个安。宝玉不识名姓，只微笑点了点头儿。马已过去，那人方带人去了。于是出了角门，门外又有李贵

和等六人的小厮并几个马夫，早预备下十来匹马专候。一出了角门，李贵等都各上了马，前引傍围的一阵烟去了，不在话下。

宝玉还没有出角门，就遇上了赖大，其地点当然是在荣国府的大门之内。这也同样说明，赖大是荣国府的管家，而不是宁国府的管家。

第58回"杏子阴假凤泣虚凰，茜纱窗真情揆痴理"的文字更直接把赖大和荣国府紧密地联系在一起：

> 当下荣、宁两处主人既如此不暇，并两处执事人等，或有人跟随入朝的，或有朝外照理下处事务的，又有先跐蹬下处的，也都各各忙乱。因此两处下人无了正经头绪，也都偷安，或乘隙结党，与权暂执事者窃弄威福。荣府只留得赖大并几个管事照管外务。这赖大手下常用几个人已去，虽另委人，都是些生的，只觉不顺手。且他们无知，或赚骗无节，或呈告无据，或举荐无因，种种不善，在在生事，也难备述。

以上所引各回的文字都可说明，赖大实为宝玉所在的荣国府的"管家"、"大总管"，他并不是贾珍、贾蓉所在的宁国府的"大总管"、"管家"。而那个焦大却是宁国府的仆人，不是荣国府的仆人。他如果要骂，也应该骂宁国府的管家赖二。所以，眉本第7回以赖大充任宁国府的管家，从全书来看，是错误的。舒本、彼本第7回此处也同样以赖大为宁国府的管家。

眉本和舒本、彼本三本的同误，表明：这三个脂本彼此之间的关系比较亲近。三个脂本同误，这也同样表明：此一错误的制造者不是旁人，也不是后人，而是曹雪芹自己。

那么，曹雪芹自己为什么会犯下如此明显的错误呢？我认为，这是因为，曹雪芹在撰写第7回的时候，最初是想安排赖大做宁国府管家的；但是，写到后来的几回，他改变了主意，让赖大到荣国府去当管家了。

《红楼梦》最早的初稿是《风月宝鉴》。《风月宝鉴》的原貌今已不可见。据我分析和推测，《风月宝鉴》开始所写的故事情节以宁国府为重点；曹雪芹原先的设想是安排赖大为宁国府的总管，同时安排赖二为荣国府的总管。以辈分、年龄而论，宁国府的贾敬要大于荣国府的贾赦、贾政。因此，赖大、赖二在名字上的顺序是和他们各自的家主的情况相符合的。这无疑是曹雪芹最初的设想。

到了在《风月宝鉴》的基础上改写《红楼梦》的时候，内容的重点逐渐向着荣国府转移，赖大的名字也就跟随着安在荣国府总管的头上了。

赖大走了，谁来补他的缺呢？赖二。曹雪芹只要把第 7 回焦大嘴里的"赖大"改为"赖二"，就完成了他们二人的角色转换。

这就是说，让赖大做宁国府管家，出于曹雪芹的初稿；宁国府管家变成了赖二，这出于曹雪芹的改稿。

根据以上的分析，可以知道，在曹雪芹创作过程中，"赖大"、"赖二"这两个名字出现的先后次序是：

赖大——→赖二

那么，为什么赖二只在第 7 回焦大的嘴里出现一次，以后在书中再也不露面了？

这意味着曹雪芹构思的又一次改变。一开始，他写的是"赖大"；那时，荣国府管家还没有出场。轮到荣国府管家登台亮相之时，此人被他冠以"赖大"之名；其后，他便给宁国府管家起了一个和"赖大"排行的名字——"赖二"；"赖二"之名用了一次之后，他也许是感到没有必要暗示荣、宁二府的管家是哥儿俩，于是抛弃了"赖二"之称，又给此人再度改名。

第二次改写的名字是"来昇"①。

以庚辰本为例，请看第 10 回尤氏和贾珍的对话：

> 尤氏听了，心中甚喜，因说道："后日是太爷的寿日，到底怎么办？"贾珍说道："我方才到了太爷那里去请安，兼请太爷来家，来受一受一家子的礼。太爷因说道：'我是清净惯了的，我不愿意往你们那是非场中去闹去。你们必定说是我的生日，要叫我去受众人些头，莫过你把我从前注的《阴骘文》给我令人好好的写出来刻了，比叫我无故受众人的头还强百倍呢。倘或后日这两日一家子要来，你就在家里好好的款待他们就是了。也不必给我送什么东西来，连你后日也不必来。你要心中不安，你今日就给我磕了头去。倘或后日你要来，又跟随多少人闹我，我必和你不依。'如此说了，后日我是再不敢去的了。且叫来昇来，吩咐他预备两日的筵席。"尤氏因叫人叫了贾蓉来："吩咐来昇照旧例预备两日的筵

---

①　在当今通行的简体字中，"昇"、"陞"二字一律统一为"升"。而在《红楼梦》不同的版本（程乙本之前的版本）中，这同一个人物名字的三种不同的写法，呈现出明显的区别。但在一些简体字排印本中，这个重要的区别恰恰被抹煞了。

席，要丰丰富富的。你再亲自到西府里去请老太太、太太、二太太和你琏二婶子来逛逛。

来昇显然扮演着宁国府管家的角色。

"来昇"，眉本与其他脂本均同于庚辰本。唯舒本作"来昇儿"。程甲本也作"来昇"，程乙本则作"赖陞"。

再看第14回"林儒（如）海捐馆扬州城，贾宝玉路谒北静王"的开端：

> 话说宁国府中都总管来昇闻得里面委请了凤姐，因传齐同事人等，说道："如今请了西府里琏二奶奶管理内事，倘或他来支取东西，或是说话，我们须要比往日小心些，每日大家早来晚散，宁可辛苦这一个月，过后再歇着，不要把老脸丢了，那是个有名的烈贷（货），脸酸心硬，一时恼了，不认人的。"

这里明确地交代，来昇的身份是"宁国府中都总管"。

"来昇"，各脂本均同。程甲本也作"来昇"，程乙本仍作"赖陞"。

请继续看同回下文：

> 凤姐即命彩明定造簿册，即时传来昇媳妇，兼要家口花名册来查看，又限于明日一早传齐家人媳妇进来听差等语。大概点了一点数目单册，问了来昇媳妇几句话，便坐车回家，一宿无话。
>
> 至次日卯正二刻，便过来了。那宁国府中婆娘、媳妇闻得到齐，只见凤姐正与来昇媳妇分派，众人不敢擅入，只在窗外听觑。只听凤姐与来昇媳妇道："既托了我，我就说不得要讨你们嫌了。我可比不得你们奶奶好性儿，由着你们去。再不要说你们这府里原是这样的话，如今可要依着我行，错我半点儿，管不得谁是有脸的，谁是没脸的，一例现清白处治。"……
>
> 来昇家的每日揽总查看，或有偷懒的，赌钱吃酒的，打架办（拌）嘴的，立刻来回我。你有徇情，经我查出，三四辈子的老脸就顾不成了。……
>
> 一面又掷下宁国府对牌："出去说与来昇，革他一月银米。"

这里的六个"来昇"，各脂本均同。程甲本也作"来昇"，程乙本一律作"赖陞"。

第 16 回更有这样的文字：

> 贾政不惯于俗务，只凭贾赦、贾珍、贾琏、赖大、来昇、林之孝、吴新登、詹先①、程日兴等些人安插摆布。

"来昇"，各脂本均同。程甲本也作"来昇"，程乙本照旧作"赖陞"。

这里既提到了荣国府的人（如贾赦、赖大），又提到了宁国府的人（如贾珍、来昇）。赖大与来昇分属二府甚明。

为什么程乙本再三再四地要把脂本和程甲本的"来昇"改为"赖陞"呢？原来在各脂本和程甲本中也有和"来昇"不统一的"赖昇"，这见于第53 回、第 54 回和第 63 回。

以庚辰本为例，第 53 回"宁国府除夕祭宗祠，荣国府元宵开夜宴"：

> 贾珍吃过饭，盥漱毕，换了靴帽，命贾蓉捧着银子跟了来，回过贾母、王夫人，又至这边回过贾赦、邢夫人，方回家去，取出银子，命将口袋向宗祠大炉内焚了。又命贾蓉道："你去问问你琏二婶子，正月里请吃年酒的日子拟了没有？若拟定了，叫书房里明白开了单子来，咱们再请时，就不能重犯了。旧年不留心重了几家，不说咱们不留神，到像两宅商议定了送虚情、怕费事一样。"贾蓉忙答应了过去。一时，拿了请人吃年酒的日期单子来了。贾珍看了，命交与赖昇去看了，请人别重这上头日子。

"赖昇"，各脂本均同。程甲本、程乙本也作"赖昇"（注意：程乙本不作"赖陞"）。

第 54 回"史太君破陈腐旧套，王熙凤效戏彩斑衣"，正月十五日元宵节聚会之后——

> 十七日一早，又过宁府行礼，伺候掩了祖宗（宗祠），收过影像，方回来。此日便是薛姨妈家请吃年酒，十八日便是赖大家，十九日便是宁府赖昇家，二十日便是林之孝家，二十一日便是单大良家，二十二日便是吴新登家。这几家，贾母也有去的，也有不去，也有高兴直带着众人到晚上方回来的，也有兴尽半日一时就来的。凡诸亲友来请，或来赴席

---

① 庚辰本原作"詹先"，"先"字后被点去，旁改"光"。按：己卯本此处亦误作"詹先"可知庚辰本的"光"字系后人所改。

的，贾母一概怕拘束不会。

这里分得十分清楚，赖昇属于"宁府"，赖大则不言自明，属于荣府。正因为是管家，他们才有了请贾母等人吃年酒的资格。

"赖昇"，各脂本均同。程甲本、程乙本自"此日便是薛姨妈家请吃年酒"之后进行了删节，所以"赖昇"二字不见踪影。

第 63 回"寿怡红群芳开夜宴，死金丹独艳理亲丧"：

> 正顽笑不绝，忽见东府中几个人慌慌张张跑来说："老爷殡天了。"众人听了，唬了一大跳，忙都说："好好的并无疾病，怎么就没了？"家下人说："老爷天天修炼，定是功行圆满，升仙去了。"尤氏一闻此言，又见贾珍父子并贾蓉等皆不在家，一时竟没个着己的男子来，未免忙了，只得忙卸了妆饰，命人先到玄真观，将所有的道士都锁了起来，等大爷来家审问；一面忙忙坐车，带了赖昇一干老人媳妇出城。

"赖昇"，各脂本均同。程甲本、程乙本也作"赖昇"。

通过以上所引文字，可以看出，脂本既有"来昇"，又有"赖昇"，说的其实是同一个人，但曹雪芹给他取了不同的、不统一的名字：一个姓赖，名昇；一个不带姓，名来昇①。这就是程乙本要把"来昇"改为"赖昇"的理由。

程乙本的整理者可能觉得，荣国府的赖大姓赖，林之孝姓林，单大良姓单，吴新登姓吴，为什么唯独"来昇"就没有个姓呢？于是，他就把"来"字改成"赖"，让此人姓赖。

那么，他为什么非要此人姓赖不可呢？

我想，他可能注意到曹雪芹一度企图让赖大、赖二两个看上去很像是哥儿俩的人分别占据宁、荣二府的总管的地位，所以他就往这条思路靠拢。他又改"昇"为"陞"，以显示和程甲本的区别。然而，程乙本的整理者只注意到第 10 回、第 14 回和第 16 回，却忽略了第 53 回和第 63 回。这是他的粗心大意的表现。

在曹雪芹创作过程中，是先有"赖昇"，还是先有"来昇"？

从回次上看，应是先有"来昇"（第 10 回、第 14 回、第 16 回），后有"赖昇"（第 53 回、第 54 回、第 63 回）：

———————————

① 或说，姓来名昇。

来昇——→赖昇

程乙本的整理者就持这样的观点。

我却认为，判断此类问题时不能以现有的回次前后为依据。在我看来，曹雪芹在创作过程中，并不是按照现在我们所看到的回次的顺序写作的①。因此，关于这个问题，我的看法是：在曹雪芹笔下，先有"赖大"，再有"赖二"；先有"赖昇"，再有"来昇"：

赖大（第 7 回）——→赖二（第 7 回）

赖二（第 7 回）——→赖昇（第 53 回、第 54 回、第 63 回）——→来昇（第 10 回、第 14 回、第 16 回）

从"赖大"到"赖二"，这是第一次改变。为什么要作改变？原因在于，在第 16 回、第 52 回等处，作者又安排了赖大的新角色：荣国府的管家。于是宁国府的管家遂由"赖大"变成了"赖二"。

从"赖二"再到"赖昇"，这是第二次改变。"二"字更易了，"赖"字始终纹丝不动。

这个"赖"字维系着第一次改变和第二次改变。

把"赖"字换成了"来"字，才完成了第三次改变。

如果以上的推测能够成立，那么，写作章回的顺序应是：

第 7 回——→第 53 回、第 54 回、第 63 回——→第 10 回、第 14 回、第 16 回

这个顺序表表明了两层意思。

第一层意思是，只改动人名，没有改动其他的文字或故事情节。

第二层意思是，不只是改动人名，整回都是新写的、后写的。

第一层意思容易理解，无须饶舌。第二层意思则只是表明了一种可能性。但我认为，这种可能性是颇大的。

这种可能性如果能够成立，那么，我认为，第 53 回、第 54 回、第 63 回的撰写要早于第 10 回、第 14 回、第 16 回。

---

① 关于这一点，在拙著《红楼梦版本探微》（华东师范大学出版社，2003）中有较多的论述，兹不赘。

第十六章
眉本有引人注目的文字吗？（中）

第一节　英莲与英菊

甄士隐的女儿，叫"英莲"，还是叫"英菊"？是一个很难解决的问题。

在她改名香菱之前所出现的场合，有的版本称她为英莲，有的版本则以英菊为她的名字。这个不同的名字出现在脂本之内。而在程甲本和程乙本中，她的名字倒是固定为英莲。

第 1 回

（1）如今年已半百，膝下无儿，只有一女，乳名英莲。

（2）又见奶母正抱了英莲走来。

（3）及到了门前，看见士隐抱着英莲，那僧道便大哭起来。

（4）士隐命家人霍启抱了英莲去看烟火花灯。

（5）半夜中，霍启因要小解，便将英莲放在一家槛上坐着。

（6）待他小解了来抱时，那有英莲踪影？

在这六例之中：

作"英莲"的有：甲戌本（1—6），杨本（1、2、3），蒙本（1、3、4、5），戚本（1—6），舒本（1、2、4、5、6），彼本（1—6），梦本（1—6），程甲本（1—6），程乙本（1—6）。

作"英连"的有：蒙本（2、6），杨本（6）。

作"连英"的有：杨本（4、5）。

作"英菊"的有：己卯本（1—6），庚辰本（1—6）。

舒本（3）因脱文而无英莲之名。

第 2 回、第 3 回没有出现英莲或英菊之名。

第 4 回英莲或英菊之名出现了五次，如下：

（1）他就是葫芦庙傍边住的甄老爷的女儿，小名英莲的。
（2）当日这英莲，我们天天哄他顽耍。
（3）遂打了个落花流水，生拖死拽，把个英莲拖去，如今也不知死活。
（4）不然这冯渊如何偏只看准了这英莲？
（5）这英莲受了拐子这几年折磨，才得了个出头路。

作"英莲"的有：甲戌本（1—5），杨本（3、4、5），蒙本（1、2、3、4），戚本（1、2、3、4），舒本（1、2、3、4），彼本（1—5），梦本（1—5），程甲本（1—5），程乙本（1—5）。

作"英连"的有：甲戌本（2），杨本（1、2）。

作"英菊"的有：己卯本（1、2、3、4），庚辰本（3）。己卯本（2）"英菊"二字有后人所加的勾乙符号。

作"菊英"的有：庚辰本（1、2、4）。

庚辰本（5）、蒙本（5）、戚本（5）、舒本（5）因脱文而无英莲、英菊之名。

第 5 回、第 6 回没有出现英莲或英菊之名。

英莲或英菊之名并没有出现在第七回正文中，但却出现在两个脂本的回目上：

送宫花周瑞叹英莲（甲戌本、舒本）

第 8 回、第 9 回、第 10 回也没有出现英莲或英菊之名。

英莲、英菊二名，为什么会产生这种歧异？

我认为，无论其中哪一个名字，并不是出于后人的改笔，而是出于曹雪芹本人的初稿和改稿。

"英莲"之名的确是曹雪芹亲自写定的，这有脂批为证。

有关"英莲"之名的脂批共有十三条，如下：

（1）好极，与英莲"有命无运"四字遥遥相映射。莲，主也；杏，仆也。今莲反无运，而杏则两全，可知世人原在运数，不在眼下之高低也。此则大有深意存焉。（甲戌本第 2 回眉批）

（2）甄英莲乃付（副）十二钗之首，却明写癞僧一点。（甲戌本第 3

回眉批)

（3）最厌女子，仍为女子丧生，是何等大笔。不是写冯渊，正是写英莲。（甲戌本第4回行侧批）

（4）宝钗之热，黛玉之怯，悉从胎中带来。今英莲有计①，其人可知矣。（甲戌本第4回行侧批）

（5）作者要说容貌势力，要说情，要语幻，又要说小人之居心，豪强之脱大，了结前文旧案，铺设后文根基，点明英莲，收叙宝钗等项诸事，只借先之沙弥，今日门子之口，层层叙来。……（戚本双行小字批语，蒙本基本上相同）

（6）一篇薄命赋，特出英莲。（甲戌本第4回行侧批）

（7）盖宝钗一家不得不细写者。若另起头绪，则文字死板，故仍只借雨村一人穿插出阿呆兄人命一事，切又带叙出英莲一向之行踪，并以后之归结，是以故意戏用"葫芦僧乱判"等字样，撰成半回略一解颐，略一叹世，盖非有意讥刺仕途，实亦出人之闲文耳。（甲戌本第4回眉批）

（8）阿呆兄亦知不俗，英莲人品可知矣。（甲戌本第4回行侧批）

（9）看他写一宝钗之来，先以英莲事逼其进京……（蒙本、戚本第4回回末总评）

（10）莲卿别来无恙否？②（甲戌本第7回行侧批，蒙本、戚本基本上相同）

（11）二字③仍从"莲"上起来，盖"英莲"者，"应怜"也。"香菱"者，亦"相怜"之意。此是改名之英莲也。（甲戌本第7回双行小字批语，蒙本、戚本基本上相同）

（12）这是英莲天生成的口气，妙甚。（甲戌本第7回双行小字批语）

（13）出名英莲。④（甲戌本第7回行侧批）

尤其是其中的（1）、（10）、（11）三条批语单指一个"莲"字，更为有

---

① "计"，此字原作"扩"字旁。因技术原因，改以"计"字代替。
② 这条批语所针对的正文是：周瑞家的"刚至院门前，只见王夫人的丫环名金钏儿者，和一个才留了头的小女孩儿站立台矶上顽。"
③ "二字"，指正文中的"香菱"二字。
④ 这条批语所针对的正文是："周瑞家的拿了匣子，走出房门，见金钏儿仍在那里晒日阳，周瑞家的因问他道：'那香菱小丫头子可就是时常说临上京时买的、为他打人命官司的那个小丫头子？'金钏道：'可不就是。'"

力。因为"英"字是共同的，而"莲"字和"菊"字之异才是关键的。

更为关键的是（11）。他解释了英莲命名的底细："英莲"即"应怜"的谐音。脂砚斋完全了解曹雪芹创作的意图。可以确认，以"英莲"谐音"应怜"，正是曹雪芹的巧妙的设计。

那么，在曹雪芹创作过程中，是先有"英莲"，还是先有"英菊"？

我认为，先有"英菊"，后有"英莲"。

这是因为"英莲"二字含有定稿的意义。把不谐音的"英菊"变更为谐音的"英莲"，这就完成了从初稿到改稿的转变。

第二节 "次年"与"后来"

宝玉的年龄和他的姐姐元春相差多大，也是《红楼梦》版本研究中的一个引人注目的问题。问题开始出在第 2 回。

第 2 回，贾珠死了——

> 第二胎生了一位小姐，生在大年初一日，这就奇了，不想后来又生一位公子。

"后来"，戚本、舒本同，甲戌本、己卯本、庚辰本、杨本、蒙本、彼本、梦本、程甲本作"次年"，程乙本作"隔了十几年"。

你看，"次年"二字所从出的版本，甲戌本、己卯本、庚辰本、杨本、蒙本、彼本、梦本等，一无例外地都是脂本，这难道是偶然的现象吗？我们不能不承认，这两个字是曹雪芹，而不是别人、后人写下的。

再看，"后来"所从出的版本，戚本、舒本、眉本，虽仅三种，但要知道，现存的脂本也不过才有十种①，这三种占据三分之一强。这恐怕也不是偶然的现象。

按照不合理在先、合理在后的规律，应该说，"次年"在先，"后来"在后。

为什么说"次年"不合理？

因为这和第 17/18 回的文字有明显的龃龉：

---

① 这十种是：甲戌本、己卯本、庚辰本、杨本、蒙本、戚本（包含张本、泽存本、有正大字本、有正小字本）、舒本、彼本、眉本、梦本。

当日这贾妃未入宫时，自幼亦系贾母教养，后来添了宝玉，贾妃乃长姊，宝玉为弱弟，贾妃之上念母年将迈始得此弟，是以怜爱宝玉，与诸弟待之不同，且同随祖母，刻未暂离。那宝玉未入学堂之先，三四岁时，已得贾妃手引口传，教授了几本书、数千字在腹内了。其名分虽系姊弟，其情状有如母子。

"其名分虽系姊弟，其情状有如母子"，这哪里像是二人年岁仅仅相差一岁的光景？

这证明了两点：第一，第 2 回和第 17/18 回不是写于同一时间段内。第二，如果第 17/18 回写在第 2 回之前，那么，第 2 回就不会出现"次年"的字样了；可知是先有第 2 回"次年"之说，然后再产生第 17/18 回"有如母子"之说①。

在眉本发现之前，脂本作"后来"者仅有戚本和舒本两种。眉本发现后，作"后来"的脂本又添加了新的一种。迄今为止，至少有三种脂本作"后来"，这增强了这样的可信性："后来"二字出于曹雪芹自己的修改。

第三节　迎春之母

无独有偶，迎春之母是谁的问题也出在第 2 回。

冷子兴向贾雨村介绍了贾府的"元、迎、探、惜"（谐音"原应叹息"）四位小姐的名字。关于迎春，他是这样说的：

> 二小姐乃赦老爷之妻所生，名迎春。

这牵涉迎春的母亲是谁的问题。在不同的版本中有不同的说法：

（1）二小姐乃赦老爹前妻所出——甲戌本
（2）二小姐乃赦老爷之女，政老爷养为己女——己卯本、杨本

---

① 从回次顺序上说，第 2 回当然在第 17/18 回之前。但，我有一个看法，认为曹雪芹在创作《红楼梦》的过程中，并非按照第 1 回、第 2 回、第 3 回……的顺序撰写的，而采取了一种"跳跃着写"的方式。请参阅拙著《红楼梦版本探微》卷上第三章"彩霞与彩云齐飞"第十六节"跳跃着写"。因此，不嫌辞费，在这里作这样的论述。特作说明如上，以免读者提出疑问。

（3）二小姐乃政老爹前妻所出——庚辰本
（4）二小姐乃赦老爷前妻所出——蒙本、舒本
（5）二小姐乃赦老爷之妻所生——彼本、眉本
（6）二小姐乃赦老爷之妾所出——戚本
（7）二小姐乃是赦老爷姨娘所出——梦本、程甲本、程乙本

其中，（1）甲戌本和（4）蒙本、舒本的说法仅有"老爹"二字和"老爷"二字的不同，实际上可以归为同一种说法。而（2）只说到了父亲（赦生、政养），回避了母亲是谁的问题，这放在下文再谈。这里先谈迎春的母亲问题。

关于迎春的母亲，实际上有四种说法：

（1）"前妻"——甲戌本、庚辰本
（2）"妻"——彼本、眉本
（3）"妾"——戚本
（4）"姨娘"——梦本、程甲本、程乙本

"姨娘"即"妾"。所以，实际上是三种说法。

从第2回所写的冷子兴的语境上看，"妾"字不太符合贾雨村的语气，显出了后人修改的痕迹。我怀疑，它是来自"姨娘"一词的改写。"姨娘"出自过渡本（梦本），虽然更符合贾雨村的语气，无奈它出自过渡本（梦本），离脂本远矣。

在脂本之内，只有"前妻"和"妻"二说比较可靠，当出于曹雪芹笔下。但这两个说法都和《红楼梦》下文发生抵牾。

先说"妻"。

从《红楼梦》全书看，贾赦之"妻"乃是邢夫人，别无他人。但在第73回，邢夫人曾当面对迎春说过这样的话：

况且你又不是我养的。

养者，在这里，生也。这难道不是明白地说出，迎春不是她亲生的女儿吗？

再说"前妻"。

在《红楼梦》全书，除此之外，再没有一处交代贾赦有前妻，再没有一处交代邢夫人竟然是贾赦的续弦。

从表面上看，第2回的"前妻"说和第73回的"不是我养的"说不冲

突，可为互证。然而，我们不要忘记，在第 73 回，在邢夫人对迎春所说的话中还有下列几句：

> 我想，天下的事也难较定。你是大老爷跟前人养的，这里探丫头也是二老爷跟前人养的，出身一样。如今你娘死了，从前看来，两个的娘，只有你娘比如今赵姨娘强十倍的。你该比探丫头强才是，怎么反不及他一半？

这番话告诉我们，第一，迎春的亲生母亲的身份是贾赦的"跟前人"，也就是姨娘或妾。第二，迎春的亲生母亲早已死去。

看到这里，人们自然会恍然大悟：原来戚本的"妾"和梦本的"姨娘"的出处在此。

只怪曹雪芹生前没有来得及写完全书，没有来得及对已写出的八十回文字作最终的修订和统一，以致留下了迎春母亲是谁之谜，让读者耗费脑汁去猜。

第四节　贾珠与薛蟠的年龄

《红楼梦》书中的几个人物都有年龄问题。最突出的当然是主人公宝、黛、钗三人的年龄。傅秋芳想与宝玉结姻涉及年龄是否适合的问题。凤姐之女巧姐儿忽大忽小，也属于年龄问题的范畴。

眉本的异文有时涉及人物的年龄问题。在前十回中，主要是贾珠和薛蟠的年龄问题。

第 2 回，冷子兴说：

> 这政老爷夫人王氏头胎生得公子，名唤贾珠，十四岁进学，不到三十岁娶妻生子，死了。

"三十岁"，杨本作"廿岁"，其他脂本作"二十岁"。

眉本的这个说法使得宝玉和贾珠、贾兰的年龄构成了不协调的对比。

因此，它的"三"字可能是"二"字的形讹。

第 4 回，有的版本提到了薛蟠的年龄。这有（A）、（B）、（C）三种情况，列举于下：

（A）

这薛公子学名薛蟠，字表文龙，今年方十有五岁，性情奢侈——甲戌本

这薛公子学名薛蟠，字表文起，年方一十七岁，性情奢侈——蒙本

（B）

这薛公子学名薛蟠，字表文起，五岁，性情奢侈——庚辰本、舒本

这薛公子学名薛蟠，表字文起，五岁上就情性奢侈——己卯本、杨本

这薛公子学名薛蟠，表字文起，从五六岁时就是性情奢侈——戚本

（C）

这薛公子学名薛蟠，表字文起，岁，情性奢侈——彼本

这薛公子学名薛蟠，字表文起，情性奢侈——眉本

这薛公子学名薛蟠，表字文起，性情奢侈——梦本、程甲本、程乙本

（A）提到了当前的具体的年龄。甲戌本说是"十有五岁"，蒙本说是"一十七岁"。

（B）追溯年幼之时。庚辰本、舒本和己卯本、杨本明确地提到了"五岁"，戚本笼统地提到了"五六岁"。

（C）巧妙地躲避了薛蟠的年龄。彼本那个"岁"字处于孤零零的状态，后被点去。

此例说明，眉本最接近的是彼本、梦本、程甲本、程乙本。

我认为，在这段文字中，最早出现的应当是写有具体年岁的本子；也就是说，最早的是甲戌本和蒙本，它们反映了曹雪芹初稿的面貌。其次应当是追溯幼年之时的本子，它们反映了曹雪芹改稿的面貌。

为什么呢？因为甲戌本、蒙本的十七岁、十五岁直接关涉书中男女主角宝玉、黛玉、宝钗三人年龄大小的问题，必须动用更改的手术。从版本的嬗变看，这种更改实际上是分两步进行的。第一步即（B），把"奢侈"情性的形成放在年幼之时。第二步作再次的修改，即（C）。谅是考虑到，五六岁的孩童谈不上奢侈不奢侈的问题。所以，干脆删去具体的年岁字样，而把奢侈说成是薛蟠当前的情性。

因此，可以看出，眉本（或其底本）此处的文字出于曹雪芹的修改稿，

既晚于甲戌本和，也晚于庚辰本、舒本、己卯本、杨本和戚本。

第五节　金荣给谁磕头？

第 9 回，众顽童大闹学堂之后，宝玉要叫金荣赔不是，金荣先是不肯，后在李贵、贾瑞的劝解下，只得给秦钟作了揖，宝玉还不依，偏定要磕头——

> 金荣无奈，只得与宝玉、秦钟磕头。

"宝玉、秦钟"四字，己卯本、庚辰本、杨本、蒙本作"宝玉"，戚本、舒本作"秦钟"。

在这里，金荣磕头的对象是谁，有三种异文：

（1）宝玉一人——己卯本、庚辰本、杨本、蒙本

（2）秦钟一人——戚本、舒本

（3）宝玉和秦钟二人——眉本

另外，彼本、梦本和程甲本、程乙本则没有这相关的一段文字，避开了这一异文的纠结。

从上下文来判断，金荣究竟应该给谁磕头才算合情合理呢？在这场"大闹"中受损伤的是秦钟。他的头上被打去一层油皮。宝玉本人并没有受到肉体的伤害。他所受到的伤害只不过是：一、朋友受了欺负；二、茗烟挨了打。所以，命金荣给他磕头属于一种过分的要求。也就是说，在当时的环境中，让金荣给秦钟磕头才算是合情合理的。

从润饰文字的角度看，以及从版本演变的角度看，在一般的情况下，在合情合理方面有欠缺的文字应早于在合情合理上没有欠缺的文字。若然，则这段因磕头对象而引起的文字歧异，其进展顺序不外是两种可能性：

> 己卯、庚辰、杨、蒙——→戚、舒——→眉
>
> 己卯、庚辰、杨、蒙——→眉——→戚、舒

两种可能性的区别在于，前者视眉本为"和稀泥"的做法，后者则按照

合理性的标准作为递进的依据。

以上所说的异文出现于第 9 回的结尾。而在第 10 回的开端又重复地提及此事，却是这样说的：

> 话说金荣因人多势重，又兼贾瑞勒令赔了不是，给秦钟磕了头，宝玉方才不吵闹了。

这里说，金荣只给秦钟一人磕了头。在这一点上，其他脂本以及程甲本、程乙本均与眉本保持着一致。

第 9 回结尾和第 10 回开端的不一致，说明第 9 回的结尾是不同的初稿，第 10 回的开端是修改稿或定稿。这样，就可以断定：只给秦钟一人磕头是最后的修改稿，而给宝玉一人磕头或给宝玉和秦钟二人磕头则是原先的不同的初稿。其成立的顺序如下：

己卯、庚辰、杨、蒙——→眉——→戚、舒

第六节　字词的歧异

【定是】

第 2 回，贾雨村、冷子兴二人闲谈慢饮，叙些别后之事——

> 雨村回（因）问："近日都中可有新闻无有？"子兴道："没有什么新闻，到是老先生你贵同宗家，出了一件小小异事。"雨村笑道："弟族中无有人在京，何谈及此？"子兴笑道："你们同姓，定是同宗一族。"雨村问是谁家。子兴道："荣国公贾府中，可也不玷辱先生的门楣了？"

"定是"，舒本同，甲戌本以及程甲本、程乙本作"岂非"，己卯本、庚辰本、蒙本、梦本作"定非"，杨本作"并非"，戚本、彼本作"实非"。

"定是"与"岂非"意义相近。"定是"与"定非"、"并非"、"实非"则意义完全相反了，不知何以致此。

【氤氲】

第2回，贾雨村说，宁国府、荣国府二宅相连，竟将大半条街占了——

> 大门前虽然冷落无人，隔着围墙一望，里面厅殿楼阁，也都还峥嵘轩峻，就是后一带花园里树木山石，也还都有葱蔚氤氲之气，那里像个衰败人家？

"氤氲"，戚本作"泱润"，其他脂本及程甲本、程乙本均作"泅润"。

【听唤的】

第3回，王夫人携黛玉走过凤姐的屋子——

> 这院门上有四五个听唤的小厮，都垂手侍立。

"听唤的"，其他脂本及程甲本、程乙本均作"才总角的"。

未成年人把头发扎成髻，叫做总角。"才总角的小厮"，指的是幼年男仆。眉本的"听唤的"出于后改。

后改有两种可能性。可能性之一：曹雪芹自改。他也许觉得"总角"一词不易为人所解，遂换了一个词语。可能性之二：后人所改。改者也许不了解"总角"一词的含义，遂起了改动的念头。

【在行】

第3回，邢夫人搀了黛玉的手，进入院内——

> 黛玉度其房屋院宇，必是荣府中之花园隔断过来的。进入三门，果是正房厢房游廊，悉皆小巧别致，不似方才那边轩峻壮丽，且院中随处之树木山石皆在行。

"皆在行"三字，眉本独异，甲戌本、戚本作"皆有"，己卯本、庚辰本、杨本、蒙本、梦本作"皆在"（庚辰本原作"皆在"，"在"被后人点去，旁改"多"；蒙本原作"皆在"，"在"被后人点去，旁改"好"），舒本作"皆幽"，彼本作"再"，程甲本、程乙本作"皆好"。

比较而言，只有眉本的"皆在行"和舒本的"皆幽"通顺易懂。

如果以"在行"二字为原稿所有，那么，己卯本、庚辰本、杨本、蒙本、梦本显然夺去"行"字，而仅仅保留了一个"在"字；甲戌本、戚本的"有"字是"在"字的形讹；舒本的"幽"字自是"有"字的音讹；彼本的

"再"字分明是"在"字的音讹。程甲本、程乙本的"好"字当是无奈之下的一种改动。若然，则在这一点上，脂本嬗变的顺序为：

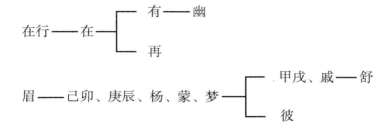

如果以"幽"字为原稿所有，那么，甲戌本、戚本的"有"字，显然是"幽"字的音讹；己卯本、庚辰本、杨本、蒙本、梦本的"在"字，是"有"字的形讹；眉本"在行"的"行"字属于误衍；彼本的"再"字则是"在"字的音讹。程甲本、程乙本的"好"字仍是无奈之下的一种改动。若然，则在这一点上，脂本嬗变的顺序为：

【其他】

共举十二例。

例1：第1回，开端——

　　静而思之，虽今日之茅椽蓬牖，瓦灶绳床，其晨夕风露，阶柳庭花，亦未有仿我之襟怀笔墨。

"静而思之"，其他脂本以及程甲本、程乙本均无此四字。

例2：第3回，贾母将一个二等丫头鹦哥与了黛玉——

　　外亦如迎春等例，每人有四个教嬷嬷，一个自幼奶娘外，除贴身掌管钗钏盥沐两个丫头外，另有五六个洒扫房屋来往使役的小丫头。

在以上文字中，眉本的与众不同在于"一个自幼奶娘外"一句的位置。在其他脂本以及程甲本、程乙本中，"每人除自幼乳母外"是在"另有四个教嬷嬷"（"教嬷嬷"或作"教妈妈"、"教引嬷嬷"、"教引嬷嬷"、"教引姆姆"）之前。而在眉本中，"一个自幼奶娘外"却在"每人有四个教嬷嬷"之后。

例3：第4回，自薛蟠父亲死后——

> 各省中所有的买卖承局、伙计人等，见薛蟠年轻不知事务，便趁时拐骗起来，京都中几处生意，渐亦消耗。

"不知事务"，彼本作"不知世务"，甲戌本、舒本作"不识世事"，己卯本、庚辰本、杨本、蒙本、戚本、舒本、程甲本、程乙本作"不谙世事"。

例4：第6回，找着平儿——

> 周瑞家的先将刘姥姥起初来历说明，又说："今日大远的特来请安。当日太太是常见的，今不可不见，所以我带了他进来了。等奶奶下来，我细细的回明，想奶奶也不责备他莽撞。"

末句中的"他"字，在其他脂本以及程甲本、程乙本中，均作"我"。

周瑞家的话中的"他"，是指刘姥姥；"我"，则指的是周瑞家的自己。如果指刘姥姥，那就是不责备她到贾府来得"莽撞"。如果指周瑞家的自己，那就是不责备她未奏先斩的"莽撞"。两相衡量的结果，自然是以"我"（指周瑞家的自己）为是。

例5：第6回，周瑞家的方领到这边屋里来——

> 只见门外帘架上鏊花铜钩悬着大红撒花软帘。

"帘架上"三字为其他脂本以及程甲本、程乙本所无。

例6：第6回，凤姐与周瑞家的说话间——

> 刘姥姥已吃毕了饭，拉了板儿过来，甜嘴蜜舌的道谢。

"甜嘴蜜舌"四字，甲戌本作"舔唇抹嘴"，己卯本、庚辰本、杨本、舒本作"舔舌咂嘴"，蒙本、戚本作"舔唇打嘴"，梦本、程甲本、程乙本作"舔唇咂嘴"。

眉本与众不同，是写刘姥姥用满口好听的话来奉承凤姐，其他版本则是用讽刺、挖苦的语气描写刘姥姥的丑态。

例7：第9回，金荣说——

先得让我抽个头儿，咱们一声不言语，不然大家就愤起来。

"愤"，己卯本、庚辰本、杨本、蒙本、戚本、梦本"奋"，舒本作"嚷"，彼本作"夺"，程甲本、程乙本作"翻"。

例8：第9回，金荣拍手笑嚷——

二人又气又急，忙进来向贾瑞前告说：金荣无故欺负我们两个。

"欺负我们两个"，彼本作"说坏别人"，其他脂本以及程甲本、程乙本作"欺负他两个"。

例9：第9回，李贵对贾瑞说——

素日你老人家到底不正，所以这些兄弟侄儿才不听。就闹到太爷跟前，连你也脱不过。

"侄儿"二字为眉本独有，其他脂本以及程甲本、程乙本均无。

末句的"你"，其他脂本以及程甲本、程乙本均作"你老人家"。

作为一个仆人，李贵怎能称那些学生为"侄儿"？他又怎敢对贾瑞径称"你"？这些称呼都不符合李贵的身份。看看宝玉对贾瑞的称呼（"瑞大爷"）就一目了然了。

例10：第9回，李贵喝斥茗烟——

你闹了学堂，不说变法儿压息了才是，到往大里套！

"往大里套"，己卯本、庚辰本、杨本作"往大里闹"，舒本、程甲本、程乙本作"往火里奔"，彼本作"往大里奋"梦本作"往火里奋"，蒙本、戚本作"迈火坑"。

例11：第9回，贾瑞只要暂息此事——

又悄悄的劝金荣说："是你起的端，你不这样，怎么了局？"金荣不得已，只得又向秦钟作了一揖。宝玉还不依，必定要磕头。

以上八句，为其他脂本以及程甲本、程乙本所无。

例 12：第 10 回，金荣母亲说——

　　你这二年在那里念书，家里也省好大的嚼用呢！省出来的，你又爱穿一件新鲜衣服。

"新鲜"，其他脂本、程甲本作"鲜明"，程乙本作"体面"。

第十七章
眉本有引人注目的文字吗？（下）

第一节　驩兜与蚩尤

第 2 回，贾雨村认为，天地生人，有"大仁者"和"大恶者"两类。在眉本，他是这么说的——

> 若大仁者则应运而生，大恶者则应劫而生。运生世治，劫生世危。尧、舜、禹、汤，文、武、周公，孔、孟、苏、韩，周、程、张、朱，皆应运而生者，驩兜、共工，桀、纣、始皇，王莽、曹操，桓温、安禄山、秦桧等，皆应劫而生者。

其中特别值得注意的是"驩兜"这个人名。

"驩兜"，仅见于眉本。

此名，甲戌本、己卯本、庚辰本、杨本、舒本、彼本、梦本作"蚩尤"；程甲本、程乙本也作"蚩尤"；蒙本作"虽有"，显系"蚩尤"二字的形讹兼音讹；戚本与蒙本同出一源，大约是见"虽有"二字扞格难通，遂别出心裁，改作"修治天下"。

第 2 回的"驩兜"，绝大多数脂本作"蚩尤"。这表明，在眉本此处，"蚩尤"变为"驩兜"，绝非偶然的舛误。

驩兜是古代传说中的恶人，在尧时为非作歹，后被舜放逐于崇山。如果没有一定的历史知识，是不会知晓此人名字的。这断非一般的抄手所改。更何况，他们也没有理由去作这种变易为难的改动。

我推测，"驩兜"二字当出于曹雪芹的笔下。也就是说，在曹雪芹的初稿上，这两个字是"驩兜"，而不是"蚩尤"。

如果这个推测可以成立，那么，眉本或其底本的此回①极其可能来自曹雪芹的初稿或某次修改稿。

第二节　另外几个异于其他脂本的人名

眉本还有一些人名与其他脂本不同。

【神英侍者】

古代小说常有类似"楔子"的插曲。《红楼梦》的神瑛侍者和绛珠仙草的神话故事就是其中的一例。

眉本第1回，甄士隐梦中听到了一僧一道的问答。那僧人说：

> 只因西方灵河岸上，三生石畔，有绛珠草一株，时有赤霞宫神英侍者日以甘露灌溉，这绛珠草始得久延岁月。
>
> ……
>
> 恰近日这神英侍者凡心偶炽，弃此昌明太平朝世，意欲下凡造历幻缘，已在警幻仙子案前挂了号。

"神英侍者"，大部分脂本作"神瑛侍者"。只有蒙本、戚本的前一个"神瑛侍者"另作"神瑛使者"。"英"字却是眉本独有的。此外，程甲本、程乙本也作"神瑛使者"。"瑛"字的意思是美玉，自应以"神瑛侍者"为是。

我推测，这个错误是眉本的底本（也应当是个传抄本）的某个抄写者造成的。

【姣杏】

第2回，甄士隐家有个丫环，她的名字或叫"娇杏"，或叫"姣杏"，不尽一致。但在眉本，她的名字却一律叫做"姣杏"。

例1：

> 原来本府新升这爷姓贾名化，本胡州人氏，曾与女婿旧日相交。方

---

① 为什么说是"此回"？因为我相信，《红楼梦》许多早期的抄本（脂本）都是拼凑的，各回或各册都可能有不同的来源。因此，个别的例子所能推测或证明的结论应仅仅限制在该回的范围之内。

才在咱们门前过去，看见姣杏那丫头买线，所以只当女婿移住于此。

例 2：

又一封密书与封肃，转托他向甄家娘子要那姣杏作二房。

例 3：

封肃喜的屁滚尿流，巴不得奉承，在女儿前一力撺掇成了，乘夜间用一乘小轿，便把姣杏送进去了。

例 4：

却说姣杏这个丫环，便是那年回顾雨村者。

例 1 的"姣杏"，彼本、戚本同，其他脂本及程甲本、程乙本均作"娇杏"。

例 2 的"姣杏"，庚辰本、杨本、蒙本、戚本、彼本同，其他脂本及程甲本、程乙本则作"娇杏"。

例 3、例 4 的"姣杏"，己卯本、庚辰本、杨本、蒙本、戚本、彼本同，其他脂本及程甲本、程乙本则作"娇杏"。

"姣"、"娇"二字，音义相同。但"姣"字笔画少，而"娇"字（繁体）笔画多。从一般的情理看，把"娇"字（繁体）改为"姣"字的可能性要小于把"姣"字改为"娇"（繁体）的可能性。

【贾代善】

第 2 回"冷子兴演说宁国府"，冷子兴向贾雨村介绍了宁国公、荣国公后人的情况。宁国公之子叫贾代化，荣国公之子叫贾代善。——这是一般读者读《红楼梦》所得到的基本常识。

但是，眉本所载冷子兴的话却作：

宁公死后，长子贾代善袭了官。

这与众不同。"贾代善"，其他脂本及程甲本、程乙本均作"贾代化"。

按：眉本此回下文有云："自荣公死后，长子贾代善袭了官"。此处的其他脂本及程甲本、程乙本均同于眉本。前后两处的名字不一致。从全书来看，眉本把贾代善说成宁国公长子显然是错的。

上述引文中的"善"字，不知是曹雪芹的笔误，还是后来的整理者或抄手的自作聪明的改动？

【俦书】

第7回，周瑞家的送宫花——

> 只见几个小丫头子都在抱厦内听呼唤默坐。迎春的丫环司棋与探春的丫环俦书正掀帘子出来，手里都捧着茶盘、茶杯。

眉本的"俦书"有异于其他脂本。其他脂本或作"侍书"（蒙本、舒本、梦本）；或作"待书"（甲戌本、己卯本、庚辰本①、杨本、戚本、彼本）。另外，程甲本、程乙本作"侍书"。

不排除这样的可能性："俦"字系形讹。若是如此，则"俦"与"侍"二字的偏旁同是单立人，显示出眉本此处更接近于用"侍"字的蒙本、舒本、梦本，而距用"待"字的甲戌本、己卯本、杨本、戚本、彼本较远。

【茜云】

第7回，周瑞家的到宝玉房中给黛玉送宫花——

> 宝玉问："周姐姐，你作什么那里去了？"周瑞家的说："太太在那里，因回话去了，姨太太就顺便叫我带来了。"宝玉道："宝姐姐在家作什么呢？怎么这几日也不过来？"周瑞家的道："身上不大好呢。"宝玉听了，和众丫环们说："谁去瞧瞧，就说我和林姑娘打发来请姨娘、姐姐安，姐姐是什么病，吃什么药，论理我该亲自来看看，只说才从学里来，也着些凉，异日再亲来看罢。"茜云答应着去了。

"茜云"，己卯本、庚辰本、杨本同于眉本，其他脂本均作"茜雪"。另外，程甲本、程乙本亦作"茜雪"。

以"茜云"与"茜雪"作比较，无优劣可言。这两个词汇在古代诗词中习见。"茜云"甚至还是一种仙人掌科植物之名。

"云"字也有形讹的可能。但是，在同一个字上，四种脂本均误，这就是值得注意的现象。它最起码也说明了这样的道理：它们的底本有着共同的来源。

---

① 庚辰本原作"待"，后涂改为"侍"。

【冯子英】

第 10 回，贾珍对尤氏说起给秦可卿请医看病的事：

> 我正来告诉你：方才冯子英来看我，他见我有些抑郁不乐之色，问我是怎么了。我才告诉他说，媳妇忽然身子有好大的不爽快，因为不得个好太医，断不出是喜是病，又不知有妨碍无妨碍，所以我这两日心里着实着急。冯子英因说起他有个幼时从学的先生，姓张名友士，学问最渊博的，更兼医理极深，且能断人的生死。今年是上京来给他儿子捐官，现在他家住着呢。这么看来，竟是合该媳妇的病在他手里除灾，亦未可知。我即刻拿我的名帖请去了。今日倘或天晚了不能来，想来一定明日来。况且冯子英又即刻回家亲自去求他，务必叫他来瞧瞧。等他瞧了再说罢。

其后，尤氏嘱咐贾蓉一番——

> 贾蓉一一答应着出去了，正遇见方才往冯子英家请那张先生的小子回来了，因回道："奴才刚才到了冯大爷家，拿了老爷的名帖请那张先生。那先生说道：方才这里大爷也向我说了。但是今日拜了一天的客，才回到家，此时精神实在不能支持，就是去到府上也不能看脉。他说，等调息一夜，明日务必到府。他又说，他医学浅薄，本不当此重荐，因我们冯大爷合府上的大人既如此说了，又不得不去，你先代我回明大人就是了。大人名帖着实不敢当，仍叫奴才拿回来了。哥儿替奴才回一声罢。"

看完病后，贾珍又对尤氏说：

> 人家原不是混饭吃久惯行医的人。因为冯子英与我们相好，他好容易求了他来了。既有这个人，媳妇的病或者就能好了。

以上五处的"冯子英"，其他脂本均作"冯紫英"。

此人在本回前后出现五次，眉本无例外地均称之为"冯子英"。

如果"冯子英"字样仅仅出现一次，那也许还可以解释为：抄手偶然的笔误；或，图省事，拣了一个笔画相对比较少的字来应付。但是，前后出现五次，就断非"偶然"、"笔误"一语可以解释圆满的。

因此，我认为，人名"冯子英"的出现既非眉本抄手一时的笔误，亦非眉本抄手有意的改动；最大的可能是，眉本的底本原已如此。

【宝玉、秦钟】

第9回，

> 金荣无奈，只得与宝玉、秦钟磕头。

"宝玉、秦钟"，己卯本、庚辰本、杨本、蒙本作"宝玉"，戚本、舒本作"秦钟"。

按：下文第10回开端，眉本作："话说金荣因人多势众，又兼贾瑞勒令赔了不是，给秦钟磕了头，宝玉方才不吵闹了。"其中"秦钟"二字，其他脂本均同。

在这里，眉本自己的第9回末尾和第10回开端明显抵牾。这又一次说明，现存各脂本的第10回是出于修改稿，而不是出于初稿。

第三节　四个称呼

【内弟】

眉本第3回回目是"托内弟如海酬训教，接外孙贾母恤孤女"。

其中"内弟"二字显误。

在正文中，林如海对贾雨村说过：

> 已修下荐书一封，转托内兄务为周全协佐……弟于内兄家信中已注明白……大内兄……二内兄……

又，在下文，贾政也称林如海为"妹丈"。

以上正文诸处的"内兄"、"妹丈"等词，眉本均同于其他脂本，而与自己的回目迥异。

查第3回回目，甲戌本、己卯本、庚辰本、杨本都没有出现"内兄"或"内弟"字样；眉本的回目与蒙本、戚本、舒本、彼本、梦本近似，而后者均作"内兄"。

内兄与内弟，孰正孰误？

这有两种可能。第一种可能："内弟"实系"内兄"之误。若然，则抄手难辞其咎。第二种可能："内弟"出于曹雪芹的初稿或某次修改稿。在该稿中，黛玉之母贾敏曾被安排为贾母的长女，贾赦、贾政之姐。若此说可能成立，则以第三回回目而论，眉本要早于蒙本、戚本、舒本、彼本、梦本。

但，我认为，还是第一种可能性最大。

【小舅爷】

第 7 回，宝玉要去瞧秦钟，尤氏吩咐人小心跟着：

> 凤姐道："既这么，何不请进这小舅爷来，我也瞧瞧。难道我见不得他不成？"

"小舅爷"的称呼与众不同，除了梦本、程甲本、程乙本作"小爷"之外，其他脂本均作"秦小爷"。

【老爷】

第 2 回，封肃对众人说——

> 我一一将原故回明，那老爷到伤感叹息一回，又问外孙女儿，我说因看灯丢了。老爷说："不妨，我自使番役务必探访回来。"

"老爷"，其他脂本及程甲本、程乙本均作"太爷"。

"太爷"是旧时对知府、知县等官员的尊称，用在这里，比较适合。"老爷"也是旧时对官员的一种称呼。但，据王应奎《柳南随笔》卷五说："前明时缙绅惟九卿称'老爷'，词林称'老爷'，外任司、道以上称'老爷'，与止称'爷'，乡称'老爹'而已。"如此看来，封肃在家人面前称贾雨村为"太爷"，还是有道理的。

【赦老爷】

第 2 回，

> 目今你贵东家林公之夫人，亦荣府中赦老爷之胞妹，在家名叫贾敏。

"赦老爷"，其他脂本及程甲本、程乙本均作"赦、政二公"。

冷子兴向贾雨村介绍的重点是贾政一支（本书主人公贾宝玉即为贾政之子）。此处不出贾政之名，是一大缺点。何况贾敏既是贾赦的胞妹，也是贾政的胞妹，没有必要单提贾赦而忽略贾政。

这有三种可能性。可能性之一：曹雪芹原作"赦、政二公"，后人（包括抄手在内）妄改为"赦老爷"。可能性之二：曹雪芹初稿原作"赦、政二公"，他自己后来改为"赦老爷"。可能性之三：曹雪芹初稿原作"赦老爷"，他自己后来觉得不妥，便修改为"赦、政二公"。

我认为，第一种可能性很小；第二种可能性基本上不存在；只有第三种可能性最大，它完全符合文字修饰的次序。

第四节　几个专门名词

一些专门名词在眉本中也有异文。

【梦坡轩】

第8回的"梦坡轩"与其他脂本的"梦坡斋"不同，恐怕也不是出于抄手的修改。

老嬷嬷问詹光、单聘仁二人是不是到贾政那里去——

> 二人点头道："在梦坡轩小书房里歇中觉呢，不妨事的。"

"梦坡轩"，其他脂本以及程甲本、程乙本均作"梦坡斋"。

【玻璃盆】

第3回，黛玉进入贾赦的堂屋——

> 大紫檀雕螭案上，设着三尺来高青绿古铜鼎，悬着待漏随朝墨龙大画，一边是金蜼彝，一边是玻璃盆，地下两溜十六张楠木交椅。

"玻璃盆"，程乙本同，其他脂本以及程甲本均异。甲戌本、己卯本、蒙本、戚本作"玻璃盒"（蒙本"盒"字被点去，旁改"盒"），庚辰本作"玻璃盏"，杨本、舒本、彼本、梦本、程甲本作"玻璃盒"。

【泥母猪】

第7回，宝玉一见秦钟人品，心中便如有所失又起了獃意——

> 想到（道）："天下竟有这样的人物！我竟成了泥母猪了。……"

"泥母猪"，甲戌本、己卯本、庚辰本、蒙本、戚本、舒本、彼本、梦本以及程甲本、程乙本作"泥猪癞狗"，杨本作"泥出癞狗"。

【台阶】

第 7 回，凤姐起身告辞，尤氏等送至大厅——

> 灯烛辉煌，众小子都在台阶下侍立。

"台阶"，其他脂本以及程甲本、程乙本均作"丹墀"。

"丹墀"的原义是指宫殿的赤色台阶或赤色地面，后来也用于指官府或祠庙的台阶。《红楼梦》用在这里，总觉得不十分合适（除非是为了显示荣国府的气派）。

与"丹墀"的特殊色彩相比，"台阶"更具有普遍的意义。由这似可看出，眉本的第七回也许是晚出的改稿。

【磁砚水盛儿】

第 9 回，贾菌性气极大——

> 他冷眼看见金荣的朋友飞砚来打茗烟，偏没打着，落在他的案上，将个磁砚水盛儿打个粉碎，溅了一书黑水。

"磁砚水盛儿"，眉本与其他脂本均不同。己卯本、庚辰本、杨本、梦本以及程甲本作"磁砚水壶"，程乙本作"磁砚水壶儿"，蒙本、戚本、舒本作"砚水壶"，彼本作"磁壶"。

【迎手】

第 10 回，贾蓉道，就请先生先看一看脉息——

> 于是家下媳妇们捧过大迎手来，一面给秦氏拉着袖口，露出脉来。

"迎手"，其他脂本以及程甲本、程乙本均作"迎枕"。

"迎手"即"迎枕"。迎枕，中医切脉时用以垫在病人手背下的小枕。加了一个"大"字，是形容他要比一般的"迎枕"大得多。

【市肆】

第 2 回，贾雨村走至智通寺，老僧答非所问——

> 雨村不耐烦，仍出来，意欲到那边市肆中沽饮三杯……

"市肆"，其他脂本及程甲本、程乙本均作"村肆"。

【抱厅】

第 3 回，丫鬟回说，贾母那里传晚饭了——

> 王夫人忙携了黛玉从后房门由后廊往西，出了角门，是一条南北宽夹道。南边是到座三间小小抱厅，北边立着一个大粉油影壁……

"抱厅"，不词，其他脂本以及程甲本、程乙本均作"抱厦厅"，梦本作"抱夏厅"。

眉本或其底本误作"抱厅"有两种可能：或者脱漏了"厦"字，或者对"抱厦厅"一词不理解，因而删去"厦"字。

何谓"抱厦厅"？《汉语大词典》说[①]：

> 围绕厅堂、正屋后面的房屋。

《红楼梦大辞典》则有比较详细的解释[②]：

> 在房屋正面、背面或山面接出有独立屋顶的建筑称抱厦。一般抱厦的开间数量和进深尺度，都比所依附的房屋小，如二者相同，则为"两卷房"，不再称抱厦。厅，指用于居住以外的接待、集会，或作其他公共活动用的房屋，如客厅、花厅、议事厅。抱厦厅是用做厅房的抱厦。

第五节　独误

【可着】

第 9 回，宝玉准备上学，袭人叮嘱他说——

> 手炉、脚炉的炭，也交出去了。你可叫他们添。那一起懒贼，你不说，他们乐得不动，白冻坏了你。

这段引文看上去语句通顺，不像是有什么问题。但一仔细和其他脂本对读，就发现了其中存在的问题。问题存在于第三句"你可叫他们添"。"叫"

---

① 《汉语大词典》三卷本，汉语大词典出版社，1997，第 3590 页。
② 《红楼梦大辞典》，文化艺术出版社，1990，第 190 页。

字独异，不同于其他脂本以及程甲本、程乙本。

试将其他脂本以及程甲本程乙本的异文列举于下：

你可着他们添——己卯本、杨本、彼本

你可逼着他们添——蒙本、戚本、舒本

你可逼着他们添炭——梦本

你可逼着他们——程甲本

你可逼着他们给你笼上——程乙本

应该说，己卯本、庚辰本、杨本、彼本的这一句出自曹雪芹的原文。其他的异文（包括眉本的异文）都是出自后人的改动。

后人为什么要在这里动手术呢？关键在于，他们不懂曹雪芹笔下的"可着"这个词儿。

"可着"是北京方言。《现代汉语词典》和《汉语大词典》都收录了这个词儿，并且作出了相同的解释。前者说："就着某个范围不增减；尽着。"后者说："谓在某个范围不增减；尽着。"它们的解释完全符合《红楼梦》此处的语境。

后人不懂"可着"一词的含义而改。他们的改动，可以看出，有两条线索。

最早的改动显然是从蒙本、戚本、舒本开始的。在这之后是一增一减的梦本和程甲本。梦本增添了一个"炭"字，程甲本则削减了一个"添"字。最后的改动由程乙本完成。它们的共同点是分别保留了"可"、"着"二字，但在中间插进去一个动词："逼"。这是一条线索。

另一条线索是眉本。它的改动与众不同，只保留了"可"字，并没有增添那个"逼"字。改者可能以为"着"、"叫"二字的含义有相同之处，因而改"着"为"叫"。

由此看来，作为脂本，它很可能在这个问题上没有受到蒙本、戚本、舒本、梦本的影响，它的底本很可能属于己卯本、庚辰本、杨本、彼本那一个支系。

【西面】

第3回，贾母房中开饭——

贾母正面榻上独坐，西面四张空椅，熙凤忙拉了黛玉在左边第一张椅上坐下，黛玉十分推让。贾母笑道："你舅母和你嫂子们不在这里吃饭。你是客，原应如此坐的。"黛玉方告了坐，坐了。

"西面"，甲戌本、己卯本、杨本、蒙本、彼本作"两傍"，戚本、舒本、梦本以及程甲本、程乙本作"两旁"，庚辰本作"两边"。

眉本独误。

"四张空椅"明明是给黛玉和迎春、探春、惜春四人留着的。四张椅子如果全部放在西面，那么，凤姐为什么要拉着黛玉坐"左边"第一张椅子呢？既然都在西面，还分什么左右呢？何况下文明明又说，"迎春便坐了右边第一，探春左边第二，惜春右边第二"。可知她们四人是二左二右。

因此，其他脂本以及程甲本、程乙本的"两傍"或"两旁"或"两边"都是对的，唯独眉本的"西面"是错的。"西面"乃"两面"之形讹。

【贾珍】

第 10 回，金氏到了宁府——

> 见了贾珍、尤氏，也未敢气高，殷殷勤勤叙过寒温，说了些闲话。

说金氏进去就见到了贾珍，这有点儿奇怪。因为当时只有尤氏和金氏的对话，不见贾珍在旁插嘴。直到下文，方才写到了金氏和贾珍的初次见面：

> 正说话之间，贾珍从外进来，见了金氏，便向尤氏问道："这不是璜大奶奶么？"金氏向前给贾珍请了安。

这第二段引文，引自眉本，和其他脂本以及程甲本、程乙本基本上相同。

这就说明，在第一段引文中，不该出现贾珍，他压根儿不在场。

回头再看第一段引文。原来"贾珍"二字，在其他脂本以及程甲本、程乙本中，或作"贾珍之妻"（庚辰本），或作"贾珍的妻"（己卯本、蒙本、戚本、彼本），或作"贾珍妻"（杨本），或作"贾珍的妻子"（梦本、程甲本、程乙本），或无（舒本）。说的都不是贾珍本人，而是贾珍的妻子。总之，犯错误的只有眉本独一个。

有些异文是有来历的。例如眉本第 5 回秦可卿判词的首句"情天情海幻情深"，其他脂本"深"字均作"身"。但甲戌本的"身"字被点去，旁改"深"字，正与眉本相同。这就不是偶然的了。

第六节　判词与"红楼梦曲"

关于判词和"红楼梦曲",除了本节之外,在第十八章"从韵文看异文"的第四节至第六节也同样对它们作了论述。应当说明的是,这并非文字、内容上简单的重复,而是各有各的侧重面。在第十八章,论述的重点在于,列举各回韵文中的异文,以判断眉本各回文字和其他脂本文字的异同,从而了解眉本各回在版本归属方面所处的地位。而本节则是专门论述眉本在判词、"红楼梦曲"中与其他脂本不同的、独异的文字。

判词和"红楼梦曲"均见于第5回。

香菱判词——

> 根并荷花一茎生,平生遭际实堪伤。自从两地生孤木,致使香魂返故乡。

"生",眉本独异,甲戌本、庚辰本、蒙本、戚本、舒本、梦本以及程甲本、程乙本作"香",己卯本、杨本作"青"。

黛玉、宝钗判词——

> 堪叹停机德,可怜咏絮才。玉带下中挂,金簪雪里埋。

"堪叹停机德,可怜咏絮才"两句,其他脂本及程乙本均作"可叹停机德,堪怜咏絮才",程甲本作"可叹停机德,谁怜咏絮才"。

元春判词——

> ……虎儿相逢大梦归。

"虎儿",眉本独异,甲戌本、庚辰本、蒙本、戚本、舒本、梦本以及程甲本、程乙本作"虎兔",己卯本、杨本作"虎兕"。

从形似的角度看,"儿"近于"兕",而远于"兔"。

探春判词——

> ……生于后世运偏消。

"后世"，眉本独异，甲戌本、己卯本、庚辰本、舒本、梦本以及程甲本、程乙本作"末世"，杨本作"末时"，蒙本、戚本作"没世"。

妙玉判词——

　　可怜金玉质，落陷浊泥中。

"落陷浊泥中"，甲戌本、庚辰本、戚本、舒本、梦本、程乙本作"终陷淖泥中"，蒙本作"终陷悼泥中"，己卯本、杨本作"落陷污泥中"，程甲本作"终掉陷泥中"。

"落陷"、"终陷"均可通；"落"、"终"二字近似，必有一误（"终"字所见之版本有七，多于"落"字之三，疑"落"乃"终"之形讹）。蒙本之"悼"、程甲本之"掉"，当系"淖"字之误。

迎春判词——

　　子系中山狼，得意便张狂。

"得意"，其他脂本及程甲本、程乙本均作"得志"。
"张狂"，其他脂本及程甲本、程乙本均作"猖狂"。

惜春判词——

　　可怜绣户侯门女，独看青灯古佛傍。

"独看"，其他脂本及程甲本、程乙本均作"独卧"。

李纨图——

　　后面又画一盆茂兰，傍有一位凤冠霞佩的美人。

"霞佩"，其他脂本以及程甲本、程乙本均作"霞帔"。
眉本的"霞佩"可能是音讹。

"枉凝眉"曲——

　　一个是阆苑仙葩，一个是美玉无瑕。若说没奇缘，今生偏又遇着他，若说有奇缘，如何心事终许他？

"许他"，甲戌本、己卯本、庚辰本、杨本、舒本作"虚化"（甲戌本"虚化"二字系涂改，原字不清），蒙本、戚本作"虚花"（蒙本"花"旁改

"话"），梦本、程甲本、程乙本作"虚话"。

其中"许他"二字，在各个不同的版本中有异文，列举如下：

"虚化"——甲戌本、己卯本、庚辰本、杨本、舒本

"虚花"——蒙本（原文）、戚本

"虚话"——梦本、蒙本（改文）、程甲本、程乙本

在 2006 年眉本出现之前，我对"虚化"或"虚花"一词始终不得其解，对"虚话"一词虽心存怀疑，但又说不出个所以然来。直到眉本出现，我才恍然大悟。原来"许他"二字放在这里，是最最合适的，我相信，这就是曹雪芹笔下的原文。

细看"枉凝眉"原文，第三句（"若说没奇缘"）和第五句（"若说有奇缘"）是相对而举的。因此，第四句（"今生偏又遇着他"）和第六句（"如何心事终许他"），既是分别承接第三句和第五句而来，当然也是相对而举的。尤其两个"他"字，分置于第四句和第六句的末尾，更突出了对称的意蕴。没奇缘如何如何，有奇缘又如何如何，都归结到"他"。这样来理解，文字无疑地顺畅而又自然、妥帖。

异文应该是在传抄过程中产生的。先是音讹，"许"变成了"虚"。接着是形讹，"他"变成了"化"。"虚化"欠通，于是改成了"虚花"，大概是采取"镜中花、水中月"的意思。其后，"虚花"再变成了同音的"虚话"。"虚话"显然不像"虚花"那么虚了。然而，变来变去，都比不上"许他"二字的顺畅、自然而妥贴。

这两个字演变的过程是这样的：

"许他"——→"虚化"——→"虚花"——→"虚话"

而从版本演变的顺序来说，则是这样的：

原稿——→眉本——→甲戌本、己卯本、庚辰本、杨本、舒本——→蒙本、戚本——→梦本、程甲本、程乙本、东观阁本、双清仙馆本

眉本的价值，于此可见一斑。

"喜冤家"曲——

中山狼，无情兽，全不念当日根由，一味的骄奢淫荡贪缠搆。

"纔搆"，甲戌本、己卯本、蒙本、梦本、程甲本作"还搆"，庚辰本作"还构"，杨本作"这搆"，戚本作"顽毂"，舒本作"婚媾"，程乙本作"欢媾"。

"好事终"曲——

> 箕裘颓堕，家事消亡首罪宁。

前一句，甲戌本、蒙本、戚本、舒本、梦本、程甲本、程乙本作"箕裘颓堕皆从敬"，己卯本作"箕裘颓堕皆荣王"，杨本作"箕裘颓堕皆莹玉"，庚辰本作"箕裘颓随皆从敬"（"随"当是"堕"的形讹）。

"敬"指的是贾敬，"宁"指的是宁国府。这样说，实际上是把贾府这个封建贵族大家庭的箕裘颓堕、家事消亡归罪于贾敬、贾珍、秦可卿。这可能反映了曹雪芹撰写《红楼梦》初稿时的创作意图。作为《红楼梦》初稿之一的《风月宝鉴》已被改编，《红楼梦》修改稿中的"秦可卿淫丧天香楼"一回已被删弃，八十回之后尚未完稿、佚失不传：由于这三项原因，"箕裘颓堕皆从敬"、"家事消亡首罪宁"二句的涵义已不为一般读者所知。

己卯本的"荣"无疑指的是荣国府。"王"，则可能产生三种解释。一、指王熙凤；二、指王夫人；三、"王"是"玉"的形讹，指贾宝玉。第三种可能性最大，其次是第一种可能性，第二种可能性最小。从已写出的八十回来看，己卯本的"荣王"谅非出于曹雪芹的笔下。

杨本的"莹"当是"荣"的形讹。"玉"则证实了己卯本的误"玉"为"王"。

第5回，"红楼梦曲"歌毕——

> 歌毕，还要歌外曲。

"外曲"，甲戌本、庚辰本、蒙本、戚本、舒本作"副曲"，己卯本、杨本作"别曲"（己卯本"别"旁改为"副"），梦本、程甲本、程乙本作"副歌"。

第十八章
从韵文看异文

这里所说的"韵文",指的是穿插在书中的诗、词、赋等等。包括对联在内。但不包括回前诗,因为这已在第十四章中作了专门的论述。

韵文基本上不是用白话文写作的。它在用字、押韵等方面都有一定的限制。文化水平不高的抄手乱改文字的现象,在这一范围内,发生的几率极低。因此,韵文中的异文格外值得重视。在判断各版本嬗变过程中的亲疏关系上,它为我们提供了独特的参考价值。

这里是从韵文中的异文来探讨眉本和哪个或哪些脂本亲近和疏远的问题。

我认为,《红楼梦》脂本的早期抄本中,各回并不一定有统一的、相同的来源(底本)。因此,有必要对各回韵文中的异文,凡与眉本相同者,均作出数字多寡的统计,以判断在版本传承上何者与眉本亲近,何者与眉本疏远。

第一节　第一回韵文

在第 1 回中,有韵文九篇十三首。

(一)

大石上的题诗:

(此诗,甲戌本、庚辰本、杨本、蒙本、戚本、舒本、彼本、梦本等八本均有。)

　　　　无才可去补苍天,枉入红尘若许年。

此系身前身后事，倩谁记去作奇传？

"无才"，杨本、彼本同；其他六本作"无材"。

"身前"，杨本作"生前"；其他七本同于眉本。

"记去"，甲戌本、庚辰本、戚本同；蒙本原作"记去"，"去"被点去，旁改"取"；杨本、舒本、梦本作"记取"；彼本作"寄去"。

"奇传"，杨本作"传神"；其他七本同于眉本。

按：杨本"传神"的"神"字不押韵，显误。

（二）

增删五次后，题一绝句：

（此绝句，甲戌本、庚辰本、杨本、蒙本、戚本、舒本、彼本、梦本等八本均有。）

满纸荒唐言，一把辛酸泪。却云作者痴，谁解其中味

"却"，其他八本均作"都"。

（三）

甄士隐梦中所见太虚幻境石牌坊的对联：

（此对联，甲戌本、己卯本、庚辰本、杨本、蒙本、戚本、舒本、彼本、梦本等九本均有。）

假作真时真亦假，无为有处有还无。

"真亦假"，甲戌本、蒙本、戚本、彼本、梦本同，己卯本、庚辰本、杨本作"真作假"。此七言对联，舒本有较大的不同，它作五言："色色空空地，真真假假天。"

（四）

癞僧指着甄士隐念了四句词：

惯养娇生笑你痴，菱花空对雪澌澌。

好妨佳景元宵后，便是烟消火灭时。

（此诗，甲戌本、己卯本、庚辰本、杨本、蒙本、戚本、舒本、彼本、梦本等九本均有。）

"娇生"，甲戌本、庚辰本、杨本、舒本、梦本同；其他四本作"姣生"。

"渐渐"，蒙本、戚本作"斯斯"；庚辰本误将此"渐"字作"期"字；其他六本同于眉本。

"妨"，其他九本均作"防"。按：此系眉本误字。

"元宵"，甲戌本、蒙本误作"元霄"；其他七本同于眉本。

"灭（滅）"字的三点水旁，梦本误作火字旁。

（五）

贾雨村口占五律：

> 未卜三生愿，频添一段愁。
> 闷来时敛额，行去几回头。
> 自顾风前影，谁堪月下俦。
> 蟾光如有意，先上玉人楼。

（此诗，甲戌本、己卯本、庚辰本、杨本、蒙本、戚本、舒本、彼本、梦本等九本均有。）

前四句"未卜三生愿，频添一段愁。闷来时敛额，行去几回头"，杨本无。

"敛额"，蒙本原作"敛客"，后被点去，旁改"放迹"；其他七本同于眉本。

"自顾"，彼本误作"自愿"；其他八本同于眉本。

"谁堪"，彼本作"谁怜"；其他八本同于眉本。

"俦"，杨本作"愁"；其他八本同于眉本。

"蟾光如有意"，杨本作"闷来时敛额"；其他八本同于眉本。

"先上"，舒本作"先照"；其他八本同于眉本。

"玉人楼"，梦本作"玉人头"；其他八本同于眉本。

（六）

贾雨村高吟一联：

玉在柜中求善价，钗于奁内待时飞。

（此联，甲戌本、己卯本、庚辰本、杨本、蒙本、戚本、舒本、彼本、梦本等九本均有。）

"柜"，戚本作"匮"，其他八本作"匵"（即"柜"，同于眉本）。

（七）

贾雨村口号七绝一首：

时逢三五便团圆，满地晴光护玉栏。

天上一轮才捧出，人间万姓仰头看。

（此诗，甲戌本、己卯本、庚辰本、杨本、蒙本、戚本、舒本、彼本、梦本等九本均有。）

"团圆"，梦本作"团圂"，其他八本同于眉本。

"满地"，己卯本、彼本同；其他七本作"满把"。

"晴光"，舒本作"清光"；梦本误作"睛光"；其他七本同于眉本。

"玉栏"，杨本作"玉兰"。

（八）

疯道人口内念着"好了歌"四首：

（此歌，甲戌本、己卯本、庚辰本、杨本、蒙本、戚本、舒本、彼本、梦本等九本均有。）

其一

世人都晓神仙好，惟有功名忘不了。

古人将相在何方？荒冢一堆草没了。

"都晓"，己卯本作"只晓"；其他八本同于眉本。

"草没了"，舒本作"皆没了"；其他八本同于眉本。

其二

世人都晓神仙好，惟有金银忘不了。

终朝只恨聚无多，即得多时眼闭了。

"都晓"，杨本作"多晓"；其他八本同于眉本。

"惟有"，其他九本均作"只有"。

"即得"，己卯本、杨本作"即至"；甲戌本、庚辰本、蒙本、戚本、舒本、梦本作"及到"；彼本作"积至"。

"多时"，舒本作"那时"；其他八本同于眉本。

其三

世人都晓神仙好，只有娇妻忘不了。

夫妻日日说恩情，夫死妻随人去了。

"都晓"，甲戌本、己卯本、庚辰本、舒本、彼本、梦本同；杨本作"多晓"；蒙本、戚本作"都说"。

"娇妻"，舒本、梦本作"姣妻"；其他七本均同于眉本。

"夫妻"，彼本同；甲戌本、己卯本、蒙本、戚本、舒本、梦本作"君生"；杨本作"君在"；庚辰本原作"君生"，"生"涂改为"在"。

"夫死"，彼本同；其他八本均作"君死"。

"妻随"，其他九本均作"又随"。

"夫妻"、"夫死"四字仅与彼本相同，值得注意。

其四

世人都晓神仙好，只有儿孙忘不了。

痴心父母古来多，孝顺儿孙谁见了？

"都晓"，杨本作"多晓"；蒙本、戚本作"都说"；其他六本均同于眉本。

"只有"，蒙本、戚本作"惟有"；其他七本均同于眉本。

"孝顺儿孙"，梦本作"孝顺子孙"；其他八本均同于眉本。

（九）

甄士隐"好了歌"解注：

陋室空堂，当年笏满床。

衰草枯杨，曾为歌舞场。

蛛丝儿结满了雕梁，绿纱今又糊在蓬窗上。

（此解注，甲戌本、己卯本、庚辰本、杨本、蒙本、戚本、舒本、彼本、梦本等九本均有。）

"空堂"，庚辰本作"空空"；杨本、彼本作"空"；其他六本均同于眉本。

"笏满床"，杨本误作"满床笏"；其他八本均同于眉本。

"舞"，蒙本无；其他八本均有。

"蛛"，梦本误作"珠"；其他八本均同于眉本。

"（蛛丝）儿"、"了"，其他九本均无。

"绿纱"，杨本、蒙本、戚本作"绿纱儿"；其他六本均同于眉本。

"糊"，梦本无；其他八本均有。

> 说甚么，脂正浓，粉正香，
> 如何两鬓又成霜？
> 昨日黄土陇头送白骨，
> 今宵红灯帐底卧鸳鸯。

"甚么"，蒙本、戚本、彼本、梦本同；甲戌本、己卯本、庚辰本、杨本、舒本作"什么"。

"脂正浓"，己卯本、杨本作"脂玉浓"；其他七本均同于眉本。

"陇头"，彼本作"岗头"；其他八本均同于眉本。

"送"，甲戌本原作"送"，后被点去，旁改"堆"；其他八本均同于眉本。

"帐底"，杨本作"帐里"。其他八本均同于眉本。

> 金满厢，银满厢，展眼乞丐人皆谤。
> 正叹他人命不长，那知自己归来丧，
> 保不定日后作强梁。
> 择膏粱，谁知流落在烟花巷。
> 因嫌纱帽小，致使锁枷扛。
> 昨怜破袄寒，今嫌紫蟒长。

"厢"，蒙本同；其他八本均作"箱"。

"展眼"，戚本、舒本作"转眼"；其他七本均同于眉本。

"归"，彼本作"又"；其他七本均同于眉本。

"那知自己归来丧"，此句之下，甲戌本、庚辰本、蒙本、戚本、舒本、梦本有"训有方"三字；己卯本、杨本、彼本与眉本同无。

"日后"，蒙本、戚本作"后日"；其他六本均同于眉本。

"膏粱"，甲戌本、己卯本、杨本、蒙本、梦本作"膏粱"；庚辰本、舒本、彼本同于眉本。

"谁知"，其他九本均作"谁承望"。

"因嫌"，舒本作"自嫌"；其他八本均同于眉本。

"扛"，庚辰本作"搳"；其他八本均同于眉本。

"寒"，己卯本作"冷"；其他八本均同于眉本。

"紫蟒"，蒙本、戚本作"紫袍"，其他七本均同于眉本。

> 乱烘烘，你方唱罢我登场，
> 反认他乡是故乡。
> 甚荒唐，到头来都是为他人作嫁衣裳。

"乱烘烘"，戚本、彼本作"乱哄哄"；其他七本均同于眉本。

"都是"，杨本作"多是"；其他八本均同于眉本。

"作嫁衣裳"，甲戌本、己卯本、庚辰本、杨本、舒本、彼本同；戚本作"作了衣裳"；蒙本原作"作了衣裳"，"了"被点去，旁改"嫁"。

第二节　第二回至第四回韵文

在第 2 回中，有赞、对联各一。

（一）

赞丫环娇杏扶正：

> 偶因一着错，便为人上人。

（此赞，甲戌本、己卯本、庚辰本、杨本、舒本、彼本、梦本等七本均有，蒙本、戚本无。）

"偶因"，庚辰本作"偶然"；其他六本均同于眉本。

"一着错"，己卯本、庚辰本、彼本同；舒本误作"一着借"；甲戌本原作"一着错"，"着错"被点去，旁改"回顾"；梦本作"一回顾"；杨本作"一着巧"。

（二）

智通寺对联：

> 身后有余忘缩手，眼前无路想回头。

（此对联，甲戌本、己卯本、庚辰本、杨本、蒙本、戚本、舒本、彼本、梦本等九本均有。）

无异文，眉本同于其他九本。

第 3 回有词两首。

批宝玉的两首《西江月》词：

> 无故寻愁觅恨，有时似傻如狂。
> 纵然生得好皮囊，腹内原来草莽。
> 潦倒不通世务，愚顽怕读文章。
> 行动偏僻性乖张，那管世人诽谤。

（这两首词，甲戌本、己卯本、庚辰本、杨本、蒙本、戚本、舒本、彼本、梦本等九本均有。）

"纵然"，庚辰本、杨本、蒙本、戚本作"总然"。其他五本均同于眉本。

"生得"，舒本、彼本、梦本作"生的"；其他五本均同于眉本。

"潦倒"，蒙本作"潦到"；其他八本同于眉本。

"世务"，蒙本、戚本作"时务"；梦本作"庶务"；其他六本均同于眉本。

"行动"，己卯本、杨本、彼本同；其他六本作"行为"。

> 富贵不知乐业，贫穷难奈凄凉。
> 可怜辜负好韶光，于国于家无望。
> 天下无能第一，古今不肖无双。
> 寄言纨裤与膏粱，莫效此儿形状。

"贫穷"，蒙本、戚本作"贫时"；其他七本均同于眉本。

"难奈"，彼本同；杨本作"那耐"；其他七本均作"难耐"。

"韶光"，蒙本、戚本作"时光"；其他七本均同于眉本。

"膏粱"，戚本、舒本、彼本同；其他六本均作"膏粱"。

"莫效"，舒本作"肖"；彼本作"莫笑"；庚辰本原作"莫笑"，"笑"被点去，旁改"效"；

其他六本均同于眉本。

在第4回中，有韵文一篇。

护官符：

> 贾不假，白玉为堂金为马。
>
> 阿房宫，三百里，住不下金陵一个史。
>
> 东海缺少白玉床，龙王来请金陵王。
>
> 丰年好大雪，真珠如土金如铁。

（此护官符，甲戌本、己卯本、庚辰本、杨本、蒙本、戚本、舒本、彼本、梦本等九本均有。）

"白玉"，杨本作"白马"；其他八本均同于眉本。

"金陵一个史"，彼本作"一个史"；其他八本均同于眉本。

甲戌本三、四行的排列对调，"东海"两句排列第四，"丰年"两句排列第三。

"真珠"，蒙本同；其他八本均作"珍珠"。

第三节　第五回赋与对联

第5回的韵文较多，计有三十六首（篇），见于甲戌本、己卯本、庚辰本、杨本、蒙本、

戚本、舒本、梦本等八本（彼本无第五回）。其中的"判词"和"红楼梦曲"将安排在下面两节论述。

（一）

秦可卿房中的两幅对联：

世事洞明皆学问，人情练达即文章。

"世事"，庚辰本作"世上"；其他七本均同于眉本。

嫩寒锁梦如春冷，芳气袭人是酒香。

"如"，其他八本均作"因"。
"袭人"，杨本、舒本、梦本同；其他五本作"笼人"。

（二）

警幻仙姑之歌：

春梦随云散，飞花逐水流。
寄言诸儿女，何必觅闲愁。

"诸儿女"，其他八本均作"众儿女"。

（三）

警幻仙姑赋：

方离柳坞，乍出花房。
但行处，鸟惊栖树；将到时，影度回廊。
仙袂乍飘兮，闻兰麝之馥郁；
荷衣欲动兮，听环珮之铿锵。
靥笑春桃兮，云环翠髻；
唇绽樱桃兮，齿漱新香。
纤腰之楚楚兮，若回风舞雪；
珠翠之辉辉兮，满额鹅黄。

"花房"，庚辰本作"桃房"；其他七本均同于眉本。
"栖树"，舒本作"匝树"；其他七本均作"庭树"。
"影"，舒本作"月"；其他七本均同于眉本。
"兰麝"，杨本、蒙本同；其他六本均作"麝兰"。
"云环"，其他八本均作"云堆"。
"唇绽"，舒本作"唇含"；其他七本均同于眉本。

"樱桃"，其他八本均作"樱颗"。按：上句有"桃"字，此处无必要重复，当是出于抄手的误抄。

"齿漱新香"，舒本作"榴吐娇香"；其他七本军作"榴齿含香"。

"若"，己卯本、杨本同；其他六本均无此字。

"舞雪"，庚辰本作"舞云"；其他七本均同于眉本。

"满额"，梦本作"满头"；其他七本均同于眉本。

> 出没花间兮，宜嗔宜喜；
> 徘徊池上兮，若飞若扬。
> 蛾眉颦笑兮，将言而未语；
> 莲步乍移兮，欲止而欲行。
> 美彼之良质兮，冰清玉肌；
> 慕彼之翠服兮，灿焕文章。
> 爱彼之容貌兮，香温玉琢；
> 美彼之态度兮，凤翥龙翔。

"宜喜"，蒙本作"宜笑"；其他七本均同于眉本。

"扬"，杨本误作"杨"；其他七本均同于眉本。

"蛾眉"，蒙本、戚本作"娥眉"；其他六本均同于眉本。

"颦笑"，庚辰本作"频笑"；其他七本均同于眉本。

"将言而"，己卯本误作"将言面"；其他七本均同于眉本。

"乍移"，蒙本误作"作移"；其他七本均同于眉本。

"欲止"，庚辰本作"待止"；其他七本均同于眉本。

"欲行"，戚本作"仍行"；其他七本均同于眉本。

"玉肌"，其他八本均作"玉润"。

"翠服"，其他八本均作"华服"。

"灿焕"，甲戌本、庚辰本、蒙本、舒本、梦本作"闪灼"；己卯本、杨本作"烂灼"；戚本作"闪烁"。

"容貌"，杨本同；其他七本均作"貌容"。

"香温"，其他八本均作"香培"（庚辰本"培"系涂改，原字不清）。

"玉琢"，梦本作"玉篆"；其他七本均同于眉本。

"羡"，杨本、舒本同；其他六本均作"美"。

"凤翥"，杨本误作"风翥"；其他七本均同于眉本。

其素若何，春梅凝雪；

其洁若何，秋兰披霜。

其静若何，松生空谷；

其艳若何，霞映澄塘。

其文若何，龙盘曲沼，

其神若何，目射寒江。

"凝雪"，其他八本均作"绽雪"。

"秋兰"，甲戌本作"秋菊"，其他七本均同于眉本。

"披霜"，庚辰本作"被霜"，其他七本均同于眉本。

"其静若何，松生空谷"，舒本无；其他七本均有。

"其艳"，舒本作"其丽"，其他七本均同于眉本。

"澄塘"，庚辰本作"池塘"；舒本作"锦塘"；其他六本均同于眉本。

"龙盘"，其他八本均作"龙游"。

"其文若何，龙盘曲沼"，舒本无；其他七本均有。

"曲沼"，庚辰本误作"曲沿"；杨本误作"曲治"；其他六本均同于眉本。

"其神"，舒本作"其静"；其他七本均同于眉本。

"目射"，甲戌本作"月色"；其他七本均作"月射"。

应惭西子，实愧王嫱。

奇矣哉，生于孰地，来自何方？

信矣乎，瑶池不二，紫府无双。

果何人哉，如斯之美也！

"应惭"，杨本、蒙本误作"应渐"；其他六本均同于眉本。

"奇矣哉"，甲戌本作"吁，奇矣哉"；其他七本均同于眉本。

"孰地"，己卯本、蒙本误作"熟地"；杨本误作"热地"；舒本作"何地"；其他四本均同于眉本。

"来自"，蒙本原作"出自"，"出"被点去，旁改"来"；舒本作"长自"；其他六本均同于眉本。

"信矣乎"，蒙本作"几乎"；舒本作"信矣哉"；其他六本均同于眉本。

"果何人哉，如斯之美也"，舒本无；其他七本均有。

"如斯",杨本作"如此";梦本作"若斯";其他五本均同于眉本。

(四)

宝玉所见"太虚幻境"的对联:

> 假作真时真亦假,无为有处有还无。

"假作",庚辰本作"假做";其他七本均同于眉本。
"真亦",梦本作"真作";其他七本均同于眉本。

(五)

"孽海情天"的对联:

> 厚地高天,堪叹古今情不尽。
> 痴男怨女,可怜风月债难偿。

"难偿",梦本作"难酬";其他七本均同于眉本。

(六)

"薄命司"的对联:

> 春恨秋愁皆自惹,花容月貌为谁妍?

"春恨",蒙本、戚本作"怨";其他六本均同于眉本。
"秋愁",其他八本均作"秋悲"。
"谁",庚辰本原作"姣",被点去,旁改"谁"。
"妍",眉本原作"研",后涂改"妍"。

第四节 第五回判词

第 5 回的判词,也是《红楼梦》很重要的内容,因为它有着象征的意义,是曹雪芹为了预示书中重要人物的命运和结局而特地设计和创作的。

（一）

晴雯判词：

> 霁月难逢，彩云易散。
> 心比天高，身为下贱，
> 风流灵巧招人怨。
> 寿夭多因诽谤生，多情公子空牵念。

"霁月"，甲戌本作"霁日"；其他七本均同于眉本。

"灵巧"，舒本原作"多巧"，"多"被点去，旁改"灵"；其他七本均同于眉本。

"招"，庚辰本作"总"，其他七本均同于眉本。

"寿夭"，戚本作"夭寿"；其他七本均同于眉本。

"诽谤"，庚辰本作"毁谤"；蒙本作"谤诽"；其他六本均同于眉本。

"多情"，舒本原作"风流"，被点去，旁改"多情"；其他七本均同于眉本。

"空"，杨本作"心"；其他七本均同于眉本。

（二）

袭人判词：

> 枉自温柔和顺，空云似桂如兰。
> 堪羡优伶有福，谁知公子无缘。

此词，眉本与其他八本全同。

（三）

香菱判词：

> 根并荷花一茎生，平生遭际实堪伤。
> 自从两地生孤木，致使香魂返故乡。

"根"，蒙本误作"振"；戚本作"种"；其他六本均同于眉本。

"茎"，舒本作"水"；其他七本均同于眉本。

"生"，甲戌本、庚辰本作"香"；己卯本、杨本作"青"；其他四本均同于眉本。

"孤木"，庚辰本作"菰米"；其他七本均同于眉本。

（四）

黛玉、宝钗判词：

> 堪叹停机德，可怜咏絮才。
>
> 玉带林中挂，金簪雪里埋。

"堪叹"，其他八本均作"可叹"。

"可怜"，梦本作"谁怜"，其他七本均作"堪怜"。

"金簪"，戚本、舒本作"金钗"；其他六本均同于眉本。

"雪"，蒙本作"薛"；其他七本均同于眉本。

（五）

元春判词：

> 二十年来辨是谁，榴花开处照宫闱。
>
> 三春争及初春景，虎儿相逢大梦归。

"辨"，庚辰本作"办"；梦本作"辩"；其他六本均同于眉本。

"是谁"，己卯本、杨本同；其他六本均作"是非"。

"榴"，显误，其他八本均作"榴"。

"宫闱"，庚辰本误作"宫围"；其他七本均同于眉本。

"争及"，梦本作"怎及"，其他七本均同于眉本。

"初春景"，庚辰本作"初春好"；其他七本均同于眉本。

"虎儿"，己卯本、杨本作"虎兕"；其他六本均作"虎兔"。

（六）

探春判词：

> 才自精明志自高，生于后世运偏消。

> 清明涕送江边望，千里春风一梦遥。

"精明"，梦本作"清明"；其他七本均同于眉本。

"后世"，杨本作"末时"；蒙本作"没世"；其他六本均作"末世"。

"望"，舒本作"舰"；其他七本均同于眉本。

"春风"，其他八本均作"东风"。

"梦"，蒙本、戚本作"望"；其他六本均同于眉本。

（七）

湘云判词：

> 富贵又何为，襁褓之间父母违。
>
> 展眼吊斜晖，湘江水逝楚云飞。

"何为"，杨本作"何如"；其他七本均同于眉本。

"展眼"，戚本、舒本作"转眼"；其他六本均同于眉本。

"斜瞳"，庚辰本作"斜辉"；其他七本均作"斜晖"。

"水逝"，杨本作"逝水"；其他七本均同于眉本。

（八）

妙玉判词：

> 欲洁何曾洁，云空未必空。
>
> 可怜金玉质，落陷浊泥中。

"落陷"，己卯本、杨本同；其他六本均作"终陷"。

"浊泥"，甲戌本、庚辰本、戚本、舒本、梦本作"淖泥"；己卯本、杨本作"污泥"；蒙本作"悼泥"。

（九）

迎春判词：

> 子孙中山郎，得意便张狂。
>
> 金闺花柳质，一载赴黄粱。

"孙"，显误，其他八本均作"系"。

"中山"，庚辰本作"山中"；其他七本均同于眉本。

"得意"，其他八本均作"得志"。

"便"，己卯本作"更"。

"金闺"，己卯本作"金贵"。

"黄粱"，戚本、舒本同；其他六均作"黄粱"。

（十）

惜春判词：

> 看破三春景不长，缁衣顿改昔年妆。
>
> 可怜绣户侯门女，独看青灯古佛旁。

"看破"，其他八本均作"勘破"。

"昔年"，舒本作"昨年"，其他七本均同于眉本。

"独看"，其他八本均作"独卧"。

（十一）

凤姐判词：

> 凡鸟偏从后世来，都知爱慕此生才。
>
> 一从二令三人木，哭向金陵事更哀。

"凡鸟"，舒本作"凤鸟"；其他七本均同于眉本。

"后世"，蒙本、戚本作"没世"；其他六本均作"末世"。

"都知"，杨本作"却知"；其他七本均同于眉本。

"此生"，甲戌本作"此身"；其他七本均同于眉本。

（十二）

巧姐判词：

> 势败休云贵，家亡莫论亲。
>
> 偶因济刘氏，巧得遇恩人。

"势败"，庚辰本作"事败"；其他七本均同于眉本。

"家亡"，舒本作"家贫"；其他七本均同于眉本。

（十三）

李纨判词：

> 桃李春风结子完，到头谁似一盆兰。
>
> 如冰水好空相妒，枉与他人作笑谈。

"春风"，蒙本误作"春凤"；其他七本均同于眉本。

"谁"，显误；其他八本均作"谁"。

"水"，梦本作"永"；其他七本均同于眉本。

"妒"，其他八本均作"妒"。

"笑谈"，己卯本作"话谈"；舒本作"美谈"；其他六本均同于眉本。

（十四）

秦可卿判词：

> 情天情海幻情深，情及相逢必主淫。
>
> 漫言不肖皆荣出，造衅开端实在宁。

"深"，其他八本均作"身"。

"及"，其他八本均作"既"。

"造衅"，蒙本作"造觉"；其他七本均同于眉本。

（十五）

太虚幻境室中对联：

> 幽微灵秀地，无可奈何天。

此对联，其他八本均同于眉本。

第五节　第五回红楼梦曲（上）

（一）

红楼梦引子：

> 开辟鸿蒙，谁为情种？
> 都只为风月情浓。
> 奈何天，伤心日，
> 寂寥时，试遣愚衷。
> 因此上演出这怀金悼玉红楼梦。

"都只为"，杨本作"多只为"；其他七本均同于眉本。
"奈何天"，甲戌本作"趁着这奈何天"；其他七本均同于眉本。
"伤心日"，其他八本均作"伤怀日"。
"寂寥时"，甲戌本作"寂寞时"；其他七本均同于眉本。
"怀金"，梦本作"悲金"；其他七本均同于眉本。
"悼玉"，其他八本均作"悼玉的"。

（二）

终身误：

> 都道是金玉良姻，俺只念木石前盟。
> 空对着，山中高士晶莹雪；
> 终不忘，世外仙姝寂寞林。
> 叹人间，美中不足今方信。
> 总然是齐眉案举，到底也难平。

"都道是"，杨本作"多道是"；梦本作"都道"；其他六本均同于眉本。
"良姻"，舒本、梦本作"良缘"；其他六本均同于眉本。
"仙姑"，庚辰本同；蒙本作"仙妹"；其他六本均作"仙姝"。
"总然"，其他八本均作"纵然"。

"案举"，其他八本均作"举案"。

"底"，蒙本此字系涂改，原字不清；其他七本均同于眉本。

"也难平"，其他八本均作"意难平"。

（三）

枉凝眉（戚本作"枉凝眸"）：

> 一个是阆苑仙葩，一个是美玉无瑕。
> 若说没奇缘，今生偏又遇着他。
> 若说有奇缘，如何心事终许他？
> 一个枉自嗟呀，一个空劳牵挂。
> 一个是水中月，一个是镜中花。
> 想眼中能有多少泪珠儿。
> 怎经得秋流到冬尽，春流到夏！

"许他"，甲戌本、己卯本、庚辰本、杨本、舒本作"虚化"；蒙本原作"虚花"，"花"被点去，旁改"话"；戚本作"虚花"；梦本作"虚话"。

"一个"，舒本作"一个是"（两处）；其他七本同于眉本。

"怎经得"，杨本、蒙本、戚本作"怎禁得"；其他五本同于眉本。

"尽"，杨本、梦本作"又"；其他六本同于眉本。

（四）

恨无常：

> 喜荣花正好，恨无常又到。
> 眼睁睁，把万事全抛。
> 荡悠悠，芳魂消耗。
> 望家乡，路远山高。
> 故向爷娘梦里寻告：
> 儿命已入黄泉，要退步抽身早！

"荣花"，其他八本均作"荣华"。

"荡悠悠"，舒本作"荡悠"；其他七本均同于眉本。

"芳魂"，庚辰本作"把芳魂"；其他七本均同于眉本。

"山高"，甲戌本作"山遥"；其他七本均同于眉本。

"爷娘"，其他八本均作"爹娘"。

"寻告"，其他八本均作"相寻告"。

"儿"，戚本作"儿今"；其他七本均同于眉本。

"要"，甲戌本作"天伦呵，须要"；其他七本均作"须要"。

（五）

分骨肉：

> 帆风雨露三千，把骨肉家齐来抛闪。
> 恐哭损残年，告爹娘，休把儿悬。
> 自古穷通皆有定，离合岂无缘？
> 从今分两地，各自保平安。
> 奴去了，莫牵连。

"帆"，其他八本均作"一帆"。

"露"，其他八本均作"路"。

"家"，其他八本均作"家园"。

"来"，舒本无；其他七本均有。

"休把"，舒本作"莫把"；其他七本均同于眉本。

"悬"，其他八本均作"悬念"。

"定"，蒙本、戚本作"命"；其他六本均同于眉本。

"了"，其他八本均作"也"。

（六）

乐中悲：

> 襁褓中，父母叹双亡。
> 总居那绮罗丛，谁知娇养？
> 幸生来，英豪阔大宽宏量，
> 从未将儿女私情略萦心上。
> 好一似，霁月光风耀玉堂。
> 厮配得才貌仙郎，博得个地久天长，

准折得幼年时坎坷形状。

终久是云散高唐，水涸湘江。

这是尘寰中消长数应当，何必枉悲伤！

"褓"，庚辰本作"保"；其他七本均同于眉本。

"双亡"，庚辰本作"奴亡"；其他七本均同于眉本。

"总"，其他八本均作"纵"。

"丛"，蒙本、戚本作"中"；舒本作"丛里"；其他五本均同于眉本。

"姣"，杨本同；其他七本均作"娇"。

"英豪"，舒本作"英雄"；其他七本均同于眉本。

"宽宏"，杨本作"宽弘"；其他七本均同于眉本。

"从未"，庚辰本作"从来"；舒本作"从来未"；其他六本均同于眉本。

"厮配得"，杨本作"相配得"；舒本作"厮配的"；其他六本均同于眉本。

"终久是"，杨本作"终久时"；其他七本均同于眉本。

"这是"，庚辰本无，其他八本均有。

（七）

世难容：

气质美如兰，才华复比仙，

天生成孤癖人皆罕。

你道是啖肉食腥膻，视绮罗俗厌，

却不知，太高人愈妒，过洁世同嫌。

可叹这，青灯古殿人将老，

辜负了，红粉朱楼春色兰。

到头来，依旧是风流肮脏违心愿。

好一似，无瑕白玉遭泥陷，

又何须，王孙公子叹无缘。

"复"，庚辰本作"阜"；蒙本、舒本、梦本作"馥"；其他四本均同于眉本。

"天生成"，舒本作"天生"；其他七本均同于眉本。

"俗厌"，舒本作"欲厌"；其他七本均同于眉本。

"愈"，杨本作"越"；其他七本均同于眉本。

"世同嫌"，杨本作"世间嫌"；其他七本均同于眉本。

"辜负"，梦本作"孤负"；其他七本均同于眉本。

"兰"，庚辰本同；其他七本均作"阑"。

"风流"，其他八本作"风尘"。

"白玉"，己卯本、杨本作"美玉"；其他六本均同于眉本。

"公子"，蒙本误作"公了"；其他七本均同于眉本。

（八）

喜冤家：

> 中山狼，无情兽，
> 全不念当日根由。
> 一味的骄奢淫荡贪缠搆。
> 觑着那，侯门艳质同蒲柳，
> 作的，公府千金似下流。
> 叹芳魂艳魄，一载荡悠悠。

"当日"，杨本作"当日的"，其他七本均同于眉本。

"贪缠搆"，甲戌本、己卯本、蒙本、梦本作"贪还搆"；舒本原作"贪还搆"，"还搆"被点去，旁改"婚媾"；杨本作"贪这搆"；庚辰本作"贪还构"；戚本作"贪顽彀"。

"侯门"，庚辰本作"候门"；其他七本均同于眉本。

"作的"，庚辰本作"作贱的"；舒本作"作践得"；其他六本均作"作践的"。

第六节　第五回红楼梦曲（下）

（一）

虚花悟：

> 将那三春看破，桃红柳绿待如何？

　　　　把这韶华打灭，不见那清淡天和。

　　　　说什么，天上天桃盛，云中香蕊多。

　　　　到头来，谁见得把秋捱过？

　　　　则看那，白杨树里人呜咽，

　　　　青枫林内鬼吟哦。

　　　　更兼着，连天衰草遮坟墓。

　　　　这的是，昨贫今富人劳碌，

　　　　春荣秋谢花折磨。

　　　　似这般，生关死劫谁能躲？

　　　　闻说道，西方宝树唤婆娑，

　　　　上结着长生果。

　　"待如何"，舒本作"得如何"；其他七本均同于眉本。

　　"把这"，梦本作"把只"；其他七本均同于眉本。

　　"不见"，己卯本、杨本同；甲戌本、庚辰本、舒本、梦本作"觅"；蒙本、戚本作"觉"。

　　"什么"，蒙本、戚本作"甚么"；其他六本均同于眉本。

　　"云中"，己卯本、杨本作"雪中"；其他六本均同于眉本。

　　"香蕊"，己卯本、杨本、舒本同；甲戌本、庚辰本、蒙本、戚本、梦本作"杏蕊"。

　　"谁见得"，庚辰本作"谁"；其他七本均作"谁见"。

　　"树"，其他八本均作"村"。

　　"人呜咽"，杨本作"人烟咽"；其他七本均同于眉本。

　　"林内"，其他八本均作"林下"。

　　"衰草"，庚辰本误作"哀草"；其他七本均同于眉本。

　　"这的是"，己卯本、杨本作"这就是"；其他六本均同于眉本。

　　"秋谢"，蒙本、戚本作"秋落"；其他六本均同于眉本。

　　"婆娑"，蒙本作"婆婆"；戚本作"娑娑"；其他六本均同于眉本。

　　"上"，蒙本、戚本无；其他六本均有。

（二）

　　聪明累：

机关算尽太聪明，反算了卿卿性命。

生前心已醉，死后性空灵。

家蓄人宁，终有个家亡人散多奔腾。

枉费了，意号惫惫半世心，

好一似，荡悠悠三更梦。

忽喇喇似大厦倾，昏惨惨似灯将尽。

呀，一场欢喜忽悲辛。

叹人世，终难定！

"聪明累"，原误作"聪明果"，据其他八本改。

"算了"，戚本作"送了"；其他七本均同于眉本。

"卿卿"，杨本作"卿卿的"；庚辰本作"轻轻"；其他六本均同于眉本。

"生前"，梦本作"前生"；其他七本均同于眉本。

"醉"，其他八本均作"碎"。

"空灵"，己卯本、杨本作"灵空"；其他六本均同于眉本。

"家蓄"，其他八本均作"富"。

"终有个"，舒本作"中有个"；其他七本均同于眉本。

"多奔腾"，己卯本、杨本同；其他六本均作"各奔腾"。

"意惫惫"，己卯本、杨本同；其他六本均作"意悬悬"。

"半世"，己卯本、杨本作"生世"；其他六本均同于眉本。

"似灯将尽"，蒙本、戚本作"如将尽灯"；其他六本均同于眉本。

"悲辛"，己卯本误作"悲幸"；其他七本均同于眉本。

（三）

留余庆：

留余庆，余庆，忽遇恩人。

幸娘亲，娘亲，积得阴功。

劝人生，济困扶穷，

休似俺那爱银钱、忘骨肉的狼舅奸兄。

正是：乘除加减，上有苍穹。

"留余庆，余庆"，其他八本均作"留余庆，留余庆"。

"幸娘亲，娘亲"，戚本作"幸娘亲，幸娘亲，幸"；其他七本均作"幸娘亲，幸娘亲"。

"积得"，舒本作"积的"；其他七本均同于眉本。

"爱银钱"，己卯本、杨本作"银钱上"；其他六本均同于眉本。

"狼舅"，梦本同；庚辰本、杨本作"狼旧"；其他五本均作"狼舅"。

"苍穹"，甲戌本作"苍穷"；其他七本均同于眉本。

（四）

晚韶华：

镜里恩情，更堪那梦里功名。

那美韶华，韶华何迅，绣帐鸳衾。

只这带珠冠、披凤袄，

也抵不了无常性命。

虽说是，人生莫受老来贫，

也须要阴骘积儿孙。

气昂昂头戴簪缨，光灿灿胸悬金印，

威赫赫爵禄高登，昏惨惨黄泉路近。

问古来将相可还存，

也只是虚名儿留与后人教领。

"晚韶华"，原误作"晚韶花"，据其他八本改。

"韶华何迅"，其他八本作"去之何迅"。

"绣帐鸳衾"，杨本同；舒本作"再休题绣帐鸳衾"；其他六本作"再休提绣帐鸳衾"。

"带"，蒙本、戚本、梦本作"戴"；其他五本均同于眉本。

"凤袄"，己卯本、杨本误作"风袄"；其他六本均同于眉本。

"戴"，蒙本、戚本同；甲戌本、己卯本、杨本、舒本作"带"；庚辰本作"代"。

"头戴簪缨"，梦本同；甲戌本作"头带簪缨，气昂昂头带簪缨"；己卯本、杨本作"头带簪缨"；蒙本作"头戴簪缕，簪缕"，"簪缕"后被点去；戚本作"头戴簪缨，簪缨"；舒本作"头带簪缨，头带簪缨"。

"光灿灿"，甲戌本、己卯本、庚辰本、杨本、梦本同；蒙本、戚本作

"光闪闪"；舒本作"光灼灼"。

"胸"，杨本作"腰"；其他七本均同于眉本。

"爵禄高登"，己卯本、杨本、蒙本、梦本同；甲戌本作"爵位高登，威赫赫爵位高登"；庚辰本、戚本作"爵禄高登，威赫赫爵禄高登"；舒本作："爵禄高登，爵禄高登"。

"问"，庚辰本无；其他七本均有。

"只是"，戚本作"正是"；蒙本原作"正是"，"正"被点去，旁改"只"；其他六均同于眉本。

"教领"，甲戌本作"欢敬"，其他七本均作"钦敬"。

（五）

好事终：

> 画梁春尽落香尘。
> 擅风情，秉月貌，
> 便是败家根本。
> 箕裘颓坠，
> 家事消亡首罪宁，
> 宿孽总因情。

"秉月貌"，杨本作"趁月貌"；甲戌本作"宵秉月貌"；其他六本均同于眉本。

"败家"，其他八本均作"败家的"。

"颓坠"，己卯本作"颓堕皆荣王"；杨本作"颓堕皆荣玉"；庚辰本作"颓随皆从敬"；其他五本均作"颓堕皆从敬"。

（六）

飞鸟各投林：

> 为官的家业凋零，富贵的金银散尽。
> 有恩的死里逃生，无情的分明报应。
> 欠命的命已还，欠泪的泪已尽。
> 冤冤相报岂非轻，分离聚合皆前定。

欲知命短问前生，老来富贵也真侥幸。

看破的遁入空门，痴迷的枉送了性命。

好一似食尽鸟投林，

落了片白茫茫大地真干净。

"飞鸟"，原作"花鸟"，据其他八本改。

"报应"，己卯本作"照应"；其他七本均同于眉本。

"岂非"，庚辰本作"实非"；其他七本均同于眉本。

"聚合"，己卯本、杨本作"合聚"；其他六本均同于眉本。

"皆前定"，蒙本、戚本作"前生定"；其他六本均同于眉本。

"也"，杨本无；其他七本均有。

"侥幸"，梦本作"徼幸"；其他七本均同于眉本。

"片"，庚辰本作"一片"；其他七本均同于眉本。

"干净"，蒙本作"干尽"；其他七本均同于眉本。

第七节　第八回顽石幻像诗

顽石幻像诗，在第8回——

女娲炼石已荒唐，又向荒唐演大荒。

失去幽灵真境界，幻来权就假皮囊。

那知运败金无彩，堪叹时乖玉不光。

白骨如山忘姓氏，无非公子与红妆。

（此诗，甲戌本、己卯本、庚辰本、杨本、蒙本、戚本、舒本、彼本、梦本等九本均有。）

"女娲"，己卯本作"大娲"；庚辰本原作"大娲"，"大"被圈去，旁改"女"；其他七本均同于眉本。

"又向"，杨本作"又相"；其他八本均同于眉本。

"演大荒"，彼本作"说大唐"；其他八本均同于眉本。

"幻"，杨本误作"幼"；其他八本均同于眉本。

"权就"，舒本、彼本同；甲戌本、己卯本、杨本、戚本作"亲就"；庚辰本原作"亲就",后被点去,旁改"污浊";蒙本原作"亲就","亲"被点去,旁改"新";梦本作"新就"。

"假皮囊",舒本、彼本同;其他七本均同于眉本。

"那知",其他九本均作"好知"。

第八节 小结

【第一回小结】

眉本第一回韵文中独异的文字有八处。

在第一回韵文中,眉本的异文与其他九个脂本相同的数字统计如下:

彼　本　46

甲戌本　45

庚辰本　43

己卯本　41

舒　本　39

梦　本　39

蒙　本　36

戚　本　35

杨　本　33

不难看出,在第一回韵文中,文字与眉本最接近的是彼本和甲戌本,距离最远的则是杨本。

【第二回小结】

眉本第 2 回韵文中独异的文字只有一处。

在第 2 回韵文中,眉本的异文与其他九个脂本相同的数字统计如下:

己卯本　3

彼　本　3

甲戌本　2

庚辰本　2

杨　本　2

舒　本　2

梦　本　2

蒙　本　0

戚　本　0

因此，从第2回韵文看，与眉本最接近的是己卯本和彼本，距离最远的则是蒙本和戚本。

【第三回小结】

在第3回韵文中，眉本的异文与其他九个脂本相同的数字统计如下：

己卯本　8

彼　本　8

甲戌本　7

杨　本　7

舒　本　6

庚辰本　5

梦　本　5

戚　本　4

蒙　本　2

因此，从第3回的韵文看，与眉本最接近的是己卯本和彼本，距离最远的则是蒙本。

【第四回小结】

在第4回韵文中，眉本的异文与其他九个脂本相同的数字统计如下：

蒙　本　4

己卯本　3

庚辰本　3

戚　本　3

舒　本　3

梦　本　3

甲戌本　2

杨　本　2

彼　本　2

因此，在第4回，从韵文的角度看，与眉本最接近的是蒙本，距离最远的则是甲戌本、杨本和彼本。

【第五回小结】

眉本第5回韵文中独异的文字有五十四处之多。

有些独异的文字发生在常见的有争议的字词上。

例如，"红楼梦曲·枉凝眉"："若说有奇缘，如何心事终许他？""许他"，甲戌本、己卯本、庚辰本作"虚化"，蒙本、戚本作"虚花"，梦本、程甲本作"虚话"。

我曾发表过一篇《读红脞录》①，论及"许他"一词。现将这篇札记移录在下一节，作为附录，供读者参考。

又如，"红楼梦曲·喜冤家"："一味的骄奢淫荡贪缳搆"。"缳搆"，甲戌本、己卯本、蒙本、梦本作"还搆"，庚辰本作"还构"，杨本作"这搆"，戚本作"顽彀"，舒本作"婚媾"，程甲本作"欢媾"。这两个字始终费解，眉本反而增加了混乱。

在第5回韵文中，眉本的异文与其他八个脂本相同的数字统计如下：

己卯本　　145

甲戌本　　141

梦　本　　135

杨　本　　132

戚　本　　131

蒙　本　　126

庚辰本　　122

舒　本　　116

从这个角度看，与眉本最接近的是己卯本和甲戌本，距离最远的则是舒本。

【第八回小结】

眉本第8回韵文的异文与其他九个脂本相同的数字统计如下：

舒　本　　6

彼　本　　5

甲戌本　　4

梦　本　　4

戚　本　　4

蒙　本　　4

己卯本　　3

---

① 《读红脞录三则》，《红楼梦学刊》2010年第二辑。

庚辰本　　3

杨　本　　2

从这个角度看，与眉本第八回比较接近的是舒本和彼本，距离比较远的则是杨本和己卯本、庚辰本。

【结语】

从韵文看，眉本各回与哪一个或哪两个脂本的关系最亲近？

答案是：

第一回　彼本、甲戌本

第二回　己卯本、彼本

第三回　己卯本、彼本

第四回　蒙本

第五回　己卯本、甲戌本

第八回　舒本、彼本

其中，比较突出的是彼本和己卯本。在研究眉本和其他脂本的亲疏关系时，我们必须给予这两个脂本以特别的注意。

然而，有两点也必须在这里指出：第一，这个统计和初步的结论只是从各回韵文文字异同的角度考察的结果；这个结果还有待于和各回正文文字的异同数字的统计结合起来考察，方能最后得出一个比较全面、比较准确的答案。第二，异文数目稀少者（如第 2 回、第 3 回、第 4 回、第 8 回）和异文数目众多者（如第 1 回、第 5 回）比较起来。后者的可信性要大得多。

第十九章
异文统计与分析之一

第一节 "异文统计"何用

所谓"异文",指的是眉本和其他脂本之间的,以及眉本和程甲本、程乙本之间的歧异的文字。

所谓"异文统计",用的是以下的步骤:

(一)选择有典型意义的字句,列举异文,一一与眉本作比较。

(二)从众多的例子中,统计出眉本与其他脂本以及眉本与程甲本、程乙本文字歧异数目的多少,并排列出顺序来。

(三)根据异文数目多少的顺序,判断哪些版本和眉本的关系最亲密、比较亲密,哪些版本和眉本的关系最疏远、比较疏远。

这样做的目的是,企图证明眉本在《红楼梦》脂本系统中的归属,企图借以说明眉本在《红楼梦》传播过程中的地位和作用。

《红楼梦》在早期传播过程中,有一些特殊的情况:

(1)早期只在极少数的读者之间流传。这"极少数的读者"是一个小范围,仅限于和曹雪芹熟稔的一部分亲友。

(2)早期流传的,并不是已写完、已定稿的八十回全书,而是每当曹雪芹写完一回或数回之后,初稿立刻就被这"极少数的读者"分批借去阅读了。

(3)"极少数的读者"每读完一回或一册后,就分批归还给曹雪芹。

(4)他或他们在把这一回或这一册归还给曹雪芹之前,自己先抄下了副本。这个副本后来就变成了许多传抄本的底本(或传抄本的底本的底本)。

(5)当这些初稿回到曹雪芹手中之后,在若干时间之内,曹雪芹又对其中的某回的文字或情节进行了或多或少、或大或小的修改和再修改。

（6）上述的借阅、归还、修改的情况是循环地、反复地出现的。这就导致产生了现今我们所看到的各个脂本的各册、各回的文字（有时甚至于是人物、情节）的大大小小的歧异。

我曾说过，现存脂本各回大多数是拼凑的。这句话包含着这样的意思：这一回（或这几回）和那一回（或那几回），虽然同在现存的某个脂本之内，但是它很可能不是出自同一个来源。在考察它们在版本系统的归属时，必须注意到这重要的一点。

因此，在做异文统计与分析时，如果不是分回进行，而是分册、分书进行，很容易引出有偏差的、不准确的结论。

第二节　第一回异文举例（上）

例1：第1回开端——

此开卷第一回也。作者自云：因曾历过一番梦幻之后，故将真事隐去，而借"通灵"之说，撰此《石头记》一书也。故云"甄士隐"云云。但书中所记何事何人？自又云：今风尘碌碌，一事无成，忽念及当日所有之女子，一一细考较去，觉其行止见识，皆出于我之上。何我堂堂须眉，诚不若彼裙钗哉，实愧则有余，悔又无益，正无可如何之日也！当此则自欲将已往所赖天恩祖德，锦衣纨裤之时，饫甘餍肥之日，背父兄教育之恩，负师友规谈之德，以致今日一技无成，半生潦倒之罪，编述一集，以告天下人，我之罪固不免，然闺阁中本自历历有人，万不可因我之不肖，自护己短，一并使其泯灭也。静而思之，虽今日之茅椽蓬牖，瓦灶绳床，其晨夕风露，阶柳庭花，亦未有伤（妨）我之襟怀笔墨；虽我未学，下笔无文，又何妨用假语村言，敷演出一段故事，亦未可使闺阁昭传，复可悦世之目，破人愁闷，不亦宜乎？"故曰"贾雨村"云云。

以上一大段文字，甲戌本无；其他脂本以及程甲本、程乙本有，基本上同于眉本（己卯本残缺[①]，不详，下同）。

---

① 己卯本第1回自"只以观花修竹、酌酒吟诗为乐"开始，以前的文字已残缺。

"女子"，程甲本作"子女"，其他脂本以及程乙本同于眉本。

"规谈"，蒙本、戚本以及程甲本、程乙本作"规训"，舒本作"规谏"，其他脂本同于眉本。

"静而思之"，其他脂本以及程甲本、程乙本均无。

"笔墨"，程甲本、程乙本无，蒙本作"笔阁墨"（"阁"被点去），戚本作"束笔阁墨"，其他脂本同于眉本。

"贾雨"，梦本作"假语"，其他脂本以及程甲本、程乙本同于眉本。

例2：在紧接以上一大段文字之后，庚辰本有如下的文字——

　　此回中凡用"梦幻"等字，是提醒阅者眼目，亦是此书立意本旨。

杨本、舒本、梦本以及程甲本、程乙本基本上相同，眉本无之，甲戌本、蒙本、戚本、彼本亦无。

例3：你道此书从何而来——

　　说起根由虽近荒唐，细按则深有趣味。

"细按"，甲戌本作"细谙"，程甲本、程乙本作"细玩"，其他脂本同于眉本。

例4：方使阅者了然不惑——

　　话说当年女娲氏炼石补天之时，于大荒山无稽崖炼成高径十二丈、方径二十四丈顽石三万六千五百零一块。娲皇氏只用了三万六千五百块，只单单的剩下一块未用，便弃在此山青埂峰下。

"话说"，程甲本、程乙本作"却说那"，其他脂本均作"原来"。

"当年"，彼本同，其他脂本以及程甲本、程乙本无。

"高径……方径"，甲戌本、庚辰本、蒙本、戚本、梦本作"高经……方经"，其他脂本同于眉本。

"娲皇氏"，杨本、梦本作"女娲氏"，程甲本、程乙本作"娲皇"，其他脂本同于眉本。

"此山"，杨本、程甲本、程乙本无，其他脂本同于眉本。

例5：使人一见便知是奇物方妙——

　　然后好携带你到那昌明隆盛之邦，诗礼簪缨之族，花柳繁华之地，温柔富贵之乡去安身乐业。

"昌明隆盛"，蒙本、戚本作"隆盛昌明"，其他脂本以及程甲本、程乙本同于眉本。

"花柳繁华之地"、"温柔富贵之乡"，蒙本、戚本、彼本同，其他脂本以及程甲本、程乙本作"花柳繁华地"、"温柔富贵乡"。

例6：后面又有一首诗云——

> 无才可去补苍天，枉入红尘若许年。此系身前身后事，倩谁记去作奇传。

"无才"，杨本、彼本、程乙本同，其他脂本以及程甲本作"无材"。

"身前"，杨本作"生前"，其他脂本以及程甲本、程乙本同于眉本。

"记去"，甲戌本、庚辰本、蒙本、戚本、程甲本、程乙本同（蒙本"去"旁改"取"），杨本、舒本、梦本作"记取"，彼本作"寄去"。

"奇传"，杨本作"传神"。其他脂本以及程甲本、程乙本同于眉本。

例7：亲自经历的一段故事——

> 其中家庭闺阁琐事，以及闲情诗词，到还全备，或可适趣解闷。

"闲情"，甲戌本、杨本、戚本同，舒本、梦本作"闺情"，庚辰本、蒙本、彼本作"开情"（"开"被点去，旁改"闺"）。

例8：空空道人说——

> 石兄，你这一段故事，据你自己说的有些趣味，故编写在此，意欲世间传奇。

"编写"，庚辰本作"偏写"，梦本作"遍写"，程甲本、程乙本作"镌写"，其他脂本同于眉本。

"世间"，蒙本、程甲本作"闻世"，其他脂本以及程乙本作"问世"。

例9：再者——

> 世人之情，喜看理治之书者甚少，爱看适趣闲文者甚多。

"世人之情"，甲戌本作"世井俗人"，其他脂本作"市井俗人"。

例10：奸淫凶恶，不可胜数——

> 更有一种风月笔墨，其淫秽污臭，坏人子弟，又不可胜数。

此四句，庚辰本、舒本无，其他脂本以及程甲本、程乙本基本上同于眉本。

按：庚辰本、舒本因前后两个"不可胜数"重叠而导致脱文。

例11：亦入（如）剧中之小丑然——

其环婢开口，即者也之乎，非文即理。故逐一看去，悉皆自相矛盾、大不尽（近）情理之话。竟不如我半世亲睹亲闻的这几个女子，虽不敢说强如前代书中所有之人，但事迹原委，亦可以消愁破闷，也有几首歪诗熟话，可以喷饭共酒。

第五句（"悉皆……"），梦本作"易生厌怠"，程甲本、程乙本作"大不近情，自相矛盾"，其他脂本基本上同于眉本。

第七句（"虽不敢说……"），梦本作"虽不敢将他们去比前代书中所载之才女名媛"，其他脂本以及程甲本、程乙本基本上同于眉本。

"熟话"，程甲本、程乙本无，杨本、梦本作"俗话"，蒙本作"熟诗"（二字后被点去），戚本作"熟词"，其他脂本同于眉本。

例12：也不定要世人喜悦检读——

只愿他们当那醉淫饱卧之时，或避事去愁之际，只此一玩，岂不省了些寿命筋骨。

"醉淫饱卧"，庚辰本、彼本同，甲戌本作"醉余饱卧"，杨本作"醉淫饱饿"，蒙本、戚本作"醉饱淫卧"，舒本作"醉酒饱卧"，梦本作"醉心饱卧"，程甲本、程乙本作"醉余睡醒"。

例13：空空道人听如此说，思忖半晌，将这石头记——

再检阅一遍，见上面虽有些责奸指优（佞）、贬恶诛邪之语，亦非伤时骂世之旨。

自"在检阅一遍"至"贬恶诛邪之语"，杨本无，其他脂本有，基本上同于眉本。

例14：自色悟空——

遂易名为情僧，改石头记为情僧录。东鲁孔梅溪则题曰风月宝鉴。

在第一句之前，彼本有"空道人"三字，其他脂本无之，同于眉本。

在"情僧"二字之下，庚辰本旁添"录"字，其他脂本无之，同于眉本。

在第二句和第三句之间，甲戌本有"至吴玉峰题曰红楼梦"九字，其他脂本以及程甲本、程乙本无之，同于眉本。

例15：都云作者痴，谁解其中味——

出迹既明，且看石上是何故事。

在第一句之前，甲戌本有"至脂砚斋甲戌抄阅再评，仍用《石头记》"两句，其他脂本以及程甲本、程乙本无之，同于眉本。

"出迹"，梦本作"出处"，其他脂本作"出则"。

例16：庙傍住着一家乡宦——

姓甄，名费，字士隐。

"名费"，蒙本、戚本作"名费废"，其他脂本以及程甲本、程乙本同于眉本。按："废"字系批语混入正文。

例17：如今年已半百——

膝下无儿，只有一女，乳名英莲，年方三岁。

"英莲"，己卯本、庚辰本作"英菊"，其他脂本以及程甲本、程乙本同于眉本。

例18：士隐于书房闲坐——

将手倦拢书，伏几少憩。

"将"，程甲本、程乙本无，其他脂本作"至"。

"手倦拢书"，己卯本、杨本作"倦时拢书"，庚辰本作"手卷抛书"，蒙本作"手卷拢书"，其他脂本以及程甲本、程乙本同于眉本。

例19：西方灵河岸上三生石畔——

有绛珠草一株，时有赤霞宫神瑛（瑛）侍者，日以甘露灌溉，这绛珠草始得久延岁月。

"赤霞宫"，杨本、程甲本、程乙本同，其他脂本作"赤瑕宫"。

例20：只因尚未酬报灌溉之德——

> 故甚至五内梗（便）郁结这一段缠绵不尽之意。恰近日这神英（瑛）侍者凡心偶炽，弃（乘）此昌明太平朝世，意欲下凡，造历幻缘，已在警幻仙子案前挂了号。

"甚至"，甲戌本作"其"，蒙本、戚本作"其在"（蒙本"在"被点去）。"五内"甲戌本作"五衷"。其他脂本以及程甲本、程乙本同于眉本。

"朝世"，己卯本、杨本作"盛世"，舒本误作"朝市"，其他脂本同于眉本。

例21：太虚幻境对联——

> 假作真时真亦假，无为有处有还无。

上联，己卯本、庚辰本、杨本作"假作真时真作假"，舒本作"色色空空地"，其他脂本以及程甲本、程乙本同于眉本。

下联，庚辰本作"无为有处有为无"，舒本作"真真假假天"，其他脂本以及程甲本、程乙本同于眉本。

例22：士隐大叫一声，睁睛一看——

> 只见烈日炎炎，芭蕉苒苒，梦中之事便忘了对半。又见奶母正抱了英莲走来。士隐见女儿越发生得粉装玉琢，乖觉可喜，便伸手接来，抱在怀内，斗他顽耍一回，又带至街前，看那过会的热闹。

"烈日炎炎"，舒本作"烈炎焰焰"。"梦中"，庚辰本作"所梦"。其他脂本以及程甲本、程乙本同于眉本。

"苒苒"，其他脂本以及程甲本、程乙本均作"冉冉"。

"对半"，甲戌本、蒙本、戚本、舒本、彼本同，己卯本、庚辰本、杨本作"大半"，梦本、程甲本、程乙本作"一半"。

"英莲"，己卯本、庚辰本作"英菊"，其他脂本以及程甲本、程乙本同于眉本（蒙本误作"英连"）。

"乖觉"，己卯本、庚辰本、杨本作"甚觉"。"过会的"，彼本作"过往人"。其他脂本以及程甲本、程乙本同于眉本。

例23：只见那边来了一僧一道——

那僧癞头跣足，那道跛足蓬头，疯疯癫癫，挥霍谈笑而至。

"癞头跣足"，庚辰本、彼本作"颠头跌脚"，蒙本作"癞头跌足"，其他脂本以及程甲本、程乙本同于眉本。

例24：及到了门前——

看见士隐抱着英莲，那僧道便大哭起来，又向士隐道……

此三句，舒本作"看见士隐道"，其他脂本以及程甲本、程乙本基本上同于眉本。按：因将前后两个"士隐"误认为一，导致了舒本的脱文。

"英莲"，己卯本、庚辰本作"英菊"，其他脂本（不包含舒本）以及程甲本、程乙本同于眉本。

例25：那僧还说：舍我罢，舍我罢——

士隐不耐烦，便抱女儿撒身要进去。

"撒身"，蒙本、戚本无，舒本误作"撒身"，梦本、程甲本、程乙本作"转身"，其他脂本同于眉本。

例26：那僧口内念了四句词——

惯养娇生笑你痴，菱花空对雪澌澌。好防佳景元宵后，便是烟消火灭时。

"娇生"，己卯本、蒙本、戚本、彼本作"姣生"。"澌澌"，庚辰本、蒙本、戚本作"期期"（庚辰本的"期期"二字均有三点水旁）。其他脂本以及程甲本、程乙本同于眉本。

"佳景"，其他脂本以及程甲本、程乙本均作"佳节"。

"元宵"，甲戌本、蒙本误作"元霄"，其他脂本以及程甲本、程乙本同于眉本。

例27：士隐正痴想——

忽见隔壁葫芦庙内寄居的一个穷儒，姓贾名化，字表时飞，别号雨村者走了出来。本是胡州人氏，原系诗书仕宦之族，因他生于后世，父母祖宗根基一尽，人口衰丧，只剩得他一家一口，在家乡会一（无益），回（因）进京求取功名，再整基业。

第一句"穷儒"之后，己卯本作"走了出来，这人"，杨本作"走了出来，这个人"，其他脂本以及程甲本、程乙本基本上同于眉本。

"走了出来"，己卯本、杨本无，其他脂本以及程甲本、程乙本基本上同于眉本。

"胡州"，甲戌本、庚辰本同，其他脂本以及程甲本、程乙本作"湖州"

"仕宦"，己卯本、杨本作"士宦"。"衰丧"，蒙本、戚本作"衰微"。其他脂本以及程甲本、程乙本同于眉本。

例28：雨村遂起身往窗外一看——

　　原来是个丫环，在那撷花，生得仪容不俗，眉目清明，虽无十分姿色，却亦有动人之处。

"撷花"，己卯本、杨本、程甲本、程乙本作"掐花"，其他脂本同于眉本（庚辰本"明"被旁改为"楚"）。

"清明"，甲戌本、戚本作"清朗"，梦本、程甲本、程乙本作"清秀"。其他脂本同于眉本。

例29：那甄家丫环猛抬头见窗内有人——

　　敝巾旧服，虽是贫穷，然生得腰圆背厚，面阔口方，更兼剑眉星眼，直鼻腮。

"贫穷"，己卯本、杨本、彼本同，甲戌本作"穷贫"，其他脂本以及程甲本、程乙本作"贫窘"。

"腰圆背厚"，戚本作"腰宽背厚"，己卯本、杨本、彼本作"腰圆膀厚"，其他脂本以及程甲本、程乙本同于眉本。

"腮"，梦本、程甲本、程乙本作"方腮"，其他脂本作"权腮"（庚辰本"权"字的左半侧作"月"）。

例30：每有意帮助周济，只是没机会——

　　我家并没这样贫穷亲友，想定是此人无疑了。

"贫穷"，甲戌本、己卯本、杨本同，梦本作"穷窘"，其他脂本以及程甲本、程乙本作"贫窘"。

例31：不免又回头两次——

> 雨村见他回了头，便自为这女子心中有意于他，更狂喜不尽，自为这女子必是个具（巨）眼英雄，风尘中之知己也。

"不尽"，庚辰本同，其他脂本以及程甲本、程乙本作"不禁"。

"英雄"，庚辰本同，其他脂本以及程甲本、程乙本作"英豪"。

第三节　第一回异文举例（下）

例32：一时小童进来——

> 雨村听得前面留饭，不可久待，遂从夹道中自便去了。士隐待客既散，知雨村自便，也不去再邀。

这里有两个"自便"。

第一个"自便（去了）"，杨本、梦本、程甲本、程乙本作"自便门出（去了）"，其他脂本作"自便出门（去了）"。

第二个"自便（也不去再邀）"，梦本作"自去，便"，程甲本、程乙本作"已去，便"，其他脂本同于眉本。

例33：一日，早又中秋佳节——

> 士隐家宴已毕，乃另具一席于书房中，却自己步月至庙中来邀雨村。原来雨村自那日见了甄家之婢曾回头看他两次，自为是个知己，便时刻放在心上。

"原来雨村"，舒本无此四字，蒙本、戚本无"原来"二字，其他脂本以及程甲本、程乙本同于眉本。

"回头看"，甲戌本、蒙本、戚本作"回头顾"，其他脂本以及程甲本、程乙本作"回顾"。

"自为"，梦本、程甲本、程乙本作"自谓"，其他脂本同于眉本。

例 34：今又正值中秋——

　　不免对月有怀，因而口占五言一律云：未卜三生愿，频添一段愁。闷来时敛额，行去几回头。自顾风前影，谁堪月下俦？蟾光如有意，先上玉人楼。

"律"，杨本作"绝"，其他脂本以及程甲本、程乙本同于眉本。

"未卜三生愿，频添一段愁。闷来时敛额，行去几回头"，杨本无，其他脂本程甲本、程乙本有。

"敛额"，蒙本原误作"敛客"，后被点去，旁改"放迹"，其他脂本以及程甲本、程乙本同于眉本。

"谁堪"，彼本作"谁怜"。"月下俦"，杨本作"月下愁"。"蟾光如有意"，杨本作"闷来时敛额"。其他脂本以及程甲本、程乙本同于眉本。

"先上玉人楼"，舒本作"先照玉人楼"，梦本、程甲本、程乙本作"先上玉人头"，其他脂本同于眉本。

例 35：复高吟一联——

　　恰遇士隐走来听见，笑道："雨村兄真抱负不浅矣！"雨村忙笑道："岂敢，此不过偶吟前人之句，何敢妄谈（诞）至此。"

"恰遇"，彼本同，甲戌本、庚辰本、蒙本、舒本作"恰至"，己卯本、杨本作"恰被"，戚本、梦本、程甲本、程乙本作"恰值"。

"岂敢"，庚辰本、舒本无，梦本、程甲本、程乙本作"不敢"，其他脂本同于眉本。

"何敢妄谈（诞）"，程甲本、程乙本作"何期过誉"，其他脂本作"何敢狂诞"（庚辰本原作"狂"，后被点去，旁改"妄"）。

例 36：士隐笑道——

　　今夜中秋，俗谓团圆之节，想尊兄旅寄僧房，不无寂寞之感，故特具小酌，邀兄到敝斋一饮。

"寂寞"，甲戌本、彼本同，其他脂本作"寂寥"。

"饮"，舒本作"饭"，其他脂本以及程甲本、程乙本同于眉本。

例 37：那美酒佳馔自不必说——

　　二人对坐，先是款斟漫饮，次渐谈至兴浓，不觉飞觥现斝起来。

"对坐"，其他脂本以及程甲本、程乙本均作"归坐"。

"次渐"，杨本、蒙本、戚本、梦本、程甲本、程乙本作"渐次"，其他脂本同于眉本。

"现斝"，舒本作"传斝"，杨本、程甲本、程乙本作"献斝"，其他脂本作"限斝"。

例 38：酒至杯干——

　　雨村此时已有七八分酒意，狂兴不禁，乃对月寓杯，口号一绝云：时逢三五便团圆，满地晴光护玉栏。天上一轮才捧出，人间万姓仰头看。

"寓杯"，庚辰本、舒本同，甲戌本、己卯本、杨本、梦本、程甲本、程乙本作"寓怀"，蒙本、戚本作"当杯"，彼本作"偶怀"。

"口号"，杨本、梦本、程甲本、程乙本作"口占"，其他脂本同于眉本。

"团圆"，梦本、程甲本、程乙本作"团圝"，其他脂本同于眉本。

"满地"，己卯本、彼本同，其他脂本以及程甲本、程乙本作"满把"。

"晴光"，舒本、程甲本、程乙本作"清光"，梦本误作"晴光"，其他脂本同于眉本。

"玉栏"，杨本作"玉兰"，其他脂本以及程甲本、程乙本同于眉本。

例 39：吾每谓兄非久居人下者——

　　今所吟之句，飞腾之兆已见，不日可换履于云霓之上矣。可贺，可贺！

"换履"，蒙本作"得接获履"（"得接获"被点去，旁改"坦"），戚本作"得接步履"，其他脂本以及程甲本、程乙本作"接履"。

"可贺，可贺"，彼本作"可贺"，其他脂本以及程甲本、程乙本同于眉本。

例 40：雨村叹道——

　　非晚生酒后狂言，若论文学，晚生也或可告充数沽名，只是目今行囊路费一概无措，神京路远，非赖卖字撰文即能到者。

"文学"，彼本同，己卯本、杨本作"举业之学"，其他脂本以及程甲本、程乙本作"时尚之学"。

"告"，彼本同，其他脂本以及程甲本、程乙本作"去"。

"目今"，蒙本作"自今"，舒本作"目下"，梦本、程甲本、程乙本作"如今"，其他脂本同于眉本。

"无措"，舒本作"无着"。"神京"，彼本作"都京"。其他脂本同于眉本。

例41：兄何不早言——

愚每有此意，但每遇兄时，兄并未谈及，愚故未敢唐突。

"愚每有此意"，己卯本、杨本、彼本同，梦本作"愚久有此意"，程甲本、程乙本作"弟已久有此意"，其他脂本同于眉本。

第二个"兄"字，杨本、蒙本、戚本、程甲本、程乙本无。第二个"愚"字，杨本、程甲本、程乙本无。其他脂本有此二字。

例42：士隐至红日三竿方醒——

回（因）思昨夜之事，意欲写两封荐书与雨村带至神都，使雨村投谒个仕宦之家为寄足之地。

"写"，甲戌本、庚辰本、蒙本、戚本、舒本作"再写"，己卯本、杨本、彼本、梦本以及程甲本、程乙本同于眉本。

"神都"，甲戌本作"神京"，彼本作"京都"，梦本、程甲本、程乙本作"都中"，其他脂本同于眉本。

"寄足"，梦本、程甲本、程乙本作"寄身"，其他脂本同于眉本。

例43：倏忽又是元宵佳节——

士隐命家人霍启抱了英莲去看烟火花灯，半夜中，霍启因要小解，便将英莲放在一家槛上坐着。待他小解了来抱时，那有英莲踪影？

第一个、第二个"英莲"，杨本作"莲英"，己卯本、庚辰本作"英菊"。第三个"英莲"，杨本、蒙本作"英连"，己卯本、庚辰本作"英菊"。其他脂本以及程甲本、程乙本同于眉本。

"烟火花灯"，彼本作"灶火花灯"，杨本作"放社火花灯"，其他脂本以及程甲本、程乙本作"社火花灯"。

"半夜"，杨本作"半路"，其他脂本以及程甲本、程乙本同于眉本。

例44：士隐夫妻见女儿一夜不来，便知有些不妥——

再使几人去寻找，回来皆云连音响俱无。

"音响"，杨本、梦本、程甲本、程乙本作"影响"，蒙本、戚本作"音信"，其他脂本同于眉本。

例45：看看一月，士隐先得了一病——

当时封氏孺人也因思女搆疾，日日请医调治。

"调治"，蒙本、戚本同，甲戌本作"疗病"，己卯本、庚辰本、杨本、舒本、彼本作"疗治"，梦本作"问卜"，程甲本、程乙本作"问卦"。

例46：油锅火逸，烧着窗纸——

此方人家多用竹篱木壁者甚多，大抵也因劫数，于是接二连三，牵五挂四，将一条街烧的火焰山一般。

"此方"，蒙本作"南方"。"竹篱木壁"，戚本作"竹壁"，蒙本误作"竹璧"。"牵五挂四"，戚本作"牵五挂六"。其他脂本以及程甲本、程乙本同于眉本。

例47：近年水旱不收，鼠盗蜂起——

无非抢田夺地，鼠窃狗盗，民不安生。

"抢田夺地"，己卯本、庚辰本、蒙本、戚本同，甲戌本作"抢粮夺食"，杨本作"抢夺田地"，舒本作"抢田抢地"，彼本作"抢钱夺米"，梦本、程甲本、程乙本无。

"鼠窃狗盗"，蒙本、戚本、梦本、程甲本、程乙本无，其他脂本作"鼠窃狗偷"。

"安生"，蒙本作"安身"（蒙本此二字被点去，旁改"聊生"），其他脂本以及程甲本、程乙本同于眉本。

例48：士隐知投人不着——

心中未免悔恨，更兼上年惊唬，急忿怨痛已伤，暮年人贫病交攻，竟渐渐露出那下世的光景来。

"怨痛"，甲戌本作"悲痛"，其他脂本以及程甲本、程乙本同于眉本。

"已伤"，程乙本无，戚本作"已有积伤"，其他脂本以及程甲本同于眉本。

例49：好了歌——

世人都晓神仙好，惟有功名忘不了！古人将相在何方？荒冢一堆草没了。其一。

"都晓"，己卯本作"只晓"。"草没了"，舒本作"皆没了"。其他脂本以及程甲本、程乙本同于眉本。

"古人"，其他脂本以及程甲本、程乙本均作"古今"。

"其一"，其他脂本以及程甲本、程乙本无。

例50：好了歌——

世人都晓神仙好，只有金银忘不了！终朝只恨聚无多，即得多时眼闭了。其二。

"都晓"，杨本作"多晓"，其他脂本以及程甲本、程乙本同于眉本。

"即得"，己卯本、杨本作"即至"，彼本作"积至"，其他脂本以及程甲本、程乙本作"及到"。

"多时"，舒本作"那时"，其他脂本以及程甲本、程乙本同于眉本。

"其二"，其他脂本以及程甲本、程乙本均无。

例51：好了歌——

世人都晓神仙好，只有娇妻忘不了！夫妻日日说恩情，夫死妻随人去了。其三。

"都晓"，杨本作"多晓"。蒙本、戚本作"都说"。其他脂本以及程甲本、程乙本同于眉本。

"娇妻"，舒本、梦本同，其他脂本以及程甲本、程乙本作"姣妻"。

"夫妻"，彼本同，其他脂本以及程甲本、程乙本作"君生"（庚辰本"生"被涂改为"在"）。

"其三"，其他脂本以及程甲本、程乙本均无。

例52：好了歌——

世人都晓神仙好，只有儿孙忘不了！痴心父母古来多，孝顺儿孙谁见了？其四。

"都晓"，杨本作"多晓"。蒙本、戚本作"都说"。"只有"，蒙本、戚本作"惟有"。其他脂本以及程甲本、程乙本同于眉本。

"儿孙"，梦本、程甲本、程乙本作"子孙"，其他脂本同于眉本。

"其四"，其他脂本以及程甲本、程乙本均无。

例53：那道人笑道——

要知世人万般，好便是了，了便是好。

"世人万般"，甲戌本、庚辰本、梦本、程甲本、程乙本作"世上万般"，彼本作"世人万状"，其他脂本同于眉本。

"好便是了，了便是好"，杨本作"了便是好，好便是了"，其他脂本以及程甲本、程乙本同于眉本。

例54：好了歌注——

陋室空堂，当年笏满床，衰草枯杨，曾为歌舞场。蛛丝儿结满了雕梁，绿纱今又糊在蓬窗上。

"空堂"，庚辰本作"空空"，杨本、彼本作"空"。"笏满床"，杨本作"满笏床"。"歌舞场"，蒙本作"歌场"。其他脂本以及程甲本、程乙本同于眉本。

"糊"，梦本、程甲本、程乙本无，其他脂本有，同于眉本。

例55：好了歌注——

说甚么脂正浓，粉正香，如何两鬓又成霜？昨日黄土陇头送白骨，今宵红灯帐底卧鸳鸯。

"脂正浓"，己卯本作"脂玉浓"（"玉"被点去，旁改"正"），杨本作"脂玉"。"陇头"，彼本作"岗头"。其他脂本以及程甲本、程乙本同于眉本。

"送白骨"，程甲本、程乙本作"埋白骨"。"红灯"，程甲本、程乙本作"红绡"。其他脂本同于眉本。

"帐底"，杨本作"帐里"，其他脂本以及程甲本、程乙本同于眉本。

例 56：好了歌注——

> 金满厢，银满厢，展眼乞丐人皆谤。正叹他人命不长，那知自己归来丧！

"厢"，蒙本同，其他脂本以及程甲本、程乙本作"箱"。

"展眼"，戚本、舒本、程甲本、程乙本作"转眼"，梦本"展"字残缺，其他脂本同于眉本。

"归来"，彼本作"又来"，其他脂本以及程甲本、程乙本同于眉本。

例 57：好了歌注——

> 保不定日后作强梁。择膏粱，谁知流落在烟花巷！因嫌纱帽小，致使锁枷扛，昨怜破袄寒，今嫌紫蟒长。

在第一句之前，甲戌本、庚辰本、蒙本、戚本、舒本、梦本、程甲本、程乙本有"训有方"三字，己卯本、杨本、彼本无此三字，同于眉本。

"日后"，蒙本、戚本作"后日"。"因嫌"，舒本作"自嫌"。"寒"，己卯本作"冷"。"紫蟒"，蒙本、戚本作"紫袍"。其他脂本以及程甲本、程乙本同于眉本。

"谁知"，其他脂本以及程甲本、程乙本均作"谁承望"。

例 58：好了歌注——

> 乱烘烘你方唱罢我登场，反认他乡是故乡。甚荒唐，到头来都是为他人作嫁衣裳！

"都是"，杨本作"多是"。"作嫁衣裳"，蒙本、戚本作"作了衣裳"（蒙本"了"被点去，旁改"嫁"）。其他脂本以及程甲本、程乙本同于眉本。

例 59：飘飘而去——

> 当下烘动街坊，众人当作一件新闻传说。

"街坊"，杨本作"街上的"。"新闻"，甲戌本、己卯本、蒙本、戚本、彼本作"新文"。其他脂本以及程甲本、程乙本同于眉本。

例 60：主仆三人——

　　日夜作些针线发卖，帮着父亲用度。

　　"针线"，杨本、彼本作"针指"。"父亲"，舒本作"父母"。"用度"，蒙本、戚本作"过活"。其他脂本以及程甲本、程乙本同于眉本。
　　"发卖"，梦本、程甲本、程乙本无，其他脂本有，同于眉本。
　　例 61：丫环隐在门内看时——

　　只见军牢快手一对一对的过去，俄而大轿内抬着一个乌纱星袍的官府过去。

　　"乌纱"，己卯本、杨本、蒙本、戚本同，其他脂本以及程甲本、程乙本作"乌帽"。
　　"星袍"，杨本作"新袍"，蒙本作"红袍"，其他脂本以及程甲本、程乙本作"猩袍"。
　　例 62：许多人乱嚷说——

　　"本府太爷的差人来传人问话。"封肃听了，目瞪口呆。

　　"本府"，程甲本、程乙本作"本县"，其他脂本同于眉本。
　　"太爷"，彼本作"大爷"。"目瞪口呆"，庚辰本、彼本作"目瞪痴呆"。其他脂本以及程甲本、程乙本同于眉本。

第四节　第一回异文统计与分析

　　以上共选例六十二个。每例之内，均包含异文一条或数条。异文条数统计如下：

　　甲戌本　34

　　己卯本　34

　　庚辰本　41

　　杨　本　62

　　蒙　本　56

戚　本　51

舒　本　46

彼　本　32

梦　本　54

以上统计数字可以分为五类——

第一类一种：彼本：32 条。

第二类两种：甲戌本，34 条①；己卯本，34 条②。

第三类两种：庚辰本，41 条；舒本，46 条。

第四类三种：戚本，51 条；梦本，54 条；蒙本，56 条。

第五类一种：杨本，62 条。

因此，从这个角度，可以得出如下的初步的结论：

与眉本第 1 回文字关系最亲近的是彼本。与眉本第 1 回文字关系比较亲近的是甲戌本。

与眉本第 1 回文字关系最疏远的是杨本。

己卯本、庚辰本、舒本、戚本、梦本、蒙本处于中流状态，与眉本第 1 回文字既不亲近，也不疏远。

需要说明的是，这只是第 1 回文字比较的结果。由于各个脂本存在着程度不同的拼凑问题，其他各回文字比较的结果不一定和这里的结论吻合、保持一致。

至于第 2 回至第 10 回文字的比较情况，请看以下各章节的叙述和分析。

---

① 这里把甲戌本归入第二类，是因为它比其他脂本在一个地方多出了四百余字，所以不和彼本并入第一类（相差只有两条）。

② 这里把己卯本暂时归入第二类，是因为考虑到己卯本有较多的残缺的缘故。

第二十章
异文统计与分析之二

第一节　第二回异文举例（上）

例 1：开端第一段——

　　此回亦非正文本旨，只在冷子兴一人，此即俗谓冷中出热，无中生有也。其演说荣府一篇者，盖因族大人多，若从作者笔下一一叙出，若一二回不能得明，则成何文字。故借用冷子兴一人略出其文，遂使阅者心中已有一荣府隐隐在心，后用黛玉、宝钗等两三次皴染，则跃然于心中眼中矣，此即画家之三染法也。

　　"一人"，杨本误作"一今"。"只在"，梦本作"即在"。"荣府"，戚本作"荣国府"。其他脂本同于眉本。

　　"俗谓"，蒙本、戚本无，其他脂本有，同于眉本（庚辰本"俗"下，旁添"语所"）。

　　"若一二回"，其他脂本作"尽一二回"。

　　"得明"，庚辰本"得"下添"说"字，己卯本、彼本作"得明白"，其他脂本同于眉本。

　　"则成何文字"，梦本作"则成何文笔"，其他脂本同于眉本（庚辰本"则"字被点去）。

　　"冷子兴"，梦本同，甲戌本、己卯本、庚辰本、杨本、舒本、彼本作"冷字"（庚辰本"字"被点去，旁改"子兴"），蒙本、戚本作"冷子"。

　　"文"，甲戌本、杨本作"大半"，己卯本、庚辰本、蒙本、戚本、舒本、彼本作"文半"（庚辰本"半"被点去，旁改"好"，连下句），梦本作

"半"。

"遂"，其他脂本无。

倒数第二句之后，其他脂本均有"隐隐在心"四字。

例2：开端第二段——

　　未写荣府正人，先写外戚，是由近及远，由小及大也，若使先叙出荣府，然后一一叙及外戚，又一一至朋友，至奴仆，其死后拮据之笔，岂非十二钗人手中之物也。今先写外戚者，正是写荣国一府也。故又怕闲文赘瘵，开笔即写贾夫人已死，是特使黛玉入荣府之速也。通灵宝玉于士隐梦中一出，今又于子兴口中一出，阅者已洞然矣。然后于黛玉、宝钗二人目中极精极细一描，则是文章凑合处，盖不肯一笔直下，有若放闸之水，燃信之爆，使其精华一泄而无余也。究竟此书原应出自钗、黛目中，方有照应，今预从子兴口中说出，实虽写而未写，观其后文，可知此一回则是虚鼓（敲）旁击之文，则是反逆隐曲之笔。

"由近及远"，己卯本、杨本同，甲戌本、庚辰本、蒙本、戚本、舒本、彼本、梦本作"由远及近"。

"先叙出荣府"，梦本此句之后有"正人"二字，其他脂本同于眉本。

"又一一至朋友"，甲戌本作"又一一，未写荣府正人，先写外戚，是由远及近，由小至大也，若是先叙出荣府，然后一一叙及外戚，又一一至朋友"。按：此系衍文。

"死后"，己卯本、杨本、彼本同（己卯本"后"被点去，旁改"板"），甲戌本、蒙本、戚本、舒本、梦本作"死板"，庚辰本误作"死反"。

"拮据"蒙本作"技据"，其他脂本同于眉本。

"岂非"，其他脂本作"岂作"。

"手中之物也"，梦本作"手笔哉"，其他脂本同于眉本（甲戌本"也"上旁添"耶"字）。

"正是写荣国一府也"，杨本作"正先写荣国一府"，彼本作"正写荣国一府也"，其他脂本同于眉本。

"闲文赘瘵"，杨本作"闲文瘵赘"。"已死"，蒙本、戚本作"一死"。"是特"，蒙本、戚本无。"入荣府"，甲戌本作"入荣"。"今又于"，甲戌本作"今于"。"洞然"，蒙本、戚本作"豁然"。"宝钗"，杨本作"宝玉"。"极精极细"，蒙本、戚本作"极精细"，梦本作"精细"。其他脂本同于眉本。

"则是文章凑合处"，甲戌本、己卯本、蒙本、戚本、彼本、梦本作"则是文章锁合处"，杨本作"只是文章锁合处"，庚辰本作"则是文章锁何处"（"锁"上，旁添"关"字），舒本作"则是文章锁住处"。

"盖"，杨本无。"一笔"，己卯本作"下笔"。"燃信之爆"，彼本作"龙信之爆"，己卯本作"燃信之爆竹"，杨本"燃信的炮竹"。其他脂本同于眉本。

"此书"，杨本作"以玉"，其他脂本作"此玉"。

"原应"，杨本作"原引"，舒本无"应"字。"口中"，舒本无。"说出"，杨本无"出"字。"实"，梦本无。其他脂本同于眉本。

"此一回"，杨本作"此一回文"。"则是"，梦本无"则"字。其他脂本同于眉本。

末句之前，甲戌本、己卯本、庚辰本、杨本、蒙本有一"笔"字，戚本、舒本、彼本无之，同于眉本。梦本无此末句。"隐曲"，甲戌本误作"隐回"。

例3：那些公差道——

> 我们也不知什么真假，因奉大老爷之命来问，既是你女婚（婿），便带了你去亲见大老爷面禀，省得乱跑。

第二句，梦本、程甲本、程乙本无，其他脂本有，同于眉本。

"大老爷"，其他脂本以及程甲本、程乙本均作"太爷"。

例4：大家推拥封肃去了——

> 封肃家人个个都惊慌，不知何事。

"封肃家人"，蒙本、戚本作"封肃家内人"，甲戌本、庚辰本、舒本、彼本作"封家人"，梦本、程甲本、程乙本作"封家"，己卯本、杨本作"家人"。

按：这里的异文，可以分为两类：一类是甲戌本、庚辰本、舒本、彼本、蒙本、戚本、梦本等七本，指的是封肃家里的人，包括主人、丫环和男仆；另一类是己卯本、杨本二本，指的是封肃家里的"家人"（不包括主妇在内）。自以前者为是。

例5：那天约二更时——

> 只见封肃方回来，欢天喜地。

"封肃"，庚辰本误作"封素"，其他脂本以及程甲本、程乙本同于眉本。

"欢天喜地"，梦本、程乙本无，其他脂本以及程甲本有，同于眉本。

例6：封肃说——

> 原来本府新升这爷姓贾名化，本胡州人氏，曾与女婿旧日相交。方才在偺们门前过去，看见姣杏那丫头买线，所以只当女婿移住于此。

"新升这爷"，甲戌本、庚辰本、杨本、蒙本、舒本、彼本作"新升的太爷"，己卯本作"新升太爷"，戚本作"新任的太爷"，梦本、程甲本、程乙本作"新任太爷"。

"胡州"，己卯本、庚辰本、杨本同，其他脂本以及程甲本、程乙本作"湖州"。

"女婿"，舒本作"小婿"，其他脂本以及程甲本、程乙本同于眉本（庚辰本"女"字系旁添）。

"姣杏"，戚本、彼本同，其他脂本以及程甲本、程乙本作"娇杏"。

例7：太爷说——

> 不妨，我自使番役，务必探访回来。

"探访"，庚辰本、戚本、舒本同，甲戌本、己卯本、杨本、蒙本、彼本作"採访"，梦本、程甲本、程乙本作"找寻"。

例8：贾雨村又寄一封密书与封肃——

> 转托他向甄家娘子要那姣杏作二房。封肃喜的屁滚尿流，巴不得奉承，在女儿前一力撺掇成了，乘夜间用一乘小轿，便把姣杏送进去了。雨村欢喜，自不必说，乃封百金赠封肃，外又谢甄家娘子多少物事，令其好生养瞻（赡），以待寻访女儿下落。封肃回家无话。却说姣杏这丫环，便是那年回顾雨村者。……

第一个"姣杏"，庚辰本、蒙本、戚本、彼本同，其他脂本以及程甲本、程乙本作"娇杏"。

第二个和第三个"姣杏"，己卯本、庚辰本、杨本、蒙本、戚本、彼本同，其他脂本以及程甲本、程乙本作"娇杏"。

"屁滚尿流"，杨本作"屁滚水流"，梦本、程甲本、程乙本作"眉开眼笑"，其他脂本同于眉本。

"乘夜间"，舒本作"乘夜中"，梦本、程甲本、程乙本作"当夜"，其他脂本作"乘夜"。

"养赡"，杨本误作"养胆"，梦本、程甲本、程乙本作"过活"。"寻访"，梦本作"访寻"，蒙本、戚本无"访"字。其他脂本同于眉本。

例9：只一年便生了一子——

> 又半载，雨村的嫡妻忽染疾而死，雨村便将他扶册为正室夫人了。
> 正是：偶因一着错，便为人上人。原来……

以上文字，戚本无，蒙本仅有"有半载"三字。其他脂本以及程甲本、程乙本基本上同于眉本。

"而死"，己卯本作"弃世"，杨本作"去世"，其他脂本以及程甲本、程乙本作"下世"。

"扶册"，庚辰本、舒本、彼本、程甲本作"扶侧"，杨本、梦本、程乙本作"扶"，其他脂本同于眉本。

"偶因一着错"，甲戌本、己卯本、彼本、程甲本同（甲戌本"着错"被点去，旁改"回头"），庚辰本作"偶然一着错"，杨本作"偶因一着巧"，舒本误作"偶然一着借"，梦本、程乙本作"偶因一回顾"。

例10：将家小人属送至原籍安插妥协——

> 却是自己担风袖月，游览天下胜迹。

在第二句末尾，舒本有"胜区"二字，其他脂本以及程甲本、程乙本无之。

例11：林如海乃是前科探花——

> 今已升至兰台寺大人。

"兰台寺"，庚辰本作"蓝台寺"，其他脂本以及程甲本、程乙本作"兰台寺"。

"大人"，庚辰本、舒本、彼本同，其他脂本以及程甲本、程乙本作"大夫"。

例12：虽有几房姬妾——

> 奈命中无子，亦无可如何之事。

"命中"，舒本作"年终"，其他脂本以及程甲本、程乙本同于眉本。

例 13：黛玉年方五岁——

夫妻无子，故爱女如珍。

"爱女如珍"，庚辰本作"爱如珍宝"，梦本、程甲本、程乙本作"爱之如掌上明珠"，其他脂本同于眉本。

例 14：工课不限多寡，故十分省力——

看看又是一载的光景，谁知学生之母贾氏夫人病故。

"看看"，戚本、舒本、梦本、程甲本、程乙本同，其他脂本作"堪堪"。

"一载的光景"，蒙本、戚本、彼本同，甲戌本、己卯本、庚辰本、杨本、舒本作"一载的光阴"，梦本、程甲本、程乙本作"一载有余"。

"病故"，梦本、程甲本、程乙本作"一病而亡"，其他脂本作"一疾而终"。

例 15：连日不曾上学——

雨村闲居无聊，每当风日晴和，饭后便出来闲步。

"风日"，庚辰本作"风月"，其他脂本以及程甲本、程乙本同于眉本。

例 16：偶至郭外，意欲赏鉴那村野风光——

忽信步至一山环水绕、茂林深竹之处，隐隐有座庙宇，门巷倾颓，墙垣朽败。

"山环水绕"，己卯本同，梦本、程甲本、程乙本作"山环水漩"，其他脂本作"山环水旋"。

"深竹"，梦本、程乙本作"修竹"，其他脂本以及程甲本同于脂本。

"朽败"，杨本作"污败"，蒙本、戚本作"折败"，程乙本作"剥落"。其他脂本以及程甲本同于眉本。

例 17：雨村走入看时——

只有聋钟老僧在那里煮粥。

"聋钟"，彼本、梦本同，甲戌本、己卯本、杨本作"聋肿"，庚辰本、舒本、程甲本、程乙本作"龙钟"，蒙本作"聋踵"，戚本作"胧肿"。

例 18：承他之情，留我多住几日——

  我也无甚紧事，且盘桓两日，待月半时也就起身了。

第一句和第二句，杨本无，其他脂本以及程甲本、程乙本有。
"无甚紧事"，庚辰本作"无紧事"，舒本作"无要紧事"，其他脂本以及程甲本、程乙本同于眉本。

例 19：子兴笑道——

  你们同姓，定是同宗一族。

"定是"，舒本、梦本同，甲戌本、彼本、程甲本、程乙本作"岂非"，己卯本、庚辰本、蒙本作"定非"，杨本作"并非"，戚本作"实非"。

例 20：子兴笑（叹）道——

  如今这荣、宁两门，也都萧疏了，不比先时的光景。

"荣、宁两门"，彼本同，戚本作"宁、荣两门"，甲戌本、庚辰本、蒙本、舒本作"荣国两门"，己卯本、杨本作"荣国府两门"，梦本、程甲本、程乙本作"荣、宁两府"
"萧疏"，甲戌本作"消疏"，梦本、程甲本、程乙本作"萧索"，其他脂本同于眉本。按：下文的"萧疏"，异文情况同此。
"不比先时的光景"，杨本作"子兴道：正是"，其他脂本以及程甲本、程乙本同于眉本。按：杨本此句大误。上文是"子兴叹道"，此处又接"子兴道"，从当时的情景看，岂有冷子兴自问自答的道理？

例 21：雨村道——

  那日进了石头城，从他老宅门前经过。街东宁国府，街西是荣国府，二宅相连，竟将大半条街占了。

"他"，庚辰本、舒本无，其他脂本以及程甲本、程乙本有，同于眉本。
"街东宁国府，街西是荣国府"，戚本作"路北东是宁国府，西是荣国府"，其他脂本以及程甲本、程乙本基本上同于眉本。

例 22：里面厅殿楼阁，也都还峥嵘轩峻——

  就是后一带花园里，树木山石，也还有蓊蔚氤氲之气，那里像个衰败人家？

"树木山石"，庚辰本作"树木山水"（"水"字系旁添）。其他脂本以及程甲本、程乙本同于眉本。

"葱蔚"，梦本、程甲本作"荥蔚"，程乙本作"葱蔚"，其他脂本同于眉本。

"氤氲"，戚本作"泱润"，其他脂本以及程甲本、程乙本作"洇润"。

例23：百足之虫，死而不僵——

> 如今虽说不及先年那样兴盛，较之平常之家，到底气象不同。

"平常之家"，其他脂本以及程甲本、程乙本作"平常仕宦之家"。

例24：子兴笑（叹）道——

> 正说的是这两门呢。待我告诉你。

此二句，舒本作"正说的是这弟兄两个早就分居了"，其他脂本以及程甲本、程乙本基本上同于眉本。

例25：今年才十六岁，名叫贾蓉——

> 如今敬老爷一概不管。这珍爷那里肯读书，只一味快乐罢了，把宁国府翻了过来，也没人敢来管他。

"敬老爷"，蒙本、戚本、舒本、彼本、程甲本、程乙本同，甲戌本、己卯本、庚辰本、杨本、梦本作"敬老爹"。

"快乐"，舒本作"享乐"，其他脂本以及程甲本、程乙本作"高乐"。

第二节 第二回异文举例（下）

例26：皇上问还有几子——

> 立刻引见，遂额外赐了这政老爷一个主事之衔，令他入都习学。

"额外"，己卯本、杨本作"特恩"。其他脂本以及程甲本、程乙本同于眉本。

"之衔"，舒本、程乙本作"职衔"，己卯本、杨本作"之职"，其他脂本以及程甲本同于眉本。

"入都"，其他脂本以及程甲本、程乙本均作"入部"。

"习学"，杨本、舒本、梦本作"学习"，其他脂本以及程甲本、程乙本同于眉本。

例27：冷子兴继续说——

这政老爷夫人王氏，头胎生得公子，名唤贾珠，十四岁进学，不到三十岁娶妻生子，死了。

"政老爷"，己卯本、杨本、蒙本、戚本、舒本、彼本、梦本、程甲本、程乙本同，甲戌本、庚辰本作"政老爹"。

"三十岁"，杨本作"廿岁"，程乙本作"后来"，其他脂本以及程甲本作"二十岁"。

"死了"，甲戌本、己卯本、庚辰本作"一病死了"，杨本作"一疾死了"，舒本作"因得一病而终"，彼本作"贾珠因病死了"（"贾珠因"三字系旁添），梦本、程甲本、程乙本作"一病就死了"。

例28：生在大年初一日——

不想后来又生一位公子。

"后来"，戚本、舒本同，程乙本作"隔了十几年"，其他脂本以及程甲本作"次年"。

例29：说（起）孩子话来也奇怪——

他说："女儿是木作的骨肉，男人是泥作的骨肉。……"

"木"，彼本同，其他脂本以及程甲本、程乙本作"水"（庚辰本此字被涂改为"木"）。

例30：大约政老爷错以淫魔色鬼看待了——

若非多读书识事，加以致知格物之功，悟道参元之力，不能知也。

"识事"，杨本、戚本作"识字"，其他脂本以及程甲本、程乙本同于眉本。

"悟道参元"，甲戌本、己卯本、庚辰本、杨本作"悟道参玄"，蒙本、戚本、舒本、彼本、梦本、程甲本、程乙本同于眉本。按：此乃避讳。蒙本、戚本、舒本、彼本、梦本改"玄"为"元"。甲戌本、己卯本、庚辰本、杨本的"玄"字缺末笔。

例31：大恶者，应劫而生——

> 运生世治，劫生世危。尧、舜、禹、汤，文、武、周公，孔、孟、苏、韩，周、程、张、朱，皆应运而生者。骥兜、共工，桀、纣、始皇，王莽、曹操、桓温、安禄山、秦桧等，皆应劫而生者。

"世治"，杨本、梦本作"治世"。"禹、汤"，舒本作"汤、禹"。其他脂本以及程甲本、程乙本同于眉本。

"周公"，己卯本、杨本同，其他脂本以及程甲本、程乙本作"周、召"（庚辰本、彼本"召"旁改"公"）。

"孔、孟、苏、韩"，杨本作"孔子、韩"，其他脂本以及程甲本、程乙本作"孔、孟、董、韩"。

在"骥兜"之前，蒙本有"大人者修治天下，虽有"九字，戚本有"大人者修治天下"七字，其他脂本以及程甲本、程乙本无之。

"骥兜"，甲戌本、己卯本、庚辰本、杨本、舒本、彼本、梦本、程甲本、程乙本作"蚩尤"（杨本、彼本"蚩"误作"虽"）。

"桓温"，庚辰本误作"恒温"，杨本误作"桓文"，其他脂本以及程甲本、程乙本同于眉本。

例32：大恶者，挠乱天下——

> 清明灵秀，天地之正气，仁者之所秉也；残忍乖僻，天地之邪气，恶者之所秉也。

末三句，舒本无，其他脂本以及程甲本、程乙本有，同于眉本。

例33：上至朝庭，下至草野，比比皆是——

> 所余之秀气，漫无所归，遂为和风，洽然溉及四海。

在"遂"与"为和风"之间，甲戌本、庚辰本、蒙本、戚本、舒本、梦本有"为甘露"三字，己卯本、杨本、彼本、程甲本、程乙本无之，同于眉本。

例34：遂凝结充塞于深沟大壑之间——

偶因风荡，忽被云推……

"云推"，甲戌本、庚辰本、程甲本、程乙本作"云摧"，杨本作"云催"，舒本作"云拥"，彼本作"雪摧"，其他脂本同于眉本。

例35：下则不能为大凶大恶——

置之千万人之中，其聪俊灵秀之气，则在万人之上。

"聪俊"，己卯本、杨本作"聪明"，其他脂本以及程甲本、程乙本同于眉本。

例36：又在万人之下——

若生富贵之家，则为情痴情种，若生于清贫诗书之家，则为逸士高人，总在（再）偶生于薄族寒门，断不能为走卒健仆，甘遭驱制驾驭，必为奇优名倡。如前代之许由、陶潜、阮籍、稽（嵇）康、刘伶、王谢二族、顾虎头、陈后主、唐明皇、宋徽宗、刘庭芸（芝）、温飞卿、米南宫、石曼卿、柳耆卿、秦少游，近日的倪云林、唐伯虎、祝岐（枝）山，再为（如）李龟年、黄幡绰、敬新磨、卓文君、红拂、薛涛、朝云、崔莺之流。此皆易地则皆同之人也。

"富贵之家"，蒙本、戚本作"富贵公侯"，其他脂本以及程甲本、程乙本作"公侯富贵"。

"清贫诗书之族"，杨本作"清贫诗礼之族"，其他脂本以及程甲本、程乙本作"诗书清贫之族"。

"薄族寒门"，其他脂本以及程甲本、程乙本均作"薄祚寒门"。

"甘遭"之后，其他脂本均有"庸人"二字，程甲本、程乙本则作"庸夫"。

"名倡"，甲戌本、庚辰本、梦本、程甲本同，蒙本、戚本、舒本、程乙本作"名娼"，彼本作"名唱"，己卯本、杨本作"名妓"。

"王谢二族"，舒本作"王谢之族"，杨本误作"王榭二族"，其他脂本以及程甲本、程乙本同于眉本。

"顾虎头"，己卯本、杨本无，舒本误作"顾显"，其他脂本以及程甲本、程乙本同于眉本。

"刘庭芸（芝）"，戚本无，甲戌本、己卯本、舒本、梦本、程甲本、程乙本作"刘庭芝"，庚辰本、彼本作"刘廷芝"，杨本作"刘庭之"，蒙本作"庭芝"。

"米南宫"，蒙本误作"米西宫"，其他脂本、程甲本、程乙本同于眉本。

"祝岐（枝）山"，庚辰本误作"祝之山"，其他脂本以及程甲本、程乙本作"祝枝山"。

"黄幡绰"，梦本作"黄幡族"。"红拂"，梦本作"红拂妓"。"崔莺"，己卯本、杨本、戚本作"崔莺莺"。其他脂本以及程甲本、程乙本同于眉本。

"易地"，庚辰本作"异地"，其他脂本、程甲本、程乙本同于眉本。

例37：子兴道——

依你说，成则公侯败则贼了。

"公侯"，甲戌本、庚辰本、舒本作"王侯"，己卯本作"公候"，其他脂本以及程甲本、程乙本同于眉本。

例38：雨村道——

我自革职以来，这两年遍游各省，也曾遇见两个异样孩子。所以你方才一说这宝玉，我就猜着了八九，亦是这一派人物。不用远说……

"各省"，彼本、梦本同，其他脂本以及程甲本、程乙本作"名省"。

"你方才一说"，己卯本同，彼本作"我方才你一说"，其他脂本以及程甲本、程乙本作"方才你一说"。

"远说"，甲戌本、戚本、梦本、程甲本、程乙本同，己卯本、杨本作"远处"，庚辰本、蒙本、彼本作"远设"，舒本无"说"字。

例39：子兴道——

这甄家和贾府是老亲，又系世交。两家来往，极其亲热的。便在下也和他家来往非止一日了。

"极其亲热的。便在下也和他家来往"，舒本无。按：此系舒本脱文，原因在于"来往"二字的重复出现。

例 40：其暴虐浮躁，顽劣憨痴，种种异常——

　　只一放了学，进去见了那些女儿们，其温柔和平，聪敏文雅，竟又变了一个。

"温柔和平"，蒙本、戚本、梦本同，甲戌本、己卯本、庚辰本、舒本、彼本、程甲本、程乙本作"温厚和平"，杨本无。

"聪敏"，杨本作"聪明"，其他脂本以及程甲本、程乙本同于眉本。

"一个"，己卯本、杨本作"一个人了"，梦本、程甲本、程乙本作"一个样子"。其他脂本同于眉本。

例 41：里面女子们拿他取笑说——

　　因何打急了只管唤姐妹作甚？莫不是求姐妹去讨情？你岂不愧些些！

"讨情"，甲戌本、蒙本、程甲本、程乙本作"讨情讨饶"，己卯本、杨本、彼本作"讨饶"，庚辰本作"讨讨情讨饶"，戚本作"说情讨饶"，舒本、梦本作"讨情饶你"（"你"字系从下句移来）。

"愧些些"，甲戌本、庚辰本、蒙本、舒本、梦本、程甲本、程乙本作"愧些"（蒙本"些"字被点去），己卯本、杨本作"羞些"，戚本作"愧羞"，彼本作"愧么"。

例 42：因叫了一声，果竟不疼了——

　　遂得了秘法。每疼痛之际，便连叫姐妹起来。

"秘法"，甲戌本作"秘方"，己卯本作"秘诀"，庚辰本作"密法"，杨本作"密诀"，其他脂本以及程甲本、程乙本同于眉本。

"姐妹"，甲戌本、己卯、蒙本、彼本作"姊妹"，其他脂本以及程甲本、程乙本同于眉本。

例 43：也因祖母溺爱不明——

　　每因孙辱师责子，因此我就辞了馆。如今在巡盐林家坐馆了。你说，这等子弟，必不能守祖父之基业，从师友之规谏的。

"孙"，杨本作"孙女"，其他脂本以及程甲本、程乙本同于眉本。

"如今在巡盐林家坐馆了。你说"两句，蒙本、戚本、程甲本、程乙本无，其他脂本有，基本上同于眉本。

"巡盐"，己卯本、杨本、彼本同，甲戌本、庚辰本、舒本作"巡盐御史"。

"你说"，己卯本、杨本、彼本同，甲戌本、庚辰本、舒本作"你看"。

"祖父"，蒙本、舒本、梦本、程甲本作"父祖"，其他脂本以及程乙本同于眉本。

"基业"，梦本、程乙本同，其他脂本以及程甲本作"根基"。

"师友"，庚辰本作"师长"，彼本作"师"，其他脂本以及程甲本、程乙本同于眉本。

"规谏"，梦本、程甲本、程乙本作"规劝"。其他脂本同于眉本。

例 44：子兴道——

> 政老爷之长女，名元春，现因贤孝才德，选入宫中作女史去了。二小姐乃赦老爷之妻所生，名迎春。

"政老爷"、"赦老爷"，甲戌本、庚辰本作"政老爹"、"赦老爹"。"贤孝才德"，彼本作"才德贤孝"。其他脂本以及程甲本、程乙本同于眉本。

"赦老爷之妻所生"，彼本同，甲戌本作"赦老爹前妻所出"，蒙本、舒本作"赦老爷前妻所出"，庚辰本作"政老爹前妻所出"，己卯本、杨本作"赦老爷之女，政老爹养为己女"，戚本作"赦老爷之妾所出"，梦本、程甲本、程乙本作"赦老爷姨娘所出"。[①]

例 45：子兴道——

> 目今你贵东家林公之夫人，亦荣府中赦老爷之胞妹，在家名叫贾敏。

"赦老爷"，其他脂本以及程甲本、程乙本均作"赦、政二公"。

按：贾敏乃赦、政二人之胞妹，何得单提贾赦一人，眉本实欠妥。

例 46：度其母必不凡，方得其女——

> 今知为荣府之孙，又不足罕矣。

---

① 请参阅拙著《红楼梦版本探微》（华东师范大学出版社，2003）卷上"从红楼版本问题看曹雪芹创作过程"第四章"迎春是谁的女儿"。

"孙"，甲戌本、庚辰本、梦本同，己卯本、杨本、彼本、程甲本、程乙本作"外孙"，蒙本作"女"，戚本作"孙女"，舒本作"孙辈"。

"罕"，蒙本、戚本作"骇"，其他脂本以及程甲本、程乙本同于眉本。

例47：子兴叹道——

> 老姊妹四个，这一个是极小的，又没了。长一辈的姊妹，一个也没了。

"四个"，梦本、程甲本、程乙本作"三个"，其他脂本同于眉本。

例48：子兴道——

> 若问那赦公，也有二子。长子贾琏，今有二十来往了，亲上作亲，娶的就是政老爷夫人王氏之内侄女，已过门二年了。

"二子"，程乙本作"一子"，其他脂本以及程甲本同于眉本。

"长子"，己卯本、杨本、彼本同，甲戌本、庚辰本、蒙本、戚本、舒本作"长名"，梦本、程甲本作"次名"，程乙本作"名叫"。①

"政老爷"，甲戌本、庚辰本作"政老爹"，程甲本作"政爷"，其他脂本以及程乙本同于眉本。

例49：我们慢慢进城再谈，未为不可——

> 于是，二人起身，算还酒帐。

"二人起身"，蒙本、戚本无，其他脂本以及程甲本、程乙本有，同于眉本。

"酒帐"，梦本、程甲本、程乙本作"酒钱"，其他脂本同于眉本。

第三节　第二回异文统计与分析

以上选例四十九个。每例之内，均包含异文一条或数条。

异文条数统计如下：

---

① 请参阅拙著《红楼梦之谜——刘世德学术演讲录》（线装书局，2007）一、"从琏二爷说起"。

杨　　本　57

梦　　本　49

庚辰本　48

舒　　本　45

甲戌本　42

蒙　　本　39

己卯本　36

戚　　本　33

彼　　本　25

这项统计数字可分为四类——

第一类一种：彼本，25 条。

第二类一种：己卯本，36 条。

第三类五种：戚本，33 条；蒙本，39 条；甲戌本，42 条；舒本，45 条；庚辰本，48 条。

第四类两种：梦本，49 条；杨本，57 条。

因此，从这个角度，可以得出以下的初步的结论：

与眉本第 2 回文字关系最亲近的是彼本。

与眉本第 2 回文字关系最疏远的是梦本、杨本。

己卯本、戚本、蒙本、甲戌本、舒本、庚辰本等六本与眉本第 2 回文字的关系，既不亲近，也不疏远，处于中流的状态。

第二十一章
异文统计与分析之三

第一节 第三回异文举例（上）

例1：张如圭打听得都中奏准起复旧员之信——

> 忽遇见雨村，故忙道喜。二人见了礼，张如圭便将此信告诉雨村，自是欢喜。

第二句至第四句，己卯本、杨本无，但己卯本、杨本在末句之前保留了"雨村"二字。梦本无"自是"二字。其他脂本以及程甲本、程乙本基本上同于眉本。

例2：林如海对贾雨村说——

> 但请放心，弟已预为筹画在此，已修下荐书一封，转托内兄务为周全协佐，方可稍尽弟之鄙诚。即有所费之例，弟于内兄家信中已注明白，不劳尊兄多虑矣。

第四句和第五句，舒本无。"周全"，蒙本、戚本作"周旋"。其他脂本以及程甲本、程乙本基本上同于眉本。

"内兄家信"，彼本同，甲戌本作"内兄信"，己卯本、庚辰本、杨本、舒本、程甲本、程乙本作"内家信"，蒙本、戚本作"家信"，梦本作"内兄信"。

例3：林如海说——

> "已择了出月初二日小女入都，尊兄即同路而往，岂不两便?"雨村

唯唯听命，心中十分得意。如海遂打点礼物并饯行之事，雨村一一领了。

第四句至第六句，舒本无。"出月初二日"，蒙本、戚本作"正月初六日"。"而往"，蒙本、戚本作"入都"。其他脂本以及程甲本、程乙本基本上同于眉本。

例4：贾雨村至荣府投了名帖——

> 彼时贾政已看了妹丈之书，即忙请入相［会］，见雨村相貌魁伟，言谈不俗，且这贾政最喜读书人，礼贤下士，拯溺济危，大有祖风……

"言谈"，庚辰本作"言语"。"拯溺济危"，庚辰本作"济弱扶危"，程甲本、程乙本作"拯溺救危"。其他脂本同于眉本。

例5：贾雨村拜辞了贾政——

> 到任去了，不在话下。

"不在话下"，己卯本、杨本作"此是后话"。其他脂本以及程甲本、程乙本同于眉本。

例6：林黛玉——

> 他近日所见的这几个三等的仆妇，吃穿用度，已是不凡了……

"近日"，舒本作"向日"。"吃穿用度"，甲戌本无。其他脂本以及程甲本、程乙本同于眉本。

例7：林黛玉步步留心，时时在意——

> 惟恐被人耻笑了他去。

"惟恐"，庚辰本、梦本同，甲戌本、己卯本、杨本、舒本、彼本作"生恐"，蒙本作"且恐"，戚本作"止恐"，程甲本、程乙本作"恐"。

例8：黛玉从纱窗内往外瞧了一瞧——

> 其街市之繁华，人烟之阜盛，自与别处不同。

"阜盛"，杨本作"茂集"，彼本误作"阜城"，其他脂本以及程甲本、程乙本同于眉本。

例 9：忽见街北蹲着两个大石狮子——

　　三间兽头大门之前，坐着十来个花（华）冠丽服之人。

"十来个"，杨本作"几个"。其他脂本以及程甲本、程乙本同于眉本。

例 10：正门不开——

　　只有两个角门有人出入。

"两个角门"，甲戌本、庚辰本、舒本、梦本、程甲本、程乙本作"东西两角门"，己卯本、杨本、彼本作"两角门"，蒙本、戚本作"东西两脚门"。

例 11：正门之上有一扁——

　　扁上大书"敕造宁国府"五个大字。

"敕造"，己卯本、杨本、彼本作"敕建"。其他脂本以及程甲本、程乙本同于眉本。

例 12：进了西边角门——

　　那轿夫抬进去，走了一射之地……

"一射之地"，蒙本、戚本作"一箭之地"，梦本、程甲本、程乙本作"一箭之远"，其他脂本同于眉本。

例 13：将转弯时，便歇下退出去了——

　　后面婆子们已都下了轿，赶上前，另换了三四个衣帽周全、十七八岁的小厮上来，复抬起轿子，众婆子步下围随至一垂花门前落下。众小厮退出，众婆子上来打起轿帘，扶黛玉下轿。

"下了轿"，舒本作"下了车"，程甲本、程乙本作"下来了"，其他脂本同于眉本。

"三四个"，舒本作"四五个"，彼本、梦本、程甲本、程乙本作"四个"。其他脂本同于眉本。

最后两句，舒本无，其他脂本以及程甲本、程乙本基本上同于眉本。

末句之后，蒙本、戚本有"黛玉下了轿"五字，眉本、其他脂本以及程甲本、程乙本均无。

例14：进了垂花门——

　　见两边是抄手游廊，当中是穿堂，当地放着紫檀架子大理石大插屏。转过插屏，小小的三间厅。

　　"抄手游廊"，杨本、蒙本、戚本同，甲戌本、己卯本、庚辰本、舒本、彼本、梦本、程甲本、程乙本作"超手游廊"。

　　"是穿堂"，舒本无，其他脂本以及程甲本、程乙本有。"穿堂"，庚辰本作"串堂"，其他脂本以及程甲本、程乙本同于眉本。

　　"转过插屏"，庚辰本、舒本无，其他脂本基本上同于眉本。此系庚辰本、舒本脱文。

例15：挂着各色鹦鹉，画眉等鸟——

　　台阶上，坐着几个穿红着绿的几个丫头。

　　"台阶"，己卯本、杨本、蒙本、戚本、梦本、程甲本、程乙本同，甲戌本、庚辰本、彼本作"台矶"，舒本作"台基"。

　　"丫头"，甲戌本作"丫嬛"，其他脂本、程甲本、程乙本同于眉本。
　　（眉本"几个"二字是衍文。）

例16：丫头忙都迎上来说——

　　才刚老太太还念诵呢，可巧就来了。于是三四个争着打起帘笼。

　　"才刚"，甲戌本、己卯本、舒本、彼本同，庚辰本、杨本、蒙本、戚本、梦本、程甲本、程乙本作"刚才"。

　　"念诵"，彼本、程乙本同（眉本"诵"不作言字旁，而是口字旁），其他脂本以及程甲本无"诵"字。

　　"帘笼"，庚辰本、彼本同，甲戌本、舒本作"帘栊"，己卯本、杨本、蒙本、戚本、梦本、程甲本、程乙本作"帘子"。

例17：黛玉方进入房时——

　　只见两个人搀着一位鬓发如霜的老母迎上来，黛玉便知是他外祖母。

　　"鬓发如霜"，己卯本、杨本、彼本同，其他脂本以及程甲本、程乙本作"鬓发如银"（梦本"如"字残缺）。

例18：贾母大哭起来——

　　当下地下侍立之人，无不下泪，黛玉也哭个不住。众人慢慢解劝住了，黛玉方拜见了外祖母。

"侍立"，蒙本作"扶侍"，戚本作"伏侍"。其他脂本以及程甲本、程乙本同于眉本。

"下泪"，梦本、程甲本、程乙本同，甲戌本、己卯本、庚辰本、蒙本、戚本、舒本、彼本作"掩面涕泣"，杨本作"掩泪泣涕"。

"慢慢"，彼本、程甲本、程乙本同，甲戌本、己卯本、庚辰本、蒙本、戚本、舒本、梦本作"漫漫"，杨本作"忙忙"。

例19：三个姊妹来了——

　　第一个肌肤微丰，合中身材，腮凝新荔，鼻腻鹅脂，温柔沉默，观之可亲。第二个削肩细腰，长挑身材，鸭蛋面皮，俊眼修眉，顾盼神飞，文彩精华，见之忘俗。第三个身量未足，形容尚小。

"鼻腻"，杨本作"鼻凝"。此系因上文"凝"字而误。其他脂本以及程甲本、程乙本同于眉本。

"观之可亲"之后，杨本有"此迎春也"四字。"见之忘俗"之后，杨本有"此探春也"四字。按：此系批语混入正文。甲戌本此处先后有行侧批语"为迎春写照"和"为探春写照"，蒙本、戚本、梦本同之。

"鸭蛋"，庚辰本误作"鸦蛋"，其他脂本以及程甲本、程乙本不误。

例20：贾母伤感地说——

　　我这些儿女，所疼者独有你母，今日一旦舍我而去，连面也不能见，今见了你，怎不伤心！

"今见了你"，梦本、程甲本、程乙本无此句，其他脂本有，同于眉本。

"儿女"，杨本、梦本、程甲本、程乙本作"女儿"，其他脂本同于眉本。

贾母只有一个女儿，即林黛玉之母贾敏。因此，杨本、梦本、程甲本、程乙本"女儿"、"独"之说不符合书中实际情况。绝大多数脂本的"儿女"是准确的，其中包括贾赦、贾政和贾敏。所谓"独"，是和贾赦、贾政相比较而言的。

例 21：我三岁时——

来了一个癞头和尚，他说要化我去出家，我父母因是不从。他又说："既舍不得，只怕他的病一生也不能好的。若要好时，除非从此以后总不许见哭声，除父母之外，凡有外姓亲友，一概不见，方可平安了此一世。"疯疯癫癫，说了这些不经之言，也没人理他。

"父母"，庚辰本作"父"，其他脂本、程甲本、程乙本同于眉本。按：黛玉三岁时，其母在世。此系庚辰本讹夺。

"不经之言"，己卯本、杨本作"无稽之谈"，其他脂本以及程甲本、程乙本作"不经之谈"。

例 22：凤姐笑说，我来迟了——

黛玉纳罕道："这些人皆敛声屏气，恭肃严整如此，这来的是何人，这样放诞无礼？"心下想时，只见一群媳妇丫环围拥着一个人从后门进来。

"纳罕"，甲戌本、己卯本、庚辰本、彼本同，舒本作"呐罕"，杨本作"暗想"，蒙本作"约想"，戚本作"纳想"，梦本、程甲本、程乙本作"思忖"。按："纳罕"是曹雪芹笔下的常用语，却遭到了被篡改的命运。

"放诞"，杨本、梦本作"放荡"，其他脂本以及程甲本、程乙本同于眉本。

"丫环"，己卯本、杨本作"丫头"，程甲本、程乙本作"丫鬟"，其他脂本同于眉本。

"后门"，彼本同，甲戌本、庚辰本作"后房门"，己卯本、杨本、蒙本、戚本、舒本、梦本、程甲本、程乙本作"后房"。

例 23：凤姐打扮——

彩绣辉煌，恍若神妃仙子。……身上穿缕金百蝶穿花大红萍缎穿褙袄。……下着翡翠撒花裙。

前两句，杨本无，其他脂本以及程甲本、程乙本有。

"彩绣"，庚辰本误作"彩袖"。"神妃仙子"，舒本作"神仙妃子"，梦本误作"神飞仙子"。其他脂本以及程甲本、程乙本同于眉本。

"萍缎"，甲戌本、蒙本、戚本作"洋缎"，其他脂本同于眉本，程甲本、程乙本作"云缎"。

"穿褙"，彼本同，蒙本、戚本作"穿福"，舒本作"窄衬"。按："穿褙"乃"窄褙"的形讹，眉本与彼本同误，甲戌本、己卯本、庚辰本、杨本、梦本、程甲本、程乙本不误（甲戌本"褙"字的右半边误作"背"）。

"下着"，杨本、蒙本、戚本作"下罩"，其他脂本以及程甲本、程乙本同于眉本。

"撒花"之后，舒本有"绉"字，其他脂本以及程甲本、程乙本则有"洋绉"二字。

例24：凤姐容貌——

> 一双单（丹）凤三角眼，两湾柳叶掉稍眉，身量苗条，体态风骚，粉面含春威不露，丹唇微起笑先闻。

"三角"，己卯本、杨本无。"威"，舒本作"藏"。其他脂本以及程甲本、程乙本同于眉本。

"掉稍"，己卯本、杨本无，戚本、舒本、程乙本作"掉梢"，其他脂本以及程甲本同于眉本。

例25：众姊妹说，这是琏二嫂子——

> 黛玉虽不识，也曾听见母亲说过……

"不识"，甲戌本、己卯本、杨本、彼本同，蒙本、戚本作"不认识"，庚辰本、舒本作"不知"（庚辰本原作"不知"，后被旁改为"没见"），梦本、程甲本、程乙本作"不曾识面"。

例26：凤姐携着黛玉的手——

> 上下细细的打量了一回，便仍送至贾母身边坐下。

"打量"，己卯本、杨本、彼本、梦本以及程甲本、程乙本同，甲戌本、庚辰本、蒙本、戚本、舒本作"打谅"。

例27：凤姐说——

> 只可怜我这妹妹这样命苦，怎么姑妈偏就去世了！

"姑妈"，己卯本、杨本作"姑姑"，其他脂本以及程甲本、程乙本同于眉本。

例28：贾母对凤姐说——

你妹妹远路才来，身子又弱，才劝住了他，快休再提前话。

"远路"，蒙本、戚本作"远客"，其他脂本以及程甲本、程乙本同于眉本。

"休再提前话"，甲戌本、彼本作"再休提前话"，己卯本、杨本作"再休题起前话"，庚辰本、梦本、程甲本作"再休题前话"，梦本、程甲本作"休再题前话"，蒙本、戚本作"再休提前言"，舒本作"休题这些前话"，程乙本作"别再题了"。

例29：凤姐忙携黛玉之手——

问："妹妹几岁？可也上过学？现吃什么药？……"

在"妹妹几岁"之后，己卯本、杨本有"黛玉答道：十三岁了。又问道"十一字。在"现吃什么药"之后，己卯本、杨本有"黛玉一一回答。又说道"九字。其他脂本以及程甲本、程乙本均无之。

例30：凤姐对婆子们说——

你们赶早打扫两间下房，让他们去歇歇。

"下房"，舒本作"干净房屋"，程乙本作"屋子"。"歇歇"，舒本作"歇息歇息"，程乙本作"歇歇儿"。其他脂本以及程甲本同于眉本。

例31：凤姐说——

才刚带着人到楼上找缎子，找了这半日，也没有见昨日太太说的那样，想是太太记错了？"

"才刚"，彼本、梦本、程甲本、程乙本作"刚才"，其他脂本同于眉本。"楼上"，彼本作"酒楼上"，其他脂本以及程甲本、程乙本作"后楼上"。
前一个"太太"，杨本作"老太太"，其他脂本以及程甲本、程乙本同于眉本。

例 32：当下茶果已撤——

　　贾母命两个奶嬷嬷带了黛玉去见两个母舅。

"母舅"，戚本、梦本、程甲本、程乙本作"舅舅"，蒙本作"舅母"，其他脂本同于眉本。

　　按：王夫人、邢夫人（两个舅母）在场，黛玉要去见的是不在场的贾赦和贾政（两个母舅），蒙本误。

例 33：贾赦之妻邢氏忙起身——

　　笑回道："我带了外甥女过去，倒也便宜。"贾母笑道："正是呢，你也去罢，不必过来了。"

第二句至第四句，庚辰本无，其他脂本以及程甲本、程乙本基本上同于眉本。

　　按：庚辰本脱文，致使贾母的话变成了邢夫人的话。

例 34：出了垂花门——

　　早有众小厮们拉过一辆翠幄青绸车来。

"青绸车"，蒙本、戚本、舒本、梦本、程甲本、程乙本作"青油车"，其他脂本同于眉本。

第二节　第三回异文举例（下）

例 35：邢夫人携了黛玉，坐上车——

　　众婆子们放下车帘，方命小厮们抬起，拉至宽处，驾上驯骡，亦出了角门。

"婆子"，己卯本、庚辰本、杨本、彼本同，甲戌本、蒙本、戚本、舒本、梦本、程甲本、程乙本作"婆娘"。

"驯骡"，舒本作"骡"，其他脂本以及程甲本、程乙本同于眉本。

"角门"，其他脂本以及程甲本、程乙本均作"西角门"。

例 36：进入三门——

　　果是正房厢房游廊，悉皆小巧别致。

"厢房"，杨本以及程乙本同，其他脂本以及程甲本作"厢庑"。

例 37：黛玉笑回道——

　　舅母爱恤赐饭，原不应辞，只是还要过去拜见二舅舅，恐领赐再去不恭，异日再领，未为不可，望舅母容量。

"爱恤"，甲戌本、己卯本、杨本、蒙本、戚本、彼本同，庚辰本、舒本、梦本、程甲本、程乙本作"爱惜"。

"异日"，杨本作"改日"，其他脂本以及程甲本、程乙本同于眉本。

"容量"，己卯本、庚辰本、舒本、彼本同，甲戌本、杨本、蒙本、戚本、梦本、程甲本、程乙本均作"容谅"。

例 38：黛玉告辞——

　　邢夫人送至仪门前，又嘱咐了众人几句，眼看着车去了方回来。

第二句，己卯本无，其他脂本以及程甲本、程乙本同于眉本。

"众人"，蒙本、戚本无，其他脂本以及程甲本、程乙本有。按：此二字之有无，所表达的意思不同。有：嘱咐的对象是"众人"，即黛玉的陪送者、跟随者；无：嘱咐的对象变成了黛玉。当以前者为是。

例 39：悬着待漏随朝墨龙大画——

　　一边是金蜼彝，一边是玻璃盆，地下两溜十六张楠木交椅。又有一付对联，乃是乌木联牌，厢着凿银的字迹，道是：座上珠玑照日月，堂前黼黻焕烟霞。

"金蜼彝"，甲戌本、己卯本、杨本、戚本、彼本同，庚辰本作"蜼金彝"，蒙本、程甲本、程乙本作"鏊金彝"，舒本作"金螭彝"，梦本作"凿金彝"。

"玻璃盆"，程乙本同，甲戌本、己卯本、蒙本、戚本作"玻璃盒"（蒙本原作"盒"，后旁改"盒"），庚辰本作"玻璃盏"，杨本、舒本、彼本、梦本、程甲本作"玻璃盒"。

"楠木"，己卯本、杨本作"紫檀"，庚辰本误作"楠本"，梦本误作"南木"，其他脂本以及程甲本、程乙本同于眉本。

"联牌"，庚辰本、舒本作"联匾"，其他脂本以及程甲本、程乙本同于眉本。

"錾银"，甲戌本、庚辰本、杨本同，己卯本、蒙本、戚本、舒本、彼本、梦本、程甲本作"鏨银"，程乙本作"鏨金"。

"照"，甲戌本、己卯本、庚辰本、舒本、彼本、梦本、程甲本、程乙本作"昭"。"烟霞"，戚本作"云霞"。其他脂本同于眉本。

例40：于是老嬷嬷引黛玉进东房门来.——

临窗大炕上铺着猩红洋毯，正面设着大红金钱蟒靠背，石青金钱蟒引枕，秋香色金钱蟒大条褥。两边设一对梅花洋漆小香几。左边几上，文王鼎。右边几上，美人觚插着时样花卉，并茗盘唾壶等物。

"洋毯"，己卯本、杨本、彼本、程甲本、程乙本同，甲戌本、庚辰本、蒙本、戚本、舒本作"洋罽"，梦本作"洋毡"。

"引枕"，舒本作"卧枕"。"洋漆"，庚辰本误作"样漆"。"左边"，己卯本、杨本作"右边"。"右边"，己卯本、杨本作"左边"。其他脂本以及程甲本、程乙本同于眉本。

"花卉"，庚辰本、程乙本作"花草"，其他脂本以及程甲本同于眉本。

"小香几"，其他脂本以及程甲本、程乙本均作"小几"。

"茗盘"，程甲本作"茗碗"，程乙本无，其他脂本均作"茶碗"（此"碗"字，在其他脂本中有五种不同的写法）。

"唾壶"，甲戌本、蒙本、戚本、舒本、彼本同，己卯本作"痰盆"，庚辰本作"痰盒"，杨本作"唾盒"，梦本、程甲本作"茶具"，程乙本无。

例41：也有一对高几——

几上茗碗瓶花俱备。

"瓶花"，甲戌本作"花瓶"。"俱备"，舒本作"俱全"。其他脂本以及程甲本、程乙本同于眉本。

例42：丫环忙捧上茶来——

黛玉一面吃茶，一面打量这些丫环们的装饰衣裙，举止行动，亦与别家不同。

"打量"，庚辰本、杨本、彼本作"打谅"，其他脂本以及程甲本、程乙本同于眉本。

按：请参阅例26。

例43：于是又引黛玉出来——

　　到了东廊三间小正房内，正面炕上横设着一张炕桌，桌上磊着书籍茶具，靠东壁面设着半旧的青缎靠背引枕。

"东廊"，舒本作"西边院内有"，程乙本作"东南"。"正面"，庚辰本作"正房"。其他脂本以及程甲本同于眉本。

"磊"，戚本、梦本、程乙本作"堆"，杨本作"磊落"，其他脂本以及程甲本同于眉本。

"引枕"，舒本作"卧枕"，其他脂本以及程甲本、程乙本同于眉本。

例44：黛玉心中料定这是贾政之位——

　　因见挨炕一溜三张椅子上，也搭着半旧弹墨椅袱，黛玉便向椅上坐了。

"一溜"，梦本作"一绺"，其他脂本以及程甲本、程乙本同于眉本。

"上，也搭着半旧弹墨椅袱"，己卯本、杨本无，其他脂本以及程甲本、程乙本有，基本上同于眉本。

例45：我不放心的最是一件——

　　我有个孽根祸胎，是这家里混世魔王。

"混世魔王"，甲戌本作"混魔王"，其他脂本以及程甲本、程乙本同于眉本。

例46：黛玉亦常听见母亲说过——

　　二舅母生的有个表兄，乃含玉而诞……

"表兄"，梦本、程甲本、程乙本作"内侄"，其他脂本同于眉本。

按："表兄"系就黛玉而言，"内侄"则是就黛玉之母而言。而此处乃黛玉自思之语，当以黛玉为本位，故没有必要改"表兄"为"内侄"。下文

"便知说的是这表兄了"，正与此处的"表兄"一致。

例47：北边立着一个大粉油影壁——

> 后有一半大门，小小一所房室。

"小小一所"，己卯本作"小三所"，其他脂本以及程甲本、程乙本同于眉本。按：己卯本"小三所"致误的原由，乃是将"小"字下面的重复记号和"一"字连成了"三"字。

"房室"，甲戌本作"房宇"，己卯本、杨本、程乙本作"房屋"，其他脂本以及程甲本同于眉本。

例48：见王夫人来了，方安设桌椅——

> 贾珠之妻李氏捧饭，熙凤安箸，王夫人进羹。

"捧饭"，梦本、程甲本作"捧饮"，程乙本作"捧杯"，其他脂本同于眉本。按：梦本的"饮"字系"饭"字的形讹。下文的"羹"字实已包含"饮"字在内，故知"饮"非曹氏原文。

"王夫人"，杨本作"王氏"，其他脂本以及程甲本、程乙本同于眉本。

例49：贾母正面榻上独坐——

> 西面四张空椅，熙凤忙拉了黛玉在左边第一张椅子上坐了。

"西面"，庚辰本作"两边"，其他脂本以及程甲本、程乙本作"两旁"。按：眉本独误，而其他脂本不误。下文分"左"、"右"而坐，可知无单坐一面之理。眉本的"西"字乃"两"字的形讹。

"第一张椅子"，舒本作"一张椅子"，其他脂本以及程甲本、程乙本同于眉本。按："第"字不可少。有无此字，显示出巨大的区别。"第一张"，有固定性；"一张"是随意性。这牵涉礼仪问题。贾母说得很清楚：

> 你舅母和你嫂子们不在这里吃饭，你是客，原应如此坐的。

舒本也许不是有意删削，而是无心遗漏。

例50：贾母命王夫人坐了——

> 迎春姊妹三个告了坐，迎春便坐了右边第一，探春左边第二，惜春

右边第二。

第一句之后，甲戌本、庚辰本、蒙本、戚本、舒本、梦本、程甲本、程乙本有"方上来"三字，己卯本、杨本、彼本无之，同于眉本。

"左边第二"，甲戌本、蒙本、戚本、舒本、梦本、程甲本、程乙本作"左第二"，庚辰本作"坐第二"，己卯本、杨本、彼本同于眉本。按：庚辰本的"坐"字乃是"左"字的音讹。

"右边第二"，甲戌本、蒙本、戚本、舒本、梦本、程甲本、程乙本作"右第二"，庚辰本作"又在右第二"（"又在右"旁改为"就坐左手"），己卯本、杨本、彼本同于眉本。

例51：黛玉道，只刚念了四书——

> 黛玉又问姊妹们读何书，贾母道："读的是什么书，不过是认得几个字，不是睁眼的瞎子罢了！"

第一句至第四句，加上第五句句首的"不"字，蒙本、戚本无，其他脂本以及程甲本、程乙本有，基本上同于眉本。

"不是睁眼的瞎子"，梦本、程甲本、程乙本无。其他脂本有，同于眉本。

按："不是睁眼的瞎子"本出自贾母之口，是一种带有调侃味道的话，蒙本、戚本却把它转嫁为黛玉的自谦语，偏离了曹雪芹的原意。

例52：宝玉的穿戴——

> 穿一件三色金百蝶穿花大红箭袖袍……下面半露松花绿撒花绫裤腿。

"三色"，其他脂本以及程甲本、程乙本均作"二色"。

"箭袖袍"，舒本同，其他脂本以及程甲本、程乙本无"袍"字。

"松花绿"，己卯本、杨本、彼本同，甲戌本、庚辰本、蒙本、舒本、梦本、程甲本无"绿"字，戚本作"松花色"，程乙本作"松绿"。

例53：宝玉的容貌和神态——

> 面如团粉，唇如抹脂。转盼多情，言语带笑。天然一段风骚，全在眉稍；半生万种情思，悉堆眼角。

"团粉"，己卯本、杨本、戚本、舒本同，彼本作"粉团"，甲戌本、庚辰、蒙本作"敷粉"，梦本、程甲本作"傅粉"，程乙本误作"传粉"。

"唇如"，蒙本、戚本无，甲戌本作"唇似"，其他脂本以及程甲本、程乙本作"唇若"。

"抹脂"，其他脂本以及程甲本、程乙本作"施脂"。

按："抹脂"或"施脂"原用以形容宝玉之"唇"，蒙本、戚本删减此二字，以致变成了"面"的形容。

"言语"，己卯本、杨本、彼本同，其他脂本以及程甲本、程乙本作"语言"。

"带笑"，彼本同，梦本、程甲本、程乙本作"若笑"，其他脂本作"常笑"（庚辰本原作"常"，后旁改为"带"）。

"风骚"，梦本、程甲本、程乙本作"丰韵"，其他脂本同于眉本。

"半生"，庚辰本同，其他脂本以及程甲本、程乙本作"平生"。

例54：看其外貌最是极好，却难知其底细——

　　　　后人有西江月词，批这宝玉极恰。

"词"，己卯本、杨本、彼本同，其他脂本以及程甲本、程乙本作"二词"

"恰"，戚本作"合"，舒本、梦本、程甲本、程乙本作"确"，其他脂本同于眉本。

例55：西江月词——

　　　　无故寻愁觅恨，有时似傻如狂。纵然生得好皮囊，腹内原来草莽。潦倒不通世务，愚顽怕读文章。行为偏僻性乖张，那管世人诽谤。

　　　　富贵不知乐业，贫穷难耐凄凉。可怜辜负好韶光，于国于家无望。天下无能第一，古今不肖无双。寄言纨裤与膏粱，莫效此儿形状。

"纵然"，庚辰本、杨本、蒙本、戚本作"总然"。其他脂本以及程甲本、程乙本同于眉本。

"世务"，蒙本、戚本作"时务"，梦本、程甲本、程乙本作"庶务"，其他脂本同于眉本。

"行为"，己卯本、杨本、彼本作"行动"。"贫穷"，蒙本、戚本作"贫时"。"难耐"，杨本作"那耐"，彼本作"难奈"，其他脂本以及程甲本、程乙本同于眉本。

"韶光"，蒙本、戚本、程乙本作"时光"，其他脂本以及程甲本同于眉本。

"莫效"，舒本作"莫肖"，庚辰本、彼本作"莫笑"（庚辰本原作"笑"后旁改为"效"），其他脂本以及程甲本、程乙本同于眉本。

例56：贾母说，还不去见你妹妹——

宝玉看见多了一个姊妹，便料定是林姑娘之女，忙来作揖。

"宝玉"之后，舒本有"已"字，其他脂本以及程甲本、程乙本有"早已"二字。

"看见多了一个姊妹，便"，舒本作"看见了，心中亦就"，程乙本作"看见了一个袅袅婷婷的女儿，便"。"看见多了"，梦本作"看了"。其他脂本以及程甲本同于眉本。

"姑娘"，梦本、程甲本同，甲戌本、己卯本、杨本、蒙本、戚本、舒本、彼本作"姑母"，庚辰本、程乙本作"姑妈"。

例57：黛玉的形容——

态生两靥之愁，娇袭一身之病。泪光点点，娇喘微微。闲静时如娇衣照水，行动时似弱柳扶风。

第一句，杨本作"态生愁之俊眼"，其他脂本以及程甲本、程乙本同于眉本。按：杨本因涉上句而误（"俊眼"二字应属于上句）。

"娇喘"，杨本、彼本作"姣喘"。"微微"，杨本作"唯唯"。其他脂本以及程甲本、程乙本同于眉本。

"闲静时"，梦本、程甲本、程乙本无"时"字（庚辰本原有"时"字，后被点去）。其他脂本同于眉本。

"娇衣"，甲戌本、己卯本、梦本、程甲本、程乙本作"娇花"，杨本、蒙本、戚本、舒本作"姣花"，庚辰本作"姣光"（原作"姣"，后被旁改为"皎"），彼本作"名花"。

"行动时"，戚本作"行动处"，程甲本、程乙本无"时"字，其他脂本同于眉本（庚辰本原有"时"字，后被点去）。

例58：今日只作远别重逢，未为不可——

贾母笑道："更好，更好。若如此，更相和睦了。"宝玉便走近黛玉身边坐下，又细细打量一番……

自"若如此"至"宝玉便走近黛玉身边"，庚辰本无，其他脂本以及程甲本、程乙本基本上同于眉本。

按：庚辰本脱失十七字左右。疑是跳行所误。这个猜测若能成立，则其所据底本的行款应是每行十七字左右。

"打量"，庚辰本、梦本同，其他脂本以及程甲本、程乙本作"打谅"。

例59：宝玉问，妹妹可曾读书——

黛玉道："不曾读，只上了一年学，些须认得几个字。"

"一年"，杨本、蒙本、戚本作"二年"，其他脂本以及程甲本、程乙本同于眉本。

例60：用取这两个字，岂不两妙——

探春笑道："只恐又是你的杜撰。"宝玉笑道："除四书外，杜撰的甚多，偏只我是杜撰不成？"

三个"杜撰"，甲戌本、蒙本均作"肚撰"。第一个、第二个"杜撰"，程甲本、程乙本同于眉本。第三个"杜撰"，庚辰本作"杜选"（原作"选"，后旁改"撰"），程甲本同于眉本，程乙本则无此句。其他脂本同于眉本。

例61：黛玉回答说——

我无有那个。想来，那玉亦是一件罕物，岂能人人有的。

"罕物"，杨本作"好物"，彼本作"神物"，程乙本作"稀罕物儿"，其他脂本以及程甲本同于眉本。

按：下文宝玉骂道："什么罕物！"前后呼应，可知此处以"罕物"为是。

例62：宝玉骂道——

"什么罕物！连人之高下不择，还说通灵不通灵呢！我也不要这劳什子了！"吓的地下众人一拥挣去拾玉。

"高下"，梦本、程甲本、程乙本同，庚辰本作"高底"，其他脂本作

"高低"。

"不择"，梦本、程甲本、程乙本作"不识"，其他脂本同于眉本。

"劳什子"，己卯本作"劳什子东西"，杨本作"劳东西"，戚本作"劳什古子"，舒本作"捞什子"，甲戌本、庚辰本、蒙本、彼本、梦本、程甲本、程乙本同于眉本。

"地下"，庚辰本、程甲本无，己卯本作"地上"，杨本作"底下"，其他脂本以及程乙本同于眉本。

"挣"，其他脂本以及程甲本、程乙本均作"争"。

例63：贾母哄宝玉说——

　　一则全殉葬之理，尽你妹妹之孝心，二则你姑妈之灵亦可权作见了女儿之意。

"全"，蒙本、戚本作"权当"，其他脂本以及程甲本、程乙本同于眉本。

"之理"，己卯本、庚辰本同，其他脂本以及程甲本、程乙本作"之礼"。

"尽"，甲戌本、己卯本、庚辰本、彼本作"进"，其他脂本以及程甲本、程乙本同于眉本。

"女儿"，蒙本、戚本无"儿"字，梦本、程甲本、程乙本作"你妹妹"。其他脂本同于眉本。

例64：贾母想了一想说——

　　"每人一个奶娘并一个丫头照管，余者在外间上夜听唤。"一面早有熙凤命人送了一顶藕荷色花帐，并几件锦褥缎被之类。

"奶娘"，己卯本、庚辰本作"奶妈"。"丫头"彼本作"丫环"。"上夜"，舒本作"上面"。其他脂本以及程甲本、程乙本同于眉本。

"藕荷色"，梦本同，蒙本、戚本作"藕色"，其他脂本以及程甲本、程乙本作"藕合色"。

例65：贾母料黛玉皆不遂心省力——

　　便将自己身边一个二等丫头，名唤鹦哥者，与了黛玉。

"鹦哥"，杨本作"英哥"，其他脂本以及程甲本、程乙本同于眉本。

例66：黛玉说，姐姐请坐——

袭人在炕沿上坐了。

"炕"，己卯本、杨本、彼本同（彼本误作"坑"），其他脂本以及程甲本、程乙本作"床"。

例67：袭人说——

连一家子也不知来历，听的（说）落草时从他口里掏出来的，上面（有）现成的穿眼。等我拿来你看便知。

第三句（"上面……"），庚辰本置于第二句（"听的……"）之前，其他脂本同于眉本（文字基本上相同）。

例68：王夫人兄嫂处遣了两个媳妇来说话——

黛玉原不知道，探春等却都晓得是议论金陵城中所居的薛姨母之子、姨表兄倚财仗势，打死人命，现在应天府案下审理。如今母舅王子腾得了信息，故遣人来告诉这边，意欲唤取进京之意。

"不知道"，杨本作"不知缘故"，其他脂本以及程甲本、程乙本作"不知原委"。

"姨表兄"，舒本作"姨长兄"，程甲本、程乙本作"表兄"，其他脂本同于眉本。

"遣人"，庚辰本作"遣他家内的人"，其他脂本以及程甲本、程乙本同于眉本。

按：舒本的"长"字乃"表"字的形讹。

第三节 第三回异文统计与分析

以上选例六十八个。每例之内，均包含异文一条或数条。异文条数统计如下：

甲戌本　41

己卯本　40

庚辰本　52

杨　本　58

蒙　本　56

戚　本　59

舒　本　61

彼　本　27

梦　本　55

这项统计数字可以分为三类：

第一类一种：彼本，27 条。

第二类两种：己卯本，40 条；甲戌本，41 条。

第三类六种：庚辰本，52 条；梦本，55 条；蒙本，56 条；杨本，58 条；戚本，59 条；舒本，61 条。

因此，从这个角度，可以得出以下的初步的结论：

与眉本第 3 回文字关系最亲近的是彼本。

与眉本第 3 回文字关系最疏远的是庚辰本、梦本、蒙本、杨本、戚本、舒本。

己卯本、甲戌本与眉本第 3 回文字的关系，既不亲近，也不疏远，处于中流的状态。

第二十二章
异文统计与分析之四

第一节 第四回异文举例

例1：第4回开端——

> 却说黛玉同姊妹们至王夫人处，见王夫人与兄嫂处的来人计议家务，又说薛姨母遭了人命官词（司）等语。

"处，见王夫人"，庚辰本无。"处的来人"，蒙本、戚本无。其他脂本以及程甲本、程乙本基本上同于眉本。

按：庚辰本系因"王夫人"三字重复而导致脱文。蒙本、戚本的缺文则使王夫人的计议对象由"兄嫂处的来人"，一变而为"兄嫂"本人，错得不像话。

例2：李守中认为"女子无才便是德"——

> 故生了李氏时，不十分令其读书，只不过将些《女四书》、《烈女传》、《贤媛集》等三四种书，使他认得字，记得前朝这几个女子便罢了，却只以纺绩并臼为要，因取名李纨，字宫裁。

"烈女传"，舒本、程乙本作"列女传"，其他脂本以及程甲本同于眉本。
"贤媛集"，梦本、程甲本、程乙本无，其他脂本作"贤媛集"。
"并臼"，蒙本作"针指"，梦本作"女工"，程甲本、程乙本作"女红"，其他脂本同于眉本。

例3：李纨唯知侍亲养子，陪侍女姑等针黹诵读而已——

今黛玉虽客寄于斯，日有这般姐妹相伴，除老父外，余者也就无庸虑及了。

"客寄"，己卯本、杨本作"萍寄"，程甲本、程乙本作"客居"，其他脂本同于眉本。

例4：殴伤人命——

彼时雨村即拘原告之人来审。

"之人来审"四字，甲戌本无，程乙本无"之人"二字，其他脂本以及程甲本同于眉本。

例5：不想是拐子拐来卖的——

这拐子先因得了我家银子，我小爷原说第三日是好日子，再接入门。这拐子便又悄悄的卖与了薛家，被我们知道了，去找那卖主，夺取丫环。

"拐子"，舒本作"拐人"，其他脂本以及程甲本、程乙本同于眉本。
"小爷"，舒本作"少爷"，程甲本作"小主"，程乙本作"小主人"。"找那"，庚辰本、蒙本、戚本、程甲本、程乙本作"找拿"。其他脂本同于眉本。

例6：原告说——

小人告了一年的状，竟无人作主。望大老爷拘拿凶犯，剪恶除凶，以救孤寡，死者感戴天地之恩不尽！

"大老爷"，甲戌本、彼本、梦本、程甲本、程乙本作"太老爷"。"剪恶除凶"，庚辰本、梦本、程甲本、程乙本无。其他脂本同于眉本。
"天地之恩"，蒙本、戚本同，其他脂本以及程甲本、程乙本作"天恩"。

例7：蓄了发，充了门子——

雨村那里料得是他。

此句之前，蒙本、戚本有"一时间"三字，其他脂本无之，同于眉本。
"料得"，己卯本、杨本作"想到"，彼本作"料到"，戚本作"辨得"，蒙本作"办得"，程乙本作"想得"，其他脂本以及程甲本同于眉本。按：蒙本的"办"字是"辨"字的形讹。

例 8：护官符——

> 贾不假，白玉为堂金为马。阿房宫，三百里，住不下金陵一个史。
> 东海缺少白玉床，龙王来请金陵王。丰年好大雪，真珠如土金如铁。

"白玉"，蒙本作"白马"。"金陵"，彼本无。"好"，蒙本无。其他脂本以及程甲本、程乙本同于眉本。

"真珠"，蒙本同，其他脂本以及程甲本、程乙本作"珍珠"。

第三句，甲戌本作第四句。第四句，甲戌本作第三句。其他脂本以及程甲本、程乙本同于眉本。

例 9：门子说——

> 这四家皆连络有亲，一损皆损，一荣皆荣，扶持遮饰，俱有照应的。
> 今告打死人（之）薛家，即系"丰年大雪"之"薛"也。也不单靠这三
> 家……

"连络有亲"，己卯本作"都是亲戚"，杨本作"多是亲戚"，其他脂本以及程甲本、程乙本基本上同于眉本。

"一损皆损"，梦本、程甲本、程乙本作"一损俱损"。"一荣皆荣"，己卯本、杨本、蒙本、戚本、梦本、程甲本、程乙本作"一荣俱荣"。其他脂本同于眉本。

"薛"，庚辰本作"雪"。"单靠"，庚辰本误作"单告"（庚辰本在此二字之下，旁添"的这薛家，就是"六字）。其他脂本以及程甲本、程乙本同于眉本。

"俱有照应"，庚辰本同，程乙本无，其他脂本以及程甲本作"皆有照应"（己卯本原作"皆"，后被旁改为"俱"）。

例 10：门子说——

> 这个被打之死鬼，乃是本地一个小乡宦之子，名唤冯渊。

"死鬼"，蒙本、戚本作"人"，梦本、程甲本、程乙本作"死的"，其他脂本同于眉本。

"乡宦"，梦本作"乡官"，庚辰本、舒本作"乡绅"。"冯渊"，庚辰本作

"逢渊"。其他脂本以及程甲本、程乙本同于眉本。

例 11：门子说——

> 谁晓的这拐子又偷卖与薛家，他意欲接了两家银子，逃往他省去。

"他省"，蒙本、戚本作"他乡"，其他脂本同于眉本（"逃往他省去"梦本、程甲本作"而逃"，程乙本作"逃去"）。

例 12：门子说——

> 他就是葫芦庙傍边住的甄老爷的女儿，小名英莲的。

"女儿"，甲戌本、庚辰本、舒本作"小姐"，其他脂本以及程甲本、程乙本同于眉本。

"英莲"，己卯本作"英菊"，庚辰本作"菊英"，杨本作"英连"，其他脂本以及程甲本、程乙本同于眉本。

例 13：门子说——

> 这一种拐子单爱偷拐五六岁的女儿，养在一个僻静之处，到十一二岁，度其形容，带至他乡转卖。

"十一二岁"，杨本作"十二岁"，梦本、程甲本、程乙本作"十二三岁"，其他脂本同于眉本。

例 14：门子说——

> 如今十二三岁的光景，其模样虽然出脱的齐整了，然大概像貌，自是不改，熟人易认。

"齐整"二字之后，甲戌本、己卯本、庚辰本、杨本、舒本、彼本有"好些"二字，蒙本、戚本、梦本、程甲本、程乙本无之，同于眉本。

例 15：门子说——

> 他是被拐子打怕了的，万不肯说，只说拐子是他亲爹，因无钱偿债，故卖他。我又哄之再四，他就哭了……

"亲爹"，蒙本、戚本作"亲爷"。"再四"，杨本作"再三"。其他脂本以及程甲本、程乙本同于眉本。

例 16：门子说——

只耐的三两日，何必忧闷。

"三两日"，蒙本、戚本、彼本作"两三日"，其他脂本以及程甲本、程乙本同于眉本。

例 17：贾雨村说——

这也是他们孽障遭遇，亦非偶然。不然，这冯渊如何偏只看准了这英莲？这英莲受了拐子这几年折磨，才得了个出头路，且又是个多情的，若能聚会了，到是件美事，偏又生出这件事来。

"英莲"，己卯本作"英菊"，庚辰本作"菊英"，其他脂本同于眉本。
"这英莲？这英莲受"，庚辰本无，舒本作"这英莲"，其他脂本以及程甲本、程乙本基本上同于眉本。按：此系庚辰本脱文。
"出头路"，程甲本、程乙本作"路头"，其他脂本均作"头路"。

例 18：门子说——

这薛家总比冯家富贵些，想其为人，自然姬妾众多，淫乱无度……

"富贵"，蒙本、戚本作"有钱"，其他脂本以及程甲本、程乙本同于眉本。
"淫乱无度"，蒙本、戚本无，甲戌本、己卯本、庚辰本、舒本、梦本、程甲本、程乙本作"淫佚无度"，杨本作"淫欲无度"，彼本作"淫放无度"。

例 19：门子说——

老爷说的何常不是大道理，但是如今世上是行不去的。

"大道理"，己卯本、杨本、舒本同，蒙本、戚本、梦本、程甲本无，甲戌本、庚辰本、彼本作"大道"（庚辰本在"道"下后添"理"字），程乙本作"正理"。

例 20：门子说——

原凶自然是拿不来的，原告因（固）是定要自然将薛家族中及奴仆人等拿几个来拷问。

"奴仆人等"，蒙本、戚本作"家人"，其他脂本以及程甲本、程乙本同于眉本。

例21：门子说——

> 老爷只说善能扶鸾请仙，堂上设下乩坛，令军民人等只管来看。老爷只说："乩仙批了，死者冯渊与薛蟠原因凤孽相逢，今狭路既遇，原应了劫。"

"扶鸾"，彼本作"扶乩"。"凤孽"，庚辰本作"素孽"，杨本作"宿孽"，蒙本作"夙业"，舒本作"冤孽"。其他脂本以及程甲本、程乙本同于眉本。

"老爷只说"，梦本、程甲本同，庚辰本、舒本无，程乙本作"老爷便说"，其他脂本作"老爷就说"。

"了劫"，其他脂本以及程甲本、程乙本均作"了结"。

例22：冯家欲得些烧埋之银——

> 薛家仗势倚情，偏不相让，故致颠倒未决。

"故致颠倒未决"，蒙本、戚本作"故此颠倒"，其他脂本以及程甲本、程乙本同于眉本。

例23：雨村修书与贾政、王子腾寄去——

> 此事皆由葫芦庙内之沙弥新门子说出，雨村又恐他说出当日贫贱时的事来，因此心中大不乐。

"乐"，蒙本、戚本、舒本同，梦本、程甲本、程乙本作"乐意"，其他脂本作"乐业"。

例24：现领着内帑钱粮，采办杂料——

> 这薛公子学名薛蟠，字表文起，情性奢侈，言语傲慢。虽也上过学，不过略识几字，终日惟有斗鸡走马，游山玩景而已。

"文起"，甲戌本作"文龙"，其他脂本以及程甲本、程乙本同于眉本。

第三句"情性奢侈"之前，甲戌本、庚辰本、舒本有"五岁"二字，己卯本、杨本有"五岁上就"四字，蒙本有"年方一十七岁"六字，戚本有

"从五六岁时就是"七字，彼本仅有一"岁"字，梦本、程甲本、程乙本基本上同于眉本。

"斗鸡走马"，蒙本、戚本作"斗鸡走狗"。"游山玩景"，庚辰本、蒙本、戚本作"游山玩水"，其他脂本以及程甲本、程乙本同于眉本（己卯本原作"景"，旁改"水"）。

例25：宝钗——

　　生得肌骨莹润，举止娴雅。当日有他父亲在日，最爱此女，令其读书识字，较之乃兄竟高过十倍。自父亲死后，见哥哥不能依贴母怀，他便不以读书为事，只留心针黹家计等事，好为母亲分忧代劳。

"肌骨"，蒙本、戚本作"肌肤"，其他脂本同于眉本（己卯本原作"骨"，后旁改"肤"）。

"莹润"，舒本同，庚辰本误作"莛润"，其他脂本作"莹"。按：眉本、舒本同误，值得注意。

"举止"，舒本作"丰姿"，其他脂本同于眉本。

"最爱此女"，蒙本、戚本无，其他脂本作"酷爱此女"，程甲本、程乙本作"极爱此女"。

"依贴"，己卯本、蒙本、戚本同，甲戌本、彼本作"体贴"，杨本仅有"贴"字，舒本作"依顺"。"依贴母怀"，梦本作"慰母心"，程甲本、程乙本作"安慰母心"。

"读书"，彼本同，其他脂本以及程甲本、程乙本作"书字"。

自第十句的"家计等事"至第十一句，蒙本、戚本无，其他脂本以及程甲本、程乙本有，同于眉本。

例26：降不世出之隆恩——

　　除聘选妃嫔之外，在仕宦名家之女，皆亲召达部，以备选择为宫主、郡主入学陪侍，充为才人、赞善之职。二则自薛蟠父亲死后，各省中所有的买卖承局，伙计人等，见薛蟠年轻不知事务，便趁时拐骗起来，京都中几处生意，渐亦消耗。

"仕宦"，甲戌本、己卯本、蒙本、戚本、舒本、彼本、梦本、程甲本、程乙本作"世宦"，其他脂本同于眉本。

"亲召"，己卯本、庚辰本、戚本、舒本、彼本、梦本、程甲本、程乙本作"亲名"，杨本无"名"字，甲戌本作"报名"，蒙本作"亲送名"。

"宫主"，庚辰本、蒙本、戚本作"公主"（庚辰本"公"字系旁添），其他脂本以及程甲本、程乙本同于眉本（己卯本"宫"被旁改为"公"）。

"薛蟠父亲"，蒙本、戚本作"薛翁"，其他脂本以及程甲本、程乙本同于眉本。

第八句"承局"之后，其他脂本以及程甲本、程乙本均有"总管"二字，眉本无之。

"不知事务"，彼本作"不知世务"，甲戌本作"不识世事"，其他脂本以及程甲本、程乙本作"不谙世事"。

例27：薛蟠趁此机会——

　　三回（因）亲自入都销算旧帐，再计新支。

"入都"，甲戌本、庚辰本、梦本、程甲本、程乙本作"入部"，其他脂本同于眉本。

例28：在路不记其日——

　　那日已将入都，却又闻得母舅王子腾升了九省统制，奉旨出都查边。薛蟠心中暗喜道："我正愁进京去有个嫡亲母舅管辖着，不能任意挥霍挥霍，偏如今又升了，可知天从人愿。"

自第二句"闻得"至第五句"母舅"，庚辰本、舒本无，其他脂本以及程甲本、程乙本基本上同于眉本。

例29：薛蟠和母亲商议说——

　　"咱们京中虽有几处房舍，只是这十年来没人进京……"

"十年来"，梦本、程甲本同，甲戌本、己卯本、庚辰本、蒙本、戚本、舒本、程乙本作"十来年"，杨本作"十年多"，彼本作"十几年来"。

例30：薛蟠母亲说——

　　或是在你舅舅家，或是在你姨娘家。他两家房舍极是便宜的。

"姨娘"，蒙本、戚本同，甲戌本、己卯本、庚辰本、杨本、舒本、彼本、梦本、程甲本作"姨爹",程乙本作"姨父"。

"便宜",甲戌本、蒙本作"方便",梦本、程乙本作"宽厂",程甲本作"宽敞",其他脂本同于眉本。

例31：薛蟠说——

> 薛蟠道："如今舅舅正升了外省去,家里自然忙乱起身。咱们这个工夫一窝一拖的奔了去,岂不没眼色些。"他母亲道："你舅舅家虽升了去,还有你姨爹家。……"

"这个工夫",舒本作"这两天",梦本、程乙本作"这会子",程甲本作"这会子",其他脂本同于眉本。

"一窝一拖",蒙本、戚本作"一窝一块",其他脂本以及程甲本、程乙本同于眉本。

"姨爹",蒙本、戚本作"姨娘",程乙本作"姨父",其他脂本以及程甲本同于眉本。

例32：薛蟠母亲说——

> 你的意思我都知道,守着舅舅、姨夫住着,未免拘紧了你,不如你各自住着,好任意施为。

"姨夫",蒙本、戚本、舒本、彼本作"姨父",甲戌本、己卯本、庚辰本、杨本作"姨爹",梦本、程甲本、程乙本作"姨母"。

例33：薛蟠母亲说——

> 我和姨娘,姊妹们别了这几年,却要厮守几日。

第三句,舒本无,其他脂本以及程甲本、程乙本有,基本上同于眉本。

例34：薛蟠见过贾政等——

> 贾政便使人进来对王夫人说："姨太太已有了春秋,外甥又年轻,不知世路,在外住着,恐有人生事。咱们东北角上梨香院一所十来间房,白空闲着,打扫了,请姨太太和姐姐哥儿住了甚好。"王夫人未及留,贾母就遣人来说"请姨太太就在这里住下,大家亲密些儿"等语。薛姨妈正要同居一处,方可拘紧些儿,若另住在外,又恐儿子纵性惹祸,遂忙道谢应允。

"世路"，杨本、梦本作"世务"，程甲本、程乙本作"庶务"。"有人生事"，蒙本、戚本作"有人引诱生事"，程甲本、程乙本作"又要生事"。其他脂本同于眉本。

自第十句的"和姐姐哥儿"至第十二句的"请姨太太"，舒本无。

"拘紧些儿"，己卯本、杨本作"拘紧些儿子"，蒙本、戚本作"拘束些儿子"，其他脂本以及程甲本、程乙本同于眉本。

例35：另有一门通街——

> 薛蟠家人就走此门出入。西南有一角门，过一夹道，便是王夫人正房的东院了。

"家人"，舒本无，其他脂本同于眉本。

"过一夹道"，程乙本作"通着夹道子"，其他脂本以及程甲本作"通一夹道"。

在"过一夹道"之后，庚辰本、舒本有"出夹道"三字，甲戌本、蒙本、戚本、梦本、程甲本、程乙本有"出了夹道"四字，己卯本、杨本、彼本无之，同于眉本。

"东院"，己卯本作"东院门"，庚辰本作"东边"，舒本作"东首"，其他脂本以及程甲本、程乙本同于眉本。

例36：薛姨妈或与贾母闲谈，或和王夫人闲叙——

> 宝钗日与黛玉、迎春等一处，或看书或下棋，或做针黹，到也十分乐业。

"宝钗"，庚辰本无，其他脂本以及程甲本、程乙本有之，同于眉本，按：同黛玉、迎春等人在一处的应是宝钗，而庚辰本却把她变成了宝钗的母亲。

例37：到也十分乐业——

> 只是薛蟠之心，原不欲在贾宅居住，生恐姨父管约拘禁，料必不自在的。

"贾宅"，杨本、梦本、程甲本、程乙本作"贾府"，其他脂本同于眉本。按：下文作"贾宅"，可知杨本、梦本此处的"贾府"经过了后人的改动。

"管约拘禁"，杨本、舒本作"管束拘禁"，梦本、程甲本、程乙本作

"管束"，庚辰本作"管的紧约"，其他脂本同于眉本。

例38：只得暂且住下——

一面使人打扫出自己的房屋，再移居过去的。谁知自在此间住了不上一月的日期，贾宅族中凡有的子侄，俱已认熟了一半。凡是那些纨绔气习者，莫不喜与他来往，今日会酒，明日观花，甚至聚赌嫖娼，渐渐无所不至，引诱的薛蟠比当日更坏了一倍。

"再移居过去"，蒙本、戚本作"再作移居之计"。"一月"，蒙本、戚本作"半个月"。其他脂本以及程甲本、程乙本基本上同于眉本。

"一倍"，彼本同，杨本作"一半"，其他脂本以及程甲本、程乙本作"十倍"。

第二节　第四回异文统计与分析

以上选例三十八个。每例之内，均包含异文一条或数条。

异文条数统计如下：

甲戌本　24

己卯本　21

庚辰本　33

杨　本　25

蒙　本　42

戚　本　37

舒　本　28

彼　本　19

梦　本　26

此项统计数字，可以分为四类：

第一类一种：彼本，19条。

第二类五种：己卯本，21条；甲戌本，24条；杨本，25条；梦本，26条；舒本，28条。

第三类两种：庚辰本，33 条；戚本，37 条。

第四类一种：蒙本，42 条。

因此，从这个角度，可以得出以下的初步的结论：

与眉本第 4 回文字关系最亲近的是彼本。

与眉本第 4 回文字关系最疏远的是蒙本。

己卯本、己卯本、甲戌本、杨本、梦本、舒本、庚辰本、戚本等七本与眉本第 4 回文字的关系，既不亲近，也不疏远，处于中流的状态。

第二十三章
异文统计与分析之五

第一节　第五回异文举例（上）

例1：开端——

　　且说林黛玉……

在此句之前，大多数脂本有一段基本上相同的文字，以庚辰本为例："第四回中既将薛家母子在荣府内寄居等事略已表明，此回则暂不能写矣。"（甲戌本"第四回中既将"作"却说"。）

"且说"二字之前，其他脂本以及程甲本、程乙本均有"如今"二字。

例2：宝、黛二人言和意顺，略无参商——

　　不想如今来了一个薛宝钗，年岁虽大不多，然品格端方，容貌丰美，人多谓黛玉所不及。而且宝钗行为豁达，随分随时，不比黛玉孤高自许，目无下尘，故比黛玉大得下人之心。

"年岁"，己卯本、杨本作"岁数"，蒙本、戚本、梦本、程甲本、程乙本作"年纪"，其他脂本同于眉本。

"丰美"，梦本、程甲本、程乙本作"美丽"，其他脂本同于眉本。

"目无下尘"，蒙本、戚本作"目下无人"，舒本作"目下无尘"，其他脂本以及程甲本、程乙本同于眉本（庚辰本原作"无下"，后勾乙为"下无"）。

末句，舒本作"故黛玉大不得下人之心"，程甲本、程乙本作"故深得下人之心"，其他脂本基本上同于眉本。

在第五句之后，蒙本、戚本有如下一段相同的文字："想世人目中各有所取也。按黛玉、宝钗二人，一如娇花，一如纤柳，各极其妙，此乃世人性分甘苦不同之故耳。"按：此系批语混入正文。蒙、戚二本同误，正见其有比较亲近的血缘关系。

例3：尤氏请贾母等赏花——

　　　　是日先携了贾蓉夫妻二人来回（面）请。

"贾蓉夫妻"，甲戌本作"贾蓉之妻"，其他脂本以及程甲本、程乙本同于眉本（杨本误"蓉"为"容"）。

　　按：从上下文来看，此处的异文以甲戌本为胜。所谓"二人"，有两种理解。或理解为尤氏与贾蓉之妻；或理解为贾蓉夫妻。甲戌本持前一种理解，其他脂本以及程甲本、程乙本则取后一种理解。我认为，"二人"非指贾蓉与秦可卿，当是指尤氏与可卿。被邀请赏花的人均是女眷（宝玉例外），没有必要让贾蓉出面。下文明说，"不过皆是宁、荣二府女眷家宴小集"，可证贾蓉并不在场。且此时是书中第一次提及贾蓉之妻，故亦不宜称之为"秦氏"或"可卿"。疑是有人囿于对"二人"的后一种理解，遂提笔改"之"为"夫"。

例4：有一副对联——

　　　　世事洞明皆学问，人情练达即文章。

"世事"，庚辰本作"世上"，其他脂本以及程甲本、程乙本同于眉本。

例5：有一嬷嬷说——

　　　　那里有个叔叔往侄儿房里睡觉的道理？

"侄儿"，蒙本、梦本、程甲本、程乙本作"侄儿媳妇"，其他脂本同于眉本。

例6：秦太虚写的一副对联——

　　　　嫩寒锁梦如春冷，芳气袭人是酒香。

"袭人"，杨本、舒本、梦本、程甲本、程乙本同，甲戌本、己卯本、庚辰本、蒙本、戚本作"笼人"。

例7：紧接着上例对联之后——

案上设着是武则天当日镜室中设得（的）宝镜，一边摆着飞燕立着舞过的金盘，盘内盛着安禄山掷过伤了太真乳的木瓜上面设着寿星公主于含章殿下卧的榻，悬的是同昌公主制的连珠帐。

第一句，己卯本、杨本无，其他脂本以及程甲本、程乙本基本上同于眉本。

"寿星公主"，舒本作"寿长公主"，庚辰本作"寿昌公"，其他脂本以及程甲本、程乙本作"寿昌公主"。按：脂本均误。关于这个问题，我在别处已经说过了①。

"同昌公主"，舒本作"连昌公主"。"连珠帐"，庚辰本作"联珠帐"，舒本作"连环帐"。其他脂本以及程甲本、程乙本同于眉本。

例8：秦氏笑说，我这屋子大约神仙也可以住得了——

说着，亲自展开了西子浣过（的）纱衾，稳（移）了红娘抱过的枕。

"浣"，庚辰本作"洗"，其他脂本以及程甲本、程乙本同于眉本。

"枕"，甲戌本、庚辰本、杨本、蒙本、舒本、梦本以及程甲本、程乙本作"鸳枕"，己卯本、戚本作"鸳鸯枕"。

例9：秦氏吩咐小丫环们——

好生在檐下看着猫儿狗儿打架。

"檐下"，梦本、程甲本、程乙本同，其他脂本作"廊檐下"。

"狗儿"，蒙本、梦本、程甲本、程乙本无，其他脂本有之。

例10：这个去处有趣——

我就在这里过一生，虽失了家也愿意，强如天天被父母师傅打去。

"虽"，己卯本、杨本、梦本、程甲本作"虽然"，甲戌本、庚辰本作"总然"，蒙本、戚本作"纵然"，舒本作"就"，程乙本则无此句。

例11：宝玉听了是女子声音——

---

① 请参阅拙著《红楼梦版本探微》（华东师范大学出版社，2003）卷下"读红脞录"第五节"曹雪芹的笔误"。

歌声未息，早见那边走出一个人来。

"歌声未息"，己卯本、杨本作"歌音正待寻觅"，其他脂本以及程甲本、程乙本作"歌音未息"。

例12：有赋为证——

方离柳坞，乍出花房。但行处，鸟惊栖树，将到时，影度回廊。仙袂乍飘兮，闻兰麝之馥郁，荷衣欲动兮，听环珮之铿锵。靥笑春桃兮，云环翠髻，唇绽樱桃兮，齿漱新香。纤腰之楚楚兮，若回风舞雪，珠翠之辉辉兮，满额鹅黄。

"花房"，庚辰本作"桃房"，其他脂本以及程甲本、程乙本同于眉本。

"栖树"，舒本作"匝树"，其他脂本以及程甲本、程乙本作"庭树"。

"影度回廊"，舒本作"月度回廊"，其他脂本以及程甲本、程乙本同于眉本。

"兰麝"，杨本、蒙本同，其他脂本以及程甲本、程乙本作"麝兰"。

"云环翠髻"，程乙本作"云髻堆翠"，其他脂本以及程甲本均作"云堆翠髻"。

"唇绽樱桃"，舒本作"唇含樱颗"，其他脂本以及程甲本、程乙本作"唇绽樱颗"。

"齿漱新香"，舒本作"榴吐娇香"，其他脂本以及程甲本、程乙本作"榴齿含香"。

"若回风舞雪"，己卯本、杨本同，庚辰本作"回风舞云"，程甲本、程乙本作"风回雪舞"，其他脂本作"回风舞雪"。

"满额"，梦本作"满头"，程甲本、程乙本作"鸭绿"，其他脂本同于眉本。

例13：有赋为证——

蛾眉颦笑兮，将言而未语，莲步乍移兮，欲止而欲行。

"颦笑"，庚辰本作"频笑"，程乙本作"欲颦"，其他脂本以及程甲本同于眉本。

第二句的"而"字，己卯本误作"面"。"乍"，蒙本误作"作"。"欲止"，庚辰本作"待止"。"欲行"，戚本作"仍行"。其他脂本以及程甲本、程乙本同于眉本。

例 14：有赋为证——

> 美彼之良质兮，冰清玉肌，慕彼之翠服兮，灿焕文章。爱彼之容貌兮，香温玉琢，美彼之态度兮，凤翥龙翔。

"灿焕"，己卯本、杨本作"烂灼"，戚本、程甲本、程乙本作"闪烁"，其他脂本作"闪灼"。

"容貌"，杨本、程甲本、程乙本同，其他脂本作"貌容"。

"香温玉琢"，程甲本、程乙本作"香培玉篆"，其他脂本均作"香培玉琢"。

"美"，杨本、舒本同，程乙本作"比美"，其他脂本以及程甲本作"美"。

例 15：有赋为证——

> 其素若何，春梅凝雪。其洁若何，秋兰披霜。其静若何，松生空谷。其艳若何，霞映澄塘。其文若何，龙盘曲沼。其神若何，目（月）射寒江。

"凝雪"，其他脂本以及程甲本、程乙本均作"绽雪"。

"披霜"，庚辰本作"被霜"，其他脂本以及程甲本、程乙本同于眉本。

"其静若何，松生空谷"，舒本无，其他脂本以及程甲本、程乙本有，同于眉本。

"其艳"，舒本作"其丽"。"澄塘"，庚辰本作"池塘"，舒本作"锦塘"。"曲沼"，甲戌本、庚辰本误作"曲沿"，杨本误作"曲治"。"其神"，舒本作"其静"。"目（月）射"，甲戌本作"月色"。其他脂本以及程甲本、程乙本同于眉本。

例 16：有赋为证：

> 果何人哉？如斯之美也！

此二句，舒本、程乙本无，其他脂本以及程甲本有，基本上同于眉本。

例 17：那仙姑笑说——

> 吾居离恨天之上，灌愁海之中，乃放春山遣香洞太虚幻境警幻仙姑

是也。司人间风情月债，掌世界之女怨男痴。因近来风流冤孽缠绵于此处，是以前来访察机会，布散相思。

"灌愁海"，戚本作"忘愁海"，蒙本"灌"字模糊不清。"放春山"之"山"，庚辰本原作"山"，后被涂去，旁改"岩"。其他脂本以及程甲本、程乙本同于眉本。

"太虚幻境警幻仙姑"，蒙本作"太虚幻仙姑"，戚本作"太虚警幻仙姑"，其他脂本以及程甲本、程乙本同于眉本。

"世界"，蒙本作"世人"（原作"世人"，后于旁侧加勾乙符号），戚本作"人世"，其他脂本以及程甲本、程乙本作"尘世"。

"缠绵"，甲戌本作"绵缠"，其他脂本以及程甲本、程乙本同于眉本。

"访察"，庚辰本作"放察"（原作"放"，后被旁改为"访"），杨本作"查访"，舒本作"核察"。"相思"，己卯本、杨本、梦本作"想思"，舒本作"妄想"。其他脂本以及程甲本、程乙本同于眉本。

例18：警幻仙姑说——

"此离吾境不远，别无他物，仅有自采香茗一盏，亲酿美酒一瓮，素娴霓舞歌姬数人，新填《红楼梦》仙曲十二支，试随吾一游否？"宝玉听了，喜跃非常，便忘了秦氏在何处。

"素娴"，己卯本作"素缣"。"霓舞"，己卯本作"麂舞"。"新填"，杨本、蒙本、戚本作"新添"。其他脂本以及程甲本、程乙本同于眉本。按：杨本、蒙本、戚本的"添"字乃"填"字的音讹。

"喜跃非常"，庚辰本无，舒本作"喜悦非常"，其他脂本以及程甲本、程乙本同于眉本。

例19：随了仙姑，至一所在——

有石牌横建，上书"太虚幻境"四个大字，两边一副对联，乃是：假作真时真亦假，无为有处有还无。

"石牌"，杨本、程乙本作"石碑"，戚本作"石牌坊"，其他脂本以及程甲本同于眉本。

"假作真时"，庚辰本作"假做真时"。"真亦假"，梦本作"真作假"。其他脂本以及程甲本、程乙本同于眉本。

例 20：又有一副对联——

　　厚地高天，堪叹古今情不尽，痴男怨女，可怜风月债难偿。

"偿"，梦本、程甲本、程乙本作"酬"，其他脂本同于眉本。

例 21：随仙姑进入二层门内——

　　只见两边配殿，皆有匾额对联，一时看不尽许多，惟见各处写的是："痴情司"、"结怨司"、"朝啼司"、"夜怨司"、"春感司"、"秋悲司"等类。看了……

"配殿"，舒本作"便殿"。"朝啼司"，杨本作"夜梦司"。其他脂本以及程甲本、程乙本同于眉本。

"夜怨司"，甲戌本作"夜哭司"，梦本、程甲本、程乙本作"暮哭司"，杨本作"朝蹄司"，其他脂本同于眉本。

"秋悲司"，己卯本无，杨本作"秋愁司"，其他脂本以及程甲本、程乙本同于眉本。

在末句"看了"之前，己卯本、杨本有"宝玉"二字，其他脂本以及程甲本、程乙本无之，同于眉本。

例 22：宝玉央之再四——

　　仙姑无奈，说："也罢，就在此司内略随喜随喜罢了。"

"仙姑无奈"，蒙本、戚本无"无奈"二字，梦本作"看这司匾"，程甲本作"警幻便看这司的匾"，程乙本作"警幻便"，其他脂本同于眉本。

例 23：薄命司两边的对联——

　　春恨秋愁皆自惹，花容月貌为谁妍。

"春恨"，蒙本、戚本作"春怨"。"为谁妍"，庚辰本作"为姣妍"（原作"姣"，后旁改"谁"）。其他脂本以及程甲本、程乙本同于眉本。

例 24：宝玉进入门来——

　　只见有十数个大厨，皆用封条封着。看那封条上，皆是各省的地名。

"十数个"，舒本、梦本作"数十个"。"看那封条上"，舒本无。其他脂本以及程甲本、程乙本同于眉本。

"皆是各省的地名"，梦本、程甲本、程乙本作"皆有各省字样"，其他脂本同于眉本。

例25：宝玉问，何为金陵二钗正册——

> 警幻道："即贵省中冠首十二女子之册，故为正册。"宝玉道："常听人说，金陵极大，怎么只十二个女子？如今单我家里，上上下下，就有几百女孩儿呢。"

"故为正册"，杨本无，其他脂本以及程甲本、程乙本有，同于眉本。

第六句"金陵极大"之后，己卯本、杨本有"的地方"三字，其他脂本以及程甲本、程乙本无之，同于眉本。

例26：警幻冷笑道——

> 贵省女子固多，不过拣其紧要者录之。下边二厨则又次之。余者庸常之辈，则无册可录矣。

"贵省"，蒙本、戚本、梦本、程甲本同，庚辰本、舒本作"省省"，己卯本、杨本作"诸省"，甲戌本作"省上"（"省"前，旁添"贵"；"上"被点去），程乙本作"一省"。按：甲戌本的"上"字当是"省"字（重复的符号）的形讹。若然，则"贵"字的旁添当是后人据梦本或程甲本所为。

"紧要者"，蒙本、戚本作"善者"。其他脂本以及程甲本、程乙本同于眉本。

"下边"，梦本、程甲本、程乙本作"两边"，其他脂本同于眉本。

"庸常"，蒙本、戚本作"庸愚"，其他脂本以及程甲本、程乙本同于眉本。

例27：宝玉拿出一本册来，揭开一看——

> 只见这首页上画着一副画，又非人物，亦无水山，不过水墨浊染的满纸乌云霭雾而已。

"水山"，其他脂本以及程甲本、程乙本均作"山水"。

"浊染"，甲戌本、己卯本、杨本、梦本、程甲本作"滃染"，庚辰本、舒本无"染"字，程乙本无"滃"字，蒙本作"翰染"，戚本作"烘染"。

"靄雾"，己卯本、杨本作"谒雾"，甲戌本、庚辰本、舒本、梦本、程甲本、程乙本作"浊雾"，蒙本、戚本作"浊露"。

例28：晴雯判词——

> 霁月难逢，彩云易散。心比天高，身为下贱。风流灵巧招人怨。寿夭多因诽谤生，多情公子空牵念。

"霁月"，甲戌本作"霁日"。"灵巧"，舒本作"多巧"（原作"多"，后于旁侧注"灵"字）。"招"，庚辰本作"总"。"寿夭"，戚本作"夭寿"。"诽谤"，庚辰本作"毁谤"，蒙本作"谤诽"。"多情"，舒本作"风流"（原作"风流"，后于旁侧改"多情"）。其他脂本以及程甲本、程乙本同于眉本。

例29：只见画着一株桂花——

> 下面有一池沼，其中水涸泥干，莲枯藕败。

"池沼"，甲戌本作"池沿"。"水涸泥干"，杨本作"水消泥淤"。其他脂本以及程甲本、程乙本同于眉本。

例30：香菱判词——

> 根并荷花一茎生，平生遭际实堪伤。自从两地生孤木，致使香魂返故乡。

"根"，戚本作"种"，蒙本误作"振"，其他脂本以及程甲本、程乙本同于眉本。

"一茎生"，甲戌本、庚辰本、蒙本、戚本、梦本、程甲本、程乙本作"一茎香"，己卯本、杨本作"一茎青"，舒本作"一水香"。

"孤木"，庚辰本作"菰米"，其他脂本以及程甲本、程乙本同于眉本。

例31：宝玉再去取正册看——

> 只见头一页上便画着两株枯木，木上悬着一围玉带，又有一堆雪，雪下一股金簪。

"两株"，蒙本、戚本作"四株"。"金簪"，杨本、蒙本、戚本作"金钗"，舒本作"金钗簪"。其他脂本以及程甲本、程乙本同于眉本。

例32：黛玉、宝钗判词——

堪叹停机德，可怜咏絮才。玉带林中挂，金簪雪里埋。

"堪叹"，其他脂本以及程甲本、程乙本均作"可叹"。

"可怜"，梦本、程甲本作"谁怜"，其他脂本以及程乙本作"堪怜"。

"金簪"戚本、作"金钗"。"雪"，蒙本作"薛"。其他脂本以及程甲本、程乙本同于眉本。

例33：宝玉又往后看时——

只见画着一张弓，弓上挂着一个香橼。

"香橼"，甲戌本、己卯本误作"香椽"，杨本作"香圆"，其他脂本以及程甲本、程乙本同于眉本。

例34：元春判词——

二十年来辨是谁，描（榴）花开处照宫闱。三春争及初春景，虎儿相逢大梦归。

"辨"，庚辰本误作"办"，梦本作"辩"，其他脂本以及程甲本、程乙本同于眉本。

"是谁"，己卯本、杨本同，其他脂本以及程甲本、程乙本作"是非"。

"宫闱"，庚辰本误作"宫围"。其他脂本以及程甲本、程乙本同于眉本。

"争及"，梦本、程甲本作"怎及"，其他脂本以及程乙本同于眉本。

"景"，庚辰本作"好"，其他脂本以及程甲本、程乙本同于眉本。

"虎儿"，己卯本、杨本作"虎兕"，其他脂本以及程甲本、程乙本作"虎兔"。

例35：探春判词——

才自精明志自高，生于后世运偏消。清明涕送江边望，千里东风一梦遥。

"精明"，梦本、程甲本、程乙本作"清明"，其他脂本同于眉本。

"后世"，杨本作"末时"，蒙本、戚本作"没世"，其他脂本以及程甲本、程乙本作"末世"。

"江边望"，舒本作"江边舰"。"一梦遥"，蒙本、戚本作"一望遥"。其他脂本以及程甲本、程乙本同于眉本。

例36：湘云判词——

后面又画几缕飞云，一湾逝水。其词曰：富贵又何为，襁褓之间父母违。展眼吊斜晖，湘江水逝楚云飞。

"飞云"，舒本无"飞"字。"何为"，杨本作"何如"。"展眼"，戚本作"转眼"。其他脂本以及程甲本、程乙本同于眉本。

"斜晖"，庚辰本作"斜辉"，其他脂本以及程甲本、程乙本作"斜晖"。

"水逝"，杨本作"逝水"，其他脂本以及程甲本、程乙本同于眉本。

例37：妙玉判词——

后面又画着一块美玉，落在泥垢之中。其断语云：欲洁何曾洁，云空未必空。可怜金玉质，落陷浊泥中。

"泥垢"，杨本作"垢泥"，蒙本、戚本作"污垢"（蒙本"垢"字的偏旁作三点水），梦本、程甲本、程乙本作"泥污"，其他脂本同于眉本。

"落陷"，己卯本、杨本同，其他脂本以及程甲本、程乙本作"终陷"。

"浊泥"，己卯本、杨本作"污泥"，蒙本作"悼泥"，其他脂本以及程甲本、程乙本作"淖泥"。

例38：迎春判词——

子孙山中狼，得意便张狂。金闺花柳质，一载赴黄粱。

"子孙"，其他脂本以及程甲本、程乙本作"子系"。

"山中狼"，庚辰本同，其他脂本以及程甲本、程乙本作"中山狼"。

"便"，己卯本作"更"。"金闺"，己卯本作"金贵"。其他脂本同于眉本。

"张狂"，其他脂本以及程甲本、程乙本作"猖狂"。

例39：惜春判词——

后面便是一所古庙，里面有美人在内看经独坐。其判云：勘破三春景不长，缁衣顿改昔年妆。可怜绣户侯门女，独卧青灯古佛傍。

"看经独坐"，庚辰本作"看独独坐"（第二个"独"字，后被旁改"书"字），蒙本、戚本作"独坐看经"。"昔年"，舒本作"昨年"。其他脂本以及程甲本、程乙本同于眉本。

例40：凤姐判词——

凡鸟偏从末世来，都知爱慕此生才。一从二令三人木，哭向金陵事更哀。

"凡鸟"，舒本作"凤鸟"。"末世"，蒙本、戚本作"没世"。"都知"，杨本作"却知"。"此生才"，甲戌本作"此身才"。其他脂本以及程甲本、程乙本同于眉本。

第二节　第五回异文举例（下）

例41：巧姐判词——

后面又是一坐荒村野店，有一美人在那里纺绩。其判云：事败休云贵，家亡莫论亲。偶因济刘氏，巧得遇恩人。

"野店"，杨本误作"墅店"，舒本作"野庙"，其他脂本以及程甲本、程乙本同于眉本。

"事败"，庚辰本同，其他脂本以及程甲本、程乙本作"势败"。

"家亡"，舒本作"家贫"，其他脂本以及程甲本、程乙本同于眉本。

例42：李纨判词——

后面又画一盆茂兰，傍有一位凤冠霞佩的美人。判云：桃李春风结子完，到头谁（谁）似一盆兰。如冰水好空相妒（妒），枉与他人作笑谈。

"凤冠霞佩"，其他脂本以及程甲本、程乙本均作"凤冠霞帔"。

"春风"，蒙本误作"春凤"。"如冰水好"，梦本作"如冰永好"。"笑谈"，己卯本作"话谈"，舒本作"美谈"。其他脂本以及程甲本、程乙本同于眉本。

例43：秦可卿判词——

后面又画着高楼大厦，有一美人悬梁自缢。其判云：情天情海幻情深，情及相逢必主淫。漫言不肖皆荣出，造衅开端实在宁。

"自缢"，梦本、程甲本、程乙本作"自尽"，其他脂本同于眉本。

"深"，程乙本同，其他脂本以及程甲本作"身"（蒙本原作"身"，后被旁改"深"）。

"造衅"，蒙本误作"造觉"（泽存本①亦误作"觉"），其他脂本以及程甲本、程乙本同于眉本。

例44：宝玉还要看时——

那仙姑知他天分高明，情性颖慧，恐把仙机泄漏，遂掩了卷册。

"颖慧"，杨本作"颖惠"，舒本作"聪慧"，其他脂本以及程甲本、程乙本同于眉本。

"仙机"，蒙本、戚本、梦本、程甲本、程乙本作"天机"，其他脂本同于眉本。

"掩"，蒙本、戚本作"卷"，其他脂本以及程甲本、程乙本同于眉本。

例45：宝玉随了警幻来至后面——

但见，珠帘绣幕，画栋雕檐说不尽那光辉朱户金铺地，雪照琼窗玉作宫。更见仙花馥郁，异草芬芳，真好个所在。又听警幻笑道……

"珠帘"，梦本作"朱帘"。"雕檐"，蒙本、戚本作"雕梁"。其他脂本以及程甲本同于眉本。

"珠帘绣幕，画栋雕檐"，程乙本作"画栋雕檐，珠帘绣幕"。

"光辉"，其他脂本以及程甲本、程乙本作"光摇"。

"仙花"，庚辰本作"仙桃"，其他脂本以及程甲本、程乙本同于眉本。

"又听"，己卯本作"宝玉正在观之不尽，忽听"，其他脂本以及程甲本、程乙本同于眉本。

例46：几个仙子说——

姐姐曾说，今日今时必有绛珠妹子的生魂前来游玩，故我等久待。

在"游玩"之后，己卯本、杨本有"旧景"二字，其他脂本以及程甲

---

① "泽存本"即今藏于南京图书馆、旧藏于陈群泽存书库的《红楼梦》抄本（另一戚本）。

本、程乙本无之，同于眉本。

例47：警幻笑道——

　　　今日原欲荣府去接绛珠，适从宁府所过，偶遇宁、荣二公之灵……

"宁、荣"，己卯本、梦本、程甲本作"荣、宁"，其他脂本以及程乙本同于眉本。

"之灵"，杨本无，其他脂本以及程甲本、程乙本有，同于眉本。

例48：运终数尽，不可挽回——

　　　故近世之子孙虽多，竟无一可以继业。其中惟嫡孙宝玉一人，禀性乖张，生性怪谲，聪明灵慧，略可望成，无奈吾家运数合终，恐无人规引入正。

"故近世之"，蒙本、戚本、舒本无，甲戌本、己卯本、杨本作"故近之"，庚辰本作"故遗之"，梦本、程甲本、程乙本作"我等之"。

"继业"，梦本、程甲本、程乙本作"继叶"，其他脂本同于眉本。

"禀性"，程甲本、程乙本同，甲戌本、己卯本、庚辰本、蒙本作"生情"，杨本、戚本、舒本、梦本作"性情"。

"怪谲"，甲戌本作"诡谲"。"灵慧"，庚辰本误作"灵会"。"望成"，舒本作"玉成"。"规引入正"，舒本作"规引入道"，蒙本、戚本作"引入正路"，其他脂本以及程甲本、程乙本同于眉本。

例49：故发慈心，引彼至此——

　　　先以彼家中上中下三等女子之终身册籍，令彼熟（熟）玩……

"家中"，杨本同，其他脂本以及程甲本、程乙本无"中"字。

"终身"，杨本无，其他脂本以及程甲本、程乙本有，同于眉本。

"册籍"，舒本作"籍册"，其他脂本以及程甲本、程乙本同于眉本。

例50：警幻携了宝玉入室——

　　　但闻一缕幽香，竟不知其所焚何物。宝玉遂不禁相问。警幻冷笑道："此香尘世中既无，你何能知！此香乃是名山胜境内初生异卉之精，合各种宝林珠树之油所制，名为群芳髓。"

"所焚"，梦本、程甲本、程乙本作"所闻"，其他脂本同于眉本。

"不禁"，梦本、程甲本作"不住"，其他脂本以及程乙本同于眉本。

"此香"，舒本作"此巧香"。"珠树"，庚辰本作"诸树"。其他脂本以及程甲本、程乙本同于眉本。

例51：小丫环捧上茶来——

　　宝玉自觉香清味美，纯美非常，因又问何名。警幻道："此茶出在放春山遣香洞，又以仙花灵叶上所带宿露而烹，此茶名曰千红一窟。"

"香清味美"，梦本、程甲本、程乙本同，甲戌本作"清香味异"，蒙本、戚本、舒本作"香清味异"，己卯本、庚辰本、杨本作"清香异味"。

"放春山"，庚辰本原作"山"后被涂改"岩"，其他脂本以及程甲本、程乙本同于眉本。

"遣香洞"，庚辰本作"选香洞"（原作"选"，后被旁改为"遣"），杨本作"还香洞"，舒本作"道香洞"，其他脂本以及程甲本、程乙本同于眉本。

"仙花"，庚辰本作"鲜花"。"千红一窟"，杨本作"仙红一窟"。其他脂本以及程甲本、程乙本同于眉本。

例52：宝玉请问众仙姑姓名——

　　一名痴梦仙姑，一名钟情大士，一名引愁金女，一名度恨菩提，各各道号不一。

"钟情大士"，舒本作"种情大士"。"引愁金女"，蒙本作"引愁金姑"。其他脂本以及程甲本、程乙本同于眉本。

例53：方歌了一句——

　　警幻便说：此曲不比尘世中所填传奇之曲，必有生旦净末之别，又有南北九宫之限。

"之别"，甲戌本同，其他脂本以及程甲本、程乙本作"之则"。

例54：红楼梦引子——

　　第一支〔红楼梦引子〕开辟鸿蒙，谁为情种？都只为风月情浓。奈何天，伤怀日，寂寥时，试遣愚衷。因此上，演出这怀金悼玉《红楼梦》。

"第一支"，甲戌本、蒙本、戚本同，杨本作"第一"，其他脂本以及程甲本、程乙本无。

"红楼梦引子"，杨本、蒙本、戚本无"子"字，其他脂本以及程甲本、程乙本有，同于眉本。

"都只为"，杨本作"多只为"，其他脂本以及程甲本、程乙本同于眉本。

在"奈何天"之前，甲戌本有"趁着这"三字，其他脂本以及程甲本、程乙本无之，同于眉本。

"寂寥"，甲戌本作"寂寞"（"寞"被点去，旁改"寥"），其他脂本以及程甲本、程乙本同于眉本。

例55：终身误——

　　　第二支〔终身误〕都道是金玉良姻，俺只念木石前盟。空对着，山中高士晶莹雪，终不忘，世外仙姑寂寞林。叹人间，美中不足今方信。总然是齐眉案举，到底也难平。

"第二支"，甲戌本、蒙本、戚本同，杨本作"第二"，其他脂本以及程甲本、程乙本无。

"都道是"，杨本作"多道是"，梦本作"都道"，其他脂本以及程甲本、程乙本同于眉本。

"良姻"，舒本、梦本、程甲本、程乙本作"良缘"，其他脂本同于眉本。

"仙姑"，庚辰本同，甲戌本、己卯本、杨本、戚本、舒本、梦本、程甲本、程乙本作"仙姝"，蒙本误作"仙妹"。

"总然"，其他脂本以及程甲本、程乙本均作"纵然"。

"也难平"，其他脂本以及程甲本、程乙本均作"意难平"。

例56：枉凝眉——

　　　第三支〔枉凝眉〕一个是阆苑仙葩，一个是美玉无瑕。若说没奇缘，今生偏又遇着他，若说有奇缘，如何心事终许他？一个枉自嗟呀，一个空劳牵挂。一个是水中月，一个是镜中花。想眼中能有多少泪珠儿，怎经得秋流到冬尽，春流到夏！

"第三支"，甲戌本、蒙本、戚本同，杨本作"第三"，其他脂本以及程甲本、程乙本无。

"枉凝眉"，戚本作"枉凝眸"，其他脂本以及程甲本、程乙本同于眉本。

"许他"，甲戌本、己卯本、庚辰本、杨本、舒本作"虚化"，蒙本、戚本作"虚花"（蒙本"花"被点去，旁改"话"），梦本、程甲本、程乙本作"虚话"。

在"枉自嗟呀"、"空劳牵挂"之前的两个"一个"，舒本均作"一个是"。

"怎经得"，杨本、蒙本、戚本、程甲本、程乙本作"怎禁得"，其他脂本同于眉本。

"尽"，杨本作"又"，舒本、梦本、程甲本、程乙本无此字，其他脂本同于眉本（甲戌本"尽"被点去）。

例57：恨无常——

> 第四支〔恨无常〕喜荣花正好，恨无常又到。眼睁睁，把万事全抛。荡悠悠，芳魂消耗。望家乡，路远山高。故向爷娘梦里寻相告：儿命已入黄泉，要退步抽身早！

"第四支"，甲戌本、蒙本、戚本同，杨本作"第四"，其他脂本以及程甲本、程乙本无。

在"芳魂消耗"之前，庚辰本有"把"字，其他脂本以及程甲本、程乙本无之，同于眉本。

"路远山高"，甲戌本作"路远山遥"，其他脂本以及程甲本、程乙本同于眉本。

"爷娘"，其他脂本以及程甲本、程乙本均作"爹娘"。

"寻相告"，程乙本作"边寻告"，其他脂本以及程甲本作"相寻告"。

在"儿"之后，戚本有"今"字，其他脂本以及程甲本、程乙本无，同于眉本。

在末句之前，甲戌本、程甲本、程乙本有"天伦呵"三字，其他脂本无之，同于眉本。

例58：分骨肉——

> 第五支〔分骨月（肉）〕帆风雨露三千，把骨肉家齐来抛闪。恐哭损残年，告爹娘，休把儿悬。自古穷通皆有定，离合岂无缘？从今分两

地，各自保平安。奴去了，莫牵连。

"第五支"，甲戌本、蒙本、戚本同，杨本作"第五"，其他脂本以及程甲本、程乙本无。

"帆"，其他脂本以及程甲本、程乙本均作"一帆"。

"露"，其他脂本以及程甲本、程乙本均作"路"。按：此乃眉本讹误。

"家"，其他脂本以及程甲本、程乙本均作"家园"。

"来"，舒本无，其他脂本以及程甲本、程乙本均有，同于眉本。

"悬"，其他脂本以及程甲本、程乙本均作"悬念"。按：此乃眉本误夺。

"恐"，蒙本作"怨"（后涂改为"恐"）。"休把"，舒本作"莫把"。"皆有定"，蒙本、戚本作"皆有命"。其他脂本以及程甲本、程乙本同于眉本。

"奴去了"，其他脂本以及程甲本、程乙本均作"奴去也"。

例59：乐中悲——

第六支〔乐中悲〕襁褓中，父母叹双亡。总居那绮罗丛，谁知娇养？幸生来，英豪阔大宽宏量，从未将儿女私情略萦心上。好一似，霁月光风耀玉堂。厮配得才貌仙郎，博得个地久天长，准折得幼年时坎坷形状。终久是云散高唐，水涸湘江。这是尘寰中消长数应当，何必枉悲伤！

"第六支"，甲戌本、蒙本、戚本同，杨本作"第六"，其他脂本以及程甲本、程乙本无。

"襁褓"，庚辰本作"襁保"。"双亡"，庚辰本、蒙本作"奴亡"。"绮罗丛"，蒙本、戚本作"绮罗中"，舒本作"绮罗丛里"。"英豪"，舒本作"英雄"。"从未"，庚辰本作"从来"，舒本作"从来未"。"厮配"，杨本作"相配"。"终久是"，杨本作"终久时"。"这是"，庚辰本无。其他脂本以及程甲本、程乙本同于眉本。

"总"，其他脂本以及程甲本、程乙本均作"纵"。

"娇养"，杨本同，其他脂本以及程甲本、程乙本作"娇养"。

"宽宏量"，杨本作"宽弘亮"（"亮"被圈去，旁改"量"）。其他脂本以及程甲本、程乙本同于眉本。按："弘"字不避乾隆讳，值得注意。

例60：世难容——

第七支〔世难容〕气质美如兰，才华复比仙。天生成孤癖人皆罕。

你道是啖肉食腥膻，视绮罗俗厌，却不知太高人愈妒，过洁世同嫌。可叹这，青灯古殿人将老，辜负了，红粉朱楼春色兰。到头来，依旧是风流肮脏违心愿。好一似，无瑕白玉遭泥陷，又何须，王孙公子叹无缘。

"第七支"，甲戌本、蒙本、戚本同，杨本作"第七"，其他脂本以及程甲本、程乙本无。

"复"，甲戌本、己卯本、杨本、戚本同，庚辰本作"阜"，蒙本、舒本、梦本、程甲本、程乙本作"馥"。

"天生成"，舒本作"天生"，其他脂本以及程甲本、程乙本同于眉本（庚辰本原作"成生"，后勾乙为"生成"）。

"俗厌"，舒本作"欲厌"。"人愈妒"，杨本作"人越妒"。"世同嫌"，杨本作"世间嫌"。"白玉"，己卯本、杨本作"美玉"。"公子"，蒙本误作"公了"。其他脂本以及程甲本、程乙本同于眉本。

"春色兰"，庚辰本同，其他脂本以及程甲本、程乙本作"春色阑"。

例 61：喜冤家——

第八支〔喜冤家〕中山狼，无情兽，全不念当日根由。一味的骄奢淫荡贪缠搆。觑着那，侯门艳质同蒲柳，作的，公府千金似下流。叹芳魂艳魄，一载荡悠悠。

"第八支"，甲戌本、蒙本、戚本同，杨本作"第八"，其他脂本以及程甲本、程乙本无。

"当日"，杨本作"当日的"，其他脂本以及程甲本、程乙本同于眉本。

"缠搆"，甲戌本、己卯本、杨本、蒙本、梦本作"还搆"，庚辰本作"还构"，戚本作"顽彀"，舒本作"婚媾"，程甲本、程乙本作"欢媾"。

"作的"，庚辰本作"作贱的"，其他脂本以及程甲本、程乙本作"作践"。

例 62：虚花悟——

第九支〔虚花悟〕将那三春看破，桃红柳绿待如何？把这韶华打灭，不见那清淡天和。说什么，天上天桃盛，云中香蕊多。到头来，谁见得把秋捱过？则看那，白杨树（村）里人呜咽，青枫林内鬼吟哦。更兼着，连天衰草遮坟墓。这的是，昨贫今富人劳碌，春荣秋谢花折磨。似这般，生关死劫谁能躲？闻说道，西方宝树唤婆娑，上结着长生果。

"第九支"，甲戌本、蒙本、戚本同，杨本作"第九"，其他脂本以及程甲本、程乙本无。

"待"，舒本误作"得"。"把这"，梦本作"把只"。"什么"，蒙本、戚本作"甚么"。"人呜咽"，杨本作"人烟咽"。"衰草"，庚辰本误作"衷草"。"这的是"，己卯本、杨本作"这就是"，舒本误作"这是的"。"秋谢"，蒙本、戚本作"秋落"。其他脂本以及程甲本、程乙本同于眉本。

"不见"，己卯本、杨本同，甲戌本、庚辰本、舒本、梦本、程甲本、程乙本作"觅"，蒙本、戚本作"觉"。

"香蕊"，己卯本、杨本、舒本同，其他脂本以及程甲本、程乙本作"杏蕊"。

"谁见得"，庚辰本作"谁"，其他脂本以及程甲本、程乙本作"谁见"。

"青枫林内"，其他脂本以及程甲本、程乙本均作"青枫林下"。

"唤婆娑"，蒙本作"唤婆婆"，戚本作"娑婆"。"上"，蒙本、戚本无。其他脂本以及程甲本、程乙本同于眉本。

例63：聪明累——

第十支〔聪明累〕机关算尽太聪明，反算了卿卿性命。生前心已碎，死后性空灵。家富（富）人宁，终有个家亡人散多奔腾。枉费了，意悬悬（悬悬）半世心，好一似，荡悠悠三更梦。忽喇喇似大厦顷（倾），昏惨惨似灯将尽。呀！一场欢喜忽悲辛。叹人世，终难定！

"第十支"，甲戌本、蒙本、戚本同，杨本作"第十"，其他脂本以及程甲本、程乙本无。

"卿卿性命"，杨本作"卿卿的姓名"，庚辰本作"轻轻姓名"。"生前"，梦本作"前生"。"空灵"，己卯本、杨本作"灵空"。"终有个"舒本作"中有个"。"半世心"，己卯本、杨本误作"生世心"。"似大厦倾"，蒙本、戚本作"如大厦倾"。"灯将尽"，蒙本、戚本作"将尽灯"。"悲辛"，己卯本误作"悲幸"。其他脂本以及程甲本、程乙本同于眉本。

"多奔腾"，己卯本、杨本同，其他脂本以及程甲本、程乙本作"各奔腾"。

此例有两个需要特别注意的地方。两个地方都和讹误有关。一是，"生世心"，己卯本与杨本同误。二是，"意懑懑"，己卯本、杨本、眉本同误。在这一点上，证明己卯本、杨本二本或己卯本、杨本、眉本三本有共同的来源，或共同的底本。

例 64：留余庆——

> 第十一支〔留余庆〕余庆，忽遇恩人，幸娘亲，幸娘亲，积得阴功。劝人生，济困扶穷，休似俺那爱银钱忘骨肉的狠舅奸兄！正是乘除加减，上有苍穹。

"第十一支"，甲戌本、蒙本、戚本同，杨本作"第十一"，其他脂本以及程甲本、程乙本无。

"余庆"，戚本作"留余庆"，其他脂本作"留余庆，留余庆"。"积得"，戚本作"幸积得"，舒本作"积的"。"爱银钱"，己卯本、杨本作"银钱上"。"乘除加减"，甲戌本、己卯本、庚辰本、杨本作"承除加减"。"苍穹"，甲戌本作"苍穷"。其他脂本以及程甲本、程乙本同于眉本。

例 65：晚韶华——

> 第十二支〔晚韶花（华）〕镜里恩情，更堪那梦里功名！那美韶华韶华何迅！绣帐鸳衾。只这带珠冠，披凤袄，也抵不了无常性命。虽说是，人生莫受老来贫，也须要阴骘积儿孙。气昂昂头带簪缨，光灿灿胸悬金印，威赫赫爵禄高登，昏惨惨黄泉路近。问古来将相可还存？也只是虚名儿留与后人教领。

"第十二支"，甲戌本、蒙本、戚本同，杨本作"第十二"，其他脂本以及程甲本、程乙本无。

"韶华何迅"，其他脂本以及程甲本、程乙本均作"去之何迅"。按："去之"二字被误认为"韶华"的重复符号，以致此句失去了原意。

在"绣帐鸳衾"之前，甲戌本、己卯本、庚辰本、蒙本、戚本、舒本、梦本、程甲本、程乙本有"再休提"三字（舒本"提"作"题"）；杨本无此三字，同于眉本。

"带珠冠"，蒙本、戚本、梦本、程甲本、程乙本作"戴珠冠"，其他脂本同于眉本。

"气昂昂头带簪缨"，己卯本、杨本、梦本、程甲本、程乙本同，甲戌本作"气昂昂头带簪缨，气昂昂头带簪缨"，庚辰本、蒙本、戚本作"气昂昂头带簪缨，簪缨"（庚辰本"带"作"代"，蒙本、戚本"带"作"戴"，蒙本前一个"簪缨"被点去），舒本作"气昂昂头带簪缨，头带簪缨"。按：五本重复的一句，作七字、二字、四字不等，殆因对重复符号理解不同所致。

"光灿灿"，蒙本、戚本作"光闪闪"，舒本作"光灼灼"。"胸"，杨本作"腰"。其他脂本以及程甲本、程乙本同于眉本。

"威赫赫爵禄高登"，己卯本、杨本、梦本、程甲本、程乙本同，甲戌本作"威赫赫爵位高登，威赫赫爵位高登"，庚辰本、蒙本、戚本作"威赫赫爵禄高登，高登"（蒙本后一个"高登"原系旁添，后又被点去），舒本作"威赫赫爵禄高登，爵禄高登"。按：四本重复的一句作七字、二字、四字不等，原因同上。

"问"，庚辰本无，其他脂本以及程甲本、程乙本有，同于眉本。

"也只是"，蒙本、戚本作"也正是"（蒙本原作"正"，后被涂改为"只"），其他脂本以及程甲本、程乙本同于眉本。

"留"，其他脂本以及程甲本、程乙本无之。

"教领"，甲戌本作"欢敬"，其他脂本以及程甲本、程乙本作"钦敬"。

例66：好事终——

> 第十三支〔好事终〕画梁春尽落香尘。擅风情，秉月貌，便是败家根本。箕裘颓坠，家事消亡首罪宁。宿孽总因情。

"第十三支"，甲戌本、蒙本、戚本同，杨本作"第十三"，其他脂本以及程甲本、程乙本无。

"擅风情，秉月貌"，甲戌本作"擅风情宵秉月貌"，杨本作"擅风情，趁月貌"，其他脂本以及程甲本、程乙本同于眉本。

"颓坠"梦本同，甲戌本、己卯本、杨本、蒙本、戚本、舒本、程甲本、程乙本作"颓堕"，庚辰本误作"颓随"。"箕裘颓坠"之后，甲戌本、庚辰本、蒙本、戚本、舒本、梦本、程甲本、程乙本作"皆从敬"，己卯本作"皆荣王"，杨本作"皆莹玉"。

例67：收尾——

> 第十四支〔收尾〕飞鸟各投林。为官的家业凋零，富贵的金银散尽。有恩的死里逃生，无情的分明报应。欠命的命已还，欠泪的泪已尽：冤

冤相报岂非轻，分离聚合皆前定。欲知命短问前生，老来富贵也真侥幸。看破的遁入空门，痴迷的枉送了性命。好一似食尽鸟投林，落了片白茫茫大地真干净！

"第十四支"，甲戌本、蒙本、戚本同，杨本作"第十四"，其他脂本以及程甲本、程乙本无。

"收尾"，己卯本、梦本、程甲本、程乙本无，其他脂本有，同于眉本。

"报应"，己卯本作"照应"，其他脂本以及程甲本、程乙本同于眉本。

"岂非"，程乙本同，庚辰本作"实非"，程甲本作"自非"，其他脂本同于眉本。

"聚合"，己卯本、杨本作"合聚"。"皆前定"，蒙本、戚本作"前生定"。"也真侥幸"，杨本无"也"字，梦本作"也真徼幸"。"片"庚辰本作"一片"。其他脂本以及程甲本、程乙本同于眉本。

例68：歌毕——

还要歌外曲。

"外曲"，甲戌本、庚辰本、蒙本、戚本、舒本作"副曲"，己卯本、杨本作"别曲"（己卯本"别"被点去，旁改"副"），梦本、程甲本、程乙本作"副歌"。

例69：警幻说，痴儿竟尚未悟——

那宝玉忙止歌姬不必再唱，自觉朦胧恍惚，告醉求卧。

"告醉"，蒙本、戚本作"告辞"（蒙本"辞"被点去，旁改"醉"），其他脂本以及程甲本、程乙本同于眉本。

例70：早有一位女子在内——

其鲜艳娟媚，有似乎宝钗，风流袅娜，则又如黛玉。

"鲜艳"，杨本、蒙本、戚本作"鲜妍"，其他脂本以及程甲本、程乙本同于眉本。

"娟媚"，甲戌本、己卯本、庚辰本、杨本、蒙本、戚本作"斌媚"，梦本、程甲本、程乙本作"妩媚"，舒本作"娇媚"。

"风流袅娜"，蒙本、戚本作"其袅娜风流"，程乙本作"袅娜风流"，其他脂本以及程甲本同于眉本。

例 71：警幻说——

更可恨者，自古来多少轻薄浪子，皆以好色不淫为饰，又以情而不淫作案，此皆饰非掩丑之语也。

"多少轻薄浪子"，舒本作"多少轻狂多少轻薄浪子"。"为饰"，庚辰本作"为事"，梦本、程甲本、程乙本作"为解"。其他脂本同于眉本。

"作案"，己卯本、庚辰本作"为案"。其他脂本以及程甲本、程乙本同于眉本。

例 72：宝玉答道——

仙姑差了。我因懒于读书，家父母尚为垂训，岂故再冒淫字。

"差了"，甲戌本作"错了"，蒙本、戚本作"差矣"，其他脂本以及程甲本、程乙本同于眉本。

"尚为垂训"，其他脂本以及程甲本、程乙本作"尚每垂训饬"。

"岂敢再冒淫字"，杨本作"岂敢再犯淫字"，庚辰本作"岂故再冒淫字"，蒙本作"岂敢再貌淫字"，其他脂本以及程甲本、程乙本同于眉本。

例 73：警幻道——

如世之好淫者，不过悦容貌，喜歌舞，调笑无厌，云雨无时，恨不能尽天下之美女供我片时之趣兴，此皆皮肤淫滥之蠢物耳。

"无时"，蒙本、戚本作"无休"，其他脂本以及程甲本、程乙本同于眉本。

"尽"，舒本、梦本、程甲本、程乙本无，其他脂本同于眉本。

"趣兴"，杨本作"兴趣"，其他脂本以及程甲本、程乙本同于眉本。

"淫滥"，庚辰本、舒本同，甲戌本、己卯本、杨本、蒙本、戚本、梦本、程甲本、程乙本作"滥淫"（甲戌本"淫"被点去，并在"滥"上旁添"臭"字）。

例 74：警幻继续说——

惟意淫，惟意淫心会而不可口传，可神通而不能语达。

第一个"惟意淫",此系眉本衍文,其他脂本以及程甲本、程乙本无之。

第二个"惟意淫",甲戌本、己卯本、杨本、梦本、程甲本、程乙本作"惟意淫二字",庚辰本、蒙本、戚本、舒本作"意淫二字"。

"心会",梦本、程甲本、程乙本作"可心会"。其他脂本作"惟心会"(甲戌本"惟"被点去,旁改"可"),

"口传",甲戌本、己卯本、蒙本、戚本作"言传",其他脂本以及程甲本、程乙本同于眉本。

"神通",杨本无"通"字,其他脂本以及程甲本、程乙本有,同于眉本。

"不能",庚辰本、杨本、蒙本、戚本作"不可",其他脂本以及程甲本、程乙本同于眉本。

例75:警幻说——

> 醉以良酒,沁以仙茗,警以仙曲,再将吾妹一人,乳名兼美,字可卿,许配与汝。今夕良时,即可成婚。不过令汝领略仙闺幻境之风光尚然如此,何况尘境之情愫哉?而今后万万解释,改悟前情,留意于孔孟之间,委身于经济之道。

"良酒",己卯本、杨本同,甲戌本、庚辰本、蒙本、戚本、舒本作"灵酒",梦本、程甲本、程乙本作"美酒"。

"吾妹",蒙本、戚本作"吴妹"(蒙本"吴"被点去,旁改"吾")。"良时",蒙本、戚本作"良辰"。"领略",舒本作"略领"。"仙闺",甲戌本作"仙阁"。其他脂本以及程甲本、程乙本同于眉本。

"成婚",甲戌本、己卯本、庚辰本、杨本、蒙本、戚本、梦本、程甲本、程乙本作"成姻",舒本作"完姻"。

"尘境",甲戌本、蒙本、戚本、舒本、程乙本作"尘世",其他脂本以及程甲本同于眉本。

"情愫",甲戌本、庚辰本、蒙本、戚本、舒本、梦本、程甲本、程乙本作"情景",己卯本、杨本作"景"。

"万万",蒙本、戚本作"万望"。"留意于孔孟之间",甲戌本作"将谨勤有用的工夫"。"委身",甲戌本作"置身",舒本误作"要身"。其他脂本以及程甲本、程乙本同于眉本。

例76:警幻秘授以云雨之事——

推宝玉入房，将门掩上自去。那宝玉恍恍惚惚，依警幻所嘱之言，未免有儿女之事，难以尽述。至次日，更柔情缱绻，软语温存，与可卿难解难分。因二人携手出去游玩之时……

"入房"，甲戌本作"入帐"，梦本、程甲本、程乙本作"入房中"，其他脂本同于眉本（己卯本"房"被点去，旁改"帐"）。

"将门掩上自去"，甲戌本无，舒本作"将门掩上自去了"，其他脂本以及程甲本、程乙本同于眉本。

"有儿女之事，难以尽述"，甲戌本作"阳台巫峡之会"，程乙本作"未免作起儿女的事来，也难以尽述"，其他脂本以及程甲本同于眉本。

"至次日"，甲戌本作"数日来"。"因二人携手出去游玩之时"，甲戌本作"即日警幻携宝玉、可卿闲游"。其他脂本以及程甲本、程乙本基本上同于眉本。

例77：因二人携手出去游玩之时——

忽至一个所在，但见荆榛遍地，狼虎同群，迎面一道黑溪阻路，并无桥梁可通。正在犹预（豫）之间，忽见警幻后追来，说道："快休前进，作速回头要紧！"宝玉忙止步问道："此系何处？"警幻道："此即迷津也。深有万丈，遥亘千……（此下残缺）

"遍地"，蒙本、戚本作"满地"，其他脂本以及程甲本、程乙本同于眉本。

"同群"，蒙本、戚本作"成群"，梦本、程甲本、程乙本作"同行"，其他脂本同于眉本。

"迎面一道黑溪阻路"，甲戌本作"忽尔大河阻路，黑水淌洋"。"并无"，甲戌本作"又无"。"正在犹预（豫）之间"，甲戌本作"宝玉正自彷徨"，舒本无"在"字。其他脂本同于眉本。

"忽见警幻后追来，说道"，甲戌本作"只听警幻道"，己卯本、杨本作"忽见警幻从后追来，告道"，庚辰本、梦本作"忽见警幻后面追来，告道"，蒙本、戚本作"忽见警幻从后追来，说到"，舒本作"忽见警幻从后追来，道"，程甲本、程乙本作"忽见警幻从后追来，说道"。

第三节　第五回异文统计与分析

上一节选例七十七个。每例之内，均包含异文一条或数条。
异文条数统计如下：

甲戌本　52

己卯本　55

庚辰本　76

杨　本　77

蒙　本　80

戚　本　78

舒　本　86

彼　本　（缺）①

梦　本　69

这项统计数字可以分为四类：

第一类两种：甲戌本，52 条；己卯本，55 条。

第二类一种：梦本，69 条。

第三类四种：庚辰本，76 条；杨本，77 条；戚本，78 条；蒙本，80 条。

第四类一种：舒本，86 条。

因此，从这个角度，可以得出以下的初步的结论：

与眉本第 5 回文字关系最亲近的是甲戌本、己卯本。

与眉本第 5 回文字关系最疏远的是舒本。

梦本、庚辰本、杨本、戚本、蒙本等五种与眉本第 5 回文字的关系，既不亲近，也不疏远，处于中流的状态。

需要特别说明的是，此一结论是在彼本残缺完整的第 5 回以及眉本第 5回末尾残缺的前提下引出的。

---

① 彼本缺第 5 回。

第二十四章
异文统计与分析之六

第一节　第六回异文举例

例1：袭人——

> 见宝玉如此光景，心中便觉察了一半。

"觉察"，己卯本、庚辰本、杨本作"觉撒"，其他脂本以及程甲本、程乙本同于眉本。

例2：袭人含羞笑问道——

> "……是那里流出来的那些脏东西？"宝玉道："一言难尽。"便把梦中之事细说与袭人听了。

"宝玉道：一言难尽"，杨本无，其他脂本以及程甲本有，程乙本作"宝玉只管红着脸不言语"。

按：由于无此七字，致使下文"便把"云云的主语变成了袭人。于是有人在"便把"之前旁添"宝玉"二字，以弥补此明显的错误。

例3：袭人与宝玉偷试一番——

> 自此宝玉视袭人更与别个不同，袭人侍宝玉更为尽职。

"尽职"，己卯本、庚辰本、杨本作"尽心"，其他脂本以及程甲本、程乙本同于眉本。

例4：按荣府中——

> 虽事不多，一日也有一二十件。

"一二十"，杨本作"三十"，其他脂本以及程甲本、程乙本同于眉本。

例5：便就此一家说来，到还是个头续——

> 诸公若嫌琐碎粗鄙呢，则快掷下此书，另觅好书醒目，若寻聊可破闷时，待余逐细言来。

此五句，己卯本、庚辰本、杨本作"且听细讲"，梦本、程甲本、程乙本无，其他脂本基本上同于眉本。

例6：待余逐细言来——

> 方才所说的这小小人家……

此句，杨本无，其他脂本以及程甲本、程乙本基本上同于眉本。

例7：联宗认作侄儿——

> 那时只有王夫人之大兄凤姐之父与王夫人随在京中，得知有此一门远族，余者皆不识认。

末二句，舒本作"知有此事"，其他脂本以及程甲本、程乙本基本上同于眉本。

例8：狗儿遂将岳母接来——

> 这刘姥姥乃是个久经世代的寡妇。

"久经世代"，己卯本、庚辰本、杨本作"积年"，其他脂本以及程甲本、程乙本同于眉本。

例9：刘姥姥乃劝道——

> 姑爷，你别嗔我说。

"姑爷"，甲戌本、蒙本、戚本作"姑夫"（蒙本"夫"旁改"爷"），舒本作"姐夫"，其他脂本以及程甲本、程乙本同于眉本。

例10：守多大碗儿吃多大饭——

> 你皆是年小时，托着你那老家儿的福，吃喝惯了，如今所以把持

不住。

"老家儿"，甲戌本、蒙本、戚本、梦本、程甲本作"老"，己卯本、庚辰本、舒本作"老家"，杨本作"老人家"，程乙本作"老子娘"。

例 11：和金陵王家联过宗——

> 二十年前，他们看承你们还好，如今原是你们拉硬屎了，不肯去俯就他，故疏远起来。

"俯就"，己卯本、庚辰本、杨本作"亲近"，程乙本作"就和"，其他脂本以及程甲本同于眉本。

例 12：想当初我和女儿还去过一遭——

> 他家的二小姐着实响快，会待人的，到不拿大。

"响快"，戚本、舒本、梦本、程甲本、程乙本作"爽快"，其他脂本同于眉本。

例 13：刘姥姥说——

> 只要他发一点好心，拔一根寒毛比咱们的腰还粗呢。

"腰"，舒本作"腿"，其他脂本以及程甲本、程乙本同于眉本。

例 14：刘姥姥说——

> 我是个甚么东西，他家人又认不得我，我去了也是白去的。

"东西"，杨本作"爱物儿"，程乙本作"东西儿"，其他脂本以及程甲本同于眉本。

例 15：刘姥姥说——

> 我也知道他。只是许多时不走动，知道他如今是怎么样。

"不走动"，梦本、程甲本、程乙本同，甲戌本、己卯本、庚辰本、杨本、舒本作"不走"，蒙本作"不曾往他家去走过一淌"，戚本作"不曾往他家去走了一淌儿过"。

例 16：刘姥姥教了板儿几句话——

　　然后蹭到角门前。

　　"蹭"，蒙本、戚本、梦本同，甲戌本作"徔"，舒本作"侦"，己卯本作"缜"，庚辰本、杨本作"走"，程甲本作"蹲"，程乙本作"溜"。

　　按：众异文中，以程甲本和程乙本最差。"蹲"，没有动态；"溜"则简直有点儿像是小偷的行径了。

　　例17：说东谈西——

　　刘姥姥只得蹭上来问："太爷们纳福。"

　　"蹭"，己卯本、庚辰本、杨本、蒙本、戚本、程乙本同，甲戌本作"徔"，舒本作"侦"，梦本、程甲本作"挨"。

　　例18：那孩子叫道——

　　周大妈，有个老奶奶来找你呢。

　　"大妈"，己卯本、庚辰本、杨本作"大娘"，其他脂本以及程甲本、程乙本同于眉本。

　　此二句之后，己卯本、庚辰本有"我带了来了"一句，其他脂本以及程甲本、程乙本同于眉本。

　　例19：周瑞家的认了半日，方笑道——

　　刘姥姥，你好呀！你说，能几年，我就忘了。

　　"能几年"，舒本作"上了些年纪"，梦本、程甲本、程乙本作"这几年不见"，其他脂本同于眉本。

　　例20：周瑞家的说——

　　你道这琏二奶奶是谁？就是太太的侄女儿。

　　"侄女儿"，舒本同，其他脂本以及程甲本、程乙本作"内侄女"或"内侄女儿"。

　　例21：周瑞家的说——

　　当日太太是常见的，今不可不见。

第二句，舒本、程乙本无，其他脂本以及程甲本基本上同于眉本。

例22：平儿问好让坐——

　　刘姥姥见平儿遍身绫锦，插金带银，花容月貌的，便当是凤姐了。

"花容月貌"，杨本、梦本、程甲本、程乙本同，其他脂本作"花容玉貌"。

例23：刘姥姥屏息侧耳等候——

　　只听远远有人笑声，约有一二十妇人，衣裙悉率，渐入堂屋，往那边屋里去了。又见三四个妇人，都捧着大漆捧盒，进这边来等待。

自"衣裙悉率"至"又见三四个妇人"，己卯本、庚辰本、杨本无，其他脂本以及程甲本、程乙本基本上同于眉本。

例24：刘姥姥至堂屋中间——

　　周瑞家的又和他唧喳了一回，方领到这边屋里来。

"领到"，甲戌本作"徆"，己卯本、庚辰本、杨本作"过"，蒙本、戚本、梦本、程甲本、程乙本作"蹭到"，舒本作"侦到"。

按：这又是一个我们已在上文见过的、描写刘姥姥动作的词语，殊堪注意。

例25：南窗下是炕——

　　炕上大红毡条，靠东边板壁立着个锁子锦靠背与一个引枕，铺着金星闪缎大坐褥，傍边有银嗽（漱）盂。

"引枕"，舒本作"靠枕"，其他脂本以及程甲本、程乙本同于眉本。

"金星闪缎"，己卯本、庚辰本、杨本、蒙本、戚本作"金心闪缎"，甲戌本作"金心绿闪缎"，舒本、梦本、程甲本作"金心线闪缎"（舒本"线"旁改"绿"），程乙本作"金线闪的"。

"银嗽（漱）盂"，甲戌本、舒本作"银唾沫盒"，杨本、蒙本、戚本、梦本作"银唾盒"，程甲本、程乙本作"银唾壶"，己卯本作"雕漆痰盆"，庚辰本作"雕漆痰盒"。

例26：凤姐家常带着——

　　昭君套……

　　此句，甲戌本、蒙本、戚本、舒本、梦本、程甲本、程乙本作"紫貂昭君套"，己卯本、庚辰本、杨本作"秋板貂鼠昭君套"（庚辰本"昭"系旁改，原作"招"）。

　　例27：刘姥姥已拜了数拜——

　　　　凤姐忙说："周姐搀着，不拜罢，请坐。我年轻，不大认识，可也不知是什么辈数儿，又不敢称呼。"周瑞家的忙回道："这就是我才回的那个姥姥了。"

　　凤姐所说的七句（自"周姐搀着"至"又不敢称呼"），蒙本、戚本无（戚本墨笔旁添此七句），其他脂本以及程甲本、程乙本基本上同于眉本。

　　例28：二门上小子们回说——

　　　　东府小大爷进来了。

　　"东府"，舒本作"宁府"，其他脂本以及程甲本、程乙本同于眉本。

　　例29：贾蓉——

　　　　面目清秀，身材夭娇。

　　"夭娇"，甲戌本、梦本、程甲本同，蒙本、戚本作"夭乔"，舒本作"夭娇"，己卯本、庚辰本、杨本作"俊俏"，程乙本作"苗条"。

　　例30：贾蓉道——

　　　　我父亲打发我来求婶子，说上回老舅太太给婶子的那架炕屏，明日请一个要紧的客，借了摆一摆就送过来。

　　"老舅太太"，舒本作"老太太"，其他脂本以及程甲本、程乙本同于眉本。

　　例31：凤姐笑道——

　　　　也没见你们，王家的东西都是好的不成？你们那里放着那些好东西，只是看不见，总是我的才好。

第一句和第二句，己卯本、庚辰本、杨本基本上相同，甲戌本作"也没见我们王家的东西都是好的不成"，舒本作"也没见我王家门的东西都是好的不成"，蒙本、戚本、梦本、程甲本、程乙本基本上同于甲戌本。

末句，蒙本、戚本无，甲戌本、舒本、梦本作"我的才罢"（连上句），己卯本、庚辰本、杨本作"偏我的就是好的"，程甲本作"我的东西才罢，一见了就要想拿去"，程乙本基本上同于程甲本。

例 32：凤姐窗外叫道——

蓉哥回来。

"蓉哥"，己卯本、庚辰本、杨本、程甲本同，其他脂本以及程乙本作"蓉儿"。

例 33：贾蓉忙转来——

垂手侍立，听候凤姐指示。

第二句，甲戌本、舒本、梦本、程甲本作"听何指示"，蒙本、戚本作"听何示下"，己卯本、庚辰本、杨本作"听阿凤指示"，程乙本作"满脸笑容的瞅着凤姐，听何指示"。

例 34：刘姥姥说——

如今天又冷了，越想越没个派头儿，只得带了你侄儿奔你老来。

第二句，梦本、程甲本、程乙本无。

"派头儿"，甲戌本、己卯本、庚辰本、杨本同，蒙本、戚本作"派头"，舒本作"活路儿"。

例 35：凤姐早已明白了——

听他不会说话，便笑道："不必说了，我知道了。"

第一句，舒本作"听了一回说话"，其他脂本以及程甲本、程乙本同于眉本。

"笑道"，舒本、程甲本同，其他脂本以及程乙本作"笑止道"。

例 36：忙命快传饭来——

不多时，周瑞家的传了一桌客饭来，摆在东边屋里，过来带了刘姥姥和板儿过去吃饭。

"不多时"，其他脂本以及程甲本、程乙本作"一时"。

"过来带了"，舒本作"这周瑞家的安排饭菜已毕，遂到凤姐面前说明，去叫过"，其他脂本以及程甲本、程乙本同于眉本。

例37：刘姥姥已吃毕了饭——

拉了板儿过来，甜嘴蜜舌的道谢。

"甜嘴蜜舌"，甲戌本作"舔唇抹嘴"，己卯本、杨本作"嘝舌囉嘴"，庚辰本、舒本作"嘝舌咽嘴"，蒙本、戚本作"嘝唇打嘴"，梦本、程甲本作"嘝唇咽嘴"，程乙本作"舔唇咽嘴"。

例38：凤姐说——

可将昨日太太给我的丫头们作衣裳的二十两银子，我还没动呢，不嫌少，就暂且先拿了去罢。

"可将"，其他脂本以及程甲本、程乙本均作"可巧"。

"昨日"，杨本同，甲戌本、己卯本、庚辰本、戚本、梦本、程甲本、程乙本作"昨儿"，蒙本、舒本作"昨晚"。

"没动"，戚本作"没使"，其他脂本以及程甲本、程乙本同于眉本。

例39：俗语说——

瘦死的骆驼比马大，凭他怎样，你老拔根寒毛比我们的腰还粗呢！

"比马大"，甲戌本作"比马还大"，梦本作"比马还大些呢"，程甲本作"比马还大些"，程乙本作"比马还大呢"，其他脂本同于眉本。

"寒毛"，己卯本、庚辰本、杨本、蒙本、梦本作"毛"，其他脂本以及程甲本、程乙本同于眉本。

"腰"，舒本作"腿"，其他脂本以及程甲本、程乙本同于眉本。

例40：凤姐听了，笑而不睬——

只命平儿把昨日那包银子拿来，再拿一串钱来，都送至刘姥姥面前。

"昨日"，甲戌本、己卯本、庚辰本、梦本、程甲本、程乙本作"昨儿"，其他脂本同于眉本。

例41：刘姥姥千恩万谢的拿了银钱——

　　　　随周瑞家的出至外厢。

"外厢"，蒙本、戚本、舒本、梦本、程甲本同，甲戌本作"外厢房"，己卯本、杨本作"外头"，庚辰本作"外面"，程乙本作"外边"。

例42：二人说着——

　　　　又至周瑞家坐了片时。刘姥姥便要留下一块银子与周瑞家女儿买果子吃，周瑞家的如何放在眼里，执意不肯。

"又至周瑞家"，蒙本误作"又至周瑞家的"，戚本作"又至周瑞家的屋子里"，其他脂本以及程甲本、程乙本同于眉本。

"周瑞家女儿"，甲戌本、蒙本、戚本作"周瑞家的儿女"，舒本作"周瑞家的女儿"，己卯本、庚辰本、杨本作"周瑞家孩子们"，梦本、程甲本、程乙本作"周家的孩子们"。

按：周瑞家的女儿是冷子兴的妻子，见于"送宫花"的第7回。故刘姥姥留赠银子的对象不可能是她，除非周瑞家的另有一个年龄幼小的女儿。因此，从文字上看，舒本、眉本的"女儿"有语病，不可取。

第二节　第六回异文统计与分析

以上选例四十二个。每例之内，均包含异文一条或数条。
异文条数统计如下：

　　甲戌本　13

　　己卯本　19

　　庚辰本　19

　　杨　本　19

　　蒙　本　13

　　戚　本　13

舒　本　21

梦　本　12

以上的统计数字可以分为三类：

第一类四种：甲戌本、蒙本、戚本，13 条；梦本 14 条。

第二类三种：己卯本、庚辰本、杨本，19 条。

第三类一种：舒本，21 条。

由于彼此文字相差无几，又由于彼本此回佚缺，因此无法准确地判断出何者与眉本的关系最亲近，何者与眉本的关系最疏远。我们只能勉强地得出如下的初步的结论：

与眉本第 6 回文字比较亲近的，首先是梦本，其次是甲戌本、蒙本、戚本。

与眉本第 6 回文字比较疏远的，是舒本。

己卯本、庚辰本、杨本处于中流。

需要说明的是，以上结论是在彼本残缺第 6 回的情况下得出的。

第二十五章
异文统计与分析之七

第一节　第七回异文举例

例1：周瑞家的听说——

　　便从东角门出至东院来。

"东角门"，舒本作"东门"，其他脂本同于眉本。

例2：周瑞家的说——

　　这有两三天也没见姑娘到那边矘矘（逛逛）去，只怕是你宝兄弟冲撞了不成？

"宝兄弟"，庚辰本同，其他脂本作"宝玉兄弟"。

例3：宝钗笑道——

　　只因我那种病又发了，所以且静养两日。

"且静养两日"，其他脂本作"这两天没出屋子"。

例4：周瑞家的道——

　　也该趁早儿请个大夫来，好生开个方儿，认真吃几剂药，一事儿除了根才是。

"一事儿"，梦本无，蒙本、戚本作"一事"，基本上相同，己卯本、庚辰本、杨本作"一势儿"，甲戌本作"一势"，舒本、彼本作"一世"。

例 5：周瑞家的道——

　　小小的年纪，到坐下个病根儿，也不是顽的。

"坐"，甲戌本同，己卯本、庚辰本、杨本、舒本、彼本、梦本作"作"，蒙本、戚本作"做"。

例 6：宝钗笑道——

　　凭你什么名医仙药，从无见一点儿效。

"名医"，杨本误作"明医"，梦本无，其他脂本同于眉本。
"仙药"，蒙本、戚本作"仙方"，梦本无，其他脂本同于眉本。
"从无"，己卯本、庚辰本、杨本、梦本作"从不"，甲戌本、蒙本作"总不"，舒本、彼本作"从没"，戚本作"不"。
"效"，舒本、梦本作"效验"，其他脂本同于眉本。

例 7：宝钗笑道——

　　他说我这是从胎里带下来的一股热毒，幸而先天壮，还不相干。

"壮"，己卯本、庚辰本、杨本同；甲戌本、舒本、彼本、梦本作"结壮"，蒙本、戚本作"健壮"。

例 8：宝钗笑道——

　　若吃别的丸药，是不中用的。

"别的丸药"，舒本、彼本、梦本作"丸药"，基本上同于眉本；甲戌本、蒙本、戚本作"凡药"，己卯本、庚辰本、杨本作"寻常药"。

例 9：宝钗笑道——

　　到也奇怪，这到效验些。

此二句之后，舒本、彼本有"得紧吃下去就好"六字（或说，"得"乃"的"字之误，应连上读），其他脂本无之。

例 10：宝钗笑道——

　　这方儿真真把人琐碎死了。

"这方儿"，己卯本、庚辰本、杨本作"这药方儿的病症"，其他脂本以及程甲本、程乙本同于眉本。

例11：宝钗说——

> 若发了病时，拿去来吃一丸，用十二分黄柏煎汤送下。

"十二分"，舒本、彼本作"十二合"，其他脂本同于眉本。

例12：　周瑞家的笑道——

> 阿弥陀佛，真巧死了！

"真巧死了"，己卯本、庚辰本、杨本作"真坑死人的事儿"；其他脂本作"真巧死了人"，近于眉本。

例13：宝钗道——

> 自他说了去后，一二年间都得了，好容易配成一料。

"一二年间"，杨本作"三年间"，其他脂本同于眉本。

例14：宝钗道——

> 如今从南带至北，现今埋在梨花树下。

"北"，舒本、彼本作"此"，其他脂本同于眉本。

按：这有两解。或说，"北"、"此"均可通；或说，"此"乃"北"之形讹。若是后者，则二本同误，益发显示了舒本和彼本此回的亲密关系。

例15：周瑞家的说——

> 这病发了时，到底是怎样？

在"到底"和"是怎样"之间，舒本有"那意思"三字；其他脂本同于眉本。

例16：王夫人问——

> 谁在里头说话？

"说话"，舒本、彼本同，其他脂本无此二字。

例17：薛姨妈说着，便叫香菱——

帘栊响处，见方才和金钏儿顽的那小女孩子进来了，薛姨妈叫把那匣子里的花儿拿来。

香菱捧过个小锦匣来。

第二句"……进来了"和第三句之间，甲戌本有"问奶奶叫我做什么"八字，蒙本、戚本无此八字，同于眉本，其他脂本以及程甲本、程乙本同于甲戌本。

例18：薛姨妈道——

昨儿我想起来，白放着可惜旧了，何不给他们姐儿们戴去。

"可惜旧了"，己卯本、庚辰本、杨本作"可惜了儿的"，其他脂本同于眉本。

例19：薛姨妈道——

你家三位姑娘，每人两枝，下剩六枝，送林姑娘两枝，那四枝给了凤姐罢。

"每人两枝"，彼本同，甲戌本、蒙本、戚本、舒本作"每人两支"，梦本作"每位二支"，己卯本、庚辰本、杨本作"每人一对"。

"送林姑娘两枝"，舒本作"送林姑娘四支"，其他脂本基本上同于眉本。

"凤姐"，彼本同，舒本、梦本作"凤姐儿"，己卯本、庚辰本、杨本作"凤哥"，甲戌本、蒙本、戚本作"凤哥儿"。

例20：王夫人道——

留着给宝丫头戴，又想着他们。

末句末尾，庚辰本有"作什么"三字，其他脂本无之。

例21：周瑞家的先往这边来——

只见几个小丫头子都在抱厦内听呼唤默坐。

"默坐"，己卯本、庚辰本、杨本无，其他脂本同于眉本。

例22：周瑞家的见——

迎春的丫环司棋与探春的丫环侍（侍）书正掀帘子出来，手里都捧着茶盘茶杯。

"侍书"，蒙本、舒本、梦本同，甲戌本、己卯本、庚辰本、杨本、戚本、彼本作"待书"（庚辰本原作"待"，后涂改为"侍"）。

"茶盘茶杯"，己卯本、庚辰本作"茶钟"，其他脂本作"茶盘茶钟"。

例 23：若剃了头，可把这花儿戴在那里呢——

　　大家笑了一回，命入画来收了花儿。

"入画"，己卯本、庚辰本、杨本无，其他脂本有。

例 24：周瑞家的问智能儿——

　　你是什么时候来的？你师傅那秃驴往那里去了？

"秃驴"，舒本、彼本同，甲戌本、梦本作"秃歪剌"，杨本、蒙本、戚本作"秃歪拉"，己卯本、庚辰本作"秃歪到"。

例 25：智能儿道——

　　我们一早就来了，我师傅见太太，就往于老爷府里去了，叫我在这里等他呢。

"于老爷"，蒙本作"余老爷"，其他脂本同于眉本。

例 26：周瑞家的穿夹道——

　　从李纨后窗下过去。

此句之后，己卯本、庚辰本、杨本作"隔着玻璃窗户见李纨在炕上歪着睡觉呢"，其他脂本无此十七字。

例 27：周瑞家的悄问——

　　姐儿睡中觉呢？也该请醒了。

"姐儿"，己卯本、庚辰本、杨本、舒本、彼本同，梦本作"姐姐儿"，甲戌本、蒙本、戚本作"奶奶"。

例 28：周瑞家的说——

　　这会子又被姨太太看见了，教送这几枝儿花与姑娘奶奶们，还没送清白呢。

"姨太太"，庚辰本作"太太"，其他脂本同于眉本。

"送清白"，甲戌本、蒙本、戚本、舒本、彼本同，己卯本、庚辰本、杨本作"送清楚"，梦本作"送完"。

例 29：周瑞家的道，这两枝是姑娘的——

> 黛玉冷笑道："我就知道，别人不挑剩下的也不给我。"

在第一句的"黛玉"和"冷笑道"之间，甲戌本作"再看了一看"，其他脂本无此五字。

在末句之后，甲戌本还有一句"替我道谢罢"，其他脂本无此五字。

例 30：王夫人道——

> 你瞧〔谁〕闲着，不管打发那四个女人去就完了，又来当什么正经事来问我。

"不管打发那"，己卯本、庚辰本、杨本作"就叫他们去"，梦本作"叫"，其他脂本基本上同于眉本。

例 31：王夫人道——

> 没事有事都害不着什么。每常他来请，有我们呢，〔你〕自然不便宜。

"没事有事"，蒙本、戚本、舒本、彼本同，甲戌本、己卯本、庚辰本、杨本、梦本作"有事没事"。

"不便宜"，梦本作"不便"，其他脂本作"不便意"（蒙本"意"被点去）。

例 32：秦氏道——

> 今儿巧，上回宝叔立刻要见见我兄弟，他今也在这里，想在书房里呢，宝叔何不去瞧瞧？

末三句，蒙本作"今儿可巧来了，瞧一瞧"，戚本作"他今儿巧来了，瞧一瞧"，其他脂本基本上同于眉本。

例 33：凤姐啐道——

> 他是哪吒，我也要见一见！

"哪吒"，己卯本、庚辰本、杨本作"什么样儿的"，其他脂本同于眉本。

例34：果然带进一个小后生来——

> 较宝玉略瘦巧些，清眉秀目……

"瘦巧"，己卯本、庚辰本、杨本、梦本无"巧"字，其他脂本同于眉本。

"清眉秀目"，己卯本、庚辰本、杨本、梦本作"眉清目秀"，其他脂本同于眉本。

例35：凤姐——

> 慢慢的问他年纪、读书等事，方知他学名秦钟。

己卯本、庚辰本、杨本异于此，作：

> 慢慢的问他：几岁了，读什么书，弟兄几个，学名唤什么，秦钟一一答应了。

其他脂本基本上同于眉本。

例36：尤氏、凤姐、秦氏等抹骨牌——

> 宝玉秦钟二人随便起坐说话。

此句，己卯本、庚辰本、杨本无，其他脂本基本上同于眉本。

例37：秦钟见宝玉——

> 形容出众，举止不浮。

"不浮"，甲戌本、舒本、彼本、梦本同，己卯本、庚辰本、杨本作"不凡"，蒙本、戚本作"不群"。

例38：秦钟自思——

> 可知"贫富"二字限人，亦世间大不快事。

"贫富"，甲戌本、蒙本、戚本、梦本同，己卯本、庚辰本作"贫窭"，杨本作"贫缕"，舒本、彼本作"贫寒"。

例39：秦氏嘱宝玉道——

宝叔，你侄儿倘或言语不防头……

"宝叔"，舒本、彼本作"宝叔叔"，其他脂本同于眉本。

例40：秦氏嘱宝玉道——

他虽腼腆，却性子左强，不大随和些是有的。

"性子左强"，戚本作"性子倔强"，其他脂本同于眉本。

例41：秦钟说——

因此尚未议及延师一事，目下不过在家温习旧课而已。

"议及"，己卯本、庚辰本、杨本、舒本、彼本作"讲及"，其他脂本同于眉本。

例42：凤姐道——

我成日家说你太软弱，纵的家人这样还了得呢。

"成日家"，杨本作"成日家里"，蒙本、戚本作"成日"，舒本、彼本作"成日在家"，其他脂本同于眉本。

例43：焦大骂道——

你也不想一想，焦大太爷跷起一只脚来，比你的头还高呢。

"脚"，蒙本、戚本作"腿"，其他脂本同于眉本。

例44：焦大骂道——

不和我说还罢了，如再说别的，咱们白刀子进去，红刀子出来！

"白刀子进去，红刀子出来"，己卯本、庚辰本、杨本作"红刀子进去，白刀子出来"（庚辰本"红"旁改"白"，"白"旁改"红"），其他脂本同于眉本。

例45：拖往马圈里去——

焦大亦发连贾珍都说出来了，乱嚷乱叫……

"亦发"，甲戌本、蒙本、戚本、舒本、彼本同，己卯本、庚辰本、杨本作"越发"，梦本作"益发"。

例46：宝玉央告道，好姐姐，我不敢了——

凤姐道：这才是呢。等回去咱们回了太太，打发你学里念书去是正经。

"打发你学里念书去"，蒙本、戚本、舒本、彼本同，甲戌本、梦本作"打发人往家学里说明了，请了秦钟家学里念书"，己卯本、庚辰本作"打发你同你秦家侄儿学里念书去"，程甲本、程乙本作"打发人家学里说明了，请了秦钟学里念书去"。

第二节　第七回异文统计与分析

以上选例四十六个。每例之内，均包含异文一条或数条。
异文条数统计如下：

甲戌本　19

己卯本　34

庚辰本　35

杨　本　35

蒙　本　14

戚　本　14

舒　本　20

彼　本　16

梦　本　20

和前面几回比较起来，第 7 回的异文不算多。

这项统计数字可分为三类：

第一类三种：蒙本、戚本，14 条；彼本，16 条。

第二类三种：甲戌本，19 条；舒本、梦本，20 条。

第三类三种：己卯本，34 条，庚辰本、杨本，35 条。

因此，从这个角度，可以得出以下的初步的结论：

与眉本第 7 回文字关系最亲近的是彼本、蒙本、戚本。

与眉本第 7 回文字关系最疏远的是己卯本、庚辰本、杨本。

甲戌本、舒本、梦本与眉本第 7 回文字的关系，既不亲近，也不疏远，处于中流的状态。

第二十六章
异文统计与分析之八

第一节　第八回异文举例

例1：开端——

　　话说凤姐和宝玉回家，见过众人。宝玉先便回明贾母秦钟要上家塾之事……

"回家，见过众人。宝玉先"九字，己卯本、庚辰本无；其他脂本以及程甲本、程乙本基本上同于眉本。

按：回家的是凤姐和宝玉，而向贾母回话的却只有宝玉，没有凤姐。己卯本、庚辰本误。己卯本、庚辰本此处应是脱文。原因在于"宝玉"二字的重复导致了跳跃、脱漏。

例2：贾母、王夫人先后回来了——

　　然后凤姐坐了首席，尽欢至晚无话。

"无话"，蒙本作"方散"，彼本作"无语"，梦本、程甲本、程乙本作"而罢"，其他脂本同于眉本。

按：彼本的"语"是"话"字的形讹。

例3：宝玉送贾母回来——

　　待贾母歇了中觉，意欲还去看戏取乐，又恐扰得秦氏等不便……

"看戏取乐"，蒙本、戚本无，梦本、程甲本、程乙本仅有"看戏"二字，其他脂本同于眉本。

例4：宝玉听着笑了——

　　于是转湾向北奔梨香院来。

"梨香院"，己卯本、庚辰本作"梨花香院"（庚辰本原作"花"，后被圈去），其他脂本以及程甲本、程乙本同于眉本。

例5：众人笑说——

　　前儿在一处看见二爷写的斗方儿，字法越发好多了，早晚赏我们几张贴贴。

"越发"，蒙本作"亦发"，戚本作"益发"，其他脂本以及程甲本、程乙本同于眉本。

例6：宝钗的容貌——

　　脸若银盆，眼如水杏。

"水杏"，庚辰本误作"水性"，其他脂本以及程甲本同于眉本，程乙本无此二句。

例7：宝钗让宝玉在炕沿上坐了——

　　忙命莺儿斟茶来。

"斟"，舒本、彼本、梦本以及程甲本、程乙本作"倒"，其他脂本同于眉本。

例8：宝钗看宝玉——

　　头上戴着累丝嵌宝紫金冠，额上勒着二龙抢珠金抹额，身穿秋香色坐蟒白狐肷箭袖袍，腰系五色蝴蝶赤金绦。

"嵌宝"，己卯本、庚辰本作"嵌玉"，其他脂本以及程甲本、程乙本同于眉本。

"抢珠"，程甲本、程乙本作"捧珠"，其他脂本同于眉本。

"坐蟒"，舒本、彼本同，其他脂本以及程甲本、程乙本作"立蟒"。

"箭袖袍"，舒本、彼本同（舒本"袍"系旁添），其他脂本以及程甲本、程乙本无"袍"字。

（"坐蟒白狐肷箭袖"，杨本作"团花袄"。）

"赤金绦"，杨本、舒本、彼本同（杨本"赤"系旁添），甲戌本、己卯本、庚辰本、蒙本作"銮绦"，戚本、梦本以及程甲本、程乙本作"鸾绦"。

例9：后人有诗嘲云——

> 女娲炼石已荒唐，又向荒唐演大荒。失去幽灵真境界，幻来权就假皮囊。

"演大荒"，彼本作"说大唐"，其他脂本以及程甲本、程乙本同于眉本。

"权就"，舒本、彼本同，甲戌本、己卯本、庚辰本、蒙本、戚本作"亲就"（庚辰本旁改为"污浊"；蒙本"亲"旁改为"新"），杨本作"观就"，梦本、程甲本、程乙本作"新就"。

例10：宝钗说，你在这里发呆作什么——

> 莺儿笑道："我听这两句话，到象和姑娘项圈上的话是一样儿。"

"莺儿笑道"，杨本同，梦本、程甲本作"莺儿嘻嘻的笑道"，程乙本作"莺儿也嘻嘻的笑道"，其他脂本作"莺儿嘻嘻笑道"。

"一样儿"，其他脂本以及程甲本、程乙本均作"一对儿"。

按："一对儿"是，"一样儿"非。各本下文正作"一对"。

例11：宝钗被缠不过，说——

> 也是人家给了两句吉利话儿，所以镌在金上了。

"镌在金上了"，甲戌本、己卯本、庚辰本、蒙本、戚本、梦本以及程甲本、程乙本作"錾上了"，舒本、彼本作"勒在金上了"（舒本在"金"下旁添"项圈"二字），杨本误作"靳金上了"。

例12：李嬷嬷对薛姨妈说——

> 姨太太不知道，他的性子又可恶，吃了酒更弄性。有一日老太太高兴了，又尽着他吃，什么日子又不许他吃酒，我何苦白陪在里头挨骂。

"挨骂"，舒本、彼本同，甲戌本、己卯本、庚辰本、蒙本、戚本、梦本、程甲本、程乙本无（庚辰本旁添"受气"），杨本作"受罪"。

例13：薛姨妈笑道——

老货，你只管放心吃你的酒去，我也不许他吃多了。便是老太太问时，有我呢。

舒本、彼本作"老货，你只管放心，你们哥儿吃多了回去，老太太问时，有我呢"，其他脂本以及程甲本、程乙本同于眉本。

例14：雪雁送小手炉来——

黛玉含笑问他："谁教你送来的？难为他费心，那里就冷死了我！"

"费心"，蒙本、戚本无，其他脂本以及程甲本、程乙本同于眉本。

"冷"，舒本、彼本作"冻"，其他脂本以及程甲本、程乙本同于眉本。

例15：黛玉笑道——

姨妈不知道。幸亏是姨妈这里，倘或在别人家里，人家岂不恼？就看的人家连个手炉也没有，巴巴的从家里送个来。不说丫头们小心太过，还只当我是素日这等狂惯了呢。

两个"姨妈"，舒本、彼本作"姨娘"，其他脂本以及程甲本、程乙本同于眉本。

"巴巴的"，甲戌本、己卯本、庚辰本、杨本、梦本作"爬爬的"，程甲本作"爬爬儿的"，程乙本作"巴巴儿的"，蒙本、戚本、舒本、彼本同于眉本。

"小心太过"，甲戌本、杨本作"太小心过余"，己卯本、庚辰本、蒙本作"太小心过于"，戚本作"太过于小心"，舒本作"太小心过头"，彼本作"太小心过了"，梦本、程甲本、程乙本作"太小心"。

例16：李嬷嬷上来拦阻——

宝玉正在心甜意洽之时，和宝钗们说说笑笑的，那肯不吃。

"心甜意洽"，舒本、彼本作"高兴"，其他脂本以及程甲本、程乙本同于眉本。

例17：黛玉冷笑道——

我为什么助他？我也不犯着劝他。你这嬷嬷太小心了，往常老太太又给他酒吃，如今在姨妈这里就多吃一点儿，料也不妨事。你必要管他，想是怕姨妈这里惯了他。

第二句"也不犯着劝他"，舒本、彼本作"我也不犯着助他，我也不犯着劝他"，其他脂本以及程甲本、程乙本基本上同于眉本。

最后两句"你必要管他，想是怕姨妈这里惯了他"，舒本、彼本作"又言：姨太太這里，況又不常在這里的，你必要管着，想是怕姨太太這里惯坏了他"（彼本无"坏"字）；甲戌本作"必定姨妈这里是外人，不当在这里的，也未可知"；其他脂本以及程甲本、程乙本基本上同于甲戌本。

例18：宝玉、黛玉二人告辞——

丫头忙捧过斗篷来，宝玉便把头略低一低，命他戴上。那丫头便把这大红猩猩毡斗篷一抖，才往宝玉头上一戴，宝玉便说："罢，罢！好蠢东西，你也轻些儿！难道没见过别人戴过的？让我自己戴罢。"

宝玉戴的是斗篷，还是斗笠？当然是后者，而不是前者。斗笠是戴在头上的，而斗篷是披在身上的。

前一个"斗篷"，蒙本、戚本同误；此外，其他脂本以及程甲本、程乙本均作"斗笠"。

而在下文，包括眉本在内，各本均作"斗笠"。

例19：宝、黛二人回至贾母房中——

贾母尚未用晚饭，知薛姨妈处来，更加喜欢。

"尚未用"，庚辰本、舒本、彼本作"上来用"（庚辰本旁改"不吃"），其他脂本以及程甲本、程乙本同于眉本。

例20：原来袭人实未睡着——

不过故意装睡，引宝玉来讴（怄）他顽耍。先听他说包子等事，还可不必起来，后来摔了茶钟，动了气，连忙起来解释劝阻。

"先听他说包子等事"，各本此句有异文。甲戌本、己卯本、庚辰本、梦本作"先闻得说字、问包子等事"，杨本作"先听得说字、问包子等事"，程甲本作"先闻得说字、问包子等"，程乙本作"先听见说字、问包子"，舒本、彼本作"先闻得说，只问包子等事"，蒙本作"先闻得问包子等"，戚本作"先闻得问包子等事"。

例21：只剩下女儿——

小名可卿。

"可卿"，蒙本、戚本同，其他脂本以及程甲本、程乙本作"可儿"。

例22：宦囊羞涩——

那贾家上上下下都是一双富贵眼睛，容易拿不出手。

"那贾家上上下下"，梦本、程甲本、程乙本作"那边"，其他脂本基本上同于眉本。

"容易"，蒙本、戚本无，程甲本、程乙本作"少了"，其他脂本同于眉本。

按："容易"一词的意思是：发生某种变化的可能性大。它放在这里并没有什么不妥。程本的改动可谓多此一举。

第二节　第八回异文统计与分析

以上选例二十二个。每例之内，均包含异文一条或数条。

各本异文条数统计如下：

甲戌本　　9

己卯本　　12

庚辰本　　14

杨　本　　8

蒙　本　　11

戚　本　　10

舒　本　　9

彼　本　　12

梦　本　　15

　　第 8 回异文的统计数字比第 7 回还要少。这同样说明，第 8 回文字歧异的地方不多。

　　这项统计数字只能分为两类：

　　第一类七种：杨本，8 条；甲戌本、舒本，9 条；戚本，10 条；蒙本，11 条；己卯本、彼本，12 条。

　　第二类两种：庚辰本，14 条；梦本，15 条。

　　以上的统计数字使我们得出了初步的结论：

　　与眉本第 8 回文字关系比较亲近的是杨本。

　　与眉本第 8 回文字关系比较疏远的是梦本。

　　这两个结论的可靠性还不够坚强。

　　原因：文字歧异的地方不多，例条很少；两分法也比较勉强。从 8 排到 15，顺序而上，咬得比较紧，当中仅仅隔着一个 13。因而得出的结论的可靠性大大地打了折扣。

　　必须把它和另外的几回的统计数字放在一起分析，方能增加它的可信程度。

第二十七章
异文统计与分析之九

第一节　第九回异文举例

例1：第9回开端——

> 话说秦业父子专候贾家的人来送上学择日之信。

"择日之信"，舒本无，梦本、程甲本、程乙本作"之信"，其他脂本同于眉本。

例2：宝玉说——

> 你放心，出外头去我自己都会调停。

此二句，彼本作"我都知道，自己都会调停，你放心"，其他脂本以及程甲本、程乙本基本上同于眉本。

例2：贾政对李贵说——

> 你们成日家跟他上学，他到底念了些什么书！到念了些流言混话在肚子里，学了些精微（致）淘气。等我闲一闲儿，揭了你的皮，再和那不长进的算账！

"学了些精微（致）淘气"，舒本无，其他脂本以及程甲本、程乙本均有此句。

例3：李贵见贾政无话，方退出去——

> 此时宝玉独站在院外，屏声静候，待他们出来，便忙忙走了。

在第一句和第二句之间，杨本有"避猫鼠儿似的"六字，其他脂本以及程甲本、程乙本同于眉本。

例4：宝玉笑而不答就去了——

原来这贾家义学，离此也不甚远。

梦本、程甲本、程乙本基本上同于眉本。但在这两句之后，其他脂本有"不过一里之遥"一句。

例5：贾家义学——

本系始祖所立，恐族中人有贫穷不能延师者，即入学肄业。

第二句，舒本无，其他脂本以及程甲本、程乙本基本上同于眉本。

例6：贾家义学——

公举年高有德之人为塾长。

"塾长"，杨本同，己卯本、庚辰本、彼本作"塾堂"（庚辰本"堂"旁改"掌"），蒙本、戚本作"塾之长"，舒本、梦本、程甲本作"塾师"，程乙本作"师塾"。

例7：秦钟在荣府便惯熟了——

宝玉本是个不安分守理的人，一味的随心所欲。

"不安分守理的人"，己卯本、庚辰本作"不安本分之人"，杨本作"不能安分守理的人"，蒙本、戚本作"不能安分守己的人"，舒本、梦本、程甲本、程乙本作"不能安分守理之人"。

例8：只图结交些契弟——

谁想这学内就有好几个小学生，图了薛蟠的银子穿吃，被他哄上手的。

末句之后，己卯本、庚辰本、杨本、梦本、程甲本、程乙本作"也不消多记"，蒙本、戚本、舒本作"也不消多说"，彼本基本上同于眉本。

例9：四人心中虽有情意，只未发出——

每日四处各坐，却八目勾留，或设言托意，或咏桑寓柳，遥以心照。

"咏桑寓柳"，舒本作"咏桑窃柳"（"窃"旁改为"哦"），彼本作"咏桑写柳"，其他脂本以及程甲本、程乙本同于眉本。

例 10：外面自为避人眼目——

> 不意偏又有几个滑贼看出形景来，都背后挤眼弄眉，或咳嗽扬声，非止一日。

"挤眼弄眉"，蒙本、戚本、舒本同，己卯本、庚辰本、杨本、彼本、梦本、程甲本、程乙本作"挤眉弄眼"（彼本"眼"系旁添）。

例 11：秦钟香怜向贾瑞前告金荣——

> 这贾瑞最是个图便宜无行止的人，每在学中以公报私，勒索人请他。

最后两句，舒本无，其他脂本以及程甲本、程乙本基本上同于眉本。

例 12：薛蟠近日连香、玉亦已见弃——

> 故贾瑞也无了提携帮衬之人，不说薛蟠得新弃旧，只怨香、玉二人[不]在薛蟠前提携。

"得新弃旧"，己卯本、庚辰本、杨本、舒本、彼本同，蒙本、戚本作"弃旧迎新"，梦本、程甲本、程乙本作"得新厌故"。

例 13：金荣一口咬定说——

> 方才明明的撞见他两个在后院子里亲嘴摸屁股，又商议一对一食，撅草棍儿抽长短，谁的长谁先来。

最后三句，蒙本作"商议着什么长短"，戚本作"商议着怎么长短"，梦本、程甲本作"商议定了一对儿论长道短之言"，程乙本作"商议定了一对儿论长道短"，其他脂本基本上同于眉本。

例 14：贾蔷——

> 外相既美，内性又慧，应名上学，亦不过虚掩耳目，仍是斗鸡走狗，赏花玩柳。

"玩柳"，己卯本、庚辰本、杨本、彼本同，蒙本、戚本、舒本、梦本、程甲本、程乙本作"阅柳"。

例 15：茗烟——

> 听贾蔷说，金荣如此欺负秦钟，连他爷都干连在内，不给个知道，下次越狂纵难制了。

第二句和第三句，彼本作"有人欺负宝玉、秦钟，心中大怒，一想，若"，其他脂本以及程甲本、程乙本基本上同于眉本。

例 16：茗烟一把揪住金荣——

> 唬的满学堂里学生都怔怔的看着。贾瑞忙吆喝……

"怔怔"，己卯本、庚辰本、杨本、蒙本、戚本、舒本同，彼本、程乙本作"忙忙"，梦本作"茫茫"，程甲本作"芒芒"。

第二句，彼本作"躲在贾瑞身边，也有跑出后院去的，此刻贾瑞连忙吆喝……"其他脂本以及程甲本、程乙本基本上同于眉本。

例 17：贾兰劝贾菌——

> 贾菌如何忍得，早又抓起装书的木匣子来，照那边抡了去。终是身小力薄，抡不远，刚到宝玉桌上就落下来。

在第一句和第二句之间，蒙本、戚本、舒本、梦本、程甲本、程乙本有"见按住砚砖"或"见按住砚台"一句，己卯本、庚辰本、杨本、彼本无此句，同于眉本。

"抡"，己卯本、庚辰本、杨本、蒙本、戚本、舒本同，彼本作"打"，梦本、程甲本作"揕"，程乙本作"扔"。

例 18：学堂中大乱——

> 众顽童有趁势帮着打太平拳的，也有藏在一边的，也有立在桌上拍着手儿乱笑，喝着声儿叫打的，登时鼎沸起来。

"趁势"，梦本、程甲本、程乙本无，其他脂本有此二字。

在"打太平拳"之后，己卯本、庚辰本、杨本、舒本、彼本、梦本、程甲本、程乙本有"助乐"二字，蒙本、戚本无此二字，同于眉本。

第二句，彼本作"也有胆小的藏在后院，静听外边"，其他脂本以及程甲本、程乙本基本上同于眉本（眉本无"胆小"二字）。

　　第三句，彼本作"也有胆大的站在桌边"，其他脂本以及程甲本、程乙本基本上同于眉本。

　　例 19：宝玉说——

　　　　瑞大爷反派我们的不是，听着人家骂我们，还调唆人家打我们，茗烟见人欺负我，他岂有不为我的，他们大伙打了茗烟一顿，连秦相公的头都打破了。这还在这里念什么书。

　　第四句、第五句、第六句，庚辰本仅有"茗烟"二字，其他脂本以及程甲本、程乙本基本上同于眉本。

　　末句之后，庚辰本独有两句："茗烟他也是为有人欺侮我的。不如散了罢。"此为其他脂本以及程甲本、程乙本所无。

　　按：庚辰本显然有脱漏，以致把上句句尾的"我们"和下句句首的"茗烟"错误地连接起来，变成挨打的不是"我们"（指宝玉、秦钟），而是"我们茗烟"了。

　　又按：庚辰本独有的两句似是为弥补脱漏而增添的。

　　例 20：李贵笑对贾瑞说——

　　　　素日你老人家到底不正。

　　"不正"，蒙本、戚本、舒本同，己卯本、庚辰本、杨本、彼本作"不正经"（杨本"经"误作"径"），梦本、程甲本、程乙本作"不是"。

　　例 21：贾瑞劝金荣说——

　　　　俗语说的好：杀人不过头点地。

　　"杀人不过头点地"，己卯本、庚辰本、杨本、蒙本、戚本同，舒本作"光棍不吃眼前亏"，彼本作"在他门下过，怎敢不低头"，梦本、程甲本、程乙本作"忍得一时忿，终身无恼闷"。

　　例 22：贾瑞继续劝金荣说——

　　　　"既惹出事来，少不得下点气儿，磕个头就完了。"金荣无奈，只得与宝玉、秦钟磕头。

　　这一段文字，各本异文如下：

"你既惹出事来，少不得下点气儿，磕个头就完事了。"金荣无奈，只得进前来与宝玉磕头。——己卯本、庚辰本、杨本、蒙本

"你既惹出事来，少不得下点气儿，磕个头就完事了。"金荣无奈，只得进前来与秦钟磕头。——戚本

"咱们如今少不得委曲着陪个不是。然后再寻主意报仇，不然弄出事来，道是你起端，也不得乾净。"金荣听了有理，方忍气含愧的来与秦钟磕了一个头方罢了。——舒本（无——彼本、梦本、程甲本、程乙本）

按：这一段文字最大的不同在于，金荣磕头的对象究竟是谁？分歧有三。己卯本、庚辰本、杨本、蒙本是宝玉，戚本、舒本是秦钟，眉本是宝玉和秦钟二人。此外，彼本、梦本、程甲本、程乙本则根本没有触及这个问题。

第10回开端明确地说，金荣是"给秦钟磕了头"。这在所有的脂本以及程甲本、程乙本中都一无例外地雷同。也就是说，和第10回开端保持一致的只有戚本和舒本。据我分析，现存第10回开端属于曹雪芹的改稿，舒本第9回给秦钟磕头可能出于曹雪芹原稿，戚本给秦钟磕头则可能是后人改动的结果，戚本原文应和蒙本一致，是给宝玉磕头。

例23：结尾——

下回分解。

彼本、梦本无，己卯本、庚辰本、杨本、蒙本、戚本作"且听下回分解"，程甲本、程乙本作"未知金荣从也不从，下回分解"，舒本作"贾瑞遂立意要去调拨薛蟠来报仇，与金荣计议已定，一时散学，各自回家。不知他怎么去调拨薛蟠，且看下回分解"。

关于这个结尾，我曾多次在学术研讨会发言、学术演讲以及论文、专著中作过专门的分析。

第二节　第九回异文统计与分析

以上选例二十三个。每例之内，均包含异文一条或数条。

异文条数统计如下：

己卯本　　8

庚辰本　　10

杨　本　　8

蒙　本　　9

戚　本　　9

舒　本　　15

彼　本　　14

梦　本　　15

此项统计条数可以分为两类：

第一类五种：杨本、己卯本，8 条；蒙本、戚本，9 条；庚辰本，10 条。

第二类三种：彼本，14 条；舒本、梦本，15 条。

从这个角度，可以得出以下的初步的结论：

与眉本第 9 回文字关系比较亲近的是己卯本、杨本、蒙本、戚本、庚辰本。

与眉本第 9 回文字关系比较疏远的是彼本、舒本、梦本。

第二十八章
异文统计与分析之十

第一节　第十回异文举例

例 1：金荣母亲问道——

> 你又要争什么闲事？

“争”，蒙本、戚本同，己卯本、庚辰本、彼本作“增”（庚辰本旁改“做”），杨本、梦本、程甲本、程乙本作“管”，舒本作“生”。

例 2：方能度日——

> 却说这日贾璜之妻金氏，因天气晴明……

第一句“却说这日贾璜之妻金氏”，杨本、蒙本、戚本、舒本、彼本同，己卯本、庚辰本、梦本、程甲本、程乙本作“今日”。

按：“金氏”二字，在这里，是必须出现的。因为它是下面第二句的主语。或问：难道不能省略主语吗？答曰：不能。因为上文一系列句子的主语是“贾璜夫妻”，并没有单提金氏。

例 3：璜大奶奶怒说——

> 这秦钟小狰子是贾门的亲戚，难道荣儿不是贾门的亲戚？

“小狰子”，己卯本、庚辰本、梦本、程甲本作“小崽子”，杨本作“小子”，蒙本、彼本作“小犇子”，舒本作“小畜子”，戚本作“奴才”，程乙本作“小杂种”。

例4：璜大奶奶坐车——

到了宁府，进了车门，到了东边小角门前下了车。

"车门，到了"，舒本、梦本、程甲本、程乙本无，其他脂本基本上同于眉本。

在"东边"二字之后，舒本有"好快骡子"四字。

按："好快骡子"四字疑是批语混入正文。如果这个看法可以成立，可知舒本的底本是个带有批语的抄本。

例5：金氏此来——

原要向秦氏说秦钟欺负了他侄儿的事。

"侄儿"，杨本、蒙本、戚本、舒本、彼本同，己卯本、庚辰本、梦本、程甲本、程乙本作"兄弟"。

按：金荣的母亲是胡氏，贾璜之妻金氏是胡氏的小姑子，则金荣自然是侄儿，而非兄弟，差着一个辈分。不过，从己卯本、庚辰本共作"兄弟"看，似非偶然。我推测，在曹雪芹的初稿里，金荣可能是被安排为金氏兄弟的。后来大概是考虑到年龄的关系，方改为侄儿。

例6：贾珍告诉尤氏——

方才冯子英来看我，他见我有些抑郁不乐之色，问我是怎么了，我才告诉他说，媳妇忽然身子有好大的不爽快。

"好大的"，戚本作"好大"，梦本作"大"，舒本作"好几天的"，其他脂本同于眉本。

例7：冯紫英说起——

他有个幼时从学的先生，姓张名友士，学问最渊博的，更兼医理极深，且能断人的生死。

"友士"，舒本作"有士"，其他脂本同于眉本。

例8：贾敬对贾珍说——

我是清净惯了的，我不愿意往你们那是非场中去闹去。你们说必定是我的生日，要叫我去受众人些礼，莫过你把我从前注的阴骘文，你给我叫人好好写出来刻了，比叫我无故受众人的头还强百倍呢。

"是非场中去闹去"，己卯本、庚辰本、舒本同，蒙本、戚本无最后那个"去"字，梦本无"闹去"，杨本作"空排场热闹处去"，彼本作"是非场中去闲坐闹去"，程甲本、程乙本作"是非场中去"。

"礼"，蒙本、戚本同，其他脂本以及程甲本、程乙本作"头"。

按："头"是原文，"礼"是改文。下文一致作"头"可证。

例9：贾珍对尤氏说——

后日我是再不敢去的了。且叫来升来，吩咐他预备两日的筵席。

第一句和第二句之间，蒙本作"又向贾蓉道"，其他脂本以及程甲本、程乙本基本上同于眉本。

例10：紧接上例之后——

尤氏因叫人叫了贾蓉来，吩咐来昇照旧例预备两日的筵席，要丰丰盛盛的。

第一句和第二句，蒙本、戚本无，其他脂本以及程甲本、程乙本基本上同于眉本。

例11：贾蓉一一答应着出去了——

正遇见方才往冯子英家请那张先生的小子回来了，因回道："奴才刚才到了冯大爷家，拿了老爷的名帖请那先生……"

"奴才"，舒本作"小人"，其他脂本以及程甲本、程乙本同于眉本。

例12：尤氏对贾蓉说——

你再亲自到西府里请老太太、太太、二太太和你琏二婶子来瞧瞧。你父亲今日又听见一个好大夫，业已打发人请去了，想必明日必来。

"太太"，其他脂本以及程甲本、程乙本均作"大太太"。

在第一句和第二句之间，蒙本、戚本作"正说着，贾蓉上来请安，尤氏便把上项的话一一交代了，并说"。

按：蒙本、戚本因在上文无"尤氏因叫人叫了贾蓉来，吩咐来昇照旧例预备两日的筵席"两句①，故在此处多出四句。

例 13：请张先生的小子回道——

他又说，他医学浅薄，本不当此重荐，因我们冯大爷合府上的大人 a 既如此说了，又不得不去，你先代我回明大人 b 就是了。大人 c 名帖着实不敢当。仍叫奴才 a 拿回来了。哥儿替奴才 b 回一声罢。

"大人 a"，己卯本、庚辰本、舒本、彼本同，杨本、梦本、程甲本、程乙本无，蒙本作"大爷"，戚本作"太爷"。

"大人 b"、"大人 c"，己卯本、庚辰本、杨本、舒本、彼本、梦本、程甲本、程乙本同，蒙本作"大爷"，戚本作"太爷"。

"奴才 a"，舒本作"小人"，其他脂本以及程甲本、程乙本同于眉本。

"奴才 b"，舒本作"我"，其他脂本以及程甲本、程乙本同于眉本。

例 14：不在话下——

且说次日午间，人回道……

"人"，己卯本、庚辰本、蒙本、戚本、彼本同，杨本、梦本、程甲本、程乙本作"门上人"，舒本作"家人"。

例 15：贾蓉同了进去——

到了贾蓉居室，见了秦氏……

"居室"，杨本、梦本、程甲本、程乙本作"内室"，其他脂本同于眉本。

例 16：那先生道——

依小弟的意思，就先看脉，再说的为是。

"说的"，杨本、梦本、程甲本、程乙本作"请教病源"，其他脂本同于眉本。

例 17：贾蓉道，请先生先看一看脉息——

① 参见本回异文例 10。

于是家下媳妇们捧过大迎手来，一面给秦氏拉着袖口，露出脉来。

"大迎手"，戚本作"大宁枕"，其他脂本以及程甲本、程乙本作"大迎枕"。

例18：诊毕脉息——

贾蓉于是同先生到外边房里床上坐下，一个婆子端了茶来。

"床"，己卯本、庚辰本、蒙本、舒本、彼本同，杨本、戚本、梦本、程甲本、程乙本作"炕"。

例19：张先生道——

其左寸沉数者，乃以气虚而生火；左关沉伏者，乃肝家气滞血亏。

第二句、第三句，己卯本无，其他脂本以及程甲本、程乙本同于眉本。

例20：张先生道——

或以这个脉为喜脉，则小弟不敢从其教也。

"从其教也"，蒙本、戚本、舒本同，彼本作"从其命也"，杨本、梦本、程甲本、程乙本作"闻命矣"。

例21：贴身伏侍的婆子道——

如今我们家里现有好几位太医老爷瞧看呢，都不能说这么真。却有一位说是喜，有一位说是病。这位说不相干，那位说怕冬至，总没有个真话儿。

"都不能说这么真"，庚辰本作"都不能的当真切的这么说"，杨本、梦本、程甲本、程乙本作"都不能说得这样真切"，蒙本作"都不能说这么真切"，舒本作"都不能说的这般真切"，彼本作"都不能说的这么真切"。

"真话儿"，庚辰本作"准话儿"，杨本、蒙本、彼本、梦本、程甲本、程乙本作"真着话儿"，戚本作"真实话儿"，舒本作"一样儿的话"

例22：张先生道——

要在初次行经的日期就用药治起来，不但断无今日之患，而且此时已全愈了。

第二句，杨本、梦本、程甲本、程乙本无，其他脂本同于眉本。

例23：婆子答道，从没有缩过——

　　先生听了道："妙阿！这就是病源了……"

"妙阿"，蒙本、戚本、舒本、彼本、梦本同，庚辰本作"妙啊"，杨本、程甲本、程乙本作"是了"。

例24：方子上写的是——

　　益气养荣和肝汤。

蒙本、戚本同于此，其他脂本以及程甲本、程乙本作"益气养荣补脾和肝汤"。

第二节　第十回异文统计与分析

以上选辑了二十四例异文。每例之中，包含着异文一条或数条。
异文条数统计如下：

己卯本　　7

庚辰本　　7

杨　本　　12

蒙　本　　7

戚　本　　8

舒　本　　11

彼　本　　5

梦　本　　15

这项统计数字可分为四类：
第一类一种：彼本，5条。
第二类四种：己卯本、庚辰本、蒙本，7条；戚本，8条。

第三类两种：舒本，11 条；杨本，12 条。

第四类一种：梦本，15 条。

从这项统计数字中，不难得出如下的结论：

与眉本第 10 回文字关系最亲近的是彼本。

与眉本第 10 回文字关系最疏远的是梦本。

这一回的统计数字呈现两头大、中间小的状态。

由于第一类、第四类和第二类、第三类之间的差数比较大，所以得出的结论的可信性也比较大。

第三节　总结

当我们对第 1 回至第 10 回的文字作了比较完整的比对之后，不妨回过头来看一看各回举例的数目以及所得出的初步结论。

先看举例的数目：

第 1 回　62

第 2 回　49

第 3 回　68

第 4 回　38

第 5 回　77

第 6 回　42

第 7 回　46

第 8 回　22

第 9 回　23

第 10 回　24

这项数目的统计，可以分为如下的三类：

第一类三回——第 8 回，22；第 9 回，23；第 10 回，24。

第二类四回——第 4 回，38；第 6 回，42；第 7 回，46；第 2 回，49。

第三类三回——第 1 回，62；第 3 回，68；第 5 回，77。

这表明，从曹雪芹创作过程的角度说，或从《红楼梦》传播过程说，在第一回至第十回之内，修改字句最多的是第一回、第三回和第五回，修改字句最少的是第八回、第九回和第十回。

再看前面章节所得出的初步结论。

其他脂本各回文字与眉本文字关系最亲近或比较亲近的是①：

第 1 回——彼本

第 2 回——彼本

第 3 回——彼本

第 4 回——彼本

第 5 回——甲戌本

第 6 回——甲戌本

第 7 回——彼本

第 8 回——杨本

第 9 回——杨本

第 10 回——彼本

一共十回，彼本却占了六回。而彼本已佚失第 5 回和第 6 回；如果那已佚失的第 5 回、第 6 回的文字也和眉本关系最亲近的话，那么，彼本就占了七回了②。

十分之七，这却不是一个小数目。

这至少能够说明，眉本、彼本的第 1 回、第 2 回、第 3 回、第 4 回、第 7 回的文字有共同的来源，或出于共同的底本，或出于共同的祖本。

其他几回（第 5 回、第 6 回、第 8 回、第 9 回、第 10 回）怎样呢？

彼本第 5 回、第 6 回已佚失，情况不详，姑且不论。

对另外的第 8 回、第 9 回、第 10 回（即彼本不占头一名的三回）可作两种不同角度的分析。

一种分析：

第 8 回，头一名杨本有 8 条，彼本则有 12 条；第 9 回，头一名己卯本有 4 条，彼本则有 12 条；第 10 回，头一名甲戌本有 5 条，彼本则有 16 条。这三回的头一名与彼本的差异并不算大。从这个角度说，这与前面所得出的结

———————————

① 下列名单，若是"最亲近"者只选唯一的一名；若是"最亲近"者不止一种，则参照其他回的情况，选其中的一名。

② 我相信这有很大的可能性。

论（即：它们可能有共同的来源，或出于共同的底本，或出与共同的祖本）并不存在多大的抵牾。

另一种分析：

这三回选出的异文，与前面几回相比，条数不多，第 8 回有 22 条，第 9 回有 23 条，第 10 回也只有 24 条。而且十本之间，文字的差异并不大，也不凸显。所以，说眉本只同于或近于其中的某本，而不同于或近于其他的某几本，都一样有着相同的或相近的几率。

我个人的意见，是基本上同意后一种分析。

总而言之，依据异文的统计与分析，说眉本的文字最接近于彼本的文字，这大概是离事实不远的。

第二十九章
错别字现象

第一节　错别字现象有什么研究的价值？

有人问：研究眉本的错别字现象有什么意义呢？

我认为，眉本作为《红楼梦》的一种早期的抄本，研究它的错别字现象是有意义的，也是有价值的，无论是对于《红楼梦》抄本本身，还是对于其他的小说抄本。

这有四点可说。

第一，通过错别字现象的研究，可以看出抄手（无论是职业的抄手，还是非职业的抄手）的文化水平，文化素养。

例如，"官司"一词经常见于日常生活之中，"司"字的笔画更只有简单的五笔。但在眉本的第4回中，竟有六处把笔画比较简单的"司"字误写为笔划比较复杂的"词"字。从这些普通的常识性的错别字来看，眉本可能是出于某位文化水平不高而又有时粗心大意的抄手的笔下。

第二，通过错别字现象的研究，也可以看出抄手对当时的某些字的习惯性写法不了解或不熟悉，因而造成了错误。

例如，"因"字错写成"回"字，分布于第1回至第4回、第7回和第10回，前后共有十一处之多。为什么会把"因"字错写成"回"字呢？因为有人习惯于把"因"字当中那个"大"字改写为省掉左侧一竖的"口"字，并和外边的那个大"口"字的左侧一竖连接起来。

不妨请看同样是早期抄本的甲戌本，在它的第7回第12叶前半叶末行，那里就有一个"因"字采用了这样的写法。眉本的抄手显然就把这样写的"因"字误认为是"回"字了。

第三，通过错别字现象的研究，更可以看出抄手是哪里人氏，譬如说，是北方人，还是南方人？而这又和《红楼梦》传播的地域有很大的关系。

不妨先举舒本的"昭然"和庚辰本的"冲善"为例来作说明。

舒本第 1 回有云：

> 何妨用假语村言敷演出一段故事来，亦可使闺阁昭然，复可悦世之目，破人愁闷。

"然"乃"传"字之音讹，其他脂本以及程甲本、程乙本均作"传"。

试用汉语拼音来表示：然 ran，传 chuan。在北方人的口音中，这两个字是不会混淆的，因为它们的声母不同。而在吴语地域的口音中，这两个字的发音是基本上相同的。

因此，误"传"为"然"，非常可能是出于会操吴语的抄手的笔下。

再看庚辰本第 79 回，宝玉和黛玉在议论《芙蓉诔》中的"红绡帐里，公子多情；黄土垄中，女儿薄命"两句。宝玉想把这两句改为："茜纱窗下，我本无缘；黄土垄中，卿何薄命"——

> 黛玉听了，冲善变色，心中虽有无限的狐疑乱拟，外面却不肯露出，反连忙含笑点头称说：果然改的好。……

其中"冲善"二字乃是庚辰本的原文，后被改为"移神"。在其他的版本上，则有以下的异文：

> "怔然"——蒙本、戚本、彼本
> "×然"——杨本（原文）
> "斗然"——杨本（改文）、程甲本
> "陡然"——程乙本

杨本原文的上一字模糊不清，暂且不论。杨本改文、程甲本、程乙本的"斗然"和"陡然"都是出于后人的修改，只有蒙本、戚本、彼本的"怔然"方是曹雪芹的原文。

"怔然"（chong ran）为什么会变成"冲善"（chong shan）呢？原来在吴语中，"然"和"善"的发音是相同的。这就给误读、误写提供了产生的条件。

这个例子表明：庚辰本这一册或这一回的抄手是个会操吴语的人。

在眉本上也可以发现类似的例证。

第 3 回，若为他这种行止你多心伤感——

　　自怕你伤感不了呢。

第 4 回，合族中及地方上共递一张保呈——

　　老爷自说善能扶鸾请仙。

在以上两个例子中，两个"自"字都是"只"字的音讹，其他脂本以及程甲本、程乙本均作"只"。

有的南方人发音时，zi、zhi 不分。"只"（zhi）误为"自"（zi），就是这一点的反映。眉本的抄手想必也是一位南方人。

再如第 4 回，当下言不着雨村——

　　且说那买了英莲、打死冯渊的薛公子系京陵人氏。

"京陵"乃"金陵"之误，其他脂本以及程甲本、程乙本不误（彼本无此句）。

从汉语拼音来说，"金"是 jin，"京"是 jing，泾渭分明。

"金"误为"京"，属于语音"en"、"eng"不分，这同样告诉我们，抄手有可能不是北京人。

第四，不同版本之间相同的异文可以看出它们的版本系统的归属，看出各版本彼此之间的亲近或疏远的关系。同误的现象更可以使得这种关系呈现出清晰的轮廓。

例如，第 4 回，其口碑排写的明白——

　　下面皆着始祖官爵名显亦曾照样抄写一张。

"显"，眉本写作繁体："顯"。

问题出在"名显"二字上。杨本、戚本无"名"以下数字；梦本、程甲本、程乙本无此二句。

"名显"，甲戌本、己卯本、舒本、彼本作"石头"，庚辰本、蒙本原作"石头"，后笔点去"石"，旁改"名"。

从这个例子可以看出，在脂本中，至少在第四回，眉本的底本或与甲戌本、己卯本、庚辰本、蒙本、舒本、彼本（或其底本）比较亲近，而与杨本、戚本、梦本（或其底本）比较疏远。

第二节　一误再误

在眉本中，抄手写的字，有时候会呈现一误再误的现象。

试以九对字词为例，如下：

【 “因” 与 “回”】

最突出的是 “因” 和 “回”。

这可以举出十一例。

例1：眉本第1回，僧道二人飘然而去——

> 后来又不知过了几世几劫，回有个空空道人访道求仙……

“回” 乃 “因” 字之误；舒本无此字，其他脂本以及程甲本、程乙本均作 “因”。

例2：眉本第1回，抄录回来问世传奇——

> 回空见色，由色生情，传情入色，自色悟空。

“回” 仍是 “因” 字之误，其他脂本以及程甲本、程乙本不误。

例3：眉本第1回，士隐听了，不便再问——

> 回笑道：元机不可预泄……

“回” 乃 “因” 字之误。这已是第三次连犯这个错误了。

例4：眉本第1回，在家乡会一（无益）——

> 回进京求取功名，在整基业。

这已是第四次把 “因” 写成 “回” 了。把 “因” 误写为 “回”，只有一种可能：抄手不识当时流行的 “因” 字的另一种写法。“因” 字的另一种写法，就是把中间那个 “大” 字写成 “口” 字而没有左侧那一竖。这样，“因”

和"回"的写法就容易混淆，因而导致误认、误写。

例5：眉本第1回，至红日三竿方醒——

　　回思昨夜之事，意欲写两封荐书与雨村带至神都……

依然是"因"误为"回"。其他脂本以及程甲本、程乙本均作"因"。
在眉本第1回中，共有五个地方把"因"错写成"回"。

例6：眉本第2回，叙些别后之事——

　　雨村回问今日都中可有新闻无有。

"回"，其他脂本以及程甲本均作"因"。

例7：眉本第3回，便仍送至贾母身边坐下——

　　回笑道："天下真有这样标致人物……"

"回"乃"因"字之误，其他脂本以及程甲本、程乙本均作"因"。

例8：眉本第3回，众人不解其话——

　　黛玉便忖度着回他有玉，故问我有无，回答道……

两个"回"，均是"因"字之误。第一个"回"，其他脂本以及程甲本、
程乙本作"因"。第二个"回"，彼本无，程乙本作"便"，其他脂本以及程
甲本作"因"。

"因"、"回"的错误，一直延续到第3回，抄手仍然没有察觉。

例9：眉本第4回，二为望亲——

　　三回亲自入都销算旧帐，再计新支。

"回"乃"因"字之误，杨本作"为"，蒙本作"则"，梦本、程甲本、
程乙本作"来"，其他脂本作"因"。

这个错误，联系紧接着的上文一看，十分清楚。上文云："薛蟠素闻得都中乃
第一繁华之地，正思一游，便趁此机会，一为送妹待选，二为望亲……"。"三回"
二字紧接在"二为望亲"之后，自是"三因"之误。

例10：眉本第7回，只问秦钟近日家务等事——

秦钟回说："业师于去年病故……"

"回"乃"因"字之误，其他脂本以及程甲本、程乙本均作"因"。

例11：眉本第10回，我方才到了太爷那里去请安，兼请来家受一受一家子的礼——

太爷回说道："我是清净惯了的，我不愿意往你们那是非场中去闹去。……"

"回"乃"因"字之误，杨本无此字，其他脂本以及程甲本、程乙本作"因"。

【"的"与"得"】

另一个例子是"的"和"得"的混用。

可举九例。

例1：眉本第3回，大家一处伴着，亦可以解些闷烦——

或有委曲之处，只管说的，不要外道才是。

"的"乃"得"字之误，其他脂本以及程甲本作"得"，程乙本无此字。

例2：眉本第4回，薛蟠见母亲如此说，情知扭不过的——

只的吩咐人夫一路奔荣国府来。

"的"乃"得"字之误，其他脂本以及程甲本、程乙本作"得"。

例3：眉本第3回，黛玉陪笑道——

舅母说得可是衔玉而生的这位哥哥？

此例正好和上例相反，"得"乃"的"字之误，其他脂本以及程甲本作"的"，程乙本无此字。

例4：眉本第5回，宝玉先看见一副画贴在上面——

画得是人物故事，乃是燃藜图也。

"画得"，梦本、程甲本、程乙本无，其他脂本作"画的"。

例5：眉本第五回，又有一副对联——

写得是：世事洞明皆学问，人情练达即文章。

"得"，其他脂本以及程甲本、程乙本均作"的"。

例 6：眉本第 5 回，案上设着是——

武则天当日镜室中设得宝镜。

"得"，甲戌本作"着"，己卯本、杨本无此句，其他脂本以及程甲本、程乙本作"的"。

例 7：眉本第 8 回，众人都笑说——

前儿在一处看见二爷写得斗方儿，字法越发好多了。

"得"，其他脂本以及程甲本、程乙本均作"的"。

例 8：眉本第 8 回，宝玉只闻得有阵阵幽香，竟不知从何处来的——

遂问："姐姐熏得是什么香？我竟从未闻见过这味。"

"得"，其他脂本以及程甲本、程乙本均作"的"。

例 9：眉本第 8 回，宝玉笑道——

我写得那三个字在那里呢？

"得"，其他脂本以及程甲本、程乙本均作"的"。

【"司"与"词"】

另一个突出的词是"官司"和"官词"。

可以举出六个例子。例子集中于第 4 回。

例 1：眉本第 4 回，见王夫人与兄嫂处的来人计议家务——

又说薛姨母遭了人命官词等语。

"词"乃"司"字之误，其他脂本以及程甲本、程乙本均作"司"。

例 2：眉本第 4 回，贾雨村补受了应天府——

一下马就有一件人命官词详至案下。

"词"乃"司"字之误，其他脂本以及程甲本、程乙本均作"司"。

这是"司"误为"词"的又一例。

例3：眉本第4回，老爷如何惹的他——

> 他这一件官词并无难断之处。

"词"乃"司"字之误，其他脂本以及程甲本、程乙本均作"司"。

例4：眉本第4回，切不要议论他人——

> 只目今这官词如何割（剖）断才好。

"词"乃"司"字之误，其他脂本以及程甲本、程乙本均作"司"。

例5：眉本第4回，他便带了母、妹竟自长行去了——

> 人命官词他却视为儿戏……

"词"乃"司"字之误，其他脂本以及程甲本、程乙本均作"司"。

例6：眉本第4回，一路奔荣国府来——

> 那时王夫人已知薛蟠官词一事……

"词"乃"司"字之误，其他脂本以及程甲本、程乙本均作"司"。

【"道"与"到"】

可举六例。

例1：眉本第3回，次日面谢如海——

> 如海到："天缘凑巧。……"

"到"乃"道"字之误，其他脂本以及程甲本、程乙本均作"道"。

例2：眉本第7回，宝玉心中又起了呆意——

> 想到：天下竟有这样的人物，我竟成了泥母猪了。

"到"乃"道"字之误，其他脂本以及程甲本、程乙本均作"道"。

例3：眉本第6回，只是大远的奔了你老这里来，也少不得说了——

> 刚说道这里，只听二门上……

"道"乃"到"字之误，甲戌本、己卯本、庚辰本、杨本、蒙本、梦本同，戚本、舒本以及程甲本、程乙本均作"到"。

例4：眉本第8回，宝钗看毕，又从新翻过正面来看——

口内念到：莫失莫忘，仙寿恒昌。念了两遍……

与上例相反，"到"乃"道"字之误，彼本作"首"，其他脂本以及程甲本、程乙本作"道"。

例5：眉本第10回，大家散了学——

金荣回道家中，越想越气。

"道"乃"到"字之误，程甲本作"倒"，其他脂本以及程乙本作"到"。

例6：眉本第10回，若站不住，家里不但不能请先生——

反道在他身上添出些嚼用来呢。

"道"乃"到"字之误，其他脂本已及程甲本、程乙本均作"到"①。

【其他】

另外，还有"妒"与"姤"、"面"与"回"、"华"与"花"、"头绪"与"头续"、"鬼鬼祟祟"与"鬼鬼崇崇"五对，都是重复地犯错，其例如下：

眉本第2回，略有摇动感发之意——

一丝半缕悦而泄出者，偶值灵秀之气适过，正不容邪，邪复姤正，两不相下。

"姤"乃"妒"（妒）字之误，梦本同，杨本作"如"，彼本作"邪"，其他脂本以及程甲本、程乙本作"妒"。

〔"悦"乃"误"（悮）字之误，其他脂本以及程甲本、程乙本均作"误"。〕

眉本第5回，李纨判词：

---

① 在一些抄手的笔下，"倒"、"到"二字往往是不分的。

> 如冰水好空相妬，枉与他人作笑谈。

"妬"乃"妒"字之误，其他脂本以及程甲本、程乙本均作"妒"。

眉本第5回，尤氏乃治酒来请贾母、邢夫人、王夫人等赏花——

> 是日先携了贾蓉夫妻过来，回请贾母等于早饭后过来……

"回"，其他脂本以及程甲本、程乙本作"面"。

眉本第5回，就暂以此消闷消闷而已——

> 因又看下回道……

"回"乃"面"字之误，庚辰本、舒本无此字，蒙本、戚本无此句，其他脂本以及程甲本、程乙本作"面"。

眉本第5回，"恨无常"曲：

> 喜荣花正好，恨无长又到。

"花"，其他脂本以及程甲本、程乙本均作"华"。

眉本第5回，"红楼梦"曲第十二支：

> 晚韶花。

"花"，其他脂本以及程甲本、程乙本均作"华"。

眉本第6回，事虽不多，一日也有一二十件——

> 竟如乱麻一般，并无头续可以作纲领。

"续"乃"绪"字之误；己卯本原作"絮"，庚辰本原作"续"，后均被点去，旁改"绪"；其他脂本以及程甲本、程乙本作"绪"。

眉本第6回，这日正往荣府中来——

> 因此便就此一家说来到还是个头续。

"续"乃"绪"字之误，其他脂本以及程甲本、程乙本均作"绪"。

眉本第9回，你们有话不明说——

许你这样鬼鬼祟祟的干什么故事……

"祟祟"乃"祟祟"二字之误。

眉本第 10 回，就该干些正经事，人也没的说——

他素日又和宝玉鬼鬼祟祟的，只当人都是瞎子看不见。

"祟祟"乃"祟祟"二字之误。

重复地、再三再四地写错，表明两点：第一，抄手缮写时，态度不认真，没有仔细地核对；第二，藏书主也没有细读，没有发现抄手的差错和疏漏。

第三节　形讹之例

除了上文第一节、第二节所举的例句之外，自第三节开始，再分类列举形讹、音讹、形音两讹、衍文、夺文、颠倒诸例。

眉本总目，第 37 回回目下联：

蘅芜苑夜凝菊花题。

"凝"乃"拟"字之误。

眉本总目，第 78 回回目上联：

老学士开微娩妪词。

"开微"乃"闲徵"二字之误。

眉本第 1 回，不过几个异样的女子——

亦无班妃、蔡女之德能。

"班妃"乃"班姑"之误；梦本作"班家"，其他脂本均作"班姑"。

班姑，即班大家（ɡu），也就是班固、班超之妹班昭，曾受召入宫，为皇后及诸贵人教师，号曰大家。

眉本第 1 回，将这石头记再检阅一遍——

见上面虽有些责奸指佞、贬恶诛邪之语，亦非伤时骂世之旨。

"优"乃"佞"字之误，杨本无此句，其他脂本不误。

眉本第 1 回，终日游于离恨天外——

　　饥则食蜜青菜为膳。

"菜"乃"菓"字之误，其他脂本以及程甲本、程乙本均作"菓"。

眉本第 1 回，只因尚未酬报灌溉之德——

　　故甚至五内梗郁结这一段缠绵不尽之意。

"梗"，其他脂本均作"便"。

眉本第 1 回，凡心偶炽——

　　弃此昌明太平朝世，意欲下凡造历幻缘。

"弃"，其他脂本均作"乘"。

眉本第 1 回，你我各干营生去吧——

　　三劫后，我在北祁山等你。

"北祁山"乃"北邙山"之误。其他脂本以及程甲本、程乙本不误。

眉本第 1 回，彼此皆可消此［永］昼——

　　说着，使令人送女儿进去。

"使"，其他脂本程甲本、程乙本均作"便"。

眉本第 1 回，甄家丫环在门前买线——

　　勿听街上喝道之声，乖说新太爷到任了。

"勿"乃"忽"字之误，其他脂本以及程甲本作"忽"。

"乖"乃"众"字之误。"乖说"，杨本作"众人多说"，其他脂本以及程甲本作"众人都说"。

眉本第 1 回，大轿内抬着一个官府过去——

　　丫环到发了忙。

"忙"乃"忹"字之误。"忙",彼本同,其他脂本以及程甲本、程乙本作"忹"。

眉本与彼本同误,这可以证明两本此回关系比较密切。

眉本第 2 回,我们奉大老爷之命来问——

> 既是你女婚,便带了你去亲见大老爷面禀。

"婚"乃"婿"字之误,其他脂本以及程甲本、程乙本均作"婿"。

眉本第 2 回,雨村又谢甄家娘子多少物事——

> 令其好生养瞻,以待寻访女儿下落。

"瞻"乃"赡"字之误。"养瞻",杨本作"养胆",梦本以及程甲本、程乙本作"过活",其他脂本作"养赡"。

眉本第 2 回,林如海是前科探花——

> 今已升至兰台寺大人。

"大人"乃"大夫"之误,庚辰本、舒本、彼本同,其他脂本以及程甲本、程乙本作"大夫"。

眉本与庚辰本、舒本、彼本同误,这可以证明四本此回关系比较密切。

眉本第 2 回,亦是书香之后——

> 只可惜这林家枝蔗不盛,子孙有限。

"蔗"乃"庶"字之误,其他脂本以及程甲本、程乙本作"庶"。

眉本第 2 回,不过假充养子之意——

> 聊解膝下流荒之叹。

"流荒"乃"荒凉"二字之误,舒本作"荒冷",其他脂本以及程甲本、程乙本作"荒凉"。

眉本第 2 回,与村意欲到那边市肆中——

> 活饮三杯。

"活"乃"沽"字之误①，其他脂本以及程甲本、程乙本均作"沽"。

眉本第 2 回，旧日在都中相识——

> 雨村最谮这冷子兴是个有作为大本领的人，这冷子兴又惜雨村斯文之名。

"谮"乃"讚"字之误，其他脂本以及程甲本、程乙本不误。

"惜"，梦本同，其他脂本以及程甲本、程乙本作"借"。

眉本第 2 回，至今越发生疏难认了——

> 子兴笑道："老先生休如此说。……"

眉本第 2 回，这宁荣两宅是最教子有方的——

> 子兴笑道："正说的是这两门呢。……"

这两处的"笑"，原写作"咲"，乃"叹"字之误，其他脂本以及程甲本、程乙本均作"叹"。

眉本第 10 回，还要请教先生，这病于性命终久有妨无妨——

> 先生叹道："大爷是最高明的人……"

与上例相反，"叹"乃"笑"字之误，其他脂本以及程甲本、程乙本均作"笑"。

眉本第 2 回，雨村道——

> 去岁我到金陵地界游览六湖遗迹。

"六湖"乃"六朝"之误，其他脂本以及程甲本、程乙本均作"六朝"。

眉本第 2 回，遂额外赐了这政老爷一个主事之衔——

> 令他入都习学。

"都"乃"部"字之误，其他脂本以及程甲本、程乙本均作"部"。

眉本第 2 回，万不可唐突了这两个字要紧——

---

① 眉本"活"字原作"沽"，后被添改为"活"。添改不知是出于抄手自己，还是旁人所为。

但凡要说时，必须先用清水香茶嗽了口才可。说若失错，便要凿牙穿腮等事。

"嗽"乃"漱"字之误，杨本、梦本、程甲本同，其他脂本以及程乙本作"漱"。

"说"乃"设"字之误，甲戌本、庚辰本以及程甲本、程乙本作"设"，其他脂本作"说"。

眉本第 2 回，这位琏爷——

也是不喜读书，干世路好机变，言谈去得。

"干"乃"于"字之误，其他脂本以及程甲本、程乙本均作"于"。

眉本第 3 回，那轿夫抬进去走了一射之地——

将轿湾时，便歇下退出去了——

"轿"乃"转"字之误，其他脂本以及程甲本、程乙本均作"转"。

第 3 回，他说要化我去出家——

我父母因是不从。

"因"乃"固"字之误，蒙本、戚本同，梦本作"因固"，程乙本作"自"，其他脂本以及程甲本作"固"。

眉本第 3 回，裙边系着——

豆绿宫绦双衔比目玫瑰珮，身上穿缕金百蝶穿花大红萍缎穿裙①袄。

"衔"乃"衡"字之误，戚本作"鱼"，梦本、程甲本、程乙本无此句，其他脂本作"衡"。

第三个"穿"乃"窄"字之误，蒙本、戚本、彼本同，其他脂本以及程甲本、程乙本作"窄"。

眉本第 3 回，虽怒时而若笑，即嗔时而有情——

顶上金螭璎珞。

① 此字，眉本误作"裆"。

"顶"乃"项"字之误，舒本作"颈"，其他脂本以及程甲本、程乙本作"项"。

"璎珞"二字的偏旁，眉本原误作"虫"字旁。

眉本第 3 回，宝玉道——

> 好祖宗，我就在碧纱橱外的床上狼妥当。

"狼"字多了一点，乃"狠"字之误，程乙本作"很"，其他脂本以及程甲本作"狠"。

眉本第 4 回，回前诗——

> 损躯报君恩，未报躯犹在。

"损"乃"捐"字之误，杨本、彼本作"捐"。（其他脂本以及程甲本、程乙本无此诗。）

眉本第 4 回，不十分令其读书——

> 只不过将些女四书、烈女传、贤媛集等三四种书使他认得字……

"贤媛集"乃"贤媛集"之误，梦本、程甲本、程乙本无此书名，其他脂本作"贤媛集"。

眉本第 4 回，且又是个多情的——

> 若能聚会了，到是件美事。

"聚会"，其他脂本以及程甲本、程乙本作"聚合"。

眉本第 4 回，且不要议论他人——

> 只目今这官词（司）如何割断才好。

疑"割"乃"剖"字之误。"割断"，甲戌本、己卯本、庚辰本、舒本、彼本、梦本以及程甲本、程乙本作"剖断"，杨本、蒙本、戚本作"判断"。

眉本第 4 回，原凶自然是拿不来的——

> 原告因是定要自然将薛家族中及奴仆人等拿几个来拷问。

"因"乃"固"字之误，蒙本、戚本同，其他脂本以及程甲本、程乙本作"固"。

眉本第4回，被拐之人原系某乡某县（姓）人氏——

　　按法处治，余不累及等语。

"累"，戚本、程乙本同，其他脂本以及程甲本作"略"。
眉本第4回，乳名宝钗——

　　生得肌骨荣润，举止娴雅。

"荣"乃"莹"字之误，舒本同，庚辰本误作"茔"，其他脂本以及程甲本、程乙本作"莹"。
眉本第4回，除聘选妃嫔外——

　　在仕宦名家之女皆亲召达部……

"召"乃"名"字之误，杨本无此字，其他脂本以及程甲本、程乙本作"名"。
眉本第5回，有一股细细的甜香袭人——

　　宝玉觉得眼畅骨软。

"畅"，舒本作"睚"，其他脂本以及程甲本、程乙本作"饧"。
眉本第5回，亲自展开了西子浣过的纱衾——

　　稳了红娘抱过的枕。

"稳"乃是"移"字之误，其他脂本以及程甲本、程乙本均作"移"。
眉本第5回，众奶母款款散去——

　　只留下袭人、婿人、晴雯、麝月四个丫环为伴。

"婿"乃"媚"字之误。"婿人"，梦本、程甲本、程乙本作"秋纹"（程乙本"秋纹"之名排列于"晴雯"、"麝月"之后）。
眉本第5回，早见那边走出一个人来——

　　翩跹袅媚，端的与人不同。

"媚"乃"娜"字之误,其他脂本以及程甲本、程乙本均作"娜"。
眉本第 5 回,其神若何——

　　目射寒江。

"目"乃"月"字之误,其他脂本以及程甲本、程乙本作"月"。
眉本第 5 回,薄命司对联——

　　宝玉看了,便加感叹。

"加"乃"知"字之误,其他脂本以及程甲本作"知",程乙本作"自"。
眉本第 5 回,湘云判词:

　　展眼吊斜晖,湘江水逝楚云飞。

"瞳"乃"晖"字之误,庚辰本作"辉",其他脂本以及程甲本、程乙本作"晖"。
眉本第 5 回,迎春判词:

　　后面画一恶狼返扑一美女,欲啖之意。其书云:子孙中山狼,得意便张狂。

"返"乃"追"字之误,其他脂本以及程甲本、程乙本均作"追"。
"孙"乃"系"字之误,其他脂本以及程甲本、程乙本均作"系"。
眉本第 5 回,李纨判词:

　　桃李春风结子完,到头维似一盆兰。

"维"乃"谁"字之误,其他脂本以及程甲本、程乙本均作"谁"。
眉本第 5 回,宝玉听如此说——

　　便唬的欲退不能退,毕竟自形污秽不堪。

"毕竟"乃"果觉"二字之误,其他脂本以及程甲本、程乙本均作"果觉"。
眉本第 5 回,因见房中瑶琴宝鼎,古画新诗,无所不有——

更喜窗下亦有唾绒，夯间时清粉污。

"绒"，原写作一怪字：左"三点水"，右"戒"；其他脂本以及程甲本、程乙本均作"绒"。

"清"乃"渍"字之误，舒本无，其他脂本以及程甲本、程乙本作"渍"。

眉本第5回，宝玉称赏不迭——

领酒间，又有十二个舞女上来，请问演何词曲。

"领"乃"饮"字之误，其他脂本以及程甲本、程乙本均作"饮"。

眉本第5回，"世难容"曲：

可叹这青灯古殿人将老，辜负了红粉朱楼春色兰。

"兰"乃"阑"字之误，庚辰本同，其他脂本以及程甲本、程乙本作"阑"。

眉本与庚辰本同误，值得注意。

眉本第5回，"虚花悟"曲：

把这韶华打灭，不见那清淡天和。……到头来，谁见得把秋捱过？则看那白杨树里人呜咽，青枫林内鬼吟哦。

"不见"乃"觅"字之误，己卯本、杨本同，蒙本、戚本作"觉"，梦本、程甲本无此字，其他脂本及程乙本作"觅"。

"树"乃"村"字之误，其他脂本以及程甲本、程乙本作"村"。

眉本第5回，"红楼梦"曲第十支：

聪明果。

"果"乃"累"字之误，其他脂本以及程甲本、程乙本作"累"。

眉本第5回，"聪明果（累）"曲：

生前心已醉，死后性空灵。家蓄人宁，终有个家亡人散多奔腾。……忽喇喇似大厦顷，昏惨惨似灯将尽。

"醉"乃"碎"字之误，其他脂本以及程甲本、程乙本均作"碎"。

"蓄"乃"富"字之误，均作"富"。

"多"，己卯本、杨本同，其他脂本以及程甲本、程乙本作"各"。

"顷"乃"倾"字之误，其他脂本以及程甲本、程乙本均作"倾"。

眉本第 5 回，"留余庆"曲：

> 劝人生济困扶穷，休似俺那爱银钱、忘骨肉的狼舅奸兄。

"狼"乃"狠"字之误，其他脂本以及程甲本、程乙本均作"狠"。

眉本第 5 回，"晚韶花（华）"曲：

> 问古来将相可还存，也只是虚名儿留与后人教领。

"教领"乃"钦敬"二字之误，甲戌本作"欢敬"，其他脂本以及程甲本、程乙本作"钦敬"。

眉本第 6 回，回前诗：

> 朝扣富儿开，富儿犹未足。

"开"乃"门"字之误，其他脂本（甲戌本、杨本、蒙本、戚本）均作"门"。

眉本第 6 回，正寻思从那件事、自那一个人写起方妙——

> 恰好忽从千里之外，芥茎之微，小小一个人家……

"茎"乃"荳"字之误，蒙本、戚本作"头"。

眉本第 6 回，听见说如今上了年纪——

> 越发惜老怜贫，爱斋僧醮道，舍米拾钱的。

"拾"乃"捨"（"舍"字的繁体）之误，梦本、程甲本、程乙本无此句，其他脂本作"捨"。

眉本第 6 回，何苦耍他——

> 问刘姥姥道："那周大爷已往南边去了……"

"问"乃"向"字之误，其他脂本以及程甲本、程乙本均作"向"。

眉本第 6 回，那里还记得我们了——

　　说着，未至屋中。

"未"乃"来"字之误，其他脂本以及程甲本、程乙本均作"来"。

眉本第 6 回，又教了板儿几句话——

　　随着周瑞家的逶迤往贾琏是住处来，先在侧厅……

"侧厅"乃"倒厅"之误，舒本作"厕厅"，其他脂本以及程甲本、程乙本作"倒厅"。

眉本第 6 回，又是头一次见我张口，怎好叫你空回去呢——

　　可将昨日太太给我的丫头们作衣裳的二十两银子我还没动呢。

"将"乃"巧"字之误。其他脂本以及程甲本、程乙本均作"巧"。

眉本第 7 回，东西、药料一概都现成易得的——

　　只难得"可巧"二宗。

"二宗"乃"二字"之误，己卯本、庚辰本、杨本无此二字，其他脂本以及程甲本、程乙本作"二字"。

眉本第 7 回，只见几个小丫头子都在抱厦内听呼唤默坐——

　　迎春的丫环司棋与探春的丫环侍书正掀帘子出来。

"俦书"乃"侍书"之误，蒙本、舒本、梦本以及程甲本、程乙本作"侍书"，甲戌本、己卯本、杨本、彼本作"待书"；庚辰本原作"待"，后涂改为"侍"。

此字作"侍"，还是作"待"，关系到版本的归属问题。

眉本第 7 回，二人十来句话后越觉亲密起来——

　　一时摆上茶来……

"来"乃"果"字之误，其他脂本以及程甲本、程乙本均作"果"。

眉本第 7 回，我常说给管事的——

不要派他差事，权当一丁死的就完了。

"丁"乃"个"字之误，其他脂本以及程甲本、程乙本均作"个"。

眉本第7回，宝玉在车上见这般醉闹到也有趣——

因向凤姐道："姐姐，你听他说爬灰的爬灰，什么是爬灰？"

"向"乃"问"字之误，其他脂本以及程甲本、程乙本均作"问"。

眉本第8回，当下众嬷嬷、丫环伺候他换衣裳——

见他不换，乃出二门去了。

"乃"乃"仍"字之误，其他脂本以及程甲本、程乙本均作"仍"。

眉本第8回，宝钗穿着——

玫瑰紫二色金眼鼠坎肩。

"眼"乃"银"字之误，其他脂本以及程甲本、程乙本均作"银"。

眉本第8回，宝玉——

腰系五色蝴蝶赤金绦。

"赤金"乃"銮"字之误，而"銮"乃"鸾"字之误。杨本、舒本、彼本同，甲戌本、己卯本、庚辰本、蒙本作"銮"，戚本、梦本、程甲本、程乙本作"鸾"。

眉本与舒本同误，值得注意。

眉本第8回，李嬷嬷只得和众人且去吃酒——

这里宝玉又说："不必盪热了，我只管吃冷的。"

"管"乃"爱"字之误，舒本同，其他脂本以及程甲本、程乙本作"管"。

眉本又与舒本同误，值得注意。

眉本第8回，怎么他说了你就依他，比圣旨还尊些——

宝玉知是黛玉借此发落他的，也无回护之词。

"发"乃"奚"字之误，其他脂本以及程甲本、程乙本均作"奚"。

眉本第 8 回，宝玉被袭人等扶至炕上，脱了衣服——

不知口中还说些什么，只觉口齿绵缠，眉眼锡涩，忙扶侍他睡下。

"锡"乃"饧"字之误，甲戌本、庚辰本、蒙本、彼本同，其他脂本以及程甲本、程乙本作"饧"。

眉本第 8 回，临去时，都有表礼——

贾母又与了一个荷包，并一个金魁星，取"文星和会"之意。

"会"乃"合"字之误。"和会"，杨本作"合璧"，其他脂本以及程甲本、程乙本作"和合"。

眉本第 9 回，贾政也掌（撑）不住笑了——

因说："那惜再念三十本《诗经》也都是掩耳偷铃，哄人而已。"

"惜"乃"怕"字之误，其他脂本以及程甲本、程乙本均作"怕"。

眉本第 9 回，或设言托意，或咏桑寓槐，遥以心照——

外面目为避人眼目，不意偏又有几个滑贼看出形景来。

第一个"目"字乃"自"字之误，其他脂本以及程甲本、程乙本均作"自"。

眉本第 9 回，那三个小子一齐乱嚷——

墨丙撷起一根门闩来，扫红、锄药都是马鞭子，蜂拥而来。

"墨丙"乃"墨雨"之误，彼本无此三人之名，其他脂本以及程甲本、程乙本作"墨雨"。

眉本第 10 回，方才这里大爷也向我说了——

他是今日拜了一天的客，才回到家，此时精神实在不能支持。

"他"乃"但"字之误，其他脂本以及程甲本、程乙本均作"但"。

眉本第 10 回，昨承冯大爷示知老先生人品学问——

又兼得通医学，小弟不胜钦仰之至。

"得"乃"深"字之误，其他脂本以及程甲本、程乙本均作"深"。

眉本第 10 回，右关虚而无神——

> 其左寸沉数者，乃以气虚而生火。

"以"乃"心"字之误，其他脂本以及程甲本、程乙本均作"心"。

第四节　音讹之例

眉本第 1 回，必傍出一小人其间拨乱——

> 亦入剧中之小丑然。

"入"乃"如"字之误，其他脂本以及程甲本、程乙本均作"如"。

眉本第 1 回，岂不省了些寿命筋骨——

> 就比那谋虚逐望却也省了口舌是非之害……

"望"乃"妄"字之误；蒙本原作"忘"，后改"妄"；彼本无此句；其他脂本以及程甲本、程乙本不误。

眉本第 1 回，复得雨露滋养——

> 遂得脱却草胎木植，得换人形。

"植"，其他脂本均作"质"。

眉本第 1 回，他更狂喜不禁——

> 自为这女子必是个具眼英豪。

"具眼"，其他脂本以及程甲本、程乙本均作"巨眼"。

眉本第 1 回，雨村忙笑道——

> 不过偶吟前人之句，何敢妄谈至此。

"妄谈"，其他脂本均作"狂诞"，程甲本、程乙本作"过誉"。

眉本第 2 回，则为逸士高人——

　　总在生于薄族寒门，断不能为走卒健仆，甘遭驱制驾驭。

　　"在"乃"再"字之误，梦本、程甲本无，程乙本作"然"，其他脂本作"再"。
　　眉本第 3 回，三间兽头大门之前——

　　　　坐着十来个花冠丽服之人。

　　"花"，梦本作"革"，其他脂本以及程甲本、程乙本作"华"。
　　眉本第 3 回，凤姐面貌——

　　　　一双单凤三角眼。

　　"单"乃"丹"字之误，其他脂本以及程甲本、程乙本均作"丹"。
　　眉本第 3 回，南省俗谓辣子——

　　　　你只教他凤辣子就是了。

　　"教"乃"叫"字之误，己卯本同，其他脂本以及程甲本、程乙本作"叫"。
　　眉本与己卯本同误，值得注意。
　　眉本第 3 回，宝玉骂道——

　　　　什么罕物，连人之高底不择！

　　"底"乃"低"字之误，庚辰本同，梦本、程甲本、程乙本作"下"，其
他脂本作"低"。
　　眉本第 5 回，秦氏便忙笑回道——

　　　　我们这里有给宝叔收什下的屋子……

　　"收什"，己卯本同，舒本误作"捨"，其他脂本以及程甲本、程乙本作
"收拾"。
　　眉本第 5 回，可卿判词：

　　　　情天情海幻情深，情及相逢必主淫。

　　"及"乃"既"字之误，其他脂本以及程甲本、程乙本均作"既"。
　　眉本第 6 回，炕上大红毡条——

靠东壁板壁立着个锁子锦靠背与一个引枕，铺着金星闪缎大坐褥。

"东壁"乃"东边"之误，其他脂本以及程甲本、程乙本均作"东边"。

"星"乃"心"字之误，其他脂本以及程甲本、程乙本均作"心"。

眉本第 8 回，黛玉先忙的说——

别扫大家的性。

"性"乃"兴"字之误，其他脂本以及程甲本、程乙本均作"兴"。

眉本第 8 回，薛姨妈又说——

这里没好东西给你吃，别罢这点子东西唬的存在心里。

"罢"乃"把"字之误，其他脂本以及程甲本、程乙本均作"把"。

眉本第 8 回，当年无儿女——

便向养身堂抱了一儿一女。

"身"乃"生"字之误。"养身堂"，其他脂本以及程甲本、程乙本均作"养生堂"。

眉本第 9 回，碰见老爷不是顽的——

虽说是恣志要强，那工课宁可少些。

"恣"乃"奋"字之误，其他脂本以及程甲本、程乙本均作"奋"。

眉本第 9 回，后又附助着薛蟠图些油水——

一任薛蟠横行坝道，他不但不去管约，反助纣为虐讨好儿。

"坝"乃"霸"字之误，其他脂本以及程甲本、程乙本均作"霸"。

眉本第 10 回，况且都做的是什么有脸的好事——

就是宝玉也犯不着相他到这个田地。

"相"乃"向"字之误，其他脂本以及程甲本、程乙本均作"向"。

第五节　形音两讹之例

眉本第 1 回，引子：

> 亦未有仿我之襟怀笔墨。

"仿"乃"妨"字之误；庚辰本、戚本作"防"，其他脂本以及程甲本、程乙本同于眉本。

眉本第 1 回，但把我一生所有的眼泪还他，也偿还他的过他了——

> 因此一事就勾出许多风流冤家赔他们去了结此案。

"赔"乃"陪"字之误，甲戌本、蒙本、彼本同，其他脂本作"陪"。

甲戌本、蒙本、彼本、眉本同误，值得注意。这表明此回四本有一定的密切关系。

眉本第 1 回，故士隐与他交接——

> 当下雨村见了士隐施礼赔笑道……

"赔"，其他脂本以及程甲本、程乙本均作"陪"。

眉本第 1 回，祖宗根基一尽，人口衰丧——

> 只剩得他一家一口，在家乡会一……

"会一"，其他脂本以及程甲本、程乙本均作"无益"。

眉本第 1 回，求取功名，再整基业——

> 自前岁来此，又掩寒住了，暂寄庙中安身。

"掩"，其他脂本以及程甲本、程乙本均作"淹"。

眉本第 1 回，士隐先得了一病——

> 当时封氏儒人也因思女构疾，日日请医调治。

"儒人"，蒙本、戚本、梦本以及程甲本无，其他脂本作"孺人"。

眉本第1回，只见军牢快手一对一对的过去——

> 俄而大轿内抬着一个乌纱星袍的官府过去。

"星"乃"猩"字之误。"星袍"，杨本作"新袍"，蒙本作"红袍"，彼本"猩"字不清，其他脂本以及程甲本、程乙本作"猩袍"。

眉本第2回，必为奇优名娼——

> 如前代之许由……宋徽宗、刘庭芸、温飞卿……近日的倪云林、唐伯虎、祝岐山。再为李龟年……

"芸"乃"芝"字之误；"刘庭芸"，戚本无，甲戌本、己卯本、舒本、梦本以及程甲本、程乙本作"刘庭芝"，庚辰本、彼本作"刘廷芝"，杨本作"刘庭之"，蒙本作"庭芝"。

"岐"乃"枝"字之误；"祝岐山"，庚辰本作"祝之山"，其他脂本以及程甲本、程乙本作"祝枝山"。

"为"乃"如"字之误，其他脂本以及程甲本、程乙本均作"如"。

眉本第3回，上面五间大正房——

> 两边厢房露顶耳房钻出。

"露"乃"鹿"字之音讹，其他脂本以及程甲本、程乙本均作"鹿"。

"出"乃"山"字之形讹，其他脂本以及程甲本、程乙本均作"山"。

眉本第3回，我也不要这劳什子了——

> 吓得地下众人一拥挣去拾玉。

"挣"，其他脂本以及程甲本、程乙本均作"争"。

眉本第4回，余者也就无庸虑及了——

> 如今且说贾雨村补受了应天府……

"受"乃"授"字之误，其他脂本以及程甲本、程乙本均作"授"。

眉本第5回，宝玉随了秦氏至一所在——

> 但见朱栏白石，绿树青溪。

"青"，其他脂本以及程甲本、程乙本均作"清"。

眉本第 5 回，故发慈心，引彼至此——

> 先以彼家中上中下三等女子之终身册籍令彼熟玩……

"熟"乃"熟"字之误，其他脂本以及程甲本、程乙本均作"熟"。

第 5 回，此或咏叹一人，感怀一事——

> 偶成一曲，即可普入管弦。

"普"乃"谱"字之误，其他脂本以及程甲本、程乙本均作"谱"。

眉本第 6 回，身子如在云端一般——

> 满屋的东西都是耀眼睁光，使人头悬目眩。

"睁"，其他脂本以及程甲本、程乙本作"争"（蒙本原作"净"，旁改"争"）。

第 6 回，若不拿着，可真是怪我了——

> 这钱顾车坐罢。

"顾"乃"雇"字之误，杨本同，其他脂本作"雇"。

眉本与杨本同误，值得注意。

眉本第 7 回，焦大亦发连贾珍都说出来了——

> 乱嚷乱叫：我要往词堂里哭太爷去。

"词"乃"祠"字之误，己卯本同，其他脂本以及程甲本、程乙本作"祠"。

眉本第 8 回，这个嬷嬷他吃了酒又拿我们来醒脾了——

> 一面俏推宝玉使他赌气，一面悄悄咕哝说……

"俏"乃"悄"字之误，其他脂本以及程甲本、程乙本均作"悄"。

眉本第 8 回，薛姨妈命两个妇人送去——

> 二人道了扰，一经回至贾母房中。

"经"乃"径"字之误，其他脂本以及程甲本、程乙本均作"径"。

眉本第8回，宝玉又问：袭人姐姐呢——

> 晴雯向里间炕上努嘴儿。

"努"乃"努"字之误，蒙本、戚本作"呶"，其他脂本以及程甲本、程乙本作"努"。

眉本第9回，书本、纸片、笔墨等物扬了一桌子——

> 把桌上的茶碗也咂啐，茶也流了。

"咂啐"乃"砸碎"二字之误，蒙本作"咂"、"碎"，其他脂本以及程甲本、程乙本作"砸"、'碎"。

眉本第9回，那是什么硬挣仗腰眼子的，也来唬我们——

> 你那姑娘只会打旋么儿给我们琏二奶奶跪着借当头。

"么"的繁体是"麼"，乃"磨"字之误，其他脂本以及程甲本、程乙本均作"磨"。

眉本第10回，尤氏向贾珍说道——

> 从来大夫不像佗说的这么通快。

"通"乃"痛"字之误，其他脂本以及程甲本、程乙本均作"痛"。

第六节　衍文与夺文之例

眉本第1回，引子：

> 又何妨用假语村言敷演出一段故事，亦未可使闺阁昭传。

"未"字是衍文；其他脂本以及程甲本、程乙本均无此字。

眉本第1回，我也去下世为人——

> 但把我一生所有的眼泪还他，也偿还他的过他了。

这里有三个"他"字，其中的第二个"他"为其他脂本以及程甲本、程乙本所无。

眉本第 3 回，挂着各色鹦鹉、画眉等鸟——

　　台阶上坐着几个穿红着绿的几个丫头。

第二个"几个"，其他脂本以及程甲本、程乙本均无。

眉本第 5 回，警幻道——

　　如尔则天分中生成一段痴情，吾辈推之为意淫，惟意淫，惟意淫心会而不可口传……

"惟意淫"三字乃衍文。

以上为衍文之例。

夺文之例要多得多，如下：

眉本第 1 回，佳人才子等书千部共出一套——

　　且其中终不能涉于淫滥。

"不能"二字之下，其他脂本以及程甲本、程乙本均有"不"字。

眉本第 1 回，饥则食蜜青菜（菓）为膳——

　　渴则饮灌海水为汤。

"灌"下，其他脂本以及程甲本、程乙本有"愁"字。

眉本第 1 回，兄来的正妙——

　　请入小斋一谈，彼此皆可消此昼。

"昼"上，其他脂本以及程甲本、程乙本均有"永"字。

眉本第 1 回，生得腰圆背厚，面阔口方——

　　更加剑眉星眼，直鼻腮。

"腮"，梦本、程甲本、程乙本作"方腮"，其他脂本作"权腮"（舒本"权"字偏旁作"月"）。

眉本第 2 回，本贯姑苏人氏——

今点出为巡盐御史。

"点"上，其他脂本以及程甲本、程乙本均有"钦"字。

眉本第 2 回，另鳖上酒肴来——

二人闲谈慢。

"慢"下，其他脂本以及程甲本、程乙本均有"饮"字。

眉本第 2 回，若非多读书识事，加以致知格物之功，悟道参元之力，不能知也——

子兴见他这样重大，忙请教其端的。

"见他"下，舒本有"说"字，其他脂本以及程甲本、程乙本有"说得"二字。

眉本第 2 回，三小姐名探春——

四小姐乃宁府之胞妹，名惜春。

"宁府"下，其他脂本以及程甲本、程乙本有"珍爷"二字。

眉本第 2 回，余者方从了"春"字——

一辈的却是从弟兄而来的。

"一辈"，其他脂本以及程甲本、程乙本均作"上一辈"。

眉本第 2 回，长一辈的姊妹一个也没了——

只看这一辈将来之东床如何呢。

"一辈"上，甲戌本、己卯本、杨本、蒙本有"少"字，其他脂本以及程甲本、程乙本有"小"字。

眉本第 3 回，桌上磊着书籍、茶具——

靠东壁面安设着半旧的青缎靠背引枕。

"面"下，其他脂本以及程甲本、程乙本均有"西"字。

眉本第 3 回，他心里一乐，便生出多少事来——

　　所嘱咐你别採他。

"所"下，其他脂本以及程甲本、程乙本有"以"字。
眉本第 3 回，出了角门是一条南北宽夹道——

　　南边是到座三间小小抱厅。

"抱厅"，其他脂本以及程甲本、程乙本作"抱厦厅"。
眉本第 5 回，故我等久待——

　　何故反引这物来污染这清净女儿之境？

"物"上，其他脂本以及程甲本、程乙本均有"浊"字。
眉本第 5 回，"喜冤家"曲：

　　觑着那侯门艳质同蒲柳，作的公府千金似下流。

"作"下，其他脂本以及程甲本、程乙本均有"践"字。
眉本第 6 回，这话说得叫人恶心——

　　不过借赖着祖父虚名作个官儿罢了。

"官儿"上，其他脂本以及程甲本、程乙本有"穷"字。
眉本第 7 回，王夫人道——

　　你瞧闲着，不管打发那四个女人去就完了。

"闲着"上，其他脂本以及程甲本、程乙本均有"谁"字。
眉本第 7 回，举止风流，似在宝玉之上——

　　只是怯怯含羞，有女儿之态，含糊，向凤姐作揖问好。

"含糊"上，其他脂本程甲本、程乙本均有"腼腆"二字。
眉本第 7 回，只因他从小儿跟着太爷出过三四回兵——

　　从死堆里把太爷背出来……

"死"，其他脂本以及程甲本、程乙本均作"死人"。

眉本第 7 回，凤姐道——

> 这才是呢。等回去咱们回了太太，打发你学里念书去是正经。

"太太"，其他脂本以及程甲本、程乙本均作"老太太"。
眉本第 9 回，众相公都起身笑道——

> 老翁何必又如此。

"老翁"，其他脂本以及程甲本、程乙本均作"老世翁"。
眉本第 9 回，不说薛蟠得新弃旧——

> 只怨香、玉二人在薛蟠前提携。

在"二人"下，其他脂本以及程甲本、程乙本均有"不"字。
眉本第 9 回，自己要打报不平——

> 又想着金荣、贾瑞一般人都是薛大叔的相知，素日又与薛大叔相好……

在"素日"下，其他脂本以及程甲本、程乙本均有"我"字。
眉本第 10 回，他就目中无人——

> 他既是这，就该干些正经事，人也没的说。

在"这"下，其他脂本以及程甲本、程乙本均有"样"字。
眉本第 10 回，又是恼，又是气——

> 恼的是那起混涨狐朋狗友的扯事般非吵闹。

此处，除了"混涨"乃"混帐"之误、"般"乃"搬"之误外，在"吵闹"二字之前脱漏了不少的字。这段完整的文字，依庚辰本是：

> 恼的是那群混帐狐朋狗友的扯是搬非，调三惑四的那些人；气的是他兄弟不学好，不上心念书，以致如此学里吵闹。

这样才使得上文所说的"又是恼，又是气"四个字有了全面的照应。

第七节 其他讹误

除了以上几类之外，还有颠倒之例，以及暂时无法归类之例。
眉本第 5 回，揭开一看——

> 只见这首页上画着一幅画，又非人物，亦无水山。

"水山"，其他脂本以及程甲本、程乙本作"山水"。
眉本第 2 回，遂为和风，洽然溉及四海——

> 彼忍忍乖僻之邪气，不能荡溢于光天化日之下矣。

"忍忍"乃"残忍"二字之误，其他脂本以及程甲本、程乙本均作"残忍"。
眉本第 3 回，贾政便竭力内中协助——

> 题奏之时，轻轻谋了个复职花缺。

"花缺"乃"候缺"之误，梦本、程甲本、程乙本无此二字，其他脂本均作"候缺"。
眉本第 4 回，其祸皆由拐子某人而起——

> 被拐之人原系某乡某县人氏。

"县"，其他脂本作"姓"，梦本、程甲本、程乙本无此句。
按照一般用法，不可能将"县"置于"乡"之后。故知"县"实乃"姓"字之误。
眉本第 5 回，宝玉看了——

> 又见后面画着族鲜花、一床破席。

"族"乃"簇"字之误，其他脂本以及程甲本、程乙本均作"簇"。
在"画着"之后，其他脂本以及程甲本、程乙本均有"一"字。
眉本第 6 回，元春判词：

二十年来辨是谁，描花开处照宫闱。

"是谁"，其他脂本以及程甲本、程乙本均作"是非"。
"描"乃"榴"字之误，其他脂本以及程甲本、程乙本均作"榴"。
眉本第5回，但见珠帘绣幙，画栋雕檐——

说不尽那光辉朱户金铺地，雪照琼窗玉作宫。

"辉"乃"摇"字之误，其他脂本以及程甲本、程乙本均作"摇"。
眉本第5回，"分骨肉"曲：

帆风雨露三千，把骨肉家齐来抛闪。

"帆"上，其他脂本以及程甲本、程乙本均有"一"字。
"露"乃"路"字之误，其他脂本以及程甲本、程乙本均作"路"。
"家"下，其他脂本以及程甲本、程乙本均有"园"字。
眉本第5回，"世难容'曲：

到头来，依旧是风流肮脏违心愿。

"风流"，其他脂本以及程甲本、程乙本作"风尘"。
眉本第6回，则快掷下此书，另觅好书醒目——

若寻聊可破闷时，待余逐细言来。

"寻"乃"谓"字之误，己卯本、庚辰本、杨本、梦本、程甲本、程乙本无此句，其他脂本作"谓"。
眉本第7回，埋在花根底下——

若发了病时，拿去来吃一九。

"去"乃"出"字之误，其他脂本以及程甲本、程乙本均作"出"。

第三十章
删节现象

第一节　古代小说名著与简本

　　古代小说名著大多有简本。

　　最著名的莫过于《水浒传》和《西游记》。

　　《水浒传》有繁本与简本之分。

　　概要地说来，以分回本为例，《水浒传》的 100 回本、120 回本、70 回本属于繁本，104 回本、110 回本、115 回本、124 回本等属于简本。显著的区别在于，后者有征王庆、征田虎的情节，而前者没有，或者像 120 本那样，虽有而不同。

　　《西游记》也有繁本与简本之分。

　　《西游记》100 回繁本以万历二十年（1592）的世德堂刊本为最早，其后有李卓吾评本、《西游真诠》等。100 回的简本则有明代的朱继源刊本、清白堂刊本、闽斋堂刊本，清代的《西游证道书》等。另外的简本还有杨致和《唐三藏出身全传》（《西游记传》、《唐三藏西游全传》）40 回、朱鼎臣《西游释厄传》（《唐三藏西游传》）68 节。

　　区分繁本与简本的标识是什么呢？

　　标识有二。一是看文字的多寡，二比较故事情节的繁简。这用在每一部作品上，侧重点都会有所不同。

　　让我们回过头来看《红楼梦》。

　　《红楼梦》有没有繁本与简本之分呢？

　　有的。

　　在清代，并没有大量出现过《红楼梦》的简本。今所知者，仅有嘉庆十一年（1806）的宝兴堂刊本《新刻全部绣像红楼梦》120 回。《红楼梦》简本（包括改写本）的大量问世是在民国以后。

在中华人民共和国成立之前，有许啸天句读、胡云翼校阅、上海群学社民国十二年（1923）铅印本《红楼梦》100 回，邹仁达选辑、文明书局铅印本《红楼梦精华》120 回，沈雁冰改订、开明书店民国二十四年（1935）铅印本《洁本小说红楼梦》50 章，陶明浚改编、沈阳平记印刷所民国二十五年（1936）印本《木石缘》20 回。

中华人民共和国成立以后，有郑渊洁改写、中国电影出版社 1959 年铅印本《红楼梦》50 回，中医盲文出版社 1984 年印行的《红楼梦》盲文本，李希凡选编、上海教育出版社 1986 年铅印本《红楼梦选粹》25 节，胡小伟、谢文芬编改、中国广播电视出版社 1986 年铅印本《红楼梦》90 回，张欣伯批削、台湾外文华印刷实业有限公司 1986 年铅印本《红楼梦稿》110 回，林冠夫节编《红楼梦》65 回。

事实上，《红楼梦》的很多外文译本也可以归入简本的范畴。

那么，眉本是不是简本呢？

从严格的意义上说，它不能算是简本。

但是，它的书内有许多删节的现象。这构成了它的特点之一。

它有哪些删节的现象呢？

请看以下的举例①。

第二节　偶尔的删节

我所说的删节，指的是文字，而不是插图。像第 8 回的通灵宝玉图、金锁图，不包括在我们讨论的范围之内。

考察眉本仅存的前十回的删节现象时，发现了一个分界线。

这个分界线存在于第 5 回和第 6 回之间。

在第 6 回之前，删节现象出现得比较少。

因此，我把第 1 回至第 5 回的删节现象称为"偶尔的删节"。

---

① 眉本缺少的字、词、句，有与其他脂本情况相同者，均不应视为眉本的删节现象，故此类例子均不纳入本章所讨论的范围。

现列举第 1 回至第 5 回的删节之例于下：

【第 1 回】

例 1，眉本：甄家丫环眼中的贾雨村——

敝巾旧服，虽是贫穷，然生得腰圆背厚，面阔口方，更加剑眉星眼，直鼻腮。

"腮"上，梦本、程甲本、程乙本有"方"字，其他脂本有"权"字（舒本"权"字的左偏旁"木"误作"冎"）。

"直鼻腮"欠通。鼻可以直形容，腮焉有直、横之分？殆因抄手不解"权腮"之意而故意删之。

例 2，眉本：一时小童进来——

雨村听得前面留饭，不可久待，遂从夹道中自便去了。

"自便去了"，杨本、梦本以及程甲本、程乙本作"自便门出去了"，其他脂本作"自便出门去了"。

"出门"二字不可少。"自便"仅是手段，"出门"方是目的。

例 3，眉本：甄士隐这日拄了拐挣挫到街前散心时——

忽见那边来了个道人。

"道人"二字之上，其他脂本以及程甲本、程乙本有"跛足"二字（杨本误作"破足"）。

跛足道人的形象，在书中的出现不止一次。如果删去"跛足"二字，那就容易使读者误以为是另外某个道人了。

例 4，眉本：封肃虽然日日抱怨，也无可奈何了——

这日，那甄家丫环在门前买线……

"丫环"，蒙本、戚本作"大丫头"，其他脂本以及程甲本、程乙本作"大丫环"。

上文明说甄士隐"便携着妻子并两个丫环投他岳父"。而此买线之丫环名为娇杏，后嫁与贾雨村："这个丫环便是那年回顾雨村者，因偶然一顾便弄出这段事来，亦是自己意料不到之奇缘"（第 2 回）。

大小两个丫环，而这个称之为"大丫环"，正是为了区别于另外一个无名的小丫环。去掉那个"大"字，就模糊了两个丫环的界限了。

第1回一共列举了四个例子。从它们可以概括出三个特点：

一、所删者仅是个别的字词，而没有削减大段的字句。

二、例子数量少，表明所删者不多。

三、所删者均不影响故事情节的进展。

【第2回】

例1，眉本：因偶然一顾，便弄出这段事来——

> 谁想他命运两济，到得雨村身边，只一年便生了一子，又半载，雨村的嫡妻忽染疾而死，雨村便将他扶册为正室夫人了。

在第一句和第二句之间，其他脂本以及程甲本、程乙本均有"不承望"三字。

例2，眉本：古人云，百足之虫，死而不僵——

> 如今虽说不及先年那样兴盛，较之平常之家，到底气象不同。

"平常之家"，其他脂本以及程甲本作"平常仕宦之家"，程乙本作"平常仕宦人家"。

"平常之家"所指的范围无疑要大于"平常仕宦之家"。删掉"仕宦"两个字便失去了冷子兴所要表达的原意。

第2回只选到了两个例子，比第1回还要少。这似乎说明，抄手（或藏书家本人）抄至此时尚未拿定主意是否要进行若干删节。

【第3回】

例1，眉本：黛玉纳罕道——

> 这些人皆敛声屏气，恭肃严整如此……

"这些人"下，其他脂本以及程甲本、程乙本均有"个个"二字。

"个个"二字是加强语气之词。它写出了黛玉当时的强烈的感受。

例2，眉本：只见一群媳妇、丫环围拥着一个人从后门进来——

> 这个人打扮与众不同。

"众"字之下，其他脂本以及程甲本、程乙本或有"姑娘"二字，或有"姊妹"二字，或有"姑娘们"三字。

"与众不同"是抽象的比较，"与众姑娘不同"、"与众姑娘们不同"、"与众姊妹不同"则是具体的比较。"众姑娘"或"众姊妹"指的是方才在黛玉面前亮相的迎春、探春、惜春三人。时间近，人不同，这就是黛玉产生强烈感受的原因。

例3，眉本：外罩五彩刻丝石青银鼠褂——

　　　下罩翡翠撒花裙。

"裙"上，舒本有"绉"字，其他脂本以及程甲本、程乙本有"洋绉"二字。

紧接着的上文写"袄"、"褂"都提到了颜色和质料，此处写"裙"怎能省去？

例4，眉本：黛玉度其房屋院宇，必是荣府中之花园隔断过来的——

　　　进入三门，果是正房、厢房、游廊，悉皆小巧别致。

"三门"，其他脂本以及程甲本、程乙本均作"三层仪门"。

"三层仪门"岂能省称"三门"，这当然是删节的错误。

例5，眉本：咕唧会子就完了——

　　　若姊妹和他多说一句话，他心里一乐，便生出多少事来。

"若"字之下，杨本、梦本、程甲本、程乙本有"一日"二字，其他脂本有"这一日"三字。

表述时间的状语不可少。

例6，眉本：束着五彩丝攒花结长穗宫绦——

　　　外罩起花倭锻排穗褂。

"起花"之上，其他脂本以及程甲本、程乙本均有"石青"二字。

（"起花"之下，其他脂本以及程甲本、程乙本有"八团"二字；而杨本同于眉本，无此二字。）

例7，眉本：你如今怎比得他——

还不好生慎重带上。说着……

在第一句和第二句之间，其他脂本以及程甲本有"仔细你娘知道了"一句，程乙本亦有此句，但无"了"字。

例8，眉本：黛玉只带了两个人来——

一个是自幼奶娘。一个是十岁小丫头，亦是自幼随身的，名唤雪雁。

"奶娘"下，其他脂本以及程甲本、程乙本均有"王嬷嬷"（或作"王嬷嬷"、"王妈妈"、"王姆姆'）三字。

眉本删去王嬷嬷的名字是个错误。此处王嬷嬷之名是在书中第一次出现，且与雪雁并提。在其他脂本以及程甲本、程乙本中，紧接着的下文又第二次提到王嬷嬷之名，仍然是与雪雁并提：

贾母见雪雁甚小，一团孩气，王嬷嬷又极老，料黛玉皆不遂心省力的。

眉本把第二次变成了第一次，如此一来，岂不使读者感到突兀？

例9，眉本：外亦如迎春等例——

每人有四个教嬷嬷。

"每人"之下，其他脂本以及程甲本、程乙本均有"除自幼乳母外，另"七字（"乳母"，或作"奶妈"、"奶娘"、"奶母"）。

这个删节也是错误的。这是因为，在原文中，这里明明是并列的对称的句子：

每人除自幼乳母外，另有四个教引嬷嬷（眉本无"引"字），除贴身掌管钗钏盥沐两个丫头外，另有五六个洒扫房屋、来往使役的小丫头（"五六个"，程甲本、程乙本作"四五个"）。

（"五六个"，程甲本、程乙本作"四五个"。）

眉本这里的删节显然违反了曹雪芹的原意。

例10，眉本：黛玉原不知道——

探春等却都晓得是议论金陵城中所居的薛姨母之子姨表兄倚财仗势，

打死人命，现在应天府案下审理。

"姨表兄"之下，其他脂本以及程甲本、程乙本均有"薛蟠"二字（舒本误作"薛璠"）。

在全书中，这里是作为重要人物的薛蟠的名字第一次和读者见面，掩盖他的名字是不可取的。

自第 3 回起，可选择的删节之例逐渐增多，而且所删节者除个别的字词外，也开始出现了比较完整的句子。

【第 4 回】

例 1，眉本：其余事体自有伙计、老家人措办——

　　寡母王氏乃王子腾之妹，与荣国府贾政夫人王氏一母所生。

"王子腾"之上，其他脂本以及程甲本、程乙本均有"现任京营节度使"七字（"现任"或误作"现在"；或无"使"字）。

例 2，眉本：二则自薛蟠父亲死后——

　　各省中所有的买卖承局、伙计人等，见薛蟠年轻不知事务，便趁时拐骗起来。

"承局"下，其他脂本以及程甲本、程乙本均有"总管"二字。

例 3，眉本：薛蟠正愁进京去有个嫡亲母舅管辖着，不能任意挥霍挥霍——

　　偏如今又升了，可知天从人愿。

"升"和"了"之间，其他脂本以及程甲本、程乙本均有"出去"二字。

关于薛蟠母舅王子腾，上文交代了两点，一说他"升了九省统制"，二说他"奉旨出都查边"。薛蟠所说的"天从人愿"，指的是第二点（母舅离开了京都），而并非针对第一点。所以"出去"二字是不应该弃而不用的。

例 4，眉本：又私与王夫人说明——

　　一应日费一概免却，方是处长之法。

"日费"之下，其他脂本以及程甲本、程乙本有"供给"二字。

"日费供给"四字讲的是两个角度。"日费"是从薛姨妈的角度说,"供给"则是从王夫人的角度说。二者不可偏废。

例5,眉本:从此后,薛家母子就在梨香院中住了——

> 原来这梨香院乃是荣国公养静之所。

"荣国公"之上,其他脂本以及程甲本、程乙本均有"当日"二字。"荣国公"之下,其他脂本以及程甲本、程乙本均有"暮年"二字。

"当日"和"暮年"都是表述时间的状词,对于作者叙述的清晰度来说,或者对于一般读者的顺畅阅读来说,都是万不可少的。

【第5回】

眉本第5回开端——

> 且说林黛玉自在荣国府以来……

在"且说"二字之前,甲戌本有以下文字:

> 却说薛家母子在荣府中寄居等事略已表明,此回则暂不能写矣。如今……

其他脂本以及程甲本、程乙本均基本上同于甲戌本。

在这一回,虽然删节的例子不多,却前所未有地出现了一个连删两句的特例。

第三节　有意的删节

从第6回起,眉本文字的删节越来越多,有时更是删去整句的文字。我把这称为"有意的删节"。

第6回至第10回,细数下来,删节的例子竟达到了九十多个。这在今见《红楼梦》抄本、刊本中还是罕见的。所以,如果把这五回称为"简本",也不为过。

兹分回列举九十三例(第6回十九例,第7回九例,第8回二十五例,第9回三十六例,第10回四例)如下:

【第 6 回】

例 1，眉本：袭人取出一件中衣，给宝玉换上——

　　　宝玉含羞道："好姐姐，千万别告诉别人要紧。"

"含羞"之后，其他脂本均有"央告"二字。

宝玉说这番话，是央告的意思。"含羞"则是形容"央告"的。眉本显然是在没有分清主次的情况下进行删节的。

例 2，眉本：羞得袭人掩面伏身而笑——

　　　宝玉亦素喜袭人柔媚娇俏，遂强袭人同欢。

"同欢"，其他脂本或作"同领警幻所训云雨之事"，或作"同领警幻所授云雨之事"，或作"同领警幻所训云雨之情"。

"同欢"显然忽略了宝玉、袭人的幼小年龄，同时也和上文的太虚幻境情节脱了钩。

例 3，眉本：一家四口，仍以务农为业——

　　　因狗儿白日间又作些生计，刘氏又操井臼等事，青、板儿姐弟两个无人看管，狗儿遂将岳母接来，一处过活。

"岳母"之后，其他脂本以及程甲本、程乙本均有"刘姥姥"（或"刘老老"）三字。

刘姥姥是书中的重要人物。这里是她的名字第一次跟读者见面。把她的名字删掉，只能说是一个馊主意。更何况，下文出现刘姥姥时，便显得十分突兀了。

例 4，眉本：刘姥姥对狗儿说——

　　　你皆是年小时，托着你那老家儿的福，吃喝惯了，如今所以把持不住，就顾头不顾尾了。没了钱瞎生气，成个什么男子汉大丈夫了！

在"就顾头不顾尾了"之前，其他脂本以及程甲本、程乙本均有"有了钱"三字。

这里的"有了钱"是和下文的"没了钱"对举的，因而是不可舍弃的。

例 5，眉本：板儿喜得无不应承——

于是刘姥姥带他进城，找至宁国府来，只见簇簇轿马……

在第二句和第三句之间，甲戌本作"来至荣府大门石狮子前"。其他脂本以及程甲本、程乙本基本上同于甲戌本。

乡下人进城，并不认识"宁国府"坐落于何处，所以要先找到"宁荣街"，然后方能来到宁国府。石狮子耸立在大门前，正向刘姥姥展示了宁国府的威严。

"簇簇轿马"，乃刘姥姥在"荣府大门石狮子前"所见，非在沿途所见。

例6，眉本：说着，来至屋中——

周瑞家的命小丫头子倒上茶来吃了。

在"小丫头子"之前，其他脂本以及程甲本、程乙本均有"雇的"二字。

这个小丫头子是周瑞家的雇的，并不是贾府里的。这一点很重要。

例7，眉本：周瑞家的说，如今都是琏二奶奶当家——

刘姥姥道："原来是他！怪道呢，我当日就说他不错呢。……"

在"刘姥姥"和"道"之间，蒙本、戚本有"听了问"三字，梦本有"听了便问"四字，程乙本有"听了忙问"四字，其他脂本以及程甲本则有"听了罕问"四字。

写"听了"，是为了引起刘姥姥的反应。"罕问"，是写刘姥姥听后的一种惊异的表情。

"罕"字是曹雪芹的习用语，表现了刘姥姥听到之后的惊讶的神情。

例8，眉本：周瑞家的说着——

便叫小丫头到倒厅上悄悄的打听打听，老太太屋里摆了饭了没有。二人又说闲话儿。

第二句"老太太屋里摆了饭了没有"之后，其他脂本以及程甲本、程乙本均有的一句"小丫头去了"已被眉本舍弃，使得语意有欠充足。

例9，眉本：刘姥姥说 凤姑娘当这样的家，可是难得的——

周瑞家的道："我的姥姥，告诉不得你。……"

在"周瑞家的"之后，其他脂本以及程甲本、程乙本均有已被眉本删去的"听了"二字。

例 10，眉本：周瑞家的说着——

只见小丫头回来说："太太屋里已摆完了饭了，二奶奶在太太屋里呢。"

在这段文字中，前后有两个"太太"。前者系"老太太"之误，指的是贾母，后者是指王夫人。眉本因删去一个"老"字，致使两个"太太"变成了一个人。

前一个"太太"，在其他脂本以及程甲本、程乙本中，均作"老太太"。

例 11，眉本：二奶奶在太太屋里呢——

周瑞家的听说，连忙催道："快走，快走。这一下来他吃饭是个空儿，咱们先等着去。若迟一步儿，回事的人就多了，也难说话。再歇了中觉，越发没了时候了。"

第二句中的"连忙催"三字，在其他脂本以及程甲本、程乙本中，均作"连忙起身，催着刘姥姥"。

"起身"的动作是"听说"和"催"的不可缺少的中间环节。

例 12，眉本：旁边有银漱盂——

那凤姐家常带着昭君套……

"昭君套"之上，己卯本、庚辰本、杨本有"秋板貂鼠"四字，其他脂本以及程甲本、程乙本则有"紫貂"二字。

例 13，眉本：平儿站在炕沿边，捧着一个小小填漆茶盘，盘内有一个小茶钟——

凤姐也不接茶，也不抬头，只管拨着灰。

"灰"，眉本只有这孤零零的一个字，甲戌本作"手炉内的灰"，其他脂本以及程甲本、程乙本基本上同于甲戌本。

例 14，眉本：凤姐漫漫的问道——

"怎么还不请过来？"抬头要接茶时，见周瑞家的已带了两个人在地下站着呢。

第二句"抬头要接茶时"之前，其他脂本以及程甲本、程乙本均有"一面说，一面"五字，已被眉本删去。

例15，眉本：贾蓉笑道——

我父亲打发我来求婶子，说上回老舅太太给婶子的那架炕屏，明日请一个要紧的客，借了摆一摆就送过来。

"炕屏"，其他脂本以及程甲本、程乙本均作"玻璃炕屏"。

"炕屏"和"玻璃炕屏"是有区别的。贾蓉要借的是玻璃炕屏，而不是别的什么炕屏。

被眉本删去的，是特指的字词。

例16，眉本：说迟了一日，昨日我就给了人了——

贾蓉嘻嘻的笑，就在炕沿下半跪道："婶子若不借给……"

"贾蓉"之下，其他脂本或有"听说"二字，或有"听着"二字，或有"听了"二字。

例17，眉本：贾蓉笑道——

那里如（有）这个好呢！

此句之后，其他脂本以及程甲本均有"只求开恩罢"五字，程乙本则是"只求婶娘开恩罢"七字。

被删去的文字细致地表现了贾蓉在凤姐面前的恭谨。

例18，眉本：那里还有吃饭的工夫咧——

凤姐命快传饭来。

"命"字之上，脂本以及程甲本、程乙本均有"忙"字。这表现了凤姐八面玲珑的性格。

例19，眉本：周瑞家的带了刘姥姥和板儿过去吃饭——

凤姐道："周姐姐好生让着些儿，我不能陪了。"又叫过周瑞家的去，问他才回了太太说了些什么。

在第三句"我不能陪了"和第四句"又叫过周瑞家的去"之间，其他脂本以及程甲本、程乙本有一句"于是过东边房里来"。

这一句是指，周瑞家的带着刘姥姥和板儿到东边房里去吃饭。此时，凤姐又把周瑞家的叫回来，方有了下面的问话。那番问话是不可能当着刘姥姥的面提出的。眉本删掉"于是过东边房里来"一句，于是似乎刘姥姥还没有离开，凤姐就直接向周瑞家的发问了。

【第 7 回】

例 1、例 2，眉本：第 7 回开端——

　　话说周瑞家的送了刘姥姥去后，便上来回王夫人的话。王夫人不在上房，问丫环们，方知往薛姨妈那边闲话去了，便从东角门出至东院来，刚至院门前……

第三句"王夫人"之前，其他脂本以及程甲本、程乙本有"谁知"二字。

倒数第二句"便从……"之前，其他脂本程甲本、程乙本有"周瑞家的听说"六字。

倒数第二句"便从东角门出至东院来"，甲戌本作"周瑞家的听说，便转出东角门，至东院，往梨香院来"，其他脂本以及程甲本、程乙本基本上同于甲戌本。

周瑞家的来到的是梨香院的"院门前"，不是东院的"院门前"。东院只她经过的地方，梨香院方是她的目的地。

例 3，眉本：宝钗道：……——

　　还要说话时，忽听王夫人问："谁在里头说话？"

第一句"还要"之前，其他脂本以及程甲本、程乙本均有"周瑞家的"四字。

眉本删去主语"周瑞家的"不妥。因为其上三句的主语不是周瑞家的，而是宝钗。"还要说话"的人本来是周瑞家的，现在却变成了宝钗。

例 4，眉本：周瑞家的见王夫人无话，方欲退出——

　　薛姨妈道："你且站住。我有一宗东西，带了去罢。"

在"薛姨妈"和"道"之间，其他脂本以及程甲本、程乙本有"忽又笑"三字。

例5，眉本：薛姨妈叫把那匣子里的花儿拿来——

　　香菱捧过个小锦匣来。

在"香菱"和"捧过个小锦匣"之间，其他脂本以及程甲本、程乙本均有"答应了，向那边"六字。

例6，眉本：王夫人点头——

　　凤姐又道："临安伯的老太太生日已经打点了，派谁送去？"

"生日"，甲戌本作"千秋的礼"，其他脂本以及程甲本、程乙本作"生日的礼"。

"打点"的是"礼"，不是"生日"，何况"生日"也不能派人送去。

例7，眉本：宝玉听了也要逛去——

　　凤姐立等着他换了衣裳。

"凤姐"之后，其他脂本以及程甲本、程乙本均有"只得答应"四字。

这四个字，表现出凤姐心中不很愿意而又无可奈何的神情，却被眉本无情地删掉了。

例8，眉本：再不带去，看给你一顿好嘴把（巴）——

　　贾蓉笑嘻嘻的出去，果然带进一个小后生来。

这两句，甲戌本作：

　　贾蓉笑嘻嘻的说："我不敢强，就带他来。"说着，果然出去带进一个小后生来。

其他脂本以及程甲本、程乙本基本上同于甲戌本。

例9，眉本：宝玉央告道，好姐姐，我不敢了——

　　凤姐道：这才是呢。等回去咱们回了太太，打发你学里念书去是正经。

"太太"，其他脂本以及程甲本、程乙本均作"老太太"，是。

在末句之后，庚辰本作"却自回往荣府而来"，其他脂本以及程乙本作"自回荣府而来"。

"自回……"一句居于全回之末尾，不可避免地要交代凤姐等人离开宁府之后的去向。眉本的删节不可取。

【第 8 回】

例 1，眉本：宝钗在家养病，宝玉意欲去探望——

　　若从上房后角门过去，又恐遇见他父亲，宁可绕远路罢了。

眉本在这里删去两句。一句是"又恐遇见别事缠绕"，在第一句"……过去"之后、"又恐……"之前；另一句是"更为不妥"，在第二句"……父亲"之后、第三句"宁可……"之前。被删去的两句均见于其他脂甲本、程乙本，基本上相同。

如果单单删去前一句，还有可能被误认为是因"遇见"二字重复而导致脱文。后一句"更为不妥"的缺少，证明了这里的确是在作有意的删节。

例 2，眉本：宁可绕远路罢了——

　　当下众嬷嬷、丫环伺候他换衣裳，见他不换，乃（扔）出二门去了。只得跟随出来。

在最后一句之前，甲戌本有"众嬷嬷、丫鬟"五字，其他脂本以及程甲本、程乙本均同于甲戌本。

这五个字是"只得跟随出来"一句的主语，不可省略。不过，如果前一句（"扔出二门去了"）后面的标点改为逗号，则不要这五个字也可。

例 3，眉本：你二位是在老爷跟前来的不是——

　　二人点头道："在梦坡轩小书房里歇中觉呢，不妨事的。"宝玉听着笑了。

在"不妨事的"一句之后，其他脂本以及程甲本、程乙本均有"一面说，一面走了"七字（程甲本的两个"面"字均误作"回"）。

这几个字是表明詹、单二人已离开了他们和宝玉说话的地方。否则，就仿佛这两位清客依然一直跟随在宝玉的身后，而没有走开的意思。

例4、例5，眉本：宝玉转湾向北奔梨香院来——

　　库房总领吴新登与仓上头目戴良，还有几个管事的，从帐房出来，一见了宝玉，赶过来一齐垂手侍立。

在第一句之前，其他脂本以及程甲本、程乙本均有"可巧"二字。

在第二句和第三句之间，其他脂本以及程甲本、程乙本有一句"共有七个人"（"七个人"或作"八人"、"八个人"）。

这是对前面所说的"几个"的补充。七八个人，正显示出贾府众人对宝玉的尊重和讨好。

例6，眉本：紧接在上个例子之后——

　　独有一个买办，名唤钱华的，因多日未见宝玉，忙上来打千儿请安，宝玉携他起来。

在末句"宝玉"之后，其他脂本以及程甲本均有"忙含笑"三字（程乙本无"忙"字）。

这是写出了宝玉对贾府众人的谦和的态度，实不可少。

例7、例8，眉本：众人方各自散了——

　　宝玉来在梨香院中，先入薛姨妈房中，正打点针线与丫头们呢。

在这一段文字中，眉本有两处删节。

一是在开头删去了"闲言少述，且说"六字。此六字乃其他脂本以及程甲本、程乙本所共有。这是作者的叙述语言，删之何益？

二是在第三句"正"和"打点"之间删去"见薛姨妈"四字。此四字亦为其他脂本以及程甲本、程乙本所共有（梦本"妈"作"娘"）。

例9，眉本：宝玉忙请了安——

　　薛姨妈一把拉了他怀内，笑道："这么冷天，我的儿，难为你想着来，快上炕来坐着罢。"

在"拉了他"和"怀内"之间，其他脂本以及程甲本、程乙本均有"抱入"二字。

拉入怀内和抱入怀内是不同的。用"抱"更显出了薛姨妈对宝玉的慈爱。

这也是误删，"拉"和"怀内"构不成直接的联系，"抱"的动作焉可省掉？

例10，眉本：宝玉问，哥哥不在家吗——

　　　薛姨妈道："他是没笼头的马……"

在"薛姨妈"和"道"字之间，其他脂本以及程甲本、程乙本有"叹"字。

"叹"字表现出薛姨妈对儿子不成器的无可奈何的表情。

例11，眉本：通灵宝玉图样——

　　　那顽石亦曾记下他这幻像并癞僧所镌的篆文，今亦按图画于后。但其真体最小，才能从小儿口内衔下来。今按其形式，绘于后。

眉本的这段文字与其他脂本有异，引甲戌本如下：

　　　那顽石亦曾记下他这幻相并癞僧所镌的篆文，今亦按图画于后。但其真体最小，方能从胎中小儿口中唧下。今若按其体画，恐字迹过于微细，使观者大废眼光，亦非畅事。故今按其形势，无非略展放些规矩，使观者便于灯下醉中可阅。今註明此故，方无胎中之儿口有多大，怎得唧此狼犹蠢大之物等语之谤。

其他脂本以及程甲本、程乙本基本上同于甲戌本。自"恐字迹过于微细"以下，均为眉本所无。

例12，眉本：莺儿笑道，癞和尚说那八个字必须錾在金锁上——

　　　宝钗不待说完，便催他快去倒茶，宝玉此时与宝钗就近……

在第二句之后，甲戌本有"一面又问宝玉从那里来"一句，其他脂本以及程甲本、程乙本基本上同于甲戌本。

例13，眉本：宝玉忙托了锁细看——

　　　一面有四个篆字，共成两句吉谶。

在第一句之前，其他脂本以及程甲本、程乙本均有"果然"二字。
在第二句之前，其他脂本均有"两面八个"四字。

四个字怎构成"两句"？此是误删甚明。

例14，眉本：外边人说，林姑娘来了——

　　黛玉走进来。

在此句之前，甲戌本、己卯本、庚辰本、蒙本、戚本、梦本、程甲本作"话犹未了"（庚辰本"犹"作"尤"），舒本、彼本作"说犹未了"，杨本、程乙本作"话犹未完"。

在"黛玉"二字之后，甲戌本、己卯本、庚辰本、舒本、彼本作"已摇摇的"，蒙本、戚本作"已"，杨本、梦本、程甲本、程乙本作"已摇摇摆摆的"。

"摇摇的"是形容黛玉弱不禁风的样子。而"摇摇摆摆的"却显出了一付旁若无人的姿态，大失曹雪芹的原意。

例15，眉本：李嬷嬷说，说给小幺儿们散了罢——

　　宝玉应允。薛姨妈摆了几样细巧茶果……

在第一句之后，甲戌本有"李嬷出去，命小厮们都各散去不提"两句，其他脂本以及程甲本、程乙本基本上同于甲戌本。

此处，其他脂本以及程甲本、程乙本叙事比较完备。

例16，眉本：便是老太太问时，有我呢——

　　一面令小环："来，让你奶奶们去吃一杯搪搪雪气。"李嬷嬷只得和众人且去吃酒。

在末句"李嬷嬷"和"只得"之间，其他脂本以及程甲本、程乙本均有"听如此说"四字。

例17，眉本：想是怕姨妈这里惯了他——

　　李嬷嬷又是急，又是笑，说："真真这林姐儿，说出一句话来，比刀子还尖。你这个算什么。"薛姨妈又说……

在李嬷嬷四句话之后、"薛姨妈又说"之前，甲戌本作：

　　宝钗也忍不住笑着把黛玉腮上一拧，说道："真真这个颦丫头的一张嘴，叫人恨又不是，喜欢又不是。"

其他脂本以及程甲本、程乙本同于眉本。这五句在眉本中全无。

眉本所删去的五句，既表现了书中两位女主角的亲密关系，也反映了宝钗对黛玉的评价，是很重要的文字，岂能省去！

例18，眉本：宝玉说，我和你一同走——

黛玉道："咱们来了这一日，也该回去了。还不知那边怎么找咱们呢。"

"黛玉道"，甲戌本作"黛玉听说，遂起身道"，其他脂本以及程甲本、程乙本均同于甲戌本。

例19，眉本：贾母问李奶子怎么不见，众人不敢直说——

宝玉踉跄回顾道："他比老太太还受用呢，问他作什么！没有他只怕我还多活两天。"说着，来至自己卧室。

"说着"，甲戌本作"一面说，一面"，其他脂本以及程甲本、程乙本基本上同于甲戌本。

删除"一面……一面"，这已是眉本的惯例。

例20，眉本：宝玉、晴雯同看门斗上的三个字——

黛玉进来，宝玉笑道……

眉本在"黛玉"之前删去"一时"二字。此二字，均见于其他脂本以及程甲本、程乙本。

例21、例22，眉本：宝玉问，袭人姐姐呢——

晴雯向里间炕上努（努）嘴儿。只见袭人睡在那里。宝玉道："好，太睡早了些。今儿我在那府里吃早饭，有一碟子豆腐皮的包子，我想着你爱吃，和珍大奶奶说，我留着晚上吃，叫人送过来的，你可吃了？"

"只见……"一句没有主语，而上一句的主语是"晴雯"。实际上，从"努嘴儿"的动作可以判断出，晴雯已知袭人睡着之事，因此，对他来说，无所谓"只见"的问题。"只见"的主语只可能是"宝玉"。其他脂本以及程甲本、程乙本在"只见"之前有"宝玉一看"或"宝玉看时"一句（舒本、彼本则此前后三句均无），无疑是正确的，眉本的删节不可取。

在"今儿"之前，其他脂本以及程甲本、程乙本均有"因又问晴雯道"或"又问晴雯道"一句，一来表示后面数语是宝玉向晴雯发问的，二来表示情节进展的转折。眉本显然没有体察到曹雪芹的用心。

例23，眉本：袭人安慰宝玉说——

> 你立意要撵他也好，我们也都愿意出去，不如趁势儿连我们一齐撵了，你也不愁没有好的来伏侍。

在第三句和第四句之间，其他脂本以及程甲本、程乙本均有一句"我们也好"。

"我们也好"此句和下句"你也不愁没有好的来伏侍"，一说"我们"，一说"你"，是二者对举呼应，互不可少。

例24，眉本：秦钟回家禀知父亲——

> 这秦业现任营缮司郎中，年近七十。早从当年无儿女，便向养身（生）堂抱了一儿一女。

第二句"年近七十"之后，其他脂本以及程甲本、程乙本均有被眉本删去的另一句"夫人早亡"。

"夫人早亡"一句涉及书中人物关系，比较重要，焉可删去？

眉本下句作"早从当年无儿女"，这个"早"字在句中显得突兀、不协调，但却无形中露出了其底本应有的那句"夫人早亡"的"早"字的痕迹。

例25，眉本：对秦钟此去上学，秦业十分喜悦——

> 只是宦囊羞涩，那贾家上上下下都是一双富贵眼睛，容易拿不出手，东挪西凑，封了二十四两贽见礼，亲自带了秦钟，来代儒家拜见了。

在"东挪西凑"之前，甲戌本作"又恐误了儿子的终身大事，说不得"，庚辰本作"儿子的终身大事，说不得"，其他脂本以及程甲本、程乙本基本上同于庚辰本。

在"东挪西凑"之后，甲戌本有"恭恭敬敬"四字，蒙本则有"恭恭"二字，其他脂本以及程甲本、程乙本同于甲戌本。

被眉本删去的文字其实都是为了形容秦业对秦钟上学一事的重视而写下的。

【第9回】

例1，眉本：宝玉顾不得别的——

> 遂择了后日一定上学，后日一早请秦相公到我这里会齐了，一同前去。

末句之后，庚辰本有"打发了人送了信"一句，其他脂本以及程甲本、程乙本基本上同于庚辰本。

例2，眉本：宝玉穿戴齐备——

> 袭人催他去见贾母、贾政、王夫人。宝玉且又去嘱咐了晴雯、麝月等几句，方来见贾母、王夫人，又出来书房中见贾政。

"方来见贾母、王夫人"一句，甲戌本作"方出来见贾母，贾母也未免有几句嘱咐的话，然后去见王夫人"，其他脂本以及程甲本、程乙本同于甲戌本。

宝玉分别去见长辈，先后有贾母、王夫人、贾政三个层次。眉本删掉了"贾母"之后的"贾母也未免有几句嘱咐的话，然后去见"十六字，遂把贾母、王夫人两个层次合并在一起了，失却作者的原意。

被眉本删去的文字，恰恰突出地表现了贾母对宝玉的关心和溺爱，和贾政、王夫人形成对比。

例3，眉本：宝玉、秦钟辞了贾母——

> 宝玉忽想起来（未）辞黛玉，彼时黛玉才在窗下对镜理妆……

在"黛玉"和"彼时"之间，其他脂本以及程甲本、程乙本均有基本上相同的一句"因又忙至黛玉房中来作辞"，已被眉本删去。

此句被删的原因，我推测是这样的：首先，该人没有想到"来"是"未"的形讹；其次，他认为，既然已是"来辞"，与下句的"作辞"岂不重复？于是，删之！

例4，眉本：宝玉唠叨了半日，方抽身而去——

> 黛玉忙又叫住说道："怎么你不去辞辞你宝姐姐去？"宝玉笑而不答，

就去了。

最后一句"就去了",其他脂本以及程甲本、程乙本作基本上相同的"一径同秦钟上学去了"。

例5,眉本:恐族中人有贫穷年能延师者,即入学肄业——

凡族中有官爵之人,皆按俸之多寡帮助学中之费。

第二句"皆"字和"按"字之间,其他脂本以及程甲本、程乙本或作"有供给银两",或作"供给银两"或作"有供给银",或作"有帮助银两"。

例6,眉本:只是都惧薛蟠威势,不敢沾惹——

宝、秦二人见了他两个,也不免缱绻。

第一句句首,其他脂本以及程甲本、程乙本均有"如今"二字。

第二句句尾,其他脂本以及程甲本、程乙本均有"羡慕"或"羡爱"二字。

"二人"之后,其他脂本以及程甲本、程乙本均有"一来了"三字或"一来"二字。

例7,眉本:贾瑞反助纣为虐讨好儿——

那薛蟠本是浮萍心性,近来又有了新朋友

在第一句和第二句之间,彼本作"今日东,明日西",其他脂本以及程甲本、程乙本作"今日爱东,明日爱西"。

例8,眉本:四人心中虽有情意,只未发出——

每日四处各坐,却八目勾留。

在"每日"之后,其他脂本以及程甲本、程乙本均有"一入学中"四字(彼本"入"误作"人")。

例9,眉本:非止一日——

可巧这日代儒有事,早已回家去了,留下一句七言的对联,命学生们对。

末句之后，其他脂本以及程甲本、程乙本均有一句"明日再来上书"。

例10，眉本：只听背后咳嗽一声——

　　二人唬的忙回顾时，原来是金荣。

读者看眉本，看到这里，并不知道此金荣是何许人。如果是读其他版本，则无此惑。例如，庚辰本的第二句作"原来是窗友名金荣者"，点明了金荣的身份是秦钟、香怜二人的同学。其他脂本以及程甲本、程乙本同于庚辰本。

例11，眉本：香怜道，难道不许我们说话不成——

　　金荣道："许你说话，不许我咳嗽不成。……"

"金荣道"，其他脂本以及程甲本、程乙本均作"金荣笑道"。
一个"笑"字活画出了金荣一付因窥见别人隐私而洋洋得意的样子。

例12，眉本：贾瑞着实抢驳了几句——

　　香怜反讨了没趣，连秦钟也赸赸的。金荣越发得意……

第二句之后，其他脂本以及程甲本、程乙本均有"各归坐位去了"六字。

例13，眉本：金荣只顾得意乱说——

　　却不防早又触怒一个。你道这个是谁？名唤贾蔷。

首句，庚辰本作"却不防还有别人。谁知早又触怒了一个"，其他脂本以及程甲本、程乙本基本上同于庚辰本。

末句，己卯本、庚辰本、舒本作"原来这一个名唤贾蔷"，杨本作"原来是贾蔷"，蒙本、戚本作"原来此人名唤贾蔷"，彼本作"原来是一个名唤贾蔷"，梦本、程甲本、程乙本作"原来这人名唤贾蔷"。经过删节后，眉本此句的字数最少。

例14，眉本：贾蔷——

　　亦系宁府正派。

此句末尾，其他脂本以及程甲本、程乙本有"玄孙"或"元孙"二字。这是眉本的一种巧妙的避讳方法。

例15，眉本：贾蔷、贾蓉最相亲厚，常相共处——

宁府中那些不得志的奴才专能造言诽谤主人。贾珍想亦风闻得些口声，要解嫌疑，分与房舍，命贾蔷另住。

眉本对此有三处删节。

在第一句"宁府中"之后，原有"人多口杂"四字，为其他脂本以及程甲本、程乙本所共有，已被删去。

在第一句之后，第二句之前，原有"因此不知又有什么小人诟谇谣诼之辞"一句，为其他脂本以及程甲本、程乙本所共有（基本上相同），也已被删。

第六句则原作"命贾蔷搬出宁府，自己立门户过活去了"，其他脂本以及程甲本、程乙本基本上相同，同样遭到了删节。

例16、例17、例18、例19，眉本：族中谁敢触逆他——

他既合贾蓉好，今见人欺负秦钟，如何肯依？自己要打报不平，又想着："金荣、贾瑞一般人，都是薛大叔的相知，素日又与薛大叔相好，他们告诉老薛，我们岂不伤脸？如今何不用计制伏，又可止息口言，又不伤了脸面。"

眉本在此也作了三处删节。

第一，在第四句"自己要打报不平"和"又想着"之间，其他脂本以及程甲本、程乙本原有基本上相同的"心中且忖度一番"一句，已被眉本删除。

第二，在第八句"素日又与薛大叔相好"和第九句"他们告诉老薛"之间，原有其他脂本以及程甲本、程乙本共有的"倘或我一出头"一句，也已被删。

第三，在第十句"我们岂不伤脸"之后，其他脂本以及程甲本、程乙本原有基本上相同的"待要不管，如此谣言，说的大家没趣"三句，同样被删。

例20，眉本：贾蔷——

也装作出小恭，来至外面，把跟宝玉的茗烟唤来，如此这般调拨他几句。

第一句句首，其他脂本以及程甲本、程乙本均有"想毕"二字（梦本"想"误为"相"）。

第三句句首，其他脂本以及程甲本、程乙本均有"悄悄"二字。

在"茗烟"之前，其他脂本以及程甲本、程乙本均有"书童"二字。

例21、例22、例23，眉本：金荣说，只合你主子说——

> 便夺手要去抓打宝玉、秦钟，忽从脑后"嗖"的一声，一方砚瓦飞来，幸未打着，却又打在贾菌、贾兰的座上。

在第二句"忽从脑后……"之前，其他脂本有"尚未去时"一句。

第三句"一方砚瓦飞来"之前，其他脂本以及程甲本、程乙本均有"早见"二字。

在第三句"一方……"和第四句"幸未打着"之间，其他脂本以及程甲本、程乙本或作"并不知系何人打来的"，或作"并不知是何人打来"，或作"并不知系何人打来"。

例24，眉本：砚瓦打在贾菌、贾兰的座上——

> 这贾菌亦系荣府近派。

此句之后，庚辰本作"其母亦少寡，独守着贾菌"，梦本作"这贾菌少孤，其母疼爱非常"，其他脂本基本上同于庚辰本，眉本则删之。

例25，眉本：贾菌——

> 年纪虽小，性气极大。

首句之前，其他脂本以及程甲本、程乙本有"谁知贾菌"四字（戚本"菌"作"茵"）。

末句之后，庚辰本作"极是淘气不怕人的"，其他脂本以及程甲本、程乙本同于庚辰本。

例26、例27、例28，眉本：贾菌性气极大——

> 他冷眼看见金荣的朋友飞砚来打茗烟，偏没打着，落在他的案上。将个磁砚水盛儿打个粉碎，溅了一书黑水。

在第一句之前，庚辰本作"极是淘气不怕人的"，其他脂本以及程甲本、程乙本均同于庚辰本。

在第一句之后，其他脂本以及程甲本、程乙本均有"暗助金荣"一句。

在第三句之后，庚辰本有"正打在面前"一句，其他脂本基本上同于庚辰本。

例29，眉本：茗烟乱嚷道，你们还不来动手么——

那三个小子一齐乱嚷……

"那三个小子"，是哪三个小子？读者一头雾水。原因在于，眉本在这里作了不恰当的删改。

此句，彼本作"宝玉还有三个小子，岂有不淘气的，一齐乱嚷……"，庚辰本则作：

宝玉还有三个小厮：一名锄药，一名扫红，一名墨雨。这三个岂有不淘气的，一齐乱嚷……

其他脂本以及程甲本、程乙本基本上同于庚辰本。

和茗烟一样，锄药、扫红、墨雨三人也是在全书中第一次出场。既然是首次亮相，焉可不作正式的介绍？

三个小厮和茗烟同时出现，他们的名字岂可弃三而留一？

眉本的删改实属多此一举。

例30，眉本：三个小厮蜂拥而来

贾瑞急的拦一回这个，劝一回那个，谁肯听他话。

末句之后，其他脂本以及程甲本、程乙本有一句"肆行大闹"或"肆行大乱"。

例31，眉本：众顽童大闹，登时鼎沸起来——

外边李贵等几个大家人听见里面作反起来，忙都进来喝住。问是何故。众声不一。李贵且喝骂茗烟等四人一顿，撵了出去。

在"众声不一"之后，眉本删掉了己卯本、庚辰本、杨本以及梦本、程甲本、程乙本相同的"这一个如此说，那一个又如彼说"两句，蒙本、戚本、舒本、彼本也和这两句基本上相同。这两句其实是对上文"众声不一"的具体说明。

例32，眉本：李贵劝宝玉道——

太爷既有事回家，这会子又为这点子的事又聒噪他去，倒显的咱们没礼的是的。依我的主意，那里的事情那里了结。

末句之后，庚辰本另有一句"何必去惊动他老人家"，其他脂本以及程甲本、程乙本均同于庚辰本。

例 33，眉本：茗烟说——

你那姑娘只会打旋磨儿，给我们琏二奶奶跪着借当头。

第一句之前，其他脂本以及程甲本、程乙本均有"璜大奶奶是他姑娘"一句（程甲本、程乙本"姑娘"作"姑妈"），为眉本所删。

例 34，眉本：茗烟不敢作声了——

此时贾瑞也生恐闹大了，只得委屈着来央告秦钟、宝玉。

第一句之后，庚辰本另有一句"自己也不干净"，其他脂本以及程甲本、程乙本基本上同于庚辰本。

例 35、例 36，眉本：宝玉要金荣赔不是——

金荣禁不得贾瑞来逼他去赔不是，李贵等又说："原是你起的事，你不这样，怎得了局？"金荣强不过，只得与秦钟作了揖。

第一句"金荣"之后、"禁不得"之前，其他脂本以及程甲本、程乙本均有"先是不肯，后来"六字。

第二句，其他脂本以及程甲本、程乙本均作"李贵等只得好劝金荣说"（杨本"只得"旁改为"又从旁再三"）。

眉本的删节，减弱了众人对金荣施加压力和力度的过程，实不可取。

【第 10 回】

例 1，眉本：却说这日——

贾璜之妻金氏又值家中没事，遂带了一个婆子，坐上车，来家里瞧瞧。

在"来家里"之后，其他脂本以及程甲本、程乙本均有"走走"二字。

在"瞧瞧"之后，其他脂本以及程甲本、程乙本均有"寡嫂并侄儿"、

"嫂子和侄儿"五字或"寡嫂、侄儿"四字。

例2，眉本：金氏来瞧瞧嫂子和侄儿——

那胡氏闲话之间，将那事从头至尾，一五一十，都向他小姑子说了。

"那胡氏闲话之间，将那事"，庚辰本作"闲话之间，金荣的母亲偏提起昨日贾家学房里的那事"，其他脂本以及程甲本、程乙本均基本上同于庚辰本。

眉本一方面做了删节，一方面又把"金荣的母亲"改为"那胡氏"，并提前安置。可以看出，这都是出于有意识的动作。

例3，眉本：尤氏对金氏说秦可卿——

今儿听见有人欺负了他兄弟，又是恼，又是气。恼的是那起混涨狐朋狗友的扯是般非，吵闹。

这段文字很奇怪。前面说"又是恼，又是气"，后面却只提"恼"，而不提"气"；"吵闹"二字连接得也很突然。

末句，庚辰本作"气的是他兄弟不学好，不上心念书，以致如此学里吵闹"。其他脂本以及程甲本、程乙本均基本上同于庚辰本。

造成这种局面，有两个可能性。一个可能性是，眉本在这里做了不高明的删节。另一种可能性是，眉本这里有跳行脱文。若是后者，则可推断出其底本为每行二十二字的行款。

例4，眉本：贾珍问道，这不是璜大奶奶么——

金氏向前给贾珍请了安。贾珍说道："让这大妹妹吃了饭去。"贾珍说着，就过那屋里去了。

"贾珍说道"，庚辰本作"贾珍向尤氏说道"，其他脂本以及程甲本、程乙本基本上和庚辰本相同。

此时室内说话者有三人：尤氏、金氏和贾珍。贾珍不可能当着金氏的面称之为"这大妹妹"。他必然是转过脸去对尤氏说这句话。所以，"向尤氏"三字不可少。

第四节 怎样看待这些删节？

通过以上两节所举的例证，可以看出，眉本的删节并不表现在人物和故事情节上，删节的字数也不算多。所删节者往往是一些描写、叙述的字句，没敢触动故事情节的大框架。

但曹雪芹是以细针密缕见长的。他所写下的那些描写、叙述的字句都和人物的性格、心态、神情等等有着密切的不可分割的关系。

因此，这些删节绝大多数都是失败的，不可取的，对原著造成了或大或小的损伤。

从删节的情形来看，眉本或眉本的底本当是职业抄手所抄，而不是藏书家本人或藏书家专门雇请的人所抄。职业抄手抄写的本子是用来拿到庙市上去出售的，因此，保持原著的风貌、神韵不是他们追求的目标。偷懒省工有时就成了他们的拿手好戏。

至于眉本的删节是出于它的抄手所为，还是沿袭了它的底本，这在目前尚不能作出清晰的判断。

偶尔的删节为什么是在第 1 回至第 5 回？有意的删节为什么从第 6 回开始？

要解释这两个问题，可能会有两种答案。

答案之一：这和眉本的分册有关。据眉盫题记说，他购得此书时，"原订二册"。可见此书的装订原来是一册五回。如果此残本为二人分别所抄，一人抄第一册，另一人抄第二册，则可能各人有不同的想法。抄第一册（第 1 回至第 5 回）的人比较规矩，不敢乱删乱改。抄第二册（第 6 回至第 10 回）的人耍了小聪明，尽量在找空子少抄几个字，省些气力。

答案之二：如果此残本两册为同一人所抄，则可能在抄完第一册后，趁着歇息的工夫，产生了新的想法，不敢再沿袭前此的做法。

但这只是我初步设想的两种答案。

这两种答案，回答得并不圆满。还存在些许疑问。譬如说，在第二册中，第 6 回至第 9 回明显地和第 10 回不同，前者删节现象多，而后者删节现象少。抄手是同一人，为什么会造成这样的结果？难道他临时又产生了别样的想法？

也许还会有第三种、第四种答案。留此存疑。

附录

《红楼梦》回目汇校

说明：

（1）版本简称

戌——甲戌本

己——己卯本

庚——庚辰本

杨——杨　本

蒙——蒙　本

戚——戚　本

舒——舒　本

彼——彼　本

眉——眉　本

晢——晢　本

梦——梦　本

甲——程甲本

乙——程乙本

（2）有的特殊的字，如"凤姐"、"凤姐"，"逢"、"逢"，"黛玉"、"代玉"，"丫环"、"丫鬟"、"丫嬛"，"夗央"、"鸳鸯"，"宴"、"晏"，不出校。

（3）此"汇校"仅至八十回止。

第一回

戌　甄士隐梦幻识通灵　　贾雨村风尘怀闺秀

庚　甄士隐梦幻识通灵　　贾雨村风尘怀闺秀

杨	甄士隐梦幻识通灵	贾雨村风尘怀闺秀
蒙	甄士隐梦幻识通灵	贾雨村风尘怀闺秀
戚	甄士隐梦幻识通灵	贾雨村风尘怀闺秀
舒	甄士隐梦幻识通灵	贾雨村风尘怀闺秀
彼	甄士隐梦幻识通灵	贾雨村风尘怀闺秀
眉	甄士隐梦幻识通灵	贾雨村风尘怀闺秀
梦	甄士隐梦幻识通灵	贾雨村风尘怀闺秀
甲	甄士隐梦幻识通灵	贾雨村风尘怀闺秀
乙	甄士隐梦幻识通灵	贾雨村风尘怀闺秀

第二回

戊	贾夫人仙逝扬州城	冷子兴演说荣国府
己	贾夫人仙逝扬州城	冷子兴演说荣国府
庚	贾夫人仙逝扬州城	冷子兴演说荣国府
	"杨"，总目作"扬"。	
杨	贾夫人仙游杨州城	冷子兴演说荣国府
蒙	贾夫人仙逝杨州城	冷子兴演说荣国府
戚	贾夫人仙逝扬州城	冷子兴演说荣国府
舒	贾夫人仙逝扬州城	冷子兴演说荣国府
彼	贾夫人仙逝扬州城	冷子兴演说荣国府
眉	贾夫人仙游扬州城	冷子兴演说荣国府
梦	贾夫人仙逝扬州城	冷子兴演说荣国府
甲	贾夫人仙逝扬州城	冷子兴演说荣国府
乙	贾夫人仙逝扬州城	冷子兴演说荣国府

第三回

戊	金陵城起复贾雨村	荣国府收养林黛玉
己	贾雨村夤缘复旧职	林代玉抛父进京都
庚	贾雨村夤缘复旧职	林黛玉抛父进都京
	"都京"，总目作"京都"。	
杨	贾雨村寅缘复旧职	林黛玉抛父进京都
蒙	托内兄如海酬训教	接外孙贾母惜孤女

（"外孙"，总目作"外甥"）

戚　托内兄如海酬训教　　接外孙贾母惜孤女

（"外孙"，总目作"外甥"）

舒　托内兄如海酬闺师　　接外孙贾母怜孤女

彼　托内兄如海酬训教　　接外孙贾母惜孤女

眉　托内弟如海酬训教　　接外孙贾母恤孤女

梦　托内兄如海酬训教　　接外孙贾母惜孤女

甲　托内兄如海荐西宾　　接外孙贾母惜孤女

乙　托内兄如海荐西宾　　接外孙贾母惜孤女

第四回

戌　薄命女偏逢薄命郎　　葫芦僧乱判葫芦案

己　薄命女偏逢薄命郎　　葫芦僧乱判葫芦案

庚　薄命女偏逢薄命郎　　葫芦僧乱判葫芦案

杨　薄命女偏逢薄命郎　　葫芦僧乱判葫芦案

蒙　薄命女偏逢薄命郎　　葫芦僧乱判葫芦案

戚　薄命女偏逢薄命郎　　葫芦僧乱判葫芦案

舒　薄命女偏逢薄命郎　　葫芦僧乱判葫芦案

彼　薄命女偏逢薄命郎　　葫芦僧乱判葫芦案

眉　薄命女偏逢薄命郎　　葫芦僧乱判葫芦案

梦　薄命女偏逢薄命郎　　葫芦僧判断葫芦案

甲　薄命女偏逢薄命郎　　葫芦僧判断葫芦案

乙　薄命女偏逢薄命郎　　葫芦僧判断葫芦案

第五回

戌　开生面梦演红楼梦　　立新场情传幻境情

己　游幻境指迷十二钗　　饮仙醪曲演红楼梦

庚　游幻境指迷十二钗　　饮仙醪曲演红楼梦

杨　游幻境指迷十二钗　　饮仙醪曲演红楼梦

蒙　灵石迷性难解仙机　　惊幻多情秘垂淫训

戚　灵石迷性难解仙机　　警幻多情秘垂淫训

舒　灵石迷性难解仙机　　警幻多情秘垂淫训

眉　灵石迷性难解天机　警幻多情密垂淫训

梦　贾宝玉神游太虚境　警幻仙曲演红楼梦

甲　贾宝玉神游太虚境　警幻仙曲演红楼梦

乙　贾宝玉神游太虚境　警幻仙曲演红楼梦

第六回

戌　贾宝玉初试雨云情　刘姥姥一进荣国府

己　贾宝玉初试雨云情　刘姥姥一进荣国府

庚　贾宝玉初试云雨情　刘姥姥一进荣国府
　　"云雨"，总目作"雨云"。

杨　贾宝玉初试云雨情　刘姥姥一进荣国府

蒙　贾宝玉初试云雨情　刘老妪一进荣国府

戚　贾宝玉初试云雨情　刘老妪一进荣国府

舒　贾宝玉初试云雨情　刘姥姥一进荣国府

眉　贾宝玉初试云雨情　刘姥姥一进荣国府

梦　贾宝玉初试云雨情　刘老老一进荣国府
　　（"老老"，总目作"姥姥"）

甲　贾宝玉初试云雨情　刘老老一进荣国府

乙　贾宝玉初试云雨情　刘老老一进荣国府

第七回

戌　送宫花周瑞叹英莲　谈肆业秦钟结宝玉

己　送宫花贾琏戏熙凤　宴宁府宝玉会秦钟

庚　送宫花贾琏戏熙凤　宴宁府宝玉会秦钟

杨　（无回目）

蒙　尤氏女独请王熙凤　贾宝玉初会秦鲸卿
　　（"秦鲸卿"三字，总目缺损）

戚　尤氏女独请王熙凤　贾宝玉初会秦鲸卿

舒　送宫花周瑞叹英莲　谈肆业秦钟结宝玉

彼　尤氏女独请王熙凤　贾宝玉初会秦鲸卿

眉　尤氏女独请王熙凤　贾宝玉初会秦鲸卿

梦　送宫花贾琏戏熙凤　宁国府宝玉会秦钟

甲　送宫花贾琏戏熙凤　　宁国府宝玉会秦钟
乙　送宫花贾琏戏熙凤　　宴宁府宝玉会秦钟

第八回

戊　薛宝钗小恙梨香院　　贾宝玉大醉绛芸轩
己　比通灵金莺微露意　　探宝钗黛玉半含酸
庚　比通灵金莺微露意　　探宝钗黛玉半含酸
杨　比通灵金莺微露意　　探宝钗黛玉半含酸
蒙　拦酒兴李奶母讨恹　　掷茶杯贾公子生嗔
　　（"李"，回目系涂改，原字不清）
　　（"嗔"，总目缺损）
戚　拦酒兴李奶母讨恹　　掷茶杯贾公子生嗔
舒　薛宝钗小宴梨香院　　贾宝玉逞醉绛云轩
　　（"宴"，总目作"恙"）
　　（"梨香院"，总目作"梨花院"）
　　（"逞醉"，总目作"大醉"）
彼　薛宝钗小宴梨香院　　贾宝玉逞醉绛云轩
眉　拦酒兴奶母讨厌　　　掷茶杯公子生嗔
梦　贾宝玉奇缘识金锁　　薛宝钗巧合认通灵
甲　贾宝玉奇缘识金锁　　薛宝钗巧合认通灵
乙　贾宝玉奇缘识金锁　　薛宝钗巧合认通灵

第九回

己　恋风流情友入家塾　　起嫌疑顽童闹学堂
庚　恋风流情友入家塾　　起嫌疑顽童闹学堂
杨　恋风流情友入家塾　　起嫌疑顽童闹学堂
蒙　恋风流情友入家塾　　起嫌疑顽童闹学堂
戚　恋风流情友入家塾　　起嫌疑顽童闹学堂
舒　恋风流情友入学堂　　起嫌疑顽童闹家塾
彼　恋风流情友入家塾　　起嫌疑顽童闹学堂
眉　恋风流情友入家塾　　起嫌疑顽童闹学堂
梦　训劣子李贵承申饬　　嗔顽童茗烟闹书房

甲　训劣子李贵承申饬　　嗔顽童茗烟闹书房

乙　训劣子李贵承申饬　　嗔顽童茗烟闹书房

第十回

己　金寡妇贪利权受辱　　张太医论病细穷源

庚　金寡妇贪利权受辱　　张太医论病细穷源

杨　金寡妇贪利权受辱　　张太医论病细穷源

蒙　金寡妇贪利权受辱　　张太医论病细穷原

　　（"原"，总目作"源"）

戚　金寡妇贪利权受辱　　张太医论病细穷原

　　（"原"，总目作"源"）

舒　金寡妇贪利权受辱　　张太医论病细穷源

彼　金寡妇贪利权受辱　　张太医论病细穷源

眉　金寡妇贪利权受辱　　张太医论病细穷源

梦　金寡妇贪利权受辱　　张太医论病细穷源

甲　金寡妇贪利权受辱　　张太医论病细穷源

乙　金寡妇贪利权受辱　　张太医论病细穷源

第十一回

己　庆寿辰宁府排家宴　　见熙凤贾瑞起淫心

庚　庆寿辰宁府排家宴　　见熙凤贾瑞起淫心

杨　庆寿辰宁府排家宴　　见熙凤贾瑞起淫心

　　（按：此回目因残缺由后人抄补）

蒙　庆寿辰宁府排家宴　　见熙凤贾瑞起淫心

戚　庆寿辰宁府排家宴　　见熙凤贾瑞起淫心

舒　庆寿辰宁府排家宴　　见熙凤贾瑞起淫心

彼　庆生辰宁府排家宴　　见熙凤贾瑞起淫心

梦　庆寿辰宁府排家宴　　见熙凤贾瑞起淫心

甲　庆寿辰宁府排家宴　　见熙凤贾瑞起淫心

乙　庆寿辰宁府排家宴　　见熙凤贾瑞起淫心

第十二回

己　王熙凤毒设相思局　　贾天祥正照风月鉴

庚　王熙凤毒设相思局　　贾天祥正照风月鉴

杨　王熙凤毒设想思局　　贾天祥正照风月鉴

蒙　王熙凤毒设相思局　　贾天祥正照风月鉴

戚　王熙凤毒设相思局　　贾天祥正照风月鉴

舒　王熙凤毒设相思局　　贾天祥正照风月鉴

彼　王熙凤毒设相思局　　贾天祥正照风月鉴

梦　王熙凤毒设相思局　　贾天祥正照风月鉴

甲　王熙凤毒设相思局　　贾天祥正照风月鉴

乙　王熙凤毒设相思局　　贾天祥正照风月鉴

第十三回

戍　秦可卿死封龙禁尉　　王熙凤协理宁国府

己　秦可卿死封龙禁尉　　王熙凤协理宁国府

庚　秦可卿死封龙禁尉　　王熙凤协理宁国府

杨　秦可卿死封龙禁尉　　王熙凤协理宁国府

蒙　秦可卿死封龙禁尉　　王熙凤协理宁国府

戚　秦可卿死封龙禁尉　　王熙凤协理宁国府

舒　秦可卿死封龙禁尉　　王熙凤协理宁国府

彼　秦可卿死封龙禁尉　　王熙凤协理宁国府

梦　秦可卿死封龙禁尉　　王熙凤协理宁国府

甲　秦可卿死封龙禁尉　　王熙凤协理宁国府

乙　秦可卿死封龙禁尉　　王熙凤协理宁国府

第十四回

戍　林如海捐馆扬州城　　贾宝玉路谒北静王

己　林儒海捐馆扬州城　　贾宝玉路谒北静王
　　（"扬州"，总目作"杨州"）

庚　林儒海捐馆扬州城　　贾宝玉路谒北静王
　　（"扬州"，总目作"杨州"）

杨　林如海捐馆杨州城　贾宝玉路谒北静王
蒙　林儒海捐馆扬州城　贾宝玉路谒北静王
　　（"扬州"，总目作"杨州"）
　　（"谒"，总目系涂改，原字不清）
戚　林如海捐馆扬州城　贾宝玉路谒北静王
舒　林如海捐馆扬州城　贾宝玉路谒北静王
　　（"扬州城"，总目作"扬州府"）
彼　林如海捐馆扬州城　贾宝玉路谒北静王
梦　林如海捐馆扬州城　贾宝玉路谒北静王
甲　林如海捐馆扬州城　贾宝玉路谒北静王
乙　林如海灵返苏州郡　贾宝玉路谒北静王
　　（"灵返苏州郡"，总目作"捐馆扬州城"）

第十五回

戊　王熙凤弄权铁槛寺　秦鲸卿得趣馒头庵
己　王凤姐弄权铁槛寺　秦鲸卿得趣馒头庵
庚　王凤姐弄权铁槛寺　秦鲸卿得趣馒头庵
杨　王凤姐弄权铁槛寺　秦鲸卿得趣馒头庵
　　（"槛"字系旁改，原误作"寺"）
蒙　王凤姐弄权铁槛寺　秦鲸卿得趣馒头庵
　　（"庵"，总目作"巷"）
戚　王凤姐弄权铁槛寺　秦鲸卿得趣馒头庵
　　（"王凤姐"，总目作"王熙凤"）
舒　王凤姐弄权铁槛寺　秦鲸卿得趣馒头庵
　　（"王凤姐"，总目作"王熙凤"）
彼　王凤姐弄权铁槛寺　秦鲸卿得趣馒头庵
梦　王凤姐弄权铁槛寺　秦鲸卿得趣馒头庵
甲　王凤姐弄权铁寺镜　秦鲸卿得趣馒头庵
　　（"铁寺镜"，总目作"铁槛寺"）
乙　王凤姐弄权铁槛寺　秦鲸卿得趣馒头庵

第十六回

戌　贾元春才选凤藻宫　　秦鲸卿殀逝黄泉路
己　贾元春才选凤藻宫　　秦鲸卿夭逝黄泉路
庚　贾元春才选凤藻宫　　秦鲸卿夭逝黄泉路
杨　贾元春才选凤藻宫　　秦鲸卿夭逝黄泉路
蒙　贾元春才选凤藻宫　　秦鲸卿夭游黄泉路
　　（"贾元春"，总目作"贾春元"）
　　（"游"，总目涂改为"游"）
戚　贾元春才选凤藻宫　　秦鲸卿夭游黄泉路
舒　贾元春才选凤藻宫　　秦鲸卿大逝黄泉路
彼　贾元春才选凤藻宫　　秦鲸卿大逝黄泉路
梦　贾元春才选凤藻宫　　秦鲸卿夭逝黄泉路
甲　贾元春才选凤藻宫　　秦鲸卿夭逝黄泉路
乙　贾元春才选凤藻宫　　秦鲸卿夭逝黄泉路

第十七回

己　大观园试才题对额　　荣国府归省庆元宵
庚　大观园试才题对额　　荣国府归省庆元宵
杨　会芳园试才题对额　　贾宝玉机敏动诸宾
蒙　大观园试才题对额　　怡红院迷路探曲折
戚　大观园试才题对额　　怡红院迷路探深幽
　　（"深幽"，总目作"曲折"）
舒　大观园试才题对额　　荣国府奉旨赐归宁
彼　大观园试才题对额　　荣国府归省庆元宵
梦　大观园试才题对额　　荣国府归省庆元宵
甲　大观园试才题对额　　荣国府归省庆元宵
乙　大观园试才题对额　　荣国府归省庆元宵

第十八回

己　（不分回）
庚　（不分回）

杨　林黛玉误剪香囊袋　　贾元春归省庆元宵

蒙　庆元宵贾元春归省　　助情人林黛玉传诗

戚　庆元宵贾元春归省　　助情人林黛玉传诗

舒　隔珠帘父女勉忠勤　　搦湘管姊弟裁题咏

彼　（无回目）

梦　皇恩重元妃省父母　　天伦乐宝玉呈才藻

甲　皇恩重元妃省父母　　天伦乐宝玉呈才藻

乙　皇恩重元妃省父母　　天伦乐宝玉呈才藻

第十九回

己　无回目

庚　无回目

杨　情切切良宵花解语　　意绵绵静日玉生香

蒙　情切切良宵花解语　　意绵绵静日玉生香

戚　情切切良宵花解语　　意绵绵静日玉生香

舒　情切切良宵花解语　　意绵绵静日玉生香

彼　情切切良宵花解语　　意绵绵静日玉生香

梦　情切切良宵花解语　　意绵绵静日玉生香

甲　情切切良宵花解语　　意绵绵静日玉生香

乙　情切切良宵花解语　　意绵绵静日玉生香

第二十回

己　王熙凤正言弹妒意　　林黛玉俏语谑娇音

庚　王熙凤正言弹妒意　　林黛玉俏语谑娇音

杨　王熙凤正言弹妒意　　林黛玉俏语谑姣音
　　（“妒”系涂改，原作“娇”）

蒙　王熙凤正言弹妒意　　林黛玉俏语谑娇音
　　（“妒”，总目作“姤”）

戚　王熙凤正言弹妒意　　林黛玉俏语谑娇音

舒　王熙凤正言弹妒意　　林黛玉巧语学娇音

彼　王熙凤正言弹妒意　　林黛玉悄语谑娇音

梦　王熙凤正言弹妒意　　林黛玉俏语谑娇音

甲　王熙凤正言弹妒意　　林黛玉俏语谑娇音

乙　王熙凤正言弹妒意　　林黛玉俏语谑娇音

第二十一回

庚　贤袭人娇嗔箴宝玉　　俏平儿软语救贾琏

杨　贤袭人娇嗔箴宝玉　　俏平儿软语救贾琏

（按：此回目因残缺由后人抄补）

蒙　贤袭人娇嗔箴宝玉　　俏平儿软语救贾琏

戚　贤袭人娇嗔箴宝玉　　俏平儿软语救贾琏

舒　贤袭人娇嗔箴宝玉　　俏平儿软语救贾琏

彼　贤袭人娇嗔箴宝玉　　俏平儿软语救贾琏

梦　贤袭人娇嗔箴宝玉　　俏平儿软语□□□

（"□□□"，总目作"救贾琏"）

甲　贤袭人娇嗔箴宝玉　　俏平儿软语救贾琏

乙　贤袭人娇嗔箴宝玉　　俏平儿软语救贾琏

第二十二回

庚　听曲文宝玉悟禅机　　制灯谜贾政悲谶语

杨　听曲文宝玉悟禅机　　制灯谜贾政悲谶语

蒙　听曲文宝玉悟禅机　　制灯谜贾政悲谶语

戚　听曲文宝玉悟禅机　　制灯谜贾政悲谶语

舒　听曲文宝玉悟禅机　　制灯谜贾政悲谶语

彼　听曲文宝玉悟禅机　　制灯谜贾政悲谶语

梦　听曲文宝玉悟禅机　　制灯谜贾政悲谶语

甲　听曲文宝玉悟禅机　　制灯谜贾政悲谶语

乙　听曲文宝玉悟禅机　　制灯谜贾政悲谶语

第二十三回

庚　西厢记妙词通戏语　　牡丹亭艳曲警芳心

杨　西厢记妙词通戏言　　牡丹亭艳曲警芳心

（"言"，添改"语"）

蒙　西厢记妙词通戏语　　牡丹亭艳曲警芳心

戚　西厢记妙词通戏语　牡丹亭艳曲警芳心
（"警"，总目作"惊"）

舒　西厢记妙词通戏语　牡丹亭艳曲警芳心

彼　西厢记妙词通戏言　牡丹亭艳曲警芳心

晳　西厢记妙词□□语　牡丹亭艳曲警芳心

梦　西厢记妙词通戏语　牡丹亭艳曲警芳心

甲　西厢记妙词通戏语　牡丹亭艳曲警芳心

乙　西厢记妙词通戏语　牡丹亭艳曲警芳心

第二十四回

庚　醉金刚轻财尚义侠　痴女儿遗帕惹相思
（"尚"，总目作"向"）

杨　醉金刚轻财尚义侠　痴女儿遗帕染相思

蒙　醉金刚轻财尚义侠　痴女儿遗怕惹相思
（"怕"，总目作"帕"）

戚　醉金刚轻财尚义侠　痴女儿遗帕惹相思

舒　醉金刚轻财尚仗义　痴女儿遗帕染相思
（"仗义"，总目作"义侠"）
（"女儿"，总目作"儿女"）

彼　醉金刚轻财尚义侠　痴女儿遗帕染想思

晳　醉金刚轻财尚义侠　痴女儿遗帕惹相思

梦　醉金刚轻财尚义侠　痴女儿遗帕惹想思
（"想"，总目作"相"）

甲　醉金刚轻财尚义侠　痴女儿遗帕惹相思

乙　醉金刚轻财尚义侠　痴女儿遗帕惹相思

第二十五回

戊　魇魔法叔嫂逢五鬼　通灵玉蒙蔽遇双真

庚　魇魔法姊弟逢五鬼　红楼梦通灵遇双真
（"魇"，总目作"压"）

杨　魇魔法叔嫂逢五鬼　通灵玉姐弟遇双仙

蒙　魇魔法姊弟逢五鬼　红楼梦通灵通双真

（总目"红楼梦"三字被点去，并在"通灵"之下，旁添"玉蒙蔽"三字）

（"通"，总目作"遇"）

戚　魇魔法姊弟逢五鬼　红楼梦通灵遇双真

舒　魇魔法叔嫂逢五鬼　通灵玉蒙蔽遇双仙

彼　魇魔法叔嫂逢五鬼　通灵玉蒙敝遇双仙

梦　魇魔法叔嫂逢五鬼　红楼梦通灵遇双真

甲　魇魔法叔嫂逢五鬼　通灵玉蒙敝遇双真

乙　魇魔法叔嫂逢五鬼　通灵玉蒙蔽遇双真

第二十六回

戍　蜂腰桥设言传蜜意　潇湘馆春困发幽情

庚　蜂腰桥设言传心事　潇湘馆春困发幽情

杨　蘅芜院设言传蜜语　潇湘馆春困发幽情

蒙　蜂腰桥设言传心事　潇湘馆春困发幽情

戚　蜂腰桥设言传心事　潇湘馆春困发幽情

舒　蜂腰桥目送传密语　潇湘馆春困发幽情

彼　蘅芜院设言传密语　潇湘馆春困发幽情

梦　蜂腰桥设言传心事　潇湘馆春困发幽情

甲　蜂腰桥设言传心事　潇湘馆春困发幽情

乙　蜂腰桥设言传心事　潇湘馆春困发幽情

第二十七回

戍　滴翠亭杨妃戏彩蝶　埋香冢飞燕泣残红

庚　滴翠亭杨妃戏彩蝶　埋香冢飞燕泣残红

（"埋"，总目涂改为"理"）

杨　滴翠亭杨妃戏彩蝶　埋香冢飞燕泣残红

蒙　滴翠亭杨妃戏彩蝶　埋香冢飞燕泣残红

戚　滴翠亭杨妃戏彩蝶　埋香冢飞燕泣残红

舒　滴翠亭杨妃戏彩蝶　埋香冢飞燕泣残红

彼　滴翠亭杨妃戏彩蝶　埋香冢飞燕泣残红

梦　滴翠亭杨妃戏彩蝶　埋香冢飞尘泣残红

甲　滴翠亭杨妃戏彩蝶　埋香冢飞燕泣残红
乙　滴翠亭杨妃戏彩蝶　埋香冢飞燕泣残红

第二十八回

戚　蒋玉菡情赠茜香罗　薛宝钗羞笼红麝串
庚　蒋玉菡情赠茜香罗　薛宝钗羞笼红麝串
　　（"蒋玉菡"，总目作"蒋玉函"）
杨　蒋玉菡情赠茜香罗　薛宝钗羞笼红麝串
蒙　蒋玉菡情赠茜香罗　薛宝钗羞笼红麝串
戚　蒋玉菡情赠茜香罗　薛宝钗羞笼红麝串
舒　蒋玉菡情赠茜香罗　薛宝钗羞笼红麝串
　　（"蒋玉菡"，总目作"蒋函玉"）
彼　蒋玉菡情赠茜香罗　薛宝钗羞笼红麝串
梦　蒋玉菡情赠茜香罗　薛宝钗羞笼红麝串
甲　蒋玉函情赠茜香罗　薛宝钗羞笼红麝串
乙　蒋玉函情赠茜香罗　薛宝钗羞笼红麝串

第二十九回

庚　享福人福深还祷福　斟情女情重愈斟情
杨　享福人福深还祷福　痴情女情重愈钟情
　　（"痴"被涂改"多"）
蒙　享福人福深还祷福　痴情女情重愈斟情
戚　享福人福深还祷福　痴情女情重愈斟情
舒　享福人福深还祷福　多情女情重愈斟情
　　（"多情"，总目作"痴情"）
彼　享福人福深还祷福　痴情女情重愈斟情
梦　享福人福深还祷福　惜情女情重愈斟情
甲　享福人福深还祷福　多情女情重愈斟情
　　（"多"，总目作"惜"）
乙　享福人福深还祷福　多情女情重愈斟情
　　（"多"，总目作"惜"）

第三十回

庚　宝钗借扇机带双敲　　椿灵划蔷痴及局外

杨　宝钗借扇机带双敲　　椿灵划蔷痴及局外
（"及"、"外"二字系涂改，原字不清）
（此回目下，另有一回目"讥宝玉借扇生风，逐金钏因丹受气"，已删去）

蒙　宝钗借扇机带双敲　　龄官划蔷痴及局外

戚　宝钗借扇机带双敲　　龄官划蔷痴及局外

舒　宝钗借扇机带双敲　　椿灵划蔷痴及局外

彼　宝钗借扇机带双敲　　椿灵划蔷痴及局外

梦　宝钗借扇机带双敲　　椿灵划蔷痴及局外

甲　宝钗借扇机带双敲　　椿龄画蔷痴及局外

乙　宝钗借扇机带双敲　　椿龄画蔷痴及局外

第三十一回

己　撕扇子作千金一笑　　因麒麟伏白首双星

庚　撕扇子作千金一笑　　因麒麟伏白首双星

杨　撕扇子公子追欢笑　　拾麒麟侍儿论阴阳
（"拾"字系涂改而成，原字不清）

蒙　撕扇子作千金一笑　　因麒麟伏白首双星

戚　撕扇子作千金一笑　　因麒麟伏白首双星

舒　撕扇子作千金一笑　　因麒麟伏白头双星

彼　撕扇子作千金一笑　　因麒麟伏白首双星

梦　撕扇子作千金一笑　　因麒麟伏白首双星

甲　撕扇子作千金一笑　　因麒麟伏白首双星

乙　撕扇子作千金一笑　　因麒麟伏白首双星

第三十二回

己　诉肺腑心迷活宝玉　　含耻辱情烈死金钏

庚　诉肺腑心迷活宝玉　　含耻辱情烈死金钏

杨　诉肺腑心迷活宝玉　　含耻辱情烈死金钏

（"烈"字系涂改而成，原字不清）

蒙　诉肺腑心迷活宝玉　　含耻辱情烈死金钏

戚　诉肺腑心迷活宝玉　　含耻辱情烈死金钏

舒　诉肺腑心迷活宝玉　　含耻辱情烈死金钏

（"情烈"，总目作"情屈"）

彼　诉肺腑心迷活宝玉　　含耻辱情烈死金钏

梦　诉肺腑心迷活宝玉　　含耻辱情烈死金钏

甲　诉肺腑心迷活宝玉　　含耻辱情烈死金钏

乙　诉肺腑心迷活宝玉　　含耻辱情烈死金钏

第三十三回

己　手足耽耽小动唇舌　　不肖种种大承笞挞

庚　手足耽耽小动唇舌　　不肖种种大承笞挞

杨　手足耽耽小动唇舌　　不肖种种大承笞挞

蒙　手足耽耽小动唇舌　　不肖种种大承笞挞

戚　手足耽耽小动唇舌　　不肖种种大承笞挞

（"承"，总目作"乘"）

舒　手足耽耽小动唇舌　　不肖种种大承笞挞

彼　手足耽耽小动唇舌　　不肖种种大承笞挞

眉　小进谗言素非友爱　　大加打楚诚然不肖

梦　手足耽耽小动唇舌　　不肖种种大承笞挞

甲　手足耽耽小动唇舌　　不肖种种大承笞挞

乙　手足耽耽小动唇舌　　不肖种种大承笞挞

第三十四回

己　情中情因情感妹妹　　错里错以错劝哥哥

庚　情中情因情感妹妹　　错里错以错劝哥哥

杨　情中情因情感妹妹　　错里错以错劝哥哥

蒙　情中情因情感妹妹　　错里错以错劝哥哥

戚　情中情因情感妹妹　　错里错以错劝哥哥

舒　情中情因情感妹妹　　错里错以错劝哥哥

彼　情中情因情感妹妹　　错里错以错劝哥哥

眉　露真情倾心感表妹　信讹言苦口劝亲兄

梦　情中情因情感妹妹　错里错以错劝哥哥

甲　情中情因情感妹妹　错里错以错劝哥哥

乙　情中情因情感妹妹　错里错以错劝哥哥

第三十五回

己　白玉钏亲尝莲叶羹　黄金莺巧结梅花络

庚　白玉钏亲尝莲叶羹　黄金莺巧结梅花络

杨　白玉钏亲尝莲叶羹　黄金莺巧结梅花络

蒙　白玉钏亲尝莲叶羹　黄金莺巧结梅花络

戚　白玉钏亲尝莲叶羹　黄金莺巧结梅花络

舒　白玉钏亲尝莲叶羹　黄金莺俏结梅花络

　　（"俏"，总目作"巧"）

彼　白玉钏亲尝莲叶羹　黄金莺俏结梅花络

眉　白玉钏亲尝莲叶羹　黄金莺巧结梅花络

梦　白玉钏亲尝莲叶羹　黄金莺巧结梅花络

甲　白玉钏亲尝莲叶羹　黄金莺巧结梅花络

乙　白玉钏亲尝莲叶羹　黄金莺巧结梅花络

第三十六回

己　绣鸳鸯梦兆绛芸轩　识分定情语梨花院

庚　绣鸳鸯梦兆绛芸轩　识分定情语梨花院

杨　绣鸳鸯惊梦绛芸轩　识分定情悟梨香院

　　（"识分定情悟梨香院"，原作"悟梨香院识分定情"，勾乙而成）

蒙　绣鸳鸯梦兆绛芸轩　识分定情悟梨香院

戚　绣鸳鸯梦兆绛芸轩　识分定情悟梨香院

舒　绣鸳鸯梦兆绛云轩　识定分情悟梨香院

彼　绣鸳鸯梦兆绛芸轩　识分定情悟梨花院

　　（"花"被点去，旁改"香"）

眉　绣鸳鸯梦兆绛芸轩　识分定情悟梨香院

梦　绣鸳鸯梦兆绛芸轩　识分定情悟梨香院

甲　绣鸳鸯梦兆绛芸轩　识分定情悟梨香院

乙　绣鸳鸯梦兆绛芸轩　识分定情悟梨香院

第三十七回

己　秋爽斋偶结海棠社　蘅芜苑夜拟菊花题
庚　秋爽斋偶结海棠社　蘅芜苑夜拟菊花题
杨　秋爽斋偶结海棠社　蘅芜院夜拟菊花题
蒙　秋爽齐偶结海棠社　蘅芜苑夜拟菊花题
　　（"齐"，总目作"斋"）
戚　秋爽斋偶结海棠社　蘅芜院夜拟菊花题
舒　秋爽斋偶结海棠社　蘅芜院夜拟菊花题
彼　秋爽斋偶结海棠社　蘅芜苑夜拟菊花题
眉　秋爽斋偶结海棠社　蘅芜苑夜凝菊花题
梦　秋爽斋偶结海棠社　蘅芜院长拟菊花题
　　（"蘅芜院"，总目作"蘅芜苑"）
　　（"长"，总目作"夜"）
甲　秋爽斋偶结海棠社　蘅芜院夜拟菊花题
乙　秋爽斋偶结海棠社　蘅芜院夜拟菊花题

第三十八回

己　林潇湘魁夺菊花诗　薛蘅芜讽和螃蟹咏
庚　林潇湘魁夺菊花诗　薛蘅芜讽和螃蟹咏
杨　林潇湘魁夺菊花诗　薛蘅芜讽和螃蟹咏
蒙　林潇湘魁夺菊花诗　薛蘅芜讽和螃蟹咏
戚　林潇湘魁夺菊花诗　薛蘅芜讽和螃蟹咏
　　（"咏"，总目作"吟"）
舒　林潇湘魁夺菊花诗　薛蘅芜讽和螃蟹咏
彼　林潇湘魁夺菊花诗　薛蘅芜讽和螃蟹韵
眉　林潇湘魁夺菊花诗　薛蘅芜讽和螃蟹咏
梦　林潇湘魁夺菊花诗　薛蘅芜讽和螃蟹咏
甲　林潇湘魁夺菊花诗　薛蘅芜讽和螃蟹咏
乙　林潇湘魁夺菊花诗　薛蘅芜讽和螃蟹咏

第三十九回

己　村嬲嬲是信口开河　　情哥哥偏寻根究底

庚　村姥姥是信口开河　　情哥哥偏寻根究底

　　（"河"下添"合"字）

　　（"姥姥"，总目作"嬲嬲"）

　　（总目"河"被点去旁改为"合"）

杨　村老妪谎谈承色笑　　痴情子实意觅踪迹

蒙　村老妪是信口开河　　痴情子偏寻根究底

　　（总目"河"系涂改，原作"合"）

戚　村老妪是信口开河　　痴情子偏寻根究底

舒　村嬲嬲是信口开河　　情哥哥偏寻根问底

彼　村姥姥是信口开河　　情哥哥偏寻根究底

眉　村老妪荒谈承色笑　　痴情子实意觅踪迹

梦　村姥姥是信口开河　　情哥哥偏寻根究底

　　（"究"，总目作"问"）

甲　村老老是信口开河　　情哥哥偏寻根究底

乙　村老老是信口开河　　情哥哥偏寻根究底

第四十回

己　史太君两宴大观园　　金鸳鸯三宣牙牌令

庚　史太君两宴大观园　　金鸳鸯三宣牙牌令

杨　史太君两宴大观园　　金鸳鸯三宣牙牌令

蒙　史太君两宴大观园　　金鸳鸯三宣牙牌令

戚　史太君两宴大观园　　金鸳鸯三宣牙牌令

舒　史太君两宴大观园　　金鸳鸯三宣牙牌令

彼　史太君两宴大观园　　金鸳鸯三宣牙牌令

眉　史太君两宴大观园　　金鸳鸯三宣牙牌令

梦　史太君两宴大观园　　金鸳鸯三宣牙牌令

甲　史太君两宴大观园　　金鸳鸯三宣牙牌令

乙　史太君两宴大观园　　金鸳鸯三宣牙牌令

第四十一回

庚　栊翠庵茶品梅花雪　　怡红院劫遇母蝗虫
杨　贾宝玉品茶栊翠庵　　刘老老醉卧怡红院
　　（按：此回目因残缺而由后人抄补）
蒙　贾宝玉品茶拢翠庵　　刘姥姥卧醉怡红院
　　（"拢"，总目作"栊"）
　　（"卧醉"，总目作"醉卧"）
戚　贾宝玉品茶拢翠庵　　刘老姥醉卧怡红院
　　（"拢"，总目作"栊"）
彼　拢翠庵茶品梅花雪　　怡红院劫遇母蝗虫
眉　贾宝玉品茶拢翠庵　　刘姥姥卧醉怡红院
梦　贾宝玉品茶栊翠庵　　刘姥姥醉卧怡红院
甲　贾宝玉品茶栊翠庵　　刘老老醉卧怡红院
乙　贾宝玉品茶栊翠庵　　刘老老醉卧怡红院

第四十二回

庚　蘅芜君兰言解疑癖　　潇湘子雅谑补余香
杨　蘅芜君兰言解疑癖　　潇湘子雅谑补余音
　　（按：此回目因残缺而由后人抄补）
蒙　蘅芜君兰言解疑语　　潇湘子雅谑补余香
戚　蘅芜君兰言解疑语　　潇湘子雅谑补余香
彼　蘅芜君兰言解疑癖　　潇湘子雅谑补余香
眉　蘅芜君兰言解疑语　　潇湘子雅谑补余音
梦　蘅芜君兰言解疑癖　　潇湘子雅谑补余音
甲　蘅芜君兰言解疑癖　　潇湘子雅谑补余音
乙　蘅芜君兰言解疑癖　　潇湘子雅谑补余音

第四十三回

庚　闲取乐偶攒金庆寿　　不了情暂撮土为香
杨　闲取乐偶攒金庆寿　　不了情暂撮土为香
　　（按：此回目因残缺而由后人抄补）

蒙　闲取乐偶攒金庆寿　　不了情暂撮土为香
　　（"闲"，总目作"间"）

戚　闲取乐偶攒金庆寿　　不了情暂撮土为香

彼　闲取乐偶攒金庆寿　　不了情暂撮土为香

眉　闲取乐偶攒金庆寿　　不了情暂撮土为香

梦　闲取乐偶攒金庆寿　　不了情暂撮土为香

甲　闲取乐偶攒金庆寿　　不了情暂撮土为香

乙　闲取乐偶攒金庆寿　　不了情暂撮土为香

第四十四回

庚　变生不测凤姐泼醋　　喜出望外平儿理妆

杨　变生不测凤姐泼醋　　喜出望外平儿理妆
　　（按：此回目因残缺而由后人抄补）

蒙　变生不测凤姐拨醋　　喜出望外平儿理妆
　　（"拨"，总目作"泼"）
　　（"妆"字，总目有涂改）

戚　变生不测凤姐泼醋　　喜出望外平儿理妆

彼　变生不测凤姐泼醋　　喜出望外平儿理妆

眉　变生不测凤姐泼醋　　喜出望外平儿理妆

梦　变生不测凤姐泼醋　　喜出望外平儿理妆

甲　变生不测凤姐泼醋　　喜出望外平儿理妆

乙　变生不测凤姐泼醋　　喜出望外平儿理妆

第四十五回

庚　金兰契互剖金兰语　　风雨夕闷制风雨词
　　（"词"，总目作"调"）

杨　金兰契互剖金兰语　　风雨夕闷制风雨词
　　（按：此回目因残缺而由后人抄补）

蒙　金兰契互剖金兰语　　风雨夕闷制风雨词

戚　金兰契互剖金兰语　　风雨夕闷制风雨词

彼　金兰契互剖金兰语　　风雨夕闷制风雨词

眉　金兰契互割金兰语　　风雨夕闷制风雨词

梦　　金兰契互剖金兰语　　风雨夕闷制风雨词

甲　　金兰契互剖金兰语　　风雨夕闷制风雨词

乙　　金兰契互剖金兰语　　风雨夕闷制风雨词

第四十六回

庚　　尴尬人难免尴尬事　　鸳鸯女誓绝鸳鸯偶

　　　（"偶"，总目原作"女"，后被点去，旁改为"侣"）

杨　　尴尬人难免尴尬事　　鸳鸯女誓绝鸳鸯偶

蒙　　尴尬人难免尴尬事　　鸳鸯女誓绝鸳鸯侣

戚　　尴尬人难免尴尬事　　鸳鸯女誓绝鸳鸯侣

彼　　尴尬人难免尴尬事　　鸳鸯女誓却鸳鸯偶

眉　　尴尬人难免尴尬事　　鸳鸯女誓绝鸳鸯侣

梦　　尴尬人难免尴尬事　　鸳鸯女誓绝鸳鸯偶

甲　　尴尬人难免尴尬事　　鸳鸯女誓绝鸳鸯偶

乙　　尴尬人难免尴尬事　　鸳鸯女誓绝鸳鸯偶

第四十七回

庚　　呆霸王调情遭苦打　　冷郎君惧祸走他乡

　　　（"遭"，总目作"遭"）

杨　　呆霸王调情遭苦打　　冷郎君惧祸走他乡

　　　（按：此回目因残缺而由后人抄补）

蒙　　呆霸王调情遭毒打　　冷郎君惧祸走他乡

戚　　呆霸王调情遭毒打　　冷郎君惧祸走他乡

彼　　呆霸王调情遭苦打　　冷郎君惧祸走他乡

眉　　呆霸王调情遭毒打　　冷郎君惧祸走别乡

梦　　呆霸王调情遭苦打　　冷郎君惧祸走他乡

甲　　呆霸王调情遭苦打　　冷郎君惧祸走他乡

乙　　呆霸王调情遭苦打　　冷郎君惧祸走他乡

第四十八回

庚　　滥情人情误思游艺　　慕雅女雅集苦吟诗

杨　　滥情人情误思游艺　　慕雅女雅集苦吟诗

（按：此回目因残缺而由后人抄补）

蒙　滥情人情误思游艺　慕雅女雅集苦吟诗

戚　滥情人情误思游艺　慕雅女雅集苦吟诗

彼　滥情人情误思游艺　慕雅女雅集苦吟诗

眉　滥情人情误思游艺　慕雅女雅集苦吟诗

梦　滥情人情误思游艺　慕雅女雅集苦吟诗

甲　滥情人情误思游艺　慕雅女雅集苦吟诗

乙　滥情人情误思游艺　慕雅女雅集苦吟诗

第四十九回

庚　琉璃世界白雪红梅　脂粉香娃割腥啖膻
（"琉"，总目作"瑠"）

杨　瑠璃世界白雪红梅　脂粉香娃割腥啖膻
（按：此回目因残缺而由后人抄补）

蒙　白雪红梅园林佳景　割腥啖膻闺阁野趣
（"佳"，总目作"集"）

戚　白雪红梅园林佳景　割腥啖膻闺阁野趣
（"佳"，总目作"集"）

彼　琉璃世界白雪红梅　脂粉香娃割腥啖膻

眉　白雪红梅园林佳景　割腥啖胆闺阁野趣

梦　瑠璃世界白雪红梅　脂粉香娃割腥啖膻

甲　瑠璃世界白雪红梅　脂粉香娃割腥啖膻
（"瑠璃"，总目作"琉璃"）

乙　瑠璃世界白雪红梅　脂粉香娃割腥啖膻
（"瑠璃"，总目作"琉璃"）

第五十回

庚　芦雪广争联即景诗　暖春坞创制春灯谜
（"广"，总目作"厂"）
（"暖春坞"，总目作"暖香坞"）

杨　芦雪庭争联即景诗　暖香坞雅制春灯谜
（按：此回目因残缺而由后人抄补）

蒙　芦雪庵争联即景诗　暖香坞雅制春灯谜
　　（"谜"，总目作"迷"）
戚　芦雪庵争联即景诗　暖香坞雅制春灯谜
彼　芦雪庐争联即景诗　暖香坞创制春灯谜
眉　芦雪庵争联即景诗　暖香坞雅制春灯谜
梦　芦雪亭争联即景诗　暖香坞雅制春灯谜
甲　芦雪亭争联即景诗　暖香坞雅制春灯谜
乙　芦雪亭争联即景诗　暖香坞雅制春灯谜

第五十一回

庚　薛小妹新编怀古诗　胡庸医乱用虎狼药
杨　薛小妹新编怀古诗　胡庸医乱用虎狼药
　　（按：此回目因残缺而由后人抄补）
蒙　薛小妹新编怀古诗　胡庸医乱用虎狼药
戚　薛小妹新编怀古诗　胡庸医乱用虎狼药
彼　薛小妹新编怀古诗　胡庸医乱用虎狼药
眉　薛小妹新编怀古诗　胡庸医乱用虎狼药
梦　薛小妹新编怀古诗　胡庸医乱用虎狼药
　　（"虎狼"，总目作"狼虎"）
甲　薛小妹新编怀古诗　胡庸医乱用虎狼药
乙　薛小妹新编怀古诗　胡庸医乱用虎狼药

第五十二回

己　俏平儿情掩虾须镯　勇晴雯病补雀毛裘
庚　俏平儿情掩虾须镯　勇晴雯病补雀金裘
杨　俏平儿情掩虾须镯　勇晴雯病补雀金裘
蒙　俏平儿情掩虾须镯　勇晴雯病补雀金裘
戚　俏平儿情掩虾须镯　勇晴雯病补雀金裘
彼　俏平儿情掩虾须镯　勇晴雯病补雀金裘
眉　俏平儿情掩虾须镯　勇晴雯病补雀金裘
梦　俏平儿情掩虾须镯　勇晴雯病补雀毛裘
甲　俏平儿情掩虾须镯　勇晴雯病补雀毛裘

乙　俏平儿情掩虾须镯　勇晴雯病补孔雀裘

　　（"孔雀裘"，总目作"雀毛裘"）

第五十三回

庚　宁国府除夕祭宗祠　荣国府元宵开夜宴

杨　宁国府除夕祭宗祠　荣国府元宵开夜宴

蒙　宁国府除夕祭宗祠　荣国府元宵开夜宴

　　（"祠"，总目作"词"）

戚　宁国府除夕祭宗祠　荣国府元宵开夜宴

彼　宁国府除夕祭宗祠　荣国府元宵开夜宴

眉　宁国府除夕祭宗祠　荣国府元宵开夜宴

梦　宁国府除夕祭宗祠　荣国府元宵开夜宴

　　（总目"元宵开"三字残缺）

甲　宁国府除夕祭宗祠　荣国府元宵开夜宴

乙　宁国府除夕祭宗祠　荣国府元宵开夜宴

第五十四回

庚　史太君破陈腐旧套　王熙凤效戏彩斑衣

杨　史太君破陈腐旧套　王熙凤效戏彩斑衣

　　（"斑"，总目作"班"）

蒙　史太君破陈腐旧套　王熙凤效戏彩斑衣

戚　史太君破陈腐旧套　王熙凤效戏彩斑衣

彼　史太君破陈腐旧套　王熙凤效戏彩班衣

眉　史太君破陈腐旧套　王熙凤效戏彩斑衣

梦　史太君破陈腐旧仓　王熙凤效戏彩斑衣

　　（"仓"，总目作"套"）

甲　史太君破陈腐旧仓　王熙凤效戏彩斑衣

　　（"仓"，总目作"套"）

乙　史太君破陈腐旧仓　王熙凤效戏彩斑衣

　　（"仓"，总目作"套"）

第五十五回

己　（回目残缺）

庚　辱亲女愚妾争闲气　欺幼主刁奴蓄险心

杨　辱亲女愚妾争闲气　欺幼主刁奴蓄险心

蒙　辱亲女愚妾争闲气　欺幼主刁奴蓄险心
　　（"闲"，总目作"间"）

戚　辱亲女愚妾争闲气　欺幼主刁奴蓄险心

彼　辱亲女愚妾争闲气　欺幼主刁奴蓄险心

眉　辱亲女愚妾争闲气　欺幼主刁奴蓄险心

梦　辱亲女愚妾争闲气　欺幼主刁奴蓄险心

甲　辱亲女愚妾争间气　欺幼主刁奴蓄险心
　　（"间"，总目作"闲"）

乙　辱亲女愚妾争间气　欺幼主刁奴蓄险心
　　（"间"，总目作"闲"）

第五十六回

己　敏探春兴利除宿弊　时宝钗小惠全大体

庚　敏探春兴利除宿弊　时宝钗小惠全大体

杨　敏探春兴利除宿弊　识宝钗小惠全大体
　　（"识"，回目左侧注"贤"字）

蒙　敏探春兴利除宿弊　识宝钗小惠全大体
　　（"识"，总目涂改为"贤"）

戚　敏探春兴利除宿弊　识宝钗小惠全大体

彼　贾探春兴利除宿弊　薛宝钗小惠全大体

眉　敏探春兴利除宿弊　识宝钗小惠全大体

梦　敏探春兴利除宿弊　贤宝钗小惠全大体

甲　敏探春兴利除宿弊　贤宝钗小惠全大体

乙　敏探春兴利除宿弊　贤宝钗小惠全大体

第五十七回

己　慧紫鹃情辞试忙玉　慈姨妈爱语慰痴颦

庚　慧紫鹃情辞试忙玉　　慈姨妈爱语慰痴颦

杨　慧紫鹃情辞试宝玉　　慈姨母爱语慰痴颦

　　（"宝"被圈去，旁改"莽"）

　　（"母"被圈去，旁改"妈"）

蒙　慧紫鹃情词试莽玉　　慈姨妈爱语慰痴颦

　　（"莽"，总目系涂改，原作"宝"）

　　（"妈"，总目作"母"）

戚　慧紫鹃情辞试宝玉　　慈姨母爱语慰痴颦

　　（"辞"，总目作"词"）

彼　慧紫鹃情辞试宝玉　　薛姨妈爱语慰痴颦

眉　慧紫鹃情辞试宝玉　　慈姨母爱语慰痴颦

梦　慧紫鹃情辞试莽玉　　慈姨妈爱语慰痴颦

甲　慧紫鹃情辞试莽玉　　慈姨母爱语慰痴颦

乙　慧紫鹃情辞试莽玉　　慈姨妈爱语慰痴颦

第五十八回

己　杏子阴假凤泣虚凰　　茜纱窗真情揆痴理

庚　杏子阴假凤泣虚凰　　茜纱窗真情揆痴理

　　（"茜"，总目作"晒"）

杨　杏子阴假凤泣虚凰　　茜纱窗真情揆痴理

蒙　杏子阴假凤泣处凰　　茜纱窗真情揆痴理

　　（"处"，总目作"虚"）

　　（"茜纱窗"，总目作"茜红纱"）

戚　杏子阴假凤泣虚凰　　茜红纱真情揆痴理

　　（"揆"，总目作"拨"）

彼　杏子阴假凤泣虚凰　　茜纱窗真情拨痴理

眉　杏子阴假凤泣虚风　　茜红纱真情揆痴理

梦　杏子阴假凤泣虚鸾　　茜纱窗真情揆痴理

　　（"鸾"，总目作"凰"）

　　（"揆"字，总目残损）

甲　杏子阴假凤泣处凰　　茜纱窗真情揆痴理

　　（"处"，总目作"虚"）

（"揆"，总目作"拨"）

乙　杏子阴假凤泣虚凰　茜纱窗真情揆痴理

（"揆"，总目作"拨"）

第五十九回

己　柳叶渚边嗔莺咤燕　绛芸轩里召将飞符

庚　柳叶渚边嗔莺咤燕　绛云轩里召将飞符

杨　柳叶渚边嗔莺咤燕　绛芸轩里召将飞符

蒙　柳叶渚边嗔莺叱燕　绛芸轩里召将飞符

（"叱"，总目作"咤"）

戚　柳叶渚边嗔莺咤燕　绛芸轩里召将飞符

彼　柳叶渚边嗔莺咤燕　绛芸轩里召将飞符

眉　柳叶渚边嗔莺咤燕　绛芸轩里召将飞符

梦　柳叶渚边嗔莺叱燕　绛芸轩里召将飞符

甲　柳叶渚边嗔莺叱燕　绛芸轩里召将飞符

乙　柳叶渚边嗔莺叱燕　绛芸轩里召将飞符

第六十回

庚　茉莉粉替去蔷薇硝　玫瑰露引来茯苓霜

（"来"，总目作"出"）

杨　茉莉粉替去蔷薇硝　玫瑰露引出茯苓霜

蒙　茉莉粉替去蔷薇硝　玫瑰露引出茯苓霜

（"出"，总目作"来"）

戚　茉莉粉替去蔷薇硝　玫瑰露引来茯苓霜

彼　茉莉粉替去蔷薇硝　玫瑰露引出茯苓霜

眉　茉莉粉替去蔷薇硝　玫瑰露引来茯苓霜

梦　茉莉粉替去蔷薇硝　玫瑰露引出茯苓霜

甲　茉莉粉替去蔷薇硝　玫瑰露引出茯苓霜

乙　茉莉粉替去蔷薇硝　玫瑰露引出茯苓霜

第六十一回

己　投鼠忌器宝玉情赃　判冤决狱平儿情权

庚　投鼠忌器宝玉情赃　判冤决狱平儿情权

杨　投鼠忌器宝玉瞒赃　判冤决狱平儿行权

　　（按：此回目因残缺而由后人抄补）

蒙　投鼠忌器宝玉瞒赃　判冤决狱平儿行权

　　（"行权"，总目作"徇私"）

戚　投鼠忌器宝玉情赃　判冤决狱平儿徇私

彼　投鼠忌器宝玉认赃　判冤断狱平儿行权

眉　投鼠忌器宝玉认赃　判冤决狱平儿夺权

梦　投鼠忌器宝玉情赃　判冤决狱平儿情权

甲　投鼠忌器宝玉瞒赃　判冤决狱平儿行权

乙　投鼠忌器宝玉瞒赃　判冤决狱平儿行权

第六十二回

己　憨湘云醉眠芍药裀　呆香菱情解柘榴裙

　　（"柘"，总目作"石"）

庚　憨湘云醉眠芍药裀　呆香菱情解柘榴裙

　　（"柘"，总目作"石"）

杨　憨湘云醉眠芍药裀　呆香菱情解柘榴裙

蒙　憨湘云醉眠芍药裀　呆香菱情解石榴裙

　　（"石"，总目作"柘"）

戚　憨湘云醉眠芍药裀　呆香菱情解石榴裙

彼　憨湘云醉眠芍药裀　呆香菱情解石榴裙

眉　憨湘云醉眠芍药菌　呆香菱情解柘榴裙

梦　憨湘云醉眠芍药裀　呆香菱情解石榴裙

甲　憨湘云醉眠芍药裀　呆香菱情解石榴裙

乙　憨湘云醉眠芍药裀　呆香菱情解石榴裙

第六十三回

己　寿怡红群芳开夜宴　死金丹独艳理亲丧

庚　寿怡红群芳开夜宴　死金丹独艳理亲丧

杨　寿怡红群芳开夜宴　死金丹独艳理亲丧

蒙　寿怡红群芳开夜宴　死金丹独艳理亲丧

戚	寿怡红群芳开夜宴	死金丹独艳理亲丧
彼	寿怡红群芳开夜宴	死金丹独艳理亲丧
眉	寿怡红群芳开夜宴	死金丹独艳理亲丧
梦	寿怡红群芳开夜宴	死金丹独艳理亲丧
甲	寿怡红群芳开夜宴	死金丹独艳理亲丧
乙	寿怡红群芳开夜宴	死金丹独艳理亲丧

第六十四回

己	幽淑女悲题五美吟（总目无）	浪荡子情遗九龙珮
庚	幽淑女悲题五美吟（总目无）	浪荡子情遗九龙珮
杨	幽淑女悲题五美吟	浪荡子情遗九龙佩
蒙	幽淑女悲题五美吟	浪荡子情遗九龙佩（"佩"，被涂改为"珮"）
戚	幽淑女悲题五美吟	浪荡子情遗九龙佩
彼	幽淑女悲题五美吟	浪荡子情遗九龙珮
眉	幽淑女悲题五美吟	浪荡子情遗九龙珮
梦	幽淑女悲题五美吟	浪荡子情遗九龙佩
甲	幽淑女悲题五美吟	浪荡子情遗九龙珮（"珮"，总目作"佩"）
乙	幽淑女悲题五美吟	浪荡子情遗九龙珮（"珮"，总目作"佩"）

第六十五回

己	贾二舍偷娶尤二姨	尤三姐思嫁柳二郎
庚	贾二舍偷娶尤二姨	尤三姐思嫁柳二郎
杨	贾二舍偷娶尤二姐	尤三姐思嫁柳二郎
蒙	膏粱子惧内偷娶妾	淫奔女改行自择夫
戚	膏粱子惧内偷娶妾	淫奔女改行自择夫
彼	贾二舍偷娶尤二姨	尤三姐思嫁柳二郎
眉	贾二舍偷娶尤二姨	尤三姐思嫁柳二郎

梦　贾二舍偷娶尤二姨　　尤三姐思嫁柳二郎
甲　贾二舍偷娶尤二姨　　尤三姐思嫁柳二郎
乙　贾二舍偷娶尤二姨　　尤三姐思嫁柳二郎

第六十六回

己　情小妹耻情归地府　　冷二郎一冷入空门
庚　情小妹耻情归地府　　冷二郎一冷入空门
　　（"空"，原作"室"，后被点去，旁改"空"）
杨　情小妹耻情归地府　　冷二郎一冷入空门
蒙　情小妹耻情归地府　　冷二郎一冷入空门
戚　情小妹耻情归地府　　冷二郎一冷入空门
彼　情小妹耻情归地府　　冷二郎一冷入空门
眉　情小妹耻情归地府　　冷二郎一冷入空门
梦　情小妹耻情归地府　　冷二郎一冷入空门
甲　情小妹耻情归地府　　冷二郎一冷入空门
乙　情小妹耻情归地府　　冷二郎一冷入空门

第六十七回

己　见土仪颦卿思故里　　闻秘事凤姐讯家童
　　（总目无）
庚　见土仪颦卿思故里　　闻秘事凤姐讯家童
　　（总目无）
杨　见土仪颦卿思故里　　闻秘事凤姐讯家童
蒙　见土仪颦卿思故里　　闻秘事凤姐讯家童
戚　馈土物颦卿思故里　　讯家童凤姐蓄阴谋
彼　馈土物颦卿念故里　　讯家童凤姐蓄阴谋
眉　馈土物颦卿念故里　　讯家童凤姐蓄阴谋
梦　馈土物颦卿念故里　　讯家童凤姐蓄阴谋
　　（总目"谋"字残缺）
甲　见土仪颦卿思故里　　闻秘事凤姐讯家童
乙　见土仪颦卿思故里　　闻秘事凤姐讯家童

第六十八回

己　苦尤娘赚入大观园　　酸凤姐大闹宁国府
庚　苦尤娘赚入大观园　　俊凤姐大闹宁国府
　　（"俊"，总目作"酸"）
杨　苦尤娘赚入大观园　　酸凤姐大闹宁国府
蒙　苦尤娘赚入大观园　　酸凤姐闹翻宁国府
戚　苦尤娘赚入大观园　　酸凤姐闹翻宁国府
彼　苦尤娘赚入大观园　　酸凤姐大闹宁国府
眉　苦尤娘赚入大观园　　酸凤姐大闹宁国府
梦　苦尤娘赚入大观园　　酸凤姐大闹宁国府
甲　苦尤娘赚入大观园　　酸凤姐大闹宁国府
乙　尤苦娘赚入大观园　　酸凤姐大闹宁国府
　　（"尤苦娘"，总目作"苦尤娘"）

第六十九回

己　弄小巧用借剑杀人　　觉大限吞生金自逝
庚　弄小巧用借剑杀人　　觉大限吞生金自逝
杨　弄小巧用借剑杀人　　觉大限吞生金自逝
蒙　弄小巧用借剑杀人　　觉大限吞生金自逝
　　（"借剑"，总目原作"剑借"，旁加勾乙符号）
戚　弄小巧用借剑杀人　　觉大限吞生金自逝
彼　弄小巧用借剑杀人　　觉大限吞生金自逝
眉　弄小巧用借剑杀人　　觉大限吞生金自逝
梦　弄小巧用借剑杀人　　觉大限吞生金自逝
甲　弄小巧用借剑杀人　　觉大限吞生金自逝
乙　弄小巧用借剑杀人　　觉大限生吞金自逝
　　（"生吞金"，总目作"吞生金"）

第七十回

己　林黛玉重建桃花社　　史湘云偶填柳絮词
庚　林黛玉重建桃花社　　史湘云偶填柳絮词

杨　林黛玉重建桃花社　史湘云偶填柳絮词

蒙　林黛玉重建桃花社　史湘云偶填柳絮词

戚　林黛玉重建桃花社　史湘云偶填柳絮词

彼　林黛玉重建桃花社　史湘云偶填柳絮词

眉　林黛玉重建桃花社　史湘云偶填柳絮词

梦　林黛玉重建梅花社　史湘云偶填柳絮词

甲　林黛玉重建桃花社　史湘云偶填柳絮词

乙　林黛玉重建桃花社　史湘云偶填柳絮词

第七十一回

庚　嫌隙人有心生嫌隙　鸳鸯女无意遇鸳鸯

杨　嫌隙人有心生嫌隙　鸳鸯女无意遇鸳鸯

　　（按：此回目因残缺而由后人抄补）

蒙　嫌隙人有心生嫌隙　鸳鸯女无意遇鸳鸯

戚　嫌隙人有心生嫌隙　鸳鸯女无意遇鸳鸯

彼　嫌隙人有心生嫌隙　鸳鸯女无意遇鸳鸯

眉　嫌隙人有心生嫌隙　鸳鸯女无意遇鸳鸯

梦　嫌隙人有心生嫌隙　鸳鸯女无意遇鸳鸯

甲　嫌隙人有心生嫌隙　鸳鸯女无意遇鸳鸯

乙　嫌隙人有心生嫌隙　鸳鸯女无意遇鸳鸯

第七十二回

庚　王熙凤恃强羞说病　来旺妇倚势霸成亲

　　（"恃"，总目作"侍"）

杨　王熙凤恃强羞说病　来旺妇倚势霸成亲

蒙　王熙凤恃强羞说病　来旺妇倚势霸成亲

戚　王熙凤恃强羞说病　来旺妇倚势霸成亲

彼　王熙凤倚强羞说病　来旺妇倚势霸成亲

眉　王熙凤恃强羞说病　来旺妇倚势霸成亲

梦　王熙凤恃强羞说病　来旺妇倚势霸成亲

甲　王熙凤恃强羞说病　来旺妇倚势霸成亲

乙　王熙凤恃强羞说病　来旺妇倚势霸成亲

第七十三回

庚　痴丫头误拾绣春囊　懦小姐不问累金凤
（"痴"，总目作"疯"）
（"误"，总目原作"惯"，后被点去，旁改"误"）

杨　痴丫头误拾绣春囊　懦小姐不问垒金凤
（"囊"系涂改，原字不清）

蒙　痴丫头误拾绣春囊　懦小姐不问累金凤

戚　痴丫头误拾绣春囊　懦小姐不问累金凤

彼　痴丫头误拾绣香囊　懦小姐不问累金凤

眉　痴丫头误拾绣香囊　懦小姐不问累金凤

梦　痴丫头误拾绣春囊　懦小姐不问累金凤

甲　痴丫头误舍绣春囊　懦小姐不问累金凤
（"舍"，总目作"拾"）

乙　痴丫头误拾绣春囊　懦小姐不问累金凤

第七十四回

庚　惑奸谗抄拣大观园　矢孤介杜绝宁国府
（"柱"被点去，旁改"杜"）

杨　惑奸谗抄拣大观园　矢孤介杜绝宁国府

蒙　惑奸谗抄拣大观园　矢孤介杜绝宁国府
（"拣"被点去，旁改"检"）
（"矢孤介"被点去，旁改"避嫌隙"）

戚　惑奸谗抄拣大观园　矢孤介杜绝宁国府

彼　惑奸谗抄拣大观园　矢孤介杜绝宁国府

眉　惑奸谗抄拣大观园　矢孤介杜绝宁国府

梦　惑奸谗抄检大观园　矢孤人杜绝宁国府

甲　惑奸谗抄检大观园　避嫌隙杜绝宁国府
（"避嫌隙"，总目作"矢孤人"）

乙　惑奸谗抄检大观园　避嫌隙杜绝宁国府
（"避嫌隙"，总目作"矢孤人"）

第七十五回

庚　开夜宴异兆发悲音　赏中秋新词得佳谶

杨　开夜宴异兆发悲音　赏中秋新词得佳识

蒙　开夜宴异兆发悲音　赏中秋新词得佳谶

戚　开夜宴异兆发悲音　赏中秋新词得佳谶

彼　开夜宴异兆发悲音　赏中秋新词得佳谶

　　（"兆"被点去，旁改"事"）

　　（"谶"被点去，旁改"兆"）

眉　开夜宴异兆发悲音　赏中秋新词得佳谶

梦　开夜宴异兆发悲音　赏中秋新词得佳谶

甲　开夜宴异兆发悲音　赏中秋新词得佳谶

乙　开夜宴异兆发悲音　赏中秋新词得佳谶

第七十六回

庚　凸碧堂品笛感凄情　凹晶馆联诗悲寂莫

　　（"莫"，总目作"寞"）

杨　凸碧堂品笛感凄情　凹晶馆联诗悲寂寞

蒙　凸碧堂品笛感凄情　凹晶馆联诗悲寂寞

　　（"笛"被点去，旁改"箫"）

　　（"情"被涂改为"清"）

戚　凸碧堂品笛感凄清　凹晶馆联诗悲寂寞

彼　凸碧堂品笛感悽情　凹晶馆联诗悲寂莫

　　（"悽情"被点去，旁改"凄清"，"清"又被点去，旁改"凉"）

眉　凸碧堂品笛感凄凉　凹晶馆联诗悲寂寞

梦　凸碧堂品笛感悽情　凹晶馆联诗悲寂寞

　　（"悽"，总目作"凄"）

甲　凸碧堂品笛感凄清　凹晶馆联诗悲寂寞

乙　凸碧堂品笛感凄清　凹晶馆联诗悲寂寞

第七十七回

庚　俏丫环抱屈夭风流　美优伶斩情归水月

杨　俏丫环抱屈夭风流　美优伶斩情归水月
蒙　俏丫环抱屈夭风流　美优伶斩情归水月
戚　俏丫环抱屈夭风流　美优伶斩情归水月
彼　俏丫环抱屈夭风流　美优伶斩情归水月
眉　俏丫环负屈夭风流　美优伶斩情归水月
梦　俏丫环抱屈夭风流　美优伶斩情归水月
甲　俏丫环抱屈夭风流　美优伶斩情归水月
乙　俏丫环抱屈夭风流　美优伶斩情归水月

第七十八回

庚　老学士间征娲嬺词　痴公子社譔芙蓉诔
杨　老学士闲征娲嬺词　痴公子杜撰芙蓉诔
蒙　老学士间征诡嬺词　痴公子杜撰芙蓉诔
　　（"间"涂改"闲"）
　　（"诡"，总目作"嬺"）
戚　老学士闲征娲嬺词　痴公子杜撰芙蓉诔
彼　老学士闲征娲嬺词　痴公子杜撰芙蓉诔
眉　老学士开微娲嬺词　痴公子杜撰芙蓉诔
梦　老学士闲征娲嬺词　痴公子杜撰芙蓉诔
甲　老学士闲征娲嬺词　痴公子杜撰芙蓉诔
乙　老学士闲征娲嬺词　痴公子杜撰芙蓉诔

第七十九回

庚　薛文龙悔娶河东狮　贾迎春误嫁中山狼
杨　薛文龙悔娶河东狮　贾迎春误嫁中山狼
　　（"龙"被点去，旁改"起"）
　　（"狮"被点去，旁改"吼"）
蒙　薛父龙悔娶河东狮　贾迎春误嫁中山狼
　　（"薛父龙"，总目作"薛文龙"）
戚　薛文龙悔娶河东狮　贾迎春误嫁中山狼
彼　薛文龙悔娶河东狮　贾迎春误嫁中山狼
眉　薛文龙悔娶河东狮　贾迎春误嫁中山狼

梦　薛文龙悔娶河东吼　贾迎春误嫁中山狼
甲　薛文龙悔娶河东吼　贾迎春误嫁中山狼
乙　薛文龙悔娶河东吼　贾迎春误嫁中山狼
　　（"薛文龙"，总目作"薛文起"）

第八十回

庚　（有回次，无回目）
　　（总目无）
杨　懦迎春肠回九曲　姣香菱病入膏肓
　　（此回目右侧，注另一回目："美香菱屈受贪夫棒，王道士胡诌妒妇
　　方"）
蒙　懦弱迎春肠回九曲　姣怯香菱病入膏肓
　　（"肓"，总目作"盲"）
戚　懦弱迎春肠回九曲　姣怯香菱病入膏盲
舒　（总目作"夏金桂计用夺宠饵，王道士戏述疗妒羹"）
彼　（无）
眉　懦迎春肠回九曲　娇香菱病入膏肓
梦　美香菱屈受贪夫棒　丑道士胡诌妒妇方
甲　美香菱屈受贪夫棒　王道士胡诌妒妇方
乙　美香菱屈受贪夫棒　王道士胡诌妒妇方

后记一

有两个日子，令我难忘。

一个是 2006 年 11 月 6 日，另一个是 2007 年 8 月 28 日。

这两个日子都和眉本有关，并导致我写出了两篇论文：《眉盦藏本试论——新发现的〈红楼梦〉残抄本研究》①，《〈红楼梦〉眉盦藏本续论——"眉盦"究竟是谁？》②。

2006 年 11 月 6 日是我初次结识卞亦文先生之日。

那天中午，任晓辉先生用车接我，前往武汉饭店会见卞先生。饭后，相谈甚欢。卞先生详细介绍了他从上海拍卖会上购得《红楼梦》残抄本的情况，并展示了他收藏的一部珍贵的《红楼梦》程甲本，该书原为郑振铎的藏品，后来转赠给俞平伯，被他在某次拍卖会购得。最后，他又赠给我眉本的复印本四册。

他和任先生告诉我，此残抄本不久将由北京图书馆出版社（现已改名国家图书馆出版社）影印出版，出版后准备开个座谈会，邀请红学界的专家学者一起来对残抄本作出评价。

我细读残抄本之后，萌发了撰写第一篇论文的想法。

没有卞先生热情的鼓励，第一篇论文不可能产生。

2007 年 8 月 28 日中午，我接到了于鹏先生的电话。他故作神秘地告诉我，有重大的发现。但他又不肯在电话中说明到底发现了什么。直到他赶到

---

① 刘世德：《眉盦藏本试论——新发现的〈红楼梦〉残抄本研究》，《红楼梦学刊》2007 年第一辑。

② 刘世德、于鹏：《〈红楼梦〉眉盦藏本续论——"眉盦"究竟是谁？》，《红楼梦学刊》2008 年第一辑。按：此文由我执笔，二人共同署名。

舍下，我才知道，他在国家图书馆找到了《上元刘氏家谱》，里面有刘文俨、刘文介的名字。

于是我们二人急匆匆地乘车赶到图书馆借阅《上元刘氏家谱》。于先生有事先离开了。我一人坐在阅览室里仔仔细细地查看这部家谱。第二天，我又再去图书馆继续深入地、反复地阅读和研究，终于弄清楚上元刘氏—刘文俨—刘文介—眉盦之间的关系。

于是产生了第二篇论文。

没有于先生无私的帮助，第二篇论文不可能产生。

此时，我要向卞、于两位友人表示衷心的感谢。

此外，我还要向另一位友人曹震先生致敬。

我和曹震先生素未谋面，但我在网上拜读了他的多篇大作。尽管在眉本真伪问题上，我和他的意见相左。但，我对他的学力深为佩服。他关于眉本的论点，我并不赞同。但，我仍然感受到，他是一位踏实地做学问的正直之士。他的知识面之广阔，他掌握的资料之丰富，在当前的学术界，可以称得上是佼佼者。

他的许多意见都给了我很大的启发。没有他的提示，我不会想到刘文俨和"上元刘氏图书之印"之间的关联。没有他的提示，我们不知道国家图书馆里还保存着一部《上元刘氏家谱》。

我想，在卞本真伪问题上，我和他是论敌，但在学术上，我和他应该是朋友。不知曹先生以为然否？

【附记】
此"后记一"曾发表于"中国古代小说网"（2007 年 12 月 10 日）。

后记二

关于《红楼梦》眉本，自 2007 年以来，我发表过论文六篇、会议发言一篇和演讲稿一篇，如下：

（1）《红楼梦》眉盒藏本试论——新发现的《红楼梦》残抄本研究（《红楼梦学刊》2007 年第一辑）

（2）《红楼梦》眉盒藏本续论——"眉盒"究竟是谁？（《红楼梦学刊》2008 年第一辑）

（3）《红楼梦》眉盒藏本：一部新发现的残抄本（2008 年 1 月在香港中文大学主办的"重读经典——中国传统小说与戏曲国际学术研讨会"上所作的主题发言）（《重读经典——中国传统小说与戏曲的多重透视》，牛津大学出版社，2009，香港）

（4）三论《红楼梦》眉盒藏本——答季稚跃先生质疑（《红楼梦学刊》2011 年第三辑）

（5）四论《红楼梦》眉盒藏本——提供一项新证据（《红楼梦学刊》2011 年第四辑）

（6）五论《红楼梦》眉盒藏本——再答季稚跃先生质疑（《红楼梦学刊》2012 年第一辑）

（7）在"卞藏本《红楼梦》鉴赏座谈会"上的发言（2007 年 6 月 16 日）（《红楼梦学刊》2007 年第四辑）

（8）眉盒藏本——一部新发现的《红楼梦》残抄本（2007 年 11 月 14 日演讲稿）（《〈红楼梦〉之谜——刘世德学术演讲录》，线装书局，2007，北京）

其中（2）和（6）在发表时由我和于鹏先生共同署名；论文由我执笔写

成；在写作过程中，于鹏先生提供了重要的线索，也提出了一些修改的意见。（1）、（2）、（4）、（5）四篇又应周文业先生之约，收入《第十届中国古代小说、戏曲文献与数字化研讨会论文集》（2011 年 8 月 14 日）。在这里，谨向于、周两位先生再一次表示感谢。

在对《红楼梦》眉本进行研究的过程中，我有三点体会。

第一，面对新资料的发现，要敢于放弃和纠正自己的旧说。人们对客观事物的认识有一个渐进的过程。一开始，我相信"眉盦"是林兆禄，甚至建议把"卞藏本"改称"林藏本"或"林本"。后来发现了《上元刘氏家谱》和刘文介，这才正式把这个残抄本定名为"眉盦旧藏本"或"眉盦藏本"，简称"眉本"。

第二，研究版本问题，不能仅仅依据第二手资料，必须看原书，不能仅仅看复印件、影印本。是眉盦题记的墨笔字写在藏书章"上元刘氏图书之印"之上，还是该印章钤盖在眉盦题记的墨笔字之上？看过原书，一目了然，无须再兴争议。

第三，有说服力的证据必须是正面的、直接的，而且还必须排除反证。

此书是我的"《红楼梦》脂本研究"系列之一，我的下一个研究课题将是"《红楼梦》舒本研究——《红楼梦》脂本研究系列之二"。

此书自构思至杀青，两易寒暑。此书的完成和出版，要衷心感谢——中国社会科学院离退休干部工作局。此书列入 2011 年度"中国社会科学院离退休人员科研课题"，并获得同年"中国社会科学院离退休人员出版资助"。

竺青同志和顾青同志。他们为此书写了溢美的评语和推荐。

社会科学文献出版社周丽同志和蔡莎莎同志。他们为此书的编印和出版付出了心血和辛勤的劳动。

老妻朱静霞。我们相伴度过了五十六个春秋。退休以来，她承担了家中的一切日常的烦琐的事务，使我得以有足够的时间安适地、专心一致地坐在电脑桌旁工作。

女儿刘葳、刘蕤和女婿江琪、牛志宏。他们帮助我解决了很多工作中和生活中的困难问题。

夏薇同志。她在文学研究所博士后流动站时，是我的学生；她留在文学研究所古代文学研究室工作后，是我的同事和助手，同样帮助我解决了很多工作中的困难问题。

2012 年 2 月 14 日，时年八十

社会科学文献出版社网站

www.ssap.com.cn

1. 查询最新图书　　2. 分类查询各学科图书
3. 查询新闻发布会、学术研讨会的相关消息
4. 注册会员，网上购书，分享交流

　　本社网站是一个分享、互动交流的平台，"读者服务"、"作者服务"、"经销商专区"、"图书馆服务"和"网上直播"等为广大读者、作者、经销商、馆配商和媒体提供了最充分的互动交流空间。

　　"读者俱乐部"实行会员制管理，不同级别会员享受不同的购书优惠（最低7.5折），会员购书同时还享受积分赠送、购书免邮费等待遇。"读者俱乐部"将不定期从注册的会员或者反馈信息的读者中抽出一部分幸运读者，免费赠送我社出版的新书或者数字出版物等产品。

　　"网上书城"拥有纸书、电子书、光盘和数据库等多种形式的产品，为受众提供最权威、最全面的产品出版信息。书城不定期推出部分特惠产品。

咨询/邮购电话：010-59367028　　邮箱：duzhe@ssap.cn

网站支持（销售）联系电话：010-59367070　　QQ：1265056568　　邮箱：service@ssap.cn

邮购地址：北京市西城区北三环中路甲29号院3号楼华龙大厦　社科文献出版社　学术传播中心　邮编：100029

银行户名：社会科学文献出版社发行部　　开户银行：中国工商银行北京北太平庄支行　　账号：0200010009200367306

图书在版编目（CIP）数据

红楼梦眉本研究／刘世德著．—北京：社会科学
文献出版社，2013.1
（中国社会科学院老年学者文库）
ISBN 978 - 7 - 5097 - 3607 - 4

Ⅰ.①红…　Ⅱ.①刘…　Ⅲ.①《红楼梦》- 版本
- 研究　Ⅳ　①I207.411

中国版本图书馆 CIP 数据核字（2012）第 166403 号

·中国社会科学院老年学者文库·

红楼梦眉本研究

著　　者／刘世德

出 版 人／谢寿光
出 版 者／社会科学文献出版社
地　　址／北京市西城区北三环中路甲 29 号院 3 号楼华龙大厦
邮政编码／100029

责任部门／经济与管理出版中心（010）59367226　　责任编辑／许秀江　赵子光
电子信箱／caijingbu@ ssap. cn　　　　　　　　　　责任校对／吕伟忠
项目统筹／恽　薇　　　　　　　　　　　　　　　　责任印制／岳　阳
经　　销／社会科学文献出版社市场营销中心（010）59367081　　59367089
读者服务／读者服务中心（010）59367028

印　　装／北京画中画印刷有限公司
开　　本／787mm×1092mm　1/16　　　　　　　　印　　张／33.75
版　　次／2013 年 1 月第 1 版　　　　　　　　　　字　　数／700 千字
印　　次／2013 年 1 月第 1 次印刷
书　　号／ISBN 978 - 7 - 5097 - 3607 - 4
定　　价／138.00 元